Die Pferdelords und das verborgene Haus der Elfen

MIRA® TASCHENBUCH
Band 65011
1. Auflage Dezember 2007

MIRA® TASCHENBÜCHER
erscheinen in der Cora Verlag GmbH & Co. KG,
Valentinskamp 24, 20350 Hamburg
Originalausgabe

Die Veröffentlichung dieses Werkes erfolgt auf Vermittlung der Autoren- und Verlagsagentur Peter Molden, Köln

Konzeption/Reihengestaltung: fredebold&partner gmbh, Köln
Umschlaggestaltung: pecher und soiron, Köln
Lektorat: Ulf Müller, Köln
Illustrationen: Alexander Jung, Hamburg/
pecher und soiron, Köln
Satz: Buch-Werkstatt GmbH, Bad Aibling
Druck und Bindearbeiten: Ebner & Spiegel, Ulm
Printed in Germany
ISBN: 978-3-89941-402-8

Michael H. Schenk

Die Pferdelords und das verborgene Haus der Elfen

Fantasyroman

MIRA®

N
W
O
S
Eternas
Hochmark
25 Tausendlängen
Südpass
Alte Festung
Nordmark
Eodan
Hammerturm
Reitermark
Furten des Eisen
Westmark
Gondan
Bergfestung
Enderona
Königsmark

Die Marken der Pferdelords
Wälder
Die weißen Sümpfe
Merdonan
OSTMARK
Tergonas
SÜDMARK
Grenze
Hauptfluss
Handelsroute
Hedan

N
W
O
S
25 Tausendlängen
Eternas
Hochmark
Horngrundweiler
Balwin
Halfar
Quellweiler
Südpass
Pfad
Alte Festung
Eodar
Hammerturm
Furten des Eisen
Westmark

Die Hochmark der Pferdelords

Die Völker
Das Kaltmeer
Die weißen Sände
Zwerge
Elfen des Waldes
Tarsilan
Pferdelords
Die Barbaren des Dünenlandes
Enderona
Das Königreic
Die westlichen Wasser
Gedaneris
Das verloren
250 Tausendlängen
Grenze
Hauptfluss
Handelsroute
Das Südmeer

N
W
O
S
Das Eisvolk
Die Nachtläufer
Orks
Das Volk der
Lederschwingen
Alneris
lnoa
Orks
Die Sandbarbaren
önigreich

1

Es missfällt mir, an der Seite der Menschenwesen zu stehen. Sie sind schwach. Vier ihrer Häuser sind schon den Finsteren Mächten erlegen.“ Jalan-olud-Deshay hob den Blick und musterte das Funkeln der Sterne am nächtlichen Himmel. „Die anderen drei werden bald folgen.“

Sein Freund Theon-olud-Deshay zuckte die Achseln. „Sie sind kurzlebig, aber nicht schwach, Jalan. Du tust den Menschenwesen unrecht.“

Jalan stieß ein leises Schnauben aus. „Vor vielen Tausend Jahreswenden streckte der Schwarze Lord mit seinen Orks die Hand erstmals nach den Reichen der Elfen und Menschen aus. Er wurde bezwungen und in die Finsternis zurückgeworfen. Es wäre die Zeit für die Menschenreiche gewesen, zu erstarken, aber der Schwarze Lord machte ihnen Geschenke und verführte sie. Habgier und Missgunst beherrschen fortan die Herzen der Menschen. Theon, mein Freund, die menschlichen Königreiche sind dem Untergang geweiht.“

„Nur wenn sie allein sind.“ Theon lächelte sanft. „Damals kämpften Elfen und Menschen getrennt. Doch nun stehen beide Seite an Seite. So hat es der Hohe Rat der Häuser beschlossen.“

„Gegen meine Stimme.“ Jalan betrachtete die Sternbilder.

Sie standen auf einer gewaltigen Lichtung inmitten des Waldes. Jenes Waldes, in dem alles seinen Anfang genommen hatte. Zumindest, wenn man es vom Standpunkt eines elfischen Wesens aus betrachtete.

Der Wald war alt, wohl älter als jedes elfische Leben. An

Rändern wuchsen junge Bäume heran, die zur Mitte des s hin keinen Lebensraum gefunden hätten, denn dort standen gewaltige Stämme, die auch zehn Männer nicht zu umfassen vermochten und deren Kronen sich Hundertlängen über den Boden erhoben, um das notwendige Sonnenlicht einzufangen. Zwischen diesen Stämmen herrschte oft ein dämmeriges Zwielicht, da es den Strahlen der Sonne schwerfiel, den Boden zu erreichen, aber es gab Pilze, die einen sanften Lichtschimmer ausstrahlten, der den Lebewesen des Waldes genügte. Manche Stellen waren unzugänglich, denn dort waren alte Stämme zusammengebrochen und moderten von Moos bewachsen dem endgültigen Verfall entgegen. Ihr Humus gab Farnen, Kräutern und einer Vielfalt von Blumen und Gräsern Nährstoffe.

Inmitten des Waldes gab es eine Reihe von Lichtungen, über welche sich die Bäume, aus welchem Grund auch immer, nicht ausgebreitet hatten. Bachläufe und ein breiter Fluss zogen sich durch das saftige Grün und die Farbenpracht der Pflanzen. Selbst ein großer See fand hier Raum. Insekten und Tiere bevölkerten den Wald und nutzten jede Nische, um zu überleben und sich auszubreiten. Insekten wurden von Nagern gefressen und Nager von größeren Jägern. Der größte Jäger war jedoch der Elf mit seinen Fähigkeiten, zu planen und Waffen herzustellen. Dennoch scheuten die Lebewesen des gewaltigen Waldes nicht vor den Elfen zurück, denn diese nahmen nur, was sie zum Leben brauchten.

Hier, in diesem Wald, erhob sich das gewaltige Haus des Urbaums, das elfische Haus Deshay. Das erste, älteste und stärkste Haus des Elfenvolkes. Von hier waren die Elfen einst ausgezogen und hatten die anderen Häuser des Waldes und der See gegründet. Mittlerweile gab es viele von ihnen, doch keines würde je die Größe und Bedeutung des Urhauses Deshay erlangen.

„Du warst nicht da, Jalan, mein Freund, und konntest nicht am Rat teilnehmen.“ Theons Stimme nahm einen leicht erregten Unterton an. „Du warst an den Neuen Ufern und hast sie gesehen.“

Jalan spürte die Neugier seines Freundes und wandte ihm den Blick zu. „Zunächst muss der Hohe Rat der Häuser meine Stimme hören. Davor kann ich nichts sagen, Theon, das weißt du. So ist es das Gesetz der Elfen.“

Jalan stieß ein leises Seufzen aus. Er beugte den Oberkörper leicht vor und stützte sich dabei gegen den hohen Schild, den er vor sich auf den Boden der Lichtung gestellt hatte. Im Schein der Sterne funkelten das Gold und Silber seiner Rüstung. Polierter Stahl, wie ihn nur Hände und Feuer der Elfen zu schmieden verstanden, und über dem Stahl breite, mit Gold beschichtete Bänder, welche die Rüstung stark und zugleich flexibel machten. Das wertlose Gold verlieh dem Körperpanzer zwar einen verräterischen Glanz, schützte jedoch das darunter befindliche wertvollere Metall vor den Witterungseinflüssen. Der Panzer bedeckte Ober- und Unterleib und wurde über dem elfischen Gewand aus feinem Stoff getragen, das bis hinunter zu den Knöcheln reichte. Der Stoff klaffte ein wenig auseinander und zeigte an den Beinen Jalans den silbrigen Schimmer der Kettenglieder, aus denen der Beinschutz bestand. Die Füße steckten in ledernen Stiefeln, deren Vorderseiten mit Panzerschienen verstärkt waren. Auf dem Kopf trug der Elf den hohen Helm des Hauses Deshay, der mit dem filigran gearbeiteten Symbol eines weit verästelten Baumes geschmückt war. Nacken und Kinnpartie waren durch verzierten Stahl geschützt. Um die Schultern des Elfen hing der lange blaue Umhang seines Volkes, vor dem Hals mit einer goldenen Spange verschlossen, die das Symbol des Baumes wiederholte.

Jalan seufzte erneut und legte seine rechte Hand ungeduldig um den Griff seines leicht geschwungenen Schwertes. „Die Neuen Ufer sind voller Wunder und Gefahren. Meine Augen haben viel gesehen, und wenn ich dem Hohen Rat der Häuser berichtet habe, wirst auch du von mir erfahren, wie es um die Zukunft unserer Häuser bestellt ist."

Theon nickte und drehte sich um. Obwohl er eine Rüstung trug, machte er dabei kaum ein Geräusch. So stark die Panzerungen auch waren, wurden sie von elfischen Händen doch sehr leicht gebaut, wodurch sie wenig wogen und dem Besitzer jede Bewegung erlaubten. Sie waren derart sorgfältig bearbeitet, dass ihre Elemente fast miteinander verwoben schienen und nicht den Lärm menschlicher Rüstungen hervorriefen.

Hinter Theon und Jalan war die große Lichtung von einem Blitzen und Funkeln erfüllt. Es schien, als sei der Boden aus Gras und Wildblumen unter einer golden schimmernden Wolke verschwunden, denn fünftausend elfische Krieger standen hier voll gerüstet und warteten schweigend auf den Feind, der nun bald kommen musste.

„Enolas ist nervös", stellte Theon-olud-Deshay lächelnd fest.

„Es wird sein erster wirklicher Kampf." Jalan blickte nach Osten in den Wald, dorthin, von wo der Feind kommen musste. „Er zählt kaum hundert Jahreswenden."

„Ja, er ist noch jung. Und wir sind ein glückliches Haus." Theon nickte zufrieden. „Geburten sind selten geworden in den Häusern der Elfen, Jalan, mein Freund. Doch unseres scheint davon nicht betroffen. Auch deine Gemahlin wird uns bald das Geschenk machen, eine Tochter zu gebären."

„Ja, ein glückliches Haus", bestätigte Jalan sichtlich zufrieden. „Es scheint ein seltsamer Fluch mit unserer Unsterblichkeit verbunden zu sein, wo doch die anderen Häuser so wenige Kinder bekommen. Aber wir sind das Haus Deshay, das Haus des Urbaums."

„Hast du schon einen Namen für dein Kind?"

„Wir werden sie Llarana nennen."

„Der warme Wind des Südens." Theon blickte unwillkürlich in südliche Richtung. „Ein kraftvoller Name für ein kraftvolles Jungweib."

„So gebührt es einem kraftvollen Haus."

Theon hob eine Hand. „Sie schweigen."

Die Geräusche des Waldes waren bestimmt vom Rauschen des Windes in den Blättern und Nadeln, dem Nachgeben verfallenden Holzes und den Lauten der zahlreichen Tiere. Vor allem die Rufe der Nachtflieger schallten weit durch den Wald, doch diese Rufe begannen nun zu verstummen.

Jalan-olud-Deshay lächelte. „Sie kommen."

„Sie werden zahlreich sein."

„Lass sie zahlreich sein. Sie begegnen dem Haus Deshay und elfischem Stahl."

Theon leckte sich über die Lippen. „Der Schwarze Lord soll Hunderte von Legionen aufgestellt haben. Verfluchte Orkbrut."

Jalan wandte kurz den Kopf. „Haltet euch bereit, ihr Männer des Hauses Deshay. Der Feind wird bald da sein."

Er hatte seine Stimme nicht erhoben, doch seine leisen Worte wanderten durch die gestaffelten Reihen der elfischen Krieger. Die Gestalten strafften sich ein wenig, eine Welle schien durch den goldenen Schimmer auf der Lichtung zu gehen.

„Es werden nicht so viele sein", mutmaßte Theon. „Die meisten Legionen der Orks werden sich am Pass sammeln, wo sich auch die Krieger der anderen Häuser und die der Menschen zum Kampf vereinen. Dort wird die Entscheidung fallen. Wir sollen nur dafür sorgen, dass die nördliche Grenze nicht fällt und kein Ork den Truppen des Bundes in den Rücken fallen kann."

Abermals stieß Jalan ein leises Schnauben aus. „Der Bund. Die Menschen sind schwach, sagte ich das schon?"

„Ich denke, du hast es erwähnt, mein Freund." Theon sah aufmerksam nach Osten. Die Augen der Orks waren lichtempfindlich, und obwohl die Bestien auch am Tage kämpfen konnten, bevorzugten sie die Nacht. Doch die würde ihnen diesmal keinen Schutz bieten. „Ich kann sie hören. Das Krachen berstenden Holzes und das Scheppern ihrer Rüstungen."

„Sie sind den Wald nicht gewohnt. Sie kennen nur die felsigen Einöden ihrer Lande. Wir hingegen sickern durch den Wald wie Morgentau zwischen die Gräser. Dieser Wald ist unsere Heimat, und die werden wir verteidigen."

Theon vernahm die immer lauter werdenden Geräusche. Die Orks suchten ihren Weg zwischen den Bäumen hindurch. Ihre Formationen würden nicht eng geschlossen, sondern aufgerissen sein, wenn sie den Rand der Lichtung erreichten. Obwohl die Bestien den Wald nicht kannten, würden sie die Lichtung finden, denn elfische Krieger wiesen ihnen den Weg. Zweihundert der besten Männer des Hauses Deshay, die den Feind immer wieder mit ihren Pfeilen angriffen und sich dann zurückzogen, um ihn so näher und näher an die Lichtung heranzulocken. Die elfischen Kämpfer schienen mit dem Wald verwachsen, und so würde es den Bestien schwerfallen zu erkennen, wie viele Gegner sich ihnen entgegenstellten. Die Orks waren nicht dumm, aber sie waren begierig auf den Kampf und würden dem elfischen Voraustrupp ohne Zögern folgen, bis sie der Hauptmacht des Hauses Deshay gegenüberstanden.

„Vielleicht hätten wir ein paar Krieger am Haus zurücklassen sollen", brummte Theon. „Nur für den Fall, dass sich ein paar Bestien verirren und es versehentlich entdecken sollten."

„Unsere Frauen verstehen sich nicht nur darauf, Wunden zu versorgen", entgegnete Jalan lakonisch. „Sie vermögen sie auch anderen zuzufügen. Keine Sorge, Theon, mein Freund, unser Vortrupp wird sie genau zur Lichtung führen, und hier werden wir ihnen begegnen."

Huschende Schatten waren im Sternenlicht zwischen den Bäumen zu erkennen. Elfische Krieger hasteten auf die Lichtung und auf die dort formierten Reihen zu, die sich kurz öffneten, um sie aufzunehmen.

„Tausende von ihnen", rief ein Krieger Jalan zu. „Sie sind mindestens doppelt so stark wie wir."

Jalan schnaubte erneut. „Ihre Zahl mag groß sein. Doch so bieten sie uns auch ein komfortables Ziel."

Jalan freute sich nicht auf den Kampf. Denn wenn er auch nicht bezweifelte, dass sie die Orks schlagen würden, so wären doch Verluste unter den Elfen des Hauses Deshay unvermeidbar, und jeder davon würde schmerzen.

Das Knacken und Brechen von Holz wurde lauter, durchmischt vom stampfenden Schritt der Orks, deren Rufe ungedämpft durch die Nacht schallten. Sie verbargen sich nicht, denn das war gegen ihre Art, zumal die Bestien wussten, dass der Feind vor ihnen lag. Sie waren begierig auf den Kampf, und von den Elfen würden sie sich holen, was den Legionen des Schwarzen Lords gebührte.

Nun erschienen die schwarz gepanzerten Gestalten von Rundohren zwischen den Bäumen, die beim Anblick der golden schimmernden Soldaten auf der Lichtung zu zögern schienen. Kommandos ertönten, während die elfischen Krieger wie erstarrt standen und schwiegen. Immer mehr Orks drängten zwischen den Bäumen hervor und begannen sich zu formieren und ihre Kohorten zu bilden.

„Wartet", befahl Jalan-olud-Deshay mit erhobener Stimme und zog die geschwungene Klinge seines Schwertes blank, während er die Kohorten beobachtete, die immer zahlreicher wurden.

Es war die typische Formation der Orks. Die gepanzerten Rundohren, groß und kräftig, in den vorderen Reihen, dahinter die kleineren Spitzohren. Die Rundohren waren die Nahkämpfer, die sich mit ihren Rüstungen und Schlagschwertern auf den Feind warfen, während die Spitzohren den Bogen bevorzugten und im Nahkampf den Schutz ihrer größeren Brüder suchten.

„Ich hätte gedacht, sie stürmen einfach vor, sobald sie uns sehen." Theon schätzte die Stärke des Feindes ab. „Zwei Legionen oder drei, was meinst du?"

„Etliche stecken noch zwischen den Bäumen." Jalan lächelte kalt. „Diesmal sind es keine wild stürmenden Horden mehr. Sie haben gelernt und Disziplin erlangt." Die in den vorderen Reihen stehenden Orks begannen rhythmisch an ihre rechteckigen Schilde zu schlagen. „Gut, sie bringen sich in Stimmung. Dann greifen sie gleich an." Erneut hob er seine Stimme, und seine Worte übertönten den Lärm der Orks. „Elfen des Hauses Deshay! Bildet den Schildwall!"

Die ovalen hohen Schilde der Elfen wiesen an der unteren Seite zwei spitze Dornen auf, mit denen die Krieger sie nun fest in den Waldboden rammten, um anschließend dahinter in Deckung zu gehen. Im oberen Bereich der Schilde befanden sich schmale Schlitze, die einem Pfeil wenig Angriffsfläche boten, aber genug Ausblick auf den Feind zuließen.

Von den Reihen der Orks her ertönte ein Schwirren, das die

Nacht zu erfüllen schien. Im Licht der sternklaren Nacht erhoben sich Schwärme von kurzen, schwarz gefiederten Pfeilen, die auf die elfischen Krieger zuschnellten. Schon war das Klirren der auf die Schilde prallenden Geschosse zu hören, durchmischt von dem gelegentlichen Schmerzensschrei eines getroffenen Elfen.

Erneut zischten Pfeile heran, dann verdichteten sie sich zu einem endlos scheinenden Pfeilhagel. Elfen gingen zu Boden, doch nicht genug von ihnen, um eine Lücke in ihre Formation zu reißen. Bei den Orks wurde wütendes Gebrüll laut.

Jalan und Theon kauerten nebeneinander hinter ihren Schilden und grinsten einander an. „Die feigen Spitzohren würden am liebsten nur ihre Pfeile abschießen, aber die Rundohren verlieren wohl die Geduld."

Genau so war es auch, denn ein einzelner Schrei erhob sich nun bei den Orks, und die Rundohren stießen begeistert ein. Aufbrüllend hasteten sie auf die wartenden Elfen zu, die nur knapp drei Hundertlängen entfernt standen, doch mussten sie dabei freies Gelände überwinden, auf dem Gras und Blumen alles andere als Schutz boten.

„Pfeile", befahl Jalan.

Aus den hinteren Reihen der Elfen erhoben sich befiederte Geschosse, zogen über den Nachthimmel und senkten sich wieder. Elfische Stahlspitzen durchschlugen die Eisenrüstungen von Orks und warfen die Bestien zu Boden. In der Zeit, welche die hastenden Rundohren für die Strecke benötigten, löste jeder Bogenschütze des Hauses Deshay fast vierzig Pfeile und leerte so seinen Köcher.

Als die Rundohren die elfische Formation erreichten, waren ihre Kohorten bereits geschwächt. Angriffslüstern brüllten die Bestien, erleichtert, den Feind erreicht zu haben und sich nun nicht mehr dem treffsicheren Pfeilhagel aussetzen zu müssen.

„Gebt ihnen Stahl“, brüllte Jalan, während er seinen Schwertarm hochschwang und dabei ein brüllendes Rundohr von unten aufschlitzte.

Im Licht der Sterne schimmerten Rüstungen und Klingen, traf Stahl auf Eisen, starben Elfen und Orks. Einem Beobachter hätte der Kampf als seltsamer Tanz von Wesen erscheinen können, die sich umkreisten oder aufeinander zuwirbelten, denn die Dunkelheit verbarg viel Grauen und gab dem nächtlichen Tod einen unwirklichen Schein von Anmut.

Das wilde Durcheinander begann sich schließlich zu lichten und machte einer Gruppe von Gestalten Raum, die auf den Schutz des Waldes zuhasteten, während elfische Krieger sich unter wenigen Kommandos erneut formierten.

Jalan-olud-Deshay atmete schwer und stieß die Klinge seines Schwertes in den Waldboden, um sie notdürftig vom dunklen Orkblut zu säubern. „Lasst sie keinen Atem schöpfen, ihr Männer des Hauses Deshay“, rief er über die Lichtung. „Formiert euch und jagt die Bestien zurück in die Finsteren Abgründe, aus denen sie sich erhoben haben.“

Theon trat neben seinen Freund. Er blutete aus einer Schnittwunde am Arm, wo ein Schlagschwert den Ringpanzer durchdrungen hatte. „Treiben wir sie aus dem Wald hinaus, mein Freund.“

„Das werden wir“, versicherte Jalan grimmig. Er sah die Orks zwischen die Bäume fliehen und nahm seinen Schild wieder auf. Verwirrt musste das Oberhaupt des Hauses Deshay feststellen, dass es ihm schwerfiel, den Riemen straffzuziehen. Er konnte sich nicht daran erinnern, dass ihn im Kampf ein Hieb getroffen hat, und doch musste es so gewesen sein. Ein wenig verärgert wollte er den Schild senken, er würde auch ohne dessen Schutz kämpfen können, und zwischen den eng stehenden Bäumen wäre er ohnehin eher hinderlich.

Doch sein Arm folgte seinem Willen nicht. Ein taubes Gefühl breitete sich aus, und als Jalan sein Schwert in die Scheide stecken wollte, um seinen anderen Arm zu Hilfe zu nehmen, spürte er entsetzt, dass auch dieser zu erstarren begann. Er wollte seinen Freund Theon ansehen, doch sein Blick blieb unverwandt auf den Rand der Lichtung mit den entschwindenden Orks gerichtet.

Starre und Taubheit breiteten sich in seinem Körper aus, und Jalan bemerkte noch, wie ein grauer Schleier seinen Blick zu trüben begann und sich eine seltsame Dumpfheit über seine Gedanken legte, bevor ihm die Sinne schwanden.

Überall auf der riesigen Lichtung erstarrten die Elfenkrieger, mitten in ihren Bewegungen, die sie begonnen hatten und nie mehr zu Ende führen sollten. Mit der Starre senkte sich Schweigen über die Lichtung, und auch die Stimmen des Waldes schienen verstummt.

So wich die Nacht dem Tag, und aus dem Tag wurden Jahreswenden, ohne dass die Starre wich. Nichts schien sich auf der Lichtung zu verändern, nur der Glanz der Rüstungen verschwand unter einer Schicht von Schmutz, die sich allmählich über sie legte. Jahreswenden vergingen, formten sich zu Jahrhundertwenden und ließen Legenden entstehen. Das elfische Haus Deshay, das mächtige Haus des Urbaums, versank in den Tiefen der Zeit. Unvergessen, aber verschollen.

2

Sommer in der Hochmark: Das bedeutete brütende Hitze, die am Tag über den Tälern lag und die kaum gelindert wurde, wenn ein sanfter Wind durch die Täler strich. Die Felsen hatten sich aufgeheizt und strahlten selbst in der Nacht noch lange ihre Wärme ab, die sich erst gegen Morgen verlor. Nur wenige Stunden der Kühle, bis die Sonne sich erneut über das Land erhob und es mit Licht und Wärme übergoss. So unerbittlich schroff die Wintermonde sein konnten, in denen ein Herdenwächter auf seiner einsamen Wache gegen Kälte und Müdigkeit ankämpfte, so schonungslos gleißend konnten die Sommermonde sein. Die Menschen und Tiere drängten sich an jenen Stellen, an denen es ausreichend Wasser gab, um den Durst zu stillen und den Leib, wenigstens vorübergehend, zu kühlen.

Auch die beiden Reiter, die im leichten Trab auf den Horngrundweiler zuhielten, litten unter der Hitze. Sie trugen keine Helme, und ihre unbedeckten Haare klebten verschwitzt an ihren Schädeln. Dennoch hätten sie niemals darauf verzichtet, ihre bodenlangen grünen Umhänge zu tragen, die Zeichen ihrer Ehre als Pferdelords. Der eine der beiden war ein schlanker junger Mann, der Jagdbogen und Köcher führte. Der Reiter neben ihm war ungewöhnlich klein gewachsen für einen Mann des Pferdevolkes, und die Falten und Narben seines Gesichts verrieten sein Alter, noch bevor man die Augen des Mannes erblickte. Obwohl beide Männer nicht gerüstet waren und keine Schilde hatten, hing eine ungewöhnlich langstielige Axt am Sattelknauf des kleinen Reiters. Dieser ritt einen grobknochigen

Wallach, der Größere hingegen einen braunen Hengst mit einer weißen Blesse an der Stirn. Hinter den Reitern wölbten sich lederne Tragetaschen an den Sätteln, deren bauchige Formen verrieten, dass sie prall gefüllt waren.

„Vielleicht sollten wir es uns doch noch einmal überlegen, Nedeam, mein Freund“, brummte der kleinwüchsige Reiter und blickte nachdenklich zu dem Weiler hinüber, den sie bald erreichen würden.

Nedeam schüttelte den Kopf und sah seinen älteren Freund und Mentor Dorkemunt kurz an. „Wir haben es schon oft besprochen, Dorkemunt, mein Freund. Mit den Schafen allein kommen wir nur gerade eben über die Runden. Wenn wir zwei oder drei der Tiere verlieren, wird es bereits schwierig, die Wintervorräte einzuhandeln, und es gibt nicht genug Wild, das wir stattdessen jagen könnten.“ Nedeam schüttelte erneut den Kopf und strich sich eine Strähne seines verschwitzten Haares aus der Stirn. „Nein, wir müssen zusehen, dass wir außer den Schafen auch ein paar Hornviecher aufziehen. Das gibt zusätzliches Fleisch, Milch und Leder.“

Dorkemunt stieß ein leises Brummen aus. „Du hast ja recht. Aber glaube mir, der Umgang mit Hornvieh ist nicht so einfach, wie du es dir vorstellst. Ich war früher Herdenwächter einer Hornviehherde, und ich weiß, wovon ich spreche.“

Nedeam drang nicht weiter auf seinen Freund ein, denn er wusste, dass er damit einen wunden Punkt in Dorkemunts Vergangenheit berührt hätte. Vor etlichen Jahreswenden war der kleine Pferdelord Herdenwächter in einem Weiler der unteren Marken gewesen und hatte bei einem Überfall der Orks seinen Sohn, die Schwiegertochter und seine geliebte Frau verloren. Die Orks hatten den Weiler niedergebrannt und alles Leben ausgelöscht, und Dorkemunt war nichts geblieben als der Hass. Doch dann war er dem 12-jährigen Knaben Nedeam begegnet und hatte ihn unter seinen Schutz genommen. Inzwischen waren sie beide älter an Jahren und einander in fester Freundschaft verbunden. Sie bewirtschafteten gemeinsam das kleine Gehöft, das Nedeam nach dem Tod seines Vaters Balwin von seiner Mutter Meowyn übernommen hatte. Sie nannten es noch immer Balwins Gehöft, obwohl es nun eigentlich Nedeams Namen hätte tragen müssen.

Keiner der beiden ungleichen Pferdelords hätte sich vorstellen können, ohne den anderen in den Kampf zu ziehen. Sie waren ein ebenso unzertrennliches wie unverwechselbares Gespann, und als nun einige Bewohner des Weilers den schlanken, hochgewachsenen Reiter neben dem Kleinwüchsigen sahen, wussten sie sofort, dass es sich um Nedeam und Dorkemunt von Balwins Gehöft handelte.

Es war Mittag, und die hoch stehende Sonne brannte unbarmherzig vom Himmel herab. Selbst die zahlreichen Kratzläufer, die sonst emsig zwischen den Häusern des Horngrundweilers umherliefen und nach Körnern und Würmern pickten, wirkten von der Hitze erschöpft. Nedeam und Dorkemunt rann der Schweiß übers Gesicht, und die Kleidung klebte ihnen am Leib, als sie zwischen den Häusern hindurchritten und die Pferde zum größten Haus hinüberlenkten.

„Sitzt ab und seid uns willkommen, Ihr guten Herren", grüßte eine ältere Frau und gab ihrem Sohn einen Wink, damit er sich der Pferde annahm.

„Nehmt es uns nicht übel, gute Frau", lehnte Dorkemunt das Angebot ab. „Es sind unsere Pferde, und wir kümmern uns selbst um sie."

„Wahre Pferdelords", erwiderte die Alte. „Erst das Pferd und dann der Mann."

„So ist es Brauch."

Sie ließen die Pferde trinken und steckten anschließend selbst die Köpfe in die Tränke, die vor dem Haus stand. Nedeam prustete erleichtert und ließ das kühle Wasser lächelnd aus seinen Haaren fließen. „Ah, das tut gut. Eine verfluchte Hitze ist das heute."

Die Frau nickte. „Es wird einen schweren Regensturm geben, Ihr Herren. Es ist nicht die Hitze, die uns zu schaffen macht, sondern die Schwüle des aufziehenden Sturms."

Nedeam blickte forschend zum makellos blauen Himmel empor. Sein Freund Dorkemunt nickte. „Ihr habt womöglich recht, gute Frau. Ich kann es in den Knochen spüren."

Die Frau lachte auf. „Ja, in unserem Alter spürt man so manches in den Knochen, guter Herr Dorkemunt. Kommt, tretet in den Schatten des Hauses, Ihr wollt ja sicher zu meinem Mann."

„Ist der Älteste denn da?"

„Natürlich ist er da." Die Frau führte sie in den unteren Raum des Hauses. Schatten umfing sie, der die Hitze jedoch nur wenig linderte.

Das Haus des Weilerältesten war weitaus größer als die anderen Häuser des Horngrundweilers. Denn hier wurden die Versammlungen der Bewohner abgehalten, wenn die Witterung dergleichen auf dem Weilerplatz nicht zuließ. Entsprechend geräumig war das Haus gebaut worden. Fast fünf Längen breit und fünfzehn lang war das Untergeschoss, ein einziger großer Raum, der nur von den gemauerten Säulen unterbrochen wurde, welche Obergeschoss und Dach stützten. Alle Wände wiesen kleine Fenster auf. Normalerweise waren die Öffnungen mit Rahmen versehen und durch gespannte Darmhaut verschlossen, aber bei der herrschenden Hitze waren sie entfernt worden und standen nun neben den metallenen Blenden, mit denen man die Fenster bei schwerem Wetter oder einem Angriff abdecken und in schmale Schießscharten verwandeln konnte.

In einem Teil des Raumes saß eine Gruppe Kinder um einen älteren Mann herum. Ein greises Paar vermittelte ihnen bestimmte Tätigkeiten, mit denen die einzelnen Bewohner des Weilers zum Gemeinwohl beitrugen. Alle Kinder des Pferdevolkes wurden auf solche Weise in die Traditionen eingeführt und in den Zusammenhängen des Lebens unterwiesen. Ihre Eltern oder ältere Bewohner führten sie durch die Handwerksbetriebe und zeigten ihnen die Vielfalt der Aufgaben, die das künftige Leben für sie bereithielt. Auch Maßeinheiten und die Kenntnis der Zahlen gehörten dazu, Letztere aus den praktischen Erfordernissen des Handels und der Waffenkunst. Alles Wissen wurde mündlich vermittelt, denn kaum ein Mensch des Pferdevolkes vermochte die Zeichen der Schrift zu setzen oder zu deuten.

An der Stirnseite des Raumes standen ein langer Tisch und eine Reihe von Schemeln, dahinter eine große Truhe. Eine gemauerte Treppe führte ins Obergeschoss, wo der Älteste mit seiner Familie wohnte. Hinter dem Tisch hing über der Truhe ein Rundschild an der Wand. Er hatte die grüne Farbe des Pferdevolkes und den blauen Rand der Hochmark. In Weiß war auf seine Mitte ein gewundenes Horn aufgemalt, das Wahrzeichen des Weilers.

Pontim, der Älteste, stand über die geöffnete Truhe gebeugt und richtete sich mit leisem Ächzen auf, als er die Stimmen hinter sich hörte. Sein Gesicht verzog sich zu einem erfreuten Lächeln. „Ah, die Herren Dorkemunt und Nedeam. Was führt Euch bei dieser Hitze zu uns in den Horngrund?“

Es war nicht selten, dass die Menschen der Gehöfte in die Weiler kamen, doch hatte es stets einen besonderen Anlass. Auf den Gehöften lebten einzelne Personen oder Familien. Meist war es ein Paar mit seinen Kindern. Da dort kein Anbau, sondern Viehzucht betrieben wurde, bedeutete der Besuch eines Weilers durch den einen Partner stets, dass sich der Zurückbleibende allein um Kinder und Vieh kümmern und sie schützen musste. Doch kein Reiter des Pferdevolkes ließ seine Angehörigen gerne ohne seinen Schild und Waffenarm zurück, wenn auch die Frauen der Gehöfte sich im Umgang mit den Waffen übten und zumindest Pfeil und Bogen beherrschten.

Die Menschen der Gehöfte handelten mit der geschorenen Wolle der Schafe, dem Leder des Hornviehs und mit dem Fleisch der Tiere. Gegen diese Waren tauschten sie ein, was sie auf ihrem Gut nicht erzeugten: Metall- und Holzwaren, Bekleidung, Brennstein für die Lampen und jene Lebensmittel und Gewürze, die der eigene Boden nicht hervorbrachte. Manchmal konnte ein Gehöft etwas Gewinn erwirtschaften und ermöglichte Rücklagen für kargere Zeiten. Manchmal jedoch mussten die notwendigen Waren im Weiler gegen Arbeitskraft getauscht werden, und der Mann vom Gehöft arbeitete dort eine Weile, bis die Schuld beglichen war. In selteneren Fällen tauschten die Bewohner der Gehöfte auch Schafe oder Hornvieh, aber dann mussten sich die Herden schon gut vermehrt haben, denn die Tiere waren die Lebensgrundlage der Einsiedler.

Ein solcher Tausch war der Grund für den Besuch von Nedeam und Dorkemunt. „Wir wollen Waren gegen ein paar Hornträger zur Zucht eintauschen, guter Herr Pontim."

„Oh." Pontim grinste breit. „Da habt Ihr Glück, Ihr Herren. Dieses Jahr schenkte uns etliche neue Kälber, und es wird Euch sicher möglich sein, ein paar Kühe und einen Bullen zu erstehen.

Ihr wollt Euch nun also als Hornviehzüchter versuchen?"

Nedeam wies auf seinen Freund. „Dorkemunt hat einige Erfahrungen damit."

Pontim sah den kleinwüchsigen Pferdelord freundlich an. „Die wird er brauchen, der gute Herr Dorkemunt. Unser Hornvieh ist noch nicht mit dem der anderen Marken gekreuzt. Es sind echte, unverfälschte Rinder der Hochmark. Mit kraftvollem Fleisch, gewürzt von den Kräutern unserer Landschaft, aber auch mit einem kraftvollen Temperament." Er nickte zu seinen Worten. „Doch das werdet Ihr sicherlich zu beherrschen lernen."

Pontims Frau zuckte bedauernd die Schultern. „Ihr hättet in drei Tageswenden kommen sollen. Dann gibt es im Weiler eine Verbindung und zu Ehren des Paares ein schönes Fest mit Musik und Tanz."

„Und mit unserem starken Gerstensaft", fügte Pontim hinzu. „Nicht dieses gepanschte Zeug, das man Euch in Eternas geben würde. Vielleicht wollt Ihr über die Tageswenden bleiben?"

Das war ein verlockendes Angebot. Es gab nicht oft die Gelegenheit, in der Gemeinschaft eines größeren Weilers zu feiern, und eigentlich nutzten die Menschen des Pferdevolkes jede Möglichkeit zu geselligem Beisammensein. Viermal, zwischen den einzelnen Jahreszeiten, traf man sich in den Weilern oder in der Stadt Eternas zum Handel, und dann gab es immer Musik und Tanz, Wein und Gerstensaft. Viele der Familien trieben zu diesen Anlässen sogar ihre Herden mit sich, um sie nicht schutzlos zurückzulassen. Der Pferdefürst unterstützte dies, denn er hielt es für eine gute Übung für den Fall, dass die Hochmark bedroht wurde und die Menschen mit ihrer Habe nach Eternas flüchten mussten.

Nedeam schüttelte bedauernd den Kopf. „Habt Dank für dieses Angebot, guter Herr Pontim, aber wir wollen das Gehöft und unsere Schafe nicht so lange sich selbst überlassen. Zumal unser Zuchtbock im Augenblick unberechenbar ist."

Dorkemunt nickte. „Es ist das Alter oder die Brunft. Bei ihm lässt sich das nicht genau sagen."

Nedeam wies auf die offene Truhe. „Verzeiht, guter Herr Ältester, aber würdet Ihr es mir zeigen?"

Pontim blickte unwillkürlich zur geöffneten Truhe hinüber. „Das Horn des Weilers?" Als Nedeam nickte, lächelte der Alte. „Natürlich zeige ich es Euch. Kommt um den Tisch herum, ich will es nicht aus der Truhe heben. Es ist schon alt und brüchig."

Auch Dorkemunt trat an die Truhe heran, obwohl er das Horn zuvor schon einmal gesehen hatte. Noch immer übte es eine Faszination auf ihn aus.

Pontim schlug in der Truhe ein dickes Tuch auseinander, das man zum Schutz vor der Witterung geölt hatte. Zwischen den Falten des Stoffes wurde das Wahrzeichen des Horngrundweilers sichtbar.

Es war ein sehr ungewöhnliches Horn. Rund eine halbe Länge lang, war es an seinem einen Ende so dick wie ein Handgelenk und verjüngte sich nach vorne bis auf Daumenbreite. Möglicherweise war es einmal spitz wie ein Pfeil gewesen, aber das ließ sich nun nicht mehr mit Bestimmtheit sagen. Es war ganz offensichtlich aus dem Material aller übrigen Tierhörner und sehr alt, denn Risse und Bruchstellen waren zu sehen. Die Männer des Horngrundes hatten es im Boden entdeckt, als sie den Weiler errichteten, und den Ort danach benannt. Sie hielten es in Ehren, und Pontims Aufgabe war es, das Horn aufzubewahren und vor Schaden zu behüten.

„Ob es wirklich ein Horn ist?" Nedeam wollte mit den Fingern sanft über das Material streichen, aber Pontim hielt seine Hand fest und schüttelte den Kopf.

„Nicht, guter Herr Nedeam. Es ist wahrlich alt und könnte unter der Berührung leiden. Ja, ich denke schon, dass es ein Horn ist, auch wenn es eine ungewöhnliche Form hat."

„Ein merkwürdiges Tier muss das gewesen sein", brummte Dorkemunt. Das Horn war vollkommen gerade, dabei jedoch viele Male in sich verwunden, wie bei dem Gehäuse einer Schnecke. „Ein Hornviech mit zwei solchen Hörnern würde jedenfalls kaum durch die Talenge passen."

Nedeam lachte bei der Übertreibung seines Freundes auf, doch Pontim knurrte leise. „Redet keinen Unsinn, guter Herr. Es wird sie nach vorne gerichtet getragen haben. Wie jene Waldtiere aus den unteren Marken."

„Habt Ihr denn das zweite gefunden?"

„Leider nicht." Pontim schlug das Tuch wieder behutsam über dem Symbol zusammen. „Nicht einmal den zugehörigen Schädel. Aber beides muss es gegeben haben. Jedenfalls wüsste ich kein Tier zu nennen, das nur ein Horn am Schädel trägt."

Nedeam kratzte sich unsicher im Nacken. „Vielleicht war es eine Waffe, die jemand verloren hat. Eine Lanze möglicherweise."

„Wir werden es wohl nie erfahren." Pontim schloss den Deckel der Truhe und richtete sich auf. „Sein Träger ist in jedem Fall schon lange tot. Vielleicht wissen die Herren Elfen, welches Wesen es einst trug."

Nedeam nickte. „Wir sollten den Hohen Herrn Lotaras aus dem Hause Elodarion einmal fragen, ob er ein solches Horn kennt."

„Wenn sich unsere Wege jemals wieder kreuzen sollten."

Dorkemunt seufzte. „Doch wer vermag schon die verschlungenen Pfade des Schicksals vorherzusagen?"

„In jedem Fall vermag ich zu sagen, dass Ihr Hunger habt, Ihr guten Herren", meldete sich die Frau des Ältesten zu Wort. „Ich kann das Knurren Eurer Mägen bis hierher hören. Nein, widersprecht mir nicht, Ihr Herren. Erst wird gegessen, dann könnt Ihr Euren Handel machen."

„Sie hat recht." Pontim wandte sich zur Tür, wo nun ein Knabe erschien. „Geh zu Rufus und sage ihm, die guten Herren Nedeam und Dorkemunt wollen einen Handel mit ihm schließen. Und Ihr", er wandte sich zu den beiden Pferdelords um, „werdet jetzt erst einmal ordentlich zulangen. Wir haben heute Morgen frisches Brot gebacken und ein Rind geschlachtet."

Sie saßen im Obergeschoss des Hauses in der Wohnstube der Familie, als unter ihnen schwere Schritte ertönten und eine kräftige Stimme nach ihnen rief. „Wo sind sie? Wo sind die Pferdelords, die einen Handel machen wollen?"

„Sie sind hier oben, guter Herr Rufus", rief die Frau des Ältesten. „Und wenn Ihr sie nicht in Ruhe essen lasst, werden sie so vom Fleisch fallen, dass sie nie wieder einen Handel machen können."

Die Schritte polterten die Treppen herauf, und das breite Gesicht eines stämmigen Mannes erschien. „Ah", rief er erfreut, als er Nedeam und Dorkemunt erkannte. „Die guten Herren von Balwins Gehöft. Seid gegrüßt, Pferdelords."

„Setzt Euch zu uns, Rufus", lud ihn der Weilerälteste ein. „Es ist genug für alle da, und Ihr seht hungrig aus."

„Der gute Herr Rufus ist immer hungrig", lachte seine Frau und füllte eine weitere Schale.

„Und durstig", bekannte der Hornviehzüchter. „Wenn Ihr noch einen Krug Wasser hättet, gute Frau?"

Auch Rufus trug trotz der Hitze einen Umhang. Er war aus schwerer brauner Wolle und wurde von zwei Lederriemen verschlossen. Die Menschen des Pferdevolkes färbten ihre Umhänge je nach Vorliebe mit den geeigneten Kräutern, Wurzeln oder Pilzen. Alle möglichen Farben waren vertreten, doch Grün blieb allein den Pferdelords vorbehalten. Rufus hatte nie den Eid als Kämpfer abgelegt und widmete sich lieber seinem Hornvieh als den Wehrübungen. Dennoch verstand er es, mit Axt, Pfeil und Bogen umzugehen, was schon so manches Raubtier schmerzhaft hatte feststellen müssen.

„Ihr wollt Hornvieh erstehen?", fragte Rufus mit vollem Mund und zog hastig die Schüssel mit Fleisch zu sich heran, als die Frau des Ältesten sie fortstellen wollte. „Ihr tut gut daran, zu mir zu kommen. Ich habe erstklassige Kälber, und es ist gutes Hochmarkvieh, nicht diese verwöhnten Rassen aus den unteren Marken. Meine Tiere tragen noch Temperament in sich und ein dichtes Fell gegen die Eisstürme des Winters. Ich kann Euch ein paar überlassen, wenn wir uns einig werden. Wolle und Leder im Tausch, meintet Ihr?"

Nedeam nickte. Da Balwins Gehöft offiziell in seinen Besitz übergegangen war, lag es an ihm, den Handel abzuschließen. „Wolle und Leder. Vom Besten."

„Nun, das will ich glauben. Eure Schafe tragen gute und dichte Wolle. Wir werden schon übereinkommen." Rufus schmatzte behaglich, ließ seine Zunge durch die geleerte Schale gleiten und lehnte sich dann mit einem vernehmlichen Aufstoßen zurück. „Warum wollt Ihr Hornvieh züchten? Es wird Euch viel Arbeit machen, Ihr guten Herren. Im Weiler sind genug Männer, um sich bei der Herdenwache abzuwechseln, aber Ihr seid nur zu zweit, und die Hornviecher müsst Ihr gut im Auge behalten."

„Wir haben einen Pferch vorbereitet“, erwiderte Nedeam.

„Einen … was?“

„Wir haben ein Stück des Tals umzäunt. Wie man es für Pferde macht, die noch nicht zugeritten sind“, erklärte Dorkemunt. „Da hinein werden wir das Hornvieh sperren.“

Rufus lachte gutmütig. „Das mag das Hornvieh aus den unteren Marken zusammenhalten, aber nicht unseres. Meine Tiere verfügen über Temperament, erwähnte ich das nicht?“

„Ihr tatet es“, brummte der kleinwüchsige Pferdelord. „Aber glaubt mir, auch die Rinder der unteren Marken können kräftig mit den Hörnern stoßen. Doch keine Sorge, ich weiß einen festen Zaun zu errichten.“

Rufus wirkte verwirrt. „Eine merkwürdige Vorstellung, Hornvieh hinter einen Zaun zu sperren. Wozu wollt Ihr einen Zaun, guter Herr Dorkemunt? Die Felswände der Mark sind hoch und steil, auch der stärkste Bulle vermag sie nicht zu ersteigen. Zudem braucht das Vieh viel Bewegung und gutes Gras und Kraut. Das macht sein Fleisch fest und schmackhaft und lässt es nicht so wabbelig und fettig werden wie das der Hornviecher aus den unteren Marken.“

Der Viehzüchter zuckte seine breiten Schultern. „Aber nun, ich will Euch da nicht hineinreden, Ihr guten Herren. Lasst uns sehen, welche Ware Ihr gebracht habt.“

Im Haus war es immer noch heiß genug gewesen, aber als sie nun wieder hinaus in die pralle Sonne traten, trieb es ihnen sofort den Schweiß aus allen Poren. Rufus blickte zum Himmel hinauf. „Wird einen schweren Regensturm geben. Man kann es riechen. Wir sollten uns beeilen. Bei einem solchen Sturm wird es schwer für Euch, das Hornvieh nach Hause zu treiben. Es ist zwar temperamentvoll, aber auch ein wenig schreckhaft.“

Nedeam und Dorkemunt hoben die Packtaschen von den

Pferden, und Rufus begutachtete ihre Waren mit kundigen Augen und Händen. „Es ist gute und dichte Wolle“, stellte er fest. „Schade nur, dass Ihr sie nicht zu Fäden spinnen könnt, dann würdet Ihr einen weitaus besseren Preis erzielen. Aber nun wird meine Frau dies tun und die Wollfäden dann in Eternas feilbieten. Auch das Leder gefällt mir. Sehr fein und doch fest. Daraus lassen sich gute Handschuhe fertigen. Nun, ich denke, ich kann Euch dafür einen Jungbullen und zwei etwa gleichaltrige Kühe geben.“

Dorkemunt runzelte die Stirn, aber Nedeam blickte über die Schulter seines Freundes hinweg auf den Ältesten, der zu Rufus’ Worten nickte. Er schien den Handel als fair zu empfinden. Dennoch war es nicht das Geschäft, das Nedeam vorschwebte. „Legt noch einen Bullen und eine Kuh drauf, guter Herr Rufus.“

Der Züchter schüttelte den Kopf. „Auch wenn dies erstklassige Ware ist, mehr kann ich Euch dafür nicht geben. Aber ich versichere Euch, ich werde gute Tiere aussuchen.“

Rufus würde die beiden nicht über den Tisch ziehen. Das Miteinander des Pferdevolkes basierte auf einem fairen und ausgewogenen Handel. Nedeam seufzte leise. „Das will ich gerne glauben. Aber wenn dem Bullen oder einer der Kühe etwas geschieht …“

„Das Risiko trägt jeder Züchter“, brummte Rufus. Er strich sich nachdenklich über das Kinn. „Mehr zu geben, wäre nicht richtig, Ihr guten Herren, nehmt mir das nicht übel. Aber ich will Euch einen Vorschlag machen. Sollte einem der Tiere ein Unglück geschehen, so will ich Euch Ersatz geben. Aber dafür müsst Ihr mir zusichern, dass Ihr mir in dem Fall das dritte und vierte Kalb überlasst.“

Nedeam nickte. „So soll es sein.“

Der Handel war geschlossen, und selbst wenn es keinen Zeugen gegeben hätte und die Bedingungen nur zwischen Nedeam und Rufus ausgehandelt worden wären, so hätte keiner von ihnen jemals die Vereinbarung verletzt. Das gesprochene Wort galt viel im Pferdevolk, und wer es verletzte, verlor seine Ehre. Ehre war jedoch ein Teil des Lebens. Einem Menschen mochte durch das Schicksal alles genommen werden, doch die Ehre konnte ihm niemand nehmen, außer, er tat es selbst.

„Kommt, ich zeige Euch die Tiere, die ich Euch geben will." Rufus winkte den Sohn des Ältesten heran. „Trage Wolle und Leder zu meinem Haus. Die Frauen des Horngrunds sollen sich darum kümmern." Er sah die beiden Pferdelords an. „Ihr habt Riemen dabei? Nein? Gut, der Junge soll welche bringen, Ihr müsst die Viecher ja irgendwie nach Hause bekommen."

Das Hornvieh des Weilers weidete unweit der Häuser. Es war eine große Herde von etlichen Hundert Tieren, die von zwei Herdenwächtern beaufsichtigt wurde. Einige Kinder spielten unbefangen zwischen Kühen und Bullen, wobei die älteren darauf achteten, dass keiner ihrer jüngeren Spielgenossen in Gefahr geriet. Rufus und die beiden Pferdelords schritten zwischen den Gruppen der Tiere hindurch, und der Viehzüchter wählte einen Bullen und zwei Kühe aus, die gerade im zeugungsfähigen Alter waren.

„Ein prachtvolles Exemplar. Nicht mehr lange, und er würde dem Leitbullen der Herde den Rang streitig machen."

Es gab keine Markierungen an den Tieren, man konnte sie allenfalls an den unterschiedlichen Färbungen und Schattierungen des Fells unterscheiden. Sie waren das Gemeinschaftseigentum des Weilers und gehörten allen Bewohnern gleichermaßen. Auch Leder und Wolle, die Nedeam und Dorkemunt eingetauscht hatten, würden in den Besitz des Weilers übergehen.

Dorkemunt betrachtete den jungen Bullen und nickte bedächtig. „Wir werden die Kühe vorauslaufen lassen. Er ist jung und stark und wird ihnen bereitwillig folgen."

Dorkemunt und Rufus tauschten noch eine Weile ihre Erfahrungen mit Hornvieh aus, doch dann war es an der Zeit, sich auf den Heimweg zu machen.

Bullen waren ausgesprochen eigensinnige Tiere und schwer beherrschbar, vor allem, wenn sie ihrem Trieb folgten. Nedeam und Dorkemunt machten sich aber genau dies zunutze. Sie trieben die beiden gutmütigen Kühe vor sich her, und der junge Bulle folgte ihnen. Die beiden Pferdelords waren erleichtert, als sie wieder das Gehöft erreichten und die Hornviecher endlich in die vorbereitete Koppel treiben konnten.

Dorkemunt ritt auf seinem Wallach am Zaun entlang, beugte sich gelegentlich zur Seite und prüfte die Bindungen, mit denen die Stangen des Pferches an den Pfosten befestigt waren. „Vielleicht hätten wir besser Seile besorgen sollen", meinte er zögernd. „Die Lederriemen werden rasch verwittern. Wir müssen ein Auge darauf haben."

„Meinst du, der Bulle würde sich davonmachen, wenn der Zaun nachgibt?"

Dorkemunt nickte. „Er liebt die Freiheit, wie alle denkenden Wesen." Der kleinwüchsige Pferdelord lachte belustigt auf. „Und wie bei so vielen denkenden Wesen lässt sein Verstand nach, wenn es um die Brunft geht. Ich denke, die beiden Kühe werden ihn eher im Pferch halten als das Holz und Leder des Zauns."

Nedeam zuckte die Achseln. „Ich verstehe mich eher auf Schafe."

Sein Freund lächelte und lenkte seinen Wallach auf das Haus zu. „Wir sollten uns jetzt erst einmal stärken und dann nach den Schafen sehen.“ Er saß ab und lockerte die Gurte, um das Pferd abzusatteln. „Zudem sollten wir heute ein wenig ausruhen, Nedeam. Übermorgen ist die Zusammenkunft der Pferdelords.“

„Ah, ja.“ Nedeam lächelte erfreut. „Die jährliche Wehrübung.“

„Und der jährliche Ritt.“ Dorkemunt reckte sich und trat mit dem Wallach an die Tränke, und während sein Reittier soff, schöpfte er Wasser, trank selbst ein wenig und sah Nedeam treuherzig an. „Ich denke, es wird ein gutes Rennen werden.“

Nedeam nickte. „Ein gutes Rennen, Dorkemunt, mein Freund, und ich werde dich schlagen.“

3

Es war einer jener kleinen Streiftrupps, die regelmäßig die Grenzen der Marken abritten. Meist eine kleine Schar von fünf, gelegentlich auch acht Pferdelords, die nach Eindringlingen oder deren Spuren und anderen möglichen Gefahren Ausschau hielten. Raubwild konnte über die Grenzen kommen und die Herden oder einsam liegende Gehöfte bedrohen, aber das geschah nur selten. Noch seltener war zweibeiniges Raubwild, vor allem hier oben in der Hochmark der Pferdelords. Eine Raubkralle oder ein Pelzbeißer konnten vielleicht mit Glück den Weg durch das schier unüberwindliche Gebirge finden, doch den zweibeinigen Räubern blieben nur die Stellen, an denen Pässe in die Mark hineinführten: hoch oben der Nordpass, der durch die Festung Eternas geschützt war, und im Süden der lange Südpass, eine tiefe Schlucht, deren beide Zugänge durch Posten und Signalfeuer gedeckt waren.

Kormund war ein erfahrener Pferdelord, der im Laufe der Jahreswenden zum Scharführer aufgestiegen war und den Streiftrupp aus fünf Reitern führte. Der lange dreieckige Wimpel an seiner Lanze knatterte im Reitwind, denn die kleine Schar ließ ihren Pferden freien Lauf. Sie hatten die Streife im Norden bei Eternas begonnen und waren dem Verlauf des westlichen Gebirgszuges gefolgt, der sie durch die kleinen und großen Täler der Hochmark zum Südpass führte. Von dort aus wurden sie dem östlichen Zug zurück nach Eternas folgen. Auf ihrem Weg mussten sie dem Streiftrupp begegnen, der die entgegengesetzte Route nahm.

Obwohl die steilen Felswände das Eindringen eines Räubers unwahrscheinlich machten, achteten die Männer aufmerksam auf ihre Umgebung. Im Augenblick ritten sie über weichen, grasbedeckten Boden, aber sobald sie sich auf felsigem Untergrund bewegten, würden sie ihre Pferde im Schritt gehen lassen, damit ihnen keine fremde Spur am Boden entging. Sie wechselten oft die Geschwindigkeit, und jeden Zehnteltag saßen sie ab, um ihre Pferde zu führen. So verlangte es die Tradition des Pferdevolkes, damit die Tiere stets frisch genug für eine kraftvolle Attacke blieben.

Hatmerlemin war es, der es zuerst sah. „Dort rechts. Zehn Längen über dem Grund."

Kormund ärgerte sich, dass er die deutlichen Zeichen nicht als Erster bemerkt hatte. „Ich kann es sehen, guter Herr Hatmerlemin. Helle Bruchkanten. Die Witterung hat die Felsen gelöst, worauf sie gebrochen und herabgestürzt sind. Langsam jetzt, und haltet Euch von der Wand fern, Ihr guten Herren, es mag sein, dass sich noch weitere Brocken lösen."

Geröll bedeckte einen Teil des Talgrunds, hier und da ragten ein paar größere Felsen empor. Zwischen den Gesteinsmassen lagen weißliche Bündel auf dem grünen Sommergras und tränkten es mit Blut.

„Bei den Finsteren Abgründen", fluchte einer der Pferdelords erbittert, „die Herde muss vollkommen überrascht worden sein. Warum sind sie nicht geflüchtet?"

Sie trabten zu den Opfern des Steinschlags hinüber. Rund zehn Schafe waren von den Steinen erschlagen worden, und andere mussten verletzt worden sein, denn Blutspuren führten in verschiedene Richtungen.

Kormund gab das Zeichen mit der Wimpellanze, und der Streiftrupp hielt an. Der erfahrene Scharführer stützte eine Hand auf das Sattelhorn, an dem der grüne Rundschild hing, und beugte sich im Sattel vor. „Die Felsen sind fast sauber, kein Staub vom Bruch, und die Blutflecken sind verwaschen. Es muss während der Nacht geschehen sein, als der kurze Regensturm tobte. Die Tiere haben das Herabbrechen der Steine nicht gehört."

„Ein verdammtes Elend", brummte Hatmerlemin. „Das ist ein übler Verlust für die Herde. Sie muss zu Timmins Gehöft gehören. Es befindet sich in dem kleinen Seitental dort vorne."

Kormund richtete sich auf und nickte. „Wird schwer für den guten Herrn Timmins werden, den Schaden auszugleichen. Ist ein guter Mann und braver Pferdelord. Er kommt mit seiner Familie nur gerade eben über die Runden. Das ist wahrlich ein harter Schlag." Er wandte sich im Sattel und sah die Männer an. „Unser Weg führt ohnehin an seinem Gehöft vorbei. Ich denke, wir werden dem guten Herrn die üble Kunde überbringen müssen."

Die Schar trabte auf Kormunds Zeichen hin wieder an. Nur wenig später öffnete sich das kleine Seitental und gab den Blick auf Timmins Gehöft frei. Hitze flimmerte über dem Kochschlot auf dem steingedeckten Dach, und als Timmin den Hufschlag des Streiftrupps hörte, trat er mit freundlichem Lächeln vor das Haus, gefolgt von seiner Frau und den beiden halbwüchsigen Kindern.

„Willkommen, Ihr Schwertmänner der Hochmark." Timmin wies auf Tränke und Haus. „Ihr seid uns willkommen, Pferdelords. Was gibt es Neues in der Mark? Guter Herr Kormund, Ihr macht ein betrübtes Gesicht. Gibt es schlechte Kunde?"

Kormund rammte den Bodendorn seiner Lanze in die Erde und schwang sich aus dem Sattel. „Es tut mir leid, guter Herr

Timmin, aber ich überbringe tatsächlich schlechte Nachricht. Drüben, im vorderen Tal, haben sich in der Nacht Steine gelöst und Eure Schafe getroffen. Wohl zehn von ihnen sind tot, die anderen vor Schreck davongerannt, aber die wird man rasch wieder finden können."

Timmins Frau sah die Männer schockiert an, und das Gesicht ihres Mannes verfinsterte sich. „Das sind üble Neuigkeiten, guter Herr Kormund."

Der Scharführer warf einen Blick auf seine Männer, die ebenfalls absaßen, um die Pferde zu versorgen. „Ein schwerer Schlag, guter Herr. Ich weiß, wie sehr Ihr und Eure Familie für das Gedeihen der Herde geschuftet habt. Sie hat sich gut entwickelt, ich konnte es über die Jahreswenden selbst erleben, und nun ist Eure Arbeit dahin. Doch wir werden Euch helfen, die lebenden Tiere zu finden."

„Die Wolle der toten Schafe ist recht üppig", meinte einer der anderen Reiter. Er nahm den hohen Helm mit dem blauen Rosshaarschweif der Schwertmänner Garodems ab und wischte sich Schweiß von der Stirn. „Wenn Ihr Euch beeilt, Timmin, werdet Ihr sie noch handeln können. Es wird nicht viel einbringen, aber für einen neuen Bock mag es langen."

„Ach, Ihr guten Herren", seufzte Timmins Frau. „Ein Bock, und mag er noch so gut sein, wird nicht reichen als Grundstock für eine neue Herde."

„Ein paar Schafe werden wir noch finden", wandte Hatmerlemin ein.

Kormund nickte. „Der Horngrundweiler ist reich an Schafen, guter Herr Timmin. Sprecht mit dem Ältesten und schildert ihm Eure Lage. Man wird Euch Schafe für die neue Herde geben, und wenn die neuen Lämmer herangewachsen sind, werdet Ihr Euch schon über den Handel einig."

Timmin nickte. „Das scheint mir die beste Lösung zu sein. Ein verfluchtes Pech, Ihr guten Herren. Gestern fing mein Pferd zu lahmen an, und ich habe nur dies eine. Deshalb war ich nicht draußen bei der Herde.“

„Gebt Euch keine Schuld. Ihr hättet den Steinschlag nicht verhüten können.“ Kormund lächelte tröstend. „Am Ende hättet Ihr gar selbst einen der Brocken gekostet, und ich glaube, er wäre Euch nicht bekommen. Auf ein paar Schafe könnt Ihr verzichten, guter Herr, doch nicht auf Euren Kopf.“

Timmin nickte. „Kommt erst einmal herein und stärkt Euch. Viel können wir Euch nicht bieten, aber mein Heim ist auch das Eure.“

„Habt Dank für das Angebot“, lehnte Kormund freundlich ab. Er wusste, dass die Familie nicht viel besaß, wollte jedoch Timmins Gastfreundschaft nicht einfach zurückweisen. „Aber Ihr und Euer Weib würdet uns einen großen Gefallen tun, wenn Ihr etwas von unseren Vorräten mit zubereiten könntet. Heute müsste Hatmerlemin für unser Mahl sorgen, und ich versichere Euch, er ist ein grauenvoller Koch.“

Der Ehre Timmins und den kargen Vorräten der Familie wurde somit gleichermaßen Rechnung getragen. Die Männer Kormunds machten sich nach der Mahlzeit daran, die vermissten Schafe zu suchen, und bis zum späten Nachmittag hatten sie eine Handvoll Tiere zusammengetrieben. Eines von ihnen war zu stark verletzt und musste geschlachtet werden. Der Reiter, der die Aufgabe übernommen hatte, reichte das Schaf zu Timmins Frau hinüber, die es sofort auszuweiden begann.

„Habt Dank für Eure Hilfe, Schwertmänner Garodems“, sagte Timmin, als die Männer wieder aufsaßen. „Ich werde Euren Rat befolgen, guter Herr Kormund, und mit den Männern vom Horngrund sprechen.“

„Tut das, man wird Euch sicher einen fairen Handel vorschlagen." Kormund nickte der Familie zu, und der Streiftrupp ritt an.

Timmin und die Männer des Horngrundweilers würden sich darauf einigen, der Familie mit Tieren auszuhelfen, bis die Verluste ausgeglichen waren, denn die Menschen des Pferdevolkes waren es gewöhnt, einander in Gefahr oder Not beizustehen.

Kormunds Schar folgte dem Gebirgszug weiter Richtung Süden, und da sie auch die Täler abritt, brauchte es seine Zeit. Die Hochmark war nicht die größte Mark des Pferdevolkes, aber sicherlich eine der unübersichtlichsten. Sie war die einzige, die sich mitten im Gebirge befand, während die anderen Marken in den fruchtbaren Ebenen lagen.

Als es zu dunkeln begann, suchten die Männer einen geeigneten Lagerplatz. Sie wählten weichen Grund, auf dem sie bequem ruhen konnten. Sorgfältig klopften sie den Boden nach Schlangen ab, ließen ihre Pferde grasen und verzichteten für die Nacht auf ein Feuer. Normalerweise hätten sie während der Streife ohnehin kein warmes Mahl zu sich genommen, und das üppige Essen bei Timmin füllte noch immer ihre Mägen. Jeweils einer von ihnen hielt Wache, während die anderen mehr oder weniger geräuscharm schliefen. Als sich die Sonne über den Rand des Gebirges schob, erhoben sich die Männer wieder und setzten ihren Ritt fort.

Gegen Abend steuerten sie das Gehöft von Lektwin und seiner Frau Anmalyn an. Beide waren schon betagt, und da sie im Krieg gegen die Orks ihren Sohn verloren hatten, mussten sich die beiden Alten nun allein um Gehöft und Herde kümmern. Kormund wusste davon und stattete den beiden auf seinen Streifen regelmäßig einen Besuch ab.

„Kein Kochfeuer, und die Tür des Hauses steht offen", erkannte Kormund, und sofort erwachten die Instinkte der erfahrenen Kämpfer.

Die vier anderen Reiter des Streiftrupps schwärmten rechts und links von Kormund zur Schwarmlinie aus und hielten ihre Waffen bereit. Im Schritt ritten sie auf den Hof, und während die beiden Flankenreiter die Umgebung absuchten und Kormund sich aus dem Sattel schwang, achteten die beiden anderen Männer darauf, ob sich am Gebäude eine Gefahr zeigte.

„Hier ist Scharführer Kormund von den Schwertmännern des Pferdefürsten", rief Kormund und schritt langsam auf das Haus zu. „Ist alles wohl im Haus?"

Einer der beiden Bewohner mochte bei der kleinen Herde sein, doch dann hätte der andere das Heim gehütet. Kormund spürte, dass hier etwas nicht stimmte. Die Tür stand halb offen, und in dem Haus herrschte Dunkelheit. Sein Schwert glitt lautlos aus der ledernen Scheide. Die Hauswand als Deckung nehmend, stieß er die angelehnte Tür mit der Schwertspitze auf, sodass mehr Licht ins Haus hineinfiel.

Der Scharführer kannte das Haus und blickte zur Bettstatt gegenüber der Tür. Schemenhaft sah er eine Gestalt darauf liegen, vor der eine weitere kniete. Zugleich nahm er den süßlichen Geruch des Todes wahr. Schwach, aber unverwechselbar. Kormund stieß die Tür ganz auf und sprang in den Raum hinein, bereit, die Klinge gegen einen Feind zu richten. Die Gestalt am Bett hörte das Poltern, fuhr herum und starrte Kormund mit entsetzten und verweinten Augen an.

Der Scharführer senkte rasch das Schwert. „Gute Frau Anmalyn, was ist geschehen?"

Die alte Frau schluchzte leise, sie schien nicht in der Lage zu sein, Kormund zu antworten. Er schob das Schwert in die

Scheide zurück, gab den Männern draußen ein Zeichen und trat zu der Alten. Kormund erkannte nun den alten Lektwin, der sorgsam zugedeckt auf dem Bett lag, so als schlafe er. Doch die Trauer der Frau und der Geruch verrieten dem Pferdelord, dass der Tod Einzug im Haus gehalten hatte.

Er beugte sich vor, griff unter die Arme der Witwe und zog sie sanft vom Boden hoch. „Kommt, gute Frau Anmalyn, ein wenig frische Luft wird Euch guttun."

Kormund führte die leise schluchzende Frau vor das Haus und schüttelte vielsagend den Kopf, als die anderen ihn fragend ansahen. „Wartet hier, gute Frau Anmalyn, der gute Herr Hatmerlemin wird sich um Euch kümmern. Lasst mich und die anderen für den guten Herrn Lektwin sorgen. Habt keine Bedenken, wir werden uns gut um ihn kümmern. Er ist in Ehre zu den Goldenen Wolken gegangen, und wir werden ihm das Geleit geben, wie es sich gebührt."

Zwei der Männer hoben unweit des Hauses das Grab für den alten Lektwin aus, während sich Kormund darum kümmerte, dass der Alte in seine Rüstung gekleidet wurde. Es war keine angenehme Aufgabe, aber der Alte war ein guter Mann und Pferdelord gewesen, und man musste ihm die Ehre erweisen. Als das Grab ausgehoben war, trugen sie den Toten hinüber, legten ihn sacht hinein und hüllten ihn in seinen Umhang. Sorgsam legte Kormund die schlaffe Hand an den Griff von Lektwins Waffe und bedeckte die Brust mit dem Schild des Toten. Schluchzend stand Anmalyn an Kormunds Seite, als die Erde ihren Mann bedeckte.

Kormund räusperte sich. „So ruht hier nun Lektwin, des Harnats Sohn und Gefährte von Anmalyn. Er war ihr ein guter Mann und ein wahrer Pferdelord, der in viele Schlachten geritten ist und dem grünen Umhang zur Ehre gereichte."

Kormund räusperte sich erneut, um dann den Eid der Pferdelords zu sprechen. „In des Lebens Wonne und des Todes Not, soll Eile sein stets das Gebot, in Treue fest dem Pferdevolk, der Hufschlag meines Rosses grollt, soll Lanze bersten, Schild zersplittern, so wird mein Mut doch nie erzittern, ich stehe fest in jeder Not, mit schnellem Ritt und scharfem Tod."

Anmalyns Knie gaben nach, doch Kormund umfing die Witwe sanft und hielt sie aufrecht. „So lasst uns nun den Toten ehrenvoll zu den Goldenen Wolken geleiten."

Die Schwertmänner der kleinen Schar zogen ihre Klingen und schlugen sie in langsamem Rhythmus an ihre Rundschilde. Der Takt wurde schneller und glich schon bald dem Hufschlag galoppierender Pferde, dann verstummte er unvermittelt mit einem letzten Schlag.

Schweigen senkte sich über das Grab, nur Anmalyns leises Schluchzen war zu hören. Kormund sah die Männer an. „Sie kann hier nicht allein zurückbleiben, wir werden sie mit nach Eternas nehmen. Der Pferdefürst wird für sie sorgen."

Einer der anderen schüttelte den Kopf. „Besser zu einem der Weiler, guter Herr Kormund. Sie würde sich in der Stadt nicht wohlfühlen."

Hatmerlemin kratzte sich am Nacken. „Es ist nur so ein Gedanke, Ihr guten Herren, aber warum fragen wir nicht den guten Herrn Timmin? Auf einem Gehöft würde sie sich in ihren alten Tagen wohler fühlen, und sie hätte sicher nichts dagegen, wenn er ihre Schafe hütet."

Kormund sah den Reiter überrascht an. „Ihr habt recht, Hatmerlemin. So mag sich im Unglück noch etwas Glück finden lassen."

Nachdem auch Anmalyn den Vorschlag freudig angenommen hatte, geleiteten sie die Witwe mit ihrer Habe und den

Schafen zum Gehöft des Herrn Timmin, dessen Familie die Nachbarin bereitwillig in ihrem Heim aufnahm. Das Pferdevolk kümmerte sich um die seinen, und sicher würde bald auch eine neue Familie das verwaiste Gehöft Lektwins zur Heimstatt nehmen.

Als der Streiftrupp schließlich seinen Weg fortsetzte, musste Kormund immer wieder an die alte Witwe denken. Mann und Sohn waren in Ehren von ihr gegangen, aber konnte Ehre Trost für den Verlust eines geliebten Menschen sein? Kormund wusste es nicht. Manchmal war er froh, dass er kein Weib erwählt hatte, das um ihn weinen würde. Vielleicht würde niemand um ihn trauern, wenn er den letzten Ritt machte. Aber man sollte ihn auch nicht betrauern. Wenn er dereinst zu den Goldenen Wolken jagte, sollte das Pferdevolk Grund haben, seinen Ruhm zu besingen.

Kormund wandte sich im Sattel um. „Auf, Ihr Herren, die Streife ist noch nicht beendet. Lasst uns eilen, denn bald ist die Wehrübung der Pferdelords, und dann wird es viel zu erzählen und zu besingen geben."

Hatmerlemin lachte fröhlich auf. „Und dazu reichlich Gerstensaft und Wein."

Kormund nickte. Im Augenblick empfand er allerdings keine große Freude.

4

Merdonan, die Hauptstadt der Ostmark des Pferdevolkes, war in vielerlei Hinsicht ein ungewöhnlicher Ort. Sie war aus dem Zusammenschluss einzelner Gehöfte hervorgegangen, jedoch wegen der Nähe zum Ostgebirge gleich als befestigter Grenzweiler angelegt worden. Damals hatte eine hölzerne Palisade die Gebäude umgeben. Doch sehr schnell war der Weiler zu einer Stadt herangewachsen, die man, ganz ungewöhnlich für eine Stadt der Pferdelords, nicht mit einer hölzernen Befestigung umbaut hatte, sondern mit einer Stadtmauer aus Stein. Diese war vier Längen hoch und von einem überdachten Wehrgang umgeben. In regelmäßigen Abständen waren Plattformen angelegt, auf denen kleine Katapulte standen, und breite Aufgänge führten zur Mauerkrone hinauf. Lediglich das Haupttor im Westen war von zwei massigen Wehrtürmen flankiert.

Die Mauer hatte den Vorteil, dass sie bei einem Angriff Schutz bot, und zugleich den Nachteil, dass sie nur schützte, was von ihr umschlossen wurde. Da in Merdonan über dreitausend Menschen lebten, war die Stadt trotz ihrer Ausdehnung eng bebaut, denn jeder Bürger wollte innerhalb des Walls wohnen. Die Häuser waren schmal und bis zu drei Ebenen hoch, und die Gassen zwischen ihnen waren eng. Nur die breite Hauptstraße, die vom Stadttor zum Zentrum und weiter bis zum Großen Turm an der Ostmauer führte, machte hierin eine Ausnahme.

Die hohe Bevölkerungsdichte Merdonans machte die Stadt auch verwundbar, denn derart viele Menschen brauchten auch viel Wasser und Nahrung. Die Wasserversorgung war unproblematisch, denn in der Nähe zum Sumpfland war der Grundwasserspiegel niedrig, und es war ebenso leicht, einen Brunnen zu graben, wie es schwierig war, ein stabiles Fundament im Boden zu errichten. Die Versorgung mit Nahrungsmitteln erfolgte hingegen durch die Gehöfte im Umland der Stadt. Die Ostmark bot guten Weidegrund und Ackerboden, und es gab große Herden von Hornvieh und Schafen sowie ausgedehnte Getreidefelder. Im Zentrum der Stadt befand sich der Versammlungsplatz, auf dem der Markt abgehalten wurde, und wenn man der breiten Straße weiter folgte, erreichte man den Großen Turm, an dessen Fuß sich das wehrhafte Haus des Pferdefürsten der Ostmark und ein Vorplatz befanden.

Der Turm war das Wahrzeichen der Stadt und fand sich als Symbol auf den grünen Rundschilden der Pferdelords aus Merdonan wieder. Seine nadelförmige Silhouette war schon aus großer Entfernung zu erkennen, denn er erhob sich hoch über die Wehrmauer und jedes andere Gebäude. Und so hoch er war, so alt war er auch, ja, es hieß sogar, er sei zu Zeiten der alten Königreiche errichtet worden. Man bezeichnete ihn auch als Ostwache, denn von seiner obersten Plattform aus hatte man einen weiten Blick über das Land, vor allem nach Osten hin, wo sich hinter mächtigen Gebirgszügen das Land der Dunklen Mächte befand.

Der Mann, der gerade die zahlreichen Stufen zur Plattform des Turmes emporstieg, hatte seine besten Jahre bereits hinter sich, und der lange Aufstieg fiel ihm schwer. Doch Bulldemut, der Pferdefürst der Ostmark, wurde von Sorgen und düsteren Vorahnungen geplagt, die ihn immer wieder zum Ausblick hinauftrieben.

Obwohl er keine Rüstung und nur sein ledernes Wams über

der wollenen Kleidung trug, schwitzte er vor Anstrengung. Soeben hatte er den grünen Umhang der Pferdelords mit dem schwarzen Saum der Ostmark abgelegt und trug ihn nun lose über dem Arm. Er beneidete seinen Begleiter um die Mühelosigkeit, mit der dieser die Stufen erklomm.

Trotz seines gesetzten Alters war Bulldemut von schlanker Gestalt, und man hätte sein markantes Gesicht als freundlich bezeichnen können, wenn man des Pferdefürsten aufbrausendes Temperament nicht kannte. Der Schwerthieb eines Feindes hatte einst sein rechtes Ohr abgetrennt, aber Bulldemut vermisste es nicht besonders, zumal sein damaliger Gegner einen schmerzlicheren Verlust hatte einstecken müssen.

„Ich bewundere Euch für die Leichtigkeit, mit der Ihr diese endlosen Stufen nehmt, Hoher Herr Mor", brummte Bulldemut und warf seinem Ersten Schwertmann einen neidvollen Blick zu. „Auch Ihr seid nicht mehr der Jüngste, doch Euch scheinen die Jahre weniger zuzusetzen."

Mor erwiderte den Blick seines Herrn und erlaubte sich ein sanftes Lächeln. „Das täuscht, mein Hoher Lord. Ich weiß die Anstrengung nur gut zu verbergen."

Bulldemut stieß ein leises Grunzen aus. „Ich sollte besser unten in meinem Amtsraum sitzen und mich auf Euren Blick und Euer Wort verlassen, statt mich hier heraufzuquälen."

Mor hätte fragen können, warum der Pferdefürst es dann nicht tat, aber er kannte die Antwort. Es war besser, die Dinge mit eigenen Augen zu sehen, bevor man sein Urteil fällte, Mor würde es nicht anders halten.

Sie nahmen die nächsten Stufen, und Bulldemut verharrte einen Moment, um wieder zu Atem zu kommen. Er sah seinen Ersten Schwertmann an. „Habt Ihr es je bereut, nach Merdonan gekommen zu sein?"

Mor brauchte nicht lange zu überlegen und schüttelte den Kopf. „Nein. Ich fühle mich wohl und spüre das Vertrauen, das Ihr und die Euren mir entgegenbringen."

Bulldemut nickte und legte die freie Hand kurz auf Mors Schulter. „Ich weiß, Ihr werdet es nicht enttäuschen. Nun gut, lasst uns die letzten Stufen nehmen. Bald haben wir die Plattform erreicht."

Einst war Mor Söldner gewesen und als Wachmann eines Händlers tätig, der aus der fernen Stadt Alneris stammte. Unterwegs hatte die Handelsgruppe den Händler Helderim aus der Hochmark getroffen und war gemeinsam mit ihm nach Merdonan gereist. Mor hatte die blinde Habgier seines damaligen Herrn nie geschätzt und war erfreut gewesen, als der Händler Helderim ihm anbot, in seine Dienste zu treten. Gemeinsam hatten sie ein Abenteuer bestanden, das sie bis in die Stadt des Königs des Pferdevolkes führte, wo Mor den Pferdefürsten der Ostmark kennengelernt hatte. Das Schicksal hatte es wohl gefügt, dass Mor das Angebot von Bulldemut annahm, der kurz zuvor seinen Ersten Schwertmann verloren hatte. Mor hatten Zweifel geplagt, denn er kam als Fremder in die Hauptstadt der Ostmark und wurde dennoch Führer ihrer Wache. Aber die Pferdelords und Schwertmänner hatten ihn auf Anhieb akzeptiert. Mor empfand dies als ungewöhnlich, und die Offenherzigkeit der Menschen Merdonans stachelte seinen Ehrgeiz an, ihr Vertrauen in ihn zu rechtfertigen.

Eigentlich war es die Abenteuerlust, die ihn hierhergeführt hatte. Er stammte aus der weißen Stadt Alneris, aber dort hatte er sich immer eingeengt gefühlt, und so war er gerne mit dem Händler herumgereist. Aber hier, in Merdonan, hatte er eine Aufgabe zu erfüllen. Er spürte ebenso wie Bulldemut, dass der Stadt Gefahr entgegenzog.

Endlich erreichten sie den Absatz unterhalb der Luke der Turmplattform. Mor schlug mit der Faust gegen das Metallblatt und hörte, wie Füße scharrten.

„Wer begehrt Zutritt zur Wache?“, klang eine gedämpfte Stimme zu ihnen hindurch.

„Der Pferdefürst und der Erste Schwertmann“, erwiderte Mor.

Er unterdrückte ein Lächeln. Schon oft war er hier heraufgekommen, und normalerweise war die Wache nicht so förmlich. Wie sollte sich ein Feind auch durch das Haus des Pferdefürsten zur Plattform heraufschleichen? Die beiden Schwertmänner der Wache mussten ein Gespür dafür haben, dass es der Hohe Lord war, der sie aufsuchte, oder es gab ein geheimes, vor Mor bislang verborgen gebliebenes Signalsystem, das die Männer vorwarnte.

Die schwere Eisenluke wurde angehoben, und helles Licht blendete Mor und Bulldemut für einen Moment. „Seid willkommen, Hoher Lord und Hoher Herr“, grüßte einer der Schwertmänner förmlich und reichte Bulldemut helfend die Hand.

Doch der Pferdefürst stieß sie grunzend zurück. „Ich vermag mein Ross wohl noch zu besteigen“, knurrte er und stieg auf die Plattform hinauf.

In deren Mitte erhob sich das Gestell, auf dem Holz, Brennstein und Öl vorbereitet waren, um im Notfall das Signalfeuer von Merdonan zu entzünden. Um den Stapel herum blieb nur ein schmaler Gang. In einer Ecke lagen die Decken und Vorräte der beiden Wachen, die den Pferdefürsten nun respektvoll ansahen. Der Wachführer wies nach Osten, und der Wind, der stetig über die Plattform strich, ließ seinen schwarzen Rosshaarschweif auswehen. „Die Anzeichen sind immer deutlicher, Hoher Lord. Nie zuvor sah ich, wie sich solche Wolken türmten.

Es wird einen schrecklichen Sturm geben."

Instinktiv hüllten sich die Neuankömmlinge in ihre grünen Umhänge, als der scharfe Wind auch sie erfasste. Es war unangenehm kühl, und als Bulldemut merkte, wie ihm schauderte, ärgerte er sich über seine zunehmende Anfälligkeit.

Sie konnten weit ins Land des Pferdevolks hineinblicken, sahen zu den versteinerten Wäldern im Nordwesten und zu den weißen Sümpfen, die sich östlich von ihnen in Nord-Süd-Richtung erstreckten. Doch weitaus beeindruckender waren das gewaltige Ostgebirge und das, was sich über seinen Gipfeln abspielte.

Dieser gewaltige Gebirgszug, der sich von Süden nach Norden erstreckte, bildete eine natürliche Grenze zwischen den Reichen von Menschen, Elfen und Zwergen einerseits und dem Land des Schwarzen Lords und seiner Orks andererseits. Das Gebirge war schroff, mit steilen Hängen und Graten, die es nahezu unpassierbar machten. Nur an wenigen Stellen führten Pässe dort hindurch, die von Festungen geschützt wurden. Genau im Osten der Stadt Merdonan, jenseits der Weißen Sümpfe, endete eine dieser Straßen. Seit Urzeiten diente die alte Ostwache der Bewachung ebendieser Gefahrenstelle.

Nun zogen sich dunkle Wolkenbänke über einem Teil des Gebirges zusammen. Zerfaserte Wolken, die an den Rändern hell erstrahlten und sich zur Mitte hin zu einer kompakten dunklen Masse verdichteten. Kein Sonnenstrahl durchdrang die sich auftürmende Wolkenwand, aber Blitze zuckten wie Wetterleuchten auf und erhellten hier und da die Finsternis für wenige Augenblicke, während der darunterliegende Bereich des Gebirges in Dunkelheit zu versinken begann.

Mor stützte seine Hände auf die Einfassung der Turmplattform und spürte, wie der Wind an seinem Umhang zerrte.

„Eine derart große Wolkenfront habe ich noch nie zuvor gesehen. Es wird ein gewaltiger Blitzsturm werden."

Bulldemut trat neben seinen Ersten Schwertmann und schüttelte unbewusst den Kopf. „Kein Blitzsturm, Hoher Herr Mor. Dort braut sich etwas anderes zusammen. Ich habe dergleichen schon einmal zu Gesicht bekommen." Der Pferdefürst der Ostmark fröstelte. „Zu eben der Zeit, als die Schlacht um die Weiße Stadt Alneris entbrannte, verfinsterten sich Himmel und Land auf die gleiche Weise."

Mor bemerkte, wie einer der Schwertmänner der Turmwache nervös zusammenzuckte. „Die Orks mögen kein grelles Licht", sagte er mit gesenkter Stimme. „Ist es das, was Ihr meint?"

„Die Augen der Bestien sind lichtempfindlicher als die unseren", brummte Bulldemut. Er massierte die Narbe seines Ohrstummels. „Sie schätzen das Dämmerlicht und die Dunkelheit, so wie wir das Licht der Sonne schätzen."

Mor blickte dorthin, wo sich die Passstraße durchs Gebirge zog. „Der Pass liegt nicht im Dunkel."

„Das mag noch kommen." Bulldemut seufzte. „Nein, es wird noch kommen."

„Also glaubt Ihr an einen Angriff."

Der Pferdefürst zögerte mit der Antwort. „Im Süden liegt Alnoa, das letzte der großen Königreiche. Die weiße Stadt Alneris ist stark, und die Grenzen sind gut geschützt. Die Festungen sind massiv gebaut und würden die Orks aufhalten, bis sich die Truppen des Königreichs gesammelt haben. Im Norden versperrt der undurchdringliche versteinerte Wald den Weg, und dahinter liegt das eisige Land. Die Orks brauchen Wärme, sie würden in der Kälte zugrunde gehen, bevor sie jemandem gefährlich werden könnten. Wir, das Pferdevolk, befinden uns dazwischen, und der einzige Pass, der durch das Gebirge in unser Land führt, endet vor Merdonan. Nein, Mor, wenn die Bestien angreifen, dann werden sie es hier tun. Unser Volk lebt weit über das Land verteilt, und es braucht Zeit, bis die Pferdelords sich sammeln und mit Macht auftreten können."

Mor sah auf den vorbereiteten Stapel des Signalfeuers. „Seid Ihr Euch sicher, Hoher Lord?"

„Dass sie angreifen werden?" Bulldemut nickte entschieden. „Ja. Aber ich kann nicht sagen, wann." Er schlug mit der flachen Hand auf die Brüstung. „Glaubt mir, Hoher Herr Mor, wenn ich wüsste, dass sie auf dem Weg sind, würde ich nicht zögern, das Feuer von Merdonan zu entzünden. Aber es ist nur ein Gefühl, versteht Ihr?"

Die beiden Männer blickten einen Moment schweigend zum Gebirge hinüber. Leises Grollen drang von den von Blitzen durchzogenen Wolken herüber.

„Wie war der Nebel der Weißen Sümpfe in der Nacht?" Bulldemut sah die Wachen forschend an. „Ist Euch etwas daran aufgefallen, Schwertmänner?"

Eine der Wachen schüttelte den Kopf, doch der andere schien unsicher und räusperte sich dann mit Unbehagen. „Es mag nicht von Bedeutung sein, Hoher Lord, doch mir schien der Nebel ungewöhnlich dicht."

„Wie dicht?"

„Wie die Milch eines Schafes, Herr."

Bulldemut gab ein leises Brummen von sich und blickte auf die Sümpfe hinab. Keiner wusste zu sagen, ob es sich um einen einzelnen Sumpf oder den Zusammenschluss von mehreren handelte. Aber er schien unermesslich groß zu sein und wurde gespeist von Grundwasser sowie von einem Fluss, der im versteinerten Wald seinen Anfang nahm. Von hier oben sah er aus wie eine riesige glitzernde Fläche, die aus einer unendlichen Zahl von kleineren Wasserflächen und Inseln schwammigen Landes bestand. An etlichen Stellen erkannte man jedoch auch festen Boden, den man wohl trockenen Fußes überqueren konnte, an anderen Stellen hingegen war der Grund trügerisch. Zwar gab es einen Pfad durch diesen Sumpf, aber er war schmal und unsicher, zumal selbst am Tag oft ein dünner Nebelschleier über den Weißen Sümpfen stand, der sich nachts verdichtete und undurchdringlich zu werden schien.

„Der Pfad ist schmal“, murmelte Mor. „Er lässt es nicht zu, ihre Truppen schnell nach Merdonan zu führen.“

Bulldemut nickte. „Und Merdonans Mauern sind mächtig. Die Bestien müssten schon eine große Armee versammeln, um die Stadt mit Erfolg berennen zu können. Das würde uns genug Zeit lassen, das Feuer zu entzünden und die Losung der Pferdelords zu geben.“

Der Pferdefürst nickte den Schwertmännern der Turmwache zu. „Haltet die Augen offen. Und achtet mir auf den Nebel. Wenn er sich weiter verändert und dichter wird, meldet es mir oder dem Hohen Herrn Mor.“ Er sah seinen Ersten Schwertmann an. „Lasst uns wieder hinuntergehen. Ein wenig Wärme wird meinen alten Knochen guttun.“

Als sie begannen, die Stufen der alten Ostwache hinabzusteigen, räusperte sich Mor. „Ihr meint also, Merdonan ist nicht in Gefahr?“

„Jeder ist in Gefahr, solange es den Schwarzen Lord und seine Orks gibt“, brummte Bulldemut.

Mor lächelte, denn er spürte, dass der alte und erfahrene Pferdefürst ihm auswich. „Was meint Ihr, Hoher Lord? Geschieht es bald?“

Bulldemut stockte mitten im Schritt und sah Mor ernst an.

„Ja, bald. Ich weiß es nicht genau, aber ich kann es spüren. Doch vielleicht ist das auch nur das Alter meiner armen Knochen."

Bulldemut war keineswegs so gebrechlich, wie er sich gelegentlich gab, das wussten sie beide. Vielmehr spürten sie stilles Einvernehmen. Die Orks würden kommen, daran gab es keinen Zweifel. Sie fühlten es. Eine schwer zu definierende düstere Stimmung, die sich zusammenzog wie jene finsteren Wolken im Osten und sich langsam, aber unaufhaltsam, Merdonan näherte.

5

Hoch über dem Tor der Festung Eternas wehte das Banner des Pferdefürsten Garodem in der sanften Brise, die durch den Talkessel strich. Der Wind ließ auch die anderen Wimpel und Tücher flattern, mit denen man die Burg und die davorliegende Stadt Eternas geschmückt hatte. Selbst an dem mit Steinen gepflasterten Weg, der Stadt und Wehranlage miteinander verband, hatte man Lanzen aufgestellt, die mit bunten Stoffstreifen verziert waren. Aber niemand achtete auf den farbigen Schmuck, denn alle Augen waren auf den Weg gerichtet, der aus dem vorderen Burghof zur Stadt und durch sie hindurch ins Tal von Eternas führte.

Tasmund, der Erste Schwertmann der Hochmark, schlug mit der flachen Hand auf die steinerne Brüstung der Wehrmauer. „Ich setze auf Dorkemunt", rief er vergnügt. „Der Bursche ist klein, ein exzellenter Pferdelord, und er reitet auf seinem zähen Wallach."

„Unsinn." Meowyn sah ihn spöttisch an. „Dorkemunts Wallach ist so zäh, weil er schon so alt ist."

Tasmund errötete ein wenig und räusperte sich. „Ah, nichts gegen Euren Nedeam, Hohe Frau Meowyn, gewiss nicht. Auch er ist ein guter Pferdelord, gar einer der besten." Tasmund lächelte entschuldigend. „Aber er hat nicht des guten Herrn Dorkemunts Erfahrung."

„Dorkemunt hat wohl tatsächlich das bessere Pferd", warf Larwyn, die Gemahlin des Pferdefürsten Garodem, ein. Sie deutete nach Süden, zum Eingang des Tals von Eternas, den man vom erhöhten Standort über dem Burgtor gerade noch erkennen konnte. „Ich glaube, er liegt vorne."

„Wie ich es mir dachte." Tasmund zuckte entschuldigend die Schultern. „Verzeiht, Hohe Dame Meowyn, doch der gute Herr Dorkemunt wird Euren Nedeam schlagen."

„Er hat recht, Hohe Frau Meowyn." Garodem beschattete seine Augen. „Der Reiter vorne ist sehr klein."

„Nedeam wird sich über das Pferd gebeugt haben", wandte Meowyn ein. „Das lässt ihn klein erscheinen. Könnt Ihr das Pferd erkennen, Hoher Lord Garodem?"

Im Augenblick fiel es schwer, zu bestimmen, welcher der Reiter vorne lag. Eigentlich sah man nur dunkle Schemen, um die herum der Staub aufwirbelte. Doch die Reiter näherten sich Stadt und Burg in scharfem Ritt, und sehr bald schon würde man sie voneinander unterscheiden können.

Der Ritt war aus dem freundschaftlichen Wettstreit einiger Pferdelords entstanden, welche die nun jährlich stattfindenden Wehrübungen als Gelegenheit sahen, einander wiederzusehen und sich in ihren Fertigkeiten zu messen. Während die Schwertmänner, die man an ihren mit Rosshaarschweifen verzierten Helmen erkennen konnte, die ständige bewaffnete Wache eines Pferdefürsten stellten, bestand die Hauptmacht des Pferdevolkes aus den einberufenen Pferdelords. Hirten, Handwerker, Bauern und Händler, die im Falle der Gefahr durch die Losung zu den Waffen gerufen wurden. Im Gegensatz zu den Schwertmännern, die von Garodem ausgerüstet wurden, mussten die einfachen Pferdelords selbst für Waffen und Rüstung sorgen, was dazu führte, dass ihr Erscheinungsbild ausgesprochen individuell ausfiel. Einheitlich waren nur die grünen Rundschilde, die mit den Symbolen der Weiler, Gehöfte oder Einzelpersonen bemalt waren, und die grünen Umhänge, die als Wahrzeichen der Pferdelords galten.

Für den Kampf wurde jeder Pferdelord, zusätzlich zu seinen eigenen Waffen, mit der langen Stoßlanze aus Garodems Waffenkammer ausgerüstet, deren Handhabung in der jährlichen Wehrübung ebenso trainiert wurde wie das Reiten in geschlossener Formation.

Garodem hatte die Pferdelords aus Stadt, Weilern und Gehöften einberufen und die jährliche Wehrübung abgehalten; er war zufrieden mit dem, was die Männer an Reit- und Waffenkunst geboten hatten. Selbst der kritische Tasmund, dem die Ausbildung der Pferdelords oblag, zeigte sich entspannt und hatte kaum Kritik geübt. Noch vor einigen Jahreswenden war dies anders gewesen.

Damals hatte die Hochmark in Frieden gelebt, und der Krieg des Ersten Bundes gegen die Orks und ihren Schwarzen Lord hatte lange zurückgelegen. Doch dann waren die Legionen des Feindes erneut marschiert, und als die Reiche der Menschen mit Krieg überzogen wurden, hatten die Orks auch die Hochmark angegriffen. Erst im letzten Augenblick hatten Beritte aus den anderen Marken des Pferdevolkes die ersehnte Hilfe gebracht. Der Überlebenskampf hatte die Menschen der Hochmark daran erinnert, dass der Frieden nur mit steter Wachsamkeit und Kampfbereitschaft gesichert werden konnte, zumindest solange die Finsteren Mächte im Osten herrschten. Später dann hatte man dem Zwergenvolk beigestanden und schließlich noch eine gefahrvolle Expedition ins Dünenland durchgeführt, die alte Heimat, aus der die Pferdelords einst vertrieben worden waren. So hatten sie neue Freunde und alte Feinde gefunden und letztlich auch erkannt, dass die Entscheidung im Kampf gegen den Schwarzen Lord noch nicht gefallen war.

Die Pferdelords widmeten sich daher den Wehrübungen mit neuem Ernst und Eifer, doch heute war der Zehntag der

Übungen vorüber, und die Zeit der Entspannung war angebrochen.

„Vor sechs Jahreswenden haben wir die Beritte nach Merdonan geführt“, sagte Tasmund nachdenklich. „Damals, als die Orks die Grenze bedrohten.“

Garodem nickte. „Ich kann mich gut entsinnen, wie sie versuchten, Zwietracht in die Versammlung der Pferdefürsten zu tragen. Wie ein Graues Wesen mordlüstern unter uns wandelte. Ja, sie wollten uns gegeneinander aufbringen, während ihre Legionen zur gleichen Zeit auf Merdonan marschierten. Aber der hinterhältige Plan schlug fehl. Wahrhaftig, die Bestien haben damals nicht damit gerechnet, dass die Pferdefürsten und ihre Beritte, vereint unter dem Banner des Königs, vor Merdonan erscheinen würden.“

„Es kam nicht einmal zum Kampf. Als ihre Späher die Kolonnen unserer Beritte entdeckten, gaben sie ihren Plan auf und zogen sich zurück.“ Tasmunds Stimme klang verächtlich, und er spuckte aus. „Selbst der gute Graue Marnalf konnte in der Stadt keine Bedrohung mehr erkennen und ritt mit des Königs Pferdelords wieder nach Enderonas zurück.“

„Dennoch dürfen wir uns nicht in Sicherheit wiegen, Tasmund, mein Freund. Die Orks bedrohen die Grenze noch immer“, stellte Garodem sachlich fest. „Aber Merdonan selbst ist wieder frei von Gefahr. Die Furcht wurde von den Menschen genommen, und die alte Ostwache befindet sich in fester Hand, denn der Pferdefürst der Ostmark ist ein rechter Pferdelord. Merdonan hat in den letzten sechs Jahreswenden an Stärke gewonnen und wird einem erneuten Angriff standhalten. Man wird die Grenze schützen, und sollte die Gefahr zu bedrohlich werden, wird man das Feuer der Ostwache entzünden.“

Garodem blickte unwillkürlich über die Schulter zurück

zum Hauptgebäude der Festung Eternas, über der sich der hohe Turm mit dem Signalfeuer erhob. Alle Marken des Pferdevolkes waren über eine Kette solcher vorbereiteter Feuer miteinander verbunden. Drohte Gefahr, wurden sie entzündet, worauf sich die Beritte der Pferdelords sammelten.

„Wir werden bereit sein“, stimmte Tasmund zu. „Die Männer sind gut ausgebildet, und die Hochmark bringt nun rund zehn Beritte in den Sattel. Eintausend Lanzen, Garodem, mein Fürst.“

Garodem lachte leise. „Darunter eine Keule.“

Die Gruppe über dem Tor verstand die Anspielung und lachte fröhlich auf. Vor sechs Jahreswenden war Barus, der stämmige Nagerjäger von Eternas, in die Reihen der Pferdelords aufgenommen worden. Er hatte im Kampf seinen Mut bewiesen, und niemand mochte ihm seine Ehre als Pferdelord abstreiten, doch Barus würde nie vom Pferderücken aus mit Lanze, Bogen, Schwert oder Axt kämpfen. Seine eigenwillige Methode, die lästigen kleinen Nager der Stadt mit einer massiven Holzkeule zu bekämpfen, behielt er auch in Auseinandersetzungen mit anderen Gegnern bei. „Seht es mir nach, Ihr guten Herren“, hatte Barus entschuldigend gesagt und mitten in der Wehrübung die Lanze abgelegt, „doch mit so einer dünnen Stange vermag ich nicht zu kämpfen.“ Er hatte vielsagend seine schwere Keule in die Handfläche klatschen lassen. „Ich brauche etwas Handfestes, Ihr guten Herren, Ihr versteht? Für einen massiven Orkschädel braucht es eine massive Keule.“

Obwohl es nicht der Tradition entsprach, hatte man Barus seinen Willen gelassen. Unbestreitbar hatte er mit seiner Keule schon so manchen Orkschädel geknackt, und letzten Endes war es jedem Pferdelord selbst überlassen, welche Waffe er führen wollte.

Tasmund blickte von der Seite zu Meowyn hinüber. Es war ein offenes Geheimnis, dass der Erste Schwertmann der Hochmark ein Auge auf die hübsche blonde Frau geworfen hatte. Meowyn war die Heilerin von Eternas und zugleich die Mutter Nedeams, der trotz seiner Jugend zu den erfahrensten Kämpfern der Hochmark gehörte. Tasmund hatte versucht, sich Meowyn zu erklären und ihr seine Gefühle für sie zu gestehen, doch so geschickt er im Umgang mit den Waffen war, so sehr fehlten ihm bei ihr die rechten Worte. Zudem hatte Meowyn erklärt, sie trauere noch immer um Nedeams Vater, Balwin, der vor Jahreswenden von den Orks getötet worden war.

Tasmund seufzte leise, was nur die neben ihm stehende Larwyn wahrnahm, die um seine Gefühle wusste. Sie legte ihre Hand flüchtig auf seine Linke und lächelte ihn ermutigend an. Tasmunds Blick verriet seine Unsicherheit. Er räusperte sich abermals.

„Dorkemunt wird vorne liegen", sagte er. „Der bessere Reiter und das bessere Pferd."

„Nedeam führt." Meowyn lachte auf. „Er reitet Stirnfleck, das Pferd seines Vaters."

Tasmunds Stirn umwölkte sich, und Larwyn sah ihre Freundin Meowyn nachdenklich an. Warum überwand die blonde Heilerin den Verlust nicht endlich? So viele Jahreswenden lag es nun zurück, und es wäre nur richtig, wenn Meowyn sich erneut verbinden würde. Tasmund wäre der passende Mann, um mit ihm Zügel und Wasserflasche zu teilen.

Sie ließ den Blick über die Stadt schweifen. Vom südlichen Stadteingang bis zum Burgtor hin säumten die Bewohner von Eternas die Straße. Diese war mit Steinen gepflastert, damit die schweren Handelswagen bei jeder Witterung auf ihr fahren konnten. In den letzten Jahren hatte der Handel derart zugenommen, dass einige lärmempfindliche Bürger nunmehr Stroh vor ihre Häuser streuten, um die Geräusche der metallbereiften Räder zu dämpfen.

Eine Eigenheit Eternas' war die Hauptstraße. Sie war vollständig gepflastert, wie die meisten anderen Straßen und Gassen, und breit genug, um den Warentransport mit den robusten Handelswagen zu ermöglichen. Aber im Gegensatz zu anderen Siedlungen des Pferdevolkes, in denen die Hauptstraßen gradlinig auf das Zentrum zuführten, wies diejenige von Eternas einen ungewöhnlichen Knick auf. Dies hatte schon zu manchem Ärgernis geführt, besonders wenn sich hier Handelsfuhrwerke begegneten, und so hatte man ernstlich überlegt, störende Gebäude abzureißen und die durch den Knick entstandene Engstelle zu entschärfen. Es gab zwei gewichtige Gründe, dies nicht zu tun.

Der eine bestand im Durst einiger Stadtbewohner und der andere in der Person des Schankwirtes Malvin, der diesen Durst bereitwillig stillte.

Malvin hatte, wie die Stadt selbst, klein begonnen. Mit seiner Schänke „Donnerhuf", die ursprünglich ein Stück die Hauptstraße nach Süden hinunter zwischen Stadt und Handwerksbetrieben gelegen war. Mit der Stadt selbst war auch die Anzahl ihrer durstigen Bewohner gewachsen, und zudem verlangte der aufgekommene Handel nach einer größeren Herberge. Vor einer halben Jahreswende hatte Malvin daher das alte Gebäude aufgegeben und den „Donnerhuf" in das größere Gebäude an der Hauptstraße verlegt. Dieses hatte einen relativ kleinen Grundriss, verfügte allerdings über drei Stockwerke, die der geschäftstüchtige Wirt gut zu nutzen wusste.

Im Keller lagerte er Blutwein, Gerstensaft und sonstige Vorräte. Das Erdgeschoss wurde vom Schankraum eingenommen, im Obergeschoss hatte er einige Kammern eingerichtet, und im Dachgeschoss nächtigte er selbst.

Malvin war einst ein Pferdelord gewesen, auch wenn er nie gegen Orks gekämpft hatte, aber immerhin hatte er seine Lanze schon einmal gegen Barbaren und andere Eindringlinge gerichtet. So fühlte er sich noch immer auf besondere Weise den Männern mit den grünen Umhängen verbunden. Die beiden metallbeschlagenen Türflügel des Eingangs wurden vom Symbol des Pferdevolkes geschmückt und wiesen inzwischen die ein oder andere Schramme auf.

Auf seinen alten hölzernen Tresen war Malvin besonders stolz. Er hatte das massive Prachtstück aus dem alten „Donnerhuf" mitgenommen, und jede einzelne Kerbe im Holz wies auf intensive Gespräche unter seinen Gästen hin, die oft mit Worten begannen und auf handfestere Weise endeten. Immerhin hatte die polierte Steinplatte auf dem Tresen bislang allen Anfeindungen widerstanden. Kein Hieb, kein Schädel hatte ihr zugesetzt, allerdings gab es einige kreisrunde Schäden in ihrer Politur, dort, wo Becher lange gestanden und dabei offensichtlich Ätzspuren hinterlassen hatten, die gelegentlich zu spöttischen Bemerkungen unter den Gästen führten. Malvin störte dies nicht, solange seine Besucher reichlich dem Gerstensaft oder Blutwein zusprachen. Die neue Lage im Stadtzentrum brachte ihm mehr Gäste ein, aber auch häufigere Besuche der Schwertmänner Garodems, welche die Ordnung in der Stadt aufrechterhielten. Die Männer waren erfahren genug, nicht zu früh in eine Diskussion einzugreifen, wofür Malvin ihnen dankbar war.

Der Wirt stand nun mit seinen Gästen unter dem Vordach und spähte die Straße entlang, die hier ihren Knick machte und dann weiter aus der Stadt hinaus zur Burg führte. Es war ein heißer und trockener Tag, genau nach Malvins Geschmack, denn das Rennen würde für Gesprächsstoff und durstige Kehlen sorgen. Er hatte seinen Blutwein vorbereitet, Gerstensaft gebraut und, da er das Temperament seiner Gäste kannte, die neuen Schemel aus dem Schankraum durch ältere ersetzt. Ein stimmungsvoller Abend würde nicht ohne Verluste ablaufen, doch Malvin hatte nichts dagegen, wenn gelegentlich ein Stuhlbein brach oder ein Zahn abhandenkam. Solche Dinge sorgten stets für guten Nachdurst, zumindest bei jenen, die dann noch auf den Beinen waren.

Vor Malvin standen zwei kleine und sehr gedrungen wirkende Gestalten, deren langes Haar bis auf den Rücken fiel und die üppige Bärte trugen, die zu je zwei Bartzöpfen geflochten waren. Erst waren Malvin die kleinen Herren Zwerge ein wenig unheimlich gewesen, zumal sie sich nie von ihren gefährlich anmutenden Äxten zu trennen schienen. Einer von ihnen nahm seine Waffen wohl auch zum Schlafen mit ins Bett, denn das Bettzeug war bereits arg zerschlissen. Aber Malvin nahm es hin, denn die beiden Herren Zwerge hatten ihm eine Ware gebracht, auf die er schon lange gewartet hatte und deren Besitz der Pferdefürst Garodem eigentlich verboten hatte. Doch das wasserhelle Blor des Zwergenvolkes hatte es Malvin angetan. Nichts trübte die Sinne eines Mannes schneller als dieses Zeug, das die Herren Zwerge zu jeder Mahlzeit tranken und wie Wasser durch die Kehlen rinnen ließen. Inzwischen kannten Malvins Gäste die erstaunliche Standfestigkeit der Zwerge, und keiner war mehr leichtfertig genug, sich auf ein Wetttrinken mit ihnen einzulassen.

Natürlich würde Malvin das erstandene Blor nicht unverdünnt ausschenken können. Jeder gute Pferdelord würde nach zwei Gläsern die Lanze strecken, das stand fest. Aber Malvin hatte einen Gerstensaft gebraut, dem er einen Spritzer Blor hinzufügte und den er, den netten Herren Zwergen zur Ehre, auf den Namen „Zwergenglanz“ getauft hatte. Nur für ausgewählte Gäste, worunter Malvin solche verstand, die trinkfest genug waren und mehrere Gläser vertrugen. So wie der gute Herr Dorkemunt, der an dem Rennen teilnahm.

Vom südlichen Eingang der Stadt her ertönte Geschrei, das sich entlang der Straße fortpflanzte und Malvin dazu brachte, sich vergnügt die Hände zu reiben. Das Rennen hatte die Stadt erreicht und näherte sich nun seinem Ende. Bald würde es lange Gespräche und durstige Kehlen geben. Über dem Geschrei wurde das Schlagen metallbeschlagener Hufe auf dem Pflaster hörbar. Neben dem Schankwirt nahm eine junge Frau ihren Säugling von der Brust und zog hastig einen kleinen Knaben an sich, der Anstalten machte, neugierig auf die Straße zu laufen. Malvin reckte sich wie die anderen vor. „Wer liegt vorne? Dorkemunt oder Nedeam?“

Er hatte vorsorglich nicht gewettet und behielt seine Meinung für sich. Dies gab ihm die Möglichkeit, bei einem Meinungsaustausch neutral zu bleiben, die Scherben zu zählen und weiter auszuschenken.

„Ein langer Dünner“, schrie eine Frau aufgeregt. „Ich glaube, das ist Lotwin aus dem Quellweiler.“

„Bei den Abgründen“, brummte einer. „Wieso der? Ich habe auf Dorkemunt gewettet.“

„Dorkemunt? Bist du toll? Nedeam hat das bessere Pferd.“

„Ihr guten Herren.“ Malvin hob beschwichtigend die Hände. „Es scheint wirklich Lotwin zu sein.“

Jetzt konnten sie es alle sehen. Der dürre Pferdelord hatte sich weit vorgebeugt und trieb sein Pferd mit Hacken und Zügelenden an. Männer und Frauen jubelten den Reitern zu, denn nun tauchten auch schon die Verfolger auf, Nedeam und Dorkemunt, praktisch Kopf an Kopf, und dahinter die anderen. Die Reiter näherten sich dem Knick in der Straße, doch Lotwin schaffte es nicht, sein Pferd zu beherrschen. Es lag wohl an dem glatten Straßenpflaster, dass der große Hengst für einen Augenblick rutschte, gerade genug, um allzu dicht an eines der Vordächer zu geraten. Lotwin, der den Fehler machte, sich in diesem Moment nach seinen Verfolgern umzusehen, erkannte die Gefahr zu spät. Im letzten Moment sprang er aus dem Sattel, während sein Reittier unter dem Vordach hindurchpreschte und die dortigen Zuschauer mit panischen Sprüngen zur Seite stieben ließ. Lotwin indes krachte schwer gegen die Kante des hölzernen Daches, ruderte verzweifelt mit den Armen, um Halt zu finden, und rutschte dann nach unten ab. Mit einem vernehmlichen Stöhnen stürzte er auf sein Gesäß, während die anderen Reiter an ihm vorbeipreschten.

„Jetzt ist Dorkemunt vorne“, sagte die Frau lakonisch.

„Genau genommen Lotwins Pferd“, wandte jemand ein, der offensichtlich auf den dürren Pferdelord des Quellweilers gesetzt hatte.

„Die Pferde zählen nicht“, brummte ein anderer. „Nur die Reiter.“

„Ach ja?“ Lotwins Anhänger drehte sich wütend um. „Wie soll denn der Reiter ohne Pferd ins Ziel kommen? Natürlich zählt das Pferd.“

Malvin lächelte. Hier schien die Grundlage zu einer wundervollen Diskussion gelegt zu werden. Er legte die Arme um die Schultern der beiden Männer. „Ach, ich sehe, Ihr guten Herren, hierüber sollte man einmal in Ruhe sprechen. Am besten bei einem guten Blutwein oder Gerstensaft. Habt Ihr übrigens schon den wundervollen ‚Zwergenglanz‘ gekostet?“

Er schob die Männer in den Schankraum und stellte dabei mit Bedauern fest, dass die Reiter längst verschwunden waren und er nun gar nicht wusste, wer vorne lag. Wer würde das Rennen wohl gewinnen?

Darüber waren sich auch Dorkemunt und Nedeam nicht einig.

„Ich liege vorne", rief Nedeam triumphierend, während sie Seite an Seite aus der Stadt heraus- und der Burg entgegengaloppierten.

„Ah, allenfalls um eine Lippenlänge", schrie Dorkemunt vergnügt, „und das auch nur, weil dein Stirnfleck die Zähne fletscht und seine Lippen vorstülpt."

Zunächst war es ihnen gleichgültig gewesen, wer gewinnen würde. Aber während des Ritts hatte sie der Ehrgeiz gepackt, und nun gaben sie sich redlich Mühe, als Erster in den Burghof einzureiten. Tatsächlich erwies sich Nedeams Hengst Stirnfleck auf der Geraden als das kraftvollere und schnellere Tier. Allmählich schob sich der braune Hengst mit dem großen weißen Fleck auf der Stirn nach vorne.

„Orks", brüllte Dorkemunt plötzlich warnend.

Instinktiv wandte Nedeam sich um und zögerte kurz, während Dorkemunt grinsend an ihm vorbeizog. Er verlor kostbare Augenblicke, die dem kleinwüchsigen Pferdelord reichten, um als Sieger durch das Burgtor zu reiten.

Nedeam zog einen Schmollmund, als er hinter seinem Mentor und Freund in den Burghof einritt, während rundum die Menschen dem Sieger zujubelten und nach und nach auch die anderen Reiter die Ziellinie überquerten. „Da waren keine Orks."

„Natürlich nicht." Dorkemunt lachte vergnügt und schwang sich aus dem Sattel, um sein abgehetztes Tier am Zügel zu führen. „Es war eine Kriegslist. Im Krieg und in der Wette sind alle Listen erlaubt."

Tasmund und Garodem kamen mit den anderen vom Wehrgang herunter. „Ein wahrhaft schneller Ritt, Ihr guten Herren", lobte er aufrichtig und legte seine Hände an die Schultern Dorkemunts. „Und ein knappes Rennen, wie mir scheint."

Meowyn umarmte ihren Sohn Nedeam und strahlte ihn an. „Stirnfleck ist einfach nicht zu schlagen. Und du bist gut geritten, mein Sohn."

„Und ich hätte auch gewonnen", sagte Nedeam und grinste seinen Freund an. „Aber Dorkemunt hatte die Orks auf seiner Seite."

Tasmund zuckte kurz zusammen und legte instinktiv seine linke Hand an den Schwertgriff. Normalerweise wurde die Waffe mit der Rechten geführt, doch der Erste Schwertmann hatte einst eine schwere Verletzung der rechten Schulter erlitten, sodass er seitdem mit der linken Hand kämpfen musste. Doch inzwischen verstand er sich perfekt darauf, die Klinge nur mehr mit ihr zu führen. Tasmund lächelte unvermittelt und sah Dorkemunt an. „Der alte Trick, guter Herr Dorkemunt, wie mir scheint?"

Der Sieger zuckte nur die Achseln.

„Dorkemunt hat das Tor als Erster durchritten", stellte Garodem fest. „So gebührt ihm auch die Ehre." Er lächelte und wies auf den Wallach des Pferdelords. „Aber da er sein Pferd wohl stärker hetzen musste, wird er es zum Ausgleich auch länger führen dürfen."

Fröhliches Gelächter erklang, und Meowyn nickte ihrem Sohn stolz zu. „Heute Abend werden wir Tanz und Musik in der Burg haben. Du wirst doch kommen? Schließlich muss mich jemand zum Tanz führen."

Nedeam errötete ein wenig. „Tut mir leid, gute Mutter, aber Barus muss heute Abend eine Wette einlösen, und wir haben versprochen, ihm beizustehen."

Dorkemunt sah Meowyns Enttäuschung und lächelte sie aufmunternd an. „Ihr wisst, Barus braucht jede Hilfe, die er bekommen kann. Schließlich geht es um die Ehre der Pferdelords." Er sah Tasmund an. „Ich denke, der Hohe Herr Tasmund wird sicherlich bereit sein, Euch Arm und Schild zu sein, Hohe Frau Meowyn."

„Das ist nicht dasselbe", erwiderte sie leise.

Nedeam bemerkte, wie Tasmund schmerzlich zusammenzuckte, versuchte jedoch, sich nichts anmerken zu lassen.

„Wenn es um die Ehre eines Pferdelords geht, Hohe Frau Meowyn, so muss das Vergnügen hintenanstehen", schaltete sich Garodem freundlich ein. „So mag Euch an diesem Abend mein Arm genügen."

„Nein, verzeiht, ich war unhöflich", sagte die blonde Heilerin und sah Tasmund entschuldigend an. „Selbstverständlich werde ich gerne Arm und Schild des Hohen Herrn Tasmund in Anspruch nehmen."

„Nun, so ist das also geklärt." Die Hohe Dame Larwyn klatschte in die Hände. „Lasst uns mit den Vorbereitungen für das Fest beginnen. Speise und Trank müssen bereit sein, und die Musiker auch. Zudem sollten wir uns etwas festlicher gewanden." Larwyn ergriff fröhlich den Arm ihrer Freundin Meowyn und schob sie auf das Haupthaus zu.

Garodem und Tasmund folgten den beiden Frauen, während auf dem Burghof und in den Gebäuden geschäftiges Treiben einsetzte, um den ausgelassenen Abend zu einem Erfolg werden zu lassen.

Nedeam und Dorkemunt führten ihre Pferde noch eine

Weile, bevor sie sie absattelten und abrieben. Schließlich waren die Tiere versorgt, und die beiden Pferdelords entschlossen sich, die Pferde an den Zügeln zur Stadt hinüberzuführen.

„Sie haben heute genug geleistet", brummte Dorkemunt, „und ein kurzer Fußweg hilft auch uns, die Gedanken zu klären."

„Was ist eigentlich mit Mutter und dem Hohen Herrn Tasmund los?" Nedeam kratzte sich am Hals und blickte kurz zur Burg zurück. „Sie benehmen sich seltsam."

„Nun ja, Nedeam, mein Freund, so ist das eben in der Brunst."

„Dorkemunt!"

„Ach, reg dich nicht auf. Du bist nun selber alt genug, um ein Weib besteigen zu können, und wie das geht, habe ich dir ja erklärt, nicht wahr? Ist wie bei den Pferden." Dorkemunt seufzte. „Nun ja, fast. Manchmal ist es auch ein wenig komplizierter. Wenn zwei Menschen nicht begreifen wollen, dass sie zueinander gehören."

„Tasmund und meine Mutter?" Nedeam lachte auf. „Niemals. Eher kratzt sie ihm die Augen aus." Sein Gesichtsausdruck wurde verlegen. „Ich meine, nicht dass der Hohe Herr eine schlechte Wahl wäre. Aber ich glaube kaum, dass meine Mutter ihm zugetan ist."

„Das ist ja das Problem", seufzte der alte Pferdelord. „Glaube mir, mein Junge, wenn ich etwas jünger an Jahren wäre ... Ich meine, ich kann Pferd und Weib sehr wohl noch besteigen ... Aber ich müsste wohl etwas jünger sein, um deiner Mutter noch das Gehöft zu machen."

„Du?"

„Warum nicht? Sie ist ein gutes Weib und ich bin ein guter Pferdelord. Selbst dich habe ich im Rennen noch geschlagen."

„Nur mit einer List. Orks!" Nedeam ahmte Dorkemunts Warnschrei nach.

Der kleinwüchsige Pferdelord seufzte. „Nun ja, das mag schon stimmen. Bei Meowyn kann ich eine solche List wohl schwerlich anwenden." Er seufzte erneut. „Zudem ist der Hohe Herr Tasmund ein wenig jünger an Jahren. Außerdem", er schlug Nedeam freundschaftlich an die Schulter, „ist sie dem Hohen Herrn ebenfalls zugetan."

„Verzeih, aber du redest Unsinn."

„Glaube mir, mein Junge, ich habe schon so manches Weib bestiegen, und ich kenne diesen Blick. Ha, ich wette mit dir, mein Freund, sie ist ihm zugetan. Sie weiß es nur noch nicht. Aber vertraue mir, es kommt der Tag, an dem sie das erkennen wird."

Nedeam stieß ein leises Schnauben aus, was Stirnfleck dazu veranlasste, ihn mit animalischer Verwunderung anzusehen. Er strich seinem Reittier über die Nüstern und tätschelte ihm dann die Flanke.

Für einen Moment führten sie die Pferde schweigend und nickten bisweilen ein paar Stadtbewohnern zu, die sie zu ihrem Ritt beglückwünschten. Schließlich sah Dorkemunt seinen jungen Freund grinsend an. „Für dich wird es auch langsam Zeit, Nedeam, mein Freund. Ich kenne etliche Weiber, die ihre Hälse nach dir langmachen."

„Unsinn."

Das Thema war Nedeam unangenehm, und Dorkemunt, der dies bemerkte, lächelte still. Früher oder später würde auch sein Freund Nedeam das Feuer der Liebe verspüren. Das ging allen Menschenwesen so. Hoffentlich verbrannte er sich dann nicht die Finger. Frauen waren ein wunderliches Ding. Das hatte der alte Pferdelord oft genug erfahren müssen.

„Ich denke, wir sollten uns beeilen." Dorkemunt wies auf die Gebäude der Stadt. „Barus wird schon im ‚Donnerhuf' sein, und wir sollten ihn nicht allein der Gefahr aussetzen."

„Esyne", seufzte Nedeam.

„Ja, Nedeam, mein junger Freund, Frauen können ein Quell des Glücks sein", deklamierte Dorkemunt grinsend, „oder sie heißen Esyne und sind Schuhmacherin."

Sie kamen an dem Haus vorbei, dessen Vordach der unglückliche Lotwin bei seinem Sturz beschädigt hatte. Die Menge hatte sich inzwischen verstreut, und die meisten der Pferdelords waren der Einladung Garodems in die Burg gefolgt, mit Ausnahme der Schwertmänner, welche die nächtliche Ordnung zu sichern hatten. Und jener Pferdelords, die es noch ein wenig früher zum „Donnerhuf" zog, fast ausschließlich Männer der Hochmark, die den Nagerjäger kannten und die Wette, auf die er sich eingelassen hatte.

Eigentlich war es ja gar nicht Barus' Schuld. Wenn man überhaupt von Schuld sprechen konnte, so traf sie Malvin, den Schankwirt.

Es war einer jener geselligen Abende gewesen, bei dem Blutwein und Gerstensaft reichlich geflossen waren und ein Wort das andere gab, bis schließlich ein paar Möbelstücke und Gäste lädiert wurden. Nichts Ernstliches, was man nicht mit etwas Holzleim oder ein paar Tagen mit weicher Nahrung hätte beheben können.

Esyne, eine der besten Schuhmacherinnen von Eternas – keiner wagte, dem zu widersprechen –, war eine blonde, äußerst ansehnliche Frau, die jeden Mann dazu verführen konnte, in Brunstgetöse auszubrechen und um sie zu balzen. Doch ihre offensichtlichen körperlichen Vorzüge waren mit einer scharfen Zunge, spitzen Zähnen und nachhaltiger Schlagfertigkeit gepaart. Man musste schon wagemutig oder stark betrunken sein, um sich mit Esyne anzulegen. Dennoch war sie nicht wirklich unbeliebt, denn die Lederwaren, die sie fertigte, waren von bester Qualität. Zudem hatte sie einen hohen Unterhaltungswert, zumindest, wenn man nicht der Adressat ihrer Argumente war.

An jenem Abend hatte Esyne einige ihrer schlagkräftigsten Argumente vorgebracht und dabei einen stämmigen Händlergehilfen zu Boden geschickt, was allgemeines Erstaunen hervorrief. Esyne hatte sich jedoch nur triumphierend umgesehen und behauptet, jeden Mann bezwingen zu können. Die anderen Gäste hatten auf den am Boden Liegenden gestarrt und keine Lust verspürt, ihrer Ansicht zu widersprechen. Malvin hingegen hatte die blonde Schönheit angestrahlt und nur ein einziges Wort in den Schankraum geworfen. „Barus."

So waren Barus und Esyne zum Gegenstand einer Wette geworden, ohne dass der stämmige Nagerjäger hiervon nur eine Ahnung hatte, und als er es erfuhr, gab es für ihn keine Möglichkeit mehr, sich aus der Falle zu befreien. Sein einziges Argument, er schlage keine Weiber, wurde von Esyne selbst ausgehebelt, indem sie den Vorschlag machte, den Wettstreit durch Armdrücken zu entscheiden.

Seitdem hielt sich hartnäckig das Gerücht in Eternas, die blonde Schuhmacherin sei dem Nagerjäger zugetan und habe mehr als nur ein Auge auf ihn geworfen. Das mochte durchaus stimmen, denn Barus gehörte zu den wenigen Personen, die im Großen und Ganzen von Esynes Temperament verschont blieben. An diesem Abend jedoch würde es keine Schonung geben, und die Wetten im „Donnerhuf" gingen hoch.

„Vier zu zwei für Barus", rief Malvin durch den Schankraum und zwinkerte Dorkemunt und Nedeam zu, die gerade den Raum betraten. Er ritzte mit einem Metallstift eine Kerbe in eine weiche Tontafel, um den Wettstand zu dokumentieren. „Ihr guten Herren und Frauen, noch werden Wetten in die Tafel geritzt. Wenn Barus und Esyne die Arme kreuzen, ist es zu spät, dann werden keine mehr angenommen."

An einem der hinteren Tische erhoben sich zwei kleine und stämmige Gestalten, und bevor Nedeam und Dorkemunt sich versahen, wurden sie von kraftvollen Zwergenarmen umschlungen, soweit dies möglich war.

„Unsere bartlosen Axtschläger", rief einer der Zwerge bewegt. „Seid uns willkommen. Ah, kommt, Ihr guten Herren Pferdelords, setzt Euch hierher, an unseren Tisch. Lasst uns mit Blor auf diesen Augenblick anstoßen."

Bevor die beiden Pferdelords sich versahen, zogen die Zwergenmänner sie an ihren Tisch und zupften freudig an Dorkemunts Bart, während sie den glatt rasierten Nedeam etwas ratlos ansahen.

„Ihr guten Herren Zwerge", sagte Nedeam freudig überrascht. Beim Rennen waren ihm die beiden Männer nicht aufgefallen, doch nun freute es ihn, zwei der Zwerge zu sehen. „Was führt Euch ins Land des Pferdevolkes?"

„Der bartlose Herr Nedeam, ich mag es kaum fassen", seufzte der eine Zwerg. „Ach, ich vergesse es nie, wie Ihr in den Schacht geklettert seid, um an die Oberfläche zu gelangen." Er beugte sich vor. „Ihr solltet Nal't'rund jetzt einmal sehen. Die Kuppel erstrahlt in bestem Grünkristall. Ich soll Euch gute Herren übrigens von Balruk, unserem Höchsten Herrn König grüßen, und … Ah, bevor ich es vergesse, die gute Frau Hegmarukona hat uns einen Krug besten Blors für Euch mitgegeben."

„Du bist unhöflich", brummte der andere Zwerg. „Bei aller

Freude gilt es doch, die Form zu wahren. Ich bin Olruk, und mein Freund hier ist Beramuk. Wir sind Axtschläger der grünen Kristallstadt Nal't'rund."

„Unverkennbar", stimmte Dorkemunt zu. „Eure stolzen Bartzöpfe und scharfen Äxte lassen keinen Zweifel. Doch sprecht, Ihr guten Herren Zwerge, was führt Euch in die Hochmark?"

„Getreide, guter Herr Dorkemunt." Olruk beugte sich verschwörerisch vor. „Immer nur Pilzbrei ... Ach, er ist nahrhaft und gut, aber der Geschmack von frischem Brot ... Köstlich. Wir sind hier, um ein paar Ladungen Getreide gegen guten Kristall einzutauschen."

„Da werdet Ihr wohl noch zwei oder drei Zehntage warten müssen, bis die Ernte eingebracht ist", sagte Nedeam lakonisch. Er blickte neugierig zum Tresen hinüber, wo es inzwischen hoch herging und Malvin die Wetten in die Höhe trieb.

„Das macht nichts", versicherte Olruk. „Auch wenn wir die Pracht von Nal't'rund und unsere Hüpflinge vermissen, so hat Eure Stadt Eternas uns doch Erstaunliches zu bieten."

„Ja", bestätigte Beramuk. „Diese rennenden Pferde, zum Beispiel."

Olruk nickte. „Es ist für mich doch sehr beruhigend, dass auch ein Pferdelord vom Pferd fallen kann."

Beramuk grinste breit und zupfte sich belustigt an den Bartzöpfen. „Olruk hat gestern versucht, einen Pferderücken zu bedecken, und ist mehrmals heruntergefallen."

Beramuk lachte dröhnend, während Olruk ihn zunächst pikiert ansah, dann aber in das Lachen einstimmte.

Dorkemunt kratzte sich am Bart. „Seid gewiss, Ihr guten Herren Zwerge, die meisten Pferdelords fallen einmal vom Pferd, bevor sie das Reiten richtig beherrschen."

Am Tresen wurde es noch lauter, und die Zwerge blickten hinüber. „Was geht dort vor sich?“

„Es wird einen Wettstreit geben.“ Nedeam bemerkte das Interesse der Zwergenmänner.

„Axtschlagen? Lanzenwurf?“ Olruk grinste. „Hat es mit Blor zu tun?“

„Nein, nein, nichts dergleichen. Nur ein wenig Armdrücken.“ Nedeam erklärte den Zwergen, was damit gemeint war.

Am Tresen ertönte nun ein polterndes Geräusch.

„Geht es schon los?“, fragte Olruk begierig.

Nedeam suchte den Tresen ab. „Nein“, sagte er seufzend. „Das war Toslot. Einer der Bauern. Er verträgt nicht viel und ist gerade vom Schemel gefallen.“

„Zwei Gerstensaft und der Schaum vom dritten“, bestätigte Dorkemunt. Er wies auf Barus, der neben dem Tresen stand und sich nun reckte. „Das dort ist Barus, unser Nagerjäger.“

„Er wird also kämpfen?“

„Ja, das wird er.“

„Und gegen wen? Dieser Barus ist ziemlich groß und sicherlich sehr stark.“

„Gegen die da.“ Nedeam wies auf Esyne.

Die beiden Zwerge sahen zunächst die Pferdelords an, bevor sie dröhnend auflachten. „Ein guter Scherz“, Olruk raufte sich vergnügt die Bartzöpfe. „Ah, Ihr Pferdemenschen, Euer Humor ist köstlich.“

„Ihr kennt Esyne nicht“, brummte Dorkemunt.

„Nein, Ihr kennt sie nicht“, stimmte Nedeam ihm zu.

Die beiden Zwergenmänner blickten verwirrt zu Barus und Esyne hinüber. Man hatte in der Mitte der Schänke einen freien Raum geschaffen, und einer der anwesenden Pferdelords nahm nun von Malvin einen Weißstein entgegen, mit dem er auf dem

Boden einen deutlich sichtbaren Kreis von etwa einer Länge Durchmesser zog.

Unter den anfeuernden Rufen der Gäste traten Esyne und Barus in den Ring. Der Pferdelord mit dem Weißstein sah die beiden gewichtig an. „Wer aus dem Kreis gestoßen wird, hat verloren. Ihr drückt Arm gegen Arm. Schläge und Stöße mit dem anderen Arm oder Tritte sind verboten." Er sah Esyne kurz an. „Kratzen und Beißen ebenfalls."

Esyne warf dem Mann ein schmelzendes Lächeln zu und reckte sich. Ihre Brüste schienen die geschnürte Bluse fast zu sprengen, was anerkennende Rufe aus dem Publikum hervorrief. Die blonde Schuhmacherin musterte einen besonders begeisterten Zuschauer. „Was ist? Seid Ihr jetzt brünstig? Wollt Ihr Euch den Speichel vom Mund wischen oder selber antreten?"

„Das ist nur Schaum vom Gerstensaft", beteuerte der Mann hastig.

„Genug jetzt", brummte der Pferdelord, der den Schiedsrichter machte. „Arm an Arm. Gut so. Und nun … kämpft!"

Jeder rechnete damit, dass der stämmige Barus keine Mühe haben würde, die zierliche Schuhmacherin zu bezwingen. An Größe und Masse war er ihr eindeutig überlegen. Vielleicht war Esyne flinker, aber in dem Ring war kaum Gelegenheit, vor Barus auszuweichen. Die beiden Kontrahenten standen seitlich versetzt, ihre rechten Unterarme gegeneinandergelegt, und als das Kommando kam, spannte Barus seine Muskeln an, um Esyne kurzerhand aus dem Ring zu drücken.

Esyne sah Barus seltsam spöttisch an, und gerade als dieser seine gesamte Kraft einsetzen wollte, tat die blonde Frau etwas völlig Unerwartetes. Sie streckte die freie Hand aus, schob sie in Barus' Achselhöhle und kitzelte ihn.

Völlig verblüfft registrierten die Zuschauer, wie der stämmige Nagerjäger ein brüllendes Lachen ausstieß und ins Taumeln geriet. Während Esyne ihn lächelnd weiterkitzelte, verließen ihn nun vollends die Kräfte. Von lautem Lachen geschüttelt, sackte Barus auf die Knie und stürzte vornüber aus dem Ring, während Esynes Hand noch immer in seiner Achselhöhle lag und ihn weiter reizte. Die anderen starrten schweigend auf die Szene, dann zog Esyne endlich ihre Hand zurück und ließ einen keuchend nach Atem ringenden Barus zurück, der, die Augen von Tränen angefüllt, immer wieder von Lachanfällen erschüttert wurde.

Die zustimmenden Bemerkungen einiger weniger Gäste, die auf die blonde Schuhmacherin gewettet hatten, gingen in dem anschwellenden Gemurmel der anderen unter.

„Das war nicht recht, gute Frau Esyne“, sagte einer der Männer schließlich. „Ihr habt auch die andere Hand eingesetzt, das widerspricht der Regel.“

„Ich habe mit ihr weder geschlagen noch gestoßen“, korrigierte die blonde Frau und stemmte die Arme in die Hüften, „sondern Barus damit lediglich ein wenig geneckt und gekitzelt. Das ist nicht verboten. Es ist nicht meine Schuld, dass ihn die Kraft verließ.“

Bevor die Verlierer der Wette ihre Meinung kundtun konnten, wurde die Tür des „Donnerhufs“ aufgestoßen. Die beiden eintretenden Wesen ließen die Anwesenden sofort verstummen. Ihre schlanken, hochgewachsenen Gestalten, die spitzen Ohren und die langen weißblonden Haare waren unverkennbar elfischen Ursprungs, und die meisten der Anwesenden kannten auch ihre Gesichter.

„Lotaras und Leoryn“, rief Nedeam überrascht.

Unverwechselbar waren es die Geschwister aus dem elfischen

Haus Elodarion in ihren langen, weich fließenden Gewändern. Am Stirnreif Leoryns und an Lotaras hohem Helm schimmerte die fein gearbeitete Lilie, das Symbol ihres Hauses.

Nedeam starrte die Freunde noch immer mit offenem Mund an, während Dorkemunt nickte und an den beiden Elfen vorbei auf die Straße blickte. „Und sie sind nicht allein."

Nedeams Kiefer sackte noch weiter nach unten, denn auf der Hauptstraße von Eternas stand eine Hundertschaft elfischer Krieger in voller Kampfrüstung.

6

Helemunt und seine Frau Verinya hatten einige Jahreswenden lang ein kleines Gehöft in der Ostmark betrieben. Es lag südlich der Stadt Merdonan in einer Senke, die von sanften Hügeln und einem kleinen Wald umgeben war. Der besseren Sicht wegen hätte Helemunt das Haus lieber auf einem der Hügel errichtet, um Ausblick auf eine mögliche Gefahr zu haben, aber Verinya schätzte die Bequemlichkeit der Wasserstelle, die sich in der Senke befand, und wollte nicht wegen jedem Eimer unnötig weit laufen.

Helemunt hatte das Gehöft einst von seinem Vater übernommen. Seine Mutter war schon lange tot, gestorben an einem Fieber, und das Gehöft war auf die Bedürfnisse von Helemunts Vater und ihm selbst abgestimmt gewesen. Sie hatten von der Jagd auf wildes Hornvieh und Geweihtiere gelebt und gelegentlich Fleisch und Felle nach Merdonan gebracht, um sie gegen jene Dinge einzutauschen, die sie selbst benötigten. Sie hatten ein genügsames Leben geführt, bis Helemunts Vater vor drei Jahreswenden friedlich eingeschlafen war. Helemunt hatte sich allein um das Gehöft gekümmert, doch bald war ihm seine Einsamkeit bewusst geworden, und bei einem Markt in Merdonan hatte er schließlich Verinya kennengelernt. Es war wohl Liebe auf den ersten Blick gewesen, und kaum einen Mondwechsel später hatte der Stadtälteste die Trauung vollzogen. Helemunt und Verinya teilten nun, dem Brauch des Pferdevolkes gemäß, Zügel und Wasserflasche.

Helemunt dachte gelegentlich, dass Verinya wohl das lange Ende der Zügel erwischt hatte, denn ihre Ansprüche hatten ihm zunehmend Sorge bereitet. Seine junge Frau war das bequemere Leben in der Stadt gewohnt, und auch wenn sie sich nicht laut beklagte, so wirkten ihre Blicke doch gelegentlich enttäuscht und vorwurfsvoll. Während ihrer Besuche in Weilern oder in der Stadt blühte sie förmlich auf, und Helemunt begriff, dass sie sich einsam fühlte. Er hoffte, ein gemeinsames Kind könne diese Einsamkeit vertreiben, und so bestieg er sie reichlich, aber Verinya wurde einfach nicht schwanger.

Ihr Unmut stieg, und sie zeigte es Helemunt immer deutlicher. Mal beklagte sie sich über die Enge des Hauses, dann über die eintönige Ernährung oder die viel zu seltenen Besuche in der Stadt. Obwohl Helemunt sich Mühe gab, ihr ein liebender und fürsorglicher Mann zu sein, waren seine eher unbeholfenen Versuche, sie aufzumuntern, von wenig Erfolg gekrönt.

Die Erträge, die Helemunts Jagd einbrachte, erlaubten ihnen ein sorgenfreies Überleben, doch zu mehr reichte es nicht. Bald wurde Helemunt klar, dass Verinya mehr erwartete. Er versuchte eine kleine Zucht mit Schafen oder Hornvieh zu beginnen, aber ihm fehlten die Kenntnisse eines Züchters, und ein schwerer Eissturm im vergangenen Winter hatte seinem Zuchtbullen das Leben gekostet.

Schweren Herzens hatte Helemunt schließlich zugestimmt, nach Merdonan zu ziehen. Während ihm der Entschluss nicht leichtgefallen war, die weiten Ebenen der Ostmark gegen die engen Mauern der Stadt zu tauschen, war Verinya regelrecht aufgeblüht und konnte es kaum erwarten, das Gehöft zu verlassen. Dennoch dauerte es etliche Monde, bis es endlich so weit war, denn es war nicht leicht, in Merdonan eine vernünftige Bleibe zu finden.

Ein Weiler konnte sich beliebig ausdehnen. Die Gebäude waren um den zentralen Weilerplatz errichtet, und keine Wehranlage hinderte die Bewohner daran, weitere Unterkünfte zu bauen. In Merdonan jedoch waren die Häuser von einer starken Mauer umgeben, die Schutz vor einem möglichen Angriff bot. Was sich außerhalb der Mauer befand, war dem Angreifer schutzlos ausgesetzt, nur was von ihr umschlossen war, konnte verteidigt werden. Und da sich alle Bewohner um die Sicherheit ihres Lebens und ihrer Habe sorgten, wollten sie natürlich innerhalb der Mauern leben.

Vielleicht würde man eines Tages eine zweite, größere Mauer um die erste herum errichten, damit die Stadt sich weiter ausdehnen konnte, aber als Helemunt und Verinya nach Merdonan zogen, war davon noch nicht die Rede. Da die Bevölkerung der Stadt wuchs, hatten die Bewohner sich damit beholfen, ihre Häuser aufzustocken, und so war immer irgendwo in der Stadt ein Hämmern und Sägen zu hören, wenn das Dach eines Hauses abgebrochen wurde, um ein weiteres Stockwerk aufzusetzen. Inzwischen gab es eine Reihe von dreigeschossigen Bauten in der Stadt, und je weiter die Stadt wuchs, desto unangenehmer wurden die Begleitumstände.

Jedes neue Stockwerk wurde ein wenig über das untere hinausragend erbaut. Grund hierfür war das Erfordernis für die Bewohner, die Notdurft verrichten zu können. Denn in den Böden der Überbauten befanden sich die kleinen hölzernen Klappen, über welche man sich erleichtern konnte. Je mehr Stockwerke errichtet wurden, desto weiter wuchsen die Häuserfronten über die schmalen Gassen hinweg aufeinander zu. Entsprechend dunkler wurde es in diesen Gassen, und man brauchte zunehmend Glück, vom Dung der Bewohner verschont zu bleiben, zumindest wenn man zur falschen Zeit durch die Stadt eilte. Die Verschmutzung von Gassen und Bewohnern sowie der üble Gestank, der sich bald in Merdonan ausbreitete, hatte den Pferdefürsten Bulldemut nach einer Lösung suchen lassen, und er meinte sie in der Anordnung gefunden zu haben, dass die Bewohner sich immer nur zu festgelegten Zeiten erleichtern durften.

Danach mussten sie mit Besen und reichlich Wasser vor die Häuser treten und den Dung in die großen Rinnen kehren, die sich in der Mitte jeder Gasse befanden. Das schwache Gefälle der Rinnen hatte nur wenig Wirkung, und so musste all der Dung nach Osten geschoben werden, wo sich in der Wallmauer kleine Öffnungen befanden, durch welche der Kot in die Weißen Sümpfe gelangte, die ihn bereitwillig aufnahmen. Die Menschen im Westen der Stadt brauchten aufgrund einer leichten Hanglage nicht sehr viel zu spülen und zu schieben, doch je weiter östlich man in Merdonan wohnte, desto flacher wurde das Gelände, und desto kräftiger musste dem Abfluss des Unrats nachgeholfen werden. Die östlichen Wohngebiete waren daher weniger beliebt als die westlichen.

Immerhin hatten all die Mühsal und das nunmehr erforderliche Verkneifen der Erleichterung zur Folge, dass es nicht mehr so bestialisch stank und, wie der Heiler immer wieder beteuerte, die Zahl der Erkrankungen gesunken war. Zudem gab der reichliche Dung einigen Männern und Frauen Merdonans ihren Broterwerb, jenen „Dungschlepper“ genannten Menschen, die ihre Dienste vor allem in den östlichen Häusern anboten. Auch wenn die Dungschlepper ein wenig streng rochen, so galt ihre Arbeit selbst doch nicht als anrüchig, denn jeder wusste ihren Nutzen zu schätzen, und die unangenehme Arbeit wurde zudem gut vergolten.

Auch Helemunt und Verinya hatten sich als Dungschlepper verdingt. Hier, in Merdonan, konnte Helemunt sich und seine Frau nicht von der Jagd ernähren, und um eines der Handwerke ausüben zu können, fehlten ihm die Fertigkeiten. Verinya nahm die schwere Arbeit bereitwillig auf sich, für die junge Frau war es entscheidender, wieder in Merdonan zu leben. Doch nun war es Helemunt, der sich nicht wohlfühlte.

„Es stinkt", knurrte er missmutig, während er den Besen von der Hauswand zur Rinne in der Mitte der Gasse schob.

Verinya lachte auf, während sie mit einem Eimer Wasser nachspülte, dann ging sie zu dem Bottich am Haus, dessen Wasser gleichermaßen der Hygiene und der Brandbekämpfung diente, und füllte ihren Eimer wieder. „Natürlich stinkt es. Es ist Dung."

Der Bottich würde bald aufgefüllt werden müssen, aber das war die Aufgabe der Hausbewohner, die mit ihren Eimern zu einem der nahe gelegenen Brunnen gehen mussten. Weit war es nicht, denn der Grundwasserspiegel lag hoch, und es gab viele Brunnen in Merdonan. Manche Dungschlepper trugen auch bereitwillig selbst frisches Wasser zu den Bottichen, denn meist sprang dabei eine warme Mahlzeit für sie heraus, und zudem konnte man sich an den Brunnen zumindest notdürftig säubern.

„Ich vermisse die saubere Luft der Ebenen", brummte Helemunt. Er klopfte den Besen ab und ließ seine Frau einen Schwall Wasser darübergießen. „Und ich vermisse die Jagd."

Verinya füllte den Eimer erneut und legte ihrem Gatten die verschmutzte Hand auf den Arm. „Ich weiß, mein geliebter Helemunt, dass es dir nicht leichtgefallen ist, mit mir nach Merdonan zu gehen. Es tut mir leid, dass ich dich so sehr bedrängt habe, aber ich konnte dort draußen einfach nicht leben.

Ich brauche die Nähe von Menschen."

„Und ihren Dung", seufzte er und lächelte schwach.

Verinya lachte abermals auf. „Ja, auch ihren Dung. Komm, lass uns ins Haus gehen. Es gibt ein warmes Mahl."

Sie spülten ihre Hände in dem Bottich und wischten sie an den Wolltüchern ab, die jeder Dungschlepper am Gürtel trug, dann betraten sie das Haus. Die Familie, die dort wohnte, betrieb Ackerbau außerhalb der Stadt und war zu einigem Wohlstand gekommen, was die sorgfältig gezimmerten Möbel mit ihren eisernen Beschlägen bezeugten. Und die zahlreichen Teller und Becher, die in einem Regal an der Wand der Wohnstube standen, wiesen darauf hin, dass die Familie oft und gerne Gäste bewirtete.

„Langt zu", sagte der Hausherr freundlich und schaufelte reichlich Gemüse und Fleisch auf ihre Teller. „Wer kräftig arbeitet, muss ebenso essen."

Die Hausfrau brach Brot und teilte es aus. „Ich habe gehört, der alte Herr Wennemunt will sein Haus aufstocken." Sie lächelte das junge Paar an. „Ihr wohnt sicherlich noch immer in der Herberge. Wollt Ihr den alten Herrn nicht einmal fragen, ob er Euch Unterkunft geben mag? Zwar wohnt er im Ostteil, aber das wird Euch sicher nichts ausmachen, nicht wahr?"

Nein, das machte ihnen nichts aus. Die Arbeit machte hungrig, und sie aßen hastig, um sich bald auf den Weg zu Wennemunt machen zu können. Die Hausbewohner verabschiedeten sie und wünschten ihnen noch viel Glück, als sie die Gasse hinuntereilten. Sie fanden das Haus rasch, dessen Dach bereits teilweise abgedeckt war.

Vor dem Haus stand ein Mann, vom Alter gebeugt, und stützte sich auf einen Stock. Er sah neugierig zu Helemunt und Verinya, als diese auf ihn zueilten.

„Seid gegrüßt, Ihr beiden“, brummte er und sah dann zum Dach empor. „Ich weiß nicht recht, ob ich es nun ganz einreißen oder wiederherrichten lassen soll. Eigentlich sollte hier mein Sohn mit seinem Weib einziehen, aber der Bengel will lieber hinaus in die Mark.“

Helemunt konnte das sehr gut nachempfinden, aber es war wohl besser, seine Ansicht für sich zu behalten. Der Alte klopfte mit dem Stock mehrmals gegen die hölzerne Wand des Hauses. „Ist gutes Holz, immer noch. Eines der ersten Häuser, die in Merdonan gebaut wurden. Damals wollten alle rasch ihre Häuser haben, und viele haben gelacht, als mein Vorfahr sich die Zeit ließ, das Holz zu schälen.“ Der Alte lachte. „Jetzt sind ihre Häuser von Würmern zerfressen, und man muss neue bauen, aber dieses steht noch fest. Ha, es wird noch lange stehen.“

„Es ist ein ordentliches Haus“, bestätigte Helemunt.

„Und sehr schön, guter Herr Wennemunt“, fügte Verinya hinzu.

Der Alte nickte zu ihren Worten und musterte sie. „Ihr seht mir ganz danach aus, als hättet Ihr etwas auf dem Herzen. Ihr seid Dungschlepper, nicht wahr? Ah, meine Nase ist noch in Ordnung, und meine Augen sind es auch. Nur meine armen Beine und mein Rücken, die wollen nicht mehr so richtig.“ Er schniefte bedauernd. „Die Zeiten, da ich ein Pferd oder ein Weib besteigen konnte, sind vorbei.“

Erneut musterte er die beiden, und sein Blick blieb auf Helemunt gerichtet. „Ihr seid ein Mann der Ebenen, will mir scheinen. Ihr seid von kräftigem Wuchs und habt muskulöse Beine. Und ein waches Auge, wie ich sehe.“ Er lachte erneut. „Aber auch die krummen Beine eines Reiters. Ihr seid ein Pferdelord?“

Helemunt zuckte bedauernd die Schultern. „Ein Jäger, guter Herr."

„Hm. Also kein Reiter, wie?" Der Alte klopfte erneut mit dem Stock gegen die Hauswand. „Nun, es kann nicht jeder ein Pferdelord sein. Immerhin, ein Jäger kann mit dem Bogen umgehen. Ihr werdet also Merdonans Mauern verteidigen, wenn der Pferdefürst Euch ruft."

„So wie jeder waffenfähige Mann", bestätigte Helemunt.

Der Alte nickte. „Die Menschen der Städte verweichlichen, guter Herr, das sage ich Euch. Zu meiner Zeit wäre jeder Mann und jede Frau zur Mauer geeilt, wenn es gegolten hätte, sie zu schützen, aber heute ... Bah, die Frau meines Sohnes vermag allenfalls einen Topf zu schwingen, aber sie kann nicht einmal ein Messer oder eine Axt richtig werfen. Auf Pfeil und Bogen versteht sie sich schon gar nicht. Nicht das rechte Weib für einen Pferdelord, sage ich Euch, nicht das rechte Weib. Aber dann zieht sie mit dem Bengel hinaus in die Mark." Der Alte seufzte. „Immerhin, er selbst ist ein rechter Pferdelord und wird es ihr wohl beibringen."

„Das wird er gewiss", sagte Verinya eifrig.

„Hm." Der Alte musterte sie abermals. „Vermögt Ihr einen Pfeil zu lösen, gute Frau?"

„Sie vermag ein Messer zu werfen", sagte Helemunt rasch. Das hatte er selber festgestellt, als sie einmal, entflammt im Zorn, die Klinge direkt neben sein Ohr ins Holz der Tür versenkte. Er hatte dies für Zufall gehalten und spöttische Bemerkungen gemacht, bis plötzlich eine weitere Klinge auf der anderen Seite in der Tür steckte.

„So, so, ein Messer." Der alte Wennemunt knurrte. „Nun, für ein Spitzohr mag das reichen, aber sicher nicht für eine der Eisenbrüste. Rundohren, Ihr versteht?"

„Merdonans Mauer ist hoch, und ihre Verteidiger sind stark und zahlreich“, erwiderte Helemunt. „Kein Ork würde jemals über den Wall gelangen.“

Der Alte lachte auf. „Das will ich meinen, guter Herr Jäger. Die Mauer ist fest und stark, so wie mein Haus hier.“

„Guter Herr Wennemunt, wir suchen eine Bleibe, und man riet uns, uns an Euch zu wenden“, sagte Verinya freundlich lächelnd. Dieses Lächeln, das jeden Mann daran erinnert, dass es bei den Menschenwesen zwei Geschlechter gibt.

Der Alte schniefte erneut. „Heutzutage suchen viel zu viele eine Bleibe in der Stadt. Ein Pferdelord sollte draußen in der Mark wohnen, in den freien Ebenen. Auf einem Gehöft oder in einem Weiler, wie es sich gebührt.“ Wennemunt zuckte missmutig die Achseln. „Aber viele sehnt es nach dem bequemen Leben in der Stadt.“ Der Stock pochte gegen das Holz, wanderte ein Stück weiter und klopfte erneut. „Kein Wurm im Holz, Ihr könnt es hören. Ein gutes Haus.“

„Viel können wir Euch nicht geben, guter Herr Wennemunt“, sagte Helemunt bedauernd. „Im Augenblick haben wir nur wenig, und die Herberge …“

„Ah, Herberge.“ Der Alte spuckte aus. „Ein junges Paar braucht eine vernünftige Bleibe. Ihr könnt keine Kinder in einer Herberge aufziehen. Ihr wollt doch sicher Kinder, wie?“

„Ja, natürlich.“

„So ist es recht.“ Wennemunt nickte zufrieden. „Die Kinder sind die Zukunft des Pferdevolkes, glaubt mir. Nun, ich kann das Haus aufstocken lassen. Holz findet sich reichlich, und helfende Hände ebenso. Wenn Ihr also mögt, will ich Euch gerne das obere Geschoss überlassen. Nein, nein, dankt mir nicht, Ihr werdet dafür Dung schleppen müssen.“ Er lachte freundlich. „Und unterschätzt meine Verdauung nicht. Mein Rücken und meine Beine mögen mir Probleme bereiten, doch alles andere ist noch in bester Ordnung."

Helemunt und Verinya konnten ihr Glück kaum fassen. Der freundliche Alte würde ihnen endlich die ersehnte Unterkunft geben. Und durch das Dungschleppen würden sie auch bald die Möglichkeit haben, sich ihr neues Heim einzurichten, und vielleicht, so hoffte vor allem Helemunt, würde sich Verinyas Leib dann auch bald zu runden beginnen.

7

In der großen Versammlungshalle der Burg Eternas waren Tische und Bänke in Form eines Hufeisens aufgestellt worden, und nun waren zahlreiche Hände damit beschäftigt, Speisen und Getränke für den Abend vorzubereiten und alles festlich zu schmücken. Zwischen zwei der Säulen, die sich vor den grauen Mauern erhoben, saß eine Gruppe von Musikanten, die am Abend mit ihren Instrumenten und Stimmen zunächst einige Weisen des Pferdevolkes vortragen und später dann zum ausgelassenen Rundtanz aufspielen würden.

Garwin, der Sohn von Garodem und Larwyn, rannte neugierig durch die Halle und warf immer wieder hoffnungsvolle Blicke auf die Musiker. Inzwischen ein Knabe, hoffte er wohl darauf, an diesem Abend neben seinen Eltern an der Tafel sitzen zu können. Doch Garodem würde dies ablehnen, da er seine gutmütigen Pferdelords kannte, die dem Jungen, sicher ohne böse Absicht, wenngleich heimlich, Gerstensaft in den Becher geben würden, Larwyn hingegen würde der Anwesenheit Garwins zustimmen und ihre schützende Hand über den Becher des Sohnes halten. Garwin würde sich darauf verlassen können, dass seine Mutter sich durchsetzte. Es würde ein kurzes Geplänkel zwischen den Eltern geben und Garodem schließlich mit Würde einen ehrenvollen Rückzug antreten. So war es beinahe immer, wenn es um Garwins Wohl ging.

Während Larwyn, als Herrin der Hochmark, bei den Vorbereitungen half, betrachtete Meowyn mit dem sorgenvollen Blick der Heilerin und ihren düsteren Vorahnungen über den nachfolgenden Morgen die bereitstehenden Mengen an Wein und Gerstensaft. Garodem indes, gefolgt von dem ernst blickenden Tasmund, führte die beiden Elfen Lotaras und Leoryn an dem riesigen gemauerten Kamin an der rechten Wand vorbei zu der schmalen Treppe, die zu den Gemächern ins obere Stockwerk führte. Sie schritten die steinernen Stufen hinauf, und die Wache vor Garodems Amtsraum legte grüßend die Hand an den Schwertgriff, als die Gruppe an ihr vorbei in den Raum trat.

Garodem hatte beim Bau der Burg Wert darauf gelegt, dass der Weg zu den Räumen der Obergeschosse durch seinen Amtsraum führte. Denn auch wenn er der Herr der Hochmark war, wollte er den Männern und Frauen der Burgbesatzung doch zeigen, dass er sich als Gleicher unter Gleichen sah, als Pferdelord wie sie. Zudem schätzte er die Möglichkeit zu einem Gespräch, das sich stets ergeben konnte, wenn jemand den Raum betreten musste. Schließlich lagen neben den Gemächern des Pferdefürsten auch die Kammern des Ersten Schwertmanns und der Scharführer hier im Obergeschoss, und selbst die Turmwache des Signalfeuers musste zunächst Garodems Amtsraum durchqueren, um in das Dachgeschoss zu gelangen. Andere Pferdefürsten bevorzugten für ihre Amtsgeschäfte die Zurückgezogenheit eines abgeschiedenen Raumes, nicht jedoch Garodem, der nur selten vertrauliche Gespräche führen musste. Wie etwa an diesem Abend.

„Nehmt Platz, meine Freunde aus dem Hause Elodarion“, forderte der Pferdefürst die unerwarteten Gäste auf und ging zu seinem Schreibtisch hinüber, der schwer und massiv vor der Stirnwand des Raumes stand. Das Holz war sorgsam poliert, doch die Platte wies Flecken von Tusche und eine tiefe Kerbe auf, wo einst ein Schwerthieb sie getroffen hatte, als die Hohe Dame Larwyn gegen ein Graues Wesen um ihr Leben kämpfen musste. Tusche, Feder und Pergament lagen auf dem Schreibtisch und dazu ein geschnitztes Pferd, mit dem Garwin gespielt hatte und dessen abgebrochenes Bein Garodem noch nicht hatte harzen können.

Die beiden Elfen nahmen auf zwei gepolsterten Stühlen Platz, deren Armlehnen sorgsam zu Pferdeköpfen geschnitzt waren, während Tasmund an die Wand mit dem Bücherregal herantrat und sich leicht dagegenlehnte. Fünf ledergebundene Bücher und einige Rollen Pergament lagen dort und zeigten, dass der Pferdefürst die Zeichen der Schrift zu lesen und zu setzen vermochte.

Garodem sah die beiden Elfen an, mit denen er schon Seite an Seite im Kampf gestanden hatte und wie die gesamte Hochmark auf besondere Weise verbunden war. Die Geschwister Lotaras und Leoryn waren die Kinder Elodarions, eines der ältesten Elfen und Mitglied des Hohen Rates des elfischen Volkes. Die beiden waren erst 500 Jahreswenden alt, und wenn man sie so vor sich sah, wirkten sie wie heranwachsende Jugendliche, bis man in ihre Augen blickte. Garodem fiel auf, dass die Geschwister unruhig wirkten, und er lächelte sie aufmunternd an.

„Nun, meine elfischen Freunde, Ihr habt einen weiten Weg zurückgelegt, vom Wald Eures Hauses bis in unsere Mark und nach Eternas. Ich spüre, dass dies nicht ohne Grund geschah, eine Hundertschaft elfischer Bogen ist ein deutliches Zeichen und erregt die Neugier des Volkes."

Tasmund lächelte knapp. „Und die meine."

Auch wenn die Kämpfe gegen den Schwarzen Lord und seine Orks zu einem erneuten Bund von Menschen und Elfen geführt hatten, war der Anblick elfischer Wesen selten. Sie schätzten die Zurückgezogenheit ihrer Häuser und mieden im

Allgemeinen den Kontakt zu den sterblichen Menschen. Zwar kannte man Lotaras und Leoryn in der Hochmark, doch nun waren die Geschwister mit einem Gefolge elfischer Krieger erschienen, und Gerüchte fluteten durch die Stadt und die Burg Eternas. Die zurückhaltende Ernsthaftigkeit der Elfen tat ein Übriges, die Aufregung angesichts ihres Erscheinens noch zu steigern. Im Augenblick standen die Kämpfer, die langen Bogen an die rechte Schulter gelegt, im vorderen Burghof, scheinbar erstarrt und mit unbewegten Gesichtern. Nur die Bewegungen ihrer Augen verrieten, dass noch Leben in ihnen war. Der Anblick verunsicherte so manch einen Burgbewohner, und einige der Frauen achteten sorgsam darauf, dass ihre Kinder den seltsamen Wesen nicht zu nahe kamen. Schließlich hatte man schon allerlei unheimliche Geschichten von den Elfen gehört.

Lotaras zwang sich zu einem Lächeln. „Wir entbieten Euch die Grüße Elodarions aus dem Hause Elodarion. Wir fühlen uns dem Haus der Hochmark verbunden und …"

Garodem nahm die Grußworte Lotaras mit unbewegtem Gesicht entgegen und räusperte sich dann mit einem sanften Lächeln. Er erhob sich hinter seinem Schreibtisch, und nachdem er das Möbel umrundet hatte, trat er an eines der Fenster heran und blickte in den Innenhof hinunter. „Eure Bogen sollten sich entspannen, Hoher Herr Lotaras", sagte er leise und fügte dann lächelnd hinzu: „Mein Freund." Er wandte sich zu dem Elfen um. „Hundert Eurer Bogenschützen machen nicht den weiten Weg, um an einem geselligen Abend der Pferdelords teilzunehmen. Zumal sie im Moment nicht so wirken, als wüssten sie Geselligkeit zu schätzen." Garodem strich sich über den ergrauten Bart. „Lotaras, mein Freund, wir haben Seite an Seite gestanden, als die Orks Eternas berannten. Ihr seid hier unter Freunden und könnt frei sprechen. Also, nennt mir den Grund für Euer Erscheinen."

„Es ist schwer zu erklären", meldete sich die Elfin Leoryn zu Wort. „Für ein Menschenwesen", schränkte sie ein. Sie lächelte den Pferdefürsten entschuldigend an. „Wir haben eine Nachricht erhalten. Vielmehr Elodarion, unser Vater. Eine Nachricht von höchster Bedeutung für das Volk der Elfen."

Garodem wippte ein wenig auf den Füßen. Er verstand die Zurückhaltung der Elfen nicht. Aber wer verstand schon wirklich ein elfisches Wesen? „Eine Nachricht?"

„Nun, eine Botschaft", korrigierte Lotaras. „Ein Gedanke, der Elodarion eingegeben wurde." Der Elf strich über sein weiches Gewand und ordnete nicht vorhandene Unregelmäßigkeiten in dessen Faltenwurf, bevor er sich schließlich straffte und Garodem ernst ansah. „Einige der ältesten Elfen, darunter unser Vater Elodarion, verfügen über besondere Fähigkeiten, Garodem, Pferdefürst. Sie können Gefühle spüren und gelegentlich auch die Gedanken anderer Wesen empfangen. Es ist ... schwer zu erklären", seufzte er. „Man sagt, es hänge mit den Schröpfungen zusammen."

Kein Lebewesen war in der Lage, mit der Last unsterblicher Erinnerungen zu leben. Die Elfen hatten die Fähigkeit entwickelt, alle fünfhundert Jahre ihre Erinnerungen zu löschen. Dies geschah unter Aufsicht und Begleitung anderer Elfen. Doch zuvor schrieb ein Elf seine Erinnerungen in die elfischen Lebensbücher, sodass nichts wirklich verloren ging, was von Bedeutung war. Nur ein kleiner Teil der Erinnerungen, die Person, ihre Bindungen und Fertigkeiten betreffend, verblieben dem geschröpften Elf. Auch Lotaras und Leoryn würden wohl bald zum ersten Mal dieser Zeremonie unterworfen werden.

„Ihr Menschenwesen erinnert Euch an das gute Graue Wesen, das wir in Enderonas, der Stadt Eures Königs, trafen?"

„Marnalf, den Berater des Königs?“ Garodem lächelte. „Oh ja, wir erinnern uns. Er rettete dem König das Leben. Unzweifelhaft ein gutes Wesen, was man von den Grauen im Allgemeinen ja nicht sagen kann.“

Die Grauen. Jene Wesen, die so menschlich wirkten und doch einer fremden Art angehörten, viel fremder noch als die Elfen. Einst hatte es viele von ihnen gegeben. Zauberer, welche die Freunde der Menschen und anderer Wesen waren, ihnen mit ihren magischen Fähigkeiten beistanden und ihre Entwicklung wohlwollend, wenn auch manchmal amüsiert verfolgten. Einige wenige von ihnen waren zu Weißen Zauberern aufgestiegen, Wesen von ungeheurer Macht. Aber dann hatte die Finsternis des Schwarzen Lords mit seinen Legionen von Orks das Land überzogen. Die Weißen und Grauen waren verschwunden und ihre einstigen Heimstätten, die beeindruckenden Wohntürme, verwaist. Als man ihnen erneut begegnete, hatte sich das Wesen der Grauen gewandelt, und aus den einstigen Freunden der Menschen waren Furcht einflößende Feinde geworden, die sich mit ihrer Magie und der Fähigkeit, ihre Gestalt jeder Lebensform anzugleichen, auf die Seite des Schwarzen Lords geschlagen hatten. Marnalf jedoch war ein Grauer Zauberer, der den Mächten der Finsternis nicht erlegen war, und hatte dem Menschenvolk getreu zur Seite gestanden.

„Auch die Grauen Zauberer verfügen über gewaltige Fähigkeiten.“ Lotaras nickte zu seinen Worten. „In vielerlei Hinsicht sind diese sogar größer als diejenigen der Mitglieder unseres Hohen Rates. Elodarion also empfing eine Botschaft Marnalfs.“

„Eine Botschaft?“ Garodem begann in dem Amtsraum auf und ab zu schreiten, wie er es oft tat, wenn ihn etwas beschäftigte. „Wie lautete die Botschaft?“

„Nun, es waren keine gesprochenen Worte", schränkte Lotaras entschuldigend ein. „Es waren ... Bilder, Eindrücke, Gefühle ... Eine Botschaft, wie sie nur von Wesen mit gedanklicher Verbindung verstanden werden kann. Was unser Vater Elodarion erfuhr, ist von höchster Wichtigkeit für unser Volk. Von solcher Bedeutung gar, dass er uns beide und hundert Bogen entsandte, um der Botschaft nachzugehen."

„Und diese Botschaft führt Euch zu uns?"

„Nicht die Botschaft. Wenigstens nicht direkt."

Leoryn erhob sich von ihrem Stuhl und trat an die Karte heran, die an der linken Wand des Raumes hing und dem Pferdefürsten von den beiden Geschwistern einst zum Geschenk gemacht worden war. „Unser Volk reist zu den Neuen Ufern", sagte die Elfenfrau leise. „Es ist uns bestimmt, die alte Heimat zu verlassen und eine neue aufzusuchen. Vor vielen Jahreswenden gab es eine Expedition über die Großen Wasser, auf der die Neuen Ufer entdeckt wurden. Wir wissen dies, denn der Hohe Rat erhielt Kunde von dem Mann, der von dieser gefahrvollen Reise zurückkehrte. Es ist ... oder war ... Jalan-olud-Deshay, der Erste Rat des Hauses Deshay, des Hauses des Ursprungs."

„Euer verschollenes Haus?" Garodem sah die Geschwister überrascht an. „Jenes Haus, nach dem Ihr Elfen schon so lange sucht?"

Leoryn zuckte die schmalen Schultern. „Wir elfischen Wesen vergessen nichts, und doch ging dieses Haus verloren. In den Lebensbüchern werden die Orte unserer Häuser nicht beschrieben. Das war auch nicht erforderlich, da niemand sie vergessen würde. Doch mit dem Verschwinden des Hauses Deshay, des ältesten Hauses der Elfen, unserem Ursprung, ist ein Geheimnis verbunden, und nun ahnen wir, was es damit auf sich hat. Wir hofften, dass der Graue Zauberer uns helfen könnte, daher trafen wir den guten Herrn Marnalf in Enderonas. Damals konnte er uns keine Informationen geben, doch das hat sich nun wohl geändert."

Leoryn legte einen Finger auf die Karte und führte ihn Richtung Osten. „Wir wissen noch nicht, wie es geschehen konnte, dass sich keiner von uns an die genaue Lage des Hauses Deshay erinnern kann, obwohl wir fühlten, dass es sich irgendwo hier befinden muss." Sie klopfte leicht gegen die Karte. „In jenem Gebiet, das man den versteinerten Wald nennt."

Tasmund und Garodem spürten eine plötzliche Kälte in sich. „Seit unendlichen Zeiten ist der Wald nicht mehr betreten worden. Man sagt, unheimliche Dinge gehen dort vor sich und alles Leben erstarre, wenn es die Grenze des Waldes überschreitet. So mancher soll es versucht haben, doch keiner kam je von dort zurück."

„Seit der Zeit des Ersten Bundes", bestätigte Lotaras.

Leoryn führte den Finger weiter in südöstlicher Richtung über die Karte. „Hier in Merdonan, an der Grenze Eures Landes, will Marnalf sich mit uns treffen. Hier will er uns zeigen, wie wir das Haus des Urbaums finden und sein Geheimnis lüften können."

„Auch hundert elfische Bogen vermögen Euch nicht vor den Gefahren des versteinerten Waldes zu schützen", warf Tasmund grimmig ein. „Dort geschehen Dinge, denen kein Stahl begegnen kann."

„So heißt es", stimmte Leoryn zu. „Und doch muss es eine Möglichkeit geben, sonst hätte uns Marnalf nicht nach Merdonan gerufen."

Garodem nickte. „Das Haus des Urbaums liegt also mitten im versteinerten Wald. Ihr habt da ein gefährliches Abenteuer vor Euch, Ihr elfischen Freunde. Doch nun sagt mir, was wir Pferdelords der Hochmark tun können. Sollen wir Euch Schwert und Schild bieten?“

Lotaras lächelte. „Ich kenne die Kraft Eurer Arme und die Schnelligkeit Eurer Pferde, Ihr guten Pferdelords. Doch in dem Wald würden auch die schnellsten Pferde Euch wenig nutzen. Verzeiht, wenn ich dies sage, Garodem, mein Freund, doch was hundert elfische Bogen nicht vermögen, das vermag auch keiner Eurer Beritte.“

Tasmund stieß ein leises Grunzen aus, das alles Mögliche bedeuten konnte. Garodem aber nickte. „Ihr habt also ein anderes Anliegen, meine Freunde?“

„Unser Vater Elodarion sagte, dass Marnalf der Graue ihn gebeten habe, Euch von seiner Botschaft zu erzählen.“ Lotaras zuckte die Achseln. „Was das zu bedeuten hat, kann ich Euch aber auch nicht sagen. Wir danken Euch für das Angebot Eurer Hilfe, doch wird sie nicht vonnöten sein.“

„Ein paar zusätzliche Schwerter und Lanzen könnten niemals schaden“, meinte Tasmund lakonisch.

„Wir werden uns in einem Wald bewegen, wenn er auch verflucht sein mag.“ Lotaras deutete auf die Karte und machte dann eine unbestimmte Geste. „Wir Elfen des Waldes sind es gewohnt, zwischen Bäumen und Gräsern einherzuschleichen, was Euch Pferdelords naturgemäß schwerfällt.“

„Nun, das muss ich eingestehen.“ Garodem strich erneut über seinen Bart und musterte dann eher unbewusst seine Rüstung, die hinter dem Schreibtisch in ihrer Halterung stand. „Doch seid gewiss, meine Freunde, dass die Pferdelords Euch nicht im Stich lassen werden, wenn Gefahr droht.“

Lotaras nickte mit ernstem Gesicht. „Daran haben wir keinen Zweifel. Doch den Abend in Gesellschaft guter Freunde zu verbringen, mag uns vorerst Hilfe genug sein. Morgen früh werden wir dann nach Merdonan aufbrechen."

„So sei es denn", stimmte der Pferdefürst zu. „Lasst uns zur Tageswende jeden trüben Gedanken vergessen. Die Männer und Frauen der Hochmark freuen sich schon auf die Kurzweil dieses Abends." Er lachte freundlich. „Und Ihr solltet Euren hundert Bogen nun gestatten, eine entspanntere Haltung anzunehmen, Freund Lotaras."

Lotaras sah ihn verständnislos an. „Aber sie sind entspannt. Glaubt mir, Pferdefürst, diese Haltung schont Arm und Bein und ..."

Garodem lachte erneut. „Nun, so erlaubt ihnen zumindest, die Mundwinkel ein wenig zu schürzen."

Leoryn seufzte und sah ihren Bruder spöttisch an. Sie machte eine rasche Bemerkung in der elfischen Sprache, und Lotaras lachte auf. „Verzeiht, Ihr guten Herren Pferdelords, Ihr habt recht, es ist an der Zeit, die sorgenvollen Gedanken für eine Weile zu verdrängen."

Leoryn reichte Garodem ihren Arm. „Wenn Ihr gestattet, Pferdefürst Garodem, so werde ich mich an diesem Abend Eurem Arm anvertrauen."

Tasmund stieß sich vom Regal ab und ließ Garodem mit der elfischen Frau den Raum verlassen, bevor er Lotaras in einer freundlichen Geste am Arm fasste. „Sagt, Hoher Herr Lotaras, habt Ihr schon jemals Zwergenwesen gesehen?"

„Selbstverständlich. Wir treiben Handel mit den kleinen Herren."

„Und ihr Blor kennt Ihr ebenfalls? Ah, ich sehe, der Abend wird Euch doch noch etwas Neues bieten."

Sicher, Garodem hatte das Blor in der Hochmark eigentlich verboten. Doch Tasmund wusste, dass die Hohe Frau

Meowyn einiges von dem starken Alkoholgetränk in der Heilerstube lagerte, um ihre Experimente damit zu treiben. Der Erste Schwertmann der Hochmark sagte sich, dass dieses Getränk durchaus in der Lage sein könnte, Lotaras' Sorgen für eine Weile zu vertreiben. Und, wie Tasmund sich amüsiert eingestand, er war einfach neugierig, wie ein Elf auf Blor reagieren würde.

8

Es behagte Fangschlag nicht, eine demutsvolle Haltung einzunehmen, auch wenn er sich eingestand, dass dies in Gegenwart eines Brutmeisters durchaus angemessen war. Wahrscheinlich lag sein Unbehagen in der Anwesenheit von Einohr begründet. Fangschlag war stolz, ein Rundohr zu sein, und konnte sich nicht wirklich damit abfinden, dass ein Spitzohr zum Führer einer Legion aufgestiegen war. Die großen und körperlich sehr starken Rundohren empfanden sich als die eigentlichen Krieger der Orks und hatten für die kleineren Spitzohren nur Verachtung übrig. Spitzohren kämpften lieber aus der Deckung heraus, und statt des Schlagschwertes nutzten sie eher Bogen oder Querbogen, Waffen also, die aus der Distanz töteten. Fangschlag mochte Distanzwaffen nicht, auch wenn er ihren Nutzen durchaus anerkannte. Aber er liebte es, dem Feind offen gegenüberzutreten, zu spüren, wie sein Schlagschwert sich in des anderen Eingeweide bohrte und mit dem Blut auch das Leben aus dem Körper des Gegners wich. Er liebte den Geschmack von frischem Fleisch, das er selbst erbeutet hatte, und verglichen damit erschienen ihm die Spitzohren als schmarotzende Aasfresser. Doch ausgerechnet eines dieser verachteten Spitzohren war der Führer der Legion. Einohr nannte es sich, und sein pompöses Gehabe ging Fangschlag mächtig auf die Nerven.

Er bleckte ein wenig seine Fänge, als er den neben ihm stehenden Einohr ansah. Wenigstens hatte auch der eine ehrerbietige Haltung eingenommen, und Fangschlag hätte darauf wetten können, dass der hinterlistigen Made längst der Urin durch das Beinkleid sickerte, auch wenn man davon wegen der Rüstung nichts erkennen konnte. Doch Fangschlag würde ja bald sehen, ob Feuchtigkeit zurückblieb, wo Einohr jetzt stand, um den Worten des Allerhöchsten Lords zu lauschen.

Der Brutmeister in seiner roten Kutte hielt einen flammenden Sprechstein in Händen. Ein irisierendes Glühen und wallendes Orange gingen von dem sonst schwarzen Stein aus, und in dem Glühen und Wallen war das Antlitz des Schwarzen Lords zu erkennen. Egal, welche Position die Umstehenden zu dem Stein auch einnahmen, schien der Allerhöchste jeden von ihnen direkt anzusehen, während seine Stimme ein seltsames Vibrieren in den Schädeln der Anwesenden hervorrief.

„... ihr kennt meinen Willen“, erklang die seltsam wesenlose Stimme. „Nun geht und erfüllt ihn.“

Das Wallen des Steins erlosch, das Licht trübte sich, und der Sprechstein wurde wieder schwarz. Der Brutmeister stand einen Moment schweigend da, bevor er das Medium in den Tiefen seines Gewandes verbarg und die vor ihm stehenden Rund und Spitzohren fixierte.

„Ihr habt es gehört, ihr nutzlosen Maden.“ Der Brutmeister musterte jeden Einzelnen von ihnen. „Der Allerhöchste Lord verlässt sich darauf, dass ihr seinen Willen erfüllt.“ Er stieß ein leises Zischen aus. „Obwohl ich nicht glaube, dass ihr dem Allerhöchsten von irgendeinem Wert seid. Schon einmal habt ihr kläglich versagt.“

Fangschlag unterdrückte ein zufriedenes Bellen und bleckte nur erneut die Fänge, wobei etwas Speichel auf seinen Brustpanzer tropfte. Ja, spätestens jetzt würde Einohr wirklich unter sich machen. Fangschlag konnte es beinahe schon riechen. Auch damals, als die Legion ins Dünenland marschiert war, hatte Einohr sie geführt und war gescheitert. Nicht die Legion, nicht die starken Rundohren hatten versagt, sondern die kleine Made neben ihm, die in diesem Augenblick den Fels unter ihren Füßen nässte.

„Ein knapper Zehntag noch bis zu Pass und Grenze." Der Brutmeister sah sie drohend an. „Geht nun zu euren Legionen und gebt den Befehl zum Abmarsch. Ich erwarte, dass wir die Grenze in acht Tageswechseln erreicht haben."

Der Brutmeister machte eine lässige Bewegung mit der Hand, und die anwesenden Orks beeilten sich, zu ihren Legionen zu gelangen. Fangschlag blickte auf die Stelle, an der Einohr gestanden hatte, aber der Fels war trocken. Nun, sicher war noch nicht genug Flüssigkeit in der Blase des Spitzohrs gewesen.

Fangschlag musterte den Rücken des vor ihm laufenden Spitzohrs. Einohr fühlte sich offenbar sicher, jetzt, im Licht der Dämmerung. Aber wenn sie lagerten, würde sich das ändern. Dann würde er sich, von einer Anzahl Getreuer umgeben, abseits der Kohorten zur Ruhe begeben, damit er den kommenden Morgen noch erlebte. Oh ja, Einohr hatte Feinde, und so manches Rundohr hätte ihm gerne das Schlagschwert durch die Eingeweide geschoben.

Unter ihnen, in einer lang gestreckten Schlucht, schimmerten Rüstungen und Leder im Widerschein des schwachen Lichts. Hier standen die vier Legionen des Allerhöchsten Lords, formiert in ihren Kohorten. Achttausend Orks waren bereit, den Willen ihres Herrschers zu erfüllen. Doch wenn der Plan des Schwarzen Lords aufging, würde dies nur die Vorhut einer gewaltigen Armee sein, die das Land der Menschen überschwemmen und den Tod bis zu den Elfen und Zwergen tragen würde.

Fangschlag war stolz auf die Rundohren seiner Legion; sie

waren die stärksten und besten. Als Waffen führten sie Spieß und Schlagschwert mit sich, und als Rüstung trugen sie schwere Körperpanzer – nicht umsonst nannte man sie Eisenbrüste. Die Spitzohren waren für solche Waffen und Rüstungen viel zu schwach und mussten sich mit einem ledernen Harnisch begnügen. Fangschlag bleckte nun offen seine Fänge, und seine Finger zuckten nervös, als er Einohr vor die Legion treten sah. Diese nutzlose Made hatte sich ebenfalls eine Rüstung besorgt, da sie offenbar fand, dies gehöre sich bei einem Legionsführer. Rüstung, bah, dünnes Blech war das, damit die Made unter dem Gewicht nicht zusammenbrach.

Auf dem Helm Einohrs erhoben sich die beiden metallenen Kämme eines Legionsführers, und Fangschlag dachte missmutig an den einzelnen Kamm des Kohortenführers, der seinen eigenen Helm zierte. Er, Fangschlag, war es gewesen, der nach dem Wüstenabenteuer die Reste der Legion vor der Vernichtung bewahrt hatte, und nicht das feige Spitzohr, das sich nun vor der Legion so aufblähte. Ihm hätte der doppelte Kamm zugestanden und nicht dieser nutzlosen Made, diesem Auswurf, diesem Dung der Bruthöhlen.

Einohr beschränkte sich in seiner Ansprache auf die notwendigsten Kommandos, und Fangschlag trat an die Spitze seiner Kohorte, die aus der typischen Mischung von Rund- und Spitzohren bestand. Er genoss es immer wieder, wie die Legion, einem einzigen Wesen gleich, auf die Kommandos reagierte. Dies waren vorzüglich ausgebildete und disziplinierte Truppen, kein wild um sich schlagender Pöbel. Die Legion war eine gut geschmiedete und gehärtete Waffe, die jeden Feind bezwingen würde. Bezwingen konnte, wenn man sie richtig führte, schränkte Fangschlag ein, als er sich automatisch in Bewegung setzte. Einohr würde Fehler machen. Spitzohren waren hinterlistig und feige und für den ehrenhaften Kampf, Stahl gegen Stahl, nicht zu gebrauchen. Ja, Einohr würde Fehler machen, und dann würde Fangschlags Zeit gekommen sein.

Der felsige Boden war uneben, doch aus dem gleichförmigen Stampfen der marschierenden Kolonne wurde ein stetes Geräusch, unter dem die Orks ihren Weg suchten. Während die Spitzohren Lederstiefel trugen, die ihre Füße rundum schützten, hatten die Rundohren gepanzerte Fußschienen, die mit dickem Leder besohlt waren, Fersen und Zehen jedoch frei ließen. Immer wieder gelangten Steine ins Schuhwerk, aber die Rundohren ertrugen es mit stoischer Miene und verharrten allenfalls kurz, wenn die Pein zu groß wurde. Über den Legionen wehten deren riesige schwarze Banner aus, jedes mit den individuellen Zeichen versehen. Die Kämpfer schworen auf den Allerhöchsten Lord, und sie schworen auf das Banner ihrer Legion, das ihnen in der Schlacht als Sammelpunkt diente.

Zehnteltag um Zehnteltag marschierten sie und folgten der alten Straße, die schon so viele Legionen dem Feind entgegengeführt hatte. Sie waren ausgeruht und kamen schnell voran, obwohl der Weg sehr mühsam wurde, wo Steinrutsche ihn blockierten. Sie verzichteten auf eine sichernde Vorhut, denn sie bewegten sich im Land des Schwarzen Lords, und hier widersetzte sich kein lebendes Wesen seinem Willen.

Das Land war karg und felsig und bot nur wenig Vegetation. Einst hatten mächtige Wälder den Rand des Gebirges gesäumt, und es hieß, diese Wälder hätten sich bis in die Ebene hinein erstreckt, aber die Schmieden der Waffenmeister waren immer hungrig nach Eisenerz und Feuer. Die Lavatümpel in den Bruthöhlen konnten den Bedarf nicht decken, und so hatten Fangschlag und die Legion viele Zehntage lang Eisenerz und Brennholz zu den Schmieden getragen, damit die Legionen ausgerüstet werden konnten.

Gerade marschierten sie an einer Stelle vorbei, an der eine große Grube ausgehoben worden war. Eine gemischte Gruppe aus Rund- und Spitzohren wurde sichtbar, die dort nach Brennstein grub. Aufseher trieben die Neugierigen mit Stachelpeitschen an die Arbeit zurück, und Fangschlag bemerkte zufrieden, dass diese Aufseher Rundohren waren. Ein Spitzohr hätte die schweren Peitschen auch kaum so elegant und wirkungsvoll schwingen können.

Sie marschierten nun schon fast zwei Tageswenden ohne Pause, und der Brutmeister machte noch immer keine Anstalten, den Marsch zu unterbrechen. So tranken die Truppen ihr Wasser während des Marsches aus den Feldflaschen und kauten dazwischen auf dem körnigen Brot herum. Noch war der Hunger nicht groß genug, um die getrockneten Streifen ranzigen Fleisches zu essen. Fangschlag dachte missmutig daran, dass eine große Armee auch großen Hunger hatte und wie gering die Vorräte waren. Es war höchste Zeit, dass sie das Menschenland erreichten und einen ordentlichen Bissen zwischen die Fänge bekamen.

Ein Stück vor ihnen, dort, wo die vorderste Legion marschierte, ertönte ein krachendes Poltern. Die Erosion hatte eine der Felswände ausgewaschen, und in erschreckender Geschwindigkeit lösten sich nun etliche große Felsbrocken, rissen dabei weitere mit sich und stürzten in die Tiefe.

Die an der Spitze befindlichen Orks versuchten den Felsen auszuweichen, aber die Straße an dieser Stelle war eng, und so wurde eine der Kohorten von den herabstürzenden Massen erschlagen. Die Schreie der Verwundeten verstummten rasch, als Schlagschwerter und Spieße dem Leiden ein Ende setzten.

„Wir hätten weiter vorne marschieren sollen“, knurrte ein

Rundohr neben Fangschlag. „Dann bekämen wir jetzt ein ordentliches Stück frisches Fleisch ab.“

„Ja, uns wird man nur die mageren Knochen lassen“, stimmte ein anderes zu. „He“, rief der Ork mit erhobener Stimme, „lasst uns was übrig. Wir alle haben Hunger.“

„Ruhe in den Gliedern“, keifte Einohrs Stimme.

Die Proteste verstummten, und in den wartenden Kohorten war das Reißen und Schmatzen zu hören, mit dem die Verunglückten portioniert und größtenteils vor Ort verspeist wurden.

„Schade, dass es Einohr nicht erwischt hat“, zischte Fangschlag missmutig.

„An dem ist ohnehin nichts dran.“ Dem Rundohr neben dem Kohortenführer kleckerte Geifer auf den Brustpanzer, während er hungrig nach vorne starrte. „Immerhin, bald bekommen wir Menschenfleisch zwischen die Reißer.“

„Ja, endlich was Ordentliches in den Magen“, seufzte ein Spitzohr.

Gelegentlich hatte Fangschlag den Verdacht, nicht der Wille des Allerhöchsten Lords, sondern der Hunger triebe die Legionen so rasch dem Menschenland entgegen. Dabei brauchte kein Ork wirklich zu hungern. Die Verpflegung war nicht immer frisch und wohlschmeckend, aber ausreichend, und es gab stets ein paar nutzlose Maden, die man notfalls als kleinen Leckerbissen schlachten konnte.

„Ich schätze die Weiber der Menschen“, sagte das sabbernde Rundohr und leckte sich die Fänge. „Oder die Kinder. Sind nicht so zäh und sehnig wie die Männer.“

Das Spitzohr hinter Fangschlag reckte sich. „Weiber?“

„Das sind die Menschenwesen mit den Drüsen an der Brust“, erklärte Fangschlag. „Diejenigen, die die Jungen werfen.“

„Die werfen ihre Jungen?“ Das Spitzohr kratzte sich verwirrt. „Du meinst wirkliche Frischlinge?“

„Menschen schlüpfen nicht aus Brutbeuteln“, sagte Fangschlag heiser. „Die wachsen im Bauch ihrer Weiber. Eben denen mit den Drüsen“, fügte er hinzu, als er das Unverständnis im Blick des Spitzohrs bemerkte. „Und sie sind ganz klein, wenn sie schlüpfen.“

„Dann will ich keine frisch Geschlüpften“, sagte das Spitzohr entschieden. „Da ist ja nichts dran zum Sattwerden.“

„Ich habe gesagt, ihr sollt ruhig sein, ihr nutzlosen Maden“, tönte Einohr. „Ruhe im Glied. Es geht weiter.“

Der Aufenthalt war nur kurz gewesen, und als die Legion endlich an der Unglücksstelle vorbeimarschierte, stellte Fangschlag betrübt fest, dass man tatsächlich keinen einzigen ordentlichen Bissen übrig gelassen hatte.

9

Die Straßen der Stadt waren erfüllt von Lachen und Gesang. Das Pferdevolk feierte, wie es nur Menschen konnten, deren hartes Leben nur wenig Zeit zur Entspannung ließ. Man hatte Brennsteinbecken und Lampen vor die Häuser gestellt, in deren Schein sich immer wieder neue Gruppen bildeten, um miteinander zu feiern und zu tanzen. Viele Männer und Frauen der Hochmark spielten ein Instrument. Die einen bevorzugten das hufeisenförmige Zupfinstrument mit seinen gespannten Seiten aus Tierdarm, andere Flöten oder Hörner, zu denen der Takt mit den Händen oder mit Trommeln geschlagen wurde. Es gab etliche Gruppen, die zunächst gegeneinander zu konkurrieren schienen, aber als eine von ihnen den „Ritt zu den Goldenen Wolken“ anstimmte, übernahmen immer mehr Musikanten die Melodie, bis diese Eternas zu erfüllen schien. Nach der eher heroischen Ballade stimmten die Männer und Frauen die traditionellen Lieder an, die jedem sofort in Hände oder Füße fuhren, und obwohl es kurz zuvor geregnet hatte, formierten sich zahlreiche Kreise zum Rundtanz. Klatschen mit Händen und Stampfen mit Füßen erfüllte die Luft, dazu die fröhlichen Schreie der Tänzer und Zuschauer. Mancher Schrei mochte nicht ganz so unbeschwert klingen, denn die Talente beim Rundtanz waren durchaus unterschiedlich verteilt.

Die blonde Schuhmacherin Esyne hatte sich den stämmigen Nagerjäger Barus zum Tanzpartner auserkoren und hing nun an ihm wie ein Blutstecher an seinem Beutetier. Barus mochte perfekt mit seiner Keule umgehen können, doch seine Füße folgten dem Rhythmus der Melodie eher ungelenk, und manches Mal stampfte er statt auf den Boden auf Esynes Fuß.

„Ich sage dir, Nedeam, mein Freund“, murmelte Dorkemunt mit verschwörerischer Miene und betrachtete amüsiert den Tanz, „Esyne macht unserem Barus das Gehöft.“

„Niemals“, erwiderte Nedeam mit dem ernsten Ausdruck eines jungen Mannes, der dem Blor der Zwerge zugesprochen hatte und sich nunmehr auf die Funktion seiner Zunge konzentrieren musste. „Nie...mals.“

„Doch, doch.“ Dorkemunt stieß den neben ihm stehenden Olruk auffordernd an, worauf ihm dieser grinsend die gebrannte Tonflasche mit Blor reichte. Der kleinwüchsige Pferdelord seufzte entsagungsvoll, als er feststellte, dass die Flasche nicht mehr viel hergab. „Doch, sie hat ein Auge auf ihn geworfen.“ Dorkemunt stieß kurz auf, und Olruk musterte ihn anerkennend. „Hast du bemerkt, wie oft Barus der guten Esyne auf die Füße gestampft ist?“

„Nun, so einige Male wohl.“

„Ich schwöre dir, Nedeam, mein unerfahrener Freund, morgen ist einer ihrer Füße größer als der andere, aber sie verzieht keine Miene und grinst Barus immer nur an. Und, mein Junge, sie hat ihn nicht ein einziges Mal gebissen.“

Nedeam lächelte trunken und grunzte enttäuscht, als er merkte, dass die Blorflasche leer war. „Ja, das ist wahr. Kein einziges Mal hat sie ihn gebissen. Überhaupt gar nicht.“ Er schüttelte die Flasche. „Leer.“

Dorkemunt blickte Olruk an, der bedauernd die Schultern zuckte. Dann sah sich der alte Pferdelord nach Beramuk um, doch der andere Zwerg war irgendwo in der Menge untergetaucht. Dorkemunt glaubte nicht, dass der Mann seinen Rausch ausschlief, denn so kleinwüchsig die guten Herren

Zwerge auch waren, schienen sie in ihrem Durst doch einem Pferd Konkurrenz machen zu können. Inzwischen bezweifelte der Pferdelord, dass Alkohol überhaupt eine Wirkung auf die kleinen Wesen hatte. Wahrscheinlich wurden ihre Hüpflinge schon direkt nach der Geburt mit Blor gestillt, und wer das überlebte, dem konnten Blutwein oder Gerstensaft ohnehin nichts mehr anhaben. Nein, Dorkemunt vermutete eher, dass der schlaue Zwerg nachsah, ob der gute Herr Malvin nicht irgendwo ein paar versteckte Vorräte an Blor für die Herstellung seines „Zwergenglanzes“ hatte.

„Heiler…stube“, murmelte Nedeam konzentriert.

„Ist Euch übel, mein bartloser Freund?“, erkundigte sich Olruk besorgt.

„Medi… Medi…“

Olruk runzelte ratlos die Stirn, aber Dorkemunt begriff. „Ja.“ Er verzog triumphierend das Gesicht. „Die gute Meowyn muss noch etwas Blor haben. Für medizinische Zwecke“, fügte er erklärend hinzu. „Einreiben von gezerrten Gliedern und so ein Zeugs.“

Nedeam erhob sich von den Stufen des „Donnerhufs“ und hatte Mühe, auf den Beinen zu bleiben. Am nächsten Tag würde er sein Verhalten bereuen, doch im Augenblick kam ihm die Idee mit Meowyns Blorvorräten äußerst schlau vor. Dorkemunt, der einem guten Trunk ebenfalls nicht abgeneigt war, packte Olruk am Arm und zog ihn mit sich.

Gemeinsam gingen die drei die Hauptstraße von Eternas entlang in Richtung Burg. Ihre Schrittgeschwindigkeit wechselte dabei ebenso häufig wie die Marschrichtung, wobei sie die volle Straßenbreite ausnutzten, aber schließlich erreichten sie das Tor der Festung. Nedeam winkte der auf dem Wehrgang stehenden Wache fröhlich zu und wäre dabei fast auf den Rücken gestürzt, aber Dorkemunt und Olruk bewahrten den jungen Pferdelord vor dem Schlimmsten. Aus dem offenen Portal des Haupthauses drang dieselbe Fröhlichkeit zu ihnen herüber, die schon die Stadt erfüllt hatte. Nedeam legte verschwörerisch einen Finger an seine Lippen und versuchte unbemerkt durch die mittlere Wehrmauer in den hinteren Burghof zu gelangen, wo sich der Zugang zur Heilerstube befand.

Unbeachtet gelangten sie die wenigen Stufen hinauf und öffneten die Tür. Nedeam blinzelte verwirrt, als er eine dunkle Gestalt am Behandlungstisch des Raumes sitzen sah, aber Dorkemunt schob seinen Freund einfach in die Heilerstube hinein und nickte dem Mann zu.

„Verzeiht, Hoher Herr, wir wollten Euch nicht stören", sagte Dorkemunt höflich und schob Nedeam weiter an den Tisch heran. „Aber mein guter Freund hier hat es furchtbar mit dem Magen, und wie ich sehe, habt Ihr die rechte Medizin dafür bereits gefunden."

Der Mann wandte sich halb um, und nun erkannte auch Nedeam in ihm den Ersten Schwertmann Tasmund, der sich offensichtlich in einem ähnlichen Zustand wie der junge Pferdelord befand. Tasmund machte eine einladende Geste und starrte die Neuankömmlinge mit leicht glasigen Augen an.

„Weiber", murmelte Dorkemunt und seufzte leise. Er kannte diesen gequälten Gesichtsausdruck und auch diese Form des Durstes, die kein Blor jemals würde stillen können. „Glaubt mir, Freunde, ich stelle mich lieber den Schwertern von hundert Orks als den Launen eines einzigen Weibes."

Olruk wusste nicht, um was es hier ging, aber den Sinn von Dorkemunts Worten konnte er nachvollziehen. So saßen schließlich drei Männer des Pferdevolkes und ein Zwerg gemeinsam an dem Tisch und tranken sich dem Morgen entgegen.

10

Marnalf hätte nicht sagen können, wie alt er eigentlich war: Jünger als ein Elf und alt genug, um viele Generationen der Menschen durchs Leben begleitet zu haben. Über so viele Jahreswenden hinweg hatte er die Entwicklung der Menschenwesen, mal amüsiert, mal besorgt, beobachtet und mit angesehen, wie ihre Reiche aufgestiegen und zerfallen waren, um neuen Königreichen Raum zu schaffen.

Wie so viele andere Magier seiner Grauen Zunft hatte er seine Erkenntnisse sorgsam niedergeschrieben und die Aufzeichnungen den großen Weißen Zauberern anvertraut. Während die meisten Grauen die Menschen aus der Ferne beobachteten, hatte Marnalf immer ihre Nähe gesucht. Natürlich durfte er in ihre Entwicklung nicht eingreifen, sein Wissen nicht preisgeben, doch war es ihm nicht untersagt, gelegentlich den ein oder anderen Rat auszusprechen. Ja, Marnalf empfand Sympathie für die Menschenwesen, und nun, nach den schrecklichen Ereignissen der letzten Jahre, fühlte er sich ihnen noch tiefer verbunden.

Zu jener Zeit, da der Schwarze Lord seine Legionen gegen die letzten Reiche der Menschen und die Häuser der Elfen schickte, verlor Marnalf die Fähigkeit, die anderen Grauen seiner Zunft zu spüren, und er büßte den geistigen Kontakt zu ihnen ein. Ein Verlust, der ihn erschreckte. Mit einem Mal schien er das einzige Graue Wesen der Welt zu sein.

Zu dem Schreck hatte sich Entsetzen gesellt, als er erfahren musste, dass seine Magiergefährten nicht einfach dahingegangen, sondern nun den Finsteren Mächten verfallen waren. Sie setzten ihre Kräfte auf der Seite des Schwarzen Lords ein und brachen damit die Grundsätze der Zunft, doch kein Weißer Magier stellte sich ihnen noch entgegen.

Marnalf fühlte sich müde und erschöpft, denn er kannte die Fähigkeiten eines Grauen weitaus besser als jedes andere Wesen, und er war in tiefer Sorge um die Zukunft der Welt und des Menschengeschlechts.

Nur zögernd hatte er sich dem König des Pferdevolks in Enderonas zu erkennen gegeben und war dessen Berater geworden, wenn nicht gar ein väterlicher Freund, wenn dies zwischen einem Menschenwesen und einem Grauen Zauberer denn möglich war. Man kannte Marnalf in Enderonas und schätzte ihn, aber er wusste auch, dass die meisten Menschenwesen, an anderen Orten, inzwischen Angst vor den Grauen empfanden. Sie würden ihm mit Misstrauen begegnen, gäbe er sich zu erkennen. Daher war es für das gute Graue Wesen selbstverständlich, seine Identität zu verbergen, wenn er die Stadt des Königs des Pferdevolkes verließ.

Selbst die Mitglieder der Handelskarawane, die von Enderonas nach Merdonan aufgebrochen war, kannten Marnalfs wahres Wesen nicht, denn er gesellte sich ihnen als reisender Heiler bei und verzichtete dazu auf das graue Gewand seiner Zunft. Er wandelte seine Gesichtszüge, indem er sie etwas älter erscheinen ließ, und veränderte seinen hüftlangen grauen Bart zu einem kurzen Bartwuchs, wie er bei den Pferdelords beliebt war. Er wählte ein nicht zu neu wirkendes Gewand, eine Hose mit Wams und einen knöchellangen Gehrock, der vorne geschnürt wurde und in den einfachen Farben des Stadtvolkes gehalten war. Um die Hüften trug er den geflochtenen Ledergürtel mit den zahlreichen kleinen Taschen und Beuteln, die zur Aufbewahrung des Zubehörs der Heilerzunft dienten.

Seinen geliebten mannshohen Stab musste er verbergen, und dazu schlang er sich die Trageriemen eines Streckbrettes über die Schultern, durch das der Stab gerade noch vor fremden Blicken geschützt war. Das Streckbrett diente dem Richten und Fixieren gebrochener Beine, war also entsprechend lang, doch ragte der Stab noch immer weit darüber hinaus, und so viele Dinge ein Graues Wesen auch zu wandeln vermochte, sein Stab gehörte nicht dazu. So erklärte er ihn den Mitreisenden kurzerhand als Zubehör für eine neue Methode der Heilerkunst und verlor sich in umständlichen Worten, wenn nach ihrer Wirkungsweise gefragt wurde, bis die neugierigen Fragen schließlich versiegten.

Unter anderen Umständen hätte Marnalf die Reise wohl genossen.

Er liebte die weiten Ebenen, in denen das Pferdevolk lebte, die großen Wälder und die saftigen Weidegründe. Die Vielfalt des Lebens hatte ihn stets fasziniert, und noch immer, nach all den vielen Jahreswenden, konnte er sich am Wunder einer Wildblume erfreuen. Die Reise verlief ereignislos, wenn man von einem vorbeiziehenden Regensturm absah und dem kurzen Aufenthalt, der verursacht wurde, als eine riesige Hornviehherde den Weg versperrte. Doch schließlich tauchte in der Ferne die typische Silhouette Merdonans mit der hohen Nadel der Ostwache auf, lange bevor die Stadt selbst sichtbar wurde.

Je näher die Karawane der Hauptstadt der Ostmark kam, desto sorgenvoller wurden Marnalfs Gedanken. Jenseits der Stadt sah er die gewaltige Kontur des Ostgebirges mit der sich darüber auftürmenden schwarzen Wolkenwand. Beinahe hätte er seinen Schritt beschleunigt, und er musste sich zwingen, ebenso langsam und müde wie die anderen Karawanenteilnehmer zu wirken, die sich gemächlich dem Stadttor näherten.

Er kannte Merdonan aus vergangenen Tagen, und doch musterte er die runde Mauer mit dem überdachten Wehrgang aufmerksam. Nichts wies darauf hin, dass die Menschen Merdonans die heraufziehende Gefahr erahnten. Gemächlich schlenderten ein paar Schwertmänner auf dem Wehrgang entlang, durch die hölzerne Überdachung vor der grellen Sonne geschützt. Auch die beiden Wachen am Haupttor wirkten entspannt und waren sichtlich erfreut über die Abwechslung, die ihnen die Ankunft der Karawane bot. Kinder tollten auf der Mauerkrone, und eine Gruppe von ihnen eilte neugierig herbei, um die Neuankömmlinge zu betrachten.

„Seid uns willkommen", sagte der Wachführer freundlich zu dem Karawanenführer und musterte die Kolonne der schwer beladenen Gespanne. „Was bringt Ihr uns für Waren?"

Der Karawanenführer, der in diesem Fall auch der Handelsherr der Kolonne war, lächelte ebenso freundlich von seinem Pferd herunter. „Vor allem Eisenplatten, guter Herr."

„Dann seid Ihr doppelt willkommen", versicherte der Schwertmann. „Ihr werdet einen guten Handel abschließen können. Eisen können wir stets gebrauchen."

Der Händler lächelte. Die Ostmark hatte nur wenige Stellen, an denen sich Erze schürfen ließen, und man konnte in Merdonan mit vorgefertigten Eisenplatten gute Geschäfte machen. Die Schmiede würden um das Rohmaterial feilschen und es dann hastig zu ihren Werkstätten schleppen, um es zu Töpfen, Pfannen, Beschlägen, Werkzeugen, Waffen und Rüstungen zu formen. Es gab so viele Dinge, die aus dem hier kostbaren Eisen gefertigt werden mussten. Nadeln und Scheren, Messer und Brennsteinbecken, Schaufeln und Hacken … Ja, es würde wieder ein gutes Geschäft werden. Im Tausch würde er die hervorragende Wolle der Ostmarkschafe und feinstes Leder für die Schuhmacher von Enderonas erwerben und Fässer mit jenem klaren Getränk, das hier in Merdonan aus Gerste gebrannt wurde. Auch woanders wurde dieses Getränk gebrannt, doch die Menschen aus Merdonan fertigten es auf eine besondere Weise, wodurch es in den anderen Marken sehr geschätzt wurde. Die Differenz aus dem Geschäft würde der Händler sich in gezeichneten und gebrannten Tontäfelchen auszahlen lassen oder, falls dies in Merdonan vorhanden war, in den aus Gold bestehenden Schüsselchen, dem Zahlungsmittel des Königreiches von Alnoa.

„Am besten fahrt Ihr die Wagen gleich hier nach rechts und links", riet der Wachführer. „Die Schmieden liegen entlang der Stadtmauer, und hier könnt Ihr auch Euer Eisen in den Lagerhäusern stapeln, bis die Käufer es sich holen." Er wandte den Blick zu Marnalf. „Und Ihr, guter Herr? Ihr seht mir nicht nach einem Handelsgehilfen aus. Was ist Euer Begehr?" Er musterte den guten Grauen. „Ihr seid ein Heiler, nicht wahr? Ich sehe den Gürtel Eurer Zunft."

Marnalf nickte. „Ein Heiler, ja. Ich reise durch die Marken, um meine Kunst anzubieten und mein Wissen zu mehren."

Das war nicht ungewöhnlich, denn ein Heiler gab sein Wissen an seinen Nachfolger weiter, und es gab kaum eine Gelegenheit, zu der die Männer und Frauen der Heilerzunft sich trafen und untereinander austauschen konnten. Zudem konnten die wenigsten von ihnen die Schriftzeichen deuten. So war der Besuch untereinander die einzige Möglichkeit, sein Wissen zu mehren und weiterzugeben. Aber es geschah nur selten, denn kein Heiler ließ seine Wirkungsstätte gerne allzu lange ohne seine Heilkunst zurück.

„Ihr werdet Eure Kunst kaum ausüben können, guter Herr Heiler. Der unsere ist sehr fähig und hat tüchtige Gehilfen. Ihr findet den guten Herrn Baralf ein Stück die Hauptstraße hinunter. Überquert den Markplatz und geht weiter auf das Haus unseres Pferdefürsten und die alte Ostwache zu. Ein Stück davor findet Ihr das Heilerhaus Baralfs. Ihr könnt es nicht verfehlen, guter Herr. Es ist dort, wo das Jammern am lautesten ist, und außerdem hängt ein Schild über der Tür, das eine Zange zeigt."

Das Symbol war nicht selten für die Heilerzunft; oft genug mussten schadhafte Zähne entfernt werden. Marnalf nickte und verabschiedete sich von dem Händler und seinen Gehilfen. Während die schweren Frachtwagen zu den Lagerhäusern rollten, wo sie abgeladen wurden, schlenderte Marnalf die belebte Hauptstraße entlang, doch musste er sich zwingen, langsam zu gehen.

Je näher er dem Markplatz und der dahinterliegenden Ostwache kam, desto stärker wurde seine Unruhe. Eine unsichtbare Bedrohung lag über der Stadt, und Marnalf hoffte, dass es noch nicht zu spät war, ihr erfolgreich zu begegnen.

11

Als Nedeam das Fell zurückschlug, das seine Schlafkammer vom Hauptraum des Hauses trennte, hatte er noch immer Mühe, sich auf den Beinen zu halten. Leise ächzend strich er sich durch die wirren Haare, glättete sie mit den Fingern und ging dann stöhnend zu dem massigen Tisch hinüber, an dem eine Bank und drei hölzerne Schemel standen. Die Bank war bereits von Olruk besetzt, dessen seltsam dröhnendes Schnarchen den Raum erfüllte. Dorkemunt saß auf einem der Schemel und war wohl auch gerade erst aufgestanden. Er sah Nedeam mit leicht geröteten Augen an, war aber immerhin in der Lage zu lächeln.

„Du brauchst nicht zu schleichen, Nedeam. Diese Zwergenwesen haben nicht nur einen gewaltigen Durst, sondern auch einen tiefen Schlaf."

„Und einen lautstarken dazu", ächzte Nedeam und stützte sich auf der Tischplatte ab. „Bei den Finsteren Abgründen, nie wieder fasse ich dieses Zeug an."

Dorkemunt verzog einen Moment schmerzlich das Gesicht. „Ich weiß, was du meinst, glaube mir, ich weiß es."

Seit zwei Tageswenden waren sie wieder auf ihrem Gehöft, und doch setzte ihnen die Nachwirkung des Blors noch immer zu. Selbst Dorkemunt hatte dergleichen noch nicht erlebt, obwohl es nicht der erste Trunk gewesen war, den er sich einverleibt hatte, und auch nicht der letzte bleiben würde.

„Ich denke, die guten Herren Axtschläger haben für uns ein extra starkes Blor gebraut", sagte der kleinwüchsige Pferdelord und musterte Olruk.

Der Zwerg hatte sie aus Neugier zu ihrem Gehöft begleitet, während Beramuk in Eternas geblieben war. Olruk interessierte sich dafür, wie die Menschen des Pferdevolkes lebten, und das Gehöft war ein typisches Beispiel hierfür.

„Es ist kalt." Nedeam zog fröstelnd die Schultern zusammen. Er trug nur Unterkleid und Hemd, und seine Füße waren unbedeckt.

„Die Sonne steht schon hoch am Himmel, und es ist warm." Dorkemunt lachte leise. „Das macht das Blor. Du hast es noch immer im Körper. Ich denke, heute sollten wir wieder gute Arbeit verrichten. Der Schweiß wird das Zeug aus deinem Körper treiben. Wir müssen ohnehin nach den Schafen und nach unserem neuen Hornvieh sehen, und eines der Pferde scheint mir zu lahmen." Er deutete auf den friedlich schnarchenden Olruk. „Das wird unseren Freund interessieren. In Nal't'rund haben sie keine Schafe oder Pferde."

Nedeam nickte mechanisch und kratzte sich ausgiebig. Er wandte sich zur Tür und strich sich dabei über die Stoppeln an seinem Kinn. Es wurde ihm langsam lästig, sich täglich die Haare abzuschaben, und er überlegte, ob er sich nicht, wie viele der Pferdelords, einen Bart wachsen lassen sollte. Mühselig nahm er seinen bodenlangen grünen Umhang von einem der Haken, die neben der Tür an der Wand befestigt waren, und schlang ihn sich um die Schultern, ohne dabei die ledernen Schlaufen des Verschlusses an der goldenen Spange zu schließen. Das Symbol mit dem doppelten Pferdekopf des Pferdevolkes schlug rhythmisch gegen seine Brust, als er das Haus verließ und zur Tränke hinüberging, die sich einige Längen vor dem Haus befand.

Stöhnend schöpfte er Wasser, stillte seinen Durst und wusch sich lustlos, bis er schließlich den Umhang von den Schultern gleiten ließ und den Kopf einfach in das erfrischend kalte Wasser tauchte. Nachdem er dies einige Male getan hatte, fühlte er sich etwas besser.

Er ging zu dem gemauerten Verschlag hinüber, der ein Stück versetzt neben dem Haus stand, und erleichterte sich. Missmutig stellte er fest, dass er wieder frische Wolltücher bereitlegen musste, dann spülte er den im Lauf der Zeit blank gewetzten Sitz mit dem bereitgestellten Eimer und nahm diesen mit, um ihn im nahe gelegenen Bachlauf nachzufüllen.

Erneut streckte sich Nedeam und blickte zur Pferdekoppel hinüber. In einer Ecke stand dort ein offenes Mauergeviert, das mit Grassoden und Steinen abgedeckt war. Wurde die Witterung im Winter zu stürmisch, zogen sich die Pferde manchmal dorthin zurück. Vor allem wenn die schweren Regenstürme einsetzten, die gelegentlich mit Eiskörnern versetzt waren. Stirnfleck schien ihn vorwurfsvoll anzusehen, da Nedeam gestern nicht mit ihm ausgeritten war. Nedeam ging hinüber, und der große braune Hengst mit der weißen Blesse an der Stirn kam an das Gatter und ließ sich leise schnaubend die Nüstern streicheln.

„Heute reiten wir zu der Herde, mein Braver“, murmelte Nedeam. „Es wird Zeit, dass wir uns wieder bewegen, nicht wahr, mein Alter?“

Stirnfleck schnaubte zustimmend, und sein Besitzer musterte die anderen Pferde in der Koppel. Dorkemunt hatte recht, eines der Tiere schien zu lahmen. Vielleicht hatte sich nur das Hufeisen gelockert, vielleicht hatte sich das Pferd aber auch einen Dorn in den Huf getreten. Jedenfalls würden sie sich das Tier genauer ansehen müssen, um sicherzustellen, dass es keine Schmerzen litt und sich keine Entzündung bildete.

Nedeam klopfte Stirnfleck an die Flanke und schlenderte

zu der benachbarten Koppel hinüber, die er und Dorkemunt für das Hornvieh errichtet hatten. Die Kühe und der Bulle zupften friedlich Gras, und der Bulle schnaubte leise, als er Nedeam näher treten sah. Der junge Pferdelord blickte kurz in Tränke und Futtertrog, dann ging er zum Haus zurück, wo inzwischen auch Olruk erwacht war und beneidenswert munter wirkte. Brot, Schafskäse, gewürzte Fleischstreifen und Becher mit frischem Wasser standen auf dem Tisch, und die drei machten sich sofort ans Frühstück. Olruk sprach ihm ausgiebig zu, und als er Nedeams Blick bemerkte, klopfte der Zwergenmann entschuldigend an seinen Bauch. „Ah, es ist nicht so, dass mir unser Pilzbrei nicht schmecken würde, Ihr guten Herren Pferdelords. Aber wir Zwerge sind sehr kompakt gebaut und haben einen hohen Energieverbrauch." Er seufzte. „Schade, dass uns das Blor ausgegangen ist."

Nedeam erblasste ein wenig, denn er war eher erleichtert darüber. Allein der Anblick von Blor hätte erneute Übelkeit in ihm hervorgerufen.

„Wir werden gleich hinausreiten, um nach der Schafherde zu sehen. Beot hat behauptet, er habe hier in der Nähe auf seiner Streife frische Spuren einer Raubkralle gesehen, und ich will mich vergewissern, dass den Tieren keine Gefahr droht."

„Eine kleine Jagd käme mir ganz gelegen", versicherte Olruk.

„Die Biester schmecken nicht", brummte Nedeam.

„Nun, wenigstens bleibt dann die Freude der Jagd", seufzte der Zwergenmann. Er glättete seine beiden Bartzöpfe. „Wir werden also reiten?"

„Ja." Dorkemunt grinste. „Wir werden dir ein möglichst sanftes Tier aussuchen und den Sattel passend einstellen, dann wird es schon gehen."

Nedeam hatte keinen Zweifel, dass Olruk es schaffen würde. Der wissbegierige kleine Mann hatte ein Talent, sich neuen Situationen anzupassen, und kannte keine Furcht und kein Zögern. Vielleicht würde er ein paarmal vom Pferd stürzen, aber schließlich würde er das Reiten erlernen. Sicher nicht wie ein richtiger Pferdelord, aber gut genug, sie zu der Herde begleiten zu können.

Nach dem Frühstück wickelte Nedeam die Fußlappen um seine Füße, achtete darauf, dass sie gut eingefettet waren, und zog sich dann fertig an. Er stapfte einige Male fest auf den Boden, damit die hohen rotbraunen Stiefel richtig saßen, und dachte dabei flüchtig an die blonde Schuhmacherin Esyne, die sie ihm vor Kurzem gefertigt hatte. Sie hatte wirklich gute Arbeit geleistet. Die Stiefel waren weich und zugleich sehr strapazierbar. Esyne hatte sie mit einigen Verzierungen versehen, die Nedeam sehr gefielen. Etwa der aufgerichtete Pelzbeißer, der ihn an eine frühere Begegnung mit einem dieser großen Raubtiere erinnerte.

Gemeinsam gingen die drei zur Koppel hinüber. „Wir sehen erst einmal nach Sturmwind“, entschied Dorkemunt. „Er lahmt ein wenig und wäre eigentlich das richtige Pferd für dich, Olruk, mein Freund.“

Sie hatten Sturmwind erst vor einer halben Jahreswende eingefangen und ihn inzwischen eingeritten. Dennoch scheute das Pferd zurück, als Dorkemunt es festhalten wollte, damit Nedeam nach dem Huf sehen konnte.

„Langsam, mein Freund, wir tun dir nichts. Wir wollen dir nur helfen“, versicherte der kleinwüchsige Pferdelord, doch das Tier wich weiter zurück und bäumte sich auf. Dorkemunt sah Nedeam verärgert an. „Halte ihn fest, Nedeam. Er will sich nicht beruhigen.“

Dann gab es einen dumpfen Schlag, und Dorkemunt und Nedeam sahen überrascht auf Sturmwind, der wie vom Blitz getroffen zu Boden brach. Er blieb auf der Seite liegen, und seine Zunge glitt schlaff aus dem Maul.

„Bei den Finsteren Abgründen", murmelte Dorkemunt.

Olruk rieb sich ein wenig die Faust. „Ich denke, nun ist er ruhig genug", meinte der Zwerg lakonisch. „Was ist? Ihr wolltet nach seinem Fuß sehen, nicht wahr?"

„Huf", korrigierte Nedeam mechanisch. Besorgt beugte er sich über das Tier. Wenigstens atmete es noch. Es hätte auch schlimmer kommen können, als Olruk mit unerwarteter Schnelligkeit und Härte auf den Schädel des Pferdes geschlagen hatte. „Grundgütiger, als hätte der brave Schmied Guntram mit seinem Hammer zugeschlagen", sagte Nedeam dann anerkennend.

„Ah, erwähnte ich schon, dass wir Zwerge insgesamt sehr kompakt sind?", fragte Olruk nachdenklich.

„Ja, das erwähntest du, guter Herr Olruk", bestätigte Dorkemunt. „Und den hohen ... Energieverbrauch ebenfalls."

„Hat sich einen Dorn eingetreten", stellte Nedeam fest. „Gib mir die kleine Zange, Dorkemunt." Er zog den langen Dorn mit dem Werkzeug heraus und betrachtete sorgsam den Huf. „Gut, es scheint sich noch nichts entzündet zu haben. Ich denke, Olruk wird auf Sturmwind reiten können."

„Wenn er denn je wieder auf die Beine kommt", seufzte Dorkemunt.

„Es war ein eher sanfter Schlag", versicherte Olruk treuherzig. „Geradezu zärtlich." Er nickte zu seinen Worten. „Wirklich, Ihr guten Freunde Pferdelords, ich habe ihn kaum berührt."

Nedeam nahm sich fest vor, sich niemals mit einem Zwerg

auf einen Faustkampf einzulassen, obwohl sich Sturmwind nun tatsächlich zu regen begann und rasch wieder auf die Beine kam. Das Tier schnaubte empört und begann zögernd durch die Koppel zu traben, aber nachdem vom Huf kein Schmerz mehr auszustrahlen schien, beruhigte sich das Pferd wieder.

„Na, also“, sagte Dorkemunt zufrieden. „Holen wir einen Ersatzsattel, damit wir ihn unserem Herrn Olruk anpassen können.“

Die nächsten zwei Zehnteltage verbrachten sie damit, Sturmwind und Olruk aneinander zu gewöhnen. Aber der Zwergenmann erwies sich als erstaunlich geschickt im Umgang mit Sattel und Zaumzeug, und das Pferd schien einen gewissen Respekt vor seinem Reiter zu haben.

„Hoffentlich ist Sturmwind nicht nachtragend“, murmelte Nedeam und betrachtete den Zwerg bei seinen Reitübungen. „Sonst wird der gute Herr Olruk aus vollem Ritt heraus auch noch das Fliegen lernen.“

Bevor Dorkemunt etwas erwidern konnte, bemerkte er aus den Augenwinkeln eine Bewegung. Er blickte über Nedeams Schulter hinweg und legte seinem Freund die Hand an den Arm. „Da kommen Reiter.“

Automatisch fuhr Nedeam herum. „Zwei, höchstens drei, und sie werden in einem halben Zehnteltag bei uns sein.“

Auch Olruk bemerkte nun die Reiter, die vom Zugang des Tals herangetrabt kamen und sich offensichtlich Zeit nahmen. Olruk schwang sich aus dem Sattel, wobei er einräumen musste, dass ihm die gewaltige Höhe des Pferdes ein wenig Probleme bereitete. Gemeinsam sahen sie den Ankömmlingen entgegen und erkannten schließlich in ihnen den Ersten Schwertmann Tasmund und den Berittführer Kormund.

Der stämmige Kormund hatte gemeinsam mit Dorkemunt

und Nedeam schon so manches Abenteuer erlebt und grinste sie breit an, als die beiden Schwertmänner ihre Pferde zügelten.

„Seid willkommen auf Balwins Gehöft, Ihr guten Herren", grüßte Nedeam. „Was führt den Ersten Schwertmann der Mark und seinen besten Berittführer zu uns?"

„Sorgenvolle Gedanken, gute Herren", erwiderte Tasmund und schwang sich gleichzeitig mit Kormund aus dem Sattel. Sie führten die Pferde zur Tränke und lockerten ein wenig die Sattelgurte. „Wurde die Losung gegeben?", fragte Nedeam neugierig.

Dorkemunt schüttelte den Kopf. „Sie sind langsam geritten, Nedeam, mein Freund. Das bedeutet, keine Losung."

„Keine Losung", bestätigte Tasmund.

Der Erste Schwertmann nahm den Helm mit dem langen blauen Rosshaarschweif der Hochmark ab und fuhr sich mit der Hand durch die verschwitzten Haare. Es war ein heißer Tag, und Staub verklebte die Gesichter der Reiter und die Flanken ihrer Tiere.

Die Losung musste vom Pferdefürsten gegeben werden und verpflichtete alle waffenfähigen Pferdelords, sich zum Kampf zu versammeln. Gehöfte, Weiler und Städte waren dann fast völlig ohne den Schutz der Männer, sodass nicht selten die Frauen, Kinder und alten Menschen der Siedlungen zu den Orten zogen, die sich gut verteidigen ließen. Für die Hochmark war dies die Festung Eternas mit ihren unterirdischen Gewölben. Keiner gab die Losung leichtfertig, denn das Hab und Gut sowie die Herden blieben dann unbeaufsichtigt, sofern man nicht die Zeit fand, dies alles mit sich zu bringen. Es bedeutete viel Arbeit, die Tiere später wieder zusammenzutreiben, und manche von ihnen konnten, ohne den Schutz der Herdenwächter, Raubtieren zum Opfer fallen.

Nachdem Tasmund und Kormund auch ihren eigenen Durst gestillt hatten, kam der Erste Schwertmann endlich zu dem Grund ihres Besuchs. „Wie erwähnt, meine Freunde, es sind sorgenvolle Gedanken, die uns zu Euch führen. Ein Unbehagen, das auch der Pferdefürst Garodem mit uns teilt. Vor zwei Tageswenden sind unsere elfischen Freunde aus der Hochmark abmarschiert. Sie wenden sich zunächst Merdonan zu und wollen dann zu den versteinerten Wäldern vordringen."

Dorkemunt und Nedeam wurden ein wenig blass, und auch Olruk wirkte verstört, denn er hatte von dem seltsamen und angeblich verfluchten Wald im Osten gehört.

„Welch närrischer Gedanke führt sie dorthin?", entfuhr es Nedeam.

„Die Sorge um ihr Volk", brummte Tasmund. „Und daher sorgen wir uns nun um unsere elfischen Freunde."

„Nicht ohne Grund", sagte Olruk grimmig. „Ein Stück weiter nördlich liegt die Rote Kristallstadt unserer Vettern, die von den Orks überrannt wurde. Unsere Vettern berichteten von grauenvollen Dingen, die in den Wäldern geschehen. Einst haben sie dort gejagt, Ihr wisst ja, dass wir einen guten Braten durchaus schätzen, aber dann kamen die Jäger plötzlich nicht mehr zurück, und wer sie suchte, verschwand ebenso. Ah, nein, Ihr guten Herren, nur große Torheit vermag ein Wesen dorthinzutreiben."

„Oder große Sorge", wandte Tasmund ein.

Nedeam bewunderte den Ersten Schwertmann. Tasmund musste noch weitaus mehr von dem Blor getrunken haben als er selbst, doch war ihm nichts anzumerken. Kerzengrade und untadelig war seine Haltung, und die Augen blickten klar.

„Garodem und ich haben uns besprochen", erklärte Tasmund. „Wir sind beide in Sorge um Lotaras und Leoryn und um ihre Begleiter."

Dorkemunt leckte sich über die Lippen. „Ihr wollt ihnen folgen? Einen Beritt sammeln, der ihnen Schild und Lanze bietet?"

Tasmund schüttelte den Kopf. „Nein. Das wollen unsere elfischen Freunde nicht. Sie haben ihren Stolz."

Das konnten sie alle gut verstehen.

Der Erste Schwertmann legte die Hand unbewusst um den Schwertgriff an seiner rechten Seite. „Es wäre nicht richtig, ihnen unsere Begleitung aufzudrängen, Ihr versteht?"

Nedeam setzte sich auf die Einfassung der Tränke und ließ seine Hand durchs Wasser gleiten. „Warum nehmt Ihr dann den weiten Weg hierher auf Euch? Doch nicht nur, um uns dies zu erzählen, Hoher Herr Tasmund?"

Der Erste Schwertmann sah Nedeam mit gespielter Strenge an. „Weil ich mit dem Ergebnis der Wehrübung nicht zufrieden bin. Überhaupt nicht zufrieden, und der Pferdefürst ist mit mir einer Meinung."

Nedeam sah Tasmund protestierend an, aber der wiegelte seinen Protest mit einer Handbewegung ab. „Einige unserer Pferdelords konnten sich bei den Übungsritten kaum auf den Pferden halten, geschweige denn Schwert oder Lanze richtig führen. Jeder frisch geworfene Ork hätte sie aus dem Sattel werfen können. Eine Schande für die Pferdelords."

„Nun, ein paar der Männer mögen abends ein wenig gefeiert haben und anderntags nicht ganz sicher im Sattel gesessen haben", wandte Dorkemunt zögernd ein, „aber glaubt mir …"

„Guter Herr Dorkemunt", unterbrach Tasmund den kleinwüchsigen Pferdelord, der ob dieser Unhöflichkeit verblüfft verstummte, „Ihr selbst konntet Euch kaum auf dem Rücken

Eures Pferdes halten."

„Wie bitte?" Dorkemunt richtete sich empört auf. „Ich gewann das Rennen, und Ihr behauptet ..."

„Mit einem Trick", schaltete sich Nedeam ein. „Du hast nur durch eine List gewonnen."

„Ah, was soll das heißen?", fuhr Dorkemunt seinen jungen Freund an. „Ich bin geritten wie ... wie ..."

„Wie ein Sack Getreide seid Ihr auf dem Pferd gehangen", fuhr ihm Scharführer Kormund ins Wort und sah seinen verblüfften Freund vorwurfsvoll an. „Ein entsetzlicher und beschämender Anblick für einen Pferdelord und ... Nein, Dorkemunt, guter Freund, schweigt jetzt und verzichtet darauf, Eure gute Axt zu holen, ich habe Euch noch etwas anderes zu sagen."

Olruk, der Dorkemunts Erregung bemerkte, wandte sich ihm zu. „Ich kann Euch rasch die meine leihen", raunte er hilfsbereit.

Dorkemunts Augen hatten sich verengt, und er musterte Tasmund und Kormund mit scharfem Blick. „Ich kann nicht glauben, dass Ihr dies gesagt habt, Ihr guten Herren. Eigentlich müsste ich Euch nun fordern, und nur weil wir Rücken an Rücken standen und Seite an Seite ritten, will ich Euch ausreden lassen."

Kormund hob beschwichtigend die Hand. „Verzeiht, mein Freund, es mögen die falschen Worte gewesen sein. Aber Ihr werdet sicher verstehen, dass der Pferdefürst Garodem der festen Meinung ist, dass nur ein langer Übungsritt die Mängel beheben kann, nicht wahr? Ein, nun, sehr weiter Ritt, wenn Ihr mir folgen könnt."

Dorkemunt stieß ein leises Schnauben aus, während Nedeam längst begriffen hatte.

„Es wird die Ehre unserer elfischen Freunde bewahren helfen, nicht wahr?“

Tasmund nickte. „Das wird es.“

Jetzt begriff auch der kleinwüchsige Dorkemunt. „Nun, wenn ich es recht bedenke …“

„Ein Beritt?“, fragte Nedeam lächelnd.

Tasmund schüttelte den Kopf. „Zu auffällig.“

„Eine Schar?“

„Ausgewählter Männer“, vervollständigte Tasmund lächelnd. „Und zwar der Besten.“

„Der Schlechtesten, meintet Ihr wohl“, korrigierte Dorkemunt, und alle stimmten in sein Lachen ein.

Olruk reckte sich und legte seine Hand an Dorkemunts Arm. „Ich könnte auch noch Übungsstunden gebrauchen.“

„Dies ist eine Sache der Pferdelords.“ Tasmund lächelte den Zwergenmann an. „Aber ich danke Euch für Euren guten Willen.“

„Wollt Ihr etwa einem Axtschläger von Ehre verweigern, einen Freundesdienst zu tun?“, fuhr Olruk auf. „Diese beiden bartlosen Herren hier“, er deutete auf Dorkemunt und Nedeam, „standen der Grünen Kristallstadt in höchster Not bei, ebenso die Pferdelords der Hochmark. Mir scheint“, grunzte der Zwerg, „Ihr wollt Euch auf ein Abenteuer einlassen. Da könnte Euch die Klinge eines guten Axtschlägers von Nutzen sein.“

„Euer König Balruk schickte Euch, Getreide zu holen, und nicht, um die Axt zu schwingen.“

Olruk sah Tasmund treuherzig an. „Mein guter Vetter Beramuk wird das schon regeln, und zudem kann es noch Zehntage dauern, bis der Handel perfekt ist.“

„Das stimmt“, pflichtete Nedeam bei. „Und zudem versteht der gute Herr Olruk ein Pferd zu reiten und wird uns kaum langsamer machen."

Dorkemunt nickte. „Und was könnte harmloser erscheinen als eine kleine Schar Pferdelords in Begleitung eines Zwerges?"

Nedeam dachte an Sturmwind und bezweifelte, dass jemand einen Axtschläger der Zwerge als harmlos betrachten würde.

Tasmund seufzte leise. „Nun gut. Also eine kleine Schar und ein Zwerg." Er lächelte unvermittelt. „Ich selbst werde die Schar begleiten, während Kormund in Eternas bleibt und die Schwertmänner führt. Ich bin ein wenig aus der Übung", fügte er entschuldigend hinzu.

Er schwang sich in den Sattel seines Pferdes. „Es sollte unauffällig geschehen, denn wir wollen Unruhe vermeiden. Reitet zum Quell- und Horngrundweiler und sprecht mit einigen verschwiegenen Männern. Wir treffen uns am Südpass."

Nachdem die zwei Reiter das Gehöft verlassen hatten, betraten die beiden Pferdelords und der Zwergenmann das Haus. Als Nedeam und Dorkemunt ihre Truhen öffneten, um Rüstung und Waffen herauszunehmen und zu überprüfen, setzte Olruk sich an den Tisch und zog seine Äxte hervor, um ihre Schneiden zu begutachten. Es war ein eigenartiger Anblick zu sehen, wie die drei Männer in stiller Eintracht beieinandersaßen, ihre Waffen prüften und dabei zufrieden lächelten.

12

Marnalf hatte zunächst den Heiler Baralf aufgesucht und ihn in ein Gespräch verwickelt, um keinen Verdacht über seine wahre Herkunft zu wecken. Zudem interessierte sich Marnalf durchaus für die Fertigkeiten des menschlichen Heilers. Bereitwillig erklärte er gerade dem seinerseits wissbegierigen Mann das neuartige Streckholz.

„Seht, Hoher Herr Baralf, das gebrochene Bein wird behutsam in die Streckvorrichtung gelegt. Mit diesen Riemen wird der Fuß am unteren Ende fixiert. So, auf diese Weise. Dreht Ihr nun behutsam an dieser hölzernen Schraube, wird das Bein langsam gerade gezogen, und die gebrochenen Knochen richten sich. Jetzt müsst Ihr den Raum zwischen den Seitenteilen des Streckholzes und dem Bein mit einem Material auspolstern, das weich genug ist, um keinen schädlichen Druck auszuüben, und doch hinreichend hart, um dem Bein Halt zu geben. Mit diesen Riemen kann man Bein und Vorrichtung dann miteinander verbinden.“

„Und so verbleibt das Streckholz dann am Bein, Hoher Herr Marnalf?“

„Bis es verheilt ist“, bestätigte dieser. „Danach könnt Ihr es abnehmen und für einen anderen Patienten verwenden.“

„Ein wenig aufwendig“, brummte Baralf. „Ich schiene das Bein stets mit einigen guten Stücken Holz und ledernen Binden.“

„Nun, auch das erfüllt seinen Zweck“, erwiderte Marnalf bedächtig. „Allerdings hält die Vorrichtung das Bein leicht gestreckt, was verhindert, dass die Knochen schief aneinanderwachsen. Denkt an Eure Pferdelords, Hoher Herr. Es wäre schändlich, wenn ein guter Reiter sein Pferd nicht mehr besteigen könnte."

Baralf kratzte sich unentschlossen am Kinn. Für einen menschlichen Heiler mochte er nicht mal schlecht sein, dachte Marnalf, aber seine Kenntnisse und seine Einstellung den Patienten gegenüber waren wenig beeindruckend. Wahrscheinlich scheute der Mann die Ausgaben zur Beschaffung der Streckvorrichtung. Baralf wies auf den langen Stab, der neben der Vorrichtung auf dem Tisch lag. „Und dies dort?"

„Oh." Marnalf zog seinen Stab hastig an sich. „Es dient als Stütze bei allerlei Gebrechen, Ihr versteht?"

„Ein wenig lang und unpraktisch, will mir scheinen."

„Man ... kann es kürzen", versicherte Marnalf. „Es gibt ja unterschiedlich große Menschen, und so kann ich es im Notfall passend schneiden, nicht wahr?"

Baralf blinzelte und zuckte dann die Schultern. „Nun, all dieses neumodische Zeug erscheint mir gleichermaßen unpraktisch. Ich vertraue lieber auf die bewährten Methoden, die schon vielen Generationen von Nutzen waren."

Oder auch nicht, dachte Marnalf bei sich und seufzte leise, bevor er Streckvorrichtung und Stab wieder ineinanderschob. Hier konnte er nichts bewirken, und er hoffte, dass es in Merdonan nur leichte Blessuren zu versorgen und Zähne zu ziehen gab. Baralf kannte sich gut mit Kräutern und Tränken aus und verstand sich sicherlich darauf, Zähne zu entfernen. Aber mit einer guten Zange war das keine Kunst. Marnalf hatte schon Heiler erlebt, die einfach so lange Zahn um Zahn eines Patienten entfernten, bis sie den entzündeten endlich erwischt hatten.

„Kennt Ihr eine gute Herberge, Hoher Herr Baralf? Ich

werde noch ein wenig in Merdonan bleiben, bevor ich erneut auf Wanderschaft gehe."

„In Richtung Tor werdet Ihr den ‚Pferdekrug' des guten Herrn Josrum finden."

Marnalf verabschiedete sich von dem Heiler Merdonans und betrachtete mitfühlend eine alte Frau, die mit schmerzverzerrtem Gesicht das Haus des Heilers betrat. Er hätte ihr gerne seine Kunst angeboten, doch das stand ihm nicht zu, schließlich wollte er keinen Unfrieden säen oder Aufmerksamkeit auf sich ziehen. So nickte er der Frau freundlich zu und schulterte sein Bündel, um die Herberge aufzusuchen.

Es war Markttag in Merdonan, und aus den umliegenden Gehöften und Weilern der Ostmark waren Bewohner angereist, die ihre Waren anboten und selbst welche erwarben. Eisen- und Ledererzeugnisse wurden an den Ständen präsentiert, die oft nur aus einer auf dem Boden ausgebreiteten Decke bestanden. Es gab Töpferwaren und Kleidung aller Art, auch Stoffe, Lebensmittel sowie Merdonans berüchtigtes starkes alkoholisches Getränk in versiegelten Krügen. Fässer mit Gerstensaft wechselten die Besitzer, und Stimmen schwirrten durcheinander. Marnalf war froh, als er den Lärm hinter sich lassen konnte und vor sich das Schild des „Pferdekrugs" erkannte.

Die Stufen zum Eingang waren mit hölzernen Brettern bedeckt, über die zwei stämmige Männer Fässer mit Gerstensaft oder Wein in die Herberge rollten. Ein recht beleibter Mann tänzelte aufgeregt um die neue Ware herum, offensichtlich der Besitzer des „Pferdekrugs".

„Vorsichtig, seid behutsam, Ihr guten Herren. Der Gerstensaft wird zu sehr schäumen, wenn Ihr die Fässer so stark schüttelt, und am Ende platzen sie mir gar."

Marnalf trat neben den Mann. „Guter Herr Josrum?"

„Wie? Äh, ja?“ Der Mann sah Marnalf abschätzend an und lächelte dann. „Ihr werdet Euch noch ein wenig gedulden müssen, guter Herr. Es ist Markttag, und meine Vorräte sind erschöpft, da diese Trolle der Finsternis hier den Gerstensaft zu spät geliefert haben.“

„Ich suche Unterkunft für die Nacht“, erwiderte Marnalf. „Für vielleicht einen oder zwei Zehntage.“

„Oh.“ Ein Strahlen überzog Josrums Gesicht. „Das ist weitaus länger, als der Markt währt. Was führt Euch nach Merdonan“, er warf einen abschätzenden Blick auf Marnalfs Gewand, „Hoher Herr?“

„Ich bin Heiler auf Wanderschaft.“ Er trat etwas zur Seite, um eine Gruppe Männer passieren zu lassen, die offensichtlich zum Markt wollte.

In diesem Augenblick rutschte einem der Lieferanten, welche die Fässer über die Bohlen in die Herberge rollten, das Fass aus den Händen. „Habt acht!“, rief er hastig und sprang selbst zur Seite, als das schwere Fass nach unten rollte und noch bevor die Gruppe auf der Straße reagieren konnte, mit seiner eisenbereiften Kante über den Fuß eines der Männer rumpelte.

Keinem der anderen schien es aufzufallen, aber Marnalf sah, wie sich das Gesicht des Mannes für einen kurzen Augenblick auf furchterregende Weise wandelte, als das schwere Fass gegen seinen Fuß schlug. Die Konturen des bartlosen Gesichts zerflossen und wurden geradezu schwammig, als der erste Schmerz den Mann durchzuckte, doch dann festigten sich die Züge ebenso rasch wieder.

Während Josrum hastige Entschuldigungen von sich gab und gleichzeitig den ungeschickten Helfer tadelte, versuchte Marnalf, seinen Schrecken zu verbergen.

Es stand schlimmer um Merdonan, als er befürchtet hatte.

Ein Graues Wesen wie er selbst war in der Stadt.

Nein, nicht wie er selbst. Jenes Wesen war ein Feind der Menschen und strebte ihre Vernichtung an. Marnalf war in doppeltem Maße entsetzt. Einst hatte er einen Grauen Zauberer aus großer Entfernung spüren können, doch nun hatte ihm das Wesen direkt gegenübergestanden, und er hatte es erst bemerkt, als es für einen Moment seine Gestalt verlor. Er durfte keine Zeit verlieren. Er musste den Herrn der Stadt sofort ins Vertrauen ziehen, weitaus früher als geplant.

„Ich nehme die Kammer", sagte er hastig zu dem Schankwirt und Herbergsvater. „Doch entschuldigt mich nun, guter Herr, ich muss noch eine Kleinigkeit besorgen."

„Aber die Kammer, Hoher Herr." Josrum sah ihn irritiert an. „Ich nannte den Preis noch nicht."

„Ich nehme sie", bekräftigte Marnalf und hob entschuldigend die Hand, bevor er sich hastig abwandte und zurück zum Markt eilte.

Er durfte nicht laufen, um nicht noch mehr aufzufallen, und so verschwand die Gruppe der Männer mit dem Grauen Wesen in der Menge, wo Marnalf sie endgültig aus den Augen verlor. Er murmelte eine Verwünschung und blickte dann über die Menschenmassen hinweg zum gewaltigen Turm der alten Ostwache.

„Nun gut", murmelte er bei sich. „Statten wir dem Herrn der Ostmark einen Besuch ab. Ich fürchte, er wird nicht erfreut sein."

Neben den dicken Säulen aus schwarzem Stein, die das Eingangsportal zum Haus des Pferdefürsten Bulldemut flankierten, standen zwei Schwertmänner in voller Rüstung. Ihre runden Schilde zeigten in Weiß auf grünem Grund den Turm der alten Ostwache, und ihre Hände lagen an den Schwertgriffen.

Marnalf bemerkte die aufmerksamen Blicke, mit denen er gemustert wurde, und stellte sich als wandernder Heiler vor, der dem Hohen Lord Bulldemut seine Aufwartung machen wolle.

„Meldet dem Hohen Lord, der Heiler Marnalf habe eine lange Reise hinter sich und viel zu erzählen, da sein Weg ihn sogar über Enderonas führte."

Einer der Schwertmänner behielt Marnalf im Auge, während der andere zwischen den beiden eisernen Flügeln des Tores hindurch ins Gebäude trat. Nur wenig später tauchte er wieder auf, sichtlich erstaunt darüber, dass der Pferdefürst den wandernden Heiler so bereitwillig empfangen wollte.

Marnalf wunderte dies nicht, denn er und Bulldemut hatten sich in Enderonas kennen und schätzen gelernt. So hatte nun die bloße Erwähnung von Marnalfs Namen genügt, den Pferdefürsten in eine Stimmung freudiger Erwartung zu versetzen.

Als der Zauberer in das Arbeitszimmer Bulldemuts trat, saß dieser hinter seinem Schreibtisch und blickte seinem Gast aufmerksam entgegen. Neben der Tür lehnte Mor, den Marnalf ebenfalls wiedererkannte. Im selben Augenblick senkte sich Mors Hand auch schon zum Schwertgriff, doch Marnalf machte eine beschwichtigende Geste.

„Erschreckt nicht, Ihr guten Herren Pferdelords, denn ich musste mein Aussehen ein wenig ändern, um unerkannt zu bleiben."

Erst als er für einen Moment seine normale Gestalt angenommen hatte, entspannten sich die beiden Männer, blieben aber dennoch wachsam.

„Wer sagt mir, dass Ihr wirklich der seid, für den Ihr Euch ausgebt?", fragte Bulldemut finster.

Marnalf konnte ihn gut verstehen. Ein Graues Wesen hatte den Pferdefürsten in Enderonas einst fast getötet. Er lächelte.

„Glaubt mir, Hoher Lord Bulldemut, von mir droht keine Gefahr. Aber ich muss Euch nun bestätigen, dass der Schwarze Lord seine Hand nach Merdonan ausgestreckt hat."

In raschen Worten schilderte Marnalf sein Erlebnis, und die Gesichter von Mor und Bulldemut verfinsterten sich. Erregt schlug der Pferdefürst mit der flachen Hand auf die Schreibtischplatte.

„Ha, ich habe es gewusst", stieß er heiser hervor. „Die ganze Zeit schon konnte ich es spüren. Erneut ein Grauer in Merdonan? Verfluchte Brut. Verzeiht, guter Grauer Marnalf, das gilt natürlich nicht Euch." Marnalf nickte verständig, während sich Bulldemut hinter seinem Schreibtisch erhob und um ihn herum nach vorne kam. „Erneut ein Grauer in Merdonan ... Das bedeutet, sie werden wiederkommen. Nichts anderes kann dahinterstehen. Der Schwarze Lord wird seine Legionen entsenden und uns angreifen. Und zwar sehr bald, sonst wäre das verfluchte Wesen nicht schon in der Stadt."

„Das ist auch meine Überzeugung", stimmte Marnalf zu. „Ich kann Euch nicht sagen, was das Wesen beabsichtigt, aber sein Erscheinen ist der Beweis, dass Ihr und Eure Stadt in Gefahr seid."

„Die Mauern sind stark, die Waffenkammern gefüllt und die Vorratskammern voll", erwiderte Bulldemut hart. „Und die Arme unserer Pferdelords wissen Schwert und Lanze wohl zu führen. Nun gut, so sei es. Mor, verdoppelt die Wachen und gebt die Losung."

„Wartet", sagte Marnalf eindringlich, und Mor verharrte zögernd.

Bulldemut sah ihn forschend an.

Der gute Graue wies in einer unbestimmten Geste um sich. „Die alte Ostwache bietet einen weiten Ausblick, und eine Armee kann sich nur über den Pfad durch die Weißen Sümpfe nähern. Sie braucht eine Weile, um in ausreichender Stärke vor die Mauern Merdonans zu treten. Ihr habt also noch etwas Zeit, Pferdelords."

„Die brauchen wir auch, um Gehöfte und Weiler zu benachrichtigen und die Losung zu geben."

„Ihr würdet den Grauen warnen und ihm Gelegenheit geben, den Schwarzen Lord zu verständigen. Erst muss das Graue Wesen unschädlich gemacht werden."

Bulldemut lachte kalt. „Wie soll das geschehen, guter Grauer Marnalf? Ihr selbst vermögt ja nicht einmal das Wesen zu erkennen."

„Nicht ganz." Marnalf seufzte leise. „Ich vermag es nicht zu spüren, aber erkennen kann ich es durchaus."

„Das verstehe ich nicht", wandte der Erste Schwertmann Mor ein.

„Die wenigsten von uns Grauen, verzeiht, wenn ich dies so sage, können ihre Gestalt beliebig verändern. Die meisten brauchen eine, nun ja, Vorlage dafür. Einen Menschen, dessen Gestalt sie nutzen können. Vorher müssen sie ihn natürlich töten. Der Graue weiß nicht, dass ich ihn durchschaut habe, und, was noch bedeutsamer ist, er hat keine Ahnung, dass ich selbst ein Magier bin. Er wird seine Gestalt in der Zwischenzeit wohl nicht gewandelt haben, so kann ich unerkannt nach ihm suchen."

Bulldemut nickte langsam. „Das könnte funktionieren. Ihr werdet ihn töten?"

„Selbstverständlich." Marnalf sagte es in kaltem und bestimmtem Tonfall. „Nur so verhindern wir, dass er seinen Herrn noch warnt."

„Danach könnten wir die Losung geben", sinnierte Bulldemut, „und unsere Vorbereitungen treffen. Die Orks würden ahnungslos vor Merdonan erscheinen und auf die geballte Macht der Ostmark treffen." Er lachte grimmig. „Und sollten sie zu zahlreich sein, wird unser Signalfeuer dafür Sorge tragen, dass sich die Pferdelords der Marken vereinigen und die Bestien in den Boden stampfen."

„Es sei denn, Hoher Lord Bulldemut, es befänden sich noch weitere Graue Wesen in Merdonan."

Bulldemut sah Marnalf mit gerunzelter Stirn an. „Marnalf, guter Grauer, Ihr versteht Euch wirklich darauf, mich in Sorge zu versetzen."

Marnalf verzichtete auf eine Erwiderung. Dabei hatte er Bulldemut längst nicht alles gesagt, denn schließlich brauchten die Menschenwesen nicht die Bürde all seiner schweren Gedanken zu tragen.

13

Larwyn konnte sich noch gut an jene Zeit erinnern, als sie eine einfache Frau des Pferdevolkes gewesen und mit ihren Eltern aufgebrochen war, um dem jungen Pferdefürsten Garodem nach Eternas zu folgen. Der Weg hatte sie hierher, in die Hochmark, geführt, und das Schicksal hatte es gefügt, dass Garodems Herz sich ihr zugewandt hatte. Sie hatte Bedenken gehabt, seine Gefühle zu erwidern. Zu frisch war noch die Erinnerung daran, dass Garodem sich wegen einer anderen Frau mit seinem Bruder entzweit hatte, und zu groß war die Furcht, dass seine Gefühle Larwyn gegenüber nicht stark genug wären und in Wahrheit der anderen Frau galten. So hatte sie gezögert, Garodems Werben nachzugeben, und ihn zunächst abgewiesen. Er hatte dies akzeptiert, denn jede Frau des Pferdevolkes durfte ihren Gemahl frei erwählen, aber Larwyn hatte gespürt, wie sehr ihr Verhalten ihn schmerzte. Er war weitaus älter an Jahren als sie selbst, und vielleicht hatte er geglaubt, dies sei der Grund für ihre Ablehnung.

Viele Jahreswenden vergingen, in denen sich die Menschen auf den Aufbau der Mark konzentrierten. Erst war es die Stadt Eternas mit ihrer Burg, wobei die Siedlung selbst zunächst kaum mehr als ein großer Weiler gewesen war. Aber der Kinderreichtum des Pferdevolkes hatte die Bevölkerungszahl rasch anwachsen lassen, und so waren im Lauf der Zeit auch die anderen Weiler und Gehöfte gegründet worden.

Während dieser Zeit hatte Larwyn sich mit keinem anderen Mann verbunden, denn ihr Empfinden für Garodem begann sich zu wandeln. Aus dem Respekt und der Achtung, die sie dem Pferdefürsten entgegenbrachte, erwuchs ein tieferes Gefühl der persönlichen Zuneigung, und dann, bei einem Fest in der Burg, hatte sie seinem erneuten Werben schließlich nachgegeben.

Sie hatte es nie bereut. Garodem erwies sich als ein sanfter und verständnisvoller Mann, der seine Verantwortung der Mark, seinem Volk und ihr gegenüber sehr ernst nahm. Seine Liebe schien dem allem wohl gleichermaßen zu gelten, auch wenn Larwyn die Einzige war, die seine Zärtlichkeit erfuhr. Allein ihre Anwesenheit schien Garodem die Last zu erleichtern, die auf seinen Schultern lag. Aber Larwyn hatte mehr gewollt, als nur sein liebliches Weib zu sein. Die Frauen des Pferdevolkes waren es gewöhnt, die Last des Lebens ebenso mit ihren Männern zu teilen wie die Freuden, die es bot.

Larwyn hatte rasch herausgefunden, dass Garodem einen natürlichen Instinkt für militärische Belange besaß und genug von der Aufzucht von Schafen und Hornvieh verstand, um es mit jedem Züchter aufnehmen zu können. Doch viele praktische Dinge des Lebens berührten ihn nur wenig, und Larwyn, welche besser als ihr Gatte um die Nöte der Frauen wusste, begann darauf zu achten, dass deren Bedürfnisse nicht hinter der Wehrhaftigkeit der Hochmark zurückstanden. Sie machte Garodem verständlich, dass eine Mark nicht nur über die erforderliche Anzahl an guten Pfeilspitzen und Klingen verfügen musste.

„Was willst du mit all der guten Wolle und dem feinen Leder anfangen", hatte sie ihn lachend gefragt, als er aus dem Badezuber stieg und sich ihr entblößt präsentierte, „wenn du niemanden hast, der es zu Stoffen webt und vernäht? Wirklich, Garodem, mein geliebter Gemahl, du solltest deine Schmiede anhalten, auch ein paar gute Nadeln zu fertigen, sonst wirst du dich bald mit einem Fell bedecken müssen.“

Er hatte sich mit ihr besprochen, und beide hatten ihre Fähigkeiten vereint, zum Wohl der Menschen ihrer Mark. Wie sehr sie ihren Pferdefürsten und Larwyn schätzten, verriet die Tatsache, wie bereitwillig sie ihre Abgaben entrichteten. Ein Teil dessen, was ein Gehöft, ein Weiler oder eine Stadt erwirtschafteten, stand dem Pferdefürsten zu. Von diesen Einnahmen musste er die Wehranlagen, Sold und Ausrüstung der Schwertmänner und die Verköstigung der Burgbesatzung bestreiten.

Garodem sorgte sich stets um die Sicherheit der Hochmark, während Larwyn die Bedürfnisse ihrer Bewohner im Blick behielt. So ergab sich ein ausgewogenes Verhältnis, unter dem sich Wehrhaftigkeit und Wohlstand gleichermaßen mehrten.

Das Glück des Paares wurde vollkommen, als Larwyn ihrem geliebten Garodem einen Sohn und Erben schenkte. Zwar wäre auch eine Tochter erbberechtigt auf den Titel gewesen, doch hätte sie dazu einen zuverlässigen Gemahl finden müssen, der die Interessen der Hochmark notfalls mit dem Schwert verteidigte. Obwohl die meisten Frauen des Pferdevolkes zu kämpfen verstanden, überließen sie das blutige Handwerk doch lieber den Männern.

Der kleine Garwin entwickelte sich prachtvoll, und Garodem erwies sich nicht nur als liebevoller Gemahl, sondern auch als fürsorglicher Vater. Er unterwies seinen Sohn in den Traditionen des Pferdevolkes, um ihn auf jenen Moment vorzubereiten, da Garodem die Geschicke der Hochmark in die Hände seines Erben legen würde. Während Garodem großen Stolz empfand, wenn sich sein Sohn auf einem Pferderücken wohlfühlte und eifrig mit einem hölzernen Schwert übte, versuchte Larwyn, dem Jungen ein maßvolles Verhalten zu vermitteln.

Es fiel ihr nicht leicht, denn Garwin war ein temperamentvolles Kind und zu allerlei Streichen aufgelegt. Streiche, welche ihm die anderen Bewohner der Burg nur zu oft durchgehen ließen. Die einen, weil sie dem Knaben nicht böse sein konnten, und die anderen, weil es immerhin der Sohn des Pferdefürsten war. Diese Freiheit bekam Garwin jedoch nach Ansicht seiner Mutter nicht besonders gut, denn er schlug gerne über die Stränge, um seine Grenzen auszuloten.

Larwyn versuchte dann, den Sohn zu bremsen, oft genug jedoch lachte Garodem nach Garwins Streichen nur dröhnend und amüsierte sich daüber. So wie viele andere auch, wenn sie nicht gerade zu den Opfern zählten. Meist waren die Streiche auch harmloser Natur, und nur ein einziges Mal, als sein Sohn Stachelpflanzen unter die Sättel einiger Schwertmänner geschoben hatte, war sein Vater erbost gewesen.

Garodem hatte Garwin befohlen, die Ställe zu pflegen und auszumisten, und trotz der jungen Jahre seines Sohnes keine Hilfe zugelassen. „Die Ehre eines Pferdelords ist unantastbar", hatte Garodem ernst gesagt. „Niemand macht sich über einen Pferdelord lustig, oder er begegnet dessen Stahl. Zudem hätte ein Alarm die Schar in den Sattel rufen können, doch wäre sie am Ausreiten gehindert worden, weil du den Pferden Stechpflanzen unter die Sättel geschoben hast. Garwin, mein Sohn, die Schwertmänner und Pferdelords stehen mit ihrem Leben für uns ein, so wie wir mit unserem Leben einstehen für unsere Schwertmänner und Pferdelords. Darauf und dass die Tradition des Pferdevolkes über allem steht, vertrauen wir. Du magst deine Scherze mit vielen Wesen treiben, Garwin, doch lass deine vorwitzigen Hände von all jenen, die einen grünen Umhang tragen."

Drei Tageswenden später sah man Garodem humpeln, denn

jemand hatte eine Stechpflanze in seinen Stiefel geschoben, und er hatte es zu spät bemerkt. Es war das erste und einzige Mal gewesen, dass der Pferdefürst die Hand gegen seinen Sohn erhoben hatte, und die Bestrafung hatte den Vater wohl mehr geschmerzt als den Sohn. Doch fortan hielt sich Garwin an das Gebot seines Vaters.

Das bedeutete aber nicht, dass der Knabe nun keinen Unfug mehr getrieben hätte. Wahrscheinlich stachelten er und die Spielkameraden in der Burg sich gegenseitig mit neuen Einfällen auf. Die treue Köchin Margwyn war dabei eines von Garwins Lieblingsopfern.

Margwyn war am Königshof in Enderonas aufgewachsen. Sie hatte schon Garodem auf den Knien geschaukelt und ihm gelegentlich einen Leckerbissen aus der Küche zugesteckt. Damals war sie eine junge Magd gewesen, doch nun war sie alt und die Hauptköchin der Burg. Sie hatte ein sehr gutmütiges Wesen und war gewiss nicht einfältig. Sie scheute sich nicht, einem Mann die Ohren lang zu ziehen, wenn er es an Respekt fehlen ließ. Ihre Kochkunst wurde ebenso geschätzt wie ihre verständnisvolle Art, wenn sie Mann oder Frau bei einem Problem beistand.

Denn gelegentlich gab es Reibereien unter den Menschen der Burgbesatzung und, bei den verbundenen Paaren, hie und da auch einmal eine erbitterte Auseinandersetzung. Wenn ein solcher Streit zu heftig wurde, scheute Margwyn nicht davor zurück, beiden gleichermaßen den Kopf zu waschen und ein ernsthaftes Gespräch mit ihnen zu führen. Meist schlichtete sie denn auch den Streit, und so drang wenig davon an Larwyns oder Garodems Ohr.

„Der Hohe Lord und die Hohe Dame haben genug zu tun“, pflegte die alte Köchin dann zu sagen. „Was hier unten geschieht, soll sie nicht bekümmern. Wir regeln die Dinge auf unsere Art, wie es sich fürs Pferdevolk gehört."

Ja, Margwyn war nun eine alte Frau, aber sie versah noch immer ihre Arbeit und war keineswegs senil oder gebrechlich. Dennoch ließ sie sich nun gerne von den Männern helfen, wenn es galt, die schweren Eisentöpfe am Brunnen mit Wasser zu füllen, denn nach all den Jahreswenden spürte sie zunehmend ihr Alter.

Einmal hatte Garodem bei ihr in der Küche gesessen und sich Trockenfleisch für die Marschrationen zubereitet. Er tat dies immer selbst, denn so verlangte es der Brauch der Pferdelords. Küchenarbeit war für die Männer des Pferdevolkes durchaus nichts Ungewöhnliches, auch wenn so mancher Herdenhüter lieber auf Hornvieh oder Schaf denn auf den siedenden Topf achtete. Garodem legte großen Wert darauf, dass sich seine Schwertmänner an allen Arbeiten beteiligten. So kümmerten sie sich um die Säuberung der Räume und Ställe, um Reparaturarbeiten und das Auskarren des Mistes auf die Felder, aber auch um die Küchenarbeit, wenn ihre sonstigen Pflichten dies erlaubten. Natürlich lag ihr Schwerpunkt bei den Waffenübungen, dem Wachdienst und den Streifritten durch die Hochmark, aber Garodem schärfte ihnen ein, dass es keine niederen Arbeiten im Pferdevolk gab.

Als er damals bei Margwyn saß, hatte er über Schmerzen im Rücken geklagt, und die alte Köchin hatte ihn nachdenklich gemustert, bevor sie das Wort an ihn richtete. „In jungen Jahren fällt es Euch Pferdelords leicht, ein Pferd oder ein Weib zu besteigen, aber es kommt die Zeit, da ein weiches Polster größeres Vergnügen bereitet, Garodem, mein Pferdefürst."

„Da sprecht Ihr wahr, gute Frau Margwyn", hatte Garodem geächzt. „Ich spüre, dass ich nun in die Jahre komme und der

Tag nicht mehr fern ist, an dem ich den Sattel kaum mehr erklimmen kann."

Margwyn hatte lächelnd in ihren Töpfen gerührt und das Fleisch in der Pfanne gewendet. „Ich merke, das bereitet Euch Sorge."

„Das will ich wohl meinen." Garodem hatte sich gestreckt und schmerzhaft das Gesicht verzogen. „Aber noch ist nicht die Zeit, die Geschicke der Hochmark in Garwins Hände zu legen."

„Sie wird kommen, mein Herr, sie wird kommen."

Garodem hatte genickt und die gewürzten Fleischstücke in lange Streifen geschnitten, damit er sie zum Trocknen auf einen Faden hängen konnte. „Ich hoffe nur, er wird ein rechter Pferdelord."

„Er gerät nach Euch, Garodem, mein Herr."

Er hatte aufgelacht. „Ah, machte ich etwa auch solche Streiche wie er?"

Margwyn hatte schelmisch mit dem Finger gedroht. „Ich sage Euch, mein Herr, Ihr wart sehr viel schlimmer." Sie lächelte. „Und doch seid Ihr ein guter Pferdefürst geworden."

Sie hatten miteinander gelacht, und Garodem hatte der alten Frau die Hand auf die Schulter gelegt. Als er gegangen war, hatte Margwyn das Gefühl gehabt, eine Last sei von ihm gefallen. Fast schien es ihr, als mache der Pferdefürst sich Sorgen um seinen Sohn Garwin. Ob er darüber auch mit seiner Gemahlin sprach? Margwyn hatte sich damals vorgenommen, gelegentlich eine vorsichtige Bemerkung bei der Hohen Dame anzubringen, aber irgendwie hatte sie es dann doch wieder vergessen.

Als Garwin an diesem Tag das Untergeschoss des Haupthauses betrat und die Küche aufsuchte, stand ihm der Sinn nach Leckereien und nach einem Streich.

Über die Küche wurden alle Bewohner der Burg versorgt, und da dies inzwischen Hunderte waren, hatte man die Küche im Verlauf der Jahreswenden umgebaut und vergrößert. Dem Umbau waren die Unterkünfte einiger Mägde zum Opfer gefallen, die jetzt in einem Anbau des Vorratshauses ihre Kammern hatten. Man hatte die Kochstelle, die ursprünglich kaum hundert Menschen versorgte, erweitert, und der gemauerte Ofen mit den metallgefassten Feuerstellen erstreckte sich über einen guten Teil der Rückwand des Haupthauses. Die Feuerstellen wurden mit Brennstein betrieben, den man reichlich in der Nähe von Eternas fand und der fast rauchlos brannte. Die Feuerstellen konnten einzeln geheizt und auch abgedeckt werden. Hier wurden die Mahlzeiten und das heiße Wasser zur körperlichen Reinigung bereitet.

Während der heißen Jahreszeiten gab es nur einmal am Tag ein warmes Mahl, dennoch waren ständig mehrere der Öfen in Betrieb, um genug Brot zu backen. Im Winter musste die Küche die Bewohner mit zwei warmen Mahlzeiten versorgen, dann herrschte hier vom frühen Morgen bis in den späten Abend Hochbetrieb, da ununterbrochen gekocht, gebacken, gebraten, gerührt und gesäubert werden musste.

Es war noch viel Zeit, bis die Köchinnen und ihre Helfer mit der Zubereitung des Abendmahls beginnen würden, doch die brave Margwyn hatte bereits Gemüse geputzt und einen gewaltigen Eisentopf auf eine der Feuerstellen heben lassen. Der Schwertmann, der ihr im Augenblick half, trug einen Sack mit neuem Brennstein herbei und nickte Garwin freundlich zu, als dieser in der offenen Tür auftauchte. Dass Garwin etwas im Schilde führte, war offensichtlich, wenn man das spitzbübische Grinsen in seinem Gesicht sah. Als Garwin zudem verschwörerisch einen Finger vor seinen gespitzten Mund legte, lächelte der Schwertmann verständnisvoll und nickte. Die Späße des Jungen waren meist ausgesprochen harmlos, und der Pferdelord wollte ihn dem Knaben nicht verderben. Sicher würde es am Ende wieder eine lustige Geschichte geben, die für Gesprächsstoff sorgte.

„Braucht Ihr meine Dienste noch, gute Frau Margwyn?"

Die alte Köchin blickte über den Rand des Topfes hinweg und schüttelte den Kopf. „Nein, guter Herr. Es sind nur noch ein paar Kleinigkeiten zu erledigen. Aber für das Putzen von Gemüse ist meine Klinge besser geeignet als die Eure, und den Salat zu zupfen, nehmt es mir nicht übel, dafür sind Eure Hände zu grob."

Der Schwertmann lachte freundlich. „Nun, dann will ich mich in die Sattelkammer begeben. Da sind noch einige Gurte zu flicken. Wenn Ihr etwas braucht, so ruft. Einer von uns ist immer in der Nähe."

Er ging zur Tür und zwinkerte Garwin zu, dann entfernten sich seine Schritte.

Der Knabe hielt sich verborgen und betrachtete den riesigen Topf auf der Feuerstelle. Er hatte sich auf seinen Streich vorbereitet und führte einen hölzernen Eimer mit sich. Bis vor wenigen Jahreswenden hatte man in der Hochmark die metallenen Eimer genutzt, doch nun, nachdem es wegen des Handels keinen Holzmangel mehr gab, wurden viele Dinge des täglichen Lebens aus Holz gefertigt.

Der Kessel war ein bauchiges Gefäß von einer halben Länge Durchmesser und etwa ebenso hoch. Viel zu gewaltig, um ihn im befüllten Zustand noch von der Feuerstelle zu heben. Um die Suppe entnehmen zu können, die für gewöhnlich in ihm bereitet wurde, befand sich daher unten am Kessel ein metallener Hahn. Ebendieser Hahn hatte Garwins Aufmerksamkeit erregt, und als die brave Margwyn die Feuerstelle verließ, um aus dem Nebenraum Salat zu holen, pirschte der Knabe zum Kessel hinüber. Er musste sich recken, um das kalte Wasser aus seinem Eimer in den Suppentopf zu gießen, anschließend öffnete er den Hahn, ließ Suppe in seinen Eimer fließen und verschloss den Topf wieder, bevor er hastig die Küche verließ. Draußen goss er die Suppe aus, füllte kaltes Wasser aus dem Brunnen in den Eimer und rannte zur Küche zurück. Da Margwyn noch immer im Nebenraum war, wiederholte er die Prozedur, doch als er erneut mit kaltem Wasser zurückkehrte, betrat die Köchin den Raum von der anderen Seite. Gerade noch rechtzeitig konnte er hinter der schweren Holztür in Deckung gehen.

Margwyn trug etliche Köpfe Salat zu der steinernen Arbeitsplatte hinüber und begann die Blätter zu zupfen. Garwin grummelte leise. Sein Plan sah vor, die Suppe immer wieder mit kaltem Wasser zu strecken, aber dazu musste er an den Topf gelangen. Er konnte das Blaken des Brennsteinfeuers an der Unterseite des Topfes erkennen. Gemüsesuppe mit ordentlichen Fleischbrocken, das aß selbst Garwin gerne. Als Margwyn wieder in den Nebenraum ging, hastete er abermals zum Topf. Dessen Außenwand war unangenehm heiß, und der Knabe verbrannte sich fast die Finger, als er den Hahn ein weiteres Mal öffnete.

Garwin begann allmählich seinen Plan zu bereuen. Er liebte Scherze mit einem raschen Ergebnis, solche, die ihm nicht so viel Mühe bereiteten. Die warme Suppe abzulassen und sie durch kaltes Wasser zu ersetzen, erwies sich hingegen als Schwerstarbeit, aber sein Stolz ließ es nicht zu, den Plan aufzugeben.

Als er Schritte hörte, verbarg er sich wieder halb hinter der

Küchentür. Margwyn kam herein, nahm eine große Kelle und begann damit im Topf zu rühren, wobei sie auf einen Schemel steigen musste. Die Stirn runzelnd, führte sie die Kelle mit etwas Suppe an ihren Mund, schlürfte Flüssigkeit und verzog das Gesicht.

„Ach, die Brennsteine sind auch nicht mehr, was sie einmal waren“, seufzte sie. „Ewig dauert es, bis die Suppe heiß wird. Und auch die Würze fehlt.“ Die alte Köchin seufzte erneut. Sie stieg vom Schemel herab, legte die Kelle neben die Feuerstelle und ging zum Tisch mit dem Salat zurück. „Bist du nicht auch der Meinung, junger Herr Garwin?“

Garwin durchzuckte ein eisiger Schreck, und er spürte, wie ihm die Hitze ins Gesicht stieg. Er hielt sich weiter in seinem Versteck, aber Margwyns nächste Worte bewiesen, dass der alten Köchin im Verlauf der Jahre offenbar zusätzliche Augen im Hinterkopf gewachsen waren. Irgendwo, gut verborgen hinter ihren grauen Haaren, aber unzweifelhaft vorhanden und scharf. „Ich habe mit Freude bemerkt, junger Herr, dass Ihr gut bei Kräften seid. Die Eimer wiegen schwer, und Ihr seid recht oft damit gegangen.“ Margwyn wandte sich um und zwinkerte Garwin zu, der noch stärker errötete und hinter der Tür hervortrat. „Sicher lassen Eure Kräfte es zu, junger Herr, einer armen alten Köchin nun beim Putzen des Salates zu helfen.“

Was blieb Garwin anderes übrig? Nur wenn er sich jetzt kooperativ zeigte, würde er vielleicht verhindern können, dass Margwyn nichts von seinem fehlgeschlagenen Plan verriet und die Lacher an diesem Abend auf seine Kosten gehen würden.

14

In der Nacht waren die Straßen Merdonans von ungewöhnlichem Lärm erfüllt, denn der Markt sorgte für heisere Stimmen und durstige Kehlen, und viele Einheimische und Fremde trieb es am Abend in die Schänken. Marnalf war in den „Pferdekrug" zurückgekehrt, um kein Aufsehen zu erregen und in Ruhe Ausschau nach dem Grauen Wesen zu halten. Er hatte eigentlich beabsichtigt, ein wenig zu verschnaufen, und bereute schon bald, das Angebot Bulldemuts, im ruhigeren Haus des Pferdefürsten zu nächtigen, ausgeschlagen zu haben, denn die Schänke war bis in die späte Nacht mit Lärm erfüllt. Erst gegen Morgen fiel Marnalf in einen unruhigen Schlaf.

Er träumte schlecht und sah verzerrte Gesichter von Menschen vor sich, die zu zerfließen schienen. Schweißgebadet wachte er auf. Er erfrischte sich hastig an der Waschschüssel in seiner Kammer, um dann ein schnelles Frühstück im Schankraum zu sich zu nehmen.

Josrum schien sichtlich nervös, als er das einfache Mahl brachte. „Ein furchtbares Unglück, nicht wahr, Hoher Herr Marnalf? Es wundert mich, dass man nicht nach Euch schickte."

Marnalf sah den Wirt überrascht an. „Was für ein Unglück, guter Herr?"

„Ja, habt Ihr denn all den Lärm in der vergangenen Nacht nicht gehört? Oh, die Goldenen Wolken mögen Euren Schlaf behüten. Beneidenswert, ein solch fester Schlaf."

„Was ist geschehen, Herr Wirt? Erzählt."

„In der Nacht hat es einen Brand gegeben, Hoher Herr

Heiler. Ein furchtbares Feuer, sage ich Euch. In den Unterkünften der Schwertmänner. Alle sind sie verbrannt, die armen Männer.“ Josrum seufzte abgrundtief. „Man sagt, es habe zwanzig oder dreißig Tote gegeben. Schrecklich, Hoher Herr, einfach schrecklich.“

Marnalf schob das Frühstück von sich. Der Appetit war ihm vergangen. Er musste sehr erschöpft gewesen sein, um so tief zu schlafen, dass er die Aufregung nicht mitbekommen hatte.

Josrum zuckte die Schultern. „Dergleichen kommt vor, Hoher Herr. Eine umgestürzte Fettlampe, ein unbeaufsichtigtes Brennsteinbecken ... Ihr braucht Euch nicht zu beunruhigen, ich achte höchstperönlich darauf, dass zur Nacht alle Lichter im Haus sorgsam gelöscht sind. Kein Feuer wird Euren Schlaf im ‚Pferdekrug‘ bedrohen.“

Marnalf nickte mechanisch. Er glaubte keinen Augenblick daran, dass der Brand eine natürliche Ursache hatte. Nein, es hatte begonnen. Das Graue Wesen steckte dahinter, und sein Ziel war offenbar, die Verteidiger der Stadt zu schwächen. Es war höchste Zeit, der Bestie das Handwerk zu legen.

Noch immer in der Gestalt des Heilers, doch nun mit seinem Stab in der Hand, verließ Marnalf das Haus. Die Grauen und Weißen Zauberer beherrschten viele Arten von Magie und vermochten sie auch ohne ihren Stab auszuüben. Aber dieser verstärkte ihre Fähigkeiten, konnte ihre Kraft bündeln und auf einen bestimmten Punkt konzentrieren. Auch wenn ihn der Stab dem anderen Grauen gegenüber verraten konnte, würde er seine Kraft doch benötigen, wollte er das Wesen töten.

Nur Marnalf hatte den Mann gesehen und konnte ihn erkennen, daher verzichtete er darauf, die Schwertmänner Bulldemuts zu benachrichtigen. Grimmig streifte er durch die Stadt, wobei er sich auf den Marktplatz und die belebten Straßen konzentrierte, da der Graue sicherlich keinen Grund sah, sich zu verbergen. Doch sosehr Marnalf auch suchte, er fand das Wesen nicht. Missmutig gestand er sich ein, dass sie womöglich in der Menschenmenge aneinander vorbeigelaufen waren, ohne sich zu finden.

Am Nachmittag suchte er schließlich Bulldemut auf, der Marnalfs Verdacht schockiert zur Kenntnis nahm. „Sie wurden ermordet? All die guten Männer wurden von dem Grauen Wesen umgebracht und verbrannt? Ich kann das nicht glauben. Dreißig Schwertmänner waren in der Unterkunft, und selbst wenn anfangs alle geschlafen haben, so hätten die Ersten nicht getötet werden können, ohne dass die anderen vom Lärm erwacht wären und sich gewehrt hätten. Nein, ich vermag das nicht zu glauben."

„Glaubt es mir, Hoher Lord Bulldemut", sagte Marnalf leise, „denn ich selbst könnte solches ohne Mühe tun."

Bulldemut sah den Grauen Magier entsetzt an, der entschuldigend lächelte, während er zu seinen Worten nickte. „Bei den Finsteren Mächten ... Ein einzelnes Wesen soll dazu fähig sein?"

„Ein einzelner Grauer", bestätigte Marnalf.

„So bleibt nichts zu tun, als die Losung zu geben." Bulldemut atmete schwer. „Ich werde es nicht zulassen, dass die Menschen der Ostmark hilflos im Schlaf abgeschlachtet werden."

„Wenn Ihr den Bewohnern Merdonans erzählt, dass sich ein Graues Wesen unter ihnen befindet, so werden sie in Angst geraten. Sie werden einander mit Misstrauen begegnen, und Panik wird um sich greifen, bis keiner mehr Freund von Feind unterscheiden kann."

„Eure Gedanken gefallen mir nicht", schrie Bulldemut wütend. Er ballte die Fäuste und zwang sich zur Ruhe. „Auch wenn Ihr vielleicht recht habt. Aber ich kann das Morden doch nicht einfach hinnehmen, Marnalf. Meine besten Männer werden im Schlaf umgebracht. Ich lasse das nicht zu, niemals!"

„Sind Eure Schwertmänner verlässlich?"

Der Pferdefürst sah Marnalf verwirrt an. „Sie sind Pferdelords und werden den Eid erfüllen."

„Das meine ich nicht. Hoher Lord Bulldemut. Können die Schwertmänner den Bewohnern Merdonans gegenüber Schweigen bewahren, wenn Ihr sie – unter dem Siegel der Verschwiegenheit – über die Gefahr informiert?"

„Verstehe." Bulldemut sah den neben der Tür stehenden Mor an, der nur stumm nickte. „Ja, das können sie."

„Dann sagt Euren Schwertmännern Bescheid. Informiert sie über die Gefahr und schärft ihnen ein, wie wichtig es ist, dass bei den Bewohnern keine Panik aufkommt. Eure Wachen werden somit gewappnet sein, wenn das Graue Wesen erneut auftaucht. Zumindest wird es sie dann nicht mehr im Schlaf überraschen können", schränkte Marnalf ein.

„Ihr traut der Bestie viel zu", brummte Bulldemut. „Wartet ab, bis es den Klingen der Schwertmänner gegenübersteht."

Irgendwann im Verlauf der folgenden Nacht standen dann erneut Schwertmänner dem unheimlichen Feind gegenüber.

Mor war es, der ihre Körper fand, als er die Männer zum Wachwechsel rufen wollte. Mit bleichem Gesicht verständigte er Bulldemut, der sofort nach Marnalf im „Pferdekrug" schickte. Die beiden Boten warteten vor der Unterkunft, bis der Magier in der Tür erschien. Als kurze Zeit später Bulldemut mit Mor und dem guten Grauen den Schlafraum der Wachen im Haus des Pferdelords betrat, befahl er zweien seiner Schwertmänner, vor der Tür Stellung zu beziehen und niemanden sonst einzulassen.

Es war ein großer, rechteckiger Raum, in dessen Mitte einige Tische und Bänke standen. An dreien der Wände lehnten die mehrstöckigen Betten, in denen die Schwertmänner schliefen. Rechts und links der Tür standen Regale, in denen Lanzen griffbereit lagerten. Ihre persönlichen Schilde und Schwerter hielten die Männer nachts griffbereit neben ihren Betten, doch auch diese Vorsichtsmaßnahme hatte ihnen nichts genutzt.

Boden, Decke und Wände des Raumes waren über und über mit menschlichem Blut bespritzt. Die dreißig Schwertmänner, die sich hier aufgehalten hatten, lagen im Raum verstreut. Einige waren kaum bekleidet, andere voll gerüstet, doch auch die schweren Harnische hatte dem Grauen Wesen keinen Widerstand geboten.

Es stank bestialisch in dem Raum, denn einige Männer waren vom Flammzauber des bösartigen Magiers verbrannt worden, während andere die Macht seines Wuchtzaubers zerquetscht hatte. Aber viele waren offensichtlich aus reiner Blutgier mit blanker Klinge getötet worden.

„Niemand hat etwas gehört", stieß Mor mit tonloser Stimme aus. „All dieses Schlachten und all die Toten, ohne dass jemand auch nur einen Laut vernahm."

„Seid froh", erwiderte Marnalf grimmig, „sonst hätte es nur noch mehr Tote unter den Euren gegeben."

„Sechzig meiner Männer sind nun tot." Bulldemut umkrampfte den Griff seines Schwertes. „Was immer Ihr auch davon halten werdet, Grauer Herr Marnalf, nun wird die Losung gegeben."

„All dieses Blut", stimmte Mor grimmig zu. „Fässer vermögen es nicht zu fassen."

Marnalf öffnete gerade den Mund zu einer Erwiderung, als

vom Haupttor her ein Horn erschallte. Der Ton schwang hallend über der morgendlichen Stadt. Lauschend hoben sie den Kopf.

„Kein Horn der Wache", stellte Mor fest.

„Aber ein Horn von Freunden", erwiderte Marnalf erleichtert. „Von sehr guten Freunden, wie Ihr sehen werdet." Mors Bemerkung hallte in seinem Kopf wieder. Fässer … das Fass … Oh, wie dumm, dass er nicht vorher daran gedacht hatte. „Und ich habe nun auch eine Idee, wie wir das Graue Wesen fassen können."

„Ohne den Schwarzen Lord zu warnen?"

„Das leider nicht", seufzte Marnalf betrübt. „Doch kommt es darauf nun noch an?"

Bulldemut schüttelte den Kopf. „Nein, jetzt nicht mehr. Nicht nach so viel toten Männern."

15

Ein Teil der Felsen wirkte glasiert und war ungewöhnlich glatt, ganz als habe große Hitze sie geschmolzen, andere wiederum waren scharfkantig und zerschnitten gelegentlich die dicken Sohlen der Kampfschuhe. Die Formation der Kolonne war auseinandergerissen, denn der Pfad ins Menschenreich war an dieser Stelle mühselig. Statt in geordneten Kohorten zu marschieren, suchten sich die Orks ihren eigenen Weg durch das Gewirr der Steinformationen.

Fangschlag hatte sich einen spitzen Stein aus dem Fuß gezogen, aber es wäre unter seiner Würde gewesen, seinen Schmerz zu zeigen. Bald würde der Pfad wieder besser werden. Manche der Kämpfer murrten über den beschwerlichen Weg, denn ein Stück unter ihnen führte eine breite und bequeme Straße durch die Schlucht.

„Warum gehen wir nicht dort unten entlang?“, beschwerte sich in diesem Augenblick eines der Spitzohren und schob schniefend seinen Bogen über die Schulter zurück. „Wir würden viel schneller vorankommen und unsere Füße nicht so quälen.“

„Halt die Zunge im Gehege deiner Fänge“, knurrte ein Rundohr. „Hast du gestern die Lederschwinge nicht gesehen?“

„Lederschwinge?“ Das Spitzohr zuckte zusammen, duckte sich instinktiv und sah sich nervös um.

Das Rundohr stieß daraufhin ein bellendes Lachen aus. „Ich sagte gestern, du Made. Jetzt brauchst du dich nicht mehr zu verstecken.“

„Ich wusste nicht, dass es hier Lederschwingen gibt", keifte das Spitzohr zurück. „Ich dachte, die leben viel weiter im Süden."

„Tun sie auch. Aber gelegentlich fliegen sie auch bis hierher in den Norden. Sie wissen, dass wir von Zeit zu Zeit die Pässe nutzen, um in die Menschenländer zu kommen."

Fangschlag leckte sich über die dunklen Lippen. Seine rötlichen Augen durchforschten die riesige Schlucht, die sich von Osten nach Westen erstreckte. Einst war dies fruchtbares Menschenland gewesen. Aber der Allerhöchste Lord hatte es vor langer Zeit erobert. Einen Tageswechsel zuvor waren sie an einer zerstörten Festung der alten menschlichen Königreiche vorbeigekommen. Die Ebene um die Ruine war noch immer von den Überresten der Schlacht bedeckt. Der Kampf lag viel zu lange zurück, als dass die zahllosen Knochen noch etwas Fleisch geboten hätten, und Generationen von streifenden Orks vor ihnen hatten bereits alles Brauchbare an sich genommen.

Er dachte mit Unbehagen an die Lederschwingen. Ihr feuriger Atem vermochte einer marschierenden Kolonne schweren Schaden zuzufügen. Doch glücklicherweise gab es nur noch wenige von ihnen, und ihre letzten Horte befanden sich tief unten im Süden. Es kam selten vor, dass sich eine Lederschwinge in den Norden verirrte, aber es passierte. Nein, Fangschlag kroch lieber an den steilen Hängen, an denen man rasch eine Deckung fand, entlang, als den bequemeren Weg am Grund zu nehmen und dort vom Atem einer Lederschwinge geröstet zu werden.

Im Verlauf der Nacht würden sie endlich den Rand der Weißen Sümpfe erreichen. Von da an würde der Marsch bequemer, wenn auch gefährlicher werden. Doch jenseits der Sümpfe lockte das Land der Menschenwesen. Fangschlag leckte sich erregt über die Lippen und spürte, wie sich Speichel zwischen seinen Fängen sammelte. Ein guter Kampf mit den Menschenwesen und anschließend ein paar ordentliche Happen für den Magen, so gebührte es sich für ein Rundohr.

Über ihnen zogen sich die Wolken zusammen und ballten sich zu einer dunklen Wand. Die Blitze waren seltener geworden, denn der Allerhöchste Lord wusste, dass sie die Augen seiner Legionen blendeten. Bald würde die Düsternis undurchdringlich werden, und mit der Finsternis würde die Macht der Orks und ihres Herren über die Menschen kommen.

16

Die Ankunft einer elfischen Hundertschaft in Merdonan verdrängte sogar die Gerüchte um die toten Männer, die durch die Stadt schwirrten und zunehmende Unruhe erzeugten. Ungläubig und staunend starrten die Menschen nun die elfischen Wesen an, die in perfekt geordneter Kolonne die Hauptstraße entlangmarschierten. Das Sonnenlicht rief blitzende Reflexe auf den Rüstungen hervor, und ein Kind rannte zu einem der Elfen hinüber und versuchte, ihn an einem seiner spitzen Ohren zu ziehen, um sich davon zu überzeugen, dass sie echt waren. Der Elf verzog keine Miene, sondern schob das Kind behutsam zur Seite, während die angsterfüllte Mutter hastig heranrannte und das Kind mit sich in die Deckung der Menge zerrte.

Lotaras und Leoryn schritten an der Spitze der Formation, über der an einer langen Stange das Banner des Hauses Elodarion wehte. Ein ovales, schildartig gewölbtes Tuch von sanftem Blau, in das die Lilie in farbenprächtigen Grüntönen eingestickt war.

Als das Banner über der Menge sichtbar wurde, rief Bulldemut hastig eine Formation der Schwertmänner herbei, um den elfischen Wesen den Respekt zu erweisen. Die Ehrenwache hatte sich gerade mit aufgerichteten Lanzen formiert, als die Elfen auch schon auf den Platz marschierten und, ohne dass ein Kommando ertönte, alle im gleichen Moment anhielten, eine knappe Drehung zu Bulldemut machten und schließlich mit einem synchronen Klacken die Enden der Langbögen salutierend auf den Boden stießen.

Bulldemut räusperte sich. „Ich entbiete unseren elfischen Freunden den Gruß der Ostmark des Pferdevolkes. Seid uns willkommen."

„Lotaras aus dem Hause Elodarion erwidert den Gruß in seinem Namen", gab Lotaras förmlich zurück, „und dankt für Schild und Lanze Eures Hauses, Pferdefürst Bulldemut."

„Ich bin überrascht, elfische Krieger so fern von ihrem Haus zu sehen", gestand der Pferdefürst ein und sah, wie die neugierige Menge vorsichtig näher trat, um die fremden Elfen zu bestaunen. Bulldemut bemerkte auch, dass die hintere Reihe der Elfen mit einer plötzlichen und elegant wirkenden Bewegung kehrtmachte und nun den Rücken der Formation deckte. So verhielt man sich nur in Feindesland, aber wenn Bulldemut an das bösartige Graue Wesen dachte, war das Verhalten der Elfen durchaus angemessen. Ahnten sie, was in Merdonan vor sich ging?

„Seid unsere Gäste, Lotaras und Leoryn." Er blickte die Elfen freundlich an. „Eure Männer mögen sich nun erfrischen, mein Erster Schwertmann wird dafür Sorge tragen, dass es ihnen an nichts mangelt. Doch nun folgt mir in mein Haus."

Für einen Moment sah Lotaras fragend zu Marnalf hinüber, als sich dieser ebenfalls dem Haus zuwandte, schließlich wusste der Elf nichts von der Gestaltwandlung des Magiers. Doch als dieser ihm ein paar elfische Silben zuflüsterte, huschte ein erfreutes Lächeln über sein Gesicht.

Sie betraten Bulldemuts Arbeitsraum und ließen sich in die bereitstehenden Schemel und Stühle sinken. „Ihr besucht uns zu einer gefährlichen Zeit", sagte Bulldemut und wies auf Marnalf, der jetzt sein wahres Gesicht zeigte. Der Pferdefürst zuckte kurz zusammen, als die Züge sich erneut wandelten. An diesen Zauber würde er sich nie gewöhnen können. „Ein Graues

Wesen ist in der Stadt, um zu töten, und wie Ihr Euch denken könnt, meine ich damit nicht den Grauen Herrn Marnalf hier. Sechzig Leben nahm das Wesen schon, und wir fürchten, dass Merdonan ein Angriff des Schwarzen Lords und seiner Orks bevorsteht."

Lotaras zögerte mit einer Erwiderung. Die Worte Bulldemuts brachten ihn in eine Zwickmühle. Er hatte die Gastfreundschaft des Pferdefürsten angenommen und erfuhr nun, dass dieser sich in Not befand. Das Gesetz gebot, dem Gastgeber beizustehen, doch Lotaras und die Elfen hatten bereits eine andere Aufgabe und mussten weiterziehen. Hilfe suchend sah er Marnalf an, der nun hüstelte und damit auch die Blicke der anderen Anwesenden auf sich zog.

„Die Elfen aus dem Hause Elodarion sind nicht zufällig in Eure Stadt gekommen, Pferdefürst Bulldemut. Schon seit einer Weile spüre ich die Gefahr, die Merdonan und den Menschen droht. Eine Gefahr, der auch hundert elfische Bogen schwerlich begegnen können. Ich muss Euch bitten, Hoher Lord Bulldemut, auf die Dienste des Hauses Elodarion zu verzichten, auch wenn der Brauch Euch dieses Recht gewährt." Bulldemut nickte zögernd, und Marnalf sah Lotaras auffordernd an. „Und Euch, Lotaras aus dem Hause Elodarion, muss ich bitten, zwanzig Eurer Krieger zu meiner Verfügung in Merdonan zu lassen."

Bulldemut trommelte mit den Fingerspitzen auf der Platte seines Schreibtischs. „Erklärt mir endlich, was hier vor sich geht, Grauer Herr Marnalf."

Der Magier beabsichtigte nicht, Bulldemut alles zu erklären. Die Angelegenheiten des elfischen Volkes gingen die Pferdelords nichts an, und so beschränkte er sich auf das Notwendigste. „Als ich dem Grauen Wesen begegnete und es erkannte, geschah dies, weil ihm ein schweres Fass auf den Fuß schlug und der Schmerz, für einen Moment zumindest, seine geistige Barriere durchbrach. In diesem kurzen Augenblick sah ich Dinge, die ich nicht hätte sehen wollen." Er seufzte. „Ich glaube, dies war es auch, was mich in jener Nacht, als das Feuer ausbrach, so erschöpft und tief schlafen ließ. Nun, wie auch immer, ich will Euch nun sagen, was ich spürte und sah."

Marnalf trat an die Karte heran, die in Bulldemuts Amtszimmer an der Wand hing. Es war eine gewöhnliche Karte des Pferdevolkes, die auf weiches Leder gemalt und weitaus weniger detailgetreu war, als Marnalf es sich gewünscht hätte. Aber die Karte würde dennoch ihren Zweck erfüllen.

Er legte einen Finger auf Merdonan. „Die Orks marschieren. Ich konnte nicht erkennen, wie viele es sind, aber es müssen mehrere Legionen sein, sonst würden sie keinen Angriff wagen. Sie wollen Merdonan einnehmen, und nicht nur das. Ihre Klauen strecken sich auch nach dem Haus des Urbaums aus."

„Dem Haus Deshay?", entfuhr es Lotaras entsetzt.

„So ist es. Ich konnte nicht erkennen, was vor sich geht, aber Euer verschollenes elfisches Haus muss sich ungefähr hier in den versteinerten Wäldern befinden." Marnalf tippte auf eine bestimmte Stelle der Karte. „Hier, in der Nähe der Flussquelle." Sein Blick wurde eindringlich. „Ihr werdet eilen müssen, um das Haus zu finden und es für Euer Volk zu bewahren, Lotaras aus dem Hause Elodarion. So wie die Pferdelords von Merdonan sich nun ebenfalls eilen müssen, um der Gefahr innerhalb der Stadtmauern zu begegnen."

Marnalf richtete sich von der Karte auf und sah die Anwesenden der Reihe nach ernst an. „Das Schicksal Merdonans ist eng mit dem des elfischen Hauses Deshay verbunden. Lotaras,

Ihr müsst es finden." Er sah Bulldemut an. „Und wir, Hoher Lord Bulldemut, müssen das Graue Wesen finden."

„Glaubt mir, Herr Marnalf, ich würde meine Klinge gerne in sein Blut senken. Aber wie sollen wir es erkennen? Hattet Ihr nicht einen Plan?"

Endlich, nach all den sorgenvollen Gedanken, konnte Marnalf wieder lächeln. „Ihr habt nicht zufällig ein Fass zur Hand, Bulldemut, Pferdefürst?"

17

Die vier Legionen sammelten sich am Fuß des Gebirges und begannen sich zu ordnen. Vor ihnen lagen die Weißen Sümpfe, und das trübe Wallen ihrer Nebel mischte sich mit dem dämmerigen Licht, das über dem Land lag. Der Brutmeister gewährte den Kämpfern eine ausgedehnte Ruhepause, damit sie erholt gegen die Menschen vordringen konnten. Die Nebel der Sümpfe lagen dicht über dem Boden, und wenn man einen erhöhten Standpunkt hatte, konnte man über ihren Schwaden einen Streifen Himmel sehen, Blau, mit weiß getupften Wolken. Von fernen Sonnenstrahlen illuminiert, schien der gewaltige Turm der alten Ostwache zu leuchten.

Zwei Rundohren gesellten sich zu Fangschlag, dabei weiter Steine über die Klingen ihrer Schlagschwerter ziehend. „Sobald sich die Nacht über das Land der Menschen senkt, werden wir marschieren, sagt der Brutmeister." Eines der Rundohren blickte nachdenklich in Richtung auf das ferne Merdonan. „Ich habe gehört, wie zwei der Legionsführer darüber sprachen. Wie sind sie so?"

„Hm?" Fangschlag wusste nicht, was der Kämpfer meinte.

„Die Menschenwesen. Ich habe noch nie gegen sie gekämpft", brummte das Rundohr. „Natürlich erzählt man sich so einiges über sie. Stimmt es, dass sie nicht geworfen werden?"

„Nicht so wie wir", bestätigte Fangschlag. „Sie schlüpfen aus ihren Weibern. Klein und noch unfähig zu kämpfen."

„Sie sind schwach", murmelte das andere Rundohr.

„Täuscht euch nicht." Fangschlag grinste und entblößte dabei seine Fänge. „Sie brauchen zwar viele Jahreswenden, bis sie zu Kämpfern heranwachsen, und ein großer Teil ihrer Würfe besteht aus unnützen Weibchen. Aber jene, die zu kämpfen lernen, sind gut darin. Ich weiß es, denn ich habe einige Erfahrungen gesammelt."

Ja, das hatte er. Er war schon mehrfach gegen die Menschenwesen angetreten und hatte es überlebt. Aber viele gute Kämpfer seiner Kohorte waren hingemetzelt worden. Kein Wunder, dass es so viele neue Würflinge in der Legion gab, denn der Brutmeister hatte die Lücken rasch auffüllen müssen.

Fangschlag musterte die beiden Rundohren neben sich, die aus den neuen Würfen stammten und erst vor wenigen Zehntagen aus den Brutbeuteln geschlüpft waren. Sie waren starke und gute Krieger und würden ihre Aufgabe erfüllen. So gut die Menschenkrieger auch kämpfen mochten, ihre Art hatte einen gewaltigen Nachteil gegenüber den Orks. Ein Menschenwesen brauchte Jahre, um zu lernen, doch ein Ork schlüpfte als ausgewachsener Kämpfer aus dem Schleim. Er konnte sprechen und schon nach kurzer Anweisung die Waffen gebrauchen. Selbst die Spitzohren, diese hinterlistigen kleinen Maden, lernten den Umgang mit ihren Bogen und Querbogen äußerst schnell.

„Wir werden gegen das Pferdevolk kämpfen. Ich weiß, ihr habt noch nie ein Pferd gesehen. Es sieht ungefähr so aus wie eine magere Reitbestie mit glattem Fell und ist ebenso schnell. Die Kämpfer der Menschen sitzen auf ihren Rücken und kämpfen von dort mit Lanze, Schwert oder Axt."

Eines der Rundohren grunzte zustimmend. „Die Waffenmeister lehrten uns, ihnen mit den Spießen zu begegnen. Es heißt, ihre Pferde schmecken gut."

„Nicht so gut wie ihre Reiter", knurrte Fangschlag. „Aber diesen Bissen muss man sich erst erarbeiten, und glaubt mir, die Männer auf ihren Pferden werden euch das nicht leicht machen."

„Hast du Angst vor ihnen?"

Die Bewegung war so schnell, dass das Rundohr nicht einmal reagieren konnte. Fangschlags Klauen schlossen sich unterhalb des dicken Helms um den Hals des Kämpfers, und er bleckte seine Fänge. „Ich sollte dir die Eingeweide öffnen, du nutzlose Made. Ich habe keine Furcht vor den Menschen. Aber ich respektiere sie als Kämpfer, und du solltest sie nicht unterschätzen, sonst wirst du sehr schnell zu Futter verarbeitet."

„Schon gut", ächzte das Rundohr und entblößte seine Kehle zum Zeichen der Unterwerfung.

Fangschlag gab den Grünschnabel wieder frei und blickte zum Sumpf hinüber. Zur Zeit des Ersten Bundes hatte hier eine große Schlacht getobt. Legionen von Menschen, Elfen und Orks waren an diesem Ort aufeinandergeprallt. Ihre Kadaver lagen noch immer über die Weißen Sümpfe verstreut, unberührt vom Zahn der Zeit, denn was in den Wassern der Sümpfe ruhte, verfiel nicht.

„Es geht los", sagte das eine Rundohr. „Einohr ruft die Kohorten zusammen."

Fangschlag stieß ein bellendes Lachen aus. „Nicht die Kohorten. Nur ihre Führer, du Made."

Der kräftige Kohortenführer trat gemeinsam mit den anderen Unterführern zu Einohr. Dieser hatte sich auf einen Felsen gestellt, damit seine schmächtige Gestalt die Rundohren überragte. Fangschlag grinste. In der Nähe des Feindes und in Reichweite seiner Pfeile würde Einohr so etwas bestimmt nicht wagen.

Er kannte die Menschenkämpfer, und er kannte Einohr.

Fangschlag wusste: Je näher sie den Menschenwesen kamen, desto feuchter würden Einohrs Beinkleider werden. Er hingegen freute sich schon auf den Kampf. Es galt Rache zu nehmen für so viele erschlagene Rundohren seiner Kohorte, und Merdonan würde nur der Anfang sein.

„Der Brutmeister sagt, wir müssen noch warten." Einohr stemmte die Arme in die Hüften. „Hinter uns marschieren noch weitere Legionen heran."

„Es ist jetzt schon eng am Rand des Sumpfes", rief Fangschlag spöttisch. „Wir haben hier keinen Platz für weitere Legionen. Sollen sie herkommen, wenn wir auf dem Marsch sind."

„Keine Sorge, Fangschlag", zischte Einohr. „Du wirst schon noch zu deinem Kampf und deinem Bissen kommen. Aber noch müssen wir uns gedulden. Der Brutmeister sagt, es sei wichtig, auf die anderen Legionen zu warten, denn sie bringen etwas mit, das uns helfen wird, die Menschenwesen abzuschlachten."

„Ich habe mein Schlagschwert, mehr brauche ich nicht", rief ein anderer Kohortenführer erregt. „Lasst uns losziehen und Menschen schlachten. Das Warten geht mir auf die Nerven, und mein Schlagschwert rostet ein."

„Willst du dich dem Brutmeister widersetzen, du stinkende Made?", fauchte Einohr. „Soll ich ihn rufen, damit du dein Maul ein letztes Mal aufreißen kannst, bevor er es dir endgültig stopft?"

Vor Einohr empfand kein Rundohr Furcht. Aber der Brutmeister war etwas anderes. Dennoch steckte der Kohortenführer nicht einfach zurück. „Was sollen weitere Legionen, wenn unsere vier schon vollauf reichen? Es heißt, Merdonan sei schwach. Lasst es uns endlich niederbrennen!"

Zustimmendes Gebrüll erhob sich, und Fangschlag stimmte begeistert ein.

Einohrs verbliebenes Ohr zuckte einen Moment nervös. „Sie bringen eine Waffe mit."

„Was für eine Waffe soll das sein?", rief Fangschlag spöttisch.

Die Antwort verblüffte ihn ebenso wie die anderen Kohortenführer.

18

Die Menschen von Merdonan waren verunsichert. Unheimliche Dinge geschahen in ihrer Stadt, dann tauchten auch noch elfische Krieger auf, von denen aber die meisten unter ihrem Anführer Lotaras unverrichteter Dinge wieder abmarschierten. Doch die elfische Frau und zwanzig ihrer Bogenschützen waren zurückgeblieben und hatten sich auf das flache Dach des dreigeschossigen Hauses des Pferdefürsten begeben. Es war mit einer niedrigen Brüstung versehen, an der entlang nun die elfischen Kämpfer standen und mit stoischen Mienen auf den Platz hinuntersahen.

Pferdefürst Bulldemut hatte eine wichtige Rede angekündigt und die Menschen Merdonans dazu aufgerufen, sich auf dem großen Platz vor seinem Haus zu versammeln. Die Kinder der Stadt sollten sich auf einem gesonderten Bereich des Platzes zusammenfinden. Voll gerüstete Schwertmänner schritten nun mit ernsten Gesichtern durch die Straßen und Gassen und forderten die letzten Säumigen auf, sich zum großen Platz zu begeben.

„Was soll der Aufruhr?“, nörgelte eine stämmige Frau, die mit zwei kleinen Kindern an den Händen das Haus verließ. Wütend sah sie die beiden Schwertmänner der Wache an. „Ich habe Besseres zu tun, als auf dem Platz herumzustehen. Seht ihr nicht, dass meine süßen Kleinen Hunger haben? Und mein guter Mann wird gleich aus seiner Schmiede kommen und ebenfalls nach einem Mahl verlangen.“

„Es ist die Weisung des Hohen Lords, gute Frau“, sagte eine der Wachen beschwichtigend, „und so müsst Ihr sie befol-

gen. Zudem wird sich Euer Gemahl auch am Platz einfinden."
„Dann kann er mir ja später sagen, was der Pferdefürst mitzuteilen hatte." Die Frau schüttelte genervt eines der quengelnden Kinder. „Das Fleisch wird verbrennen und die Suppe eintrocknen, Ihr Herren Schwertmänner."

„Die Weisung des Hohen Lords lässt keine Ausnahme zu", sagte der langsam ungeduldig werdende Mann. „Jeder Bewohner Merdonans, gleich welchen Alters oder Geschlechts, hat sich auf dem großen Platz vor der Ostwache einzufinden."

Die Frau seufzte. „Dann lasst mich wenigstens das Feuer löschen, sonst wird mir das ganze gute Essen ungenießbar."

Sie drückte einer der verdutzten Wachen die Kinder in die Hände und trat ins Haus zurück. Der Schwertmann versuchte die Kleinen im Zaum zu halten und sah seinen Kameraden auffordernd an. „Rasch, folge ihr. Du kennst die Weisung Mors."

Der andere folgte der Frau, die ihn verwundert ansah, als er sie beim Löschen der Kochstelle beobachtete.

Schließlich ging sie grummelnd mit ihren Kindern zum großen Platz hinüber, während die beiden Schwertmänner weiterzogen und sorgsam in die restlichen Häuser der Straße blickten. Alle Wachen der Stadt überprüften, ob jemand in seinem Heim zurückgeblieben war, bevor sie den Bewohnern dann langsam zum Versammlungsort folgten.

Der große Platz füllte sich zunehmend, denn mehrere Tausend Menschen lebten in Merdonan. Es kam gelegentlich vor, dass der Pferdefürst eine Ansprache an die Bewohner der Stadt hielt, um wichtige Entscheidungen zu verkünden oder, wenn es erforderlich war, um öffentlich Gericht zu halten. Die Menschen wussten, dass etwas vor sich ging, und waren gleichermaßen besorgt und neugierig, als sie nun den Pferdefürsten in Begleitung des fremden Heilers vor dem Portal seines

Hauses stehen sahen. Viele hatten den Fremden schon gesehen, ihm aber keine große Beachtung geschenkt, denn wandernde Heiler waren nicht ungewöhnlich. Dass dieser hier nun an der Seite des Pferdefürsten stand, ließ ihn als etwas Besonderes erscheinen.

Die Schwertmänner der Ostmark traten als Letzte auf den großen Platz und umgaben die Menge nun wie ein stählerner Ring. Der Erste Schwertmann Mor schob sich durch die Wartenden hindurch und trat vor den Pferdefürsten.

„Bis auf die Wachen auf den Wällen und Türmen müssten nun alle versammelt sein, mein Hoher Lord."

Marnalf antwortete an Bulldemuts Stelle. „Seid Ihr Euch sicher, Hoher Herr Mor?"

Der Erste Schwertmann zuckte die Achseln. „Die Stadt bietet viele Verstecke, und es gab nicht viel Zeit, sie alle abzusuchen."

„Nun, es muss reichen", brummte Bulldemut. „Immerhin weiß die Bestie nicht, was Ihr Euch habt einfallen lassen, guter Grauer Marnalf. Sie wird wohl schwerlich einen Grund ausmachen, sich zu verstecken."

„Wir werden sehen", seufzte Marnalf. „Wir werden sehen."

Wenigstens konnte sich das Graue Wesen nicht in ein Kind verwandeln. Die Masse des Körpers ließ sich nicht verändern, und daher musste das Opfer, zumindest ungefähr, den Körpermaßen der Bestie entsprechen.

Bulldemut trat einen Schritt vor und hob die Hand. „Männer und Frauen Merdonans, Gefahr droht unserer Stadt und den Marken des Pferdevolkes!"

Das Raunen in der Menge verstummte und machte gespannter Erwartung Platz. Alle Gesichter waren nun dem Pferdefürsten zugewandt, und kaum einer beobachtete noch die elfischen Krieger hoch über ihnen auf dem Dach, die selbst jedoch ebenso wie die Schwertmänner aufmerksam die Menschen betrachteten.

„Ein Angriff der Orks auf Merdonan steht uns bevor, doch das ist nicht die einzige Gefahr, die uns bedroht. Der Schwarze Lord hat eines seiner unheimlichen Grauen Wesen in unsere Mitte entsandt."

Gemurmel erhob sich, und die Menschen tauschten ungläubige und ängstliche Blicke aus. Die wenigsten fürchteten sich vor einem Angriff der Orks, denn Merdonan und seine Verteidiger waren stark, aber die geheimnisvollen Kräfte eines Zauberers waren eine ganz andere Sache.

„Diese Graue Bestie vermag es, ihre Gestalt zu wandeln und das Gesicht eines braven Menschen aus Merdonan anzunehmen, aber ...", Bulldemut hob seine Stimme, um das Raunen zu übertönen, „... aber wir haben einen Weg gefunden, die Bestie in unserer Mitte zu finden und sie zu töten!"

Die Blicke der Bewaffneten glitten suchend über die versammelten Menschen und achteten darauf, ob einer von ihnen versuchte, sich heimlich vom Platz zu schleichen.

„Hört zu, Ihr Männer und Frauen von Merdonan! Hört mich an!" Bulldemut hob beide Hände und wartete, bis wieder Ruhe einkehrte. „Die Bestie vermag ihre Gestalt zu wandeln, doch sie verliert diese Fähigkeit für einen kurzen Augenblick, wenn der Schmerz sie überwältigt. Ihr werdet Euch nun gegenseitig kneifen, und zwar ordentlich. Dabei achtet Ihr darauf, ob einer von Euch sich wandelt! Tut es jetzt!"

Unsicherheit breitete sich aus. Einige kniffen halbherzig ihre Nachbarn, Knüffe wurden ausgetauscht, und an einer Stelle entstand Gerangel, als ein Mann sich wehrte. Sofort entwickelte sich Unruhe, ja Panik dort. Schreie wurden laut, die

Bestie sei unter ihnen, während sich beherzte Männer auf den Widerspenstigen warfen und andere Menschen aus seiner Nähe zu fliehen versuchten.

Marnalf achtete nicht auf den Tumult. Aus den Augenwinkeln nahm er eine verdächtige Bewegung wahr. Er blickte hinüber und sah einen jungen Mann, der verstohlen in die hinteren Reihen der Menge zurückwich. Es war jener Mann, den er gesucht hatte.

Wahrscheinlich spürte das Graue Wesen Marnalfs Blicke, denn es sah ihn kurz an, lächelte spöttisch und verstärkte dann seine Bemühungen, aus der Menge zu entkommen. Nur zwei Schwertmänner versperrten ihm den Weg zu den rettenden Häusern hinüber.

„Haltet ihn", brüllte Marnalf und wies in die Richtung des Fliehenden. „Lasst ihn nicht entkommen!"

Die beiden Schwertmänner wussten noch nicht genau, wen Marnalf meinte, und bevor sie ihr Ziel erkannten, schleuderte eine unsichtbare Gewalt die unglücklichen Männer gegen die Hausfassaden und zerschmetterte ihre Leiber. Der Weg für die Bestie war frei, denn lange schon bevor die anderen Wachen nachrücken konnten, hätte sie die Deckung zwischen den Häusern erreicht.

Dann ertönte über Marnalf ein knappes elfisches Kommando, und die Bestie schien ihre Schritte beschleunigen zu wollen, als ein ganzer Schwarm Pfeile vom Dach herabstieß und in ihren Rücken schlug. Das Graue Wesen stolperte, streckte die Arme nach den rettenden Häusern aus und stürzte dann haltlos vornüber.

Schwertmänner hasteten mit gezogenen Klingen heran, doch die Bestie war bereits tot.

Marnalf stieß ein erleichtertes Ächzen aus.

Mor rannte indes die Stufen herab, drängte sich rücksichtslos durch die Menge zu jener Stelle vor, an der der widerspenstige Mann inzwischen am Boden lag und von den Hieben und Tritten anderer getroffen wurde. „Hört auf, ihr Narren“, schrie der Erste Schwertmann erregt. „Und beruhigt euch, er ist keine Bestie.“

Mor musste einige Männer mit Hieben und Knüffen von dem Gestürzten zerren, und schließlich kamen drei Schwertmänner herbei und halfen ihm, die erregten Gemüter zu beruhigen. Der Mann am Boden war erheblich verletzt und für jeden ersichtlich keine Bestie, sondern ein ganz normaler Mensch.

„Spart eure Kräfte für die Orks, die noch kommen werden“, knurrte Mor grimmig. „Und bringt den armen Mann zu Baralf, dem Heiler.“

Verlegenheit machte sich breit, und einige trugen den Bewusstlosen vom Platz. Die Menge war verunsichert und aufgeregt, ebenso wie der Pferdefürst Bulldemut.

„Ah, wir haben die Bestie“, stieß er grimmig hervor und schlug sich begeistert in die offene Hand. „Wir haben sie abgeschlachtet.“

„Ich hoffe, es war nur eine Bestie in der Stadt“, schränkte Marnalf ein. „Immerhin war es die, die ich gesehen habe. Die Chancen stehen also gut, dass sich kein solches Wesen mehr unter uns befindet, und wenn doch, wird es sich nun wohl bedeckt halten.“

Bulldemut nickte zufrieden. „Jedenfalls wissen wir jetzt, wie wir sie erkennen können. Wahrhaftig, Grauer Marnalf, lieber ein paar rote Backen und Blessuren als noch einen weiteren unerkannten Zauberer unter uns. Vielleicht sollten wir sicherheitshalber ...“

Er verstummte, wie auch das Raunen der Menge sich legte.

Erneut war der Klang eines Horns über Merdonan zu hören. Aber diesmal ertönte es hoch über ihnen von der Plattform der alten Ostwache.

Marnalf zuckte die Schultern. „Diesmal ist es kein elfisches Horn, Bulldemut, Pferdefürst, und ich denke auch nicht, dass es freundlichen Besuch ankündigt."

19

Es regnete. Allerdings war es keiner der schweren Regenstürme, die oft über die unteren Marken des Pferdevolkes hereinbrachen, sondern einer jener milden Regenschauer, die Land und Bewohner gleichermaßen erfrischten. Nedeam genoss diese Abkühlung und hatte sich unwillkürlich nach dem typischen Regenbogen umgesehen, der bei diesen Gelegenheiten immer am Himmel stand.

Als er ihn fand, wandte er sich im Sattel zur Seite und sah Olruk an, der neben ihm mit verkniffenem Gesicht auf Sturmwind ritt. „Die Legenden sagen, die farbigen Bögen zeigen den Sterbenden das Tor zu den Goldenen Wolken."

Olruk verzog das Gesicht und folgte mit dem Blick Nedeams Hand. „Ah, das Kristalllicht." Er lächelte. „Unsere Legenden besagen, dass sich dort, wo es das Land berührt, reiche Vorkommen an Erzen und Kristall finden."

Nedeam grinste. „So hat wohl ein jedes Volk seine eigenen Legenden."

Olruk nickte. „Wenn ich mich dereinst auf den Weg zu den Großen Vorfahren begebe, so wird es jedenfalls nicht auf dem Rücken eines Pferdes geschehen. Ich muss gestehen, es schmerzt ein wenig."

Nedeam sah den kleinen Mann mitfühlend an. „Ihr seid auch noch nicht oft und weit geritten, guter Herr Olruk. Da kann der Sattel die Schenkel wund reiben."

„Nun, es sind nicht die Schenkel, die mir Kummer bereiten."

„Ah." Nedeam lachte freundlich. Wenn wir nachher eine

Rast einlegen, werde ich Euch etwas von der Pferdesalbe geben."

„Pferdesalbe?"

„Oh, sie mag ein wenig streng riechen und brennen, aber sie hilft gegen Entzündungen aller Art." Nedeam wandte den Blick vom Regenbogen ab und schaute nach Osten. „Sie ist sehr fettig und wird Eurem Hintern etwas Linderung verschaffen." Nedeams gute Stimmung schwand, als er die dunklen Wolkenbänke im Osten bemerkte. „Seht Ihr diese Wolken, guter Herr Olruk?"

„Wir alle sehen sie", ertönte Tasmunds Stimme hinter ihnen. Der Erste Schwertmann trieb sein Pferd neben die beiden und wies nach vorne. „Sie werden immer dichter und ziehen sich zusammen. Das ist kein Gewittersturm, sage ich Euch, und auch kein Blitzsturm. Dort braut sich anderes Unheil zusammen."

Sie waren nur eine kleine Gruppe von fünfzehn Pferdelords und einem Axtschläger der Zwerge. Tasmund und Dorkemunt hatten die Männer sorgfältig ausgewählt; sie alle waren bewährte und unerschrockene Kämpfer des Pferdevolkes. Entgegen seinen Vorlieben hatte Tasmund bei der Auswahl Wert auf gute Bogenschützen und Axtkämpfer gelegt. „Als Schwertmann bevorzuge ich eigentlich Lanze und Schwert", hatte er eingeräumt, „und den Angriff zu Pferd, der uns rasch in die Reihen des Feindes trägt. Aber diesmal werden wir wohl in den versteinerten Wald vordringen, und da nutzen uns die Pferde wenig."

Nicht einmal einen Berittwimpel führten sie mit sich, obwohl ansonsten selbst die kleinste Schar einen trug. Doch hier knatterte kein grünes Tuch über ihren Köpfen. Nur die langen grünen Umhänge und die ebenfalls grünen Rundschilde wiesen sie als Pferdelords aus, denn ihre übrigen Waffen und Rüstungen waren uneinheitlich.

Tasmund trug den blauen Rosshaarschweif der Schwertmänner von Garodems Hochmark, die meisten anderen Männer hingegen hatten einfache Kuppelhelme mit individuellem Zierrat. Tasmund führte Lanze und Schwert, Nedeam zusätzlich seinen geliebten Bogen. Dorkemunt indes vertraute auf seine gewaltige zweischneidige Streitaxt und der Zwergenkämpfer Olruk auf seine beiden kleineren Äxte, die er in ihren Futteralen auf dem Rücken trug. Die anderen Reiter führten Bogen oder Axt und obendrein ein Schwert. „Wir werden womöglich mitten im Wald kämpfen müssen“, hatte Tasmund verkündet, „wo wenig Raum für Pfeil und Bogen ist. Jeder Mann wird daher eine Klinge führen, oder er bleibt daheim.“

Egonem war ein fähiger Axtkämpfer aus Eternas, der normalerweise Bäume fällte, seine Klinge jedoch auch in einen Orkschädel zu treiben verstand. Malenan und Maredas waren Vater und Sohn und hatten ihr Gehöft verlassen, um sich Tasmunds Aufruf anzuschließen. Sie bevorzugten ebenfalls Axt und Bogen. In der Gruppe ritt auch Mortwin, ein Schwertmann, der gleichermaßen für seine Fähigkeiten im Kampf wie für seine Nörgeleien bekannt war.

Eine Truppe ausgewählter Kämpfer also, und Tasmund war stolz auf jeden Einzelnen von ihnen. Natürlich hätte er sich wohler gefühlt, einen vollen Beritt seiner Schwertmänner hinter sich zu wissen, doch diese Mission führte sie weit aus der Hochmark heraus, und es hätte Aufmerksamkeit erregt, wenn eine Streifschar der anderen Marken sie entdeckt hätte. Einem kleinen Trupp der Nordmark waren sie bei Eodan begegnet, und eine Weile hatten sie miteinander geplaudert. Die Männer hatten Olruk neugierig gemustert. Seine Anwesenheit erwies sich für die Schar aus der Hochmark nun als Glücksfall, denn sie lieferte ihnen einen guten Grund für den ungewöhnlichen Ritt.

„Der gute Herr Zwerg will ein wenig von den Marken des Pferdevolkes sehen", hatte Dorkemunt breit grinsend erklärt, „und so begleiten wir den guten Herrn auf seinem Ritt."

Inzwischen hatten sie die Grenze zur Ostmark überschritten und bewegten sich entlang dem versteinerten Wald.

„Ich habe oft davon gehört", bekannte Malenan erschaudernd. „Aber ich habe nicht geahnt, wie riesig er ist. Er muss so groß wie eine unserer Marken sein."

Sein Vater Maredas schnäuzte sich und säuberte seine Finger an seinem grünen Umhang. „Noch größer, mein Sohn. Noch viel größer."

Eigentlich war seine Ausdehnung kaum abzuschätzen. Es mochte sich um einen einzelnen Wald oder um die lockere Zusammenballung von vielen handeln. Sein Rand jedenfalls verlief nicht gerade, sondern öffnete sich gelegentlich zu weiten Lichtungen. Die Bäume standen am Rand weit auseinander, um sich dann zum Waldesinnern hin immer weiter zu verdichten. So zog sich das Gebiet Tausendlänge um Tausendlänge an der Nordgrenze der Ostmark entlang, und auch der Norden der Nordmark wurde größtenteils von ihm bedeckt.

„Was haltet Ihr von einer Rast, Hoher Herr Tasmund?", erklang Mortwins Stimme aus der Schar. „Mir scheint, dem guten Herrn Olruk macht sein verlängerter Rücken zu schaffen."

Tasmund wandte sich nicht um und blickte weiter auf die Düsternis im Osten. „Es zieht sich über Merdonan zusammen. Das gefällt mir immer weniger."

„Vielleicht sind die Elfen schon längst in diesem verwunschenen grünen Dickicht verschwunden", meinte Mortwin. „Wir, ich meine, der gute Herr Olruk reitet sich hier den Hintern wund, während wir vielleicht schon längst an unseren Freunden mit den spitzen Ohren vorüber sind." Der Schwertmann wies zum Wald hinüber. „Und da drin werden wir sie niemals finden."

Tasmund runzelte die Stirn. „In einem Zehnteltag machen wir Halt, Ihr Pferdelords. Dann müssten wir auch den Turm von Merdonan sehen können." Er wandte sich im Sattel um. „Wir sind rasch geritten, und ich denke nicht, dass die Elfen schon in den Versteinerten Wald vorgedrungen sind. Sie wollten zunächst nach Merdonan reisen, und so schnell die elfischen Füße auch sein mögen, unsere Pferde sind noch schneller. Nein, wir werden sie nicht verpassen."

Einen knappen Zehnteltag später erreichten sie eine sanfte Hügelkuppe mit einem Wasserloch, und Tasmund hob den Arm, um die Schar anzuhalten.

Nedeam betrachtete mitfühlend den kleinen Herrn Olruk. Selbst für die erfahrenen Pferdelords war es ein ungewöhnlich langer und scharfer Ritt gewesen, und auch Nedeam spürte seine Glieder. Wie musste es da erst dem guten Herrn Zwerg ergehen?

Dorkemunt ließ sich leise seufzend aus dem Sattel gleiten und gab seinem Wallach die Zügel frei. Sturmwind war das einzige Pferd, das nicht frei grasen durfte. Die anderen waren alle ausgebildet und entfernten sich nicht weit, sodass ein Pfiff ihrer Besitzer sie rasch zurückrufen würde. Sturmwind hingegen musste es hinnehmen, dass Dorkemunt ihm die Vorderläufe mit einem Lederriemen fesselte. So konnte das Pferd zwar grasen, aber nur kleine Schritte machen und notfalls rasch eingeholt werden.

Als er fertig war, richtete sich Dorkemunt ächzend auf und schlug dem Pferd freundlich an die Flanke. „Nedeam, mein

Freund, falls der gute Herr Olruk noch etwas von der Pferdesalbe übrig lässt, könnte auch mein armer Rücken ein wenig davon vertragen. Ich fürchte, allmählich komme ich in ein Alter, in dem mir das Besteigen von Pferd und Weib mehr Mühsal als Freude bereitet."

„Ein wenig Blor könnte Euer Unbehagen rasch lindern", versicherte Olruk betrübt, „doch hier werden wir uns wohl mit der Salbe begnügen müssen."

Zwei Männer traten als Wache auf die Hügelkuppe, während die anderen sich niederließen und, nachdem die Pferde sich nun selbst versorgten, sich um ihre eigenen Bedürfnisse kümmerten. Die Provianttaschen wurden geöffnet, Brot, Käse und Trockenfleisch geteilt.

Olruk kaute behaglich auf einem der Fleischstreifen herum, die zunächst hart waren und erst unter der Einwirkung des Speichels weich wurden. „Das ist gut."

Dorkemunt grinste erfreut. „Ein Rezept meines Vaters, die Goldenen Wolken mögen ihm einen erfolgreichen Ritt gewähren. Ich schneide das Fleisch in schmale Streifen, etwa einen Finger dick und eine Hand lang. Dann lege ich es in eine Würze aus Wildkräutern, etwas Gerstensaft und Salz. Das Ganze muss dann eine Tageswende ziehen. Danach ziehe ich die gewürzten Fleischstreifen über einen Lederriemen. Man muss darauf achten, dass sie einander nicht berühren und Luft zwischen ihnen ist. Dann kommen sie zum Trocknen in die Räucherkammer." Dorkemunt nahm sich selbst einen Streifen aus dem Proviant. „Das Feuer dient nicht eigentlich zum Trocknen, guter Herr Olruk, eher dem Geschmack. Ich nehme etwas feuchtes Weißbaumholz, damit es gut raucht."

„Grünholz ist besser", warf Malenan ein.

„Unsinn." Dorkemunt winkte entrüstet ab. „Damit lässt

sich ein Gehöft heizen, aber kein ordentliches Trockenfleisch herstellen."

„Ich nehme Dungfladen", meldete sich ein anderer Pferdelord. „Die findet man überall, und man muss nicht erst Holz schlagen. Wollt Ihr einmal kosten?"

Dorkemunt verzichtete darauf, aber Olruk langte dankbar zu und kaute nachdenklich auf dem anderen Fleischstreifen.

„Weißholz", meinte der Zwerg schließlich, und Dorkemunt grinste erfreut, während der andere Pferdelord ein wenig beleidigt die Schultern zuckte.

„Es muss lange hängen, wenigstens zwei Zehntage, damit es richtig durchtrocknet", fuhr der kleinwüchsige Pferdelord fort. „Hängt natürlich auch ein wenig vom Wetter ab."

Eine der Wachen wandte sich ihnen zu. „Die Elfen kommen. Ich sehe eine Kolonne, und über ihr weht das Lilienbanner des Hauses Elodarion."

Sie erhoben sich und traten auf die Hügelkuppe, um der Formation entgegenzusehen, die sich von Merdonan her naherte. Lotaras runzelte überrascht die Stirn, als er seine Freunde aus der Hochmark erkannte.

Tasmund indes lächelte den Elfen an. „Nehmt es uns nicht übel, Lotaras, aus dem Hause Elodarion. Wir alle sind in Sorge um Euer Vorhaben. Zudem ist es der Wunsch unseres Pferdefürsten Garodem, Euch beiseitezustehen."

Lotaras nickte nach kurzem Zögern. „Es ist nicht üblich, Hoher Herr Tasmund. Aber ich könnte Euch und die anderen Herren der Hochmark wohl schwerlich daran hindern, den gleichen Weg zu nehmen wie wir, nicht wahr?"

Dorkemunt und Nedeam traten lächelnd neben Tasmund. „Seht, Hoher Herr Lotaras, einst habt Ihr mit Eurem Bogen der Hochmark beigestanden. Es wäre nicht recht, wenn unsere Schilde und Lanzen Euch nun nicht den gleichen Dienst böten."

„Ja, so kann man es wohl sehen." Lotaras lachte leise. „In jedem Fall danke ich Euch für Euer Angebot und nehme es gerne an."

Tasmund seufzte erleichtert. Nedeam bemerkte erneut, wie freimütig ihr Freund Lotaras seine Gefühle zeigte, wohingegen die anderen elfischen Männer ihr Gesicht niemals verzogen. Vielleicht hing dies mit Lotaras' Jugend zusammen, oder die elfischen Bogen hatten irgendein merkwürdiges Gelübde abgelegt.

„Seltsame Burschen sind das, diese Elfen", knurrte Mortwin. „Man fragt sich wirklich, ob Leben in ihnen ist. Stehen wie die Statuen herum."

„Warte, bis sie einen Feind erblicken", erwiderte Dorkemunt. „Dann kannst du sehen, wie sehr sie leben. Es gibt keine besseren Kämpfer mit Klinge oder Bogen." Der alte Pferdelord grinste. „Außer ein paar Pferdelords, versteht sich."

„Aber diesmal werden wir ohne unsere Pferde kämpfen", schaltete sich Tasmund ein. „Sie werden uns im Wald nur behindern, daher müssen wir sie zurücklassen."

„Das gefällt mir nicht." Mortwin verschloss seine Provianttasche und seufzte schwer.

„Das gefällt keinem von uns", stimmte Tasmund zu. „Aber wir werden in den dichten Wald vordringen, und dort sind die Pferde nicht von Nutzen. Wir werden sie am besten hier zurücklassen. Sie sind gut trainiert und werden nicht fortlaufen."

Nedeam behagte es nicht, Stirnfleck zurückzulassen, aber Tasmund hatte wohl recht. Als er vor einigen Jahreswenden nach Eodan geritten war und dabei einen Wald hatte durchqueren müssen, hatte er festgestellt, dass dies auf dem Rücken eines Pferdes nicht ganz einfach war. Einmal hatte er nicht richtig auf den Weg geachtet und war sogleich von einem Ast aus dem Sattel geschlagen worden. Nein, zu Fuß konnte man sich unauffälliger im Wald bewegen.

„Macht Euch bereit, Ihr Pferdelords“, befahl Tasmund. „Wir wollen aufbrechen, solange wir noch etwas Licht haben.“

Die Männer beließen die Sättel auf den Pferden und lockerten lediglich die Gurte. Neben ihren Waffen und den Schilden mussten sie Wasser und Nahrung mit sich führen, und Nedeam und die anderen Bogenschützen hatten zudem noch ihre Pfeilköcher zu tragen. Tasmund überblickte die kleine Schar. „Teilt die Sachen auf. Ich will, dass jeder zweite Mann die Hände frei zum Kampf hat.“

Mortwin stieß ein missbilligendes Grunzen aus, aber er fügte sich den Gegebenheiten. Sie wussten nicht, welche Gefahren auf sie lauerten, und mussten jederzeit darauf vorbereitet sein, auf einen Angriff zu reagieren. Der Pferdelord musterte den Waldrand. „Sicher gibt es dort Pelzbeißer und anderes Raubzeug.“

„Und jede Menge Flugstecher“, stimmte Nedeam spöttisch zu.

„Ach, was mir Sorge macht, sind nicht die Feinde, die ich sehen kann“, meinte Dorkemunt. „Was lebt, kann man töten. Mir behagen die Zauber nicht, die über den versteinerten Wäldern liegen.“

„Ah, Ihr guten Herren Pferdelords“, meldete sich Olruk zu Wort. „Bevor wir uns den Mächten des versteinerten Waldes stellen … Seid so gut, und gebt mir zuvor noch etwas von der Pferdesalbe.“

Dorkemunt räusperte sich und sah seinen Freund Nedeam an. „Und der gute Herr Zwerg möge auch etwas davon für mich übrig lassen.“

20

Bulldemut wollte sich selbst ein Bild machen und hastete, so schnell er konnte, die steinernen Stufen der alten Ostwache hinauf, gefolgt von Marnalf und zwei Schwertmännern der Wache, während der Erste Schwertmann Mor unten am Platz noch seine Kommandos gab.

Der Feind näherte sich Merdonan, doch da dieser Gegner nicht über die unheimlichen Kräfte eines Grauen Wesens verfügte, legte sich die Unruhe unter den Bewohnern der Stadt und wich der gewohnten Entschlossenheit des Pferdevolkes.

„Der erste und zweite Beritt auf die Mauern", befahl Mor. „Die Bogenschützen sollen sich rüsten und die Pfeile bereithalten. Du da, nimm ein paar Mann und sorge dafür, dass die Schmiede und Schreiner genug Pfeile bereithalten. Baralf soll seine Sachen richten, es wird bald Arbeit für ihn geben."

Mor winkte einen Scharführer heran. „Die Katapulte an der Ostmauer sollen sich vorbereiten. Feuerkugeln und Steine. Und schafft Wasser auf die Wehrgänge."

Es schien unendlich viel zu tun zu geben, aber den Verteidigungsfall kannten die Menschen des Pferdevolkes, und so waren sie vorbereitet.

Während zwei der drei Beritte der Schwertmänner über die breiten Aufgänge zu den überdachten Wehrgängen hinaufeilten, sattelten die Männer des dritten Beritts die Pferde, falls sie einen Ausfall machen mussten. Andere rannten zu ihren Häusern, um ihre Rüstungen und Waffen zu holen, und in den Schmieden wurden die Körbe mit fertigen Pfeilen und Reservewaffen an Helfer gereicht, die sie hastig hinauf auf die Wehrgänge trugen. Frauen füllten die Löschwasserbehälter der Häuser nach und trugen weitere zu den Wehranlagen, sie zogen die Kinder in den Schutz der Häuser oder brachten, für den äußersten Notfall, Vorräte zum wehrhaften Haus des Pferdefürsten.

Das Haupttor blieb noch offen, doch die Männer legten bereits massive Balken zurecht, um es notfalls verstärken zu können. Neben den Katapulten auf der Wehrmauer wurden Becken mit Brennstein entzündet, damit Brandpfeile und Feuerkugeln abgeschossen werden konnten.

Die Elfin Leoryn richtete im Haus des Pferdefürsten eine zweite Heilerstube ein, während die elfischen Bogenschützen die Körbe mit Pfeilen sichteten, die man auf das Dach des Amtssitzes hinaufbrachte. Nicht alle Pfeile genügten den Ansprüchen der Elfen, zumal sie für ihre Langbogen solche mit längeren Schäften benötigten.

Bulldemut und Marnalf erreichten mit ihren Begleitern schließlich die Plattform des Turms, von wo aus die beiden Wachen nach Osten starrten. Düsternis hing über dem Gebirge, und die Nebel der Weißen Sümpfe wallten dicht und schwer über dem Boden.

Bulldemut knurrte heiser. „Wo ist der Feind? Ich kann ihn nicht sehen."

Der Wachführer wies in den Nebel hinein. „Für einen Moment riss der Schleier auseinander, Hoher Lord. Ich sah die Rüstungen im Sonnenlicht aufblitzen und wenigstens eines ihrer schwarzen Banner."

Der Pferdefürst nickte bedächtig. „Nun, ich kenne die Schärfe Eurer Augen, sie werden Euch nicht getäuscht haben. Der Sumpf zwingt die Orks, sich langsam zu bewegen, und sie werden eine Weile brauchen, um ihn zu durchqueren. Wir können die Katapulte schon einsetzen, wenn sie seinen Rand noch nicht einmal erreicht haben. Wir werden sie arg rupfen, bevor sie überhaupt festen Boden unter den Füßen haben und sich zum Kampf formieren können."

„Es sind mindestens vier Legionen", erinnerte Marnalf den Pferdefürsten.

Bulldemut nickte. „Ich habe Eure Worte nicht vergessen, Grauer Herr Marnalf. Noch ist Zeit, und ich werde Reiter entsenden, welche die Weiler und Gehöfte benachrichtigen und die Losung geben. Die Alten, die Frauen und die Kinder sollen sich nach Eodan begeben, in die Nordmark. Die Pferdelords hingegen werden sich hier, in Merdonan, sammeln und dem Feind entgegentreten." Bulldemut lachte leise. „Nein, guter Grauer Marnalf, vier Legionen sind nicht genug, Merdonans Pferdelords zu bezwingen." Er warf einen Blick auf den vorbereiteten Stapel des Signalfeuers. „Wir werden das Feuer der Ostwache nicht entzünden müssen."

21

Verinya hatte sich auf Helemunts Gehöft einfach nicht wohlgefühlt. Es hatte nicht an der Arbeit gelegen, die täglich zu verrichten war. Es war das Gefühl der Einsamkeit gewesen, das sie erfasste, sobald ihr Mann für längere Zeit draußen auf der Jagd war, und die Sorge darum, ob er gesund heimkehren würde. Vor allem Letzteres hatte sie innerlich aufgezehrt, auch wenn sie stets versucht hatte, es vor ihm zu verbergen. Oft hatte sie sich gefragt, was wohl wäre, wenn er von einem wilden Hornvieh aufgespießt oder einem Pelzbeißer angefallen wurde und verletzt und hilflos in der Wildnis lag, darauf hoffend, dass jemand ihm zu Hilfe kam. Sie hätte nicht einmal gewusst, wo sie ihn hätte suchen sollen, und sie verstand sich nicht aufs Spurenlesen. Jetzt, in Merdonan, hatte die junge Frau die Gewissheit, dass Helemunt Nacht für Nacht leise an ihrer Seite schnarchen würde. Nein, die mühsame Arbeit des Dungschleppens störte sie nicht, solange sie den geliebten Mann an ihrer Seite wusste.

Doch jetzt, mit einem Mal, war dieses Gefühl der Sicherheit zerstört.

Orks standen vor der Stadt!

Helemunt saß auf dem Schemel am Stubentisch, und seine Finger glitten prüfend über seinen Jagdbogen. Draußen auf der Gasse ertönten Stimmen und eilige Schritte, als Männer und Frauen nach Hause eilten, um sich auf die Schlacht vorzubereiten. Auf dem Tisch lag der Köcher mit Helemunts Jagdpfeilen, aber der alte Wennemunt, der in die Stube gekommen war, klopfte nur missmutig mit seinem Stock gegen die Schäfte und schüttelte den Kopf.

„Die könnt Ihr hierlassen, Helemunt. Das sind Jagdpfeile, die taugen nicht für den Kampf gegen Orks. Seht Euch die Stellung der Spitze relativ zur Kerbe an. Sie verlässt den Bogen senkrecht. Gut für Wild zwar, dessen Rippen ebenfalls senkrecht verlaufen. Doch die der Bestien sind waagrecht, so wie die unseren." Wennemunt lächelte kalt. „Lasst Euch auf dem Wehrgang andere Pfeile geben. Dort gibt es reichlich Vorrat."

Verinya sah die beiden Männer besorgt an. „Glaubt Ihr, sie werden über die Mauer gelangen?"

Sie hatte die Worte an niemand Bestimmten gerichtet. Helemunt schüttelte sofort den Kopf, aber der alte Wennemunt zuckte die Schultern. „Ich will Euch nichts vormachen, gute Frau Verinya. Ich bin ein alter Pferdelord, viel zu alt schon für den Sattel, und vermag weder Schwert noch Lanze mehr zu benutzen. Nur der Stock ist mir geblieben." Er seufzte bedauernd. „Aber er ist aus gutem Holz, so wie mein Haus, und er ist stark genug, den Schädel einer Bestie zu zertrümmern." Er sah Verinya ernst an. „Sie treten mit großer Macht auf, die Orks, gute Frau. Ich weiß nicht, wie lange Merdonans Wall ihnen standhalten wird." Er sah ihren besorgten Blick und lächelte beruhigend. „Aber wohl lange genug, dass der Pferdefürst das Feuer Merdonans entzünden und Hilfe eintreffen kann. Wir müssen die Bestien nur ein Weilchen von der Mauer fernhalten, und Euer guter Mann hier wird das seine dazu beitragen." Er klopfte gegen Helemunts Pfeilköcher. „Wenn er die richtigen Pfeile nimmt."

„Ich werde mir welche geben lassen, guter Herr Wennemunt", versicherte Helemunt und erhob sich. Der Schemel schabte über den Boden, als er zurückgestoßen wurde und der junge Mann zu seiner Frau trat, um sie kurz in die Arme zu schließen.

Wennemunt grinste verständnisvoll und wartete einen Moment, bis er mit dem Stock an Helemunts Bein klopfte. „Eilt nun auf den Wall, guter Herr Helemunt. Die Orks werden nicht auf sich warten lassen."

Der ehemalige Jäger nickte beklommen, fasste seinen Bogen und hastete aus dem Haus. Wennemunt wies auf die Vorratskiste des jungen Paares. „Und Ihr, gute Frau Verinya, solltet ein paar Vorräte in eine Tasche packen. Nur für alle Fälle."

Verinya erblasste erneut, als ihr die Bedeutung von Wennemunts Worten aufging. Doch bevor sie ihn fragen konnte, polterte der alte Mann schon die Treppe hinunter in seine eigenen Räumlichkeiten. Als Verinya ihm nach einer Weile zögernd folgte, fand sie ihn auf seinem Bett sitzend und einen Wetzstein über die Klinge seines Schwertes führend, während neben ihm Helm und Umhang eines Pferdelords bereitlagen.

22

In der kraftvollen Attacke vom Pferderücken aus lag die besondere Macht der Pferdelords, und auch wenn sie sich auf den Kampf zu Fuß verstanden, so war der Wald doch der angestammte Lebensraum des elfischen Volkes.

Einige der Elfen eilten der Kolonne behutsam in einer weit auseinandergezogenen Schwarmlinie voraus. Schatten gleich bewegten sie sich nahezu lautlos zwischen den Bäumen hindurch, während die Hauptmacht aus Elfen und Pferdelords ihnen in einigen Hundertlängen Abstand folgte.

Vor zwei Zehnteltagen waren sie in den versteinerten Wald vorgedrungen, und bislang bestätigte nichts die unheimlichen Gerüchte, die sich um den Wald und seine möglichen Bewohner rankten.

Die Bäume standen noch relativ weit auseinander, und es fiel genug Licht in den Wald, sodass die Farbenpracht der Pflanzen, Tiere und Insekten sichtbar war. Wo der Boden nicht von verrottenden Pflanzenresten aus Blättern, Nadeln und Gehölz bedeckt war, wuchs üppiges Gras. Dazwischen leuchteten wilde Blumen und die verschiedensten Pilze. Insekten krochen und flogen umher, und immer wieder huschten kleine Tiere zwischen den Pflanzen hervor, um neugierig die seltsamen zweibeinigen Wesen zu betrachten und dann wieder zu verschwinden.

Gelegentlich tauchten auch Geweihtiere auf, und einmal erkannten sie einen großen Pelzbeißer, der die Truppe misstrauisch beäugte, aber keine Anstalten machte, sie anzugreifen. Das Raubtier begriff offensichtlich, dass dieser Bissen ihm zum Verhängnis werden würde. Nedeam hatte unwillkürlich an seine erste Begegnung mit einer dieser Bestien gedacht und sich mit Unbehagen daran erinnert, wie er damals auf einen Baum geflüchtet war und die Begegnung nur mit Glück überlebt hatte. Doch damals war er auch ein Knabe gewesen, und heute würde es einem solchen Raubtier schwerfallen, dem jungen Pferdelord einen derartigen Schrecken einzujagen.

„Ist nicht besonders groß, der Bursche", murmelte Dorkemunt, der neben seinem Freund einherschritt. „Entweder ein Männchen, das noch nicht ausgewachsen ist, oder ein Weibchen."

„Vielleicht sollten wir uns den Pelzbeißer schießen", raunte Mortwin und leckte sich unwillkürlich über die Lippen. „Das Fleisch schmeckt sehr gut."

„Der Meinung mag auch unser pelziger Freund sein, wenn er uns so betrachtet." Dorkemunt schüttelte den Kopf. „Aber uns fehlt die Zeit, Mortwin. Wir sind auf der Jagd nach anderem. Zudem, glaubt mir, kann es übel ausgehen, wenn der Pelzbeißer nicht sofort erlegt, sondern nur verwundet wird. Dann werden die Burschen wild und gemeingefährlich."

„Er hätte keine Chance gegen uns", brummte Mortwin.

„Es gäbe vor allem Lärm, Ihr guten Herren", sagte Tasmund, der ihr Gespräch verfolgt hatte, entschieden, „und den gilt es zu vermeiden. Der Hohe Herr Lotaras ist ohnehin nicht sehr erfreut darüber, wie laut wir durchs Unterholz trampeln."

Mortwin stieß ein leises Grunzen aus. „Was soll man denn machen? Überall liegt dieses Gehölz herum, und egal wohin man seinen Fuß setzt, knackt und knistert es."

„Nicht bei den elfischen Wesen", erwiderte Tasmund.

Das war nicht zu leugnen. Die Elfen waren es gewohnt,

sich lautlos durch den Wald zu bewegen. Instinktiv schienen ihre Füße jene Stellen am Boden zu finden, an denen sie kein Geräusch verursachten. Die Pferdelords mühten sich redlich, es ihnen gleichzutun, aber für sie war der Boden trügerisch. Selbst wenn sie den Fuß behutsam auf ein weiches Nadelbett oder ins Gras setzten, verbarg sich dort doch oft ein kleiner Ast, der vernehmlich knackte, wenn die Männer ihr Gewicht verlagerten. Dieses verräterische Knacken begleitete die vordringende Kolonne und wanderte mit ihr immer weiter in den versteinerten Wald hinein.

Der elfische Trupp führte das Banner des Hauses Elodarion mit sich, doch diese Wesen waren die Bewegung im Wald gewohnt, und das Banner behinderte sie nicht. Fasziniert hatten die Pferdelords beobachtet, wie der elfische Bannerträger die lange Lanze berührte, an der das Tuch befestigt war, worauf diese vor ihren Augen zu einer armlangen Stange schrumpfte, wie auch das Banner kleiner wurde, so als sei ein Wolltuch zu heiß gewaschen worden. Die Männer nahmen es als Zeichen für die wunderlichen Dinge, die das elfische Volk beherrschte, und das erschien ihnen gleichermaßen beruhigend wie beunruhigend. Immerhin, die Elfen waren Verbündete, auch wenn sie in manchen Dingen unheimlich wirkten.

Plötzlich ertönte vor der gemischten Truppe ein lautes Knallen, in das sich ein dumpfes Röhren mischte. Instinktiv umklammerten die Männer ihre Waffen etwas fester, und Mortwin zog sein Schwert halb aus der Scheide. „Rundohren der Orks“, zischte er. „Sie bringen sich in Stimmung.“

„Das sind keine Schlagschwerter, die gegen Schilde gehämmert werden.“ Tasmund lauschte aufmerksam. „Und auch das Gebrüll der Rundohren hört sich anders an.“

Lotaras, der ein Stück vor ihnen ging, wandte sich um und

sah die Menschen mahnend an. „Seid still, Ihr guten Herren Pferdelords, und folgt uns bitte leise."

„Das soll der Hohe Herr Elf denen sagen, die da vorne solchen Krach machen", brummte Mortwin und schob sein Schwert in die Scheide zurück.

Tasmund machte verärgert ein Zeichen mit der Hand, und Männer und Elfen schlichen weiter durchs Gehölz.

„Da hast du deine Rundohren", sagte Dorkemunt schließlich spöttisch und wies nach rechts.

Dort waren zwei große Geweihtierbullen aneinandergeraten. Sie kämpften offensichtlich um Revier oder Weibchen, wahrscheinlich sogar um beides, und beachteten die zweibeinigen Eindringlinge nicht. Die Bullen standen einander gegenüber, sahen sich drohend an und rammten dann mit der Masse ihrer Leiber die ausladenden Geweihe gegeneinander. Knallend schlugen die verzweigten Hörner aufeinander, während die Geweihtiere ein röhrendes Brüllen ausstießen.

Eine kurze Zeit später verfing sich Dorkemunts langer grüner Umhang in den Stacheln eines Busches, und er zerrte ihn ärgerlich frei. Der kleinwüchsige Pferdelord raffte den Stoff ein wenig und betrachtete den zerfransten Saum. „Wenn wir noch lange durch den Wald schleichen, werde ich ihn ausbessern müssen", knurrte er. „Er ist schon arg zerschlissen."

Die Umhänge der Pferdelords waren stets knöchellang, aber während die der Schwertmänner mit einem schmalen Besatz im Blau der Hochmark gesäumt waren, schnitten die einfachen Pferdelords sie am unteren Saum lediglich ab, sodass dort die Wolle leicht ausfranste. Dem lagen jedoch durchaus praktische Erwägungen zugrunde, denn wenn die Umhänge nass wurden, sickerte die Nässe über die losen Wollfäden der einfachen Umhänge leichter ab, während sie sich bei den Schwertmännern in den Säumen sammelte und den Stoff schwer machte.

„Ja, Ihr werdet bald wie ein wandernder Busch aussehen, guter Herr Dorkemunt“, spottete Mortwin.

Er hatte nicht ganz unrecht. Vor einigen Hundertlängen waren sie durch einen Bereich mit Klettpflanzen marschiert. Die Umhänge der Pferdelords waren im unteren Bereich dicht mit den stacheligen Samenkapseln der Pflanzen bedeckt, doch bei dem kleinwüchsigen Dorkemunt und dem Zwergenmann Olruk waren die Umhänge bis weit über den Rücken von Kletten übersät.

Dorkemunt rümpfte angewidert die Nase und fluchte leise, während er versuchte, einige der Kletten aus dem Stoff zu ziehen. Die spitzen Dornen zerstachen ihm dabei die Fingerspitzen, und er blickte sehnsüchtig zu einem der Elfen hinüber, an deren blauen Umhängen die Stacheln haltlos abzugleiten schienen. Allerdings war das Blau der Elfenumhänge im Wald weitaus auffälliger als das dunkle Grün der Pferdelords.

„Spottet nur, guter Herr Mortwin“, raunte Dorkemunt. „Doch mich wird man weniger deutlich sehen und hören können als Eure elendig lange Gestalt. Wenn erst die Pfeile der Spitzohren zu zischen beginnen, werdet Ihr Euch wünschen, mit einem Busch verwechselt zu werden.“

„Die Pfeile der Spitzohren fürchte ich nicht“, zuckte Mortwin die Schultern. „Eher das, was uns sonst in diesem Wald erwartet.“

„Mir scheint, an ihm ist nichts Geheimnisvolles“, stellte Nedeam fest. „Alles ist ganz normal, ich kann beim besten Willen keinen Fluch oder Bann erkennen.“

„Seid froh.“ Tasmund wies vor sich in die Tiefen des Waldes. „Wir dringen immer weiter vor und werden bald in jenen Bereich gelangen, in dem das Sonnenlicht den Boden kaum erreicht. Dann wird es schwer werden, einen Feind zu erspähen."

„Es wird ohnehin bald dunkel", brummte Mortwin. „Wir sollten endlich eine Rast einlegen. Durch die Nacht zu schleichen, erscheint mir wenig sinnvoll."

Tasmund war der gleichen Meinung und beschleunigte seine Schritte, um zu Lotaras aufzuschließen. „Wir sollten bald für die Nacht rasten, Hoher Herr Lotaras. Es wird nun rasch finster, und ohne Sicht ins Unbekannte vorzustoßen, verschafft nur dem Feind einen Vorteil."

„Ihr habt recht, Hoher Herr Tasmund." Lotaras sah einige der Kundschafter, die vor ihnen zwischen den Bäumen hindurchzugleiten schienen. Der Elf hob seine Hand, und Tasmund registrierte, wie die elfischen Späher auf das Zeichen reagierten, als verfügten sie auch im Hinterkopf über Augen. Lotaras' Finger malten eine für Tasmund verwirrende Folge von Figuren in die Luft, dann bewegten sich die Späher weiter, und Lotaras sah den Ersten Schwertmann an. „Wir werden noch einen halben Zehnteltag vorrücken und eine geeignete Lichtung suchen, auf der wir lagern können. Notfalls rasten wir zwischen den Bäumen."

Tasmund musterte deren Stämme. „Seid Ihr Euch sicher, noch auf dem rechten Weg zu sein? Ich muss gestehen, mir fällt es schwer, mich noch zu orientieren."

Lotaras nickte. „Der Weg stimmt. Seht Ihr das Moos an den Bäumen, Hoher Herr Tasmund? Noch weist es uns die Richtung, denn hierher findet der Wind noch seinen Weg. Weiter drinnen ist das anders, aber glaubt mir Tasmund, mein menschlicher Freund, noch nie hat sich ein elfisches Wesen in einem Wald verirrt."

„Nun, wir müssen auf Eure elfischen Sinne vertrauen, Hoher Herr Lotaras", erwiderte Tasmund mit Unbehagen. „Ich vermisse die Weite unseres Landes und den vertrauten Rücken meines Pferdes."

„Das kann ich gut verstehen."

Nach kurzer Zeit hob einer der Späher die Hand, und die Truppe verharrte. Augenblicke später kam ein anderer Kundschafter zu Lotaras geeilt. Ein Stück voraus befand sich eine kleine Lichtung, auf der sie in der Nacht rasten konnten.

Erleichtert folgten Olruk und die Pferdelords den Elfen.

Die Lichtung war relativ groß und wohl einst durch einen Sturm entstanden, der etliche der Bäume umgeworfen hatte. Kleine und große Stämme waren schon vor vielen Menschenleben übereinandergestürzt und mittlerweile fast völlig zerfallen. Zwischen ihren Überresten gab es große Freiflächen, auf denen einige neue Bäume zu wachsen begonnen hatten.

Dorkemunt und Nedeam wählten einen der umgestürzten Stämme, an die sie sich bequem lehnen konnten, während sie ihre Beine ausstreckten und die Provianttaschen öffneten. Einer der elfischen Krieger kam bei ihnen vorbei. „Kein Feuer, kein Lärm", sagte der Mann knapp und eilte schon zu einer anderen Gruppe der Pferdelords hinüber, um seine Botschaft zu wiederholen.

Nedeam sah dem Elfen nach. „Ich vermisse in ihrem Wesen Freundlichkeit."

Lotaras und Tasmund, die über die Lichtung schritten und die lagernden Gruppen einwiesen, hatten die Worte gehört. Lotaras lächelte milde und machte eine entschuldigende Geste. „Es ist nicht ihr Wesen, gute Herren Pferdelords. Mein Vater, der Hohe Rat Elodarion, unterzog die Bogen unseres Hauses einer … Behandlung, wenn Ihr so wollt. Ihre Sinne und Reflexe sind dadurch besonders geschärft, aber ihr Geist ist jetzt auf den Kampf ausgerichtet und mag die gewohnte Geselligkeit vermissen lassen. Seht es unseren Kämpfern nach, liebe Freunde. Es wird die Zeit für Geselligkeit und Tanz kommen, doch diese Aufgabe ist zu wichtig für unser Volk, und so hatte sich mein Vater zu diesem Schritt entschlossen."

Nedeam sah den jungen Elfen an. „Immerhin zeigt wenigstens Ihr Eure gewohnte Freundlichkeit, Hoher Herr Lotaras."

Der Elf lachte leise. „Aber meine Sinne werden nicht ganz so scharf sein wie die der anderen Schützen."

Tasmund blickte sich kurz um. „Die Gruppen sollen beim Lagern einen weiten Kreis bilden. So sind wir nach allen Seiten vor einer Überraschung geschützt. Seid so gut und schlagt Euer Lager ein Stück weiter rechts auf. Am besten dort, an dem dicken Stamm, der quer über dem Boden liegt. Er bietet gute Deckung, auch wenn das Holz schon alt ist. Ruht abwechselnd."

„Wir sind nicht zum ersten Mal auf einem Kriegsmarsch", brummte Dorkemunt.

„Gewiss nicht", erwiderte der Erste Schwertmann lächelnd. „Doch für uns alle ist es wohl der erste Marsch durch diesen Wald."

Olruk gesellte sich zu Dorkemunt und Nedeam, nachdem Tasmund und Lotaras weitergegangen wraen. „Habt Ihr noch etwas von den schmackhaften Fleischstreifen, Dorkemunt, mein Freund?"

„Nehmt nur." Der kleinwüchsige Pferdelord reichte dem Zwerg seine Provianttasche. „Wie geht es Eurem Gesäß, Freund Olruk?"

Der Zwergenmann seufzte. „Weitaus besser jedenfalls als meinen ehrwürdigen Bartzöpfen."

Olruk betrachtete verdrießlich die langen geflochtenen Haare, die mit den Klettpflanzen bedeckt waren. Während er genüsslich auf einem Streifen Trockenfleisch kaute, begann er seinen Bart zu pflegen und brummte immer wieder, wenn Stacheln seiner Haut zusetzten. Auch die Pferdelords begannen ihre Umhänge zu säubern, denn sie würden sich für die Kälte der Nacht in den dicken Stoff hüllen, und keiner wollte sich dabei von den Samenkapseln zerstechen lassen.

„Lasst uns zum Baum hinübergehen", schlug Nedeam endlich vor. „Gleich wird das letzte Licht schwinden, und ich will nicht durchs Dunkel der Nacht schleichen."

Sie gingen die wenigen Längen zu dem umgestürzten Baum hinüber. Sein Stamm war bereits halb verfallen und von Moosen und Pilzen bewachsen. Olruk zupfte zwei der Pilze ab und schob sie sich in den Mund. „Nicht übel. Ah, ich muss gestehen, so schmackhaft Euer Fleisch auch ist, Freund Dorkemunt, ich beginne nun doch den Pilzbrei meines Volkes zu vermissen."

„Und das Blor", ergänzte Nedeam lächelnd.

„Ah, das Blor." Olruk seufzte leise. Er reckte seinen Oberkörper ein wenig über den Stamm, um einen der größeren Pilze zu erreichen, und erstarrte plötzlich. „Bei den Feurigen Abgründen, mir scheint, wir sind nicht die Ersten, die hier lagern."

Der Tonfall seiner Stimme alarmierte Nedeam und Dorkemunt, die sich aufrichteten und dem Blick des Zwergenmannes folgten. „Bei den Finsteren Abgründen", raunte Nedeam. „Er hat recht."

Ihnen gegenüber, auf der anderen Seite des umgestürzten Stammes, lag etwas Rundliches auf dem Boden, zu gleichmäßig geformt, um Teil einer Pflanze zu sein, und an einigen Stellen verriet ein metallischer Schimmer, dass es ein Artefakt sein musste. Dorkemunt und Olruk fiel es schwer, sich weit genug über den alten Stamm zu recken, um das Objekt zu berühren, aber der schlanke und hochgewachsene Nedeam erreichte es mit den Fingerspitzen und zog daran. Das Objekt drehte sich, und Nedeam zog es weiter zu sich heran, dann schüttelte er es, und Erdreich und Schmutz lösten sich.

„Der Helm eines Elfen“, murmelte der junge Pferdelord überrascht.

„Unverwechselbar“, stimmte Dorkemunt zu, „auch wenn er merkwürdig aussieht.“

Der Kopfschutz hatte die schlanke und lang gestreckte Form der Elfenhelme. Diejenigen, welche die Pferdelords bislang bei ihren elfischen Verbündeten zu Gesicht bekommen hatten, waren jedoch deutlich anders gearbeitet als dieser hier. Während die Lilie des Hauses Elodarion, sorgfältig in verschiedenen Grüntönen lackiert, hoch aufragend an der Stirnfront der Helme befestigt war und sich in vielen Einprägungen im Helm selbst wiederholte, was diesem gleichermaßen Leichtigkeit und Stabilität verlieh, zeigte auch das Fundstück die Lilie, doch war diese aus goldenem Metall und auf den Helm aufgenietet, dessen Oberfläche ansonsten glatt erschien. Nur an den Schläfen wiederholte sich das Symbol, das aber auch hier aus separaten Metallteilen am Helm befestigt war.

Nedeam stieß einen leisen Pfiff aus und winkte Lotaras und Tasmund heran.

Auch Olruk betrachtete den Fund in Nedeams Händen. „Ein Helm der Elfen, gewiss. Ich denke nicht, dass sein Besitzer ihn einfach verloren hat.“

Lotaras' Augen verengten sich, als er das Fundstück sah und es behutsam aus Nedeams Händen nahm. „Ein Helm aus den Zeiten des Ersten Bundes“, flüsterte er andächtig. Seine Finger strichen über die goldene Lilie. „Noch dazu einer des

Hauses Elodarion."

„Ihr seid nicht die Ersten Eures Hauses, die nach den Verschollenen suchen", stellte Tasmund fest.

„Nein." Lotaras schwieg für einen Moment und seufzte leise. „Damals, vor so vielen Menschenaltern, als der Erste Bund die Finsteren Mächte bezwang, hielt das Haus des Urbaums, das Haus Deshay, die nördliche Grenze. Nie drang seitdem der Feind von Norden her gegen uns vor, aber wir erhielten auch keine Botschaft vom Hause des Urbaums. Auch dann nicht, als der Krieg lange vorbei war. Mein Vater entsandte einen Suchtrupp, um die Verbindung wieder aufzunehmen und zu erkunden, was geschehen sein mochte."

„Und der Suchtrupp blieb verschollen."

Lotaras nickte betrübt. „Er ebenso wie spätere, bis niemand mehr entsandt wurde. Bis wir … vergaßen."

„Womöglich habt Ihr Euren vermissten Suchtrupp nun gefunden, Freund Lotaras", meinte Nedeam leise. „Der Helm wird sich nicht weit von seinem Besitzer entfernt haben."

Erneut nickte der Elf. „Es dunkelt nun rasch, und wir werden bald nichts mehr sehen können. Schweigt über den Helm, Ihr guten Herren. Es würde Unruhe stiften und schlechte Gedanken in die Köpfe der Männer senken. Morgen, wenn der Tag anbricht, wollen wir Ausschau nach dem Besitzer des Helmes halten."

Weder Nedeam noch Dorkemunt fanden in dieser Nacht Ruhe. Zum einen wegen der sorgenvollen Gedanken, die sie erfüllten, und zum anderen, weil Olruk ebenso zufrieden wie lautstark schlief. Selbst als Dorkemunt den Zwerg schließlich unsanft anstieß, rollte der sich lediglich grummelnd auf die Seite, ohne die Lautstärke wesentlich zu dämpfen.

Auch an anderen Stellen war gelegentliches Schnarchen zu

hören, das jedoch nach kurzer Zeit verstummte, da man die Schläfer, mehr oder weniger einfühlsam, zur Ruhe mahnte. An Olruks unbeschwertem Gemüt scheiterten jedoch alle Versuche, und seine Freunde wollten den kleinen Mann nicht ohne Not gewaltsam wecken.

„Sein Organ mag die Räuber erschrecken und sie fernhalten“, seufzte Dorkemunt ergeben, und so fügten sie sich in ihr Schicksal.

Als der Morgen dämmerte und rötliches Licht durch die Bäume des Waldes sickerte, das die Lichtung überflutete, huschten Lotaras und Tasmund mit mehreren elfischen Kriegern heran.

„So lasst uns nun sehen, wer zu diesem Helm gehört“, sagte der Elf leise.

Die Männer brauchten nicht lange zu suchen.

Kaum eine Dutzendlänge entfernt fanden sie die ersten Überreste des elfischen Trupps. Sie lagen weit verstreut auf einer großen freien Fläche, die sich vor ihnen öffnete. Die vergangenen Menschenalter hatten ihren Tribut gefordert, und Zeit, Witterung und Tiere hatten den Überresten zugesetzt. Sie schritten vorsichtig zwischen den Gebeinen umher und versuchten zu ergründen, was geschehen sein mochte.

„Sie müssen überrascht worden sein“, vermutete Lotaras. „Offensichtlich fanden sie keine Zeit, ihre Klingen zu ziehen, und auch die meisten Pfeile stecken noch in den Köchern.“

Genau genommen waren die ledernen Behälter zerfallen, doch lagen die Geschosse noch in dichten Bündeln, so, wie die Köcher sie einst gehalten hatten. Einige wenige Pfeile lagen verstreut umher, so wie die meisten der Knochen, die von Aasfressern bewegt worden waren. Man konnte den Trupp eigentlich nur an den unversehrten Resten der metallenen Rüstungen und Klingen identifizieren.

Sie untersuchten die Harnische sorgfältig.

„Seht hier, die tiefe Schramme.“ Dorkemunt hob die metallenen Streifen einer alten Rüstung an. „Hier wurde ein orkisches Schlagschwert hindurchgetrieben.“

„Doch der Träger der Rüstung hat seine eigene Waffe nicht gezogen und auch keinen Pfeil gelöst.“ Nedeam musterte das ausgebleichte Skelett. „Aber er wurde nicht im Schlaf überrascht. Kein Elf schläft mit dem Pfeilköcher am Leib.“

„Und kein Elf lässt sich einfach abschlachten, wenn ihm ein Rundohr gegenübersteht.“

Lotaras nickte. „Etwas Seltsames muss sich hier ereignet haben. Die Elfen des Hauses Elodarion fanden keine Zeit zur Gegenwehr.“

„Und wer sie tötete, fand keine Zeit, ihre Waffen zu nehmen.“

Olruk zupfte nervös an seinen Bartzöpfen. „Orks machen immer Beute. Sie können alles gebrauchen, verwenden es für ihre Rüstungen oder nehmen es, um damit zu prahlen.“

„Ja, es ist nicht typisch für die Bestien, keine Beute zu machen, und doch stammen die Spuren an den Rüstungen von Schlagschwertern.“

„Wahrhaftig, meine Freunde“, Dorkemunt zog fröstelnd seine Schultern zusammen, „allmählich bereitet dieser Wald mir doch ein wenig Unbehagen.“

„Wir müssen weiter, meine Freunde, die Zeit drängt.“ Lotaras hob seine Hand und gab ein Zeichen, woraufhin die Elfen sich zu formieren begannen.

„Hoher Herr Lotaras“, wandte Tasmund förmlich ein, „wir sollten den Toten die letzte Ehre erweisen und sie zu den Goldenen Wolken geleiten.“

Die Pferdelords nickten zustimmend, aber Lotaras schüttelte langsam den Kopf. „Ihr wollt ihnen die Waffe in die Hand geben und gegen Eure Schilde schlagen, bis Ihre Seelen in die Goldenen Wolken emporgeritten sind?“ Lotaras lächelte schwach. „Habt Dank für Euren Vorschlag, Ihr guten Herren Pferdelords, doch es wäre nicht der Brauch unseres Volkes. Und zudem könnte uns der Lärm verraten. Nein, Ihr Herren, wir werden den Toten des Hauses Elodarion später die Ehre erweisen.“

Wieder schritten elfische Späher voran, und wieder bewegte sich die Truppe in nordöstliche Richtung, zumindest den Versicherungen Lotaras’ zufolge.

„Wir werden ihnen später die Ehre erweisen“, brummte Mortwin und ahmte dabei die Stimme des Elfen nach. „Habt Ihr es gesehen, meine Freunde? Hundert ihrer Krieger hat man dort vernichtet. So rasch, dass sie sich nicht einmal wehren konnten. Dieser Wald gefällt mir nicht, absolut nicht. Hinter all diesen Bäumen kann sich ein Feind verbergen, den wir nicht zu Gesicht bekommen.“

„Ja, ich frage mich, wer wohl uns später die Ehre erweisen wird“, stimmte Malenan betrübt zu. „Wirklich, Freunde, ich fürchte keinen Feind, wenn ich ihm offen begegnen und mich ihm auf dem Rücken meines Pferdes stellen kann. Aber hier kann man ihn ja nicht einmal sehen, geschweige denn ein Pferd vorantreiben.“

„Dafür kann man unsere menschlichen Freunde gut hören“, rief ihnen Lotaras mit gedämpfter Stimme zu. „Seid endlich leise und haltet Eure Waffen bereit.“

Mortwin rückte das Bündel zurecht, das er von Nedeam übernommen hatte, damit dieser frei für Pfeil und Bogen war. „Nein, dieser Wald ist mir nicht geheuer. Hundert Elfen und ohne Gegenwehr … Was vermag unser Stahl gegen einen solchen Feind auszurichten?“

Auch die anderen spürten es. Aus dem scheinbar ganz normalen Wald erwuchs nun eine unheimliche Bedrohung, und je tiefer sie vordrangen, desto bewusster wurde ihnen, dass hier eine Gefahr schlummerte, die ein ganzes Haus der Elfen bezwungen hatte.

Hundertlänge um Hundertlänge bahnten sie sich ihren Weg, während das kräftige Grün und die bunte Vielfalt der Farben zunehmender Düsternis wichen, je dichter die Bäume wurden, und somit immer weniger Sonnenlicht hindurchließen.

23

Hagram war ein Pferdelord, gehörte aber nicht den Schwertmännern des Pferdefürsten Bulldemut an. Er hatte eine kleine Werkstatt unterhalb des westlichen Abschnitts der Wehrmauer von Merdonan, in der er Fässer fertigte. Gute Fässer aus abgelagerten Bohlen und starken Eisenreifen. Nicht solchen Schund aus viel zu frischem Holz, das alsbald schrumpfte und die Fässer undicht werden ließ. Hagram hatte sich nie für die Schwertmänner begeistern können, deren ständiger Waffendrill und strenge Disziplin ihm zuwider waren, auch wenn er die Erfordernis durchaus anerkannte. Aber er liebte sein relativ freies Leben, das ihn oft hinaus in die Mark führte, wo er nach geeignetem Holz für seine Fässer Ausschau hielt.

Natürlich war er ein Pferdelord wie jeder verantwortungsbewusste und waffenfähige Mann der Ostmark, und neben seinem Hammer, mit dem er die eisernen Reifen auf die Fässer trieb, verstand er sich auch darauf, seine Streitaxt zu schwingen. Er konnte auch mit der Lanze stoßen, wie es sich für einen Pferdelord gebührte, doch Schwert, Pfeil und Bogen waren nicht nach seinem Geschmack.

Im Gegensatz zu anderen Handwerkern, führte ihn seine Arbeit oft in die umliegenden Wälder, weshalb er auch ein gutes Reitpferd besaß. Dies und seine Kenntnis der Mark hatten Bulldemut veranlasst, Hagram zu entsenden, um die Losung der Pferdelords zu den Weilern und Gehöften der Ostmark zu tragen. Bereitwillig hatte er seinen Schild und die Axt aus der Waffentruhe genommen, hatte seinen ledernen Harnisch angelegt und den kuppelförmigen Helm mit Nasenschutz aufgesetzt. Dann hatte er seinen Proviant gepackt, ausreichend für drei Tageswenden, wie es der Tradition entsprach, und sich zum Schluss den grünen Umhang um die Schultern gelegt. Aus Hagram, dem Fässermacher, war Hagram, der Bote des Pferdefürsten Bulldemut, geworden. Auch andere Reiter waren gegenwärtig unterwegs und führten, wie Hagram, ein Ersatzpferd mit sich, denn die Mark war groß, und Eile war geboten.

Hagram hatte bereits einen der größeren Weiler und zwei kleine Gehöfte benachrichtigt und ritt nun zu seinem nächsten Ziel, dem Gehöft von Linedur. Er kannte den stämmigen Mann und dessen Familie sehr gut, denn sie lebten in der Nähe eines Waldes, aus dem er seine ausgesuchten Hölzer bezog, und Linedur half ihm regelmäßig beim Holzeinschlag.

Gerade ritt er über eine weite und übersichtliche Ebene, die dicht mit dem saftigen Gras der Ostmark bewachsen war. Ein Stück rechts von ihm sah er eine wilde Herde Hornvieh, die friedlich weidete, und noch ein Stück weiter erkannte er ein Rudel Raubkrallen, die sich gegen den Wind geduckt an ihre Beute anschlichen. Das kleine Rudel hatte sich offensichtlich einen älteren Bullen ausgesucht, der ein wenig abseits der Herde stand und möglicherweise vom Alter geschwächt war. Eher unbewusst zügelte Hagram sein Pferd und beobachtete, wie die vier Räuber sich behutsam näherten. Er bewunderte die Eleganz und Geschmeidigkeit ihrer Körper. Sie schienen förmlich über den Boden zu gleiten, lautlos und stets bereit, ihre langen Fänge und Krallen in das ahnungslose Opfer zu schlagen. Ihr Fell hob sich kaum vom Untergrund ab, und Hagram konnte selbst auf die Entfernung erkennen, wie die langen Schwänze der Raubkrallen nervös zuckten, während ihre geschlitzten Pupillen fest auf den Bullen geheftet waren.

Weder Hornvieh noch Raubkrallen waren besonders selten in den Marken des Pferdevolkes, und es war der Lauf der Dinge, dass der Stärkere den Schwächeren fraß. Die Herden konnten es verkraften. Nur wenn die gezähmten Tiere der Weiler oder Gehöfte von Raubkrallen bedroht wurden, erhoben die Herdenwächter ihre Waffen, aber im Allgemeinen wählten die Räuber weniger geschützte Beute. Sie spürten wohl instinktiv, welche Gefahr ihnen von den Männern auf den Pferden drohte, und scheuten das Risiko einer Verletzung, die sie für lange Zeit jagdunfähig machen konnte.

Hagram war fasziniert, wie nahe sich die Raubkrallen an den einsam grasenden Bullen heranschleichen konnten. Wenn der Wind nicht noch drehte und die Witterung des Rudels zur Herde hinübertrieb, würde der Bulle wohl im Magen der Fressfeinde enden. Auch wenn seine ausladenden Hörner noch immer bedrohlich wirkten, konnte das Tier sie nicht nach hinten wenden, von wo der erste Angriff erfolgen würde.

Gerade als Hagram darüber nachdachte, drehte offensichtlich der Wind, oder der alte Bulle hatte ein Geräusch gehört oder eine der Raubkrallen erspäht. Jedenfalls warf das Tier den Kopf hoch, ließ ein warnendes Brüllen hören und wollte sich der Gefahr zuwenden, aber eine der Raubkrallen war bereits hinter ihm, sprang ihn nun mit wenigen langen Sätzen an und warf sich ihm auf den Rücken. Der Bulle brüllte vor Schmerz, als sich die Krallen durch Fell und Gewebe bohrten, und wandte sich instinktiv zur Flucht, um den Räuber abzuwerfen. Das gelang ihm auch, der Angreifer verlor den Halt und stürzte. Während dieser elegant wieder auf die Beine kam, galoppierte der Bulle brüllend auf die Herde zu, die den Warnschrei des Alten gehört hatte und nun instinktiv einen Kreis um die Jungtiere bildete, die hornbewehrten Köpfe nach außen gewandt. Es würde einem Räuber kaum gelingen, diesen tödlichen Wall zu überwinden.

Der alte Bulle hatte den Schutz der Herde jedoch noch lange nicht erreicht, viel zu weit hatte er sich von ihr entfernt. Die Wunden des ersten Angriffs bluteten sehr stark und schwächten das Tier erkennbar; Hagram wusste instinktiv, dass der Alte nicht mehr entkommen würde. Zwei der Räuber folgten ihm, die anderen hetzten an den Flanken neben ihm her und führten immer wieder Scheinangriffe, die den Bullen zwangen, sich ihnen zu stellen. Das schwächte ihn zusätzlich und machte ihn langsamer. Dann sprang ihm einer der Verfolger in den Nacken und schlug Gebiss und Krallen hinein, worauf der Bulle ins Stolpern kam, stürzte und sofort von den anderen Räubern angegriffen wurde. Es war vorbei.

Die Herde stand gebannt in einiger Entfernung und schützte die Jungen, während sich die erfolgreichen Räuber daranmachten, den getöteten Bullen unter sich aufzuteilen. Nach einem kurzen Streit, wer den besten Bissen erhalten würde, zerfleischten die Raubkrallen ihre Beute. Hagram verzichtete darauf, dem Festschmaus als Augenzeuge beizuwohnen.

Er dachte sich, schon genug Zeit verloren zu haben, und trieb sein Pferd rasch an. Der rasende Galopp ließ kleine Staubwolken vom Boden aufwirbeln, die sich hinter dem Reiter zu einer dünnen Staubfahne vereinigten.

Raubkrallen, Hornvieh und Menschen waren nicht die einzigen Bewohner der weiten Ebenen. Eine Unzahl von Insekten und kleinen Tieren lebte hier, vor allem viele Nager. Für die Raubkrallen waren diese zu klein, um den Aufwand einer Jagd zu rechtfertigen. Anderes galt für die Raubschwingen, die über den Ebenen kreisten, sich von den Luftströmungen tragen ließen und aus großer Höhe herab ihre Beute erspähten. Die kleinen Nager kannten die Bedrohung und gruben ihre Bauten zum Schutz vor den Vögeln tief in den Boden. Sie entfernten sich nie weit von diesen Erdlöchern und verschwanden blitzartig in ihnen, wenn sie spürten, dass Gefahr drohte. Einer dieser Bauten wurde nun Hagram zum Verhängnis.

Sein Pferd trat im vollen Galopp in eines der Erdlöcher und ließ dem Pferdelord nicht einmal Zeit zu einem überraschten Schrei, als es plötzlich unter ihm verschwand und er auch schon durch die Luft wirbelte. Schwer prallte er auf den Boden, rollte durch den Schwung noch ein wenig weiter und blieb dann benommen liegen.

Erst nach einigen Augenblicken fand er die Kraft, sich auf den Rücken zu wälzen. Er spürte ein heftiges Stechen in der Brust und atmete keuchend. Erst das schmerzerfüllte Wiehern seines Pferdes brachte den Pferdelord dazu, sich mühevoll aufzurichten.

Sein Reittier lag am Boden, und es war offensichtlich, dass der rechte Vorderlauf gebrochen war. Ächzend erhob sich Hagram und humpelte auf das Pferd zu. Sein Ersatztier war ein Stück weiter stehen geblieben und sah unruhig zu ihnen herüber, ohne dass es Anstalten machte, sich zu nähern.

Bedauernd betrachtete Hagram das Pferd, dem nicht mehr zu helfen war. Er konnte ihm nur das Leiden ersparen, und so langte Hagram an seinen Gürtel, um die Streitaxt zu lösen. Doch nur ein Stück des langen Handstiels baumelte noch an der Schlaufe. Auch die Axt war bei dem Sturz gebrochen. Hagram sah sich um, dann erkannte er ein Stück entfernt im Gras das Blitzen von Metall und hinkte hinüber. Aus der langstieligen Streitaxt war nun ein kurzstieliges Beil geworden. Hagram vermochte noch damit zu töten, doch fehlten ihm nun die Reichweite des langen Stiels und die lederne Schlaufe, die es im

Kampf sicher am Handgelenk hielt.

Seufzend nahm er die Axt auf, ging zurück zu seinem Pferd und strich ihm trauernd über die Nüstern. Dann schlug er zu und erlöste das Tier. Danach schritt Hagram quer zum Wind einige Dutzendlängen zur Seite und begann das Ersatzpferd anzulocken. Er verfluchte die Tatsache, dass ihm kein ausgebildetes Pferd als Handtier zugewiesen worden war. Ein trainiertes Reittier hätte sich nicht so weit von seinem Herrn entfernt und wäre sofort zu ihm gekommen, wenn er den Lockpfiff von sich gegeben hätte. Aber dieses Pferd war noch nicht daran gewöhnt, und zudem trieb der Wind den Geruch des Blutes zu ihm hin. Es scheute, und Hagram musste sich beherrschen, nicht lauthals zu fluchen.

Aber schließlich trabte das Pferd zögernd heran und ließ sich am Zügel ergreifen.

„Ich hätte auf ein besseres Pferd bestehen müssen“, knurrte er heiser und verzog das Gesicht. Die Brust schmerzte, möglicherweise hatte er sich beim Sturz ein paar Rippen gebrochen. Immerhin konnte er atmen und sich bewegen, wenn auch unter Schmerzen.

Er zog das Ersatzpferd zu seinem toten Reittier hinüber, holte den metallenen Zügelnagel hervor und trieb ihn in den Boden, um die Riemen des Pferdes daran zu befestigen. Er würde nicht riskieren, dass sich das Tier nochmals entfernte, während er seine traurige Arbeit verrichtete.

Bedauernd löste er die Gurte und zog Zügelzeug und Sattel von dem toten Pferd. Es bereitete ihm Schmerzen und Mühe, aber es war ein guter Sattel. Sein Vater war Pferdelord gewesen und hatte ihn benutzt, und davor dessen Vater und Großvater. Das Leder war alt, aber gepflegt, denn Hagram hatte es stets sorgfältig geölt. Er legte den Sattel nun seinem Reservepferd an, zog Bauchgurt und Brustriemen fest und vergewisserte sich, dass die Länge der Steigbügel unverändert blieb. Das Pferdevolk benutzte Bügelschuhe, die ein wenig wie plumpe Köcher wirkten und in die ein Pferdelord seinen bestiefelten Fuß schieben konnte. So konnte man nötigenfalls aus ihnen herausrutschen, ohne Gefahr zu gehen, darin hängenzubleiben, was von Vorteil war, wenn man im Kampf schnell absitzen musste, und zudem verhinderte, dass man vom eigenen Pferd über den Boden geschleift wurde, falls man aus dem Sattel stürzte.

Hagram warf einen letzten bedauernden Blick auf sein totes Pferd, das nun den Aasfressern als Beute dienen würde, und setzte dann seinen Ritt fort.

Zwei Zehnteltage später sah er den Wald vor sich auftauchen, an dem Linedurs Gehöft lag. Wenig später erblickte er auch die Gebäude und darüber eine dünne Rauchfahne, die sich über der Kochöffnung des Wohnhauses kräuselte. Hagram verspürte nun das leise Knurren seines Magens, doch es würde keine Zeit für ein richtiges Mahl bleiben. Seine Neugier und der Sturz hatten ihn ohnehin schon zu viel Zeit gekostet.

Das Gehöft bestand aus Wohnhaus, Koppel und einem Schuppen, in dem Linedur geschlagenes Holz zum Trocknen aufbewahrte. Feuerholz für den kommenden Winter und solches, das er an Hagram verkaufte. Das Wohnhaus bestand aus jungen Stämmen, die Linedur sorgfältig geschält hatte, damit sich unter der Rinde keine Käfer einnisten konnten, die ihm die Wände zerfraßen. Kleine Fensteröffnungen, mit Darmhaut bespannt, konnten mit dicken Fensterläden verschlossen werden und ließen dann nur kleine Scharten frei, durch die man Pfeile auf einen Feind lösen konnte. Das Dach war mit dicken Grassoden bedeckt, und die Öffnung für das Kochfeuer hatte Linedur mit Steinen umgeben.

Linedur war ein ungewöhnlich großer und dürrer Pferdelord und musste sich unter dem Türsturz seines Heimes hindurchbücken, als er aus dem Haus trat, um nachzusehen, wer da auf den Hof des Gehöfts geritten kam.

„Seid willkommen, guter Herr Hagram“, rief er freundlich. „Ich habe Euch nicht so früh erwartet. Wenn Ihr Holz für Eure Fässer braucht, so werden wir es erst schlagen müssen. Es wird aber Zeit brauchen, bis es trocken genug ist.“

„Der Pferdefürst schickt mich, guter Herr Linedur“, erwiderte Hagram und schwang sich mit einem Stöhnen aus dem Sattel. „Er beruft die Pferdelords ein und hat die Losung gegeben. Orks stehen vor Merdonan, und es gilt, den Eid zu erfüllen.“

Linedurs Augen verengten sich für einen Moment, dann wandte er sich um. „Den Eid gilt es zu erfüllen, und Eile ist geboten“, rief er ins Haus hinein. „Weib, pack Proviant für drei Tageswenden! Nestor, Pollum, öffnet die Waffentruhen und rüstet euch.“ Linedur sah Hagram an. „Lasst Euch und das Pferd versorgen, guter Herr Hagram. Ihr seht mitgenommen aus. Ein beschwerlicher Ritt?“

„Ein schwerer Sturz“, bekannte Hagram. „Ein verdammtes Nagerloch, die Finsteren Abgründe mögen die Erbauer verschlingen. Es kostete mich mein braves Pferd.“

„Leider kann ich Euch keinen Ersatz geben“, brummte Linedur. „Wurdet Ihr verletzt?“ Er wartete Hagrams Erwiderung nicht ab. „Ich sehe schon. Die Brust schmerzt, nicht wahr? Kommt herein. Wir werden sie wickeln, dann geht es Euch bald besser.“

Linedur zog Hagram mit sich ins Haus. Drinnen eilten die Frauen von Linedur und einem seiner beiden Söhne bereits geschäftig umher. Die Waffentruhen waren geöffnet, und die makellos gepflegten Rüstungsteile und Waffen wurden rasch, aber sorgsam von den jungen Pferdelords überprüft, während die Frauen Wasserflaschen füllten und die Proviánttaschen packten.

„Der gute Herr Hagram ist vom Pferd gestürzt“, sagte Linedur und hieß den Pferdelord aus Merdonan den Oberkörper frei machen. „Eines der verfluchten Nagerlöcher. Henlawyn, lege ihm einen ordentlichen Verband an. Er hat sich vielleicht ein paar Rippen angeknackst und wird noch damit reiten müssen.“

Die Frau Linedurs betastete den Oberkörper Hagrams, der unter ihrer Berührung leise ächzte, und nickte dann. „Ich werde Euch kräftiges Leder um die Brust wickeln, guter Herr Hagram. Schön stramm, das wird die Rippen an ihrem Platz halten und Euch leichter atmen lassen.“

„Gebt mir Eure Axt, ich will sie rasch neu stielen.“ Linedur hielt auffordernd die Hand auf und nahm Hagrams beschädigte Waffe entgegen. „Es wird rasch gehen.“

„Orks vor Merdonan?“, fragte einer der Söhne und ließ sich von seinem Bruder in ein gefüttertes Wams helfen, das an der Brust mit einigen aufgenähten Metallplatten verstärkt war. „Hat die Dunkle Brut wieder ihr Haupt erhoben?“

„So ist es.“ Hagram knurrte, als die Frau die Binden straff um seinen Oberkörper legte und sie am Rücken verknotete. „Der Pferdefürst beruft die Pferdelords zum Kampf nach Merdonan. Frauen und Kinder sollen sich nach Eodan in die Nordmark begeben.“

Die Frauen sahen Hagram betroffen an, und Linedur, der gerade mit der frisch gestielten Kampfaxt Hagrams zurückkam, runzelte die Stirn. „Dann muss es ernst sein. Die Orks treten offenbar mit großer Streitmacht an. Ein Grund mehr, sich zu beeilen." Er reichte Hagram die Axt, die dieser schweigend überprüfte, bevor er sie zurück an seinen Gurt hängte. „Der Stiel ist lang und sitzt fest. Das wird erst einmal genügen, guter Herr Hagram, in Merdonan könnt Ihr dann einen Schaft nach Euren Wünschen fertigen."

„Der Stiel ist gut", entgegnete Hagram. „Er wird mehr als genügen. Habt Dank, guter Herr Linedur."

Es gab nun kein Zögern mehr für die Menschen des Pferdevolkes. Orks unterschieden nicht nach Geschlecht oder Alter, und sie töteten, egal, ob die Waffe gegen sie erhoben wurde oder nicht. Es war ein erbarmungsloser Kampf gegen die Bestien, und die Menschen der Marken hatten gelernt, den Orks mit derselben Rücksichtslosigkeit entgegenzutreten.

„Henlawyn", wandte sich Linedur an sein Weib, „ihr Frauen nehmt nur die notwendigste Verpflegung mit. Ihr habt gute Pferde und werdet Eodan rasch erreichen. Das Vieh lasst zurück. Es kann sich gut selbst versorgen und lässt sich später wieder zusammentreiben. Wir Männer reiten nach Merdonan, um uns dem Feind zu stellen. Habt keine Furcht, wenn die Vorsehung es will, werden wir uns wiedersehen, und wenn nicht, werden wir ruhmreich zu den Goldenen Wolken reiten."

Hagram kleidete sich wieder an und spürte, wie die straffen Lederbinden ihn einengten, aber der Schmerz ließ sich nun tatsächlich besser ertragen. „Ich muss weiter, Ihr guten Leute. Noch zwei Gehöfte, dann werde ich mich wieder zurück nach Merdonan begeben."

„Eile sei nun das Gebot", erwiderte Linedur ernst. „Mit schnellem Ritt ..."

„... und scharfem Tod", vervollständigte Hagram das Motto der Pferdelords.

Während Hagram aufsaß, schwangen sich auch Linedur

und seine Söhne in die Sättel. Sie ritten in entgegengesetzter Richtung vom Hof, und wenig später würden auch die beiden Frauen aufbrechen und nach Eodan, der Hauptstadt der Nordmark, reiten.

Hagram trieb sein Pferd an, es war noch ausgeruht, und er hatte es eilig. Sein Weg zu dem letzten noch zu benachrichtigenden Gehöft würde ihn nun nicht mehr weiter nach Westen, sondern ein Stück nach Norden führen, sodass er in einem weiten Bogen nach Merdonan zurückgelangte. Daher entschloss er sich, den großen Wald nicht zu umreiten, sondern jenen Pfad durch ihn hindurchzunehmen, den er schon oft zusammen mit Linedur genutzt hatte, um gutes Holz zu schlagen.

Der Pfad diente sicher schon viele Jahre lang den Tieren des Waldes als Weg zu einer der Wasserstellen, die hier verborgen lagen. Generationen dieser Waldbewohner hatten mit ihren Hufen und Tatzen die Pflanzen daran gehindert, sich über ihm zu schließen. Hagram kam schnell voran und musste sich nur gelegentlich unter einem tief hängenden Ast hindurchducken, doch auch dann spähte er aufmerksam nach Gefahr.

Er achtete zudem auf frische Spuren auf dem Pfad, denn es war nicht ratsam, unvorbereitet einer Horde wilder Huftiere zu begegnen. Dann sah er tatsächlich frische Spuren, aber sie waren anders als alle, die er an diesem Ort erwartet hätte.

Hagram zügelte sein Pferd und beugte sich im Sattel vor. „Bei den Finsteren Abgründen."

Die Spuren waren unverwechselbar. Große, breite Abdrücke und daneben etwas kleinere. Doch alle stammten sie von ledernen Sohlen. Allerdings wiesen die großen seitlich ungewöhnliche Kerben auf. Hagram sah sich vorsichtig um, dann saß er ab, um sich die Spuren genauer anzusehen. Seine Finger glitten an den Rändern der Abdrücke entlang, die bereits trocken waren und bei der Berührung abzubröckeln begannen.

„Kampfstiefel von Rundohren. Hier, tief in der Ostmark", murmelte er betroffen. „Zwei Zehnteltage alt, höchstens drei." Er richtete sich auf. „Mögen die Finsteren Abgründe ihre Brut verschlingen."

Es gab keinen Zweifel. Zumindest ein kleiner Trupp aus Rundohren und Spitzohren war hier durch den Wald gegangen. Orks, tief im Herzen der Ostmark! Damit hatte niemand gerechnet. Sie alle hatten geglaubt, die Bestien näherten sich durch die Sümpfe und würden sich bei Merdonan sammeln. Sie hatten tatsächlich geglaubt, das Hinterland wäre sicher und den Menschen drohe hier keine Gefahr. Es musste Vorsehung gewesen sein, dass Bulldemut Frauen und Kinder nach Eodan schickte. Aber diese Menschen ahnten nicht, dass sich längst Orks in der Mark befanden, und so würden sie ohne den Schutz bewaffneter Pferdelords losziehen.

Hagram erschauerte bei der Vorstellung, die blutrünstigen Bestien könnten über eine Gruppe fliehender Frauen, Kinder und alter Männer herfallen. Sicher, auch die Frauen des Pferdevolkes verstanden es zu kämpfen … Hagram schüttelte bedeutungsvoll den Kopf. Die Menschen mussten gewarnt werden, aber dafür war es vielleicht schon zu spät. Er konnte nur hoffen, dass die Orks auf keine der Flüchtlingsgruppen trafen, sondern auf einen Trupp Pferdelords, der kurzen Prozess mit ihnen machen würde.

Dies war nicht Hagrams Tag.

Er hörte das leise Schnauben seines Reitpferdes und richtete sich instinktiv auf. Dann warf er sich zur Seite, und so traf der Hieb nur seine Schulter. Hagram schrie schmerzerfüllt auf und erkannte erst dann den riesigen Pelzbeißer, den die schnelle Bewegung des Mannes überrascht hatte. In Hagrams Schulter pochte der Schmerz, und er war froh, dass sein Pferd dieses Mal wenigstens nicht davongestürmt war, auch wenn es nun bockte und die Augen rollte. Hagram fand keine Zeit, sich in den Sattel zu ziehen, sondern hielt sich am Steigbügel fest und schlug an die Flanke des Tieres.

Wiehernd stürmte es los und raste den Pfad entlang, während der Pelzbeißer, dessen Angriff gescheitert war, enttäuscht brüllte und die Verfolgung aufnahm. Das Biest war erschreckend schnell, und die Sprünge des Pferdes erschwerten es Hagram, sich hinauf in den Sattel zu ziehen. Doch die Todesangst verlieh ihm Kraft, denn der Pelzbeißer drohte sie einzuholen. Es war unglaublich, wie schnell sich der Koloss bewegte. Irgendwie gelang es Hagram schließlich, sein Bein auf den Sattel zu schwingen und sich hinaufzuziehen, worauf ihre Flucht endlich an Schnelligkeit gewann und der Pelzbeißer zurückfiel.

Vor sich sah Hagram Sonnenlicht zwischen den Bäumen hervorsickern, und schon bald lichtete sich der Wald und öffnete sich in die weite Ebene. Er trieb das Pferd an und fluchte grimmig. Zu sehr hatte er sich auf die Spuren konzentriert und nicht genug auf die Umgebung geachtet, zudem musste der Wind so gestanden haben, dass sein Pferd den Pelzbeißer nicht hatte wittern können. Nun hatte Hagram für seine Unachtsamkeit zu bezahlen, denn als die akute Gefahr vorüber war und das Adrenalin nicht mehr durch seine Adern flutete, begann der Schmerz in seiner Schulter umso stärker zu toben.

Hagram fasste sich behutsam an die verletzte Seite und fluchte grimmig. Die Krallen hatten Schulter und Arm schwer getroffen, die lederne Kleidung und das Gewebe waren zerfetzt. Der Pferdelord konnte Arm und Schulter nicht bewegen und blutete stark. Er hatte nicht einmal die Möglichkeit, die Verletzung zu versorgen.

Hagram biss die Zähne aufeinander und ritt endlich aus dem Wald hinaus. Ein Stück weiter noch nach Norden, dann würde er auf das nächste Gehöft stoßen. Dort würde er Hilfe finden. Dort musste er Hilfe finden.

24

Einst hatte Feuerhand sich Hand und Arm am Feuer einer Schmiede verbrannt. Die schwere Verletzung hatte ihn untauglich für den Kampf gemacht, denn er konnte nun keinen Bogen mehr führen. Unter normalen Bedingungen wäre das Spitzohr, wie alle unnützen Maden, als Zusatz zum Nährschleim geendet. Aber ein glücklicher Umstand rettete dem Ork das Leben. Feuerhand gehörte zu den wenigen Lebewesen, die den Pfad durch die Weißen Sümpfe kannten. So hatte der Allerhöchste Lord sein Leben verschont und ihm gestattet, seiner Macht weiterhin zu dienen.

Für den Kampf untauglich, musste Feuerhand den Spott der anderen Orks ertragen, und nur seine Schläue und seine eigens geschmiedete Waffe verhinderten, dass er als Futter endete. Da er nur den unverletzten Arm richtig gebrauchen konnte, hatte man ihm ein besonderes Schlagschwert geschmiedet. Es war kleiner und leichter als das der Rundohren, und sein Ende lief in zwei Fanghaken aus statt in nur einem. Feuerhand war nun alt und zäh, und erfahren darin, auf sein Leben achtzugeben, sodass ihn der Brutmeister zum Führer eines Streiftrupps ernannt hatte.

Vor drei Tageswenden hatte er seinen gemischten Trupp aus Rundohren und Spitzohren in die Sümpfe geführt. Die Legionen würden erst später folgen.

„Folgt genau in meinen Schritten, ihr Maden“, hatte Feuerhand gezischt. „Wer danebentritt, ist verloren und wird versinken. Der Pfad ist schmal, und ihr werdet ihn in diesem Nebel nicht sehen können. Achtet also auf meinen Rücken.“ Feuerhand hatte in seiner typischen, leicht meckernden Art gelacht. „Mein Rücken ist nun von einigem Wert für euch, ihr Maden." Es war wohl das erste Mal seit Langem, dass Feuerhand sich keinerlei Sorgen darüber machen musste, was sich hinter ihm abspielte. Die Rund- und Spitzohren des Streiftrupps waren auf seine Ortskenntnis angewiesen und damit um sein Wohlergehen besorgt. „Sollte mir etwas geschehen, so wird keiner von euch die Weißen Sümpfe jemals wieder verlassen."

Die Weißen Sümpfe waren auch für die Orks ein unheimlicher Ort. Sie schlichen in der Nacht über den Pfad, während Dunkelheit und Nebel sie vor jedem Blick verbargen. Ihre Leiber wurden immer wieder von Nebelschwaden verhüllt, manchmal vollständig, dann wieder ragten nur Beine oder Oberkörper unwirklich aus den weißgrauen Schwaden hervor.

„Ich frage mich, wie Feuerhand den Weg findet", knurrte ein Rundohr und blickte über das vor ihm gehende Spitzohr hinweg auf den Führer. „Der sieht doch selber nichts."

„Weiß nicht. Ist mir auch egal", zischte das Spitzohr. „Hauptsache, er findet den Pfad und führt uns sicher auf festen Boden."

Selbst die hartgesottenen Rundohren des Trupps waren froh, nicht allzu viel von dem zu Gesicht zu bekommen, was der Sumpf nur unvollkommen verbarg. Die Orks folgten Feuerhand dichtauf, ängstlich darum bemüht, in seiner Spur zu bleiben und den Pfad nicht zu verlieren. Sie hatten keine Angst vor einem Kampf, doch in den Weißen Sümpfen zu versinken, versprach einen elenden und sinnlosen Tod. Obwohl sie nur wenig rechts und links des Pfades erkennen konnten, sahen sie immer wieder die Überbleibsel der längst vergangenen Schlacht, wenn die dichten Nebelschwaden für einen Moment aufrissen und ihnen das Grauen enthüllten. Menschen, Elfen und Orks in den Rüstungen der alten Zeit.

„Das ist mir unheimlich“, flüsterte ein Rundohr. „Habt ihr das gesehen? Wo das Wasser die Toten bedeckt, scheinen ihre Leiber völlig unversehrt. Und wo sie sich über das Wasser erheben, sind nur noch Knochen übrig.“

„Bei dem Elfen vorhin sah es sogar aus, als blute er noch“, bestätigte ein Spitzohr. Seine Ohren zuckten, und die Augen huschten nervös umher.

„Das ist kein Wasser, ihr Maden“, erklang Feuerhands Stimme von vorne. „Das sind die Weißen Sümpfe. Nehmt nur einen Schluck, und ihr werdet den Toten Gesellschaft leisten.“

Je ein Rundohr und ein Spitzohr gingen auf dem langen Marsch über den Pfad verloren. Ihre Füße traten daneben, und die Unglücklichen wurden von der Kraft der Weißen Sümpfe hinabgezogen. Das Rundohr versank in grimmigem Schweigen, doch das Spitzohr schrie jämmerlich, bis ihm der Pfeil eines anderen die Zähne ins Gehirn trieb.

Alle waren erleichtert, als sie sich dem Ende des Sumpfes näherten und sie schließlich wieder festen Boden unter den Füßen hatten. Feuerhand gab ihnen Zeichen und führte sie nach rechts, dann ließ er den Streiftrupp haltmachen. Nebel und Nacht waren so undurchdringlich, dass die Orks selbst auf kurze Entfernung nicht zu sehen waren. Sie verharrten schweigend, während Feuerhand sie musterte und schließlich zufrieden nickte.

„Gut, keiner fehlt, bis auf die zwei nutzlosen Maden. Hört zu, links von euch liegt die Menschenstadt, nur wenige Hundertlängen entfernt. Wir müssen leise sein, damit sie uns nicht entdecken. Ich führe euch nun ein Stück nach Norden, bevor wir tief in die Mark des Pferdevolkes vordringen. Folgt mir wie Schatten, Diener des Allerhöchsten Lords.“

Nichts war zu hören, außer dem kaum vernehmbaren Tapsen ihrer Schritte und dem gelegentlichen Scheppern, das entstand, wenn Rüstungsteile aneinanderschlugen. „Leise, ihr Maden“, zischte Feuerhand dann. „Wenn ihr weiter solchen Lärm macht, lasse ich euch die Rüstungen ablegen. Der allerhöchste Lord will, dass wir uns wie Geister durch das Land bewegen.“

Einige mochten nicht glauben, dass Merdonan so nahe war, aber sie mussten Feuerhands Worten vertrauen. Wenn der Pfad so dicht an der Stadt endete, würde es für die Legionen schwer werden, sich am festen Boden zu sammeln und koordiniert gegen die Wehranlagen vorzugehen. Die Menschen konnten sie währenddessen unter Beschuss nehmen, und es würde schwere Verluste geben. Nicht zuletzt deshalb erhob sich die alte Ostwache an ebendieser Stelle.

„Wir werden bluten, wenn wir uns vor der Stadt sammeln“, hatte der Brutmeister Feuerhand erklärt. „Also müssen wir dafür sorgen, dass auch die Menschenwesen bluten. Deine Aufgabe, Feuerhand, wird es sein, ebendas zu bewerkstelligen. Dein Streiftrupp ist stark, und du wirst ihn in das Hinterland der Menschenwesen führen und ihre Gehöfte und Weiler mit Tod und Verderbnis überziehen. Die Menschen dort werden sich sicher wähnen und nicht einmal ahnen, dass dein Trupp ihre Mark durchstreift. Sorge dafür, dass sie keine Männer nach Merdonan entsenden können, Feuerhand, und es wird dein Schaden nicht sein.“

Das Spitzohr hatte ehrerbietig genickt. Sich zu bewähren, würde von großem Vorteil sein. Eine bessere Unterkunft, das Vorrecht des ersten Bissens, wenn schmackhafte Beute gemacht wurde … Dem Schwarzen Lord zu beweisen, dass man von Nutzen war, konnte das eigene Leben entscheidend verlängern. Allerdings konnte es auch die Eifersucht anderer Orks hervorrufen, die sich dann besondere Mühe gaben, das Leben des Bevorzugten zu verkürzen. Das Leben der Orks war hart, bestimmt von Waffenübungen und dem Kampf gegen die Feinde des Schwarzen Lords. Zugleich war das einzelne Leben nicht viel wert, denn die Würfe in den Bruthöhlen waren zahlreich und Verluste schnell ersetzt.

Feuerhand führte den Streiftrupp schnell nach Norden und gönnte ihm keine Rast, bis sie endlich nach Westen schwenkten. Die meisten von ihnen hatten nie zuvor ein so üppiges Land gesehen. Sie kannten Wälder, Pflanzen und auch Getreidefelder, denn sie brauchten Feuerholz für ihre Schmieden und Häuser und Getreide für das Brot, das Bestandteil ihrer Ernährung war. Doch solche weiten, grasbedeckten Ebenen und Wälder waren ihnen fremd, ebenso wie die zahlreichen Tiere.

Vor allem das Hornvieh und die Geweihtiere lockten, aber Feuerhand verbot seinen Kämpfern die Jagd. „Es wird keine Beute gemacht. Erst, wenn ich es euch sage."

„Warum nicht?", maulte ein Rundohr. „Das ist gutes, frisches Fleisch. Wir alle können einen blutigen Bissen vertragen."

„Dies ist das Land des Pferdevolkes, du Made. Willst du, dass sie uns entdecken, bevor wir unseren Auftrag erfüllen können?" Feuerhand hatte sein kleines Schlagschwert drohend emporgehoben.

Es wäre dem Trupp leicht gefallen, ihn zu überwältigen und zu töten, aber Feuerhand kannte sich aus in dem Land, durch das er sie führte, und das machte sein Leben sicher.

So fügten die Orks sich seinem Willen, huschten wie Schemen durch das Land und überquerten die weiten Ebenen im schnellen Trab. Dabei achteten sie auf Anzeichen von Gefahr und liefen immer in einer Linie hintereinander, wobei die letzten beiden des Trupps ihre Spur mit abgeschnittenen Zweigen zu verwischen versuchten.

Schon am ersten Tag erreichten sie ein kleines Gehöft. Sie verbargen sich hinter einem Hügelkamm, sahen auf die Handvoll Gebäude hinab und leckten sich die Lippen. Aber Feuerhand verbot es ihnen, die Menschen zu schlachten. „Wir sind noch zu dicht an Merdonan. Andere Menschen kommen hier vorbei und würden die Spuren entdecken. Nein, ihr Maden, wir dringen noch tiefer in das Menschenland ein. Doch keine Sorge, ihr werdet bald zum Schlachten und zu ein paar guten Bissen kommen."

Eine Weile später, sie lagerten gerade am Rand eines kleinen Wäldchens, hastete eine der Wachen zu Feuerhand. „Pferdemenschen."

Der Führer des Trupps folgte der Wache alarmiert zu den vorderen Bäumen. „Nur zwei", murmelte er zufrieden. „Sie werden nahe am Wald vorbeikommen." Der Streiftruppführer bleckte die Fänge. „Wir werden sie schlachten und Merdonan damit schwächen. Aber es muss schnell gehen."

Sie lagen im Hinterhalt, als die beiden Reiter vor ihnen am Waldrand entlangritten. Die arglosen Männer wurden von den orkischen Pfeilen überrascht, die den einen von ihnen sofort aus dem Sattel warfen. Sein Pferd wieherte schrill, als Pfeile es tödlich am Hals trafen. Der andere Mann wurde lediglich verwundet. Er stieß einen Schrei aus und trieb sein Pferd an.

„Fällt ihn", brüllte Feuerhand. „Tötet das Pferd, er darf nicht entkommen!"

Ein glücklicher Pfeilschuss traf das Tier, und es stürzte. Noch im Fallen sprang der Reiter ab und taumelte einen Moment unsicher, bevor er sich umwandte, um sich den heranstürmenden Orks zu stellen. Er führte den grünen Rundschild mit dem schwarzen Rand der Ostmark und eine kurze Axt, und beides führte er gut. Aber der wilden Übermacht war er nicht gewachsen. Ein Schlagschwert schlitzte ihm die Kehle auf, und während er Blut versprühend auf den Rücken stürzte, eröffnete ein weiterer Hieb seinen Leib.

Mit triumphierendem Gebrüll warfen sich einige der Orks auf die warmen Körper, aber Feuerhand trat ihnen entgegen. „Hört auf, ihr Maden!“

„Was soll das?“, knurrte ein Rundohr mit blutigen Fängen. „Wir haben uns den Bissen redlich verdient.“

Jeder Kämpfer war wichtig für den Streiftrupp, aber Feuerhand konnte keinen Widerspruch dulden, wenn er die Führung nicht verlieren wollte. Der Hieb seines Schlagschwertes warf den noch zuckenden Leib des Rundohrs über den des Pferdelords. Als die anderen Orks knurrend Front gegen ihn machten, reckte Feuerhand ihnen drohend das von dunklem Blut triefende Schwert entgegen.

„Ihr sollt euren Bissen haben, ihr Maden“, knurrte er. „Aber wollt ihr euch beim Essen von weiteren Pferdemenschen überraschen lassen? Was ist, wenn noch mehr von ihnen herangeritten kommen? Schafft die Kadaver in den Wald, wo sie niemand sehen kann, dort könnt ihr euch satt essen.“

Einige murrten, aber dann gehorchten sie und schleiften auch das tote Pferd ein Stück in den Wald hinein. Feuerhand ließ etwas Dreck und Laub aus dem Wald holen und es über die Blutlachen streuen. Aus einiger Entfernung würden die verbleibenden Spuren wohl niemandem auffallen.

„Kein Feuer“, ermahnte Feuerhand. „Esst es roh.“

„Das schmeckt ohnehin besser“, erwiderte ein Spitzohr schmatzend.

Keiner rührte das tote Rundohr an, denn es gab schmackhafteres Fleisch.

Einen halben Tag später stießen sie auf einen Weiler des

Pferdevolkes. Die Männer waren offensichtlich schon abgerückt und die Frauen, Kinder und alten Männer gerade dabei, ein paar Habseligkeiten auf zwei Wagen und einige Lasttiere zu packen. Sie wurden vom Erscheinen des Streiftrupps völlig überrascht, und nach kurzer Zeit war das Schlachten vorüber.

Pferde und Vieh verschonten die Orks, nicht aus Mitleid mit den Kreaturen, sondern aus praktischen Erwägungen heraus. „Der Weiler wird nicht niedergebrannt, und ich will auch keine Leichen herumliegen sehen", befahl Feuerhand. „Keine warnende Rauchsäule soll am Himmel stehen und kein Aasvogel über dem Weiler kreisen und anzeigen, was geschehen ist. Werft die Kadaver in den Brunnen, das wird den Geruch dämpfen und das Wasser für die Pferdemenschen vergiften."

Sie trugen zwanzig tote Menschenwesen und drei gefallene Orks zum Brunnen und warfen sie hinein. Eines der Spitzohren betrachtete staunend einen erschlagenen Säugling. „Warum ist er so winzig?", fragte der Bogenschütze neugierig. „Hat er nicht genug Nährschlamm bekommen?"

„Die sind alle so klein, wenn sie schlüpfen", erwiderte Feuerhand. „Aber sie wachsen dann noch."

„Das hier nicht mehr", erwiderte das Spitzohr lakonisch und ließ den leblosen Körper in den Brunnen fallen."

„Beeilt euch, wir müssen weiter", drängte Feuerhand.

Sie konnten ihre Spuren nicht völlig verwischen. Feuerhand hoffte, dass streifende Pferdelords den Weiler aus der Ferne als geräumt ansehen würden und ihre Pferde am Brunnen nicht noch tränken wollten. Es wäre ihm nur recht, wenn ihre Anwesenheit im Land der Pferdelords noch eine Weile unerkannt bliebe.

Der Trupp eilte weiter, überquerte erneut eine Ebene und huschte dann in die Deckung eines weiteren Waldes. Hier lagerten sie und brachen drei Zehnteltage später wieder auf. Sie hatten den Wald gerade verlassen, als eines der Spitzohren nervös an seinem Pfeilköcher zu nesteln begann.

„Was ist los, du Made?“, fragte Feuerhand.

Das Spitzohr legte seine Ohren ein wenig an. „Ich … ich glaube, ich habe am Lagerplatz einige Pfeile verloren. Es müssten noch vier Hände voll sein, aber …“

„Du nutzlose Made.“ Feuerhand glaubte zwar nicht, dass jemand über die Pfeile stolpern würde, zudem hatten sie so tief im Wald ohnehin darauf verzichtet, ihre Spuren zu verwischen. Pferdelords ritten mit ihren Pferden nicht durchs Unterholz, davon war er fest überzeugt. Aber sicher war sicher. „Lauf zurück und hol sie.“

Das Spitzohr quiekte ergeben und hastete zurück. Wenig später tauchte es wieder auf und rannte aufgeregt zu Feuerhand. „Ich habe die Spur eines Pferdereiters entdeckt. Ganz in der Nähe unseres Lagerplatzes.“

Feuerhand stieß einen grimmigen Fluch aus. „Das Menschenwesen wird uns verraten.“

„Es ist verletzt“, sagte der Bogenschütze hastig. „Ich fand auch Blut dort. Und zwar viel davon.“

Feuerhand leckte sich über die Fänge. „Wenn das Menschenwesen verletzt ist, haben wir vielleicht Glück, und es kommt nicht weit. Vielleicht holen wir es ja ein, bevor es die anderen warnen kann.“

Feuerhand sah die anderen Mitglieder des Streiftrupps an. „Nun gut, ihr Maden, gehen wir auf Blutjagd.“

Augenblicke später schon folgte der Trupp den Spuren eines Reiters, der offensichtlich schwer verletzt war. Die Zeichen machten Feuerhand Hoffnung, dass sie das Menschenwesen bald würden einholen und schlachten können.

25

Der Wald ist mir nicht geheuer", murmelte Mortwin wieder einmal und betrachtete misstrauisch die immer dichter stehenden Bäume. „Es wird nicht einmal richtig dunkel in diesem Wald. Nein, mir gefällt es hier nicht."

„Und die Bäume und Gräser werden immer höher", seufzte Olruk. Dem stämmigen Zwerg und dem kleinwüchsigen Dorkemunt fiel es manchmal schwer, das stellenweise dicht liegende Knüppelholz oder umgestürzte Bäume zu überwinden. „Wenigstens wachsen hier nicht diese abscheulichen Klettpflanzen."

Auch Nedeam wurde der Wald immer unheimlicher. Der Anblick des Trupps getöteter Elfen hatte die Stimmung gedämpft, und der sonderbare Wald tat ein Zusätzliches, denn sein Wuchs begann sich allmählich zu verändern.

Zwischen den immer dicker werdenden Baumstämmen war genug Raum, um sich fortzubewegen. Manchmal standen die Bäume mehrere Dutzendlängen auseinander. Doch ihre gewaltigen Baumkronen bildeten ein immer dichter geschlossenes Blätterdach, das kaum noch Sonnenlicht hindurchließ, und so fiel es den Pferdelords und Olruk schwer, die Tageszeit zu bestimmen. Doch dort, wo das Sonnenlicht fehlte, trat nun ein anderes Leuchten an seine Stelle. Es schien von einem Moos auszugehen, das die Stämme der Bäume und die Unterseiten ihrer Äste bedeckte. Das silbrig-goldene Schimmern ähnelte dem Tageslicht, war aber nicht ganz so hell.

Dorkemunt stieß Nedeam leicht an. „Ist dir schon aufgefallen, dass wir seit einiger Zeit keine Geweihtiere oder andere größere Tiere mehr gesehen haben?“

Nedeam nickte voll Unbehagen. „Es ist auch nichts von ihnen zu hören. Kein Brüllen, kein Krachen von Geweihen ... Nur Vögel und Insekten hört man noch und das Knacken von Holz.“

Sie fuhren zusammen, als es neben ihnen vernehmlich knallte, und Olruk zuckte entschuldigend die Schultern. „Ah, verzeiht, Ihr guten Herren, aber mein Leib ist zu stattlich für diese schwachen Hölzer, und sie liegen so dicht, dass es mir schwerfällt, beim Schleichgang meinen Fuß dazwischenzusetzen.“

„Ich weiß ja nicht, wer hier sonst noch durch den Wald schleicht“, maulte Mortwin. „Wir tun es jedenfalls nicht. Ich wette, man kann uns auf viele Hundertlängen hören.“

„Euer Mundwerk ganz bestimmt“, raunte Malenan. Der Pferdelord schob ärgerlich ein paar widerspenstige Zweige mit seiner Axt zur Seite. „Bei den Finsteren Abgründen, wie können Elfen in einem solchen Dickicht nur leben?“

„Sogar Menschen können das.“ Lotaras war wie ein Geist neben sie gehuscht. „Im Königreich von Alnoa und über dessen Grenzen hinaus gibt es Menschen, die wie das elfische Volk den Wald als Lebensraum nutzen.“

Mortwin schürzte die Lippen. „Ich kann mir Besseres vorstellen, als mir den ganzen Tag den Weg mit der Axt freischlagen zu müssen.“

Lotaras lächelte. „Der Wald ist der Lebensraum des elfischen Volkes, so wie die Ebenen der Lebensraum von euch Pferdelords ist.“

Olruk nickte verständnisvoll. „Es würde wohl ein wenig eng werden, wenn wir alle am gleichen Ort leben wollten, nicht wahr?“

Lotaras nickte. „Wohl gedacht, guter Herr Zwerg."

„Ist das der Grund, warum Ihr fortwollt?" Nedeam sah seinen elfischen Freund nachdenklich an. „Ihr habt oft die Neuen Ufer erwähnt, Lotaras, mein Freund."

Der Elf rückte den Pfeilköcher an seiner Hüfte gerade und zuckte die Achseln. „Die Reise ist unserem Volk auferlegt, Nedeam, mein Freund. Schon zur Zeit des Ersten Bundes, vor vielen Menschenaltern, hat der Hohe Rat des elfischen Volkes den Beschluss gefasst. Der Weg soll uns in ein neues Land führen und uns neuen Lebensraum erschließen."

„Aber warum?" Nedeam machte eine ausholende Geste. „Hier ist doch Platz genug. Ihr habt die Wälder und wir die Ebenen."

„Unsere Zahl schwindet", seufzte Lotaras. „Geburten sind rar, und der Tod lichtet unsere Reihen. Oh, ich weiß, man sagt uns Unsterblichkeit nach, doch Unfall und Krankheit können unser Leben ebenso beenden wie die Klinge eines Feindes. Ihr Menschenwesen hingegen", er sah die Pferdelords achselzuckend an, „ihr werdet immer zahlreicher."

Olruk schob sich über eine dicke Wurzel hinweg. „Auch die Menschen waren schon zahlreicher, so wie wir alle."

„Das ist wahr." Lotaras schlug nach ein paar Insekten, die ihm zu aufdringlich wurden. „Einst gab es die sieben Königreiche der Menschen, und ihre Bewohner bevölkerten das Land. Einst gab es sieben Städte der Zwerge und sieben Häuser der Elfen. Die Welt schien im Gleichgewicht, auch wenn die Menschenwesen immer zahlreicher wurden. Sie breiteten sich sogar über die Wasser aus und vielleicht ..." Er zuckte abermals die Schultern. „Vielleicht wären sie dereinst sogar in die Wälder der elfischen Häuser vorgedrungen. Aber dann erhob sich die Finstere Macht des Schwarzen Lords mit seinen Legionen von

Orks. Dunkelheit breitete sich aus, und der Große Krieg begann zahllose Leben zu verschlingen."

„Ja", bestätigte Olruk, „ich kenne die Legenden."

„Keine Legenden, Freund Zwerg." Lotaras schüttelte entschieden den Kopf. „Der Schwarze Lord brachte Zwietracht unter die Menschen, und ihre Königreiche begannen zu zerfallen. Es kam die Zeit des Ersten Bundes, und wir glaubten bereits, das Böse vernichtet zu haben. Viele Leben gingen damals verloren, und nie haben wir die alte Stärke zurückerlangt. Von den Reichen der Menschen ist nur eines geblieben."

„Jetzt stehen wir wieder gegen den Schwarzen Lord und seine Orks zusammen." Nedeam lächelte den Elfen an. „Dennoch wollt Ihr auf die Reise gehen?"

„Sie ist uns auferlegt. Ein anderes Geschlecht als das der Elfen mag heranwachsen und herrschen, wenn es sich als stark genug erweist."

„Was Ihr da sagt, gefällt mir nicht, Hoher Herr Lotaras", knurrte Mortwin. „Das klingt mir ein wenig so, als wolltet Ihr die Menschen ihrem Schicksal überlassen." Olruk räusperte sich, und Mortwin grunzte leise. „Und die Herren Zwerge."

Lotaras schwieg für einen Moment. „Wir stehen an Eurer Seite, solange dieses Land unsere Heimat ist."

„Ja", murmelte Dorkemunt, „aber Ihr wollt diese Heimat verlassen."

Für eine Weile suchte die Gruppe schweigend ihren Weg, und die Männer hingen ihren Gedanken nach. Die Worte hatten sie nachdenklich gemacht, vor allem Nedeam, der nun begriff, dass der Beistand der Elfen keineswegs so selbstverständlich war, wie er geglaubt hatte. Die Elfen gingen ihren eigenen Interessen nach, auch wenn sie der Kampf gegen die Orks mit den Menschen vereinte.

Nedeam musterte den stämmigen Olruk, der Umhang und Bartzöpfe von den Zweigen frei zu halten versuchte. Sie alle hatten inzwischen Schrammen von Zweigen, die sie unsanft gestreift hatten.

Von den sieben Zwergenstädten waren noch drei übrig, die anderen waren vom Schwarzen Lord überrannt und ausgelöscht worden. Auch der Grünen Kristallstadt Nal't'rund, der Heimat Olruks, hatte dieses Schicksal gedroht, und die Pferdelords Garodems hatten nicht gezögert, den Zwergen beizustehen. Während Nedeam im Hinblick auf die Elfen plötzlich zwiespältige Gefühle überkamen, empfand er gegenüber dem stämmigen Herrn Olruk bedingungsloses Vertrauen. Die Zwerge waren ihrer Heimat ebenso fest verbunden wie die Menschen des Pferdevolkes der ihren, und Nedeam wusste, dass der Bund mit dem Zwergenvolk in der gemeinsamen Niederlage enden oder aber beide Partner geschlossen zum Sieg führen würde. So hervorragende Kämpfer die elfischen Wesen auch waren, auf Dauer waren die Zwerge sicher die standhafteren Verbündeten. Sie würden noch an der Seite der Menschenwesen stehen, wenn das elfische Volk schon längst zu den Neuen Ufern aufgebrochen war. Sofern der Schwarze Lord sie zuvor nicht allesamt auslöschte.

„Vorne scheint die Sonne durch die Bäume zu dringen", sagte Lotaras unvermittelt.

Die anderen folgten seinem Blick. Tatsächlich wurde das Leuchten des allgegenwärtigen Mooses zunehmend von Sonnenlicht überstrahlt.

„Ist der Wald zu Ende?", fragte Mortwin hoffnungsvoll. „Ach, freies Land sehen, die grasenden Herden des Hornviehs, einen Pferderücken bedecken …"

„Es tut mir leid, guter Herr Mortwin, doch das wird noch

warten müssen", verneinte Lotaras. „Wir sind kaum zur Hälfte in den Wald eingedrungen. Nein, nicht einmal zu einem Viertel."

Mortwin stöhnte auf. „Wie weit soll uns der Weg noch führen? Mir wachsen ja schon Pilze unter den Füßen."

„Ihr müsst die Füße etwas schneller bewegen", riet Olruk treuherzig, „dann finden die Gewächse keinen Halt."

Mortwin schnaubte und verzichtete auf eine Erwiderung.

„Dort vorne muss sich wieder eine große Lichtung befinden", vermutete Lotaras. „Eine sehr große sogar, sonst würde die Sonne nicht bis zum Grund des Waldes dringen."

„Allein das Licht wird mein Auge schon erfreuen", stellte Dorkemunt fest.

Natürlich erreichten die elfischen Krieger die Lichtung vor Olruk und den Pferdelords. Sie sammelten sich an ihrem Rand, rückten aber nicht weiter vor, und als die Nachzügler zu ihnen aufgeschlossen hatten, erkannten sie auch den Grund dafür.

Es war eine gewaltige Lichtung, mitten im Wald. Sie maß mehrere Tausendlängen im Durchmesser und war fast kreisrund. Sonnenlicht überflutete sie und offenbarte das Grauen in gnadenloser Klarheit.

„Das … das ist ein verfluchter Ort", ächzte Dorkemunt entsetzt.

Die anderen schwiegen und starrten auf die Szene vor ihnen.

Gras und Wildblumen wuchsen üppig auf der Lichtung, und doch herrschte hier der Tod. Denn aus dem dichten Gestrüpp erhoben sich die Konturen Tausender elfischer Krieger, die mitten in der Bewegung erstarrt zu sein schienen. Der Überzug aus Schmutz und Pflanzenwuchs, der sich in vielen

Menschenaltern auf ihre Körper gelegt hatte, machte sie fast unkenntlich, aber eben nur fast, und was man sehen konnte, erfüllte die Lebenden am Rand der Lichtung mit Beklommenheit und nackter Furcht.

„Der Tod hat sie mitten im Leben ereilt“, ächzte Mortwin.

„Aber wer stirbt denn so? Mitten in der Bewegung!“ Nedeam erschauerte. „Sie brachen nicht zusammen, ja, sie scheinen nicht einmal verfallen. Wie … wie Geister aus Erde stehen sie da.“

Selbst die elfischen Krieger mit ihrem unsterblichen Wissen schienen geschockt. Ihre Blicke glitten ungewohnt hektisch über die Lichtung und spähten nach Gefahr, während die Bogen halb gespannt waren.

Lotaras schob sich zögernd durch die Reihen der Kämpfer, und Nedeam und Dorkemunt folgten ihm zusammen mit dem Ersten Schwertmann. Tasmund hatte sein Schwert gezogen und starrte die Toten auf der Lichtung mit zusammengepressten Zähnen an.

„Niemand stirbt auf solche Weise“, murmelte der Anführer der Pferdelords.

„Niemand sollte auf solche Weise sterben“, korrigierte Dorkemunt. „Das ist nicht ehrenvoll. Im Tode erstarrt, ohne zu verfallen. So ist ihren Seelen der Ritt zu den Goldenen Wolken verwehrt … Nein, das ist nicht ehrenvoll.“

Sie schritten nur wenige Längen an den toten Kriegern des elfischen Volkes entlang. Zwischen den erstarrten Wesen hatte sich neuer Boden gebildet, sodass die Beine der Toten im Grund zu versinken schienen. Die starren Gesichter waren vom Schmutz der Jahrhundertwenden überzogen, und Rüstungen und Waffen schimmerten stumpf. Als Lotaras über einen der altmodischen Schulterpanzer strich, löste sich der Schmutz, und der alte Glanz der Rüstung trat zutage, als sei sie soeben erst von elfischen Händen geschmiedet worden.

Lotaras betrachtete einen der Helme und versuchte ihn zu lösen, doch er saß zu fest. „Bogen und Schwerter des Hauses des Urbaums." Lotaras wies mit verzweifeltem Gesichtsausdruck um sich. „Dies ist die Streitmacht des Hauses Deshay, und sie ist untergegangen."

„Es tut mir leid, Lotaras, mein Freund", murmelte Tasmund und legte dem Elfen tröstend die Hand auf die Schulter. „So viele Menschenalter habt Ihr nichts von diesen Kriegern gehört ..."

„Ich weiß." Lotaras stieß ein lautes Seufzen aus. „Ich habe es geahnt. All die Jahreswenden ohne Nachricht ... wir alle haben es geahnt. Wir hätten längst etwas gehört, wenn das Haus des Urbaums überlebt hätte."

„Nun, es ist nicht gesagt, dass alle tot sind." Tasmund schob sein Schwert in die lederne Scheide zurück und musterte die stummen Reihen der Toten. „Auch wenn wir hier kein Leben mehr finden, so kann es doch andernorts noch Überlebende geben. Ich sehe keine Frauen und Kinder auf der Lichtung. Und vielleicht sind auch nicht alle Männer verloren, wenngleich hier sehr viele stehen."

Nedeam überschlug deren Zahl, aber es fiel ihm nicht leicht. „Zwei oder drei Tausend elfische Krieger."

„Zwanzig oder dreißig Beritte?" Mortwin ächzte benommen. „Welche Macht vermag Tausende elfische Wesen innerhalb eines Augenblicks zu töten? Bei den Finsteren Abgründen, Ihr guten Herren, aber ich denke, wir sollten diesen Wald nun rasch verlassen. Hier gibt es kein Leben, das wir retten, aber etliche, die wir noch verlieren könnten."

Zustimmendes Gemurmel ertönte aus der kleinen Schar

der Pferdelords, und auch Nedeam musste zu Mortwins Worten nicken.

Lotaras selbst schien unentschlossen, doch schließlich schüttelte Tasmund den Kopf und ergriff das Wort. „Wir können uns nicht davonmachen, Ihr guten Herren. Das Schicksal der Frauen und Kinder ist ungeklärt."

„Sie werden alle tot sein", knurrte Mortwin. „Ebenso wie diese da."

„Und wenn sie noch leben?" Tasmund spuckte aus. „Wahrhaftig, Ihr Pferdelords, es behagt mir nicht, durch diesen Wald zu streifen, da geht es mir ebenso wie dem guten Herrn Mortwin. Aber es behagt mir noch weniger, das Schicksal der Frauen und Kinder ungeklärt zu wissen. Ja, sie mögen tot sein, doch vielleicht leben sie auch noch und benötigen unsere Hilfe."

Lotaras schien aus seiner Starre zu erwachen. „Ich stimme Euch zu, Hoher Herr Tasmund. Vielleicht gibt es noch Leben im Haus des Urbaums."

Mortwin räusperte sich. „Hört mal, Freunde, wenn da noch jemand lebte, hätte er sich doch längst gemeldet, nicht wahr? Ich meine, es sind ja ein paar Jahreswenden seit … dem hier vergangen. Da hätte sich bestimmt die Gelegenheit geboten, jemanden zu den anderen elfischen Häusern zu entsenden."

„Wer weiß, welche Gefahren in diesem verfluchten Wald noch lauern." Tasmund wies um sich. „Die überlebenden Elfen mögen zu wenige sein, um der Gefahr zu begegnen, und halten sich vielleicht verborgen."

„Wahrhaftig, Hoher Herr Tasmund, auch wir sollten uns verborgen halten." Mortwin spuckte aus. „Nein, wir sollten diesen Wald so schnell wie möglich verlassen."

„Immerhin verstehe ich nun auch, wie der versteinerte Wald zu seinem Namen kam", sinnierte Lotaras. „All diese Krieger sind im Tode erstarrt. Versteinert."

„Schön, aber davon konnte keiner von ihnen mehr berichten", wandte Olruk ein. „Wer also soll dem Wald dann seinen Namen gegeben haben?"

Lotaras nickte. „Ihr habt recht, guter Herr Zwerg. Jemand muss einst Kunde hiervon erhalten haben, sonst gäbe es den Namen nicht."

„Also hat jemand die Krieger entdeckt und davon erzählt", sagte Tasmund. „Wer oder was auch immer das war … Wenn andere dem Wald lebend entkamen, wird es uns mit ein wenig Mut und Entschlossenheit ebenfalls gelingen."

„Und mit dem guten Stahl der Hochmark", stimmte Dorkemunt entschlossen zu.

„Und unserem elfischen Stahl", sagte nun auch Lotaras und lächelte schwach.

Olruk räusperte sich und ließ seinen breiten Daumen vielsagend über die Schneide einer seiner Kampfäxte gleiten. „Worauf, bei den Feurigen Abgründen, warten wir dann noch?"

„Lasst uns das Haus suchen, zu dem diese Krieger einst gehörten. Wir müssen Gewissheit über dessen Schicksal erlangen." Lotaras straffte sich und rief den Elfen einige Befehle in seiner Sprache zu. „Nun müssen wir uns erst recht wie Geister bewegen und darauf vorbereitet sein, dem Feind zu begegnen."

Die gemischte Gruppe begann die große Lichtung mit den im Tode erstarrten Kriegern zu umrunden. Mortwin warf ihnen einen letzten Blick zu. „Mit allem Respekt, Ihr guten Herren, die dort waren auch gerüstet, und zudem waren sie viele an der Zahl."

Die anderen erwiderten nichts, sondern tasteten sich behutsam in die Tiefen des Waldes vor. In Nedeam hallten Mortwins Worte nach. Der Pferdelord hatte recht. Was vermochten knapp hundert Kämpfer auszurichten, wo viele Tausend versagt hatten? Nedeam verspürte zunehmend Furcht, und er wusste, dass es den anderen ebenso erging. Er erkannte es an den kleinen Scherzen, welche die Männer sich zuraunten, um ihr wachsendes Unbehagen zu überdecken.

Immer tiefer drangen sie in den versteinerten Wald vor, der sie womöglich für alle Zeiten verschlingen würde.

26

Die Orks kamen, und Merdonan war bereit. Im Gegensatz zur Wehrmauer von Merdonan, die zum Schutz der Verteidiger gegen Pfeile vollständig überdacht war, hatten die Türme und das Haus des Pferdefürsten Plattformen, auf denen die kleinen Katapulte der Verteidiger standen. Merdonan verfügte nicht über die gewaltigen Wurfmaschinen, mit denen man sogar riesige Steinbrocken viele Hundertlängen weit schleudern konnte, aber das war auch nicht erforderlich. Die Stadt erhob sich in unmittelbarer Nähe jenes Pfades, der das Land des Pferdevolkes durch die Weißen Sümpfe hindurch mit dem Reich des Schwarzen Lords verband. Die kleinen Katapulte schossen ein gutes Stück in die Sümpfe hinein, noch hinter den Nebelvorhang, der die Sicht nahm.

Bei anderen Sümpfen hätte Sumpfgas einem Brand Nahrung geboten, und die Verteidiger hätten Feuerkugeln abschießen können, doch bei den Weißen Sümpfen trat dieses Gas nicht aus. Daher hatten die Männer an den Katapulten nur große Mengen an Steinen herangetragen. Inzwischen besaßen sie Erfahrung und Übung genug und konnten die Katapulte sehr zielsicher einsetzen.

Pondemir war Schlachter, und auch an diesem Tag beabsichtigte er zu schlachten, wenn auch anderes Fleisch als gewohnt. Er hatte das Katapult am frühen Morgen sorgfältig überprüft, obwohl das eigentlich nicht erforderlich war. Die Waffen wurden gepflegt und waren stets bereit. An diesem Morgen stand nun ihr Einsatz bevor, denn jenseits des Sumpfes war das Gebrüll der Orks zu hören. Noch verbarg der Nebel den Feind, aber der Lärm kam beständig näher.

Pondemir befeuchtete einen Finger, streckte ihn in die Luft und blickte zugleich auf einen der Wimpel am Turm, um die Richtung und Geschwindigkeit des Windes einzuschätzen. Die Luftfeuchtigkeit war hoch, und die Taue würden feucht sein und nicht ihre volle Spannkraft bieten. Der Katapultführer zog eine Spannschraube nach und trat hinter das Gerät.

„Ein wenig nach rechts", befahl er seinen drei Helfern. „Die Schaufel muss genau über der zweiten Zinne stehen."

Sie schoben das hintere Ende des Katapults auf seiner metallenen Gleitschiene ein wenig herum, bis Pondemir zufrieden war. Die Helfer hoben eine Ladung Steine in die Schaufel, und der Katapultführer prüfte jeden der Brocken auf Form und Gewicht. Mit den ersten Ladungen wollte er das Ende des Pfades möglichst genau treffen. Später würde das nicht mehr erforderlich sein, dann würden sich die Orks verteilen, und die Steine würden mit größerer Streuung mehr Schaden unter den Bestien anrichten.

„Warum schreien die so?" Einer der Helfer, er trug einen schlichten braunen Umhang, war also kein Pferdelord, lehnte sich gegen die Brüstung des Turms.

„Sie bringen sich in Stimmung, während sie durch den Sumpf vorrücken." Pondemir lachte freudlos. „Der Weg ist gefährlich, und je eiliger sie es haben, desto mehr von den Bestien werden danebentreten und im Sumpf versinken. Sobald sie dann auf festem Boden sind", er klopfte grinsend gegen den Schwungarm des beladenen Katapults, „werden sie unsere Steine zu spüren bekommen."

„Ja, direkt an ihren dicken Schädeln", erwiderte der andere Helfer zufrieden.

„Meint Ihr, sie können uns gefährlich werden, guter Herr Pondemir?“

Der Katapultführer schüttelte den Kopf. „Allenfalls lästig. Nun, ich gebe zu, die Bestien treten stets zahlreich auf und können durchaus kämpfen, aber hier vor Merdonan werden sie scheitern. Sie können nicht schnell genug durch den Sumpf vordringen, und unsere Katapulte bestreichen das Ende des Pfades. Wer unseren Steinen entkommt, gerät in den Pfeilhagel unserer Bogenschützen.“

Pondemir wies in einer ausholenden Geste um sich. Überall auf der Wehrmauer standen bewaffnete Männer, viele von ihnen gut ausgebildete Pferdelords. Direkt an der Mauer warteten die Bogenschützen, die gefüllten Pfeilköcher neben sich, und Helfer standen bereit, um rasch Nachschub zu bringen. Hinter den Schützen standen Kämpfer mit Lanzen, Schwertern oder Äxten, um jeden Ork über die Mauer zurückzuwerfen, der es schaffen sollte, sie zu ersteigen. Aber dazu würde es kaum kommen. Die Legionen würden keine Zeit finden, sich zu formieren und wirkungsvoll vorzugehen. Trotzdem hatte der Pferdefürst vorsorglich einen Beritt ans Tor befohlen, der notfalls einen raschen Ausfall machen konnte.

Noch immer verhüllte der Nebel den Feind, aber sein Gebrüll war mittlerweile bedrohlich nahe.

Der Mann vorne an der Zinne runzelte die Stirn. „Hört Ihr das?“

„Lasst sie schreien. Je mehr sie brüllen, desto mehr Kraft haben sie verbraucht, wenn sie vor unserer Mauer auftauchen.“

„Das meine ich nicht“, knurrte der Mann. „Ich meine dieses komische Klatschen.“

Pondemir trat nach vorne an die Einfassung und lauschte.

„Vielleicht schlagen sie wie üblich an ihre Schilde, um sich so richtig in Stimmung zu bringen."

„Ich weiß, wie es sich anhört, wenn ein Schwert an ein Schild geschlagen wird", brummte der andere beleidigt.

Pondemir lauschte weiter. „Du hast recht, das hört sich anders an. Ein seltsames Geräusch. Als würde dort jemand durch eine Pfütze Regenwasser stapfen."

Einer der anderen Helfer wurde blass. „Ihr ... Ihr meint sehr große Füße, nicht wahr?"

Pondemir ahnte die Befürchtung des Mannes. „Sie werden sicherlich keine Groller einsetzen", brummte er. „Diese riesigen Bestien sind viel zu groß und zu schwer. Sie würden in den Weißen Sümpfen versinken."

„Ich habe gehört, so ein Groller sei hoch wie unsere Mauer", ächzte der Mann an der Brüstung. „Und er könne sie mit einem Schlag zertrümmern."

„Unsinn. Unsere Mauer ist solide, auch ein Groller kann sie nicht zerstören." Niemand von ihnen hatte bislang einen Groller gesehen, und sie waren auch nicht begierig darauf, ihren Erfahrungsschatz zu erweitern. Diese riesigen Bestien mit dichtem Pelz liefen auf vier Beinen, hatten überlange Arme und einen gedrungenen Schädel mit einem mörderischen Gebiss. Sie wurden Groller genannt, da sie beim Atmen ein seltsam grollendes Geräusch von sich gaben. Ansonsten waren sie ebenso dumm, wie sie stark waren, doch die Letzten von ihnen hatte man einst bei der Schlacht vor der Weißen Stadt von Alneris gesehen. Bei den Orks dagegen wusste man nie, auf welche hinterlistige Idee sie kamen, denn dumm waren sie nicht, die Bestien des Schwarzen Lords.

„Blutdürstig und blindwütig, aber nicht dumm", murmelte Pondemir. Das Geräusch beunruhigte ihn.

„Was meint Ihr?"

„Nichts", wiegelte der Katapultführer ab. Er räusperte sich. „Es können keine Groller sein. Die Bestien würden versinken."

„Jedenfalls geht da etwas Unheimliches vor sich."

Durch den Nebel der Weißen Sümpfe drang nun auch das Patschen und Stampfen vieler Füße zu ihnen herauf und dazwischen immer wieder das merkwürdige Klatschen.

„Macht Euch bereit, Ihr Männer der Ostmark", ertönte die Stimme des Ersten Schwertmanns Mor vom Haus des Pferdefürsten herüber. „Der Feind ist bald nahe genug, um ihn willkommen zu heißen."

„Zurück von der Brüstung", befahl Pondemir und trat an den Auslösehebel des Katapultes heran. „Oder willst du die Ladung an den Kopf bekommen?"

Auch die anderen Katapulte, in deren Reichweite das Ende des Sumpfpfades lag, waren beladen und gespannt und warteten nur noch auf den Befehl zum Auslösen. Hoch oben, auf der Plattform der alten Ostwache, hatte man den besten Überblick. Dort stand ein erfahrener Katapultführer neben einem Schwertmann, der einen Berittwimpel führte. Pondemir und die anderen starrten zu dem Wimpel empor und sahen, wie dieser sich plötzlich senkte.

„Löst", brüllte er erleichtert, und die Anspannung der letzten Augenblicke fiel von ihm ab, als er den Auslösehebel nach hinten zog.

Der eiserne Fanghaken glitt vom Balken, der sich schlagartig nach vorne bewegte und dabei die Schaufel und die Ladung Steine mit sich riss. Der Hebelarm knallte gegen das Widerlager, und das ganze Katapult bäumte sich auf, bevor es wieder in sein Lager zurückfiel. Die Steine sausten indessen über die

Brüstung zum Sumpf hinüber. Nach wie vor war dort nichts zu sehen, aber das Brüllen verriet, dass etliche der Wurfgeschosse ihr Ziel fanden.

„Spannen und laden", befahl Pondemir, der zufrieden feststellte, dass sich die intensive Übung auszahlte.

Routiniert griffen die Helfer in die Speichen und spannten den Hebelarm, bis er im Fanghaken einrastete. Sogleich wurden neue Steine in die Schaufel gehoben, und Pondemir vergewisserte sich kurz, dass Richtung und Spannung noch stimmten, bevor er das Katapult erneut auslöste.

Die Stelle, an der die Orks den festen Boden erreichen mussten, lag in der Reichweite von acht Katapulten, deren steter Steinhagel nun auf diesen Bereich herabtrommelte.

„Ich kann einige der Bestien sehen", rief der eine Helfer, der neugierig an die Brüstung gerannt war.

„Zieh den Kopf ein, du Narr", fluchte Pondemir, „sonst trifft dich der Hebelarm oder ein Stein."

Dennoch war er selbst neugierig genug, wenigstens für einen kurzen Augenblick an die Brüstung heranzutreten. Zwischen den Nebelfetzen tauchten nun die kleinen und großen Gestalten der Orks auf, die hastig versuchten, festen Boden zu erreichen. Der Steinhagel machte es ihnen schwer. Etliche der Bestien wurden erschlagen, und nur wenigen gelang es, den Geschossen zu entkommen, nur um in die Reichweite der Bogenschützen zu stolpern, die nun ihrerseits die ersten Pfeile lösten und den Orks weitere Verluste zufügten.

„Sie kommen nicht durch", schrie Pondemir triumphierend und trat wieder zurück an sein Katapult. Eine weitere Ladung Steine rauschte zu den Bestien hinüber, und abermals wurde nachgeladen. „Wie ich es Euch sagte, sie können nicht schnell genug über den Pfad vordringen, um uns gefährlich zu werden."

Aus den Augenwinkeln sah Pondemir den Mann mit dem Berittwimpel heftig winken und kniff irritiert die Augen zusammen. Der Mann neben ihm stieß ihn aufgeregt an. „Dort! Dort, seht, guter Herr Pondemir!"

Am Rand der Weißen Sümpfe schienen Licht und Dunkelheit miteinander zu ringen. Finsternis lag über dem Reich des Schwarzen Lords und den Sümpfen und mischte sich mit dem Nebel zu einem seltsamen Wabern, während das Land des Pferdevolkes von strahlendem Sonnenschein überflutet war. Doch nun kam ein heftiger Wind auf, der gegen die Weißen Sümpfe und ihre Nebel blies und sie ein Stück aufreißen ließ.

Pondemir stöhnte auf, denn nun wurde die Ursache für das seltsame Klatschen sichtbar.

Bulldemut und Marnalf waren auf den Turm der alten Ostwache hinaufgestiegen, um von hier aus den Kampf beobachten und befehligen zu können, während der Erste Schwertmann Mor ihn am Boden leitete, bereit dazu, den Beritt in den Kampf zu führen.

Die Männer auf dem Turm starrten verblüfft zwischen die aufreißenden Nebelschwaden.

„Sie sind nicht dumm, diese Bestien", murmelte Marnalf, und es klang widerwillig anerkennend.

Wer auch immer sich dies ausgedacht hatte, es konnte zu einer tödlichen Gefahr für Merdonan werden. Tief unter ihnen rückten rechts und links des Pfades Trupps von Rundohren vor, die hölzerne Konstruktionen mit sich führten, welche sie wie Stege über den Sumpf legten. Wann immer eines der massigen Teile auf den Untergrund schlug, ertönte das seltsam klatschende Geräusch. Die Stege waren nicht besonders breit, aber sie boten genug Halt, um den Kohorten ein rasches Vordringen zu ermöglichen.

„Unternehmt etwas“, stieß Bulldemut hervor und fluchte lauthals. „Bei den Finsteren Abgründen, guter Grauer Marnalf, Ihr müsst doch einen Zauber kennen, der diese elenden Brücken verbrennt. Tut es rasch, oder diese Bestien werden Merdonan überschwemmen!“

„Sie sind zu weit entfernt für den Wuchtzauber“, erwiderte Marnalf bedauernd. „Doch mit meinem Stab vermag ich den Flammzauber gegen sie zu schleudern.“

Der gute Graue richtete seinen Stab am gestreckten Arm gegen die Weißen Sümpfe und murmelte Worte in einer lange vergangenen Sprache. Ein sengender Blitz löste sich aus der aufglühenden Spitze des Stabes, traf einen der Stege und setzte ihn schlagartig in Brand. Bestien brüllten auf und stürzten als lebende Fackeln in den Sumpf. Erneut flammte der Stab und verbrannte weitere Orks, worauf bei den Verteidigern der Stadt der erste Jubel erscholl.

Doch unvermittelt zuckte aus dem Nebel eine rötliche Flamme empor und traf das blaue Licht aus Marnalfs Stab. Die beiden Flammen schienen umeinanderzutanzen, und Marnalf verzog angestrengt das Gesicht.

„Was ist, Herr Marnalf?“, ächzte Bulldemut besorgt. „Was geht da vor sich?“

„Ein Grauer“, stieß der Zauberer gepresst hervor. „Ein magisches Wesen wie ich, und es ist ... stark ...“ Die Flammen loderten grell auf und blendeten für einen Moment Freund und Feind, um dann abrupt zu erlöschen. Marnalf verkrampfte sich einen Augenblick, bevor er sich stöhnend aufrichtete. „Es tut mir leid, Hoher Lord Bulldemut, doch ich kann seine Kraft nicht überwinden.“

„Dann sind wir verloren“, stöhnte eine der Wachen des Signalfeuers auf.

Marnalf schüttelte den Kopf. „Ich kann die Kraft nicht überwinden, aber das Wesen die meine auch nicht. Ich vermag es im Zaum zu halten, doch der Kampf um Eure Stadt, Pferdefürst, liegt nun in den Händen von Euch und Euren Pferdelords. Ich selbst muss mich gegen meinesgleichen erwehren."

Erneut fluchte Bulldemut herzhaft.

Unter ihnen wurden indes verbrannte Orks von dem beschädigten Steg geschoben und neue Holzteile herangeschafft, bevor dann die hölzernen Überwege rasend schnell weiter auf Merdonan zuwuchsen. Die Verteidiger richteten daher ihre Katapulte neu aus und versuchten nun, alle drei Pfade mit Steinen zu belegen. Aber immer mehr Orks gelang es, festen Boden zu erreichen und sich trotz der Pfeile der Bogenschützen zu ihren Kohorten zu sammeln.

Die ersten Pfeile der Spitzohren wurden gegen die Verteidiger gelöst, doch sie zeigten kaum Wirkung. Anders war das mit einer Gruppe von Spitzohren, die hinter einer gerüsteten Formation von Rundohren in Deckung gegangen war und nun begann, ihre Querbogen einzusetzen. Die Waffen sahen aus wie kleine Bogen, die man quer liegend an einem Schaft befestigt hatte, doch verschossen sie keine Pfeile, sondern daumenstarke metallene Bolzen. Auf der Mauer schrien Männer auf, als die Geschosse die Entfernung spielend überwanden und die Rüstungen der Verteidiger mühelos durchschlugen. Männer wurden nach hinten gerissen, sanken auf den Wehrgang oder rollten über die schrägen Dächer der unmittelbar an die Mauer gebauten Handwerksbetriebe nach unten.

Mor hatte die Gefahr erkannt. Er hetzte die Wehrmauer entlang, wobei er sich immer wieder instinktiv unter einigen Pfeilen hindurchduckte, und erreichte einen der Wehrtürme. Hastig zog er sich auf die Plattform hinauf. Hier stand eines der Katapulte, doch zwei Männer der Besatzung waren von Pfeilen oder Bolzen getötet worden und ein anderer schwer verletzt. Mor zerrte den verbliebenen Schützen aus seiner Deckung hervor.

„Hilf mir“, stieß er grimmig aus. „Diese Spitzohren mit den Querbogen werden von unseren Pfeilen nicht erreicht. Wir müssen sie mit einer Ladung Steine niederwerfen.“

Der Stadtbewohner hatte Angst, und Mor fühlte sich auch nicht gerade behaglich, als ein Bolzen seitlich seinen Helm streifte und seinem Kopf einen unangenehmen Schlag versetzte. Doch gemeinsam gelang es den beiden das Katapult auszurichten. Mor hoffte nur, dass die Spannung des Seiles richtig eingestellt war. Sie lösten aus, und die Ladung klatschte mitten in die Formation der Querbogenschützen.

Der Erste Schwertmann schrie triumphierend auf. „Los, geben wir ihnen noch eine Ladung.“

Der Katapultschütze nickte mit gequältem Grinsen und begann die Spannschraube zu drehen, doch dann schlug ihm ein Bolzen durch Helm und Stirn, und der Schwung trieb den Getöteten nach hinten und warf ihn vom Turm hinunter. Mor fluchte und hantierte allein weiter am Katapult, bis über die Treppe des Turms weitere Männer heraufeilten und ihm halfen.

Die Orks hatten den sicheren Grund vor Merdonans Stadtmauer nun so zahlreich betreten, dass die ersten Kohorten sauber formiert waren. Die gerüsteten Rundohren mit ihren Schlagschwertern und Spießen besetzten die beiden vorderen Reihen, dahinter standen die nur mit ledernen Harnischen geschützten Spitzohren, die nun immer stärker mit ihren Bögen in das Kampfgeschehen eingriffen. Über Pfad und Stege strömten weitere Orks heran, von denen einige lange Sturmleitern schleppten.

„Verfluchte Brut“, brüllte Bulldemut wütend.

Der Pferdefürst wandte sich um und stürzte hastig die Treppe des Turms hinunter. Marnalf folgte ihm. Von hier oben konnte er nichts ausrichten. Sollte der Graue Zauberer, der sich irgendwo in den Reihen der Orks befand, in das Geschehen eingreifen, so musste Marnalf ihm auf kürzerer Distanz begegnen.

Die Schlacht begann sich über die östlichen und nördlichen Abschnitte der Wehrmauer auszubreiten. Noch immer schleuderten die Katapulte ihre Steine, doch ihre Wirkung war begrenzt, und obwohl zahlreiche Helfer Nachschub brachten, ging zudem allmählich die Munition zur Neige.

„Sie lösen keine Brandpfeile“, stellte Bulldemut fest, während er durch eine der Straßen zur Nordmauer eilte. „Ich frage mich, warum nicht. Die Brände würden Kräfte von uns binden und uns außerdem behindern.“

Marnalf nickte und folgte dem erstaunlich behände wirkenden Pferdefürsten. „Ich frage mich das ebenfalls. Doch auch so wird es schwer genug, sie von der Mauer fernzuhalten.“

„Zielt auf die Sturmleitern“, befahlen erfahrene Pferdelords, „und nehmt Euch die Bogenschützen vor. Wenn wir sie im Zaum halten, wird es ihnen nicht gelingen, die Mauer zu nehmen.“

Die menschlichen Bogenschützen erwiesen sich als geschickter, verglichen mit den Spitzohren, zumal die Qualität orkscher Pfeile mangelhaft war. Viele der Schäfte waren nicht gerade und die Fiederung nachlässig gearbeitet. Aber dafür gab es Unmengen von ihnen, und das glich die Mängel bei Weitem aus. Abermals zeigte sich, dass die Masse der Orks die größte Gefahr für die Verteidiger darstellte.

Gepanzerte Rundohren schleppten die roh gezimmerten Sturmleitern auf die Mauer zu, bis sich die Bogenschützen der Stadt schließlich aufrichten mussten, um sie noch erreichen zu können. Immer mehr Verteidiger wurden dabei von Pfeilen oder Bolzen getroffen.

Mor kam zu dem Mauerabschnitt, auf dem Bulldemut stand, um die Verteidiger einzuweisen und ihnen Mut zu machen. „Lasst mich mit dem Beritt ausrücken, Hoher Lord Bulldemut. Wir treiben sie zurück."

„Dafür ist es zu spät." Bulldemut wies über das Schlachtfeld vor der Stadt. „Sie sind zu rasch und zu zahlreich vorgedrungen. Der Beritt würde sinnlos in den Tod reiten. Nein, Mor, lasst die Männer absitzen. Sie sollen sich bereithalten, dort einzugreifen, wo die Mauer zu fallen droht."

Der Pferdefürst duckte sich kurz, als er eine Gruppe Spitzohren sah, die ihre Pfeile in seine Richtung löste. Er schätzte die Zahl der Bestien ab und blickte dann nach Osten, hinüber zum Pfad und zu den Stegen, über die noch immer Orks heranströmten.

„Zwei oder drei ihrer Banner, denke ich." Bulldemut knurrte missmutig. „Und es dringen weitere aus den Sümpfen vor. Ich habe die verfluchten Bestien unterschätzt. Wir werden ihnen nicht lange standhalten können. Es sind zu viele. Ah, wenn sie die verfluchten Stege nicht hätten, wir würden sie in ihre Schranken verweisen … Mor, gebt das Zeichen, wir müssen das Signalfeuer entzünden. Die alte Ostwache hat sich erneut zu bewähren. Rasch, eilt Euch."

Mor nickte knapp und hastete vom Wehrgang hinunter, um zur Ostwache zu eilen. Der Befehl musste direkt gegeben werden und durfte nicht einfach auf einen Wink hin erfolgen, damit es keine Missverständnisse gab. Mor verfluchte diese

Tradition, denn sie zwang ihn, erneut die endlosen Stufen des großen Turms hinaufzueilen. Aber der Pferdefürst hatte recht. Das Signalfeuer der Stadt musste entzündet werden, damit die anderen Marken von der Gefahr erfuhren, die Merdonan und dem gesamten Volk drohte. Mor hoffte nur, dass die Losung die Pferdelords noch rechtzeitig erreichte.

27

Sie rechneten mit dem Schlimmsten. Horden von Orks, die aus dem Schutz der Bäume auf sie losstürmten, der Zauber Grauer Wesen, die sich im Dickicht der Pflanzen verbargen, oder gleich ganze Bäume, die auf sie herabstürzten. Die Gruppe der Pferdelords empfand Furcht, und jeder versuchte, sie auf seine Weise zu bekämpfen und sie vor allem den anderen nicht zu zeigen. Immer wieder wischten sie ihre schweißfeuchten Hände an den grünen Umhängen ab, die inzwischen von zahlreichen Dornen und kleinen Ästen zerschlissen und mit Flecken von Moos und zerdrückten Pflanzen übersät waren. Nur an den elfischen Wesen schienen Furcht und Schmutz gleichermaßen abzuperlen. Unerschütterlich und rein wie ehedem drangen die elfischen Krieger immer tiefer in den Wald, gefolgt von der kleinen Gruppe Menschen und dem Zwerg Olruk.

Malenan betrachtete einen der Elfen und zupfte an seinem Umhang. „Diese Wesen gefallen mir immer weniger. Nichts scheint sie zu berühren. Als empfänden sie weder Freude noch Leid."

„Im Augenblick ist es ja auch so", raunte Nedeam. „Das hängt mit diesem Ritus zusammen, dem Lotaras' Vater Elodarion sie unterzogen hat."

Nedeam spürte ein leichtes Zittern seiner Hand und schämte sich dafür. War es die konstante Anspannung, da er den Bogen schon so lange bereithielt, oder war es die Furcht, die ihn zu lähmen begann? Nedeam hatte durchaus schon Angst empfunden. Jeder Mann empfand sie vor der Schlacht, ja sogar während des Kampfes, und ein gesundes Maß davon war wichtig. Es schärfte die Reflexe und ließ einen Kämpfer die notwendige Umsicht bewahren, statt einfach blindwütig zu rasen. Doch auch das Gefühl der Raserei war Nedeam nicht fremd. Wenn man dem Feind entgegenritt und kurz davor stand, die Lanze in seinen Körper zu senken, wenn man also die Empfindung hatte, unbezwingbar zu sein. Doch dieser geheimnisvolle Wald rief Gefühle hervor, die dem jungen Pferdelord bislang unbekannt waren. An ihm nagte nicht etwa die Ungewissheit darüber, wo der Gegner sich verbergen mochte und wie stark er wohl war. Vielmehr plagte ihn die Überzeugung, einem Feind gegenüberzustehen, dem er mit seinen Sinnen und mit gutem Stahl nicht zu begegnen vermochte.

„Ich gestehe, ein wenig von dem Ritus der Elfen täte auch mir ganz wohl“, meinte Malenan gedämpft. „Ich habe keine Furcht, dem Feind in offener Schlacht zu begegnen, das wisst Ihr. Aber dieser Wald erfüllt mich mit Grauen.“

„Das geht uns allen so.“ Nedeam musterte Olruk. „Wie muss es da erst dem guten Herrn Olruk ergehen? Er ist solche Pflanzen noch weniger gewöhnt als wir.“

Olruk hatte die Bemerkung gehört. „Ich stelle mir vor, all dies seien wundervolle Quarzadern, die es auszuschlagen lohnt. Dann verliert sich der Schrecken ein wenig. Sagt, habt Ihr schon einmal die Pracht der großen Höhle gesehen, in der sich Nal't'rund erhebt? Ich sage Euch, Ihr guten Herren Pferdelords, wir Zwerge …“

Mitten im Satz wurde plötzlich der vor ihnen laufende Elf zurückgeworfen. Eine Blutfontäne spritzte auf, während der Krieger haltlos zu Boden stürzte, und ein Schatten huschte auf die Gruppe Pferdelords zu.

Alles Unbehagen, alle Furcht und Zweifel schwanden

nun und machten den alten Reflexen Raum. Für Pfeil und Bogen war die Entfernung schon zu kurz, also hoben sich abwehrend Schilde, und Klingen glitten klirrend aus den metallenen Einfassungen der ledernen Scheiden. Während die angreifende Raubkralle ihnen stumm und mit langen Sätzen entgegenhetzte, verspürte Nedeam, wie die Anspannung der letzten Zeit von ihm abfiel. Automatisch tauchte er zur Seite, wohingegen das Raubtier seinen Sprung nicht mehr korrigieren konnte. Es setzte dort auf, wo Nedeam gerade noch gestanden hatte, und warf sich herum, um sich nun auf Dorkemunt zu stürzen. Doch noch bevor die Bewegung vollendet war, grub sich eine von Olruks Äxten tief in den Schädel des Angreifers.

Olruk stapfte mit zufriedenem Gesicht zu dem leblosen Tierkörper und zerrte seine Axt frei. Während er sie im Gras säuberte, nickte er bedächtig. „Der tote Herr Elf wird da vielleicht anderer Meinung sein, aber mir hat es gutgetan, einem Feind zu begegnen, der aus Fleisch und Blut ist."

„Wir haben schon lange kein Tier mehr gesehen." Tasmund blähte die Wangen und seufzte. „Ich hätte nicht damit gerechnet, hier einer Raubkralle zu begegnen."

„Wir müssen weiter, sonst verlieren wir den Anschluss an unsere elfischen Freunde", mahnte Nedeam, der erfreut feststellte, dass seine Hände wieder vollkommen ruhig waren.

„Was ist mit dem toten Elf?"

Dorkemunt sah den Ersten Schwertmann an. „Was soll mit ihm sein? Herr Lotaras will keine Trauer, und das elfische Wesen ist immerhin im Wald zu Hause."

Erneut verspürte Nedeam einen Schauder. Die düstere Stimmung des Waldes schien langsam auf sie überzugehen. Niemals sonst wäre sein Freund Dorkemunt so gleichgültig über den

Tod des Elfen hinweggegangen. Der junge Pferdelord schritt zu dem toten elfischen Krieger hinüber und legte dessen leblose Hand an den Griff des Schwertes. „Er soll wenigstens nicht waffenlos zu den Goldenen Wolken reiten."

Tasmund sagte nichts, und so folgten sie schweigend den Elfen, weiter und tiefer in den Wald hinein.

28

Mor hatte das Haus des Pferdefürsten fast erreicht, als er den Alarmruf hörte. Die Orks waren auf den nördlichen Abschnitt der Mauer gelangt! Der Erste Schwertmann der Ostmark verharrte und sah den Schwertmann an, der ihn begleitete. „Eile auf den Turm und sage der Wache, das Feuer von Merdonan soll brennen. Befehl des Pferdefürsten Bulldemut."

Der Mann nickte und rannte an den beiden Wachen am Eingangsportal vorbei ins Innere des Gebäudes. Mor hingegen hastete den Weg zurück, den er soeben gekommen war.

„Jede dritte Wache der Südmauer soll zur Nordmauer", rief er über die Schulter zurück.

Wenn die Mauer erstiegen worden war, so würde die dortige Reserve bereits im Kampf stehen. Auch an den südlichen und westlichen Abschnitten der Mauer, wo noch nicht gekämpft wurde, standen Männer bereit, um einen Angriff abzuwehren. Mor zog nun also diese letzten Reserven ab, um die Mauer im Norden zu schützen. Er fluchte grimmig, wie es nur ein alter Söldner konnte, während er mit angelegtem Schild und gezücktem Schwert zum Nordabschnitt rannte.

Hinter ihm waren die Schritte anderer Bewaffneter zu hören, während die verunsicherten und ängstlichen Gesichter von Frauen und Kindern aus den Häusern blickten, in Sorge darum, dass die Bestien nun die Stadt erstürmen könnten.

Zwischen einer Schmiede und einem Heulager rannte Mor die breite Rampe zur Wehrmauer hinauf. Die ausladende Mauerkrone war dicht mit Männern besetzt, Tote lagen unterhalb der

Mauer und auf den Dächern der angebauten Gebäude. Frauen und alte Männer eilten, die über die Mauer heranzischenden Pfeile ignorierend, umher und versorgten die Verwundeten, von denen manche still vor sich hin litten, während andere jämmerlich schrien in ihrer Pein.

Bulldemut stand mit erhobener Klinge in der hinteren Reihe, und Mor erkannte Orkblut, das dunkel und schwer von ihr herabtropfte. Also waren die Orks tatsächlich schon auf die Mauer gelangt, aber offensichtlich zurückgeworfen worden.

„Die Leiterträger! Die Leiterträger!“, brüllte der Pferdefürst. „Und lasst die verfluchten Spitzohren nicht aus den Augen. He, dort rechts, achtet auf die Leitern!“

Rechterhand hatten es die Rundohren geschafft, erst zwei, dann drei Leitern an der Mauer aufzurichten, und sofort kletterten andere ungeheuer rasch an ihnen empor. Pfeile der Verteidiger warfen einige von den Sprossen, und die ersten Rundohren wurden von vorstoßenden Lanzen zurückgeworfen. Andere drängten nun nach, doch nur eines der Rundohren gelangte auf die Mauerkrone, wo es angriffslustig brüllte und sein Schlagschwert schwang, bis es durch einen Schwertstreich gefällt wurde.

„Gut so“, lobte Bulldemut. „Stoßt die Klinge in Hals oder Unterleib, wo die Rüstung dünn ist, das schmeckt den Bestien nicht.“

Auf dem Wehrgang lagen, verteilt zwischen den Männern, weitere tote und verletzte Rundohren, von denen eines nun mit seinen Fängen nach den Beinen eines Lanzenträgers schnappte. Der Axthieb eines Pferdelords beendete den Angriff, doch der Lanzenträger hatte einen schmerzhaften Biss ins Bein erhalten, der ihn ein gutes Stück Muskelfleisch gekostet hatte. Mit schmerzverzerrtem Gesicht humpelte der Mann aus der Linie.

„Achtet mir darauf, dass die Bestien auch wirklich tot sind", rief Mor. „Vergewissert euch." Er wandte sich an den Gebissenen. „Und Ihr eilt zum Heiler, guter Herr. Die Wunde sieht übel aus, und wer weiß, welche Entzündung der Biss hervorrufen kann."

Der Mann nickte stöhnend und stützte sich auf seine Lanze, als er den Wehrgang verließ.

„Wir haben sie für diesmal zurückgeschlagen", stellte Bulldemut erleichtert fest. „Aber sie werden wieder angreifen, und ihre Zahl scheint gar nicht abzunehmen, während sich unsere Reihen langsam lichten. Wir werden sie nicht mehr lange aufhalten können."

„Es wird mindestens eine Tageswende dauern, bevor Hilfe aufbrechen kann", sagte einer der Pferdelords. „Und sie kann nicht vor zwei Tageswenden eintreffen, selbst wenn die Männer scharf reiten."

Bulldemut nickte. „Ich habe zu lange gezögert." Er schlug wütend auf die Mauer und ignorierte einen Pfeil, der neben ihm gegen die obere hölzerne Einfassung prallte. „Ich war mir zu sicher, die Orks am Rand des Sumpfes aufhalten zu können." Er fuhr zu Mor herum. „Was macht das Feuer?"

„Es ist entzündet", versicherte Mor und blickte mechanisch zur alten Ostwache empor. Seine Augen verengten sich. Der Schwertmann musste die Plattform inzwischen erreichen haben, wieso brannte das Signalfeuer noch nicht?

Endlich sah er einen Schwertmann hoch über ihnen an der Brüstung auftauchen. Der schwarze Rosshaarschweif wehte im Wind, der auch den grünen Umhang des Mannes bauschte und ihn nun über dessen Körper wölbte. Aber nein, das war kein Wind, kein Umhang ... „Was ...?"

Mor glaubte den Schrei zu hören, als der Schwertmann

über die Brüstung der Turmplattform stürzte und verzweifelt mit Armen und Beinen ruderte, bis er mit hässlichem Schlag vor der Stadtmauer aufschlug.

Neben Mor tauchte wie aus dem Nichts Marnalf auf und blickte wie die anderen am Turm hinauf. Dort oben erschien nun ein fremder Mann an der Brüstung, und Marnalf zuckte zusammen. „Verfluchte Brut des Bösen“, stieß er leise hervor.

Mor wollte den Wehrgang verlassen und zum Turm eilen, doch Marnalf hielt ihn zurück. „Nein, Hoher Herr Mor, Ihr vermögt dort nichts auszurichten. Das dort oben ist ein Graues Wesen. Es hat sich mir zu erkennen gegeben, und seine Botschaft ist klar.“ Marnalf wandte sich zu Bulldemut. „Die Menschen mögen die Mauer Merdonans verteidigen können, doch das Graue Wesen hält den Turm besetzt. Es wird kein Signalfeuer brennen, solange das Wesen nicht von dort oben vertrieben ist.“

Marnalf sah in die betroffenen Gesichter der anderen. „Haltet Ihr die Mauer, Pferdelords der Ostmark. Ich will mich um das Graue Wesen kümmern.“

Bulldemut und die anderen sahen Marnalf besorgt nach. „Wenn er die Bestie nicht bezwingt, wird es kein Signalfeuer geben.“

Mor nickte. „Und keine Hilfe für Merdonan.“

29

Die Elfen drängte es sichtlich zur Eile, und immer wieder wartete Lotaras voller Ungeduld darauf, dass Menschen und Zwerg zu ihm aufschlossen. „Wir müssen uns eilen", trieb er sie an. „Ich spüre Gefahr, die sich uns nähert, und noch etwas anderes. Ein vertrautes Gefühl, das sich bei uns Elfen einstellt, wenn wir uns einem unserer Häuser nähern. Etwas sagt mir, dass es tatsächlich das Haus des Urbaums ist, und vor allem", er lächelte versonnen, „dass noch Leben in ihm ist."

„Wahrlich eine gute Botschaft." Tasmund sah die Pferdelords an, die sich nun zu einer Gruppe sammelten und allesamt erschöpft wirkten. Unablässig über Gehölz zu steigen, möglichst ohne dabei Lärm zu machen, strengte die Männer zunehmend an.

„Ihr müsst euch beeilen", drängte Lotaras erneut. „Es kann nicht mehr weit sein."

„Seht es uns Pferdelords nach, Hoher Herr Lotaras", sagte Tasmund entschuldigend, „aber wir sind solch lange und beschwerliche Wege zu Fuß nicht gewöhnt. Wir sind einfach nicht so schnell wie Ihr. Vielleicht solltet Ihr uns vorauseilen."

„Das wird das Beste sein", stimmte Lotaras zögernd zu. „Verfehlen könnt Ihr uns nicht. Ihr müsst immer genau nach Nordosten gehen." Er sah die fragenden Blicke der Männer. „Dort, in diese Richtung. Wenn Gefahr droht, sende ich Euch ein Signal."

„Schneller Ritt", sagte Nedeam mechanisch, um Lotaras Glück zu wünschen, doch der war schon wie ein Schemen zwischen den Bäumen verschwunden.

Olruk sah Nedeam fragend an. „Schneller Ritt?"

„Die Losung der Pferdelords", erklärte Dorkemunt. „Schneller Ritt und scharfer Tod. Mit ihr reiten wir gegen den Feind, Ihr versteht, Freund Olruk?"

Der stämmige Zwerg zupfte sich kurz an einem der Bartzöpfe und nickte dann. „Ja, ich verstehe. Nur brauchen wir Zwerge dergleichen nicht. Eine gute Axt oder Wurflanze und der Anblick des Feindes genügen uns."

Nedeam grinste. Er mochte die direkte Art der kleinen Männer.

„Wir rasten kurz", entschied Tasmund. „Wenn das verschollene Haus der Elfen wirklich so nahe ist, was immer ein Elf unter Nähe verstehen mag, so sollten wir uns stärken, bevor wir uns der Gefahr stellen."

Also legten sie eine kurze Pause ein, um dann Lotaras und den anderen Elfen aus dem Hause Elodarion zu folgen. Sie glaubten nicht, sie einholen zu können, doch genau dies geschah schon nach kurzer Zeit.

Nedeam wollte Lotaras erfreut zuwinken, doch Dorkemunt stieß ein leises Zischen aus und zerrte Nedeam in die Hocke, bevor er den Nachfolgenden das vereinbarte Warnzeichen gab und schließlich auch Nedeam und die anderen erkannten, was der erfahrene Pferdelord sofort gesehen hatte.

Lotaras und die Elfen des Hauses Elodarion waren ebenso im Tode erstarrt wie die Elfen des Hauses Deshay.

30

Für Marnalf war es ein schwerer Gang. Er konnte sich gut an die Zeit erinnern, da sich die Grauen Zauberer trafen und ihre Fähigkeiten und ihr Wissen untereinander austauschten, da sie noch freundliche Beobachter der menschlichen Wesen waren und nicht ihre Feinde. Marnalf konnte nicht verstehen, wie es zu diesem Wandel gekommen war. Selbst die großen Weißen Zauberer, die Herren aller Magie, hatten sich von den Menschen abgewandt oder waren spurlos verschwunden.

Einst hatten sich überall, wenn auch gut versteckt, die Häuser der Grauen befunden, und die Türme der Weißen Zauberer hatten sich hoch über das Land erhoben, als Symbol der Macht und als Zeichen dafür, dass sie ihre schützenden Hände über alles Leben hielten. Marnalf hatte vor einiger Zeit den Hammerturm unterhalb der Hochmark besucht, wo einer der großen Weißen gelebt hatte. Noch immer war der Turm unversehrt, doch in den Fugen der Treppenstufen und an den schimmernden Flanken der unteren Ebenen rankten nun die Gewächse des Waldes empor. Das Archiv des Wissens war zerfallen und die Einrichtung mit dickem Staub bedeckt gewesen. Marnalf war offensichtlich seit Langem der Erste gewesen, der den Turm aufgesucht hatte.

Er vermisste seinesgleichen, den Austausch von Erfahrungen und die langen Diskussionen, an denen der Geist sich schärfen ließ, und das Gefühl der Verbundenheit, das er mit den seinen auch über große Entfernung empfunden hatte. Nun konnte er die sanften Schwingungen nicht mehr spüren, und es schien ihm fast, als sei er das letzte Graue Wesen auf der Welt. Doch vielleicht war das auch gut so, denn immer wenn sich ihm nun ein Graues Wesen offenbarte, erfasste Marnalf Entsetzen über das, was die Gedanken dieser Wesen ihm verrieten. Es war keine Verwirrtheit des Geistes, nein, es war eine Umkehr des Denkens und Empfindens, als beherrsche nun allein der Wille des Schwarzen Lords jede Zelle der Grauen Zauberer.

Marnalf wusste nicht, wie viele von ihnen es noch gab. Sie waren nie sehr zahlreich gewesen, und einige von ihnen waren mit Sicherheit tot. Gestorben, weil sie sich nicht dem Schwarzen Lord ergeben wollten, oder getötet im Kampf gegen jene, die sie einst beschützten. Auch Marnalf hatte seinen Teil zum Tod von Grauen Wesen beigetragen. Damals in Enderonas, der Hauptstadt des Königs des Pferdevolkes, und erst kürzlich wieder hier, in Merdonan.

Er spürte Trauer darüber, dass es nun erneut an der Zeit war, ein Leben auszulöschen. Mochte es das des bösartigen Grauen Wesens sein oder das seine. Selbst ein Grauer Zauberer vermochte schwer vorauszusagen, welchen Kräften er begegnete. Marnalf, der gute Graue, war entschlossen, sein Leben einzusetzen, um die vielen anderen in Merdonan zu erhalten. Dies war die höchste Tugend und Pflicht eines Grauen Zauberers, und auch wenn die anderen diesem alten Schwur untreu geworden waren, so würde er, Marnalf, ihn bis zuletzt befolgen.

Vom Dach des Hauses starrten die elfischen Krieger auf ihn herab, die mit Leoryn in Merdonan geblieben waren. Sie beteiligten sich nicht am Kampf um die Mauer. Ihre Aufgabe war es vielmehr, die Elfin Leoryn zu schützen, was sie mit aller Entschlossenheit tun würden. Marnalf nickte ihnen grüßend zu, stützte sich seufzend auf seinen Stab und sah die beiden Wachen vor dem Portal an, die durch die Ereignisse verunsichert waren.

„Eine Gruppe ist zum Turm hinaufgeeilt“, sagte einer der Männer heiser. „Um nach dem Rechten zu sehen. Ihr Scharführer liegt nun unten vor der Mauer.“

Marnalf hörte die unausgesprochene Frage und auch den Selbstvorwurf des Mannes heraus. „Es hätte keinen Sinn gehabt, ihnen zu folgen, guter Herr Schwertmann. Gegen die Macht eines solchen Wesens können Menschen nicht bestehen. Zumindest nicht unter diesen Umständen.“

Er schritt die Stufen hinauf und durch das eiserne Portal mit dem Symbol des Pferdevolkes hindurch in den Gang, der zum Aufgang des Turms führte. Dort angekommen, begann er die Stufen hinaufzusteigen, wobei er all sein Denken auf den Kampf lenkte, der ihm nun bevorstand, denn das Graue Wesen würde wissen, wer da zu ihm heraufkam. Marnalf hatte ungefähr die Hälfte des Weges hinter sich gelassen, als sein Schritt stockte.

Er schloss die Augen und umklammerte den Stab mit beiden Händen. Seine Sinne tasteten sich empor, sie spürten die Schwingungen, die sich hinter einem undurchdringlichen Schleier zu verbergen suchten. Marnalf konzentrierte sich, seine Hände krallten sich in den Stab, und seine Gedanken durchteilten den Schleier. Aufstöhnend fuhr er zurück und lehnte sich ächzend an die Wand des Turms.

Zwei.

Es waren zwei der Grauen Wesen dort oben auf dem Turm. Seine Macht würde nicht ausreichen, sie zu bezwingen. Nicht ohne Unterstützung. Aber die Hilfe eines anderen Grauen Wesens würde Marnalf nicht finden. Nur die der Menschen, und was vermochten die schon gegen ein Graues Wesen auszurichten? Immerhin, sie waren nicht völlig hilflos. Blanker Stahl vermochte einen Zauberer zu töten. Wenn man denn den Leib des Wesens mit dem Stahl erreichte.

Marnalf schloss die Augen. Die Menschen und er konnten die beiden Grauen nur gemeinsam bezwingen, aber das musste gut bedacht werden. Jetzt, in diesem Augenblick, vermochte er nichts auszurichten. Er stieß einen langen Seufzer aus und machte sich wieder an den Abstieg.

Weit unter ihm, auf den nördlichen und östlichen Abschnitten der Mauer, stand es ebenfalls nicht zum Besten.

Erneut drängten die Orks vorwärts. Im Sonnenlicht waren vier schwarze Banner zu sehen, die sich über den Reihen der Legionen erhoben. Die Rundohren hatten ihre Schlagschwerter oder Spieße an die rechteckigen Schilde geschlagen, und das rhythmische Hämmern hatte mit seinem Dröhnen über der Stadt gelegen, bis es mit einem Schlag verstummt und in das Angriffsgebrüll der Legionen übergegangen war.

Ganze vier von ihnen brandeten nun gegen die beiden Mauerabschnitte los. Die Orks hatten Verluste erlitten, Hunderte waren gefallen, aber auch die Reihen der Menschen waren gelichtet, und noch immer standen Tausende der Bestien gegen wenige Hundert Verteidiger. Diese wurden zudem von einem solch dichten Pfeilhagel umschwirrt, dass sie kaum in der Lage waren, die eigenen Pfeile auf die Angreifer zu lösen. In dieser Phase der Offensive erzielten nur noch die Katapulte Erfolge, wenn ihre Steinladungen in die dicht gedrängten Glieder der Kohorten schlugen. Aber die Schleudern konnten den Ansturm nicht aufhalten, ihn nicht einmal nennenswert verzögern. Die Orks drangen weiter vor, nahmen dabei Pfeile und Steine der Verteidiger stoisch hin und schlossen ihre Reihen, wenn Lücken entstanden.

„Der Pfeilhagel wird erst enden, wenn die Rundohren auf der Mauer sind“, brüllte Bulldemut. „Schickt die Bogenschützen auf die Dächer der umliegenden Häuser. Von dort aus können sie die Verteidiger der Mauer besser schützen als hier auf dem Wehrgang, wo sie zur leichten Beute werden.“

Die Scharführer gaben die entsprechenden Befehle, und die Bogenschützen hasteten von der Mauer und stiegen auf die Dächer der angrenzenden Häuser, während die anderen Bewaffneten versuchten, ihre Reihen dicht zu halten.

„Lanzen nach vorne!“ Mor wartete darauf, dass die Holme der Sturmleitern über der Mauereinfassung erschienen. „Schwerter und Äxte in die zweite Reihe. Lanzen kurz halten und rasch stoßen, gebt den Bestien keine Gelegenheit, sie zu ergreifen!“

Schaben und Gebrüll erklang unter ihnen am Fuß der Mauer, Holme erschienen über der Einfassung. Eine, zwei der Leitern wurden umgestoßen, weitere tauchten auf. Dann erschienen die massiven Helme der Rundohren und ihre gebleckten Fänge, schließlich die Oberkörper mit der schweren Rüstung.

Lanzen stießen vor, rammten mit metallischem Klingen durch die Panzerungen hindurch in die Leiber der Orks. Bestien starben und stürzten hinab, während die Klingen schon wieder zurückgezogen wurden und für den nächsten Stoß bereit waren. Stoß, zurücknehmen und Stoß. Stoß, zurücknehmen und Stoß. Ein mechanisches Töten setzte ein, und nun entschied die Schnelligkeit und Kraft der Lanzenträger oder der heraufdrängenden Rundohren.

Einige der Verteidiger reagierten nicht schnell genug oder konnten die Klingen ihrer Lanzen nicht rechtzeitig befreien, und Schlagschwerter schlugen zu, schufen schließlich eine Lücke, durch die das erste Rundohr auf den Wehrgang sprang. Eine Lanze durchbohrte es, doch noch im Todeskampf hielt die Kreatur den Lanzenschaft fest, bis ein weiterer Ork erschien, den Lanzenträger erschlug und das Schlagschwert mit der Klinge eines herbeispringenden Pferdelords kreuzte, während hinter ihm bereits das nächste Rundohr auf die Mauer drängte.

Der Kampf wurde erbittert geführt. Die Orks versuchten verbissen, die Mauerkrone zu nehmen, und die Menschen gaben ihr Bestes, sie über die Brüstung zurückzudrängen. Doch jeder sterbende Verteidiger hinterließ eine Lücke, die schon bald nicht mehr geschlossen werden konnte. Von den Hausdächern zischten indes Pfeile heran und trafen Orks auf Mauer oder Leitern, doch das Getümmel auf dem Wehrgang wurde rasch zu dicht, um noch einen sicheren Schuss abgeben zu können.

„Wir können die Mauer nicht halten", keuchte Bulldemut verzweifelt. „Wir müssen sie aufgeben."

Mor und der Pferdefürst standen dicht beieinander und gaben sich gegenseitig Deckung. An viel zu vielen Stellen waren nun Menschen verzweifelt in Nahkämpfe verstrickt. Die Pferdelords verloren die Oberhand und waren schon nicht mehr in der Lage, zum Gegenangriff überzugehen, um ein Stück Mauer zurückzuerobern. Immer mehr von ihnen mussten sich gegenseitig decken, um sich des Ansturms zu erwehren.

„Jeder zweite Bogenschütze zum großen Platz", keuchte Bulldemut angestrengt. „Die anderen müssen noch auf den Dächern bleiben und den Rückzug der Lanzen und Schwerter decken. Aber die Hälfte der Schützen soll um den großen Platz in Stellung gehen. Dort müssen wir die Bestien aufhalten, Mor, wenn sie zwischen den Häusern hervordrängen. Geht, Mor, und bereitet das vor."

„Ihr müsst gehen, Hoher Lord! Solange Ihr Euer Schwert

führt, wird der Mut die Männer nicht verlassen. Ich werde die Mauer halten, bis ..."

„Ihr habt den Befehl, Erster Schwertmann", fauchte Bulldemut. „Also handelt danach!"

Mor stieß einen grimmigen Fluch aus, rammte die Klinge unter den Harnisch eines Rundohrs und fluchte erneut. „So sehen wir uns am großen Platz, Bulldemut, Pferdefürst", rief er heiser.

Mor war mit der Entscheidung seines Herrn, selber auf der Mauer zu verbleiben, nicht einverstanden, aber der Pferdefürst hatte es so befohlen. Vielleicht wollte er seinen Fehler wiedergutmachen, den Feind unterschätzt zu haben. Jedenfalls hoffte Mor, dass Bulldemut sich dafür nun nicht opfern wollte. Die Männer fochten gut und entschlossen, und Mor sah auch ein paar Frauen, die Waffen aufnahmen und sich mit ihrem Leben in den Kampf warfen. Bulldemuts Tod konnte den Mut der Menschen ins Wanken bringen, der Pferdefürst durfte nicht fallen.

Weiter fluchend hastete der Erste Schwertmann der Ostmark vom Wehrgang herunter. Er brüllte seine Anweisungen und rannte die Straße entlang zum großen Platz. „Aus den Häusern", rief er, „kommt aus den Häusern und rennt zum großen Platz, Ihr Frauen! Die Mauer wird fallen, eilt Euch!"

Die Verteidiger der Mauer wurden immer stärker bedrängt. Ein guter Teil des Walls befand sich nun schon in den Händen der Orks, und inzwischen kletterten auch Spitzohren die Leitern empor und begannen vom Wehrgang aus auf die Verteidiger zu schießen. Die Bogenschützen der Orks nahmen wenig Rücksicht darauf, ob sie dabei auch Rundohren trafen. Selbst wenn sie ebenso viele Kameraden wie Menschenwesen trafen, konnten sich die Legionen den Verlust leisten, die Verteidiger hingegen nicht.

Am großen Platz herrschte Chaos. Frauen, Kinder, Verwundete und Alte strömten aus den Straßen herbei. Niemand hatte jemals mit einer solchen Situation gerechnet. Alle hatten gedacht, Merdonan könne lange genug gegen einen Angreifer aus den Sümpfen gehalten werden. So lange, bis die Bewohner sich in die anderen Marken flüchten konnten und von dort Verstärkung eintraf, die den Fall der Stadt verhinderte. Es gab keine Fluchtburg in Merdonan und keine letzte Zufluchtstätte. Nur das große Haus des Pferdefürsten und die alte Ostwache boten ein wenig Schutz, und dorthin drängten nun die Menschen mit wachsender Angst.

Mor hatte vor, an den Straßen, die auf den Platz führten, Barrikaden zu errichten. Das Haus des Pferdefürsten konnte, so groß es auch war, nicht alle Bewohner Merdonans aufnehmen. Die meisten würden auf dem großen Platz eine provisorische Deckung finden müssen. Er winkte die Menschen zu sich, und glücklicherweise gab es genug, die seinen Zeichen folgten. Die Bewohner Merdonans wollten helfen, denn sie wussten, dass die Orks keinen von ihnen verschonen würden.

„Ich will Barrikaden an allen Straßen, die auf den Platz münden", rief Mor hastig. „Nehmt Truhen, Schränke, was immer Ihr tragen könnt. Lasst aber schmale Durchgänge, die wir rasch schließen können, wenn unsere Männer durch sind." Er hielt die Leute zurück, als sie in die Häuser eilen wollten. „Und baut eine zweite Barrikade quer über den Platz, zehn Längen von den Straßenmündungen entfernt. Dort müssen die Bogenschützen sich postieren. Und schafft Wasser und Nahrung herbei."

„Und eilt Euch", hätte er am liebsten hinzugefügt, doch er wusste, dass dieser Ansporn überflüssig war.

Von den Mauerabschnitten her drangen Kampflärm und Geschrei durch die Straßen, und Mor hatte das unbestimmte Gefühl, der Lärm breite sich immer stärker zu den Seiten aus.

Er hoffte, er täuschte sich, denn das würde bedeuten, dass die Orks über den Wehrgang ausschwärmten und vielleicht schon über die Treppen in die Stadt hineindrängten. Er beobachtete die Menschen, die mit ihren Lasten aus den Häusern herbeieilten, wies ihnen die richtigen Stellen zu, feuerte sie an und versuchte überall zugleich zu sein. Er beaufsichtigte die Errichtung der Barrikaden und ignorierte dabei den Tumult aus Richtung der Mauerabschnitte, denn er verließ sich auf die wachsamen Augen und Reflexe der elfischen Bogen auf dem Haus des Pferdefürsten. Sollte die Sicherheit des Platzes gefährdet sein, würden die Elfen reagieren.

Bulldemut hingegen weigerte sich einzugestehen, dass die Mauer vom Feind genommen war. Es konnte nicht sein, dass die Orks in die Stadt eindrangen, es durfte nicht sein. Er kämpfte gleich einem wilden Tier, von Zorn und Überlebenswillen erfüllt. Seine Klinge zuckte vor und zurück, hob und senkte sich, und der Schild blockte und wehrte ab. Eine fast unbewusste Mechanik des Tötens, gesteuert von lange geübten Reflexen und den Erfahrungen aus so vielen Kämpfen. Adrenalin durchströmte Bulldemuts Adern und gab ihm Kraft, doch trotzdem verspürte er Angst. Nicht um sein Leben, aber um seine Stadt und ihre Menschen, und davor, endgültig versagt zu haben. Mit ihm kämpften die Pferdelords und andere bewaffnete Männer und Frauen, teilten den Tod aus und empfingen ihn. Wer stürzte, war verloren und wurde von den Orks förmlich überschwemmt.

Einige Gruppen der Verteidiger waren bereits über die Aufgänge zurückgedrängt worden und kämpften nun auf der Straße, die Merdonan an der Innenseite der Mauer umlief, andere Gruppen verteidigten noch immer einige wenige Stellen des Wehrgangs, doch sie wurden immer weniger. Die Orks hingegen strömten nun fast ungehindert über die Mauer. Noch immer schossen Bogenschützen von den Dächern auf sie, aber die Pfeile und Bolzen der Spitzohren ließen immer mehr der Verteidiger leblos von den Dächern stürzen.

Schließlich war es nur noch eine kleine Gruppe aus Schwertmännern und Pferdelords, die mit dem Pferdefürsten auf der Mauer kämpfte.

Bulldemuts Rundschild wurde vom Hieb eines Schlagschwertes getroffen, und der Pferdefürst spürte die Härte des Aufpralls, die seinen Arm fast lähmte. Sein Schild sank kraftlos herab, und ein triumphierend aufbrüllendes Rundohr ließ seine Klinge auf ihn niederzischen. Im letzten Augenblick schob sich ein anderer Schild dazwischen, und ein Schwert bohrte sich in den Rachen der Bestie.

„Die Mauer ist genommen, Hoher Lord“, brüllte der Schwertmann, der Bulldemuts Leben gerettet hatte. „Wir müssen sie aufgeben, Herr! Wir müssen!“

„Niemals gebe ich Merdonans Wall auf“, brüllte der Pferdefürst, der jede Silbe seiner Worte mit einem wütenden Schwerthieb begleitete.

„Wir müssen den Wall aufgeben, Herr“, drang der Schwertmann auf Bulldemut ein, „oder Merdonan ist verloren. Wir müssen uns sammeln und neu formieren!“

Für einen kurzen Moment schienen Bulldemut die Kräfte zu verlassen, schien er wehrlos, doch dann schüttelte er sich. „Ihr habt recht, guter Herr“, räumte er widerwillig ein und hob die Stimme. „Gebt die Mauer frei, Ihr Männer der Ostmark! Zurück zur Ostwache! Zurück!“

Der Ruf wurde von anderen Männern aufgenommen, und die Menschen wichen zurück. Zunächst noch langsam, doch der enorme Druck der nachdrängenden Orks drohte die Verteidiger förmlich in die Straßen hineinzuschwemmen. Aus dem geordneten Rückzug wurde bald eine hastige Flucht. Triumphierend brüllende Orks folgten den letzten Verteidigern, stellten Nachzügler und metzelten sie nieder. Erschreckend wenige Pferdelords erreichten das Ende der Straßen und die dort aufgeschichteten Barrikaden.

„Sammelt Euch an den Barrikaden“, befahl Bulldemut mit heiserer Stimme. „Leistet Widerstand, lasst die Bestien nicht auf den Platz.“

Erschrocken erkannte er, wie wenig Schutz die Menschen auf dem Platz fanden. Die Kinder waren in Bulldemuts Haus, doch welchen Schutz mochte es bieten, wenn die Bestien auf den Platz drängten und über ihnen, auf dem Turm der Ostwache, zwei Graue Wesen lauerten? Der Pferdefürst wusste instinktiv, dass die Bestien hier, an den provisorischen Barrikaden, aufgehalten werden mussten.

„Haltet stand, Ihr Männer der Ostmark“, spornte er die Verteidiger an. „Lasst sie nicht auf den Platz, schützt Eure Frauen und Kinder!“

„Worauf warten die?“, murmelte ein erschöpfter Bogenschütze an Bulldemuts Seite.

Der Pferdefürst starrte die Straße zwischen den Häusern entlang. Ein gutes Stück zurück ballten sich die Orks, doch sie machten keine Anstalten vorzurücken.

„Was hat das zu bedeuten?“, stieß Bulldemut hervor. Er spürte, wie ein Mann an seine Seite trat, und wusste instinktiv, dass es sein Erster Schwertmann Mor war. „Sie rücken nicht vor“, sagte er, ohne sich umzuwenden. „Sie stehen einfach da und rücken nicht vor. Worauf warten die Bestien?“

„Die Männer sind erschöpft, und wir sind nur noch wenige.“ Mor umklammerte nervös sein Schwert. „Sie könnten uns im ersten Ansturm überrennen. Es ist mir schleierhaft, warum sie es nicht tun."

Ein anderer Mann trat zu ihnen und musterte die Orks, die sich in allen Straßen sammelten, aber noch immer nicht gegen die schwachen Stellungen der Verteidiger vorrückten.

„Was meint Ihr, guter Grauer Marnalf?", fragte Bulldemut leise. „Was haben sie vor?"

„Ich weiß es nicht", gestand der Magier ein. „Aber Ihr solltet für diese Pause dankbar sein. Eure Männer können sie gebrauchen, um wieder Kraft zu gewinnen, Bulldemut, Pferdefürst. Ebenso wie Ihr."

Bulldemut und die anderen Verteidiger starrten zu den Orks hinüber. Es gab keinen Zweifel, die Bestien rückten nicht weiter vor, sondern schienen auf etwas zu warten. Marnalf hatte recht, sie sollten dankbar für die Gelegenheit sein und sich etwas erholen. Das seltsame Abwarten der Orks würde bald ein Ende haben und das Töten erneut beginnen. Bulldemut wusste, dass die Verteidiger zu wenige waren, um den endgültigen Sieg der Bestien zu verhindern. Sein Blick glitt über den gewaltigen Turm der alten Ostwache. Sie mochte den Bewohnern der Stadt Schutz bieten, und ihr Signalfeuer konnte Hilfe herbeirufen. Doch dazu mussten sie den Turm erst wieder in ihre Gewalt bringen.

Bulldemut biss sich auf die Lippen. Vielleicht verschaffte das ungewohnte Zögern der Orks den Menschen ja die Zeit, die dazu erforderlich war. Solange es noch Kraft in den Armen der Männer gab und ein Funken Mut ihre Herzen erfüllte, so lange hatte Merdonan noch Hoffnung.

31

Vielleicht war das Pferd müde, vielleicht fehlte Hagram auch nur die Kraft, es anzutreiben. Arm und Schulter hatten aufgehört zu schmerzen, sie fühlten sich taub an und hingen schlaff herab. Das war kein gutes Zeichen. Hagram konnte sich noch lebhaft an die Worte seines Vaters erinnern, als er sich einst beim Erlernen des Böttcherhandwerks böse geschnitten hatte. „Es blutet“, hatte sein Vater gebrummt. „Das ist gut. Das Blut spült den Schmutz heraus. Es darf nur nicht zu viel und zu lange fließen. Du musst es verbinden, mein Sohn. Es schmerzt? Auch das ist gut, mein Sohn. Solange du Schmerz verspürst, weißt du, dass noch Leben in dir ist.“

Hagram war nicht unbedingt begierig auf Schmerzen, aber das taube Gefühl sorgte ihn. Er wusste, dass er viel Blut verloren hatte und geschwächt war. Ohne fremde Hilfe würde er Merdonan niemals wiedersehen. Er musste das Gehöft im Norden erreichen und hoffte, dass dort noch jemand war, der ihm beistehen konnte. In Gedanken verfluchte er sich und das Pferd, auf dem er saß. Hätte er besser auf den Weg geachtet, wäre sein gutes Reitpferd vielleicht nicht in den Nagerbau getreten. Aber diese verdammten Löcher waren so klein, dass er es wohl ohnehin übersehen hätte. Ein kleiner Nager und ein dummer Zufall hatten ihn sein Pferd gekostet, und vielleicht auch bald das Leben. Sein altes Pferd war ausgebildet gewesen, wie es sich für das Reittier eines Pferdelords gebührte. Es hatte die Mark wie sein Besitzer gekannt und hätte den Weg zu Hagrams Ziel auch allein gefunden. Das Pferd, das ihn nun trug, besaß diese Fähigkeit nicht. Hagram musste ihm den Weg zeigen, und dies fiel ihm zunehmend schwer.

Blut tränkte seinen Umhang an der Seite, an der er vom Prankenhieb des Pelzbeißers zerfetzt worden war. Der schwere grüne Wollstoff war vollgesogen und steif, und das Blut bedeckte mittlerweile auch Sattel und Bein auf Hagrams rechter Seite. Vielleicht hätte er längst tot sein müssen, vielleicht hielt ihn nur sein eiserner Wille auf dem Pferd. Aber noch saß er im Sattel und noch gab es Hoffnung, auch wenn sie mit jeder zurückgelegten Länge und jedem weiteren Blutstropfen, den Hagram verlor, schwand.

Der Blutverlust ließ ihn im Sattel taumeln, und seine Augen hatten Mühe, die gewohnten Landmarken zu finden, aber irgendwie schaffte es der einsame Pferdelord. Der große Wald dort rechts, mit dem kleinen vorgelagerten Gehölz ... Hier musste er sich links halten, auf jenen flachen Hügel zu. Dort vorne standen die Drei Finger, eine Baumgruppe, die man so genannt hatte, weil ihre drei vereinzelten Bäume sich wie gestreckte Finger in den Himmel erhoben. Ihre Kronen waren dünn und die Stämme knorrig. Sie hatten nicht die Kraft zu wachsen und weigerten sich dennoch, zu verdorren und zu sterben. So wie auch Hagram sich dagegen auflehnte.

Er passierte die Bäume, ritt dann quälend langsam über den nächsten Hügel und sah erleichtert eine dünne Rauchfahne, die sich ein Stück links von ihm gegen das Blau des Himmels abhob. Das gesuchte Gehöft, und es war noch nicht verlassen. Abermals strömte Lebensmut durch Hagrams geschwachten Körper, und er trieb das Pferd zu einem schnellen Trab, bei dem er Mühe hatte, nicht aus dem Sattel zu stürzen. Dann, kaum eine Hundertlänge vor dem Gehöft, verließen ihn endgültig die Kräfte.

Hagram spürte nicht einmal, wie er aus dem Sattel glitt

und schwer auf den Boden prallte. Das Pferd, vom Gewicht des Reiters befreit, trabte weiter, denn es witterte das Wasser der Tränke, die vor dem kleinen Wohnhaus stand. Auch dieses Gehöft bestand aus nicht mehr als dem Haus, einem kleinen Holzlager und einer Koppel, in der eine Handvoll Pferde grasten. Neben dem Haus standen hölzerne Gestelle, an denen Felle trockneten. Der Besitzer des Gehöfts war offensichtlich Jäger, wie auch der von Insekten umschwirrte Rumpf eines ausgenommenen Geweihtieres verriet, der an einem ledernen Riemen von einer Strebe hing.

Hagrams Pferd trabte zu der hölzernen Tränke hinüber und begann zu saufen. Es schnaubte leise, als sich die Tür des Hauses öffnete und ein schlanker Mann heraustrat. Seine Augen verengten sich, und er beschattete sie mit einer Hand gegen das grelle Sonnenlicht. Als er das reiterlose Pferd sah, griff er mechanisch nach Bogen und Köcher, die direkt an der Tür im Haus standen.

„Ein reiterloses Pferd, Kalinya", rief er und trat an Hagrams Reittier heran, dann bemerkte er das Blut am Sattel. „Der Reiter muss verletzt sein. Sehr schwer sogar. Da ist viel Blut am Sattel."

Eine blonde Frau im bodenlangen, hochgeschlossenen Gewand der Frauen des Pferdevolkes schob einen Knaben, der ihr folgen wollte, ins Haus zurück und trat zu ihrem Mann. „Dann wurde er wohl angegriffen. Nach einem Sturz blutet man nicht so stark." Sie wischte über das Blut. „Es ist noch frisch. Der Besitzer kann nicht weit sein, Andemin."

Andemins Blick folgte den Spuren des Pferdes und stieß schließlich auf eine kleine, unregelmäßige Erhebung, ein Stück vom Gehöft entfernt. „Ich glaube, ich habe ihn schon gefunden."

„Warte. Wer oder was den Reiter auch angriff, es mag noch in der Nähe sein.“ Kalinya trat rasch ins Haus zurück. „Bleibt hier, Kinder, und haltet Augen und Ohren offen. Velina, halte dich bereit, die Tür zu schließen, falls Gefahr droht. Und kommt auf keinen Fall zu uns, wenn euer Vater und ich in Not geraten.“

Kalinya ließ offen, wie ihre drei Kinder sich in diesem Fall verhalten sollten. Doch Velina, die älteste Tochter, wusste, was zu tun war. Bedrohte ein vierbeiniger Räuber das Haus, so mussten sie es verschließen und darin abwarten, bis das Tier sich verzog, ungeachtet, was mit den Eltern geschehen sein mochte. Die Kinder waren noch zu klein, um kämpfen zu können. War es hingegen zweibeiniges Raubzeug, mussten die Kinder fliehen. Hinaus aus dem Haus, in den Schutz der Bäume und darauf hoffen, dass man sie nicht fand. Kalinya nickte ihren Kindern zu, nahm eine langstielige Axt aus der Halterung an der Wand und ging zu Andemin hinüber. „Nun lass uns gehen.“

Bis vor wenigen Jahreswenden hatten die beiden in der Stadt Merdonan gelebt. Doch dort war es ihnen zu eng geworden, und der Gestank der Gosse hatte die Sehnsüchte nach den Weiten der Mark und ihrer frischen Luft geweckt. So hatten sie Merdonan verlassen und hier ihr Gehöft aufgebaut. Auch wenn es ein einsames Leben war, waren sie doch zufrieden, und gelegentlich, wenn sie Geselligkeit vermissten, ritten sie zu einem der größeren Weiler hinüber.

Das Paar schritt nebeneinander her auf das seltsame Bündel zu, und beide ahnten, was sie dort erwartete. Ihre Blicke glitten sichernd über das Land und achteten auf Anzeichen einer Gefahr. Andemin deckte seine Frau mit halb gespanntem Bogen, während sich Kalinya zu Hagram hinunterbeugte und ihn behutsam auf den Rücken rollte.

Hagram spürte nicht, wie die Frau ihn rasch untersuchte. „Ein Pelzbeißer", stellte sie schließlich fest. „Die Spuren der Krallen sind unverwechselbar. Ein kapitaler Bursche."

„Er muss den Mann überrascht haben. Hat Glück gehabt, dass er noch lebt."

„Aber er hat sehr viel Blut verloren", sinnierte Kalinya. „Ich kann nicht sagen, ob er überleben wird."

„Lass ihn uns ins Haus schaffen, dort können wir ihn versorgen." Andemin schob den Bogen auf den Rücken und den Pfeil zurück in seinen Köcher, dann bückte er sich nach Hagram. „Er kommt mir irgendwie bekannt vor."

Es war sicher ein Glück für den Böttcher, dass er in tiefer Bewusstlosigkeit lag, denn obwohl das Paar sich redlich mühte, geriet der Transport zum Haus nicht gerade sanft. Andemin betrachtete kritisch die Blutspur, die hinter ihnen zurückblieb. „Verdammt viel Blut verliert der gute Herr."

Velina öffnete die Tür und hielt ihre neugierigen Brüder zurück, als die Eltern mit der schweren Last eintraten. Während die beiden Knaben mit großen Augen zusahen, räumte das ältere Mädchen hastig den Tisch ab und half, den Verwundeten auf die massive Holzplatte zu legen.

„Jetzt weiß ich es", sagte Kalinya unvermittelt. „Es ist der Böttcher aus der mittleren Oststraße."

„Der Böttcher?" Andemin musterte den Verwundeten. „Ja, du hast recht, Kalinya. Nun erkenne ich ihn ebenfalls."

Kalinya nahm das Messer, mit dem sie kurz zuvor noch Brot und Fleisch geschnitten hatte, und begann die Kleidung Hagrams zu öffnen. „Ich frage mich, was er hier, so weit entfernt von Merdonan, will."

Andemin hängte Bogen und Köcher wieder neben die Tür,

wo auch sein Rundschild an der Wand lehnte. Er zuckte die Achseln. „Vielleicht hatte er einfach genug von der Stadt und ihrer Enge, so wie wir."

Dass Hagram Rüstung und Waffen führte, irritierte die beiden nicht. Jeder vernünftige Mann des Pferdevolkes rüstete sich, wenn er ausritt, denn es lauerten viele Gefahren. Abgesehen von den schweren Stürmen, konnten wilde Stampeden von Hornvieh drohen, zudem gab es zahlreiche Raubtiere in den Ebenen und Wäldern, was Hagram nun ja auch zum Verhängnis geworden war. Unter anderen Umständen, etwa wenn das Paar eine Wunde entdeckt hätte, die von einer Waffe stammte, hätte Andemin das Umland aufmerksam in Augenschein genommen. Doch hier hatte es sich unverkennbar um den Angriff eines Raubtieres gehandelt. Nichts wirklich Ungewöhnliches, auch wenn ein solches Ereignis nicht alltäglich war.

„Was war das?" Kalinya, die gerade Hagrams Wunden säuberte, lauschte auf.

Auch Andemin lauschte, schüttelte dann aber den Kopf. „Nichts, geliebtes Weib. Da war nichts."

Kalinya zuckte die Achseln und ging zu einem kleinen Regal, um etwas Eisenmoos für die Wunde zu holen, als sie erneut erstarrte. Aber nun hatte auch Andemin das leise Schnauben eines Pferdes gehört, das unvermittelt in ein schmerzerfülltes Wiehern überging.

Vielleicht hatte sich eine Raubkralle hierherverirrt, vielleicht war auch der Pelzbeißer der Blutspur gefolgt, was gelegentlich durchaus geschah. In jedem Fall drohte Gefahr. Andemin war mit einem Satz an der Tür und nahm Köcher und Bogen auf. Kalinya achtete nicht mehr auf Hagram, sondern trat neben ihren Mann und ergriff ihrerseits Rundschild und Axt. Sie legte einen Finger vielsagend vor den gespitzten Mund und bedeutete den Kindern, Ruhe zu bewahren.

Es machte wenig Sinn, durch eine der beiden kleinen Fensteröffnungen nach außen spähen zu wollen. Sie waren mit Darm bespannt, und obwohl sie immer sorgfältig gesäubert und geölt wurden, waren sie trübe und ließen nur wenig Licht durch. Zu wenig, um erkennen zu können, was draußen vor sich ging.

„Willst du nicht lieber den Bogen nehmen?“, fragte Andemin leise.

„Du bist der bessere Schütze“, erwiderte sie lächelnd. „Mit der Axt hingegen weiß ich umzugehen. Ich habe oft genug das Holz gespalten.“

Sie nickten einander zu, und Andemin hielt sich schussbereit, während seine Frau die Tür aufriss, den Rundschild deckend vor ihre Körper gelegt. In einem kurzen Augenblick hatten sie die Gefahr erkannt, und Andemins Pfeil fand sein erstes Ziel. Instinktiv traten sie ins Haus zurück und schlossen die Tür.

„Orks! Verfluchte Brut“, ächzte Andemin. „Wo kommen die her?“

Mit vernehmlichem Pochen schlugen mehrere Pfeile in das massive Holz der Tür.

„Mindestens zwanzig der Bestien“, sagte Kalinya leise. Sie sah in die angstvoll aufgerissenen Augen ihrer Kinder, und Hoffnungslosigkeit machte sich in ihr breit.

„Mehr.“ Andemin fluchte und sah dann auf den bewusstlosen Hagram. „Deshalb war der gute Herr Böttcher wohl in der Mark unterwegs. Er wollte uns warnen, dass Orks das Land bedrohen. Die Finsteren Abgründe mögen die Bestien verschlingen.“

„Den Gefallen werden sie uns nicht tun.“ Kalinya leckte sich über die Lippen. „Wir haben sie nun an der Kehle und müssen es durchstehen. Ich denke, es sind einfach zu viele."

Andemin nickte. „Das denke ich auch." Er sah die Kinder liebevoll an und verspürte Trauer darüber, ihnen so wenig Schutz bieten zu können. „Hör zu, Velina! Wenn deine Mutter und ich nun hinausgehen, werden wir kämpfen müssen, und wir werden diesen Kampf nicht bestehen. Nein, schweig, mein kleiner Stern. Ihr müsst nun tapfer sein, und du, Velina, ganz besonders. Denn während wir kämpfen, musst du mit deinen Brüdern in den Wald fliehen. Lauft, so schnell ihr könnt, und blickt nicht zurück. Lauft tief in den Wald. Versteckt euch dort. Die Bestien finden sich im Wald nicht so gut zurecht, und vielleicht … vielleicht entdecken sie euch nicht …"

Andemin versagte für einen Moment die Stimme. „Kalinya und ich werden nun zu den Goldenen Wolken reiten, meine lieben Kinder. Aber seid gewiss, wir werden euch von dort oben immer begleiten. Nun gebt uns einen letzten Kuss mit auf den langen Ritt."

Es blieb keine Zeit. Eltern und Kinder umarmten sich, und Andemin rang um seine Fassung, während er sich bemühte, kühl und beherrscht zu wirken. Sie durften ihren Gefühlen jetzt nicht nachgeben, wenn die Kinder überhaupt noch eine Chance haben sollten, den Bestien zu entkommen.

Seine Frau lächelte sanft. „Ich liebe dich von ganzem Herzen, mein Gemahl. Ich habe nie bereut, Zügel und Wasserflasche mit dir zu teilen."

Andemin legte seinen Arm um sie. „Wir hatten eine glückliche Zeit."

Kalinya erwiderte seinen zärtlichen Kuss, dann löste sie sich von ihm und sah ihn mit einem traurigen Lächeln an. „So lass es uns beenden, Andemin, mein guter Mann und Gefährte."

Er nickte. „Lass es uns beenden."

Sie waren beim Anblick der Orks instinktiv ins Haus zurückgewichen und wussten, dass dies ein Fehler gewesen war. Das Haus mochte ihnen vorübergehenden Schutz bieten, doch hielt es sie auch gefangen. Hier gab es keine Möglichkeit zur Flucht und keine Sicht auf den Feind. Sie konnten nur abwarten, bis er versuchte einzudringen. Vielleicht machte er es sich auch leicht und zündete das Haus einfach an. Nein, sie hätten den Feind sofort angreifen müssen und dabei vielleicht Gelegenheit gefunden, sich frei zu kämpfen und zu entkommen, doch diese Chance war vertan, und so blieb nur der Weg, auf ehrenhafte Weise zu den Goldenen Wolken zu gelangen.

Kalinya ergriff den Riegel der Tür. „Es ist beruhigend, dass der gute Herr Böttcher von all dem nichts mitbekommen wird.“

„Schneller Ritt ...“, sagte Andemin leise und spannte den Bogen.

„... und scharfer Tod“, erwiderte Kalinya die Losung der Pferdelords und riss die Tür auf.

Zwei Rundohren hatten wohl gerade beabsichtigt, die Tür einzuschlagen. Andemins Pfeil durchschlug auf diese kurze Distanz glatt den Brustpanzer der einen Bestie, und während er den zweiten Pfeil ergriff, grub sich Kalinyas Axt in den Halsansatz des anderen Orks.

Die beiden Bestien stürzten nach hinten, und sofort sprangen die Belagerten aus dem Haus hervor. Velina zerrte ihre kleinen Brüder mit sich, wandte sich geradewegs dem Waldstück zu und rannte, so schnell ihre Beine sie trugen. Andemin kam noch zu einem zweiten Schuss, aber sein Pfeil zischte wirkungslos in den Himmel, denn er wurde gleichzeitig von mehreren Geschossen der Spitzohren getroffen. Kalinyas Rundschild fing indes das Schlagschwert eines Rundohrs ab, doch die Wucht ließ sie nach hinten taumeln. Sie versuchte noch den nächsten Hieb mit der Axt zu parieren, aber ein anderes Spitzohr rammte ihr den Haken seiner Klinge in den Leib und eröffnete ihn mit einem Ruck. Kalinyas Eingeweide und Blut strömten hervor, und noch während sie schreiend vornüberfiel, drang ein Pfeil durch eines ihrer Augen und beendete ihr Leiden.

Auch die Kinder hatten keine Chance, und ihre Schreie verstummten rasch.

Hagram spürte nicht einmal, wie eine Klinge sein Leben beendete.

Es war vorbei.

Feuerhand gab den Mitgliedern des Streiftrupps etwas Freiheit. Sollten sie ruhig ein wenig frisches Fleisch genießen, sie hatten es sich verdient.

„Nur ein paar Bissen“, befahl er. „Mit vollem Magen könnt ihr nicht so schnell laufen, und wir haben noch einiges zu erledigen.“ Er sah, wie ein Spitzohr offensichtlich einen Brand legen wollte. „Kein Feuer, du hirnlose Made! Kein Rauch darf über der Mark der Pferdemenschen stehen und sie warnen!“

Nur wenig später führte Feuerhand den Streiftrupp weiter. Es gab noch viel zu tun, noch viele Menschen zu schlachten.

32

Der Schock saß tief: Die kleine Gruppe der Pferdelords und der Zwerg Olruk waren klug genug gewesen, sich der im Tode erstarrten Elfengruppe um Lotaras nicht zu nähern, denn der unbekannte Feind musste noch in der Nähe sein. Rasch waren sie seitlich ausgewichen und möglichst lautlos weiter durch den Wald geschlichen. Nun rasteten sie im Schutz eines dichten Dickichts.

„Wir sind verloren“, murmelte Mortwin, und viele der anderen nickten zu seinen Worten.

Auch wenn die Bogen des Hauses Elodarion eher unzugänglich gewesen waren, so hatten sie doch alle den Herrn Lotaras gekannt und konnten sich noch gut daran erinnern, wie er an ihrer Seite um die Hochmark gekämpft hatte. Besonders Tasmund fühlte Trauer in sich, denn er hatte mit dem Elf Seite an Seite in der Festung von Eternas gestanden, als die Orks den Wall genommen hatten. Nedeam und Dorkemunt waren Lotaras besonders wegen dessen Schwester Leoryn verbunden, denn die elfische Heilerin war die Lehrmeisterin und Freundin von Nedeams Mutter Meowyn. Die anderen Männer fanden die elfischen Wesen vielleicht nicht sonderlich sympathisch, aber immerhin handelte es sich um Kampfgefährten, die auf schreckliche Weise gestorben waren. Es war die Art ihres Todes, welche die Männer bedrückte. Durch Pfeil oder Klinge zu sterben, hätten sie hingenommen, denn so war es nun einmal im Kampf. Aber der Gedanke daran, auf solch unheimliche und lautlose Weise und ohne die Möglichkeit einer Gegenwehr ermordet zu werden, erfüllte die Männer mit Grauen.

Olruk hatte Dorkemunts Provianttasche zwischen die Knie geklemmt und betrachtete nun deren Inhalt. „Nicht mehr viel zu essen“, sagte er pragmatisch. Er bemerkte Malenans Blick und zuckte die Achseln. „Mit leerem Bauch kämpft es sich schlecht, Ihr guten Herren.“

Olruk spürte die Niedergeschlagenheit der anderen Männer, und er war gewiss nicht unsensibel. Aber ihm war bewusst, wie gefährlich eine solche Stimmung sein konnte, vor allem, wenn die Zukunft derart ungewiss war. Zudem erfüllte ihn die fremde Umgebung noch mit zusätzlichem Unbehagen. Er liebte die Höhlen und Gänge seines Volkes und fand sich im Gebirge zurecht, aber die Vielfalt der Pflanzen um ihn herum erschien ihm weitaus beklemmender als den Menschen der Hochmark. Er musste die Geschehnisse hinnehmen und auf eine Gelegenheit warten, seine Geschicke wieder selbst in die Hand zu nehmen.

„Es gibt hier nichts zu kämpfen.“ Dorkemunt stieß die Klinge seines Messers missmutig in das Holz eines Stammes. „Kein Feind, den man sehen könnte. Nichts, in das sich guter Stahl versenken ließe, außer den Bäumen dieses verfluchten Waldes.“

„Nicht einmal Wild ist hier zu finden.“

„Lotaras meinte, in diesem Wald gebe es viele Pflanzen und Kräuter, die man essen könne. Und auch solche, die Wasser speichern.“

„Ah, und welche sollen das sein?“ Mortwin deutete über sich, wo das seltsam schimmernde Moos an den Unterseiten der Äste wuchs. „Mich reizt es nicht, nach dem Verzehr dieses Mooses im Dunkeln zu glühen.“

„Ich sage es nur ungern, Ihr guten Herren, aber in diesem Wald können wir nicht bestehen.“ Tasmund sah sie der Reihe nach an. „Selbst die Elfen sind gescheitert, und sie kannten die Wälder. Wir hingegen werden kaum den Weg zurückfinden."

Mortwin nickte hastig. „Lasst uns aufbrechen. Je eher wir diesen verfluchten Wald verlassen, desto besser für uns."

Tasmund sah sich gedankenverloren um. „Es behagt mir gar nicht, einfach aufzugeben. Aber das verschollene Haus der Elfen können wir allein nicht finden, und wir werden Mühe genug haben, dem Wald zu entkommen. Es wird Zeit, dass wir wieder die Rücken unserer Pferde bedecken und einem Feind begegnen, den wir sehen und bekämpfen können."

Dorkemunt zog sein Messer aus dem Holz heraus. „Der Proviant wird reichen, aber das Wasser wird knapp. Wir müssen eine Quelle oder einen Bachlauf finden, damit wir unsere Flaschen füllen können."

„Ein Stück des Wegs zurück verlief ein kleiner Bach", erinnerte sich einer der anderen Pferdelords.

Dorkemunt sah ihn voll Unbehagen an. „Findest du den Weg?"

Der andere schwieg einen Moment und schüttelte dann missmutig den Kopf.

Tasmund seufzte. „Hier gibt es keinen Pfad. Nicht einmal Moos an den Stämmen, das uns den Weg weisen könnte."

Nedeam räusperte sich. Nachdenklich strich er sich übers Kinn, wobei er den dichter werdenden Bartwuchs spürte. Tasmund sah ihn an. „Sprecht, guter Herr Nedeam. Jeder Gedanke kann uns weiterführen."

Der junge Pferdelord spannte unbewusst die Sehne seines Bogens und suchte nach dem richtigen Einstieg. „Die Worte des Hohen Herrn Lotaras gehen mir nicht aus dem Kopf. Er sagte, er spüre, dass noch Leben im verschollenen Haus der Elfen sei und dass es sich in unserer Nähe befinde."

„Er sagte viel, der Hohe Herr Lotaras", brummte Mortwin. „Doch nun schweigt er für immer."

„Aber seine Worte sind mir noch gegenwärtig", sagte Nedeam kalt. „Das Haus muss in der Nähe sein, und dort muss es auch noch Elfen geben. Sie werden uns sicher helfen können."

„Bah." Mortwin spuckte aus. „Selbst wenn sie noch leben, können sie sich offensichtlich nicht einmal selber helfen. Denkt an all die toten Elfen in diesem verfluchten Wald. Nein, Ihr guten Herren, hier finden wir nichts außer Tod und Verdammnis."

„Lasst es uns wenigstens versuchen", bat Nedeam. „Ich glaube Lotaras' Worten. Das verschollene Haus der Elfen befindet sich in unserer Nähe."

Die anderen schwiegen nachdenklich. Dorkemunt stieß erneut sein Messer ins Holz. „Ich bin derselben Meinung wie der Hohe Herr Tasmund. Es gefällt mir nicht, einfach aus dem Wald zu fliehen und unsere toten Freunde ungerächt zurückzulassen." Er sah den Ersten Schwertmann an, der daraufhin nickte und sich straffte.

Olruk schloss die Provianttasche des kleinwüchsigen Pferdelords und nickte ebenfalls. „Ich sehe es genauso. Obwohl ich mich vom Nahrungsmangel ein wenig geschwächt fühle, bin ich doch einem kleinen Abenteuer gegenüber nicht abgeneigt."

„Abenteuer? Seid Ihr toll?" Mortwin sah den Zwerg kopfschüttelnd an. „Das ist kein Abenteuer, Herr Zwerg, das ist, als würde man sich in sein eigenes Schwert stürzen."

„Habt Ihr Angst, Herr Pferdelord?", fragte Olruk und lächelte.

Mortwin legte die Hand an seinen Schwertgriff. „Präsentiert mir einen Feind, in den ich meine Klinge senken kann, und ich zeige Euch, wer dann Angst bekommt!"

„Beruhigt Euch, guter Herr Mortwin", beschwichtigte Tasmund. „Euer Mut im Kampf steht außer Zweifel.“

Mortwin sah Olruk grimmig an. „Das will ich wohl meinen.“ Seine Stimme wurde versöhnlicher. „Es ist der verfluchte Wald, der mich ein wenig ängstigt, das gebe ich zu.“

„Die Elfen sind sicher in Richtung des Hauses marschiert“, warf Nedeam ein. „Lotaras spürte ja dessen Lebenskraft.“

„Was auch immer Elfen zu spüren vermögen“, knurrte Mortwin verdrießlich.

Der Erste Schwertmann reckte sich ein wenig. „Wenn wir dieses verschollene Haus des Urbaums finden wollen, müssen wir in die Richtung gehen, welche die elfischen Krieger eingeschlagen haben. Allerdings“, er sah sie bedeutungsvoll an, „sollten wir einen Bogen schlagen, damit wir nicht ebenfalls ein Opfer des geheimnisvollen Feindes werden und zum Tode versteinern.“ Tasmund schwieg einen Moment und senkte die Stimme. „Als Erster Schwertmann der Hochmark kann ich Euch hier, auf fremdem Boden, nicht befehlen, mir tiefer in den Wald zu folgen, das wisst Ihr, Ihr guten Herren.“ Er lächelte knapp. „Aber wer bereit ist, mir und den guten Herren Nedeam und Dorkemunt zu folgen, der sei von Herzen willkommen.“

„Das erste vernünftige Wort seit Langem“, seufzte Malenan und nickte. „Ich bin dabei.“

Auch die anderen Pferdelords stimmten bereitwillig zu. Olruk erwiderte die fragenden Blicke der anderen und schüttelte den Kopf. „Welche Frage, Ihr guten Herren. Kein Axtschläger lässt sich die Gelegenheit zu einem solchen Abenteuer samt fröhlichem kleinen Axtschlagen entgehen.“

Mortwin seufzte ergeben. „Wir sind verfluchte Narren.“

Nedeam lächelte. „Wir sind Pferdelords.“

„Nun, in diesem Fall“, sagte Tasmund lakonisch, „ist das wohl dasselbe.“

33

Die Nacht hatte sich über die Menschen in Merdonan gesenkt, und dies in doppeltem Sinne, denn neben der Dunkelheit in der Stadt drückten trübe Gedanken auf die Gemüter ihrer Bewohner.

„Ich habe noch nie eine so verdammt finstere Nacht erlebt“, raunte ein Bogenschütze, der hinter der Barrikade der Hauptstraße kauerte. „Kein Stern am Himmel, kein Mond und alle Häuser liegen dunkel da.“

Der neben ihm sitzende Pferdelord kaute auf einem Bissen Brot. „Seid froh, dass es so ist. Die verfluchten Orks können im Zwielicht besser sehen als wir. Ein schwacher Schimmer von Brennsteinbecken, Öllampe oder Kerze genügt, und schon fliegen uns die Pfeile und Bolzen ihrer Spitzohren um die Köpfe.“

Es war tatsächlich ungewöhnlich finster. Selbst in Nächten, in denen schwere Regenstürme die Sterne mit ihren dunklen Wolken verdeckten, hatten stets verschiedenste Leuchtquellen in den Häusern ihr warmes Licht auf die Straßen geworfen.

„Sie sind nahe“, murmelte der Bogenschütze. „Ich kann sie riechen.“

„So nahe sind sie nicht.“ Der Schwertmann nahm den nächsten Bissen und wies dann mit dem Brot in der Hand um sich. „Aber der Wind weht aus ihrer Richtung und trägt den Gestank zu uns. Würde die Windrichtung drehen, würde der unsere zu ihnen hinübertreiben.“

Sie rochen wohl alle nicht sonderlich gut. Die Menschen drängten sich auf dem großen Platz und in den unteren Geschossen von Bulldemuts Haus, in dem man vornehmlich die Kinder untergebracht hatte, die jedoch so zahlreich waren, dass die größeren von ihnen ebenfalls auf dem Platz verbleiben mussten. Zur Nachtruhe lagerten die Bewohner der Stadt dicht an dicht. Der große Brunnen bot genug Wasser, um den Durst aller zu stillen, aber es war zu wenig, um auch die körperliche Reinlichkeit der Menschen zu gewährleisten. Ganz abgesehen von dem Problem, dass sie auch den drängendsten menschlichen Bedürfnissen nachkommen mussten.

„Man sieht nichts", meinte der Bogenschütze. „Wenn wenigstens Ruhe auf dem Platz wäre. So könnte ich nicht einmal hören, wenn sich eine der Bestien anschliche."

Die wenigsten Menschen schliefen, auch wenn sie so taten. Immerhin verriet lautstarkes Schnarchen, dass einige aufgrund der Unbeschwertheit ihres Gemüts oder vor Erschöpfung doch Schlaf gefunden hatten. Am unruhigsten waren die Kinder. Einige weinten immer wieder, und ihre Eltern versuchten, sie zu trösten. Die Schwertmänner und andere waren bemüht, den Menschen Zuversicht einzuflößen, aber das fiel schwer, denn allen war die ausweglose Situation bewusst.

Der Schwertmann bot dem Bogenschützen von seinem Käse an, aber der andere lehnte ab. Schweigend schob der Pferdelord den Laib in die Tasche zurück. „Macht Euch keine Sorgen, guter Herr. Wenn sie kommen, werdet Ihr sie hören. Die werden sich nicht anschleichen. Das brauchen sie bei ihrer Überzahl auch nicht. Die werden wie ein Gewittersturm über unsere Barrikaden hinwegfegen."

„Ich frage mich, warum sie es nicht längst getan haben."

Das fragten sich andere auch.

Der Kampf um Merdonan schien auf seltsame Weise erstarrt. Die Orks hatten sich verteilt und hielten nun die gesamte

Wehrmauer und viele der Häuser besetzt. Nur der Wehrgang an Bulldemuts Haus war noch in der Gewalt der Menschen. Die Orks waren jedoch nur halb in die Stadt selbst eingedrungen, obwohl es ihnen fraglos gelungen wäre, sie vollständig zu nehmen. Es hätte die Bestien schwere Verluste gekostet, doch am Ausgang des Kampfes konnte kein Zweifel bestehen. Es gab zu wenige Verteidiger, um sie aufzuhalten. Aber der letzte Ansturm kam nicht.

„Worauf, bei den Finsteren Abgründen, warten diese Bestien?“ Bulldemut schlug mit der flachen Hand auf die Platte seines Schreibtisches, und sein Gesicht wirkte im Licht der Brennsteinlampe seltsam dämonisch. „Es ist nicht ihre Art, innezuhalten, wenn der Sieg für sie so nahe ist.“

„Selbst wenn der Sieg nicht nahe ist, kämpfen sie bis zum Äußersten“, stimmte der Erste Schwertmann mit widerwilliger Anerkennung zu. „Sie haben Mut, diese Bestien. Wenigstens die Rundohren.“

Bulldemuts Amtsraum war sorgfältig verdunkelt. Mehrere Decken waren vor das Fenster gehängt und die schweren Fensterläden geschlossen worden. Kein Licht sollte nach draußen dringen. Der Pferdefürst hatte zum Kriegsrat geladen, an dem neben dem Ersten Schwertmann und zwei Scharführern auch Marnalf und die Elfin Leoryn teilnahmen. Leoryn und Marnalf wirkten als Einzige im Raum frisch und ausgeruht, obwohl die Elfin den ganzen vergangenen Tag und die erste Hälfte der Nacht unentwegt damit beschäftigt gewesen war, verletzte Menschen zu versorgen. Baralf, der Heiler von Merdonan, hatte ihr geholfen und sich ohne Zaudern ihrem Wissen gefügt. Nun war er dabei, die Heilerstube auf die kommenden Ströme von Verwundeten vorzubereiten, wobei ihm zwei Frauen halfen, frische Binden zu wickeln und Moospolster zu schneiden.

„Warum stürmen sie dann nicht los, um uns abzuschlachten?“, fragte Bulldemut erneut. Er sah Marnalf an. „Herr Marnalf, Ihr Grauen verfügt doch über mehr Wissen als wir Menschen. Könnt Ihr Euch vorstellen, warum sie nicht angreifen?“

„Ich weiß es nicht, Hoher Lord Bulldemut.“

„Ihr seid wenig hilfreich“, brummte der Pferdefürst. Er bemerkte, wie der gute Graue die Augenbrauen hob, und machte eine entschuldigende Geste. „Verzeiht, Marnalf, ich weiß, Ihr habt mit den beiden Grauen Wesen auf dem Turm genug zu tun. Ich war ungerecht. Aber ich gestehe ein, meine Nerven und meine Geduld sind dünn in dieser Nacht. Wir sind zu schwach, um uns den Bestien zu stellen, und haben keine Hoffnung, sie zu bezwingen. Wir können auch keine Hilfe herbeirufen, da sich das Signalfeuer von Merdonan nicht entzünden lässt, solange die Bestien es besetzt halten. Verdammt!“ Bulldemut schlug erneut auf den Tisch. „Gibt es keinen Weg, die Turmplattform zu nehmen?“

Marnalf schüttelte bedauernd den Kopf.

„Verdammt“, wiederholte Bulldemut. „Ohne das Feuer werden die Marken nicht von unserer Not erfahren, und wir werden keine Hilfe erhalten.“

Leoryn musterte die Landkarte, die an einer der Wände hing. „Muss es das Feuer des Turms sein?“

Marnalf runzelte die Stirn und erahnte sofort ihre Gedanken. Er beugte sich in seinem Sitz leicht vor und sah Bulldemut erregt an. „Wir groß muss das Feuer sein, damit sein Schein die Pferdelords herbeirufen kann?“

„Die alte Ostwache ist sehr hoch, und der Lichtschein des Signalfeuers recht stark.“ Bulldemut seufzte. „Hier unten müsste das Feuer schon äußerst groß sein, um in den anderen

Städten gesehen zu werden.“ Er kniff die Augen zusammen. „Vergesst es, Marnalf. Ich werde Merdonan nicht niederbrennen, nur um ein Signal zu geben. Sämtliche Bewohner würden von dem Feuer geröstet.“

„Ob nun vom Feuer verbrannt oder von den Orks geschlachtet …“ Mor stieß ein Schnauben aus. „Das Ende wäre das gleiche, doch die Marken wären gewarnt.“

„Ihr müsst ja nicht die ganze Stadt niederbrennen“, wandte Leoryn ein. Die Elfin erhob sich und trat zu Bulldemuts Karte. „Der Flammenschein muss nicht unbedingt bis zu den Städten reichen. Genügt es nicht, wenn man ihn in einigen der Weiler oder Gehöfte sieht? Werden ihre Bewohner dann nicht erkennen, dass Merdonan in Gefahr ist, und die Marken verständigen, damit Hilfe kommt?“

„Vielleicht“, brummte Bulldemut und fuhr sich über das Kinn. „Aber die umliegenden Weiler und Gehöfte werden schon geräumt sein, niemand würde das Feuer sehen.“

„Vielleicht doch.“ Mor leckte sich über die Lippen und trat neben die Elfin. „Und wenn nur ein einzelner Reiter es sieht, er würde begreifen, dass uns Gefahr droht.“

„Es ist immerhin eine Möglichkeit, Bulldemut, Pferdefürst“, sagte Marnalf eindringlich.

„Besser, als nur dazusitzen und auf das Ende zu warten, Hoher Lord“, stimmte einer der Scharführer zu. Er trug den Arm in einer Schlinge, und sein Harnisch war vom Hieb eines Schlagschwertes eingebeult, aber nicht durchdrungen worden. „Ich scheue mich nicht davor, mit der Klinge in der Hand zu sterben, Hoher Lord. Aber es geht auch darum, die anderen Marken zu verständigen, dass ihnen Gefahr droht.“

„Ja, ich weiß.“ Bulldemut nickte. „Die Pferdelords müssen sich sammeln, um ihr zu begegnen.“

„Das Feuer braucht nicht besonders groß sein.“ Leoryn lächelte sanft. „Es muss nur sehr stark rauchen. Rauch kann man sehr weit sehen.“

„Der Wind könnte auffrischen und ihn zu Boden drücken.“

„Oder abflauen und ihn hoch aufsteigen lassen.“

„Die Heulager wären geeignet.“ Der verletzte Scharführer blickte instinktiv zu dem verhangenen Fenster, das zu den Lagern zeigte. „Wenn Heu und Stroh brennen, lässt sich das nur sehr schwer löschen.“

„Und wenn man es zuvor befeuchtet, qualmt es besonders heftig.“

Mor lächelte. „Ich habe mir die Lager vor Kurzem angesehen. Vieles von dem gelagerten Heu ist noch sehr frisch. Ich habe darauf gedrungen, dass es umgeschichtet wird. Ihr wisst ja, die Wärme staut sich in dem Heu, bis es schließlich von allein in Brand geraten kann.“

„Darauf können wir nicht hoffen.“ Bulldemut machte eine abwehrende Handbewegung. „Zudem liegen die Heulager direkt an der Wehrmauer.“

Mor zuckte die Achseln. „Ja, dorthin zu gelangen, ist aussichtslos. Wir müssten uns durch eine ganze orksche Legion schlagen.“ Er überlegte einen Moment. „Aber vielleicht könnten wir heimlich hinüberschleichen.“

„Dann sollte es heute geschehen. In dieser Nacht“, riet Marnalf. „Sie ist finster, und kein Licht würde euch verraten. Ihr müsstet nur sehr leise sein.“

„Aber nicht die Heulager“, entschied Bulldemut. „Ihr würdet sie nicht erreichen.“

„Und was dann? Ein einfaches Haus anzustecken, reicht nicht aus. Selbst wenn sich das Feuer über die Nachbarhäuser ausbreiten würde.“

Die Gebäude Merdonans waren, mit Ausnahme jenes des Pferdefürsten, in der traditionellen Weise des Pferdevolkes erbaut. Auf einem niedrigen Fundament aus Steinen, das dem Schutz vor Nässe und Unrat diente, wurde das Haus aus geschälten Stämmen junger Bäume errichtet. Die Balken wurden an den Hausecken gekehlt, sodass sie unverrückbar ineinander ruhten und sich gegenseitig Halt gaben. Die Zwischenräume und Ritzen wurden mit einer Mischung aus Lehm und Stroh versiegelt. Anschließend strich man alles mit frischem Hornviehblut, was dem Holz einen rotbraunen Farbton verlieh und es gegen Brände widerstandsfähiger machte. Die Türen waren aus massiven Bohlen, die Beschläge aus geschmiedetem Eisen, und für die Fenster wurden die gewohnten Bespannungen aus Tierdarm verwendet. Die Dächer hatten Giebelbalken und waren mit hölzernen Schindeln bedeckt, über welche man Grassoden oder Moose legte. Die Häuser bestanden also überwiegend aus Holz, das jedoch eine Zeit brauchen würde, bis es ordentlich brannte. Wie konnten sie also ein Feuer legen, das sich rasch ausbreitete und möglichst viel Rauch erzeugte?

Mor kratzte sich am Kinn. „Brennstein entfällt. Er brennt ohne viel Rauch. Öl oder Fett wären gut."

„Brennwasser." Die anderen sahen Marnalf an, der wissend lächelte. „Das Brennwasser aus Merdonan."

„Brennwasser, ja." Bulldemut nickte. „Ich schätze das Zeug nicht sonderlich. Es trübt die Sinne."

Merdonan war berühmt für dieses Getränk. Es wurde aus bestem Getreide gebrannt, war klar wie Wasser und glitt harmlos durch die Kehle, bis es im Magen zu explodieren schien. Es raubte einem den Atem und die Sinne, und es war tatsächlich entflammbar. Es brannte mit einer grellen, blauen Flamme, die keinen Rauch verbreitete. Ein Feuer aus Brennwasser war als

Signal also ungeeignet, doch es würde jeden anderen Brand beschleunigen.

„Auch die Brennereien befinden sich an der Wehrmauer“, wandte der verletzte Scharführer ein.

„Ich habe nicht an Eure Brennereien gedacht“, entgegnete Marnalf lächelnd. „Als ich in die Stadt kam, Ihr Herren Pferdelords, da trat ich als reisender Heiler auf und quartierte mich im ‚Pferdekrug‘ ein.“

„Den kenne ich.“ Mor lachte leise auf. „Die Schwertmänner mussten dort schon so manches Mal für Ruhe sorgen. Josrum heißt der Schankwirt.“ Der Erste Schwertmann grinste breit. „Er hat sicher Vorräte an Brennwasser. Es ist ja Marktzeit, und man wird nicht alle seine Fässer geleert haben.“

„Nein, ich sah, wie man Nachschub zu seinem Haus brachte.“ Marnalf dachte an den Vorfall mit dem rollenden Fass, der ihm das Graue Wesen offenbart hatte.

„Er wird nicht erfreut sein, wenn wir ihm den ‚Pferdekrug‘ niederbrennen, der gute Herr Wirt“, murmelte Bulldemut. „Aber seine Schänke liegt auf der halben Länge der Hauptstraße. Sie könnte gerade noch außerhalb des Bereichs liegen, den die Bestien besetzt halten.“

Mor erhob sich. „Ich werde selbst gehen. Dazu noch ein zweiter Mann, der mir beim Zünden hilft.“

Bulldemut nickte. „Je weniger Leute sich durch die Nacht bewegen, desto weniger Lärm wird es geben. Aber Ihr solltet jemand anderen entsenden, Mor. Ich brauche Euch hier.“

„Hier kann ich nichts mehr bewirken, Hoher Lord. Aber im Gegensatz zu vielen Eurer Schwertmänner, welche die meiste Zeit in der Stadt verbracht haben, bin ich lange mit Handelskarawanen durchs Land gezogen und weiß mich leise zu bewegen.“

„Hm." Der Pferdefürst seufzte. „Dann wählt einen zweiten Mann aus und geht mit unseren besten Wünschen."

Mor legte die Hand grüßend an den Schwertgriff und verließ den Raum ohne weitere Worte. Er schritt den Gang zum Portal entlang und überlegte kurz, wer ihn begleiten könnte. Wer ein Feuer bekämpfte, wusste es auch zu legen ... Er entschloss sich, einen der Brandbekämpfung kundigen Mann zu wählen, wenn er von ihnen einen fand. Da der Pferdefürst großen Wert auf Feuerübungen legte, hatten die Schwertmänner gelegentlich mit der Brandwehr geübt, und so kannte Mor die Männer.

Tatsächlich fand er einen von ihnen, und als Mor ihm den Plan unterbreitete, grinste der Mann. „Den Bestien ein wenig Feuer unterm Hintern machen? Ja, Hoher Herr Mor, die Idee gefällt mir. Kommt mit, ich weiß, wo sich der gute Herr Josrum befindet. Er wird uns sagen können, ob noch genug Brennwasser in seinem Lager ist."

„Meinen ‚Pferdekrug' verbrennen?", keuchte der Schankwirt entsetzt, als Mor ihm seine Absicht erklärte. Trotz der Dunkelheit war zu erkennen, wie Josrum erbleichte. „Bei den Finsteren Abgründen, Ihr guten Herren, mein ‚Pferdekrug' ist ein Hort der Erquickung, die beste Schänke und Herberge in ganz Merdonan ..."

„Und Euer ‚Pferdekrug' wird auch das beste Signalfeuer abgeben", wiegelte Mor ab. „Ich kann Eure Entrüstung verstehen, guter Herr Josrum, doch im Augenblick vermag Euer ‚Pferdekrug' höchstens noch der Erquickung der Bestien zu dienen. Ihr könnt später einen schöneren und größeren errichten, falls der Plan gelingt."

Der Schankwirt jammerte noch immer, während Mor und sein Begleiter, ein Mann namens Belzir, bereits zur Barrikade an der Hauptstraße gingen.

Mor erklärte den Wachen sein Vorhaben. „Werdet also nicht gleich nervös, wenn Ihr heute Nacht jemanden durch die Straßen schleichen seht“, fügte er hinzu. „Falls ich zu den Goldenen Wolken geschickt werde, so gefälligst nur durch die Waffe eines Feindes.“

Der Schwertmann und der Bogenschütze, die hier Wache hielten, nickten. „Keine Sorge, Hoher Herr, wir werden achtgeben, in wessen Körper wir unseren Stahl versenken.“

Mor legte seinen Umhang ab, dann folgten der metallene Harnisch und der Helm mit dem langen Rosshaarschweif der Schwertmänner. Ein wenig zögernd löste er den Schwertgurt. „Es wird besser sein, die Stiefel ebenfalls abzulegen“, empfahl er Belzir. „Die harten ledernen Sohlen verursachen Lärm auf den Straßensteinen.“

„Es wird eine Menge Unrat auf der Straße liegen“, gab Belzir zu bedenken. „Zudem allerlei Dinge, die bei der Flucht zum großen Platz verloren gingen.“

„Ja, das mag sein. Doch besser verschmutzte und zerschundene Füße, als waffenlos ein Rundohr auf sich aufmerksam zu machen.“

Dem musste Mors Begleiter zustimmen. Der Erste Schwertmann legte zuletzt auch noch das lederne Wams ab, um beweglicher zu sein. Schließlich standen er und sein Begleiter nur im Unterzeug da. Die Beinkleider waren dunkel gefärbt, doch die hellen Hemden wirkten zu auffällig. Sie auszuziehen, machte jedoch wenig Sinn, denn bis auf Kopf und Hände waren die beiden Männer nicht von der Sonne gebräunt.

„Beschmiert Euch mit Dreck“, riet der Bogenschütze an der Barrikade.

Also streiften sie die hellen Hemden von ihren Körpern

und zogen sie mehrmals durch den Schmutz, der den Boden bedeckte. Als sie sich wieder ankleideten und die Hemden mit ihren Bändern an den Beinkleidern festbanden, hatten die Oberteile eine unregelmäßige schmutzige Farbe angenommen.

Die beiden Männer nahmen nur ihre Messer und zwei Feuerbüchsen mit, und nachdem sie den Wachen nochmals zugenickt hatten, huschten sie jenseits der Barrikaden dicht an den Häuserwänden entlang dem „Pferdekrug“ entgegen. Sie schlichen beiderseits der breiten Straße auf den Markplatz zu und bemühten sich, so gut es bei der herrschenden Finsternis ging, nirgends anzustoßen und kein Geräusch zu verursachen.

Die ungewöhnliche Dunkelheit verbarg sie vor den Blicken der Bestien, aber sie erschwerte es auch, Gegenstände, die ihnen im Weg waren, rechtzeitig zu erkennen. Mehr als einmal trafen daher ihre Füße gegen harte und scharfkantige Objekte, und Mor musste einmal einen grimmigen Fluch unterdrücken, als er unglücklich auf die Spitze eines Pfeils trat, die in der Fuge zwischen zwei Pflastersteinen eingeklemmt war. Er hoffte nur, es war keiner dieser Orkpfeile, die mit Exkrementen beschmiert wurden. Zwar wusste er nicht genau, ob die Bestien dies wirklich taten, aber es gab da gewisse Gerüchte, und Mor traute den verfluchten Spitzohren so ziemlich alles zu.

Ein andermal stolperte der Erste Schwertmann über eine kleine Kiste, die auf der Straße stand, und verharrte atemlos, als sie scharrend über den Boden rutschte. Auch Belzir auf der anderen Straßenseite erstarrte, doch alles blieb ruhig. So schlichen sie weiter und erreichten schließlich den Marktplatz, auf dem noch immer einige Verkaufsstände standen. Etwas klirrte, als diesmal Belzir gegen einen Gegenstand stieß, aber immer noch blieb es ruhig.

Merdonan war kreisförmig angelegt, sein Haupttor befand

sich im Westen, das Haus des Pferdefürsten mit der alten Ostwache an der östlichen Mauer. Die Hauptstraße verlief also von Osten nach Westen wie eine breite Achse durch das Zentrum der Stadt. In der Mitte der Achse befand sich der Markplatz und in dessen Nähe, etwas westlich gelegen, der „Pferdehuf". Die Orks hielten die meisten Mauerabschnitte und die Ringstraße mit ihren angrenzenden Häusern besetzt. Als die beiden Männer den Markplatz erreichten, waren leise Geräusche zu hören, die von den lagernden Orks stammen mussten. Auch die Bestien waren, zu Mors Überraschung, einigermaßen ruhig. Es wäre ihm lieber gewesen, wenn sie ihren erwarteten Sieg schon ein wenig gefeiert und dabei Lärm verursacht hätten.

Mor war schweißgebadet, als er Josrums „Pferdehuf" erreichte. Als undeutlichen Schemen konnte er Belzir gerade noch erahnen, obwohl dieser nur wenige Längen entfernt stand. Mor winkte ihn zu sich, und gemeinsam schlichen sie zur Tür der Schänke. Auf der obersten Stufe des Aufgangs befanden sie sich im Sichtschutz des Eingangsbereiches, und Mor stellte erleichtert fest, dass die Tür halb offen stand. Er gab Belzir das Zeichen zu warten und lauschte angestrengt in die Dunkelheit. In der Schänke war nichts zu hören. Mor sog Luft durch die Nase ein, um zu prüfen, ob er den typischen Geruch eines Orks wahrnehmen konnte. Halbwegs beruhigt, schob er die Tür ein Stück weiter auf und zuckte zusammen, als sie in ihren Angeln leise knarrte. Dann betrat er endlich, gefolgt von Belzir, das Gebäude.

„Das Lager ist unten", raunte sein Begleiter, und Mor nickte unwillkürlich.

In der Schänke war es noch dunkler als auf der Straße, und hätten sie beide in der Vergangenheit nicht gelegentlich den

„Pferdehuf" aufgesucht, hätten sie Schwierigkeiten gehabt, sich hier zurechtzufinden. Doch auch so mussten sie wegen der mangelnden Sicht einige schmerzhafte Knüffe einstecken, während sie sich, instinktiv geduckt, durch den Schankraum bewegten. Als ein Schemel polternd umstürzte, ließ Mor ein gepresstes Ächzen hören. „Leise."

„Der Schemel hat den Lärm verursacht, nicht ich", brummte Belzir. „Hier entlang. Auf dieser Seite ist der Tresen. Dahinter muss sich die Klappe befinden."

„Gut, gut, aber seid leise." Erneut scharrte etwas. „Bei der Finsternis, ich sagte, Ihr sollt leise sein", zischte der Erste Schwertmann.

„Ich dachte, Ihr wärt das gewesen."

Mor erstarrte, und seine Hand schloss sich noch fester um den Griff seines Messers. Wenn weder er noch Belzir das Geräusch verursacht hatten …

Er spürte die Bewegung neben sich mehr, als dass er sie sah. Instinktiv warf er sich herum, um mit dem Messer zuzustoßen, konnte aber den Stoß gerade noch abfangen, denn im letzten Augenblick erkannte er, dass ihm kein Feind gegenüberstand. Er musste das Messer fallen lassen, denn er sah, wie das erschrockene Kind den Mund zu einem Entsetzensschrei öffnete. Die Messerspitze bohrte sich lautstark in den hölzernen Boden, während Mor das Kind mit beiden Händen erfasste und ihm hastig den Mund zuhielt.

„Still", zischte er. „Keinen Laut, mein Kind. Wir sind Pferdelords, du bist in Sicherheit." Er sah das kleine Mädchen eindringlich an. „Hast du mich verstanden, Mädchen? Du darfst nicht schreien, ja? Keinen Laut, oder die Bestien werden uns finden."

Das Mädchen nickte und sah ihn weiter mit aufgerissenen

Augen an. Belzir kam unsicher heran und kratzte sich überrascht im Nacken. „Bei den Finsteren Abgründen, was macht die Kleine hier?“

„Hat sich wohl versteckt“, knurrte Mor. Er löste seine Hände von dem Mädchen, das unmerklich zitterte, sich aber still verhielt. Erneut machte der Erste Schwertmann eine beruhigende Geste und hob sein Messer wieder auf. „Wir müssen sie mit zurücknehmen.“

„Natürlich.“ Belzir deutete zum Tresen hinüber. „Aber erst müssen wir den Brand legen.“ Er lächelte unmerklich. „Das schaffe ich allein. Behütet Ihr die junge Dame, Herr Mor. Aber gebt mir Eure Feuerbüchse, ich habe die meine verloren.“

Belzir huschte hinter den Tresen, und man hörte ein leises Knarren, als er die dahinterliegende Klappe öffnete.

Die Häuser Merdonans hatten keinen richtigen Keller. Der Grundwasserspiegel war einfach zu hoch. Es war gerade einmal möglich, eine halbe Länge tief in den Boden zu graben, was aber immerhin die Möglichkeit bot, diejenigen Vorräte kühl zu lagern, denen Feuchtigkeit nicht allzu viel anhaben konnte. Es hatte viel Mühe gekostet, die Mauerfundamente in den Grund zu treiben, und Mor fragte sich, was es erst für eine Arbeit gewesen sein musste, den gewaltigen Turm der alten Ostwache zu errichten. Es hieß, für jeden Stein über der Erde müsse man einen anderen in sie hineinsetzen, damit ein Gebäude Halt fand. Hatten die Großen Alten sich damals wirklich um Hundertlängen in den Boden gegraben? Mor erschauerte bei dieser Vorstellung.

Indes schob sich Belzir in den Vorratsraum, der sich unter dem eigentlichen Schankraum erstreckte. Es war relativ trocken dort, offensichtlich hatte Josrum einigen Aufwand betrieben, die Nässe draußen zu halten. Er hörte das protestierende

Quieken eines Nagers, der vor ihm davoneilte, dann ertastete er die Konturen eines Fasses und den massigen Holzstöpsel, der es verschloss. Mit dem Knauf seines Messers schlug er einige Male gegen den Stöpsel, um ihn zu lockern, und zuckte nur die Schultern, als daraufhin über ihm das warnende Zischen des Ersten Schwertmanns ertönte. Der Stöpsel musste schließlich raus.

Flüssigkeit trat nun aus und sickerte über seine Hand. Er leckte darüber. Kein schlechter Wein, den der gute Herr Josrum da hatte, aber offensichtlich war es das falsche Fass. Auch das nächste enthielt Wein, und Belzir fluchte leise, weil er kein Licht hatte, um die Zeichen auf den Fässern erkennen zu können.

„Gerstensaft", brummte er nach der nächsten Kostprobe. Gerstensaft war nicht sein Fall.

Ein Fass weiter überzog endlich ein strahlendes Lächeln sein Gesicht. Er leckte genussvoll die Hand ab. Solches Brennwasser fertigte man nur in Merdonan. Welcher Jammer, es nun tatsächlich verbrennen zu müssen. Er hatte nicht einmal eine Wasserflasche dabei, um wenigstens einen winzigen Teil davon zu retten.

Belzir öffnete die Feuerbüchse des Ersten Schwertmanns. Wollfäden, etwas Holzwolle, ein wenig Rinde vom Stamm des Weißbaums und ein Schlagstein nebst Eisenstück waren darin, alles was man brauchte, um ein wärmendes Feuer zu entzünden. Er breitete das Material oben auf einem der Fässer aus und begann Funken zu schlagen. So klein sie auch waren, warfen sie doch für winzige Augenblicke dämonisch erscheinende Lichter über Belzirs Hände und den Zunder. Erleichtert registrierte er, wie ein Teil des Zunders zu glimmen begann. Behutsam blies er hinein und betrachtete das entstehende Glutnest, aus dem schon bald die erste Flamme emporzüngelte. Das winzige Feuer begann zu flackern und spendete Belzir nun endlich ein wenig Licht. Er fand einen hölzernen Becher und gab das Glutnest vorsichtig hinein. Vielleicht hätte der Erste Schwertmann an seiner Stelle das Feuer sofort gelegt, aber Belzir kannte die leichte Entzündbarkeit des Brennwassers und beabsichtigte, mit heiler Haut aus dem „Pferdehuf" zu entkommen. Eine Fackel oder eine Brennsteinlampe wären ihm recht gewesen, aber beides war hier unten nicht zu finden, und oben im Schankraum hätten sie für ihre Suche danach Licht machen müssen, wodurch die Orks vermutlich auf sie aufmerksam geworden wären.

Belzir ließ das Brennwasser zweier Fässer auf den Boden laufen, der rasch von der klaren Flüssigkeit bedeckt wurde. Als er spürte, wie seine Füße feucht wurden, schob er sich wieder die kurze Treppe zum Schankraum hinauf, wobei er den Becher mit dem kostbaren kleinen Feuer in der Hand hielt.

„Eilt Euch, Hoher Herr Mor", zischte er. „Und nehmt das Kind an die Hand. Gleich wird es hier mächtig warm werden."

Der Erste Schwertmann nickte ihm zu, und Belzir wartete, bis der Pferdelord mit dem kleinen Mädchen durch die Tür des „Pferdehufs" verschwunden war. Dann schob er sich ganz aus der Luke hervor, wobei er nochmals bedauernd an die Verschwendung des Brennwassers dachte. Aber seine beklagenswerte Vernichtungsaktion würde einem guten Zweck dienen. Dann warf er den Becher mit der Flamme in den Vorratsraum hinab und rannte hastig aus dem Schankraum.

Hinter ihm schlug der Becher auf eine Stufe der Leiter, kippte um und schleuderte das kleine Brandnest in das Brennwasser, das sich im Vorratsraum gestaut hatte. Für einen Augenblick schien die Flamme erlöschen zu wollen, doch dann gab es einen puffenden Laut. Das Feuer schwoll schlagartig an, und plötzlich schoss eine riesige Stichflamme durch die Luke empor in den Schankraum hinein.

Mor und das Mädchen hatten an der Tür gewartet, und als Belzir sie erreichte, ergriff er beide an den Armen und zog sie hastig mit sich. „Eilt Euch, Hoher Herr, es wird jetzt sehr rasch sehr warm werden."

Belzir hatte kaum ausgesprochen, als es einen dumpfen Knall gab. Für einige Momente wurden Tür und Fensteröffnungen der Schänke von innen her erhellt, dann schienen sie sich zu wölben und platzten auseinander. Blauweiße Flammenzungen bleckten hervor, und die drei Menschen rannten hastig über die Straße, ohne noch auf den Lärm zu achten, den sie dabei verursachten.

Mor fragte sich, wie man sich freiwillig etwas in den Magen schütten konnte, das eine solch fatale Wirkung zeigte. Das kleine Mädchen schrie nun aus vollem Hals und konnte kaum mit ihnen mithalten, doch Mor zog es vom Boden hoch und trug es mit sich.

„Das Brennwasser verursacht große Hitze, Herr Mor", rief Belzir, während sie nebeneinander herrannten. „Aber es verbrennt sehr rasch. Dennoch wird es reichen, das Holz der Schänke in Brand setzen."

Hinter ihnen ertönten Rufe aus den Stellungen der Orks, und die Flüchtenden beschleunigen ihre Schritte noch, denn sie befürchteten, jeden Augenblick könnten die Pfeile und Bolzen der Spitzohren heranzischen. Doch sie erreichten die Barrikade am großen Platz unbehelligt.

Keuchend rangen sie nach Atem, während zwei herbeigeeilte Frauen das kleine Mädchen übernahmen. Mor und Belzir begannen sich wieder anzukleiden, und der Erste Schwertmann fluchte erbittert, als er seinen verletzten Fuß mühsam in den Stiefel zwängte. Der gut gefettete Fußlappen würde hoffentlich verhindern, dass der Schnitt zu stark blutete oder sich entzündete.

Belzir und die Wachen an der Barrikade starrten wie gebannt in die Straße hinein, und auch Mor blickte immer wieder in Richtung des Marktplatzes und Josrums Schenke. Der Widerschein von Feuer erhellte den nächtlichen Himmel, und schließlich züngelten Flammen über den Dächern der fernen Häuser empor. Mor grunzte zufrieden.

„Hört Ihr das Geschrei der Bestien?“, fragte Belzir breit grinsend. „Das scheint ihnen nicht zu schmecken. Damit haben sie wohl nicht gerechnet.“

Mor lachte befreit. „Ich hoffe nur, Flammen und Rauch steigen hoch genug, damit man sie auch ordentlich weit sehen kann.“

Sie stiegen nicht hoch genug.

Im flackernden Schein der Flammen hob sich der schwarze Rauch des Brandes deutlich vor dem finsteren Nachthimmel ab, doch wurde er zunehmend von hellen Schwaden durchmischt, und Belzir fluchte vernehmlich.

„Was ist?“, fragte Mor besorgt.

„Sie löschen das Feuer“, stieß Belzir grimmig hervor. „Ah, diese verfluchten Bestien! Ich dachte immer, sie könnten nur morden und niederbrennen. Aber seht Ihr, Hoher Herr, wie der Rauch langsam heller wird? Das ist Dampf. Die Bestien schütten Wasser auf das Feuer, und es muss viel sein. Verflucht, wir hätten all die gefüllten Löschbehälter zerschlagen sollen.“

In Mor und den anderen machte sich Enttäuschung breit. Keiner von ihnen hätte damit gerechnet, dass die Orks ein

Feuer dieser Größe zu löschen vermochten. Aber unzweifelhaft gelang es ihnen, denn der flackernde Feuerschein erstarb. Brandgeruch zog durch die Straßen zu den Menschen herüber und steigerte ihre Enttäuschung.

„Nun gut", stieß Mor wütend hervor. „Dann setzen wir eben weitere Häuser in Brand."

„Das wird nicht einfach sein, und die Bestien werden sich nun darauf vorbereiten", erwiderte Belzir.

Genau so war es auch.

In den Straßen um den großen Platz war Bewegung auszumachen. Die Verteidiger erkannten, wie Gruppen von Orks sich näherten und in geringerer Entfernung erneut in Stellung gingen. Sie rückten nicht weiter gegen die Menschen vor, aber als einige Wagemutige in die nächsten Häuser eindringen wollten, um diese in Brand zu setzen, stürmten die Bestien vor. Obwohl sie Verluste erlitten, gelang es ihnen, die Brandstifter aus den Häusern zu vertreiben oder zu erschlagen.

Inzwischen begann der Morgen zu dämmern, und der Wind frischte auf. Die Schwaden dunklen Rauches über Merdonan wurden dünner, auch wenn sie nicht ganz verschwanden. Im Osten herrschte Finsternis, doch aus den anderen Himmelsrichtungen warf der beginnende Tag sein Licht über die geschundene Stadt.

Die Verteidiger hatten sich darauf verlegt, Feuerpfeile auf die Häuser am nördlichen Platzrand zu schießen, um diese in Brand zu setzen. Aber die Geschosse bewirkten kaum etwas, und an den wenigen Stellen, an denen sich Flammen zeigten, erschienen Trupps von Orks und erstickten den Brand. Einige der Bestien fielen unter den Pfeilen der Verteidiger, aber dies war nur ein schwacher Trost für die schmähliche Niederlage.

Bulldemut stand vor seinem Haus und sah bekümmert über den großen Platz. „Es wird kein Feuer geben. Kein Signal wird die Pferdelords zu den Waffen rufen."

Marnalf schaute an der hohen Säule der Ostwache empor. Merdonan schien verloren, und doch sah der Magier einen winzigen Funken Hoffnung, als sein Blick die Plattform streifte.

34

Als die Legionen gegen Merdonan marschiert waren, die Sümpfe überquert und die Mauern der Menschenstadt berannt hatten, da hatten sich die schwarzen Banner der Legionen mit ihren Kämpfern auf die Verteidiger zugeschoben, waren mit ihnen zurückgeworfen worden, um dann erneut gegen die Mauern zu branden. Die Führer der Legionen waren bei ihren Bannern gewesen und hatten damit auch im dichtesten Pfeilhagel der Menschen ihre Position bekundet. Bei Menschenwesen und Orks war dies gleichermaßen Brauch: Dort, wo das Banner war, befand sich auch der Führer. Einer der Legionsführer war gefallen, ebenso drei der Bannerträger, aber andere Rundohren hatten voller Stolz die schwarzen Zeichen der Macht aufgenommen und sie den Menschen weiter entgegengetragen.

Die Legionen hatten die Stadt eingekreist und ihren Wall genommen. Nun lagerte im Norden, im Westen und im Süden der Stadt jeweils eine der Legionen, während die vierte in die Stadt eingerückt war. Keines der Menschenwesen würde noch aus ihren Mauern entkommen, darauf würde der Brutmeister achten, der die Befehle des Allerhöchsten Lords umzusetzen hatte.

Beim Angriff auf Merdonan hatte Fangschlag gleichermaßen Stolz und Verachtung empfunden. Stolz angesichts der Rundohren der Legionen, die sich, ungeachtet jeder Gefahr, den Menschen entgegengeworfen hatten. Die Rundohren waren es gewesen, die schließlich im offenen Sturm den Sieg errungen und die Mauer genommen hatten. Es hatte viele Tote gekostet und noch mehr Verwundete. Die leicht Verletzten versorgten ihre Wunden und bereiteten sich auf den nächsten Kampf vor, während die schwer Verwundeten inzwischen die Mägen ihrer Kameraden füllten. Auch Menschenfleisch hatte es reichlich gegeben, und die Portionen für die mutigsten Kämpfer waren großzügig bemessen gewesen.

Doch wenn Fangschlag zu Einohr hinübersah, dann verspürte er eine grimmige Verachtung. Auch Einohrs Banner hatte sich den Feinden entgegengeschoben, doch die erbärmliche Made war stets hinter den großen Rundohren zurückgeblieben, die das Zeichen schützten und so auch Einohr vor den Pfeilen der Menschen bewahrten. Auch auf der Mauer hatte Fangschlag den Legionsführer erst in dem Moment erblickt, als es um die Verteilung der besten Bissen ging. Fangschlag bedauerte, während der Schlacht nicht in Einohrs Nähe gewesen zu sein. Es hätte sich sicherlich die Gelegenheit ergeben, ein gutes Werk zu tun und die Legion von ihrem Anführer zu befreien. Aber die feige Made schien dergleichen geahnt zu haben, sodass er nicht in den Genuss gekommmen war, deren Eingeweide über die Mauer zu verteilen.

Nun schritt Einohr zum Brutmeister hinüber, der die Legionsführer versammelte, um die Befehle des Schwarzen Lords zu verkünden. Hier, jenseits der Mauer und in der Sicherheit des Legionslagers, stolzierte Einohr mit vorgereckter Brust unter seinem Banner einher. Ah, wie gerne hätte Fangschlag die feige Kreatur dem Nährschlamm zugeführt.

Was Fangschlag beunruhigte, war die Tatsache, dass der Brutmeister auch ihn zu sich bestellt hatte. Der Meister gab sich üblicherweise nicht mit Kohortenführern ab, und diese nahmen auch nicht an den Befehlsempfängen der Legionsführer teil. Es musste also etwas Besonderes anliegen, dass der Brutmeister

Fangschlag zu sich befahl. Das große Rundohr dachte an die geheimnisvollen Fähigkeiten der Brutmeister und vor allem an jene des Schwarzen Lords. Spürten sie mit ihren Kräften, welche Mordgedanken Fangschlag gegen Einohr hegte? Hatte die hinterlistige kleine Made ihn an den Brutmeister verraten? Das würde Einohr ähnlich sehen. Fangschlag wusste, dass er mit keiner Gnade zu rechnen hatte, aber er war ein Rundohr und ein stolzer Kämpfer. Er wich nicht vor dem Feind zurück, und hatte der Schwarze Lord seinen Tod bestimmt, so würde er das aufrecht und in Ehre hinnehmen. Ach, wenn es ihm nur vergönnt wäre, zuvor das Ende Einohrs zu erleben …

Die Kohorten der nördlichen Legion lagerten in den üblichen Gruppen, die über eigene Feuerstellen verfügten, an denen sich Rundohren und Spitzohren strikt voneinander absonderten. Nur der Kampf schien sie zusammenzuschweißen, was nach Meinung der meisten Rundohren allein daran lag, dass die feigen Spitzohren den Schutz ihrer Kampfgenossen suchten.

Drei Banner erhoben sich bereits beim Brutmeister, Einohr war der letzte Legionsführer, der sich hinzugesellte. Fangschlag folgte ihm und genoss den unsicheren Blick, den das Spitzohr auf den Befehlshaber warf. Dessen rote Robe wehte im Wind aus, und die schwere Kapuze wölbte sich. Ein Gesicht war nicht zu erkennen, und es ging das Gerücht, die Brutmeister hätten kein rechtes Antlitz. Offensichtlich sprach der Meister gerade mit dem Allerhöchsten Lord, denn das Wallen des Sprechsteins, den er in Händen hielt, tauchte die Gestalt des Brutmeisters in ein schimmerndes Licht.

Die Legionsführer standen ein wenig abseits unter ihren Bannern, und Fangschlag bleckte kurz die Fänge, bevor er neben sie trat.

„Was hast du Made hier verloren?“, zischte Einohr. „Du

bist Kohortenführer, also begib dich auf deinen Posten, oder ich lasse dich dorthin peitschen.“

Erneut bleckte Fangschlag trotzig die Fänge. „Der Brutmeister befahl mich zu sich.“

Einohrs verbliebenes Ohr zuckte nervös. „Der Brutmeister? Nun gut, dann bleib halt. Aber stell dich ein wenig weiter abseits, wie es sich für eine nutzlose Made wie dich gehört.“

Einohr wedelte mit seiner Hand und spürte Fangschlags Widerwillen, aber das große Rundohr verengte nur die Augen und trat zurück.

Der Wind ließ die gewaltigen schwarzen Banner über ihnen auswehen. Mächtige Rundohren, die stärksten einer Legion, trugen und bewachten die langen Stangen, an denen sie befestigt waren, und deren Spitzen Trophäen zierten. Bei dreien der Banner waren es die abgeschlagenen Schädel von Menschen, das letzte führte den Schädel eines Pferdes. Auf den schwarzen Tüchern befanden sich die Zeichen der jeweiligen Legion, umgeben von roten Blitzen, welche die Anzahl der bestandenen Schlachten symbolisierten.

„... wurde der Wall Merdonans genommen“, hörte Fangschlag die Stimme des Brutmeisters. „Die letzten Menschen sind auf dem Platz unterhalb der Ostwache gefangen. Es wird ihnen nicht gelingen, zu entkommen oder das Feuer zu entzünden.“ Offensichtlich antwortete der Allerhöchste, aber Fangschlag und die anderen spürten nur ein eigentümliches Vibrieren, ohne Worte hören zu können. „Nein, Allerhöchster Lord, es wird den Menschenwesen gewiss nicht gelingen, ein Signal zu geben.“

Erneut das Vibrieren, diesmal ein wenig länger, und der Brutmeister neigte den Kopf, während das Wallen erlosch. „Mein Wesen Eurem Sein“, murmelte der Brutmeister, bevor er sich aufrichtete und den Sprechstein in den Falten seiner Robe verbarg.

„Der Allerhöchste Lord ist nicht unzufrieden“, verkündete der Brutmeister. „Er hat den Kampf verfolgt und alles gesehen. Alles.“ Sein wesenloser Blick schien auf Einohr zu fallen. „Aber einiges davon hat ihm nicht gefallen.“

Ah, er hatte es gewusst. Fangschlag unterdrückte ein triumphierendes Bellen, denn als der Brutmeister Einohr anzusehen schien, wurde es tatsächlich feucht um die Füße des Spitzohrs, dessen verbliebenes Ohr zudem einknickte. Ja, der Allerhöchste sah alles. Würde jetzt vernichtendes Feuer vom Himmel fahren und die nutzlose Made rösten? Ihr mickriger Leib plötzlich zu Staub zerfallen? Oh, er, Fangschlag, würde mit Freuden sein Leben dafür hergeben, einen solchen Anblick noch genießen zu dürfen.

Doch nichts dergleichen geschah. Vielleicht war der Boden zwischen Einohrs Füßen mittlerweile auch zu feucht, als dass er noch in Flammen aufgehen könnte. Fangschlag war enttäuscht. Vielleicht sah der Allerhöchste doch nicht alles? Seine Unruhe stieg, als die Kapuze des Brutmeisters in seine Richtung schwang und Fangschlag für einen kurzen Augenblick das Leuchten gelber Augen zu erkennen glaubte.

Es gab Spitzohren und Rundohren, die dem Allerhöchsten Lord als Brutmeister dienten, doch dieser hier gehörte einer anderen Art an. Man behauptete sogar, einige der Brutmeister seien einst Menschen oder sogar Elfen gewesen. Aber nun, man erzählte sich viel in den Reihen der Rundohren. Und noch mehr in denen der Spitzohren, doch deren Ohren waren ohnehin um einiges länger.

„Der Allerhöchste Lord sieht alles“, bekräftigte der Brutmeister. „Jene Kämpfer, die besonderen Mut beweisen, und jene, denen es daran fehlt."

Er hatte es gewusst! Fangschlag konnte förmlich riechen, wie Einohr nun auch ein Teil der Keule, die er zuvor gegessen hatte, in die Hose glitt.

„Auch ich habe den Kampf auf der Mauer verfolgt." Der Brutmeister sah Fangschlag an. „Du warst einer der Ersten auf dem Wall. Dein Schlagschwert war von Menschenblut bedeckt."

Fangschlag grunzte erfreut. Er hätte keine Einwände gehabt, wenn auch Einohrs Blut an der Klinge geklebt hätte. Aber möglicherweise hätte das dem Brutmeister weniger gut gefallen. Fangschlag erwiderte nichts, sondern stand in perfekter Haltung vor dem Diener des Allerhöchsten.

„Einer der Legionsführer wurde abgeschlachtet. Das Banner von Blutfangs Legion ist ohne Führer." Der Brutmeister deutete auf Fangschlag. „Deine Aufgabe ist es nun, Blutfangs Banner aufzunehmen."

Es gab nicht viel, was Fangschlag verblüffen oder beeindrucken konnte. Doch in diesem Augenblick war er schlichtweg sprachlos. Nur zögernd setzte sich die Erkenntnis in seinem Bewusstsein fest. Er, Fangschlag, war nun selber Legionsführer. Der Führer einer Legion!

Er sah Einohr an und spürte erneut die Feindschaft, die sie miteinander verband. Doch nun war er ebenfalls Legionsführer und würde den zweiten Kamm auf seinem Helm tragen. „Mein Sein dem Allerhöchsten Lord", stieß er heiser hervor.

Der Brutmeister nickte. „Natürlich." Dann deutete er nach Merdonan und zu den Sümpfen im Osten. „Merdonan ist nur der Anfang. Weitere Legionen sind auf dem Weg und werden bald eintreffen. Von hier aus werden wir die Vernichtung in das Land der Menschenwesen tragen und sie schlachten." Er sah die Legionsführer der Reihe nach an. „Eure Aufgabe ist es zu verhindern, dass die Menschen Merdonans die anderen warnen."

„Lasst sie uns zerquetschen", stieß Fangschlag instinktiv hervor.

„Natürlich, das werden wir." Der Brutmeister stieß ein leises Zischen aus. Fangschlag glaubte für den Bruchteil eines Lidschlags eine schwarze gespaltene Zunge unter der Kapuze hervorzüngeln zu sehen, doch bevor er sich dessen versichern konnte, sprach das Wesen weiter. „Doch nicht jetzt. Noch nicht."

„Warum?" Ein Rundohr besaß das Ungestüm des Kriegers, und trotz seiner instinktiven Furcht vor dem Brutmeister konnte Fangschlag sich nicht zurückhalten. „Die Menschen Merdonans sind schwach. Ein einziger Sturm, und wir können sie alle schlachten."

„Ich weiß, dass du ein mutiger Kämpfer bist." Der Brutmeister blickte zur Stadt hinüber, wobei er den anderen den Rücken zuwandte. „Aber auch mutig genug, das Wort des Allerhöchsten anzuzweifeln?"

„Verzeiht, Brutmeister", lenkte Fangschlag ein. „Ich verstehe nur nicht, warum wir zögern."

Der Brutmeister zischte leise. „Führe du deine Legion. Und der Allerhöchste wird dich führen."

Sie waren entlassen.

Dieses Mal schritt ein Bannerträger hinter Fangschlag her, und obwohl er nicht begriff, warum der Allerhöchste Lord Merdonan nicht endgültig vernichtete, verspürte er Stolz. Er war Legionsführer und würde das Banner Blutfangs zu weiterem Ruhm führen.

35

Es war Olruk, dem es zuerst auffiel. Der Zwergenmann verharrte und starrte nachdenklich zu den Baumkronen hinauf. „Das Licht, es verändert sich.“ Die Gruppe drängte sich zusammen, als suche jeder von ihnen den Schutz des anderen. In ihrer gewohnten Umgebung hätten sie eine Schwarmlinie gebildet, um einem Feind einen Hinterhalt zu erschweren, und um ein größeres Gebiet absuchen zu können. Aber in diesem verfluchten Wald war alles anders. Sie hatten Zeitgefühl und Orientierung nahezu vollständig verloren. Ihre Hände krampften sich um die Waffen, und ihre Blicke huschten nervös hin und her und hielten Ausschau nach einem Feind. Sie wussten, dass er da war, irgendwo in diesem Wald, und dass er jederzeit zuschlagen konnte.

Die anderen blickten ebenfalls nach oben. Dorkemunt nickte. „Der gute Herr Olruk hat recht. Das Licht hat sich gewandelt.“

Sie starrten in die Bäume hinauf und überlegten. Schließlich wies Nedeam über sich. „Es kommt von oben.“

„Ja, natürlich kommt es von oben“, knurrte Tasmund. „Wo soll es denn sonst herkommen?“

„Nicht nur von den Ästen.“ Nedeam deutete auf die umstehenden Bäume. „Es ist nicht nur dieses seltsame Lichtmoos. Nein, der Schein dringt von den Baumkronen herab und durch ihre Blätter hindurch. Es muss schon ein sehr helles Licht sein, um das zu bewerkstelligen. Das Licht der Sonne, nehme ich an.“

„Sprecht nicht von der Sonne“, seufzte Mortwin. „Ich

fürchte, die werden wir nie wiedersehen."

„Das Licht nimmt in dieser Richtung zu." Olruk wies mit einer seiner Äxte nach vorne. „Vielleicht ist dort eine Lichtung."

„Dann lasst uns nachsehen", brummte Tasmund. Der Erste Schwertmann beäugte seinen zerschlissenen Umhang. „Wir haben ohnehin nichts Besseres vor."

Gras und Laub raschelte unter ihren Tritten, und gelegentlich zerbrach mit lautem Knacken ein Ast. Sie waren müde und wurden unachtsam. Vielleicht waren sie es auch einfach leid, durch den Wald zu schleichen, und hofften darauf, der Feind möge sich ihnen endlich stellen. Langsam kamen sie dem Lichtschein näher. Ein goldgelber, mit zartem Blau gemischter Glanz, der dem Sonnenlicht ähnelte und dennoch anders war. Aber das Licht wurde immer heller und stieß strahlend durch die Kronen der Bäume herab.

Die Lichtung tat sich so unvermittelt vor ihnen auf, dass Olruk und Nedeam sie, ehe sie sich versahen, betreten hatten. Völlig überrascht von dem Anblick, der sich ihnen bot, warfen sie sich zu Boden.

Die Lichtung hatte gewaltige Ausmaße, zumindest soweit sie auf den ersten Blick erkennen konnten, denn helles Tageslicht strahlte vom Himmel herab, und grelle Reflexe blendeten die Augen der Männer. Sie wurden hervorgerufen von der Oberfläche eines riesigen Sees, der die gesamte Fläche der Lichtung einnahm und nur wenige Schritte von den Männern entfernt begann.

„Ein See", murmelte Nedeam mit andächtiger Stimme. „Inmitten des versteinerten Waldes."

Mortwin nickte. „Und er ist alles andere als versteinert. Seht dort, im Wasser. Fische. Eine Unmenge davon."

Das Wasser war kristallklar, und unter seiner Oberfläche sahen sie Schwärme von Fischen in einer ungeheuren Vielzahl von Farben und Größen. Nedeam folgte einem der Schwärme mit den Blicken und sah, wie die Fische tiefer glitten und sich ihre Farbenpracht mit der einer anderen Kontur mischte.

„Was ist das dort?“ Auch Olruk hatte es gesehen und deutete auf die verschwommenen Schatten im Wasser. „Ein Felsen?“

Durch die bewegte Wasseroberfläche hindurch war das Objekt nicht richtig zu erkennen. Man sah lediglich, dass sich dort unten etwas im Wasser befand. Etwas sehr, sehr Großes, das ebenfalls in einer Vielzahl von Farben schillerte.

Dorkemunt schob sich an das Ufer heran und steckte, nachdem er sich nach einem möglichen Feind umgesehen hatte, den Kopf ins Wasser. Nur wenige Augenblicke später richtete er sich wieder auf und starrte mit einem verblüfften Gesichtsausdruck vor sich hin.

„Was ist?“, fragte Tasmund leise.

„Das müsst Ihr Euch selber ansehen“, ächzte Dorkemunt. „Ihr … Ihr würdet es mir ohnehin nicht glauben, bevor Ihr es nicht mit eigenen Augen gesehen habt.“

Zögernd traten nun auch die anderen an den Rand des Sees und steckten einer nach dem anderen die Köpfe ins kristallklare Wasser. Als sie ihre triefend nassen Schöpfe hoben, sahen sie einander verwirrt an.

„Bei den Goldenen Wolken“, ächzte Nedeam. „Das ist es. Das muss es sein.“

„Das Haus der Elfen“, murmelte Olruk ergriffen.

„Aber das ist nicht möglich!“ Tasmund schüttelte den Kopf. „Ich meine, ich kann es mit eigenen Augen sehen, aber es ist einfach nicht möglich. Ich sehe einen gewaltigen Baum und

Wiesen mit Blumen, ich sehe Lichter … Aber … im Wasser?!“

„Vielleicht versank der Baum in diesem See“, knurrte Mortwin zweifelnd.

„Dann wäre er längst zerfallen.“ Dorkemunt strich sich die nassen Haare aus dem Gesicht und leckte Wasser von den Lippen. „Doch dieser Baum dort lebt. Er grünt. Er … er wächst unter Wasser.“

„Aber wie kann das sein?“ Nedeam schöpfte etwas Nass, erfrischte sich damit und schob den Kopf dann erneut in den See. Als er sich wieder aufrichtete, zuckte er hilflos die Schultern. „Es ist ein Baum. Ein so gewaltiger, wie ich nie zuvor einen sah. Aber unzweifelhaft ein Baum und keine Wasserpflanze. Wie kann er unter Wasser existieren?“

„Es liegt ein seltsamer Zauber über diesem Ort“, orakelte Olruk. Er deutete um sich. „Damit meine ich nicht den Fluch des versteinerten Waldes, Ihr Herren. Dies hier ist ein anderer Zauber.“

„Wenn es wirklich das Haus der Elfen ist“, wandte Tasmund zweifelnd ein, „dann muss es dort, im Wasser, Luft zum Atmen geben. Die elfischen Wesen müssen schließlich ebenso atmen wie wir.“

„Vielleicht eine Art … Luftblase“, vermutete Dorkemunt. „Aber dann muss es auch einen Zugang geben.“

Ein paar der Pferdelords konnten zwar schwimmen und tauchen, aber es erschien ihnen unvorstellbar, dass die Elfen ihr Haus auf diese Weise erreicht haben sollten. Nein, es musste irgendeinen Zugang geben.

„Suchen wir danach“, entschied Tasmund. „Auf irgendeinem Weg muss man ja vom Ufer zum Baum hinuntergelangen.“

„Er dürfte allerdings recht versteckt liegen“, gab Nedeam

zu bedenken. „Und wenn das elfische Haus bedroht ist, wird sein Zugang zudem bewacht sein."

„Ja, von Freund oder Feind." Olruk strich über die Schneide seiner Axt. „Sobald wir auf Wachen stoßen, haben wir den Eingang gefunden."

Sie teilten sich in drei Gruppen. Eine verbarg sich im Schutz des Waldes, die beiden anderen schlichen vorsichtig in entgegengesetzter Richtung am Ufer des Sees entlang.

Es war Zufall, dass Nedeam, Dorkemunt und Olruk den Zugang fanden, und tatsächlich waren es die Wachen, die ihn verrieten. Zwischen einer Felsengruppe, dicht am Ufer, ragten die Schädel zweier Rundohren empor, und Nedeam, der vorausging, hatte Glück, dass die Bestien sehr nachlässig waren. Sie rechneten wohl nicht mit einem Feind und schwatzten angeregt miteinander, sodass sie erst in dem Moment auf die Gefahr aufmerksam wurden, als die Klingen von Olruks und Dorkemunts Äxten ihre Helme durchschlugen. Nedeam gab den anderen ein Zeichen, und die drei warteten, bis sie alle wieder versammelt waren.

„Endlich ein Feind, den ich kenne", murmelte Mortwin dankbar beim Anblick der toten Orks. „Nun wissen wir wenigstens, mit wem wir es zu tun haben."

Tasmund wiegte nachdenklich den Kopf. „Diesen Bestien können wir mit unserem Stahl begegnen, aber denkt an den unheilvollen Zauber, der die Elfen sterben ließ. Es muss noch andere Gegner als diese Orks geben. Halten wir also die Waffen fest und die Augen offen, wenn wir uns nun dem Haus der Elfen nähern." Er zuckte die Achseln. „Sofern dieser Weg wirklich dorthin führt."

Ein schmaler Pfad zog sich zwischen den Felsen entlang und weitete sich schließlich zu einer freien Fläche, auf der kaum zehn Männer Platz fanden. Sie zerrten die Körper der getöteten Bestien in den Sichtschutz einiger Büsche und starrten unschlüssig auf eine mannshohe Öffnung, die sich am Rand des Platzes vor ihnen auftat. Man sah einen Gang, der steil nach unten führte und von irisierendem Licht erfüllt schien.

„Also, mir ist es etwas unheimlich", seufzte Nedeam. „Aber das scheint der Weg zu sein."

„Nur Mut." Tasmund straffte sich. „Wenn die Bestien ihn lebend durchqueren konnten, werden wir das ebenfalls können."

Keiner von ihnen fühlte sich wohl, als sie den Gang betraten. Es war offensichtlich, dass dieser künstlichen Ursprungs war. Er war hufeisenförmig ausgeschachtet und hatte glatte Wände. Der Boden wies keine Stufen auf, sondern eine Unzahl von quer laufenden Rillen, die den Füßen Halt gaben, aber den Männern unbequem vorkamen. Das irisierende Licht kam aus den Tiefen des Ganges, von dessen Wänden ihre Schritte hohl widerhallten, während sie langsam tiefer schritten. Nach einer knappen Hundertlänge wurde offensichtlich, woher das merkwürdige Licht kam. Im ersten Moment erstarrten sie, dann sahen sie sich erschrocken um, die Hände um die Griffe ihrer Waffen gekrampft.

Es gab keinen Zweifel, dass sie sich nun mitten im See befanden. Während der geriffelte Boden weiter bis zum Gewässergrund hinunterführte, schienen sich die Wände des Ganges vor ihnen aufzulösen, sodass der Blick der Männer nun ungehindert auf Schwärme von Fischen fiel, die sich neben und über ihnen durch ihr Element bewegten. Wasserpflanzen wiegten sich sanft in einer unsichtbaren Strömung, und auf einem von Muscheln bewachsenen Felsen kroch ein Schalengreifer so dicht an Nedeam vorbei, dass der junge Pferdelord versucht war, danach zu greifen. Nedeam tastete ächzend neben sich und atmete auf, als er festen Widerstand spürte.

„Die Wand ist noch da“, stammelte er. „Wir sehen sie nur nicht.“

Olruk atmete schwer, für ihn musste der Anblick weitaus ungewöhnlicher sein. Aber er nickte zögernd. „Vielleicht ist es ein Zauber. Vielleicht aber haben die elfischen Wesen diesen seltsamen Gang aus dem gleichen Klarkristall gefertigt, den wir für die Lichtleitungen in Nal't'rund verwenden.“

Tasmund ließ seine Finger über die unsichtbare Wand des Ganges gleiten und erschauerte, als sie dabei sanfte Wellen im sie umgebenden Wasser hervorriefen, gerade so, als zöge er sie durch eine Pfütze, die sich nach einem Regen gebildet hatte. „Nein, guter Herr Olruk, das ist kein Kristall. Es ist ein Zauber, den ich nicht verstehe.“

„Aber welcher Zauber vermag ein solches Wunder hervorzubringen?“, stieß Nedeam atemlos hervor. „Und wo ist das magische Wesen, das ihn aufrechterhält?“

Die Männer sahen einander an, und für einen kurzen Moment fürchtete Nedeam, der unbekannte Zauberer könne seine Magie aufheben und die Wassermassen des Sees über der Gruppe zusammenstürzen lassen.

„Wir ... sollten zusehen, dass wir aus diesem seltsamen Luftgang herauskommen“, knurrte Mortwin und sah mit Unbehagen um sich. Er erblasste ein wenig, als ein silbriger Raubfisch auf ihn zuschnellte und mit aufgerissenem Maul an der unsichtbaren Wand verharrte. Für einen Augenblick waren die beiden messerscharfen Zahnreihen des Fisches zu erkennen, dann drehte er mit einem raschen Flossenschlag ab.

„Ja“, stimmte Tasmund zu, „lasst uns diesen Ort verlassen.“

Ob nun Zauber oder Kristall, sie hatten genug Luft zum Atmen, und das Wasser umgab sie, ohne sie zu bedrohen. Erneut zuckten sie zusammen, als ein großer Fisch gegen die unsichtbare Wand stieß und benommen davonschwamm. Die Männer beeilten sich nun und hasteten den Gang entlang. Immer tiefer führte sie der gerillte Weg.

Durch das kristallklare Wasser hindurch sahen sie die Konturen des gewaltigen Baumes, der sich vom Grund des Sees erhob. Er war von Büschen und Bäumen umgeben, und es schien, als schwämmen die Fische des Sees zwischen seinen Zweigen umher. Es musste der legendäre Urbaum der Elfen sein. Jedenfalls war es der gewaltigste Baum, den sie jemals gesehen hatten.

Die Gruppe erreichte das Ende des Ganges, das glücklicherweise nicht bewacht wurde, denn das Staunen der Männer war so groß, dass man sie leicht hätte überwältigen können. Sie befanden sich nun am Rand einer freien Fläche, direkt vor einem kunstvoll gearbeiteten Portal. Offensichtlich hatten elfische Hände den Ort in ihrem Bestreben nach Harmonie gestaltet, denn um den Rand der Freifläche waren kleinere Bäume und Büsche gepflanzt, in deren Sichtschutz die Männer sich nun begaben.

Atemlos starrte die Gruppe auf das Wunder vor ihren Augen. Sie hatten das verschollene Haus der Elfen gefunden, das Haus des Urbaums. Die Größe der freien Fläche war schwer abzuschätzen, ebenso wie die Abmessungen des Baumes selbst, der sich in ihrer Mitte erhob. Nedeam schätzte, dass der Stamm so dick war, dass man die Festung von Eternas auf seinem Querschnitt hätte errichten können. Insgesamt wirkte er in seinen Proportionen wie ein gewöhnlicher Laubbaum, aber was waren das für Ausmaße …

„Das ist die Mutter aller Bäume“, flüsterte Nedeam. „Der Urbaum, der alles Leben brachte.“

Das Wunder, das sich ihren Augen darbot, ließ keinen anderen Schluss zu. Die Rinde des Baumriesen war rissig, und an einigen Stellen trat der glatte Stamm unter der Borke hervor, die sich hell von dem tiefen Braun des Holzes abhob. Die Wurzeln mussten viele Hundertlängen messen und sich tief in den Boden gegraben haben, um diesen Koloss stützen und versorgen zu können. Die ersten Äste begannen rund zwanzig Längen über dem Grund und waren enorm ausladend. In schwindelnder Höhe wuchsen die Zweige zu einer dichten Krone zusammen, und der Baum strotzte vom Grün seiner riesigen Blätter.

Aber es war nicht einfach nur ein Baum von unvorstellbarer Größe. In den Zweigen zwischen den Blättern waren zudem künstliche Bauten zu erkennen. Häuser mit einzelnen oder mehreren Ebenen, mit zahlreichen Fenstern und Türen und pilzförmigen Dächern. Zahllose Stege und Treppen verbanden die Gebäude untereinander und mit dem Baum. Alles wirkte zierlich und verspielt. Eine Treppe wand sich, einer Schlange gleich, um den Stamm herum und führte dem Boden entgegen. Sie hatte breite Stufen und Absätze und berührte den Boden auf der den Männern abgewandten Seite.

All dies war von Wasser umgeben, aber nun wurde deutlich, dass sich das Haus der Elfen in einer Art Luftblase mitten im See befinden musste. Wenn man nach oben blickte, sah man die Spiegelungen der Sonne auf der Wasseroberfläche. Es war ein atemberaubender und verwirrender Anblick.

„Tausende müssen hier leben“, raunte Tasmund, der sich zu Nedeam und Olruk gesellte.

„Müssen hier gelebt haben“, verbesserte Nedeam.

Olruk zupfte an einem seiner Zöpfe. „Es müssen noch immer welche am Leben sein. Seht nur, alles schimmert und glänzt vor Sauberkeit. So gepflegt, wie man es von elfischen Wesen kennt."

„Das dort ist jedenfalls kein elfisches Wesen", raunte Dorkemunt. „Zurück, Ihr Herren. Rasch."

Dorkemunt hatte recht. Um den Stamm herum kam eines jener Lebewesen, die sie alle nur zu gut kannten.

„Schon wieder Rundohren", keuchte Nedeam.

„In der Tat", stimmte Tasmund zu. Der Erste Schwertmann wirkte erleichtert. „Denn wo eine dieser Bestien ist, sind auch noch andere."

Sie alle waren beinahe erfreut beim Anblick des massigen Orks, der dort über das Gras der Wiese schlenderte und dabei gleichmütig Wildblumen zertrampelte.

„Ja, das ist mal etwas Handfesteres als dieser sonderbare Zauber, der die Elfen erstarren ließ", sagte Mortwin befriedigt. „Mit diesen Rundohren kenne ich mich aus. Und mein Schwert sich auch."

„Haltet Euch in Deckung, Ihr guten Herren", raunte Tasmund nun.

„Beunruhigt Euch das Rundohr?", fragte Olruk.

Der Erste Schwertmann schnaubte leise. „Nicht die Orks sind es, die mich beunruhigen. Denkt an meine Worte, ich glaube nicht, dass einer von ihnen die elfischen Wesen zum Erstarren brachte."

„Ihr habt recht, Hoher Herr", stimmte Dorkemunt zu. „Nun begreife ich endlich. Ein Graues Wesen muss hier sein Unheil treiben."

„Wohl eher mehrere." Tasmund beobachtete den Ork, der gemächlich um den riesigen Baum herumschlenderte. „Ein einzelner Grauer wäre sicher nicht in der Lage, Tausende von Elfen auf einen Schlag zu töten. Nein, es müssen mehrere von ihnen hier sein."

„Wozu? Die Elfen sind tot. Ich wette, die Grauen sind längst wieder abgezogen und haben nur ein paar Orks als Wache zurückgelassen."

„Und wen oder was sollten sie dann bewachen?" Tasmund lachte leise. „Nein, es ist noch elfisches Leben an diesem Ort, sonst würden hier keine Rundohren sein. Nun haltet Euch versteckt, wir müssen herausfinden, was hier vor sich geht."

Sie gingen in Deckung und spähten vorsichtig zum Haus des Urbaums hinüber. Schließlich entdeckten sie noch andere Wesen. Zwei Frauen von unverwechselbar elfischem Aussehen kamen aus einem der Häuser und gingen über einen der Stege zu einem etwas höher gelegenen Gebäude.

„Elfenfrauen. Sie leben also."

„Wer weiß, wie viele von ihnen es noch sind." Dorkemunt stieß Nedeam an. „Hast du gesehen? Es sind zwar elfische Frauen, aber sie haben schwarze Haare."

Alle Elfen, die sie bislang gesehen hatten, besaßen die typischen weißblonden Haare des elfischen Volkes, die durchweg lang und weit über die Schultern getragen wurden. Die Männer banden sie nur zum Kampf im Nacken zusammen, während die Frauen sie zu zierlichen Zöpfen flochten. Auch diese Geschöpfe dort trugen Zöpfe, doch waren ihre Haare von einem glänzenden Schwarz.

„Seht dort. Ein Stück oberhalb der Frauen." Nedeam deutete aufgeregt nach oben. „Ein Graues Wesen."

„Also hatte ich recht", sagte Tasmund befriedigt. „Die Grauen Zauberer haben die Elfen bezwungen und halten ihr Haus nun besetzt."

„Es scheinen nur wenige Orks herumzustreifen."

„Warum sollten es auch mehr sein? Die elfischen Männer

sind tot und nur die Frauen übrig."

„Unsere Frauen verstehen sich darauf zu kämpfen." Nedeam fuhr sich über den Bart, der sich nunmehr an seinem Kinn gebildet hatte. „Und die elfischen Frauen können das sicherlich auch."

„Aber gegen Graue Wesen?"

„Die sind jedenfalls nicht gefeit gegen menschlichen Stahl", brummte Tasmund.

„Und auch nicht gegen das geschmiedete Erz des Zwergenvolkes", meldete sich Olruk zu Wort.

Der Erste Schwertmann musterte das Haus der Elfen. „Dann lasst uns nun überlegen, wie wir Erz und Stahl in die Leiber der Bestien versenken können."

36

Die kleine Gruppe stand auf dem Dach des Hauses von Pferdefürst Bulldemut, direkt an einer der steil aufragenden Seitenmauern der alten Ostwache. Von dem hohen Dach aus hatten sie einen guten Blick auf Merdonan und auf ein Stück des Vorfeldes, bis hinüber zu den Weißen Sümpfen. Wieder marschierten Orks über Pfad und Stege, diesmal jedoch unbehelligt von den Verteidigern der Stadt.

„Ich könnte ein paar Ladungen Steine auf sie schleudern“, meldete sich der Katapultführer zögernd.

„Lasst es gut sein, guter Herr Pondemir.“ Bulldemut wandte sich den Männern an den beiden kleinen Katapulten zu. „Es wird die Bestien kaum daran hindern voranzukommen und sie vielleicht sogar reizen, uns anzugreifen.“

Man hatte zahlreiche Steine aus dem Pflaster des großen Platzes vor Bulldemuts Haus herausgerissen. Einen Teil davon hatten Männer und Frauen zu den Katapulten gebracht, während aus den anderen eine zweite Barrikade aufgeschichtet worden war. Der Vorrat an Pfeilen war bedenklich geschrumpft, sodass den Verteidigern sehr bald nur noch die blanken Klingen bleiben würden, wenn der Feind zum letzten Sturm ansetzte.

„Das Warten zerrt an den Nerven“, gestand der Erste Schwertmann Mor ein. „Sechs Legionen haben sich nun schon versammelt, und es werden immer mehr. Sie hätten uns längst hinwegfegen können.“

„Es ist müßig, darüber nachzudenken.“ Bulldemut wies über die Stadt. „Sie werden kommen, irgendwann, und wir werden ihnen ruhmreich entgegentreten.“

Vor der Stadt waren Gruppen von Orks zu erkennen, die Vieh und Schafe schlachteten. Die Bestien schwelgten im Überfluss der Vorräte, welche Merdonan ihnen bot.

„Sie plündern unsere Stadt“, sagte der Pferdefürst sachlich. „Sie fressen sich an den Vorräten satt, die eigentlich unsere Mägen füllen sollten.“ Er stieß den Fuß auf die Platten der Dachabdeckung. „Ich war ein Narr, Ihr guten Herren“, gestand er freimütig ein. „Man darf den Feind nie unterschätzen, doch genau das habe ich getan. Ich hielt es nicht für möglich, dass er uns in so kurzer Zeit überwältigen könnte, und versäumte es, die Lager in meinem Haus zu füllen.“

Mor grunzte. Ja, der Pferdefürst war ein Narr gewesen und hatte den Feind unterschätzt. Aber er, Mor, war nicht besser gewesen, denn er hatte den Pferdefürsten nicht gedrängt, die Vorräte aufzufrischen und Hilfe herbeizurufen. Sie beide hatten damit gerechnet, die Mauer lange halten zu können, und daher Vorrats- und Waffenlager direkt am Wall angelegt, um die Verteidiger rasch versorgen zu können. Ihre Arroganz rächte sich nun, denn es gab keine innere Verteidigungsanlage, keine Fluchtburg, keine letzte Zuflucht. Auch wenn das Haus Bulldemuts groß und befestigt war, konnte es den Menschen Merdonans keinen Schutz bieten, wenn die Bestien kamen.

„Solange Leben in unseren Leibern ist, so lange ist auch Hoffnung“, erklang Marnalfs Stimme hinter ihnen. Der Magier kam, in die graue Robe seiner Zunft gewandet, zu ihnen hinüber, wobei er sich auf den langen Stab stützte, der gleichermaßen Macht und Ohnmacht des magischen Wesens verkörperte.

„Es gibt keine Hoffnung für Merdonan und seine Menschen, solange das Feuer nicht entzündet ist“, knurrte Bulldemut. Er sah keinen Ausweg.

Marnalf hatte sie nun erreicht und nickte langsam. „Eben deshalb bin ich gekommen, Bulldemut, Pferdefürst. Eben deshalb."

Bulldemuts Augen verengten sich. „Ihr habt einen Plan, Herr Marnalf?"

Marnalf nickte erneut. „Ja, den habe ich."

37

Sie mussten erkunden, was am Haus des Urbaums vor sich ging, und die Wahl war auf Nedeam gefallen. Es war illusorisch zu versuchen, sich durch das gewaltige Haus der Elfen zu schleichen, um die Orks und Grauen zu zählen und die elfischen Frauen zu finden. Allein durch Beobachtung würden sie nicht genügend Informationen sammeln können, um ihr weiteres Vorgehen zu planen. Es gab nur einen Weg, die erforderlichen Kenntnisse zu erhalten. Sie mussten mit jemandem sprechen, der zum Haus gehörte, mit einem der elfischen Wesen, die es bewohnten. Und zwar ohne dabei von den Wachen entdeckt oder vom elfischen Wesen, wenn auch unabsichtlich, verraten zu werden.

Die Wahl war also auf Nedeam gefallen, doch es war klar, dass der kleinwüchsige Herr Dorkemunt es sich nicht würde nehmen lassen, seinen jungen Freund zu begleiten.

„Zwei Männer werden rascher entdeckt als ein einzelner", wandte Tasmund ein.

Dorkemunt schüttelte entschlossen den Kopf. „Aber vier Augen und vier Ohren sehen und hören mehr."

Der Erste Schwertmann hatte seinen halbherzigen Widerstand augenblicklich aufgegeben und sparte nun, wie auch die anderen Pferdelords und der Zwerg Olruk, nicht mit gut gemeinten Ratschlägen für die beiden Kundschafter.

„Legt alles ab, was Euch durch Lärm oder ein Funkeln verraten kann."

„Haltet Euch gut versteckt."

„Schleicht Euch von dort drüben an."

„Nein, besser von jener Stelle dort."

„Stillt zuvor Hunger und Durst", fügte Olruk hinzu, „Ihr könntet länger unterwegs sein."

Letztlich aber blieb es Nedeam und Dorkemunt überlassen, ob sie die Ratschläge befolgten, denn immerhin riskierten sie hier ihr Leben.

„Es hat wenig Sinn, sich über den Boden zu schleichen", sagte Dorkemunt und wies nach oben. „Dieses gewaltige Haus erhebt sich hoch über uns, und die verfluchten Orks und ihre Grauen Wesen können gut von oben auf uns herabsehen. Wir müssen daher so rasch wie möglich an den Stamm gelangen."

Olruk räusperte sich. „Vielleicht genügt es auch, sich mit der dort zu unterhalten."

Sie folgten seinem Blick und sahen eine schlanke Gestalt, die soeben die breite Treppe herabkam, welche sich um den riesigen Stamm wand. Eine Elfin, die offensichtlich auf dem Weg zur Lichtung war.

„Sie trägt einen Korb bei sich", stellte Olruk fest. „Vielleicht will sie Pilze sammeln."

„Was auch immer sie sammeln will, sie kommt in unsere Richtung."

„Und keine Wache begleitet sie."

Nedeam nickte. „Die Grauen und die Orks müssen sich sehr sicher fühlen."

Sie konnten die Frau nun deutlich erkennen, die gerade den Boden der Lichtung betreten hatte. Sie trug eines der langen elfischen Gewänder aus feinem Tuch, das weich um ihre weiblichen Formen spielte. Je nach ihren Bewegungen, schien das Gewand eher grünlich oder bläulich zu schimmern. Das Farbenspiel wirkte verwirrend auf die Pferdelords.

„Als sei das Gewand von Leben erfüllt", flüsterte Malenan.

„Nun, zumindest lebt das Elfenwesen, das sich damit bedeckt.“ Tasmund seufzte leise. „Ein Glück, dass es in unsere Richtung kommt.“

„Ob es uns gesehen hat?“

„Wer vermag das bei einem elfischen Wesen schon zu sagen?“ Mortwin betrachtete die Elfenfrau. „Sie erscheint mir jung.“

Nedeam lachte leise, aber dieses Lachen wirkte angespannt. „Die meisten elfischen Wesen wirken jung. Leoryn, die Schwester von Lotaras, erzählte mir einmal, dass sich ein Elf irgendwann in seinem Leben entschließe, nicht mehr körperlich zu altern. Die meisten von ihnen sehen jung aus, aber einige bevorzugen es auch, wie weise Alte auszusehen.“

Die elfische Frau wirkte, als sei sie gerade dem Kindesalter entwachsen und zur Frau gereift. Sie bückte sich gelegentlich, um Blumen vom Boden der Lichtung zu pflücken, die sie dann in den Korb legte.

„Sie weiß, dass wir hier sind“, sagte Nedeam leise.

„Woher willst du das wissen? Wir verbergen uns gut.“

„Sie sieht in jede Richtung, nur nicht in unsere.“

„Bei den Finsteren Abgründen, du hast recht.“ Tasmund nickte. „Ja, sie muss es wissen.“

Dorkemunt blickte zu den unteren Ästen des Urbaums empor. „Wahrscheinlich hat sie uns von dort oben gesehen. Verflucht, das könnte auch anderen Wesen gelingen. Wir hätten uns tiefer im Gebüsch verbergen sollen.“

„Jedenfalls ist sie nicht unser Feind“, flüsterte Tasmund. „Sonst hätte sie uns längst verraten.“

„Nun, die Elfen sind unsere Verbündeten“, meinte Mortwin. „Warum sollte sie uns verraten?“

„Weil sie vielleicht nichts von dem Bund weiß, guter Herr

Mortwin." Dorkemunt wandte sich dem Pferdelord zu und wies mit dem Daumen hinter sich. „Die Elfen hier sind noch aus der Zeit des Ersten Bundes. Vermutlich wissen sie gar nicht, was in all den vielen Menschenaltern seither geschehen ist."

Vielleicht hatte das elfische Wesen die Worte vernommen. Jedenfalls blickte es nun direkt zu der verborgenen Gruppe hinüber und lächelte. Spätestens jetzt gab es keinen Zweifel mehr, dass die Frau die Pferdelords und den Zwerg längst erkannt hatte. Ihre leisen Worte, die bis zu ihnen drangen, klangen gleichermaßen freundlich und spöttisch.

„Was haben eine Gruppe Menschenwesen und ein Zwerg hier verloren?" Die Stimme klang sanft. Die elfische Frau hatte nicht laut gesprochen, aber ihre Worte waren klar zu vernehmen, obwohl sie noch eine Hundertlänge entfernt war.

„Wir suchen das Haus des Urbaums", sagte Tasmund mechanisch.

„Nun, ihr habt es wohl gefunden." Sie bückte sich erneut, pflückte ein paar Blumen und legte sie in den Korb, bevor sie wieder ein paar Schritte in ihre Richtung machte. „Ihr gehört zu den Pferdemenschen, von denen die Orks sprechen." Es war keine Frage, sie stellte es einfach fest.

„Ja, wir sind Pferdelords."

Die Frau hob den Blick. Sie hatte die ungewöhnlichen schwarzen Haare der Elfen dieses Hauses, und ihre Augen waren von einem tiefen Braun, das fast in Schwarz überging. „Und ein Zwerg."

„Wir wollen Euch helfen", versicherte Tasmund. Er war versucht, aus der Deckung heraus auf die Lichtung zu treten, um sich der Frau zu nähern. „Leben noch viele von Euch?"

„Ja, viele. Das Haus Deshay war stets ein kraftvolles Haus." Das Lächeln der Elfin wich einem traurigen Ausdruck. „Doch nun ist seine Kraft erloschen. Viele von uns wurden auf schreckliche Weise verwandelt."

„Ja, wir haben es gesehen", murmelte Tasmund.

„Ich spreche nicht von den versteinerten Kriegern." Die Elfin strich sich einen fein geflochtenen Haarzopf aus der Stirn. „Viele eurer Menschenleben sind vergangen, seit sich das Wesen der Grauen Magier so schrecklich verändert hat. Aus unseren Freunden wurden grausame Feinde. Aber ich spreche von Frauen des Hauses Deshay, die sich ebenfalls gewandelt haben. Ihr könnt von Glück reden, ihnen nicht begegnet zu sein."

„Ihr solltet uns erzählen, was sich zugetragen hat, Hohe Frau Elfin." Tasmund winkte sie heran, doch die Elfin schüttelte den Kopf.

„Ich will euch gerne davon berichten. Doch darf ich die Lichtung nicht verlassen. Die Bestien würden es merken." Die Frau blickte voller Trauer zum Haus des Urbaums. „Nun, so hört, was sich ereignet hat."

In knappen Sätzen schilderte sie, was sich einst ereignet hatte.

Es war zur Zeit des Ersten Bundes gewesen, als sich das Haus des Urbaums wie auch die anderen Häuser der Elfen darauf vorbereiteten, das Land zu verlassen und ihre künftige Heimat an den Neuen Ufern zu finden. Jalan-olud-Deshay, der Herr des Hauses des Urbaums, war gerade von einer Expedition in die neuen Länder zurückgekehrt und wollte dem Hohen Rat der Elfen berichten, als der Krieg gegen den Schwarzen Lord und seine Orks ausbrach.

Das Haus des Urbaums hatte sich nicht an dem Konflikt beteiligen wollen, denn der Krieg schien nur gegen die Menschen und ihre Reiche gerichtet zu sein. Zudem fühlte sich das Haus Deshay stark genug, einer möglichen Bedrohung selbst zu begegnen. Die Elfen hatten erlebt, wie die Häuser der Menschen zerfielen und nur wenig von ihrer einstigen Macht übrig blieb. Aber schließlich erkannte der Hohe Rat, dass sich auch die elfischen Häuser früher oder später dem Feind stellen mussten, und schlug sich daher auf die Seite der Menschenwesen. Der Bund zwischen Elfen und Menschen wurde geschlossen, und man vereinbarte, dass das Haus Deshay aufgrund seiner Stärke und Größe den Norden sichern sollte.

Dann waren die Grauen Zauberer erschienen, und die Elfen hatten sie willkommen geheißen. Stets waren sie einander Freunde gewesen, und obwohl das Haus Deshay sich sicher war, dem Feind auch ohne Hilfe der Magier begegnen zu können, hatte man ihr Angebot angenommen, den Elfen beizustehen. Dann, inmitten eines Angriffs orkscher Legionen, hatten die Grauen Wesen die Maske der Freundschaft fallen lassen.

An dieser Stelle hatte Tasmund verständnisvoll genickt. „Sie haben die Männer Eures Hauses abgeschlachtet, wir haben es selbst gesehen, Hohe Frau. Eine große Lichtung voller toter Krieger."

„Aber nein, sie sind nicht tot", widersprach die Elfin erstaunt.

„Nicht tot?" Tasmund zuckte bedauernd die Schultern. „Verzeiht, Hohe Frau, aber wir sahen es mit eigenen Augen. Die Reihen der toten Männer, von der Zeit vergessen ..."

„Die Zeit mag vergangen sein, doch nicht ihr Leben", widersprach die Elfin. Sie hob beschwichtigend die Hand und schüttelte den Kopf. „Sie wurden durch Magie gebannt, versteinerten mitten in der Bewegung. Doch sie sind nicht tot."

„Wie bitte?" Nedeam sah sie ungläubig an. „Lotaras und die anderen Elfen leben noch?"

„Ja, das tun sie." Die Elfin seufzte. „Sonst hätten wir freien

Frauen uns längst widersetzt. Die Grauen Wesen haben unsere Krieger mit einem schrecklichen Bann belegt und halten sie in der Versteinerung. Wir können uns den Grauen nicht widersetzen, sonst töten sie unsere Männer."

„Man belügt Euch", brummte Tasmund.

„Sie weckten einen der Männer aus seiner Starre und töteten ihn vor unseren Augen, um ihren Worten Nachdruck zu verleihen." Die Elfin schloss trauernd die Augen. „Unsere Männer leben, und ihr Schicksal hängt davon ab, ob wir Frauen uns dem Willen der Grauen Wesen fügen." Sie sah die Männer eindringlich an. „Ich kenne ihren Bannzauber. Normalerweise erstarrt das Opfer, kann während dieser Zeit aber bluten und getötet werden. Doch dieser Bann ist anders. In dieser Starre vermag nichts unseren Männern Schaden zuzufügen. Sie müssen erst daraus erwachen, damit das Leben sie wieder durchströmt, vorher sind sie unverletzbar."

„Aber warum der Aufwand? Warum haben die Grauen und die Orks Eure Männer nicht der Reihe nach … erweckt und abgeschlachtet?"

„Wir hätten es gespürt, wie wir so vieles spüren." Die Elfin zuckte die schmalen Schultern. „Der Tod unserer Männer hätte auch uns getötet, und das wollten die Grauen und ihr Schwarzer Lord verhindern."

„Ihr habt die Frage des Hohen Herrn Tasmunds noch nicht beantwortet", murmelte Nedeam. „Welcher Sinn steckt hinter dem Verhalten der Grauen? Warum sollten sie Eure elfischen Männer in der Versteinerung und Euch am Leben erhalten? Es bindet ihre Kräfte."

„Sie tun es wegen der Schröpfung."

Nedeam und die anderen erblassten. „Langsam beginne ich zu verstehen", stieß er krächzend hervor. „Sie haben es auf das

Wissen des elfischen Volkes abgesehen."

Die elfischen Wesen waren unsterblich, wenn man davon absah, dass auch Unfall, Krankheit und Gewalt ihrem Leben ein Ende setzen konnten. Aber ein unsterbliches Wesen vermochte sein Gehirn nicht beliebig mit den Erlebnissen seines ewigen Daseins zu füllen. Die Flut an Ereignissen und Eindrücken hätte es unweigerlich in den Wahnsinn getrieben. So hatten die elfischen Wesen irgendwann die Schröpfung eingeführt. Spätestens alle fünfhundert Jahreswenden musste ein elfisches Wesen diese Schröpfung durchführen. Dafür schrieb es seine wichtigsten Erfahrungen und sein Wissen nieder, bevor es sich dann im Kreise seiner Vertrauten der eigentlichen Zeremonie unterzog, die sich über viele Tageswenden erstreckte und in deren Folge es sein Gedächtnis leerte. Nur ein rudimentäres Wissen blieb zurück und all jenes, was seine Persönlichkeit und seine individuellen Beziehungen betraf.

Im Verlaufe von Äonen hatten die elfischen Wesen ein Wissen angesammelt, das viele Bereiche umfasste, für die sich ein Graues Wesen womöglich nie interessiert hatte. Während die Zauberer sich einst mit philosophischen Fragen und der Kenntnis der Natur und der Magie begnügt hatten, sammelten die elfischen Wesen auch Erfahrungen im Handwerk und in der Kriegskunst. So hatten sie ein Wissen gewonnen, über das niemand sonst verfügte. Doch nutzten sie es oftmals nicht, obwohl sie Waffen zu bauen vermochten, die allem anderen überlegen waren, die aber dem Ehrempfinden der Elfen widersprachen.

„Auch wenn unsere Männer erstarrt sind, so müssen wir Frauen uns doch der Schröpfung unterziehen", seufzte die Elfin. „Und die Bestien wohnen ihr bei und saugen so das Wissen unseres Volkes in sich auf."

„Ich wollte, ich könnte sagen, Ihr elfischen Frauen versteht Euch nicht auf die Kriegskunst“, knurrte Tasmund. „Leider weiß ich es anders.“

„Der Krieg ist nicht die Bestimmung der elfischen Frauen, aber wir verstehen sein Wesen“, stimmte die Elfin zu. „Doch wir interessierten uns nie für die Konstruktion von Kriegsmaschinen. Bei unseren Männern ist das anders. Sie ersannen Waffen, vor deren Bau sie zurückschreckten. Doch das Wissen wurde in den Schröpfungsschriften niedergeschrieben. Wir konnten die Aufzeichnungen des Hauses Deshay bislang vor den Bestien verbergen, sonst besäßen die Grauen Wesen und ihr Schwarzer Lord nun all die Kenntnisse, nach denen es ihnen verlangt.“

„Wie habt Ihr die Schriften vor ihnen verbergen können? Jede Schröpfung würde doch …“

Die Elfin schüttelte den Kopf. „Zwei der unseren deponierten die Aufzeichnungen an einem geheimen Ort und töteten sich danach. Niemand von uns weiß, wo sie sind, und die Bestien suchen noch immer danach. Wir … wir konnten die Schriften nicht zerstören, sie sind unserem Volk heilig.“

„Wenn die Grauen Wesen eine Möglichkeit kennen, Eure Krieger aus ihrer Versteinerung zu erwecken, dann könnte das Haus Deshay neu erstehen“, sagte Nedeam leise. „Wir müssten sie irgendwie zwingen, ihr Wissen preiszugeben.“

„Es sind nur wenige Graue und kaum eine Kohorte der Orks, doch das reicht, um uns Frauen in Schach zu halten.“ Die Elfin seufzte schwer. „Denn jeder Angriff auf die Bestien würde den Tod unserer Männer bedeuten.“

„Nicht, wenn wir schnell genug sind“, widersprach Tasmund. „In jedem Fall können wir Euch Frauen und Eure Männer nicht der Willkür der Bestien überlassen.“

„Richtig“, stimmte Dorkemunt entschlossen zu. „Wir müssen nur schnell genug sein und die miesen Kreaturen überrumpeln.“

Die Elfin lächelte sanft. „Mit einer Handvoll Menschenwesen und einem Zwerg?“

Tasmund sah sie eindringlich an. „Mit einer Handvoll Pferdelords.“

Olruk räusperte sich. „Und einem Zwerg.“

38

Sommer in der Hochmark. Die Sonne stand hoch über dem Tal von Eternas, und ein milder Wind strich durch das Tal. Auf den Feldern war die Ernte im Gang. Männer und Frauen schritten in langen Reihen über die Felder und schnitten mit ihren Klingen die Halme. Andere ergriffen das Getreide und trugen es zu den Dreschplätzen hinüber. Schwere Hölzer, mit kurzen Ketten oder Lederriemen an langen Stangen befestigt, hieben auf die Halme ein, und nach einer Weile traten Männer und Frauen herbei, die das Gedroschene auf ihre riesigen Siebe warfen. Arme hoben und senkten sich rhythmisch, warfen den Inhalt der Siebe in die Luft, und während der Wind die Spreu erfasste und über die Felder blies, fiel das Getreide in die Siebe zurück.

In den Schmieden wurde hektisch gehämmert. Klingen zum Schneiden der Getreidehalme oder zur Schur der Schafe wurden neu geschmiedet oder nachgearbeitet, und eine kleine Schar von Männern ließ beim alten Schmied Guntram die Pferde neu beschlagen. Direkt daneben zog ein anderer Schmied mit seinem Helfer einen glühenden eisernen Reifen über ein hölzernes Rad und schreckte es dann mit einem Wasserguss ab. Seine Schlegel und Meißel fuhren am Rad entlang, um sich zu vergewissern, dass alles richtig saß.

Neben dem Schmied, dem der Schweiß über den nackten Oberkörper rann, stand ein Händler aus der Südmark und seufzte immer wieder.

Der Schweißüberströmte blickte den Händler kurz an. „Wenn Euch die Hitze so zusetzt, guter Herr Händler, so setzt

Euch oder nehmt einen frischen Trunk kühlen Wassers."

„Es ist nicht die Hitze." Der Händler betupfte sich die Stirn mit einem Tuch, das er aus den Falten seines Gewandes gezogen hatte. „Doch zwei Schüsselchen für diese vier Räder … Das scheint mir doch recht viel, guter Herr Schmied."

Der Schmied stieß ein leises Knurren aus, ließ von seinem Gehilfen das Rad ein wenig drehen und prüfte den Sitz des Eisenreifens. „Ihr macht ein gutes Geschäft, Herr Händler, zumal eines Eurer alten Scheibenräder gebrochen ist. Mit den neuen Speichenrädern aus Eternas wird Euer Wagen viel leichter und Ihr könnt mehr Ware transportieren."

In den unteren Marken benutzte man noch immer überwiegend die schweren Räder aus massivem Holz. In Eternas hingegen hatte man einst aus der Not des früheren Holzmangels eine Tugend gemacht und Speichenräder entwickelt. Die zierlich wirkenden Holzräder wurden mit Eisen bereift und waren so erstaunlich belastbar.

„Aber zwei Schüsselchen … Guter Herr Schmied, das Eisenerz ist reichlich und billig in der Hochmark." Der Händler tupfte sich erneut über die Stirn.

Der Schmied, der mit seinem Werk zufrieden war, goss erneut Wasser über das Rad und gab dann seinem Gehilfen einen Wink, worauf der das Stück zur Seite stellte und ein anderes herbeitrug, das noch ohne Eisenreifen war. „Es mag wohl sein, dass die Mark reich an Eisenerz ist, guter Herr Händler", brummte der Schmied. Er nahm einen vorbereiteten Eisenreifen, hielt ihn an das Holzrad und grunzte. Er musste ein wenig gekürzt werden, und so schob der Schmied ihn in die Glut der Esse. „Es mag auch sein, dass mich das Erz nicht viel kostet, guter Herr Händler. Doch ordentliche Arbeit hat ihren Preis, nicht wahr? Oder wollt Ihr Euren Wagen gar selbst bereifen?"

Der Händler ächzte, tupfte und stöhnte. „Doch zwei Schüsselchen ..."

„Hört zu", knurrte der Schmied, der allmählich die Geduld verlor. „Mit Euren Schüsselchen vermag ich nicht viel anzufangen. Ich halte nichts von Gold. Es ist wertloser Plunder, auch wenn es das Siegel des Königs von Alnoa trägt. Aber hier, guter Herr Händler, sind wir nicht im Königreich der Weißen Bäume", sagte er heiser und zog den Reifen aus der Glut heraus zum Amboss hinüber, wo er ihn mit raschen Bewegungen kürzte. „Hier seid Ihr in der Hochmark des Pferdevolkes, guter Herr Händler. Ich werde hier Mühe haben, die seltsamen Schüsselchen aus Alneris überhaupt gegen etwas Sinnvolles einzutauschen."

„Sie tragen das Siegel des Königs", protestierte der Händler.

„Das des Königs aus Alneris, nicht das unseres Königs aus Enderonas." Der Schmied hielt den korrigierten Eisenreifen an das Holzrad und nickte zufrieden. „Zudem ist es gleich, wessen Siegel die Schüsselchen tragen, sie sind und bleiben wertloses Gold."

Der Händler seufzte resigniert. Im Königreich von Alnoa, dem Reich der Weißen Bäume, hatte der König vor Jahren ein neues Zahlungsmittel eingeführt. Da die Möglichkeiten des Tausches begrenzt waren, sollte die neue Währung den Handel beleben. Aus Gold wurden kleine Scheiben geformt, in die man das Siegel des Königs schlug. Doch der Schlag beulte die Plättchen aus, sodass sie die Form kleiner Schüsselchen annahmen. Da der König mit seinem Siegel für ihren Wert bürgte, wurden sie zunehmend als Währung anerkannt und breiteten sich aus, auch im Land des Pferdevolkes. Aber manche dieser Menschen in den einfachen Marken waren, nach Meinung des weit gereisten Händlers, noch viel zu sehr ihren alten Traditionen verhaftet.

Auf seinem Weg durch die Hochmark war ein Rad an seinem Wagen gebrochen, und da er schon lange mit Neid gesehen hatte, wie leicht sich die Wagen anderer Händler mit den neuen Rädern bewegten, hatte er sich nun entschlossen, auch seinen eigenen Wagen umzurüsten. Ein voller Satz Räder, zwei große für die hintere und zwei kleinere für die vordere Achse, wurden im Königreich Alneris für das Zehnfache gehandelt. Doch das brauchte der Schmied, nach Auffassung des Händlers, ja nicht zu wissen.

Der Reifen war nun abermals erhitzt, sodass der Schmied ihn in die endgültige Form schlagen konnte. Funken sprühten, und einige davon trafen eines der vier Zugpferde, die der Händler an den Metallringen in der Seitenwand der Schmiede angeleint hatte. Das Pferd wieherte und stieg steil auf die Hinterhand.

„He, gebt acht, dass es sich nicht losreißt", rief der Schmied, ohne seine Arbeit zu unterbrechen. Der Reifen hatte nun das richtige Maß und die richtige Temperatur, und er wollte die Arbeit nicht von vorn beginnen. „Haltet es fest, Ihr Narr!"

Aber der Gehilfe des Händlers, der die Pferde beaufsichtigen sollte, jedoch viel zu wissbegierig auf die Handgriffe des Schmieds und seines Gehilfen achtete, reagierte zu spät. Das Pferd riss sich los, rannte erschreckt auf die Straße und stürmte in Richtung der benachbarten Schmiede davon, aus der das helle Klingen eines Hammers tönte. Der Handelsgehilfe rannte mit rotem Kopf hinter dem Pferd her, verfolgt von den Flüchen seines Herrn.

Der Schmied wandte kurz den Kopf zu seinem Nachbarn. „Guntram", rief er lautstark. „Das Pferd geht durch."

An der benachbarten Schmiede wurden gerade ein paar Pferde frisch beschlagen. Das Pferdevolk hatte früh erkannt, dass die gebogenen Eisen einen festen Tritt und, wenn sie richtig angepasst waren, Schonung für die Hufe der Tiere brachten. Lediglich auf dem Pflaster der Straßen waren sie von Nachteil, da die Pferde dort leichter ins Rutschen kamen. Da die Eisen sich abnutzten oder ihr Sitz sich lockern konnte, wurden sie regelmäßig erneuert. Die Pferde an Guntrams Schmiede waren ausgebildete Reittiere der Pferdelords. Sie brauchten daher nicht an die Halteringe gebunden zu werden, denn Lärm und Feuer machten sie nicht scheu.

Guntram, der alte und fast zahnlose Schmied mit dem narbenbedeckten Körper, schlug gerade ein Hufeisen in die richtige Form, als das durchgehende Pferd die Straße herunterkam. „Barus! Das Pferd!“

Der stämmige Nagerjäger, der beim Beschlagen zugesehen hatte, nahm Maß, und als der Ausreißer auf seiner Höhe war, schlug er einmal kurz mit seiner mächtigen Keule zu. Der Hieb traf den Schädel des Pferdes, ohne es ernstlich zu verletzen, doch war es nun benommen und ließ sich von dem keuchenden Handelsgehilfen einfangen.

„Gebt auf Euren Gaul besser acht“, brummte Barus, als der Gehilfe die Zügel aufnahm. „Es folgt eher dem eigenen als Eurem Willen, guter Herr.“

Der Gehilfe bedankte sich mit rotem Kopf und begab sich mit dem Pferd zurück zu seinem schimpfenden Händler.

Barus, der Nagerjäger, strich zufrieden über seine Keule. „Das rechte Maß, darauf kommt es an. Nicht zu viel Kraft und nicht zu wenig.“

„Ihr habt recht, guter Herr Barus“, stimmte Guntram zu. „Ist wie bei den Hufeisen. Das Maß muss stimmen.“

Unten am Fluss standen ein paar Frauen und wuschen Wäsche, um sie auf den Bleichwiesen zum Trocknen auszulegen, während Kinder zwischen ihnen herumtollten. Eine der Frauen schimpfte, als die Spielenden ihre frische Wäsche erneut beschmutzten.

An einem der dreigeschossigen Häuser in der Stadtmitte schüttelte eine Frau ihr Bettzeug aus und fluchte lauthals, als es ihr aus der Hand rutschte und auf die schmutzige Straße fiel. Ein Mann glitt auf der Hinterlassenschaft eines Pferdes aus und stürzte unter dem Gelächter anderer aufs Gesäß.

Vom Süden trieb eine Gruppe berittener Männer und Frauen ein paar Hornviecher in die Stadt, gefolgt von einigen Kindern und einem kleinen Wagen. Es waren Menschen aus einem der Weiler, die zum Handel in die Stadt kamen.

An einer der Gassen war das Pflaster aufgerissen, und Männer schaufelten sich durch die Erde, um einen Graben in Richtung des Flusses Eten zu ziehen, in den sie aus Lehm gebrannte Rohre verlegen würden, bevor sie ihn wieder verschlossen. Diese Rohre würden die Abwässer aus den Häusern zuverlässig zum Fluss leiten, ohne die Nasen der Bewohner mit Gerüchen zu belästigen. Früher waren die Hinterlassenschaften durch einfache Rinnen gelaufen und hatten so die Straßen und manchen Fuß beschmutzt, aber mittlerweile befand sich an jedem Haus einer der dicken Rohrstutzen, in die man die Abwässer hineingießen konnte. Die Männer, die den Graben anlegten, waren erst auf halbem Wege zum Fluss und fluchten über die Arbeit, die noch vor ihnen lag. Denn je länger der Graben war, desto tiefer mussten sie ihn ausheben, damit die Rohre ihre Neigung behielten.

Es war ein ganz normaler Sommertag in Eternas, und die Menschen gingen geschäftig ihrem Tagewerk nach. Es würde reiche Ernten geben und der Handel zusätzlichen Schwung erhalten. Die Stadt gedieh, und zunehmender Wohlstand machte sich breit. Man erkannte es an dem neuen Zierrat, der viele der Häuser schmückte, und an den Menschen, welche die Muße fanden, einfach durch die Straßen und Gassen zu schlendern, eine Tatsache, die verriet, dass viele Bewohner der Stadt nicht mehr um ihr tägliches Brot ringen mussten.

Auch auf dem großen freien Feld westlich der Burg von Eternas war dieser Wohlstand zu erkennen, denn dort trainierte der Scharführer Kormund mit einem Beritt Pferdelords. Die Männer trugen sämtlich blaue Rosshaarschweife an ihren Helmen, was sie als Schwertmänner der ständigen Wache Garodems auswies. Die Menschen der Hochmark konnten sich noch gut entsinnen, dass es damals, als der Pferdefürst die Hochmark gründete, kaum fünfzig Männer gewesen waren, die Burgbesatzung und Wache stellten. Der Beritt auf dem Übungsfeld war bereits doppelt so stark, und es war nicht der einzige, den die Schwertmänner in den Sattel brachten. Auch dies war ein Zeichen dafür, wie gut es den Menschen der Mark ging. Denn auch wenn die Schwertmänner nur einen geringen Sold bezogen, musste der Pferdefürst sie doch zu seinen Lasten unterbringen, sie beköstigen und ihre Ausrüstung stellen. Das geschah durch den freiwilligen Tribut, den Gehöfte, Weiler und die Stadt an Garodem abführten. Mittlerweile gab es so viel Überschuss, dass der Pferdefürst der Hochmark eine stattliche Macht aufbieten konnte. Den Menschen war dies nur recht, denn obwohl es ihnen gut erging, wussten sie doch, welche Gefahren ihnen drohen konnten. Nur zu schmerzlich war noch in Erinnerung, wie die Orks einst die Hochmark berannt und beinahe eingenommen hatten.

„Enger zusammen, Ihr guten Herren Schwertmänner“, rief Kormund tadelnd. Der stämmige Schwertmann und Scharführer hatte einst einen Pfeilschuss in die Brust erhalten, und obwohl die Wunde gut verheilt war, schmerzte ihn die Narbe gelegentlich. Er wurde dadurch beim Schwertkampf behindert, aber er unterdrückte die Schmerzen, denn er wollte die Klinge führen, wie es die Tradition der Schwertmänner verlangte. „Noch enger. Eure Knie müssen sich beim Ritt fast berühren."

Nur die Schwertmänner der Pferdelords beherrschten diese enge Formation, die sehr viel Übung verlangte. Ein Beritt von hundert Reitern formierte sich zum Angriff in zwei Reihen. Diese hielten untereinander genügend Abstand, sodass ein stürzender Reiter oder ein stürzendes Pferd aus der ersten Reihe mühelos von der zweiten übersprungen werden konnten.

„So wird das nichts, Ihr guten Herren", rief Kormund und stieß die Lanze seines Berittwimpels in die Luft. „Am Ende des Platzes neu formieren. Wir üben das so lange, bis es klappt."

Obwohl die Männer die Formation an diesem Tag schon oft trainiert hatten, murrte keiner von ihnen. Sie waren stolz darauf, den Rosshaarschweif der Schwertmänner zu tragen, und wussten um die Notwendigkeit des Drills, der ihnen die kalte Perfektion im Kampf verlieh.

Die Kraft des Pferdevolkes lag in seinen schnellen Pferden und den rasch zustoßenden Lanzen der Reiter, die im Gefecht zu Fuß durch Schwert, Axt und Schild ersetzt wurden. Der Bogen war eine Distanzwaffe, die sie ebenfalls beherrschten, aber die eigentliche Stärke der Reiter lag im Sturm auf den Feind, und die Schwertmänner waren darin die Besten.

Wenn der Pferdefürst die Pferdelords einberief, so sammelten sich die Männer der Marken, gut beritten und mit ihren eigenen Rüstungen und Waffen, lediglich die Stoßlanzen erhielten sie aus dem Waffenlager ihres Herrn. Sie trugen ihre grünen Umhänge mit Stolz und folgten stets der Losung und dem Banner, um ihren Eid zu erfüllen. Aber die Pferdelords der Weiler und Gehöfte waren es nicht gewohnt, in dichter Formation zu reiten, Pferd an Pferd und Knie an Knie. Dies beherrschten nur die Schwertmänner, und auch nur dann, wenn sie ständig übten. Denn kam ein Angriff erst in Schwung, wollten immer einige Pferde und Reiter ein wenig schneller sein, und obendrein konnte das Gelände ihre Reihen auseinanderziehen. Nicht jedoch bei den Schwertmännern. Ihre Reihen würden wie eine massive Wand auf den Feind prallen und seine Linien öffnen, sodass die anderen Pferdelords in sie hineinbrechen und den Tod zu ihrem Gegner tragen konnten.

Über Kormunds Kopf knatterte der lang gezogene grüne Dreieckswimpel des Beritts. Er war im Blau der Hochmark eingefasst und zeigte das weiße Pferd, das dem Feind entgegensprang. Dahinter war ebenfalls in Weiß das Zeichen des Beritts aufgemalt. Da Kormund dessen Führer war, hatte er das Zeichen wählen dürfen und sich für einen Pfeil entschieden. Zum einen, weil ein solcher ihn einst verletzte, und zum anderen, weil seine Männer dem Feind pfeilschnell entgegenstürmen würden.

Der Signalbläser des Beritts stieß zum wiederholten Mal an diesem Tag in das metallene Horn der Hochmark, und die Männer ritten an. Der zweite Hornstoß, und die Pferde fielen in den Trab.

„Gut so“, kommentierte Kormund. „So ist es recht. Schneller Ritt, Ihr Herren …“

Das Horn blies erneut, und während die Pferde in Galopp übergingen, erwiderten hundert Kehlen die Losung. „… und scharfer Tod.“

Kormund schlug sich vergnügt auf den Schenkel. Der Beritt war fast perfekt. Aber das sollte er den Männern besser nicht sagen, sonst würde es ihnen noch zu Kopf steigen. Sie beherrschten die Waffen und ihre Pferde und, was weitaus wichtiger war, sie beherrschten sich selber. Sie würden einen kühlen Kopf bewahren, und Kormund wusste, dass gerade dies die Männer im Kampf zur tödlichen Waffe zusammenschmiedete.

Ein Stück oberhalb des Übungsplatzes standen die Hohe Dame Larwyn und die Hohe Frau Meowyn an der Brüstung des Signalturms, der die Burg weit überragte. Der diensthabende Schwertmann des Signalfeuers war respektvoll zurückgetreten, um die beiden Frauen nicht zu stören, während sie ihren Gedanken nachhingen.

„Sie sind schon eine Weile fort, und wir haben noch keine Nachricht." Die blonde Heilerin Meowyn zog den braunen Umhang fester um ihre Schultern, als fröstele ihr.

„Erst eine kurze Weile." Die Hohe Dame Larwyn legte für einen Moment die Hand tröstend über die der Freundin. „Zu kurz, um sich Sorgen zu machen und einen Boten zu entsenden."

Meowyn wandte sich um und lehnte sich mit dem Rücken gegen eine der Turmzinnen. Der Wind bauschte das helle Kleid, und sie drückte es instinktiv nach unten, wobei sie eine der Taschen berührte, die sie an ihrem geflochtenen Gürtel trug. Es waren die Zeichen ihrer Heilerkunst, und jeder glaubte, sie trage diese Taschen nur deshalb immer bei sich, um stets ihre Hilfe anbieten zu können. Doch es gab noch einen weiteren Grund, warum sie die ledernen Beutel selten ablegte. Gerade in jener Tasche, die ihre Hand soeben flüchtig gestreift hatte, verbarg sie ein besonderes Andenken.

Larwyn hatte das verhaltene Tasten erkannt und lächelte. „Diese Tasche scheint für Euch von größerer Bedeutung, Hohe Frau Meowyn."

„Ja, das ist sie." Meowyn spürte die Neugier ihrer Freundin, aber sie zögerte, ihr vom Inhalt des Beutels zu erzählen.

Die Gemahlin Garodems bemerkte dies, und eigentlich wäre es nicht ihre Art gewesen, die Freundin weiter zu bedrängen, aber Larwyn spürte Meowyns Besorgnis. „Der Inhalt dieser Tasche scheint mir unfrohe Gedanken bei Euch hervorzurufen, Meowyn, meine Freundin. Trübe Erinnerungen oder Sorge um die kommende Zeit?“

„Beides.“ Meowyn betastete erneut die lederne Tasche und zögerte, bevor sie hineingriff.

Larwyns Augen weiteten sich einen Moment. „Der Bolzen aus dem Querbogen eines Orks.“

„Jener, den man aus meinem Rücken schnitt“, sagte Meowyn leise. „Damals, als mein Sohn Nedeam mir das Leben rettete.“

Larwyn berührte den Bolzen mit den Fingerspitzen, ohne ihn jedoch in die Hand zu nehmen. „Warum tragt Ihr ihn bei Euch, liebe Freundin?“

„Er erinnert mich daran, wie schnell wir in Gefahr geraten können. Wie kostbar das Leben ist.“ Meowyn seufzte. „Und er erinnert mich an Nedeam.“

„Ich weiß, liebe Meowyn, Ihr sorgt Euch um ihn.“ Larwyn lächelte aufmunternd. „Er ist nicht allein. Es mögen nur wenige Pferdelords in der Schar sein, doch es sind die besten. Dorkemunt ist sehr erfahren und wird gut achtgeben. Und der Hohe Herr Tasmund steht ihm darin sicher nicht nach.“

Larwyn bemerkte, wie Meowyn kurz zusammenzuckte. Ein verstehendes Lächeln glitt über ihr Gesicht. „Ihr sorgt Euch nicht nur um Nedeam und Dorkemunt, nicht wahr?“

„Ich sorge mich um jeden in der Schar.“

„Ja, natürlich.“ Larwyns Lächeln verstärkte sich. „Und doch gibt es jemanden, um den Ihr Euch besonders sorgt.

Eure Augen verraten es mir.“

Meowyn schob den Bolzen zurück in die Ledertasche und schloss sie wieder. Sie wandte sich zur Seite und blickte nach Osten, zu den Ausläufern des Gebirges hinüber, das die Hochmark schützend umgab.

Larwyn wusste, dass das innere Auge der Freundin das Gebirge durchdrang und weit über dessen Grenzen hinausblickte. „Ihr müsst Euch ihm erklären, Meowyn.“

Ihre Freundin versteifte sich ein wenig. „Wem soll ich mich erklären?“

„Muss ich den Namen des Hohen Herrn wirklich nennen?“

Meowyns Erwiderung kam einem Hauch gleich, den der Wind von ihren Lippen riss und mit sich führte. „Nein.“

39

Die junge oder wenigstens jung erscheinende Elfenfrau war zum Haus des Urbaums zurückgegangen, und erst als sie anmutig die Stufen der gewaltigen Treppe hinaufschritt, fiel den Männern auf, dass niemand sie nach ihrem Namen gefragt hatte. Auch sie selbst hatten die gebotene Höflichkeit vermissen lassen und sich nicht vorgestellt, aber das war vielleicht verzeihlich angesichts der verblüffenden Worte der Elfin.

„Wenn es stimmt, was sie sagt, und elfische Wesen lügen schließlich nicht, so gibt es immerhin eine Möglichkeit, das Haus des Urbaums und unseren Freund Lotaras zu retten", fasste Tasmund grimmig zusammen. „Nur eine Handvoll Grauer und ein paar Orks stehen dem entgegen."

„Gut, die Orks beunruhigen mich nicht." Dorkemunt lächelte kalt. „Anders sieht es mit den Wesen in den grauen Roben aus. Sie zu schlachten, erfordert mehr als kalten Stahl. Das will überlegt sein, denn sie sind tückisch."

„Sehr tückisch", fügte Mortwin hinzu.

„Die meisten Orks befinden sich in der unteren Ebene des Hauses."

„So sagte es die Elfin."

„Sie sollen verhindern, dass jemand aus dem Haus entkommt." Tasmund zog bedächtig einen Stein über die zweischneidige Klinge seines Schwertes. „Allerdings wird es schwierig, unbemerkt ins Haus zu gelangen, und wir wissen nicht, wo sich die Grauen Wesen aufhalten."

Nedeam nickte und spürte, wie sein Bart am Umhang

schabte. „Zumindest sollen es nicht viele sein. Vier oder fünf der Grauen Bestien."

„Schon eine davon vermag uns gefährlich zu werden." Tasmund prüfte die Schneide und zog den Stein stirnrunzelnd weiter über das Metall. Die anderen hörten dem leisen Schaben zu, dann zogen sie schweigend ihre eigenen Schwerter und Äxte und folgten dem Beispiel des Ersten Schwertmanns, wenngleich ihr Stahl in den letzten Tageswechseln kaum an Schärfe eingebüßt haben konnte. „Wir müssen sie einzeln erwischen und töten, bevor sie einander warnen können."

„Zunächst müssen wir die Wachen der untersten Ebene ausschalten." Nedeam blickte auf seinen Bogen. „Dabei dürften uns die Bogen von Nutzen sein."

„Richtig." Tasmund lächelte kalt. „Doch die meiste Arbeit wird das Schwert verrichten müssen."

„Und die Axt", warf Olruk ein, und Dorkemunt, der diese Waffe ebenfalls bevorzugte, nickte zustimmend.

„Wir sollten in zwei Paaren vorgehen", schlug der Erste Schwertmann vor. „Ein Stück voneinander entfernt, sodass man sich gegenseitig helfen kann. Diese vier Kämpfer schleichen ins Haus und töten die Wachen auf der unteren Ebene, während die anderen sie vom Boden aus mit den Bogen decken. Haben wir die unterste Ebene genommen, folgen die restlichen nach, und wir arbeiten uns in die zweite Ebene vor."

„Das hört sich einfach an."

Tasmund zuckte die Achseln. „Alle guten Kriegspläne sind einfach. Das ist bekannt."

Mortwin spuckte aus. „Und alle guten Pläne scheitern angesichts des Feindes. Auch das ist bekannt."

„Habt Ihr einen besseren, guter Herr Mortwin?"

„Ich wollte es nur erwähnt haben."

„Nedeam und Dorkemunt bilden das erste Paar", entschied Tasmund. „Sie sind ohnehin unzertrennlich." Er sah Mortwin an. „Nun, guter Herr, wollt Ihr mich begleiten?"

Mortwin grunzte zustimmend, aber Olruk hob schüttelte den Kopf. „Das könnt Ihr mir nicht antun, Ihr guten Herren. Denkt an die ruhmreichen Legenden meines Volkes." Olruk raufte sich die Bartzöpfe. „Was für eine Legende soll das werden, wenn das Haus der Elfen befreit wird und ich, als Axtschläger der Grünen Kristallstadt Nal't'rund, dabei zurückstehen muss? Nein, Ihr Herren, es kann keinen Zweifel geben, dass ich Herrn Tasmund begleite."

Olruks Blick ließ keinen Widerspruch zu, und Tasmund sah den Zwergenmann nur kurz an, bevor er nickte. „Ihr und Eure Äxte seid mir willkommen, Herr Olruk."

Mortwin war ein passabler Bogenschütze, aber Malenan und sein Sohn Maredas erreichten nahezu Nedeams Perfektion. Ihnen dreien fiel die Aufgabe zu, den Vorstoß der anderen zu decken. Sie nahmen Bogen und Köcher und huschten ein Stück weit auf die Lichtung, indes die anderen Männer hinter ihnen eine auseinandergezogene Schwarmlinie bildeten. Aufmerksam starrten Mortwin und die beiden Bogenschützen zum Haus des Urbaums empor, während Nedeam, Dorkemunt, Tasmund und Olruk über die Lichtung auf die breite Treppe zurannten. Die vier achteten nicht darauf, was über ihnen vor sich ging. Sie mussten sich für ein paar Momente auf die Augen und Reflexe ihrer Gefährten verlassen.

Ihre Schritte auf dem mit Gras und Blumen bewachsenen Boden der Lichtung kamen Nedeam unnatürlich laut vor, und jeden Augenblick befürchtete er, den Warnschrei eines Rundohrs oder den zischenden Pfeil eines Spitzohrs zu gewahren. Dann glaubte er wirklich das Sirren eines Pfeils zu hören, aber er spürte weder einen Einschlag, noch hörte er einen Schrei, und so rannte er weiter. Er hielt den Blick starr auf die Treppe gerichtet, die quälend langsam näherkam, und erschrak, als ein Stück vor ihm ein Rundohr unvermittelt mit leise scheppernder Rüstung klatschend auf dem Boden aufschlug. Ein Pfeil ragte aus der Kehle des Orks, der nicht mehr zu einem Warnschrei gekommen war. Nedeam rannte an der toten Bestie vorbei und sah für einen kurzen Moment in ihre starren rötlichen Augen. Die schwarzgelben Pupillen waren weit aufgerissen und schienen Nedeam mit einem Ausdruck der Überraschung anzusehen.

Ein gutes Stück hinter den rennenden Männern tippte Mortwin auf Malenans Schulter. „Halbrechts, das Haus mit den beiden Balkonen."

Vater und Sohn reagierten gleichzeitig, und ihre Pfeile trafen das Rundohr, das gerade auf einen der kleinen Balkone getreten war und die laufenden Gestalten unter sich noch nicht gesehen hatte. Einer der Pfeile prallte gegen den dicken Brustpanzer und glitt wirkungslos zur Seite, um im Holz des Hauses steckenzubleiben, doch der andere Pfeil grub sich in den Rachen der Bestie. Ihr Kopf wurde in den Nacken geworfen, und erst schien es so, als stürze sie hintenüber ins Haus zurück, aber dann taumelte sie doch nach vorne und schlug gegen das Geländer des zierlichen Balkons. Es hielt dem Gewicht der Bestie stand, die tot daran herabsackte, während ihr Blut über den Rand sickerte und dunkel nach unten tropfte.

„Hab ihn erwischt", murmelte Maredas.

„Unsinn", zischte sein Vater. „Das war mein Pfeil."

Nedeam und die anderen hatten die Treppe indes beinahe erreicht. Nochmals zischten Pfeile zu einem überraschten Rundohr hinüber, das ebenfalls lautlos starb.

Tasmund und Nedeam erreichten die Treppe, während Dorkemunt ein wenig zurückgefallen war. Ein Stück dahinter folgte Olruk, der endlich zu ihnen aufschloss. Der Zwerg zuckte bedauernd die Schultern. „Es liegt nicht an meiner Wendigkeit, Ihr Herren“, brummelte er. „Doch meine Beine sind ein wenig kürzer als die Euren.“

Olruk war keineswegs außer Atem und hatte auch keine Mühe, schnell zu laufen. Aber er konnte den langbeinigen Menschen nun einmal nicht so rasch folgen. Dorkemunt grinste den Zwergenmann vielsagend an und wies die Treppe hinauf. Olruk nickte, ergriff seine beiden sorgfältig geflochtenen Bartzöpfe, legte sie sich in den Nacken und verknotete sie. Dann langte er über seine Schultern und zog seine beiden Kampfäxte aus den Rückenfutteralen. „Wohlan, Ihr Herren“, raunte er. „Ich bin bereit für das Abenteuer. Auf dass wir uns gut schlagen.“

Die vier begannen die Treppe zu ersteigen.

Sie zog sich in sanften Windungen um den riesigen Baum herum, und ihre Stufen waren ungewöhnlich breit. Das verspielt wirkende Geländer war aus sehr hellem Holz gefertigt, und die in sich gedrehten Stützen waren mit dem glatten Handlauf verbunden. Die Stufen waren von einem zarten Grün, und während die drei Kundschafter sie hinaufhetzten, fiel ihnen auf, dass sie die Form von Farnblättern hatten. Unzweifelhaft waren sie aus massivem Holz, so vermuteten sie jedenfalls, doch man konnte die feine Blattäderung erkennen. Wie oft schon mussten die Füße der Elfen diese Treppe beschritten haben, und dennoch zeigte sie keinerlei Spuren des Gebrauchs, als sei sie soeben erst errichtet worden.

Sie rannten den Aufgang empor, bis Olruk einen leisen Ruf ausstieß. Der Zwerg war erneut ein wenig zurückgefallen und sah sie nun missbilligend an. „Seht es mir nach, Ihr Herren Pferdelords, doch ich gerate nun doch ein wenig außer Atem. Diese hohen Stufen sind nicht für die Beine eines Axtschlägers geschaffen, Ihr Herren. Sicherlich, es mag ein wenig Eile geboten sein, doch sollten wir es damit nicht übertreiben."

Dorkemunt stützte sich ächzend an dem Geländer ab und nickte. „Er hat recht", schnaufte er. „Wenn wir uns weiter so hetzen, sind wir erschöpft, wenn wir oben ankommen. Selbst ein Nager könnte uns dann bezwingen."

Tasmund und Nedeam nickten zustimmend. Auch sie spürten, wie ihre Beine langsam schwerer wurden. „Gut", sagte der Erste Schwertmann. „Keine blinde Hast, nur die gebotene Eile."

Sie schritten nun die Treppe etwas langsamer empor. Einmal sahen sie aus den Augenwinkeln ein Glitzern in der Luft und hörten wenig später vom Boden her ein Klatschen. Ohne hinzuschauen, wussten sie, dass erneut ein Ork sein Leben verloren hatte.

„Keine Spitzohren", murmelte Mortwin in diesem Moment über Malenans Schulter hinweg. „Das ist seltsam. Diese miesen kleinen Burschen sind doch sonst immer in der Nähe der Rundohren."

„Diesmal eben nicht." Einer der anderen Pferdelords war herbeigeeilt und füllte Maredas' Köcher neu auf. „Ehrlich gesagt, vermisse ich sie keineswegs. So fliegen uns wenigstens keine Pfeile oder Bolzen um die Ohren."

„Sie müssten die unterste Ebene bald erreicht haben." Maredas' Blicke huschten aufmerksam umher. „Dann folgt die nächste Gruppe. Wir Bogenschützen geben Deckung und kommen als Letzte nach."

„Ich kenne den Plan", brummte Mortwin. „Ah, dort! Ein

Spitzohr. Da, in dem Fenster!"

„Unsinn, Herr Mortwin. Ein kleines Wesen ist es zwar, aber erkennt Ihr den guten Herrn Dorkemunt nicht?"

Mortwin schnaufte. „Nun … sicher. Also gut, sie haben die unterste Ebene erreicht." Er sah zu den anderen Männern hinüber. „Auf denn, die nächste Gruppe."

Erneut huschten Füße über die Lichtung auf das Haus des Urbaums zu, während hoch über ihnen die erste Gruppe bereits in eines der Elfenhäuser eingedrungen war und sich dort vom Aufstieg erholte. Während sie Atem schöpften, musterten sie interessiert die Einrichtung des Hauses.

„Diese Elfen besitzen eine Menge seltsamer Dinge", sagte Tasmund nachdenklich. „All diese Truhen und Kisten. Wozu mögen sie dienen?"

Dorkemunt nickte. „Eine ordentliche Bank und ein paar Schemel, dazu ein massiver Tisch. Auch eine Vorratskiste und die Waffentruhe, das alles braucht es wohl. Auch eine Bettstatt, will ich meinen. Aber seht Euch diese vielen Möbel an. Und die Schränke dort sind mit Stein verschlossen."

„Mit Klarkristall", korrigierte Olruk. „So kann man sehen, was sich in ihnen befindet."

„Wozu soll das gut sein?" Dorkemunt kratzte sich. „Ich weiß, was sich in unserem Schrank befindet, und brauche es nicht zu sehen."

„Alles ist sehr fein gearbeitet." Nedeam musterte bewundernd die Möbel der Elfen. „Es wirkt irgendwie zerbrechlich."

Olruk nickte. „Ja, viel wird es nicht aushalten. Was ist nun, Ihr Herren, wollen wir jetzt weiter? Ich denke, die zweite Gruppe wird uns bereits folgen."

Tasmund nickte. „Aber wir werden uns trennen. Das Untergeschoss ist groß. Denkt daran, wir müssen unerkannt bleiben und die Orks ausschalten, die hier Wache halten. Es muss alles schnell und mit sicherer Hand vonstatten gehen."

„Und wenn wir einem Grauen Wesen begegnen?"

„Muss es noch schneller gehen", erwiderte Tasmund lakonisch. „Gut, Ihr Herren. Nedeam und Dorkemunt gehen dort entlang, über den Steg ins nächste Haus. Herr Olruk und ich werden uns nach rechts wenden. Schneller Ritt …"

„… und scharfer Tod", gaben die beiden Pferdelords mechanisch zurück.

Olruk sah sie ernst an und nickte. „Ja, für Traditionen habe ich Verständnis. Nun gut, schlagen wir sie."

Die beiden Gruppen trennten sich.

Nedeam schritt Dorkemunt voraus, als sie den Steg betraten, der das erste Haus mit dem nächsten verband. Auch diese Konstruktion wirkte zierlich und wenig stabil, und als sie ihre Füße daraufsetzten, begann sie unmerklich zu schwingen. Nedeam hatte keine Bedenken, aber Dorkemunt ächzte voll Unbehagen, während er mit einer Hand nach dem Geländer griff und tastend Fuß vor Fuß setzte. Er war sichtlich erleichtert, als sie endlich das andere Haus erreichten.

Die beiden schlichen vorsichtig durch die Räume, wobei sie aufmerksam auf die Geräusche achteten, die um sie herum zu hören waren. Das Haus des Urbaums war erfüllt davon. So streifte ein unmerklicher Wind durch die Blätter der Zweige und erzeugte ein stetes, fast unhörbares Rauschen. Die Äste waren in sanfter Bewegung und mit ihnen auch die Häuser, was in den Pferdelords ein deutliches Unbehagen hervorrief. In keinem Augenblick hatten sie das Gefühl, festen Grund unter den Füßen zu haben, doch zugleich vertrauten sie auf die Fertigkeiten der Elfen, die schließlich hier lebten. Das Holz knarrte bei seinen Bewegungen, mal leise, mal lauter, und sie blieben immer wieder stehen, um sicherzugehen, dass das Geräusch nicht von den Schritten eines anderen Lebewesens herrührte.

Ein einziges Mal begegnete ihnen ein Rundohr. Obwohl sie, im Gegensatz zu der Bestie, auf ein Zusammentreffen vorbereitet waren, tauchte das Rundohr so unvermittelt vor ihnen auf, dass Dorkemunt ihm gerade noch die schwere Axt in den Schädel treiben konnte, bevor ein Warnschrei aus dem bereits geöffneten Maul der Bestie drang. Mit metallischem Schlag fuhr die Schneide durch Helm und Hirn, und der leblose Körper stürzte mit vernehmlichem Poltern zu Boden, wobei er noch einen der zierlichen Stühle der Elfen umriss.

Sie hielten den Atem an und lauschten, dann zog Dorkemunt hastig seine Axt aus dem Schädel des Rundohrs, dessen Beine in letzten Reflexen zuckten. Als kein ungewöhnlicher Lärm einsetzte, sahen sie einander erleichtert an und schlichen weiter.

Da die Verbindungen zwischen den Häusern immer wieder über die Stege führten, gelang es ihnen, sich mit einem Blick auf die Lichtung hinunter zu orientieren, sonst hätten sie sich im Gewirr der zahlreichen Bauten wohl verirrt. Langsam begriffen sie, wie illusorisch die Vorstellung war, das Haus des Urbaums mit so wenigen Männern durchforschen zu wollen.

„Und wenn wir zehn volle Beritte hätten“, seufzte Dorkemunt, „wir würden Jahreswenden brauchen, um alles abzusuchen.“

Nedeam wollte seinem älteren Freund gerade zustimmen, als er ein Geräusch hörte und rasch die Hand hob. Dorkemunt verstummte und huschte neben ihn.

„Da ist jemand“, raunte Nedeam. „Nicht weit entfernt. Sie scheinen miteinander zu reden, aber ich kann ihre Worte nicht verstehen.“

Dorkemunt lauschte. „Ich schon." Er sah den Blick des Freundes. „Nun gut, ich weiß nicht, was sie bedeuten, Nedeam, mein Freund, aber ich erkenne die Sprache. Der gute Herr Marnalf benutzte sie einmal am Hof des Königs in Enderonas. Es ist diejenige der alten Königreiche."

Nedeam erblasste. „Dann sind es die Grauen Wesen."

Dorkemunt nickte. Sie lauschten weiter. „Wir müssten wissen, ob es mehr als zwei sind und wo genau sie stehen", zischte Dorkemunt. „Dann könnten wir sie überraschen und töten."

Plötzlich mischte sich eine dritte Stimme in das Gespräch. Sie war weich und gehörte unzweifelhaft zu einer Frau. Es musste eine Elfin sein, denn sie verwendete die elfische Sprache. Den beiden Pferdelords wäre es lieber gewesen, sie hätten das menschliche Idiom benutzt, denn sie konnten nichts von den Worten verstehen.

„Verflucht, wir hätten Elfisch lernen sollen", raunte Dorkemunt enttäuscht.

Nedeam lächelte halbherzig. „Meine Mutter Meowyn hatte es von Leoryn gelernt. Sie sagte allerdings, dass sich der Feinsinn ihrer Worte nur erfassen lasse, wenn man das persönliche Idiom jedes einzelnen Elfen kennt."

Dorkemunt konnte mit solch philosophischer Betrachtungsweise nichts anfangen. Seine Überlegungen beschränkten sich auf den Umstand, dass dort, in jenem Raum, Gefahr drohte und nur blanker Stahl diese Bedrohung bezwingen konnte. „Wir müssen warten, bis die Elfin gegangen ist, und die beiden Grauen Wesen dann blitzschnell ausschalten."

Der einfache Plan scheiterte daran, dass die Elfin zwar tatsächlich kurze Zeit später aufbrach, dabei allerdings ebenjenen Raum betrat, in dem die beiden Pferdelords abwarteten.

Unzweifelhaft war sie ein elfisches Wesen. Die Frau ähnelte

derjenigen, der die Gruppe zuvor auf der Lichtung begegnet war. Ihre Gestalt war anmutig und ihre Bewegungen ebenso geschmeidig wie das lange Gewand, das sie trug. Selbst ihr Gesicht hätte man als lieblich bezeichnen können, sofern man ihr nicht in die Augen blickte. In ihnen nämlich unterschied sie sich auf erschreckende Weise von der Frau auf der Lichtung, sie verrieten auf furchtbare Weise, wie sehr sich ihr Wesen gewandelt haben musste. Das Weiß der Augäpfel war einem rötlichen Schimmer gewichen, und die einst farbenfrohe Iris schimmerte in einem kräftigen Gelb.

Die beiden Pferdelords erkannten es in dem Augenblick, da die Elfin eintrat. Als sie die Männer erblickte, verzerrte sich ihr Gesicht auf entsetzliche Weise. Die Augen weiteten sich schlagartig, und sie öffnete den Mund, um einen Warnschrei auszustoßen.

Geistesgegenwärtig stürzte Nedeam auf sie zu, um ihr den Mund zu schließen, und unterdrückte einen grimmigen Fluch, als die Kontrahentin ihm ohne Zögern in den Finger biss, während sie versuchte, sich dem Griff seiner Arme zu entwinden. Nedeam war überrascht von der Kraft, die sie dabei entwickelte. „Dorkemunt", rief er über die Schulter.

Doch schon drückte sie Nedeam nach hinten, sodass er gegen eines der zierlichen Möbelstücke prallte, das polternd umstürzte. Die Elfin nutzte die Gelegenheit, um ihren Warnschrei auszustoßen, und obgleich der verweifelt auf sie zugesprungene Dorkemunt den Schrei durch einen Schlag mit seiner Streitaxt verstummen ließ, war es nun zu spät.

Nedeam drückte den erschlafften Körper der Toten von sich und richtete sich auf, während sein Begleiter weiterhin den Stiel seiner Axt umklammert hielt und sichtlich schockiert auf das Blut starrte, das die Klinge bedeckte. Der kleinwüchsige

Pferdelord empfand keine Gewissensbisse, die elfische Frau getötet zu haben, so sie denn überhaupt noch als elfisches Wesen bezeichnet werden konnte. Die Frauen kämpften schließlich wie Männer, und so wurden sie im Gefecht auch ebenso behandelt. Was Dorkemunt jedoch für einen Augenblick erstarren ließ, war die Tatsache, dass die Getötete nicht rotes Blut, sondern das dunkle einer orkschen Bestie verströmte.

In diesem Moment betraten die beiden Grauen Wesen die Szene. Im Reflex stieß Nedeam sein Schwert nach vorne und spießte eine der Bestien auf die Klinge. Das Wesen stieß einen Schrei aus, der einem Fauchen glich, und starrte Nedeam noch einen Moment hasserfüllt an, bis das Licht in seinen Augen erlosch und es von der Klinge zu Boden glitt. Der lange Stab, den es trug, schlug polternd auf den Fußbodendielen auf.

Das andere Wesen reagierte jedoch viel zu schnell. Sein Stab richtete sich gegen Dorkemunt, der die Axt erneut zum Schlag erhoben hatte und sich plötzlich von einer unüberwindlichen Gewalt gepackt fühlte, die ihn quer durch den Raum schleuderte. Die Macht des Wuchtzaubers war so groß, dass Dorkemunt aus dem Raum hinaus und auf den Steg geworfen wurde. Haltlos prallte er gegen das zierliche Geländer, an dem er sich gerade noch festhalten konnte, bevor er darüber hinweggeglitten und auf die Lichtung hinabgestürzt wäre.

Nedeam zog gerade die Klinge zum Stoß zurück, als der Stab in seine Richtung schwenkte. Er wollte dem Grauen Wesen entgegenspringen und ihm das Schwert in den Leib stoßen, doch mitten in der Bewegung fühlte der junge Pferdelord, wie die Lähmung des Bannzaubers seinen Körper erfasste. Seine Sinne erschienen ihm in diesem Augenblick auf seltsame Weise geschärft. Er spürte das Pulsieren seines Blutes und glaubte, das Dröhnen des Pulsschlages zu hören, ja selbst den Atem des

Grauen Wesens und das Schaben von dessen Sohlen auf dem Boden, als der Graue Zauberer nähertrat.

Das Schwert in der erstarrten Hand, stürzte Nedeam kraftlos vornüber und fiel unsanft aufs Gesicht. Dabei registrierte er, wie das Schwert mit der Spitze in den Holzboden eindrang und vibrierend darin stecken blieb. Er konnte nur einen kleinen Ausschnitt des Raumes überblicken. Obwohl der Graue unmittelbar neben ihm stand, war Nedeam nicht in der Lage, ihm Schaden zuzufügen.

Bald ertönten Schreie, und das Trampeln schwerer Füße war zu hören. Nedeam erkannte die gepanzerten Gestalten von Rundohren, die in den Raum hineindrängten. Der junge Pferdelord wusste, dass Dorkemunt keine Möglichkeit hatte, ihn aus den Händen des Feindes zu retten. Er hoffte nur, dass sein Freund überhaupt noch lebte.

Eines der Rundohren beugte sich ein wenig zu Nedeam und holte mit der flachen Seite seines Schlagschwertes aus, dann versank Nedeams Welt in einem tiefen Schwarz.

40

Der Mann neben Helemunt war einer der gewöhnlichen Stadtbewohner Merdonans, die kaum mit Waffen umzugehen wussten. Nervös umkrampften seine Hände den Schaft einer Stoßlanze, die aus der Waffenkammer des Pferdefürsten stammte. Helemunt bemerkte die weit aufgerissenen Augen des Mannes und den raschen Atem, der seine Angst verriet.

Seltsamerweise war er selbst ganz ruhig und entspannt. Vielleicht lag es an der tief empfundenen Gewissheit, dass er den Kampf um Merdonan nicht überleben würde. Zu groß war die feindliche Übermacht, und obwohl die meisten Bewohner und Verteidiger der Stadt noch lebten, waren sie nun auf dem großen Platz zusammengedrängt und mussten hinnehmen, dass die Bestien ihre Stadt besetzten.

„Sie sind ganz nah", ächzte der Mann neben ihm. „Man kann sie hören. Sie plündern die Häuser." Er sah Helemunt blass an. „Man … man sagt, die Orks würden unsere Toten fressen."

Helemunt zuckte die Achseln. „Ich weiß es nicht. Angeblich fressen sie so ziemlich alles."

Der Mann erschauerte. „Ich will aber nicht von ihnen gefressen werden."

„Das will wohl niemand", knurrte ein Schwertmann, der die Posten an den Barrikaden kontrollierte. „Aber wenn sie ihre Fänge in dich hineinschlagen, wirst du es wohl ohnehin schon nicht mehr spüren."

„Nicht?" Der Lanzenträger schien der Ohnmacht nahe.

Der Schwertmann warf Helemunt einen forschenden Blick

zu und war offensichtlich beruhigt, dass wenigstens der ehemalige Jäger vollkommen gefasst wirkte. Er hockte sich einen Moment neben den ängstlichen Stadtbewohner und wies über die Barrikade hinweg. „Seht, guter Mann, es gibt keinen Grund, ängstlich zu sein."

„Nicht?" Die Angst schien das Vokabular des Mannes erkennbar einzuschränken.

„Nein, gibt es nicht." Der Schwertmann lächelte. „Die Bestien sind so zahlreich, dass es keinen Grund gibt, am Ausgang des Kampfes zu zweifeln. Sie werden die Stellungen stürmen und uns überrennen." Der Schwertmann lächelte diabolisch. „Und sie werden uns alle töten."

Helemunt hatte den Verdacht, dass der Mann neben ihm gerade unter sich machte, aber vielleicht hatte auch der Wind gedreht, und es war der Gestank der nahen Bestien, der zu ihnen herüberdrang.

Der Schwertmann klopfte dem Lanzenträger auf die Schultern. „Warum also diese Unruhe? Der Ausgang ist gewiss, guter Herr. Eigentlich sind wir alle schon tot, und mit dem Wissen lässt es sich doch sehr gut leben, nicht wahr? Ihr solltet Euch nicht darum sorgen, ob Ihr am Leben bleibt, sondern Euch fragen, wie viele der Bestien Ihr mit in den Tod nehmt."

Der Lanzenträger blickte mit aufgerissenen Augen über die Barrikade hinweg, als würden jeden Augenblick die Bestien heranstürmen. Der Schwertmann ließ seine Hand an der Schulter des Mannes. „Ich weiß, dass Ihr Angst habt, guter Mann. Das ist nichts Schlimmes. Aber denkt an die Frauen und Kinder und an die alten Männer hinter Euch. Sie können nur abwarten und sich abschlachten lassen, wenn die Orks über die Barrikaden kommen. Ihr aber, guter Herr, habt eine solide Stoßlanze mit einer fein geschärften Klinge, die selbst die Rüstung eines

Rundohrs durchstößt. Ihr braucht nicht abzuwarten, bis Ihr geschlachtet werdet, Ihr könnt selber schlachten."

Der Schwertmann richtete sich auf, ungeachtet des Risikos, dass ein Spitzohr einen Pfeil oder Bolzen auf ihn löste. „Sich wehren zu können und ein paar von den Bestien mitzunehmen, ich denke, das ist in unserer Lage kein so schlechtes Gefühl. Denkt Ihr nicht ebenso, guter Herr?"

Der Lanzenträger nickte zögernd, aber Helemunt glaubte nicht, dass der Mann überhaupt begriffen hatte, was der Schwertmann ihm hatte sagen wollen. Sie brauchten sich einfach keine Sorge um ihren Tod zu machen, denn sie hatten keine Chance zu überleben, wenn die Bestien losstürmten. Aber sie hatten immerhin die Chance, etliche der Bestien mit sich zu nehmen.

Der Schwertmann trat zu Helemunt und sah ihn forschend an. „Angst?"

„Natürlich."

Der Pferdelord nickte lächelnd. „Gut. Wir alle haben Angst. Und das ist gut so, denn sie hält uns wachsam."

„Dort. Da vorne ist einer", keuchte der ängstliche Lanzenträger.

Helemunt folgte dem Fingerzeig des Mannes. „Ja, ich kann ihn sehen."

Eines der Spitzohren hatte sich durch die Rauchabzugsöffnung eines Daches geschoben und war wohl neugierig, was sich auf dem großen Platz tat. Der Ork führte einen jener Querbogen mit sich, welche die gefährlichen Bolzen verschossen. Helemunt hielt sich geduckt und behielt das Wesen im Auge, während er behutsam seinen Jagdbogen heranzog und einen Pfeil auflegte.

Das Spitzohr schien nervös zu sein und blickte abwechselnd zum Platz herüber und auf das Dach, darum besorgt, den

Halt nicht zu verlieren. Es schien die Männer hinter der Barrikade gar nicht zu bemerken oder wähnte sich zumindest außer Gefahr. Der Bogen eines Pferdelords konnte auch gar nicht so weit tragen, und überdies bot das über das Dach kriechende Spitzohr kein günstiges Ziel für einen sicheren Schuss. Aber dennoch reizte es den ehemaligen Jäger, es zu versuchen. Allerdings bestand das Risiko, dass Helemunts Pfeil vielleicht den Angriff der Bestien provozierte.

Er sah den Schwertmann fragend an, und dieser nickte. „Versucht es nur."

Der Pfeil traf das Spitzohr in die Seite und durchbohrte den dünnen Lederpanzer mühelos. Der Ork quiekte entsetzt, während er zur Seite stürzte und auf das Dach fiel, wobei er seinen Querbogen verlor, der polternd über die Dachschräge hinabrutschte und auf die Straße prallte. Helemunt legte einen zweiten Pfeil auf, während das quiekende Spitzohr seinem Bogen hinterherrutschte und erst im letzten Moment Halt an der Dachkante fand. Die Beine zuckten nervös und tasteten nach einem Halt, als Helemunt den zweiten Pfeil löste. Nochmals zuckten die Beine, dann erschlafften sie, und das Wesen stürzte lautlos in die Tiefe, wo es mit dumpfem Klatschen auf die Pflastersteine schlug.

Ein, zwei Pfeile surrten heran und schlugen wirkungslos ins Holz der Barrikade, während der Schwertmann Helemunt anerkennend auf die Schulter klopfte. „Nicht übel, guter Herr. Ein Spitzohr weniger."

Der Pferdelord blickte über die Straßensperre hinweg und ignorierte einen weiteren Pfeil, der an ihm vorbeizischte. „Lausige Schützen, diese Spitzohren. Zumindest auf diese Entfernung."

Der Kämpfer nickte Helemunt und dem Lanzenträger

nochmals zu und schritt dann zur nächsten Stellung hinüber. Helemunt sah den ängstlichen Mann neben sich an. „Keine Sorge, guter Herr. Wir werden noch viele der Orks erwischen, bevor sie uns schlachten können. Es wird eine verdammt teure Mahlzeit für die Bestien werden, das kann ich Euch versprechen."

Der Mann mit der Lanze lächelte gequält. Helemunts Worte schienen ihn nicht besonders zu ermuntern.

41

Die Welt bestand aus Finsternis: Sterne begannen die ewige Nacht zu erhellen und formten sich zu Kometen, deren Glanz sich rötlich ausbreitete. Und ebenso breitete sich auch der Schmerz aus, der Nedeams Körper durchraste. Ein Schmerz, der in dem jungen Pferdelord den Wunsch erstehen ließ, zu schreien und sich aufzurichten. Doch beides blieb ihm verwehrt. Nicht einmal ein Stöhnen gelangte über seine Lippen. Der Schmerz strahlte von seiner Brust aus, lief in Wellen durch seinen Leib und erreichte Hände und Füße, um dann wie die Gezeiten des Wassers zurück in Nedeams Brust zu strömen. Langsam wurde der schwache Glanz intensiver, und der rötliche Schimmer verdichtete sich zu einem hellen Schein, der nach und nach Konturen anzunehmen begann, während der Schmerz, noch immer vor und zurück wogend, zögernd zu verebben schien.

Nedeam glaubte rhythmische Laute zu vernehmen und gleichförmige Berührungen, die seinen geschundenen Leib trafen, aber sein Gehirn war noch nicht in der Lage, die Sinneseindrücke zuzuordnen.

Der junge Pferdelord versuchte zu sprechen, doch spürte er, welche Mühe es ihm bereitete, zu schlucken und sich zu räuspern. Erneut war da eine Bewegung, er fühlte, wie etwas seine Lippen berührte, kalte Nässe, die dort Haut benetzte und tropfenweise in seine Kehle glitt. Abermals versuchte er zu schlucken, und diesmal ging es leichter. Verschwommen erkannte er ein längliches, dunkel eingerahmtes Oval, und er hörte weiche Laute, während immer wieder Wassertropfen über seine Lippen sickerten.

Das Oval und die Nässe verschwanden, und wieder setzten die Berührungen ein. Der Schmerz begann zu weichen und machte langsam klaren Sinnen Platz. Nedeam spürte die Berührungen nun deutlicher und wusste, dass es Hände waren, die tastend und mit sanftem Druck über seine Gliedmaßen fuhren. Viel zu fürsorglich, um von einem Feind zu stammen.

Nedeam erkannte über sich schräg verlaufende Hölzer und wusste, dass sie zur Dachkonstruktion eines elfischen Hauses gehörten. Sein Blick wurde nun klar, und er konnte die Maserung im Holz erkennen. Er versuchte den Kopf zu wenden und gab stöhnend auf. Der Laut zog das dunkel gerahmte Oval wieder in Nedeams Blickfeld, doch dieses Mal hatte es klar umrissene Formen. Feste Züge, die Nedeam erneut die Sinne zu rauben drohten.

Der junge Pferdelord glaubte nie zuvor ein derart vollkom menes Gesicht erblickt zu haben. Die Augen darin leuchteten in einem klaren Grün und hatten nichts Bösartiges an sich. Es war unzweifelhaft das Gesicht einer elfischen Frau, eher sogar das eines elfischen Mädchens. Die Haut seines Gesichts war hell und glatt, fein geschwungene Lippen schimmerten in natürlicher Röte, und über den grünen Augen wölbten sich die zierlichen Bögen der Wimpern und Augenbrauen. Tiefschwarzes Haar, glatt und zugleich mit den typischen elfischen Flechtsträhnen versehen, umrahmte das schöne Gesicht und fiel nach vorne auf die Brust der Frau. Einige Strähnen berührten Nedeams Gesicht, als sich das Wesen nun weit über ihn beugte und tief in seine Augen blickte.

„Liege ruhig, Menschenwesen“, erklang eine sanfte Stimme. „Das schreckliche Wesen hat dich mit all seiner Macht gebannt, weitaus schwerer, als ich es je zuvor erlebt habe. Beweg dich nicht und versuche nicht, zu sprechen. Es wird dir bald besser gehen."

Erneut begann die Elfin Nedeams Körper zu massieren, mit sanften und zugleich fordernden Bewegungen, die seine Muskeln kneteten und den Blutfluss anregten. „Eigentlich erwacht man ohne Beschwerden aus dem Bannspruch der Grauen Wesen", setzte die Elfin wieder an. „Doch in deinem Fall hat der Magier all seine Macht konzentriert. Zudem hat dir eine der Bestien einen üblen Schlag versetzt, und nur dein Helm hat dich vor dem Tod bewahrt." Sie lächelte traurig. „Obwohl es vielleicht besser wäre, er hätte dich ereilt."

„Dorke...munt", stöhnte Nedeam.

„Dorke-Munt?" Sie sah ihn fragend an. „Verzeih, Menschenwesen, ich vermag deine Sprache zu sprechen, doch dieses Wort kenne ich nicht. Ist es dein Name? Heißt du Dorke-Munt?"

Nedeam gelang es endlich, den Kopf zu schütteln, doch ächzte er, als der Schmerz erneut durch seinen Schädel tobte. Das Rundohr musste ihm tatsächlich einen derben Schlag versetzt haben. „Nein, ich ... heiße Nedeam, elfisches ... Wesen. Dorkemunt ist ... er ist mein Freund."

„Warte, Menschenwesen Nedeam, ich werde dir noch etwas Wasser geben." Sie hob seinen Kopf an, stützte ihn und flößte ihm ein wenig Flüssigkeit ein. „Ich bin Llarana, Geborene des Jalan-olud-Deshay, des Ersten des Hauses Deshay, des Hauses des Urbaums." Sie lächelte erneut. „Und wie du, Menschenwesen Nedeam, ein Gefangener der Bestien."

Also hieß dieses wunderschöne Geschöpf Llarana. Unter anderen Umständen hätte Nedeam kaum den Blick von ihm wenden können. Aber die Worte hatten ihn schonungslos an seine Lage erinnert. „Was ist mit meinem Freund, mit Dorkemunt? Wurde auch er gefangen?"

„Ich glaube nicht." Llarana setzte die Schale ab, und Nedeam spürte, wie sie sich nun an seine Seite auf das elfische Bett setzte, auf dem er lag. „Die Rundohren suchen wohl nach ihm, aber sie haben ihn noch nicht gefunden."

„Gut, dann ist er entkommen." Nedeam war erleichtert. Dem erfahrenen kleinwüchsigen Pferdelord und den anderen würde sicher etwas einfallen, um ihn zu retten. „Er wird mich befreien, Hohe Dame Llarana. Mich und Euch und auch die anderen elfischen Wesen in diesem Haus."

Nedeam hielt seine Pflegerin für jung, aber er wusste, wie sehr das Äußere eines elfischen Wesens über dessen Alter hinwegtäuschen konnte. Sie sah aus, als sei sie gerade erst zur Frau gereift. Er war sich sicher, nie zuvor ein solch schönes Mädchen erblickt zu haben, obwohl das Volk der Pferdelords eine Vielzahl schöner Mädchen und Frauen zu bieten hatte. Aber an Llarana war etwas Besonderes, etwas, das Nedeam mit seinen Sinnen nicht erfassen konnte und doch unterschwellig spürte.

„Es wird ihnen wohl nicht gelingen", erwiderte die Elfin leise. „Auch den Kriegern des Hauses Deshay gelang es nicht, dem Feind standzuhalten. Nein, Menschenwesen Nedeam, du wirst vergebens auf Hilfe warten. Zudem käme sie wohl zu spät, denn schon bald wird dich eines der Grauen Wesen befragen." Sie seufzte leise. „Es wäre leichter für dich, der Tod hätte dich bereits ereilt."

42

Der Schwertmann der Wache leuchtete mit der Brennsteinlampe in einen der Winkel des Vorratshauses, das sich im inneren Hof der Burg von Eternas erhob. „Wir halten die Türen immer gut verschlossen, Hohe Dame Larwyn“, sagte er entschuldigend, „aber die Nager schaffen es immer wieder, hier einzudringen. Man sollte meinen, jetzt, zur Erntezeit, fänden sie in der Stadt genug zu fressen, aber ihnen ist wohl der Weg zu weit. Dort, Herrin, seht Ihr? Vier der Säcke sind aufgebissen, und ein Teil des Vorrats ist verdorben. Die kleinen Biester hinterlassen ihren Kot, während sie fressen, und Ihr wisst ja, Hohe Dame, dass sie damit das Getreide verderben.“

Larwyn nickte und begutachtete den Schaden. Er war nicht groß, aber ärgerlich allemal, denn wenn man den Nagern nicht sofort Einhalt gebot, vermehrten sie sich rasend schnell. Hier wurden die Vorräte der Burg aufbewahrt, die im Falle einer Belagerung zudem die Bewohner von Eternas ernähren mussten, wenn diese in die Festung flüchtete.

„Ich werde dem Nagerjäger, dem guten Herrn Barus, Bescheid geben“, entschied Larwyn. Sie strich sich eine Haarsträhne aus der Stirn und schob sie unter den schmalen goldenen Stirnreif, den sie trug. „Es scheinen nur wenige Nager zu sein, aber wenn wir sie nicht rasch finden …“

Der Schwertmann nickte. „Hier gibt es viele Räume, in denen sich die Biester verstecken können. Zudem befindet sich hier der Zugang zum Fluchtgewölbe. Ich habe die Tür kontrolliert, sie ist fest und ohne Schaden. Ich glaube nicht, dass die

Nager von unten gekommen sind.“

„Wollen wir es hoffen. Der gute Herr Barus wird Mühe genug haben, die kleinen Biester in diesen Räumen zu finden. Lasst von einem Eurer Männer genau feststellen, welche Vorräte ersetzt werden müssen, aber das soll erst geschehen, wenn Barus die Schädlinge getötet hat.“

Der Schwertmann legte grüßend die Hand an den Schwertgriff, und Larwyn verließ das Vorratshaus. Nach der Dunkelheit, die in dem massigen Gebäude herrschte, wurde sie von der Mittagssonne geblendet, und so beschattete sie instinktiv ihre Augen, bis diese sich an die blendende Helligkeit gewöhnt hatten.

Ihr gegenüber befand sich die Schmiede. Der Schmied hämmerte gerade ein paar neue Beschläge für eine der Türen oder für eine Truhe. Vor dem Gebäude rollten zwei Gehilfen ein schweres Fass über den Hof. Das rieselnde Knirschen verriet Larwyn, dass sich in dem Fass Sand und Waffen oder Rüstungsteile befanden. Durch die rollenden Bewegungen würde der Sand die angerosteten Metalle blank reiben. Danach würde man sie entnehmen, erneut ölen und fetten und wieder zurück in die Waffenkammer stellen.

Larwyn nickte ein paar Frauen zu, die Körbe zur Küche des Haupthauses hinübertrugen. Es würde frisches Brot, Käse, Fleisch und Gemüse zum Mittagsmahl geben, gewürzt mit den Wildkräutern, die reichlich in der Hochmark zu finden waren.

Larwyn hörte Lachen hinter sich und spürte einen Stoß, als ein vergnügt herumtollender Knabe sie anrempelte. Er entschuldigte sich hastig bei Larwyn, die gutmütig lächelte, während der Junge, von mehreren Altersgenossen verfolgt, im Stall verschwand. Ein Stallgehilfe erschien und jagte die Jungen wieder heraus, wobei er mit einer Bürste wedelte, die ihm zum Striegeln der Pferde diente.

An einem der breiten Aufgänge, die zur nördlichen Rundmauer hinaufführten, stand ein Wagen, und zwei Schwertmänner und ein Stallgehilfe waren dabei, den Mist, der unter den Aufgängen gesammelt wurde, zu verladen, damit er zu den brachliegenden Feldern gefahren werden konnte. Die Bauern des Pferdevolkes bestellten ihre Felder im Wechsel, damit sie besser trugen und sich nach den Ernten eines Jahres erholen konnten.

Larwyn schlenderte durch eines der drei Tore in der mittleren Wehrmauer, grüßte einen Mann, der gerade die schmiedeeisernen Türangeln fettete, und hörte über sich einen fröhlichen Ruf. Als sie den Kopf hob, erkannte sie ihren Sohn Garwin, der in einem der Fenster des Obergeschosses sichtbar war und ihr nun zuwinkte. Sie drohte ihm, wenn auch nicht ganz ernst gemeint, mit dem Finger.

„Ich dachte, die Hohe Frau Meowyn ist bei dir und lehrt dich die Zeichen der Schrift?"

Garwin nickte mit einem spitzbübischen Grinsen. „Sie überprüft gerade, ob ich die Zeichen richtig setze. Außerdem ist die Tusche alle."

„So viel hast du geschrieben?"

Er lachte erneut. „So viel ist ausgelaufen, als ich versehentlich gegen das Tuschefass stieß."

Larwyn stimmte in sein Gelächter ein. „Entweder bist du sehr ungeschickt, Garwin, mein Sohn, oder sehr schlau."

Hinter Garwin tauchte kurz die Heilerin Meowyn auf, und beide verschwanden aus Larwyns Blickfeld.

Garwin war in den letzten Jahreswenden sehr gewachsen. Er befand sich nun in einem Alter, in dem sein Körper und seine Stimme sich bald verändern würden. Larwyn wusste noch nicht, ob sie das begrüßen sollte. So schön es für sie war, den Sohn heranwachsen zu sehen, erfüllte sie die Schnelligkeit, in der dies geschah, mit Unbehagen. Es zeigte ihr auf, dass sie kein junges Mädchen mehr war, und es fiel ihr auch nicht leichter, den ungestümen Garwin unter Kontrolle zu halten. Obwohl sein Vater Garodem ihn in die Pflichten eines künftigen Pferdefürsten einwies und ernsthaft auf seine Ausbildung achtete, entzog sich der Junge gerne der Fürsorge der Eltern. Aus dem kleinen krabbelnden Kind, das früher bedenkenlos an Möbeln und Füßen geknabbert hatte, war ein Knabe geworden, der überaus neugierig und wissbegierig war. Natürlich empfand Larwyn Stolz über seine Entwicklung, aber manchmal fragte sie sich auch, ob er nicht viel zu schnell zum Mann heranwuchs. Nun, ein paar Jahreswenden hatte dies noch Zeit. Denn noch war er nicht kräftig genug, um Lanze oder Schwert richtig zu führen.

Allerdings wusste Garwin inzwischen schon, dass es einen Unterschied zwischen den Geschlechtern gab, und so hatte Garodem seinen Sohn vorsorglich aufgeklärt und ihm gezeigt, wie ein Hengst eine Stute deckte, wobei er nur hinzugefügt hatte, der Rest füge sich von allein, wenn es an der Zeit sei. Larwyn hatte sich vorgenommen, später einmal ausführlicher mit Garwin über dieses Thema zu sprechen, denn hätte sein Vater Garodem sich auf den Akt des Deckens beschränkt, wäre Larwyn schwerlich zu einer so glücklichen Frau geworden.

Eine kleine Schar von acht Reitern trabte durch das Tor herein, einer jener Streiftrupps der Schwertmänner, welche an den Grenzen der Mark patrouillierten. Es war offenkundig, dass es nichts Bemerkenswertes zu vermelden gab.

„Eine einzelne Raubkralle, im westlichen Tal, bei Halfars Gehöft“, meinte der Scharführer und nickte Larwyn freundlich zu. „Ein altes und zahnloses Tier, Hohe Dame. Keine Gefahr für die Herden."

„Ihr habt es laufen lassen?"

„Sein altes Fell hätte keine Ehre eingebracht."

Ein ganzes Rudel der Raubkrallen hätte Gefahr für die Herden bedeutet. Meist bestanden die Verbände aus den Elterntieren und einigen Jungtieren. Doch sie verirrten sich nur selten in die Hochmark. Die einzelne Raubkralle war ein altes Tier gewesen, das seine Führungsrolle im Rudel verloren hatte und von ihm verstoßen worden war. Selbst wenn es ein Schaf riss, würde es nur ein krankes oder schwaches Tier überwinden können. Gefährlich waren hingegen jene Einzelgänger, die noch Kraft besaßen. Bei einem solchen Tier hätte die Streifschar nicht gezögert, es zu erlegen.

Larwyn ging zwischen den beiden Schwertmännern der Wache hindurch und passierte das Eingangsportal des Haupthauses. Im großen Saal sah sie zwei Schwertmänner den Boden fegen, die dazu Waffen und Rüstungen abgelegt hatten, ohne die ein Schwertmann nur selten anzutreffen war.

Über die Treppe neben dem Kamin ging sie ins Obergeschoss, wo sie Garwin und ihre Freundin Meowyn am Schreibtisch des Pferdefürsten sitzend vorfand.

Ein großer Fleck blauschwarzer Tusche verunzierte einen Teil des Bodens und war nur unvollkommen aufgewischt worden. Die Heilerin und Larwyns Sohn blickten auf, als sie eintrat.

Larwyn wies auf den Fleck am Boden. „Wenn deine Übungen beendet sind, Garwin, mein Sohn, wirst du Sand und Eimer nehmen und die Dielen säubern."

Der Knabe errötete ein wenig, nickt dann aber. „Ich habe verstanden."

„Man darf die Folgen des eigenen Tuns niemals auf andere Schultern laden“, sagte Larwyn lächelnd. „Das hat dein Vater dich gelehrt, und das wirst du befolgen.“

Garwin musste wie jeder Angehörige des Pferdevolkes lernen, die Verantwortung für sein Handeln zu tragen. Dies galt für die kleinen Dinge des Lebens ebenso wie für die Entscheidungen, die später eine ganze Mark betreffen konnten.

„Nun, wie macht er sich, Hohe Frau Meowyn?“

Die Heilerin lächelte. „Es geht voran, er vermag die Zeichen der Schrift bereits zu deuten und zu setzen.“

„Scharführer Kormund meint, wer einen Mund zum Reden hat und Ohren zum Hören, der braucht die Schriftzeichen nicht“, wandte Garwin ein.

Larwyn wusste, dass er diese Bemerkung nicht ernst meinte. Dennoch deutete sie auf das Regal an der Wand, in dem sich Garodems Bücher und Schriftrollen befanden. „Einige der Menschen, die jene Schriften dort verfassten, können ihre Worte nicht mehr sprechen, aber die Schrift hält sie dennoch gegenwärtig.“

„Der Hohe Herr Garwin bat mich, ihn in der elfischen Sprache zu unterweisen“, sagte Meowyn und blickte Garwin freundlich an. „Ich denke, er wird sie rasch erlernen. Er ist klug und wissbegierig und hat eine leichte Zunge, mit der er den weichen Klang der elfischen Worte wiederzugeben vermag.“

Larwyn runzelte die Stirn. „Das kann nicht schaden. Die Kenntnis der Sprache führt zum Verständnis des Volkes, das sie spricht. Ja, ich denke, liebe Meowyn, Ihr solltet ihn weiter darin unterrichten.“

„Für heute ist es allerdings genug.“ Meowyn rollte das Pergament zusammen und verschloss vorsichtig das kleine Fässchen mit frischer Tusche. „Der junge Herr Garwin mag nun den Boden säubern und danach seinem Vergnügen nachgehen."

Garwin blähte die Wangen und seufzte leise. Es würde eine Weile dauern, bis er die Bohlen so geschrubbt hatte, dass der Tuschefleck zumindest weitgehend verschwunden war. Larwyn schritt durch Garodems Arbeitszimmer zur Tür hinüber, die in die hinteren Gemächer führte. „Ich wollte die Aussicht vom Turm genießen, Meowyn. Habt Ihr Lust, mich zu begleiten?"

Während Garwin nach unten ging, um Scheuersand und Bürste zu holen, betraten die beiden Freundinnen den Gang, der die Räume der Scharführer von denen des Pferdefürsten trennte. Die Tür zu einer der großen Kammern stand offen. Der Scharführer, der sie bewohnte, saß auf seiner Bettstatt, den grünen Rundschild neben sich, und malte sorgfältig einige Schrammen mit grüner oder blauer Farbe aus. Kleinere Schäden am Schild waren während der Schwertübungen vollkommen normal, doch während die einfachen Pferdelords sie nur selten ausbesserten, legten die ständigen Wachen Garodems großen Wert auf die Makellosigkeit ihrer Ausrüstung.

Die beiden Frauen erreichten die Leiter, die auf den Signalturm hinaufführte, und Larwyn, die zuerst oben ankam, schlug kurz gegen den Lukendeckel, damit die Wache auf der Turmplattform sie öffnete.

„Alles wohl auf Wache, Hohe Dame und Hohe Frau", grüßte der Mann freundlich. Er trat zurück und ließ die beiden Frauen an die Brüstung treten. „Nur im Osten sieht es unfreundlich aus." Der Schwertmann wies mit seiner Lanzenspitze in Richtung des fernen Gebirges. „Das Böse sammelt seine Macht."

Was nach Aberglauben klang, wurde verständlich, wenn man dem Wink der Wache folgte. Weit im Osten hatten sich die Wolkenbänke in den letzten Tageswechseln noch stärker zusammengezogen und wirkten nun wie eine geschlossene, finstere Wand. Nur schwach war zwischen ihnen der Widerschein von Blitzen zu erkennen.

Unter ihnen waren erneut Tritte auf der Leiter zu hören, unzweifelhaft die schweren Schritte eines Mannes. Augenblicke später tauchten Kopf und Schultern des Pferdefürsten auf, der zunächst der Wache zunickte und dann zu den Frauen trat.

Garodem trug ein einfaches blaues Wams, dessen Ärmel er bei der Tageshitze abgelegt hatte. Sein helles Wollhemd bauschte sich nun im leichten Wind. „Ein heißer Tag“, seufzte er. „Selbst der Wind bringt keine Linderung.“

Larwyn sah, wie ihr Gemahl ebenfalls nach Osten blickte. „Man sagt, einst sei es ebenso gewesen. Damals, als sich die Legionen des Schwarzen Lords sammelten, um gegen die Streitmacht des Ersten Bündnisses zu ziehen.“ Sie machte eine kurze Pause. „Der Himmel habe sich schwarz gefärbt, und die Orks seien über das Land geschwärmt.“

Garodem schwieg, und man spürte sein Unbehagen beim Anblick der Düsternis.

„Dort muss Merdonan liegen, die Stadt Bulldemuts“, fügte Larwyn leise hinzu. „Direkt an der Grenze zum Reich des Schwarzen Lords.“

„Merdonan ist stark“, brummte Garodem, „und die Weißen Sümpfe sind praktisch undurchdringlich.“

„Ich habe dergleichen nie zuvor gesehen.“ Larwyn wandte sich ihm zu. „Es ist vielleicht nur ein schlimmes Gefühl, Garodem, mein geliebter Gemahl, und womöglich täusche ich mich, aber ich bitte dich, gib die Losung und lass die Pferdelords reiten, um nach dem Rechten zu sehen.“

„Bestünde Gefahr, so würde das Signalfeuer brennen.

Sein Licht würde Eodan erreichen, worauf man in der Stadt der Nordmark das eigene entzünden würde. Feuer um Feuer würde das Signal weitergegeben werden, bis wir die unseren am Südpass sehen könnten." Garodem wandte sich nach Süden und blickte in die Richtung des dortigen Passes mit seinen Signalfeuern. „Doch die Feuer brennen nicht. Merdonan ist stark und nur schwer zu nehmen. Man würde dort Zeit genug haben, das Feuer zu entzünden."

„Die Finsternis könnte es verhüllen." Larwyn legte ihm eine Hand an den Arm und sah ihn eindringlich an. „Garodem, ich spüre die Gefahr. Lass die Männer reiten."

Meowyn, die Heilerin, schloss sich der Bitte ihrer Freundin an. „Ich kann es ebenfalls fühlen, Hoher Lord Garodem. Ein namenloses Grauen, das sich dort ausbreitet. Als erscheine der Schwarze Lord persönlich."

Garodem schlug mit der flachen Hand auf die Brüstung. „Ihr sorgt Euch zu sehr, Ihr Frauen." Er stützte sich mit beiden Händen an eine der Zinnen und blickte düster nach Osten. „Merdonan hätte Zeit genug, Hilfe zu erbitten. Wir alle kennen Bulldemut, er würde sich nicht einfach überrumpeln lassen. Das Feuer Merdonans würde brennen, und Reiter würden die Losung durch die Marken tragen … Nein, ich denke nicht, dass große Gefahr droht."

„Garodem." Nur leise, fast gehaucht kam der Name aus Larwyns Mund.

Der Pferdefürst der Hochmark stieß ein gedämpftes Knurren aus. Larwyn kannte ihren Gemahl und wusste, dass auch er sich sorgte. Er konnte es nicht vor ihr verbergen. Sie hatte seine Blicke bemerkt, die er in den letzten Tageswenden immer wieder nach Osten geworfen hatte. Sie spürte Garodems Anspannung. Erst gestern wieder war er an dem langen Grab auf dem jenseitigen Ufer des Eten gewesen, um der Toten zu gedenken, die einst bei der Verteidigung der Burg Eternas gegen die Legionen der Orks gefallen waren und dort begraben lagen. Nein, Garodem machte sich Sorgen, auch wenn er bemüht war, es niemanden merken zu lassen.

Schweigend starrte der Pferdefürst der Hochmark zu der dunklen Wolkenwand hinüber, bis seine Gestalt sich straffte. „Nun gut, ich denke, eine Übung kann nie schaden. Männer und Pferde brauchen Bewegung, und die Grenzen unserer Hochmark scheinen mir im Augenblick sicher. So sei es denn." Während die beiden Frauen einander erleichtert ansahen, beugte sich Garodem über die Brüstung zum Innenhof. „Gebt die Losung, Schwertmänner der Hochmark! Jeder zweite wehrfähige Mann soll sich unter dem Banner sammeln. Schickt Reiter durch die Mark. Morgen soll die Heerschau sein, dann reiten wir."

43

Wenigstens habt Ihr Eure gute Axt noch." Olruk hatte seine Hand auf Dorkemunts Schulter gelegt. „Ah, ich weiß, sie vermag Euch nicht über den Verlust Eures guten Freundes Nedeam hinwegzutrösten. Aber bedenkt, eine gute Axt gibt Euch die Möglichkeit, seinen Tod eines Tages zu rächen."

„Er ist nicht tot", stieß Dorkemunt grimmig hervor. „Ich spüre, dass er noch lebt."

„Glaubt mir, Dorkemunt, mein Freund", ergriff der Erste Schwertmann Tasmund das Wort, „ich teile Euren Schmerz. Wir alle teilen ihn. Nedeam war ein guter Pferdelord, ja, das war er. Aber Ihr müsst Euch mit seinem Tod abfinden."

Dorkemunt stieß die Schneide seiner Axt trotzig in den Stamm, auf dem er saß. Nur deren Fangriemen, den er im Kampf um sein Handgelenk schlang, hatte ihn vor dem Verlust der Waffe bewahrt. Der Riemen hatte sich schmerzhaft in die Haut gegraben, doch was war dieser körperliche Schmerz im Vergleich zu dem Verlust, den er empfand? Wie durch ein Wunder war er den Rundohren entkommen, die ihn verfolgt hatten, und selbst Tasmund und die anderen waren nicht entdeckt worden. Wahrscheinlich lag es daran, dass die Orks, ganz gegen ihre übliche Gewohnheit, nicht besonders gründlich gesucht hatten. Die Eindringlinge schienen die Bestien nicht sonderlich zu beunruhigen, was in den Pferdelords ein ungutes Gefühl hervorrief.

„Nein, ich kann mich nicht damit abfinden." Dorkemunt rammte die Schneide erneut ins Holz. „Er ist sicher noch am

Leben, ich spüre es."

„Eure Gefühle in Ehren." Mortwin räusperte sich verlegen. „Aber die Orks und die Grauen Wesen machen keine Gefangenen. Keiner tut das. Es heißt sie oder wir. So war es, so ist es und so wird es immer sein."

„Er lebt. Nedeam lebt."

Tasmund zuckte die Achseln. „Jedenfalls sind wir gescheitert."

„Es sind nur wenige Rundohren und kaum eine Handvoll Grauer Wesen", knurrte Dorkemunt. „Ihr konntet es selber sehen. Deshalb haben sie sich auch nicht weit aus dem Haus gewagt. Sie sind zu wenige und können sich keine Verluste leisten."

„Auch wir sind wenige", wandte Mortwin ein.

„Aber wir haben den Bestien schon Verluste zugefügt", ereiferte sich Dorkemunt. Der Gedanke, seinen Freund Nedeam verloren zu haben, erschien ihm unerträglich. „Lasst uns sie erschlagen und Nedeam suchen, dann werden wir ja sehen, was mit ihm ist."

Olruk blickte zum Haus des Urbaums hinüber. „Dort gibt es viele feindlich gesinnte Wesen und nur wenige Freunde. Dennoch gebe ich zu, dass es ein reizvolles Abenteuer wäre, das elfische Haus erneut aufzusuchen." Er zupfte nachdenklich an seinen Bartzöpfen. „Zumal die Bestien kaum damit rechnen werden."

„Aber sie sind vorgewarnt", wandte Tasmund kopfschüttelnd ein.

„Wollt Ihr Eure Axt nun in das Blut der Bestien tauchen oder nicht?" Olruk sah den Ersten Schwertmann auffordernd an.

„Ich führe ein Schwert und keine Axt."

„Was auch immer.“ Olruk zuckte die Achseln. „Mit beidem lassen sich die Bestien schlachten.“

„Das ist wahr.“ Tasmund kratzte sich hinterm Ohr und sah die Männer an. „Es mag sein, dass die Orks uns nicht mehr erwarten. Und vielleicht lebt der gute Herr Nedeam tatsächlich noch.“

Mortwin stieß den neben ihm stehenden Pferdelord an. „Mir gefällt dieser Wald nicht, erwähnte ich das schon? Ich glaube nicht, dass ich den Weg heraus noch fände. Ich meine, ohne die Hilfe eines elfischen Wesens. Jene“, er wies auf das elfische Haus, „die dort leben.“

Dorkemunt zog seine Axt aus dem Stamm. „Lasst uns Orks schlachten, Ihr guten Herren.“

Tasmund seufzte ergeben. „Schneller Ritt …“

„… und scharfer Tod“, erwiderten die anderen die Losung.

Olruk schnalzte vergnügt mit der Zunge. „Ihr werdet laufen müssen, Ihr guten Herren, und nicht reiten.“ Er grinste breit, und zwischen seinem üppigen Bart wurden seine Zähne sichtbar. „Doch ich will nicht kleinlich sein. Also dann, Ihr Männer des Pferdevolkes, lasst uns eine gute Axtschlägerei mit den Orks beginnen.“

So war es denn beschlossen, und erneut huschte die kleine Schar Pferdelords mit dem Zwerg Olruk aus der Deckung des Waldes auf das Haus des Urbaums zu.

44

Der Quellweiler wuchs beständig: Im großen östlichen Tal der Hochmark gelegen, hatte er seinen Namen von den drei Quellflüssen erhalten, die hier im Gebirge entsprangen und in den Fluss Eten mündeten. Der hintere Bereich des Tales war saftig grün, denn es gab zu jeder Jahreszeit reichlich Wasser. Gras und Kräuter wuchsen üppig und boten Hornvieh und Schafen reichlich Nahrung. Die Bewohner des Quellweilers vermehrten sich ebenso emsig wie ihre Herden, sodass die alten Gebäude längst nicht mehr ausreichten. Bei seiner Gründung war nur ein einzelner Ring von Gebäuden um den zentralen Platz herum errichtet worden, aber mittlerweile platzten die steinernen Häuser förmlich aus den Nähten. Vor einer Jahreswende hatte der Rat des Weilers endlich beschlossen, einen zweiten Ring zu errichten, und seitdem war ein Teil der Bewohner damit beschäftigt, an den nahe gelegenen Hängen die erforderlichen Steine zu brechen.

Vor dem Winter hatte man damit begonnen, denn die lose herumliegenden Felsen und Gesteinbrocken reichten nicht aus oder waren ungeeignet. So hatte man einige Gesteinsformationen ausgewählt, bestehende Spalten oder Löcher erweitert und diese vor dem ersten Frost des Winters mit Wasser gefüllt. Danach verschloss man die Öffnungen sorgfältig mit Lehm und Steinen. Der Winter tat dann seine Arbeit, denn das Wasser gefror und drückte die Felsen auseinander. Im Frühjahr waren die Männer dann mit schweren Hämmern und Meißeln zu den Felsen gegangen und hatten begonnen, sie in die richtige Form zu schlagen.

Jetzt, im Sommer, nahm der zweite Häuserring zunehmend Gestalt an.

Die Schicht Mutterboden im Talgrund war nicht besonders dick. Man brauchte kaum eine halbe Länge zu graben, um auf festen Stein zu stoßen, und so war es kein Problem, die Fundamente zu legen. Anschließend wurde Stein über Stein geschichtet und, wenn nötig, nachbehauen, bis alles richtig saß und man die wenigen Fugen mit Moos und Lehm ausstopfen konnte. Schließlich wurden die Dachbalken aufgelegt und erst mit Bohlen, dann mit Grassoden bedeckt oder mit einem Gemisch aus Lehm und Stroh, das man überall dort nutzte, wo Holz noch rar war. Der Horngrundweiler konnte es sich leisten, das notwendige Holz zu erwerben. Denn die Hornviecher gaben gutes und würziges Fleisch, und die dichte Wolle der Hochmarkschafe war in den anderen Marken begehrt. Da der gesamte Besitz eines Weilers Gemeingut war, hatte man das notwendige Holz innerhalb einer halben Jahreswende zur Verfügung.

Ranya und ihr Mann Asgrim waren froh, dass die Häuser fast alle fertiggestellt waren. An zweien von ihnen waren die Wände noch nicht verfugt, und an einem dritten fehlte noch die Dachbedeckung, aber sie beide hatte ihr neues Heim bereits vor wenigen Tageswenden beziehen können.

Das Haus war in den Hauptraum und die Schlafkammer unterteilt. Neben der Tür stand die typische Waffentruhe des Hausbesitzers, mit dem darangelehnten Rundschild, und über der Tür hing in zwei eisernen Haken die Streitaxt, die Asgrim als Waffe bevorzugte. Die Steinplatten des Bodens waren fest gefugt, nur an einer Stelle war eine hölzerne Klappe eingesetzt. Ranya hatte Asgrim überredet, ein gemauertes Vorratsloch im Boden anzulegen, in dem sie verderbliche Nahrungsmittel auch im Sommer kühl aufbewahren konnte. Asgrim hatte neben der

Kochstelle die Vorratskiste und ein Regal für Kochutensilien gebaut, während an der Kochstelle selbst Pfanne und Töpfe standen. Der massive Tisch mit Schemeln und einer Bank vervollständigten die Einrichtung des Hauptraumes. Für die Bank hatte sich Asgrim etwas Besonderes einfallen lassen, denn sie besaß ein kastenförmiges Untergestell, das geöffnet werden konnte. In der Schlafkammer dominierte die große Bettstatt, und obwohl der Hochmark keine Gefahr drohte, folgte Asgrim der Tradition und stellte zur Nachtruhe stets seine Streitaxt neben das Bett. Bald würde er wohl die Wiege für ihr erstes Kind bauen und dazustellen.

Das Haus war so neu, dass die Kochstelle noch nicht richtig zog. Gelegentlich drückte etwas Qualm in den Hauptraum zurück, statt über den gemauerten Kamin zu entweichen, aber wenn Ranya die Kochstelle erst eine Weile befeuert hatte, würde der Kamin auch richtig ziehen.

Asgrim brachte gerade einen Schwung getrockneter Dungfladen herein. In diesem Zustand war ihr Geruch nicht unangenehm, und sie brannten gut. In der Hochmark stellten sie ein billiges und reichlich vorhandenes Brennmaterial dar. Er warf seiner Frau ein Lächeln zu und stapelte die Fladen neben der Kochstelle.

„Was gibt es zu essen?“, fragte er neugierig. „Die Arbeit macht hungrig.“

„Die paar Fladen zu stapeln, wird deine Kräfte schwerlich überfordern“, lachte sie auf.

„He, Weib.“ Asgrim lachte ebenfalls. „Den Dung sammele ich nur zum Zeitvertreib. Wir sind noch dabei, die Steine für Peltrims Heim zu schichten.“ Er wischte sich demonstrativ die Schweißtropfen von der Stirn. „Nachher löse ich den Herdenwächter beim Hornvieh ab. Ich werde die Nacht über draußen bleiben und erst zum Mittag zurück sein. Ich brauche also ein kräftiges Mahl, Ranya, mein Weib."

„Frisches Brot, Fleisch und gebratene Eier mit Wildkraut."

„Hört sich gut an." Er trat an den Tisch heran. „Wie weit bist du?"

„Fast fertig, aber ich werde die Arbeit nach dem Mahl beenden." Sie zeigte ihm mit sichtlichem Stolz ihr Werk, und Asgrim nickte zufrieden. „Ich muss es nur noch am Lanzenschaft befestigen."

Ranya konnte mit Recht stolz auf ihre Arbeit sein. Sie fertigte hervorragende Lederarbeiten und verstand sich wie kaum jemand sonst aufs Nähen mit feinsten Stichen. „Eine filigrane Arbeit, Ranya", lobte er. „Ich gestehe freimütig, ich ramme die Nadel lieber durch festes Leder. Diese feinen Tücher sind mir zu empfindlich."

Ranya lachte erneut. „Kein Wunder bei deinen Pranken."

Der Weiler und seine Bevölkerung waren gewachsen, und wo er ursprünglich nur einen schwachen Beritt in den Sattel gebracht hatte, waren es nun deren drei. Asgrim hatte man erwählt, den dritten Beritt zu führen, und so lag es an ihm und seiner Frau, den Wimpel anzufertigen, der die Männer in den Kampf führen würde.

Die Lanze war längst mit der goldenen Spitze versehen und trug den stählernen Bodendorn, mit dem man sie fest und sicher in den Boden rammen konnte, um sie aufzustellen. Oben war die Lanze mit einem feuchten Stück grün gefärbten Leders umwickelt worden, das sich beim Trocknen fest um den Lanzenschaft zusammengezogen hatte und anschließend von Asgrim vernäht worden war, sodass nur noch ein schmaler Streifen Leder abstand, an den Ranya den Wimpel annähen konnte.

Dieser bestand aus feinstem Leinen, und Ranya hatte viel

Mühe darauf verwendet, ihn mit bestimmten Nüssen und Wurzeln im satten Grün des Pferdevolkes einzufärben. Das dreieckige Tuch war rund eine Viertellänge hoch und maß eine knappe Länge von der Stockseite bis zu seiner Spitze. Den fingerbreiten Saum im Blau der Hochmark hatte Ranya bereits angenäht, nun war sie dabei, die Symbole einzusticken. Das weiße springende Pferd, dessen Kopf zur Lanze zeigte und so dem Feind entgegenstürmte, und die drei Wellen, welche die drei Quellflüsse ihres Weilers symbolisierten.

Asgrim grinste stolz und wollte mit seiner Hand über die Stickereien fahren, aber Ranya schlug ihm hastig auf die Finger. „Das fehlte noch“, drohte sie ihm, „dass du mir die Arbeit mit deinen schmutzigen Händen ruinierst.“

Asgrim betrachtete seine breiten Pranken und nickte. „Du hast recht, Ranya, geliebtes Weib. Ich werde sie mir an der Tränke säubern.“

„Bring bei der Gelegenheit noch ein paar Eier mit.“

Asgrim stapfte hinaus. Er war ein schwerer und grobschlächtig wirkender Mann, dessen struppiger Vollbart seinem Gesicht ein grimmiges Aussehen verlieh. Ranya allerdings kannte seine sanfte und manchmal unbeholfene Art. Es war noch nicht lange her, dass er ihr das Gehöft gemacht und um ihre Hand angehalten hatte. Vor einer knappen Jahreswende hatten sie vor dem Dorfältesten und den anderen Bewohnern des Weilers Zügel und Wasserflasche geteilt, wie es die Tradition des Pferdevolkes gebot. Seitdem waren sie Mann und Frau und besaßen das Anrecht auf ein eigenes Haus, und nun, endlich, hatten sie es beziehen können. Es war auch höchste Zeit, denn Asgrim hatte eifrig mit ihr auf der Bettstatt geknarrzt, und nun erwartete Ranya bald ihr erstes Kind.

Sie hörte das empörte Gackern der Kratzläufer vor dem

Haus und wusste, dass Asgrim nun mit den Eiern wieder hereinkommen würde. Als er eintrat, wollte sie Lanze und Wimpel zur Seite legen, aber Asgrim winkte ab. „Lass nur. Mach du den Wimpel fertig, ich werde mich um das Essen kümmern."

Ranya nickte und nahm die Näharbeit wieder auf. Als sie beide sich kennengelernt hatten, da hatte Asgrim ein Mahl als reine Nahrungsaufnahme betrachtet und nur wenig Mühe auf dessen Zubereitung verwendet. Doch Ranya hatte ihm beigebracht, dass ein Stück Fleisch besser mundete, wenn man vorher die Rückstände des Feuerdungs von den Händen entfernte und bei der Zubereitung Salz und Kräuter benutzte. Inzwischen verstand er sich darauf, ein schmackhaftes Essen zu richten, und konnte die Eier schlagen, ohne sie dabei durch den ganzen Raum zu verspritzen.

Ranya führte die Nadel mit dem starken Garn sorgfältig durch Leder und Stoff, während Asgrim die eiserne Pfanne auf die Kochstelle hob, das Feuer kontrollierte und etwas Gerstensaft in die Pfanne gab. Über dem Kaminfang lagen die vorbereiteten Fleischstücke, und Asgrim vergewisserte sich, dass Ranya sie reichlich mit Wildkräutern eingerieben hatte, denn er liebte einen besonders herzhaften Geschmack. Als der Gerstensaft zu zischen begann, legte er die Fleischstücke in die Pfanne und fluchte kurz, als heiße Spritzer seine Hände trafen. Gekonnt schlug er nun die Eier auf und gab sie über das Fleisch.

„Wir werden bald frisches Brot backen müssen", stellte er mit einem Blick in die Vorratskiste fest.

„In zwei Tageswenden." Ranya zischte ärgerlich, als sie sich in den Finger stach. „Der Älteste hat angekündigt, dass dann der große Backofen angeheizt wird. Er meint, ihr wärt dann auch mit den letzten Häusern fertig, sodass die anderen Paare einziehen können."

Asgrim nickte erfreut. „Ja, ein guter Grund für eine kleine Feier. Ein wenig die Füße beim Rundtanz schwingen, ein paar Legenden besingen und sich etwas Gerstensaft durch die Kehle fließen lassen." Er bemerkte den Blick seiner Frau. „Ah, keine Sorge, dieses Mal werde ich den Heimweg auf meinen eigenen Beinen bewältigen. Obschon", er blickte auf den Wimpel, „ich besonderen Anlass zum Feiern habe. Ein Weiler setzt nicht jede Tageswende einen neuen Beritt in den Sattel."

„Schon gar nicht einen neuen Berittführer", bekräftigte Ranya stolz. „Gerade deshalb solltest du dich mit wenig Gerstensaft begnügen, sonst kannst du dich am Ende nicht im Sattel halten."

Sie lächelten einander vergnügt zu, und während das Fleisch zu brutzeln begann und sich der verlockende Duft im Raum ausbreitete, zog Ranya den letzten Knoten der Naht fest. Sie wollte den fertigen Wimpel gerade ihrem Mann zeigen, als Rufe im Weiler laut wurden.

„Was geht da vor sich?", brummte Asgrim überrascht und trat mit Ranya zur Tür. „Das kommt vom Weilerplatz. Lass uns einmal nachsehen, was da los ist."

„Und das Fleisch?"

„Warte, ich nehme es rasch vom Feuer."

Sie schritten eilig zwischen den Häusern des inneren Hauskreises hindurch und konnten nun den Weilerplatz sehen, auf dem immer mehr Bewohner zusammenliefen. Um den Platz herum waren bereits hölzerne Pfosten errichtet worden, die man für das anstehende Fest in einigen Tageswenden mit bunten Stoffstreifen schmücken würde. Zwei Männer hatten damit begonnen, ein kleines Podest für die Ansprache des Weilerältesten und für die Musiker zu bauen.

Ein frisch geschlachtetes Rind hing vor einem der Häuser

von einem Gestell herab und wurde soeben ausgenommen. Frauen standen bereit, das Fleisch untereinander aufzuteilen, während die Ledermacherin die Haut begutachtete, die sie bald säubern, schaben und dann weiterverarbeiten würde.

Die zusammenströmenden Menschen auf dem Weilerplatz wurden von einem Reiter überragt, der den Helm mit dem blauen Rosshaarschweif von Garodems Schwertmännern trug. Er winkte, und die Umstehenden sowie Ranya und Asgrim kamen näher.

„Der Pferdefürst hat die Losung gegeben, Ihr Pferdelords des Quellweilers. Jeder zweite Mann wird zur morgigen Heerschau nach Eternas gerufen. Nehmt Proviant für drei Zehntage mit, der Ritt wird Euch weit führen. Und nun eilt, Ihr Männer, den Eid gilt es zu erfüllen! Schneller Ritt …“

„… und scharfer Tod“, erwiderten überraschte Stimmen die Losung.

Der Reiter nickte ihnen zu und wendete sein Pferd, um sich wieder auf den Weg zu machen. Er führte ein gesatteltes Handpferd mit sich, was verriet, dass er schnell weiterreiten würde, um noch die einzelnen Gehöfte aufzusuchen. Ein weiterer Reiter hatte in der Zwischenzeit sicherlich auch den Horngrundweiler darüber informiert, dass Garodem die Pferdelords versammelte.

Der Weilerälteste drängte sich durch die Menge und erhob seine Stimme. „Ihr habt die Losung vernommen, Ihr Männer des Quellgrundes. Beachtet die Worte des Boten. Nur jeder zweite Mann ist gefordert. So mag sich nun der erste Beritt versammeln, und der gute Herr Asgrim soll die Männer des Dritten in den Sattel bringen. Nehmt Nahrung für drei Zehntage mit. Der Ritt wird Euch weit führen. Und nun eilt!“

Männer und Frauen strömten zu ihren Häusern. Es galt

sich auszurüsten und die Waffen anzulegen. Auch wenn die Männer des Pferdevolkes jederzeit bereit waren, auf Gefahr zu reagieren, benötigte ein Kriegszug doch seine Vorbereitungen.

„Was mag geschehen sein?“, fragte Ranya, während sie ihr Haus betraten. „Die Worte des Boten waren seltsam.“

„Ja.“ Asgrim trat neben seine Waffentruhe und öffnete sie. „Nicht jeder der Pferdelords wird einberufen. Also gilt die Gefahr nicht der Hochmark, sonst hätte der Pferdefürst uns allen die Losung gegeben.“

Ranya klappte den Deckel der Vorratstruhe hoch. „Der Ritt wird euch aus der Mark hinausführen. Die Tradition verlangt, dass ihr Vorräte für drei Tageswenden mit euch führt, doch der Bote hat von drei Zehntagen gesprochen. Ein weiter Weg, der vor dir liegt, mein geliebter Mann.“ Sie schob Brot, Trockenfleisch und Käse in die Proviantasche und seufzte. „Sie ist zu klein. Ich werde die große Packtasche nehmen, die wir für den Markt in Eternas nutzen.“

„Der Weilerälteste wird das Vorratslager öffnen müssen. Drei Zehntage, das ist ungewöhnlich“, brummte Asgrim. Er prüfte mit flinken Händen sein Kettenhemd, das seinen Körper bis zu den Oberschenkeln bedecken würde, und den ledernen Koller, der die Brust schützte.

„Ob es ein Signal der anderen Marken gab?“

„Nein.“ Asgrim schüttelte entschlossen den Kopf. „Auch dann wären alle einberufen worden.“

„Seltsam. Ich habe dergleichen nie zuvor erlebt.“

Asgrim zog seine Stiefel aus und überprüfte Sohlen und Nähte, bevor er zufrieden nickte. „Ich werde rasch noch zwei Ersatzriemen schneiden, falls eine der Sohlen sich löst“, meinte er nachdenklich. „Drei Zehntage sind eine lange Zeit, und ich will vorbereitet sein.“

„Du wirst dein gewohntes Pferd nehmen. Soll ich dir noch ein Handpferd satteln?“

„Nein. Der Pferdefürst wird selber einige bereitstellen.“

Einen knappen Zehnteltag später waren die Vorbereitungen abgeschlossen und die Pferdelords der Beritte bereit. Doch sie würden erst am frühen Morgen des folgenden Tages aufbrechen, und so blieb Zeit genug, ein kleines Fest zu feiern. Ein wenig verfrüht zwar, da noch nicht alle Häuser fertig waren, und zudem würde nur wenig Gerstensaft fließen, aber die ungewöhnliche Losung beunruhigte nicht wenige der Bewohner des Weilers. Da war das kleine Fest eine willkommene Ablenkung von ihren sorgenvollen Gedanken.

Am Morgen füllte sich der Weilerplatz mit den Pferdelords der aufgerufenen Beritte. Asgrim war stolz, als sich nun zum ersten Mal die Männer des dritten Beritts unter seiner Wimpellanze sammelten. Der Anführer der Pferdelords des Weilers stieß seine Lanze in die Höhe. „So lasst uns eilen, den Eid zu erfüllen, Ihr Pferdelords des Quellweilers. Schneller Ritt …“

„… und scharfer Tod!“

Zweihundert Pferdelords ritten vom Weilerplatz, und die Zurückbleibenden sahen ihnen mit sorgenvollen Gedanken hinterher, bis die Reiter ihren Blicken entschwunden waren.

45

Nedeam konnte nicht beurteilen, wie viel Zeit vergangen war, seitdem die Bestien ihn gefangen hatten und er in diesem Raum erwacht war. Die junge Elfenfrau Llarana war vor einer Weile gegangen und hatte Nedeam allein zurückgelassen. Nun lauschte er den Geräuschen des Hauses und des Windes, doch nur selten und ganz fern hörte er die Schritte eines lebenden Wesens. Nedeam fragte sich, wie auf dieser seltsamen Lichtung, in den Tiefen eines Sees, Wind aufkommen konnte. Waren es die Bewegungen des umgebenden Wassers, die sich auf die Luftblase übertrugen?

Das Haus des Urbaums und die Wiese, auf der es sich erhob, schienen in immerwährendes Licht getaucht, sodass es schwerfiel, die Tageszeiten zu bestimmen. Alles an diesem See war ungewöhnlich, denn obwohl die Sonne untergegangen war und sich das Mondlicht im Wasser spiegelte, war es um das Haus der Elfen taghell. Wie konnten diese Wesen ohne den gewohnten Rhythmus von Tag und Nacht leben? Brauchten die Elfen die Ruhe der Dunkelphase nicht? Oder hatten die Grauen Wesen die Nacht verdrängt, damit kein Bewohner des Hauses im Schutz der Finsternis entkommen konnte? Nedeam wusste es nicht, und er überlegte fieberhaft, wie er dem Feind entkommen könnte.

Er erhob sich von dem elfischen Bett und stellte überrascht fest, dass er vollkommen nackt war. Er errötete ein wenig. Nie zuvor hatte ihn ein weibliches Wesen völlig unbedeckt gesehen, von seiner Mutter Meowyn einmal abgesehen. In Gesellschaft nackt zu sein, war unschicklich, und dass gerade Llarana ihn so gesehen hatte, beunruhigte Nedeam ganz besonders. Zudem fühlte er sich ohne Kleidung recht schutzlos. Er sah sich in dem erstaunlich großen Raum um. Die Elfen hatten ihn in zwei Ebenen gebaut. Der Teil mit der Schlafstatt lag ein wenig erhöht, und ein Stück tiefer befand sich eine Sitzgruppe mit geflochtenen Stühlen, die mit weichen Polstern bedeckt waren. Dazwischen stand ein runder Tisch mit einer Platte aus milchigem Kristall. Nedeam sah zwei Regale mit einer Unzahl von Büchern und Schriftrollen. Mindestens zwanzig ledergebundene Bände standen dort, und der junge Pferdelord konnte sich nicht vorstellen, wie viele Menschenalter es gedauert haben mochte, ihre Seiten mit den Zeichen der Schrift zu füllen.

Sein Blick fiel auf ein Bündel, das auf einem der Stühle lag, und er seufzte erleichtert, als er darin seine Kleidung erkannte. Rüstung und Waffen fehlten natürlich, aber Beinkleider, Hemd und Wams sowie Fußlappen und Stiefel waren vorhanden. Seufzend tappte er hinüber und stellte dabei erfreut fest, dass sich seine Glieder vollständig vom Schock des Bannspruchs erholt hatten. Dank der Pflege und der fürsorglichen Hände des Elfenwesens Llarana. Nedeam kleidete sich hastig an, lauschte auf die Geräusche der Umgebung und blickte dann zur Tür des Raums. Nach kurzem Zögern ging er hinüber und öffnete sie.

Vor ihm lag ein breiter Balkon, und als Nedeam nach vorne an das Geländer trat, kniff er ungläubig die Augen zusammen. Ein Stück jenseits des Balkongeländers war ein schlanker Raubfisch zu sehen, der ruhig durchs Wasser glitt und nach einem Beutefisch spähte. Der Anblick und die neuerliche Gewissheit, völlig von Wasser umgeben zu sein, ließen Nedeam erschauern. Durch Äste, Blattwerk und zwischen den Dächern anderer Elfenhäuser hindurch konnte er den Boden der Lichtung tief unter sich erkennen. Das Haus, in dem er war, musste sich weit oben im Baum befinden. Als Fluchtweg blieben also nur die Treppen und Stege der Elfen.

Nedeam blickte sich um. Kein Rundohr und kein Graues Wesen waren zu sehen. Nicht einmal eine der elfischen Frauen. Ein Stück rechts erkannte er eine Treppe, die nach unten führte. Doch bevor er sich in Bewegung setzen konnte, erklangen leise Schritte. Instinktiv trat Nedeam in das elfische Haus zurück und sah sich nach einer Waffe um. In dem Raum gab es keinen massiven Gegenstand. Selbst die Pfosten der elfischen Bettstatt waren derart zierlich, dass sie ihm als Waffe ungeeignet erschienen. Am solidesten wirkten noch die ledergebundenen Bücher, aber der junge Pferdelord bezweifelte, dass man mit dem gebundenen Wissen der Elfen einen Feind erschlagen konnte. Also blickte er waffenlos und grimmig zur Tür und war erleichtert, als die Elfin Llarana eintrat.

„Ah, es geht dir besser", stellte sie lächelnd fest. „Du hast dich gewandet. Setz dich an den Tisch, ich habe dir etwas zu essen gebracht, du musst dich stärken."

Zum ersten Mal fiel Nedeam auf, dass die Elfin ihn duzte, wie es sonst nur unter Familienmitgliedern und guten Freunden üblich war. Eigentlich hätte sie die höfliche Anrede benutzen müssen, wie Nedeam es auch von Lotaras und Leoryn gewöhnt war. Offensichtlich unterschieden sich die Elfen des Urbaums nicht nur in der Haarfarbe von den anderen elfischen Häusern.

Llarana schritt graziös mit einem Tablett in Händen zu dem Tisch hinüber, auf dem sich bereits eine dampfende Schale nebst Krug und Becher befand. Nedeam spürte plötzlich seinen Hunger und setzte sich rasch, worauf Llarana ihm gegenüber Platz nahm und zusah, wie Nedeam hastig zugriff.

Er errötete ein wenig, als er merkte, dass sie ihn beobachtete. „Seht es mir nach, Elfenfrau Llarana, aber ich bin sehr hungrig."

Er hatte seine elfischen Freunde Lotaras und Leoryn oft beim Essen betrachtet und sich insgeheim ein wenig über ihre gezierten Essmanieren belustigt. Natürlich kannten auch die Menschen des Pferdevolkes Besteck, doch ihr vielseitigstes Werkzeug waren noch immer ihre Finger, unterstützt vielleicht von einer scharfen Klinge. Auch Löffel gab es natürlich beim Pferdevolk, für die Suppen. Aber diese winzigen Mistgabeln, mit denen die Elfen Nahrungsstücke auf die ihnen eigene Art in den Mund führten, waren Nedeam eher hinderlich. Er versuchte es dennoch, um Llarana zu gefallen, und stach sich prompt in die Lippe, was der jungen Elfin ein helles Lachen entlockte.

„Entschuldige", sagte sie rasch, „ich wollte dich nicht beleidigen, Menschenwesen Nedeam. Aber du bist doch ein wenig ungeschickt."

Es gefiel Nedeam nicht, dass Llarana sich über ihn amüsierte. Wahrscheinlich, weil sie von ihrem Standpunkt aus sogar recht hatte und er sich tatsächlich ungeschickt anstellte. Aber auch so erfüllte ihn ihre Anwesenheit mit einem ungewohnt zwiespältigen Gefühl. Ihre Nähe erfreute ihn einerseits und beunruhigte ihn doch zugleich. Der Blick ihrer dunklen Augen verunsicherte ihn und ließ ihm einen seltsamen Schauder über den Rücken laufen. Er versuchte seine Unsicherheit zu überspielen und wollte die Gelegenheit nutzen, ihr ein paar Fragen zu stellen.

„Leben noch viele von Euch in diesem Haus?"

Llarana nickte. „Die Frauen des Hauses, die Kinder und jene, die auf so schreckliche Weise verwandelt wurden."

„Ich habe eine von ihnen gesehen", bekannte Nedeam. „Sie

ähnelte Euch, und doch zeigten ihre Augen eine grausame Veränderung. Wie konnte das geschehen?"

„Einige von uns sind im Laufe der Zeit dem Wesen der Grauen erlegen. Ihr Geist hat die ständige Präsenz des Bösen nicht ausgehalten und sich gewandelt." Llarana sah Nedeam bekümmert an. „Andere wiederum wurden von den Grauen Wesen erwählt."

„Erwählt?" Nedeam kaute auf einem schmackhaften Brocken herum, von dem er nicht recht wusste, ob es sich dabei um Fleisch, Gemüse oder um einen Pilz handelte. Aber alles schmeckte ausgezeichnet, und er glaubte nicht, dass die junge Elfin ihm etwas vorsetzen würde, was sein Magen nicht vertrug.

„Erwählt." Llarana war erbleicht und blickte einen Moment zu Boden. „Sie ... sie decken sich mit ihnen."

Nedeam starrte die Elfin schockiert an. „Sie machen ... was?"

„Nun, du verstehst schon." Llarana zuckte die Achseln. „Was Mann und Frau so tun. Aber da ist keine Liebe zwischen diesen Wesen."

Nedeam errötete. „Ich weiß schon, was Mann und Frau so tun", sagte er hastig. „Meine Mutter hat es mir erklärt. Sie ist Heilerin."

„Ah, deine Mutter hat es dir erklärt."

Der leise Unterton in ihrer Stimme machte Nedeam verlegen. Er spürte abermals die seltsame Schwingung, die von Llarana auszugehen schien und ihn verwirrte. Er konnte dieses Gefühl nicht einordnen und suchte nach den richtigen Worten, aber bevor er sie fand, ertönten auf dem Steg, der zum Haus führte, Schritte.

Llarana erblasste ein wenig und sah Nedeam traurig an.

„Das ist das Graue Wesen, das dich nun verhören wird."

Nedeam erhob sich hastig vom Tisch, gerade als die Tür aufgerissen wurde und ein Graues Wesen in der Öffnung erschien. Die graue Robe hüllte seinen Körper von Kopf bis Fuß ein, und sein Gesicht lag im Schatten der Kapuze verborgen. Dennoch schienen unsichtbare Augen Nedeam intensiv zu mustern, während das Wesen in den Raum trat und dabei seinen Stab rhythmisch auf den Boden setzte. Das leise Pochen mischte sich mit dem Klatschen der bloßen Füße des Zauberers.

„Ich sehe, dir geht es wieder gut, Menschenwesen." Die Stimme des Grauen war unerwartet angenehm, und als der Zauberer nun mit einer Hand seine Kapuze nach hinten streifte, wurde das Gesicht eines freundlichen Mannes im besten Alter sichtbar. Nichts Unheimliches oder Gefährliches ging davon aus, und Nedeam erinnerte sich daran, wie viele Zeitalter hindurch die Grauen Wesen die Menschen gutig begleitet hatten.

Der Graue schritt bis dicht vor Nedeam. „Ich werde dir ein paar Fragen stellen und erwarte, dass du sie rasch beantwortest. Versuche nicht, die Wahrheit vor mir zu verbergen. Ich habe Mittel, sie in deinem Wesen ausfindig zu machen, aber das würde für dich nicht sehr angenehm sein."

„Warum haltet Ihr mich gefangen?", stieß Nedeam hervor.

„Du willst wissen, warum wir dich nicht sofort getötet haben", stellte das Wesen fest und nickte nachdenklich. „Nun, eben damit du mir noch ein paar Fragen beantworten kannst."

Das Graue Wesen sah sich nach einem Stuhl um und wandte Nedeam dabei kurz den Rücken zu. Es schien keinen Angriff zu befürchten, doch anstatt zuzuschlagen, zögerte der junge Pferdelord kurz und verpasste so die kostbare Gelegenheit. Der Zauberer setzte sich in einen der elfischen Stühle und legte den langen Stab seiner Macht quer über seine Knie. „Sag mir,

Menschenwesen, wo sind deine Gefährten? Ihr seid nie allein. Immer taucht ihr in Horden auf.“ Der Graue seufzte leise. „Ihr seid wie eine Plage. Ihr vermehrt euch rasend schnell und stört die Ordnung der Dinge.“ Die Augen sahen Nedeam eindringlich an. Dem jungen Pferdelord erschienen sie vollkommen normal. „Nun, sag es mir, wo sind deine Freunde?“

„Ich bin allein“, erwiderte Nedeam automatisch und vollkommen unüberlegt. Zumindest von Dorkemunt wussten die Grauen Wesen, und so war seine Lüge offensichtlich.

Doch bevor er sich besinnen konnte, spürte er einen heftigen Schlag, wirbelte gegen einen der Stühle und riss ihn mit sich zu Boden. Er hörte einen leisen Schreckensschrei der Elfin und erhob sich ächzend, während das Graue Wesen aufstand und sich leicht über ihn beugte. „So viele Jahrtausendwenden gibt es euer Menschengeschlecht nun schon, und so wenig Klugheit besitzt ihr doch nach all der Zeit.“ Der Graue lachte spöttisch. „Oder bist du nur ein besonders dummes Exemplar deiner Art, Menschenwesen?“

Eine unsichtbare Hand schien Nedeam zu ergreifen und ihn mit unwiderstehlicher Gewalt auf das Graue Wesen zuzuziehen. Er stand nun eine knappe Länge vor dem Zauberer, dessen Gesichtsausdruck völlig gleichgültig wirkte. Doch seine Augen hatten sich nun gewandelt, sie glühten rötlich und zeigten einen gelben Schimmer. Die leicht erhobene Hand war ein wenig gekrümmt, und unsichtbare Finger umschlossen Nedeams Kehle und schnürten sie zusammen.

Nedeam ächzte und merkte, wie er vom Boden angehoben wurde, obwohl das Wesen ihn nicht berührte. Seine Füße suchten nach Halt, und er spürte, wie er keine Luft mehr bekam.

„Natürlich kann ich dir körperliche Schmerzen bereiten“, sagte das Wesen leise. „Aber das kann auch jedes beliebige

Rundohr. Sehr viel interessanter ist es, deinen Geist zu verbrennen."

Nedeam krächzte peinerfüllt, als ein stechender Schmerz durch seinen Kopf raste. Es schien, als lege sich ein glühender Metallreif darum und ziehe sich langsam enger. Nedeam glaubte fast, den Geruch brennenden Fleisches wahrzunehmen, und sah das Wesen panisch an, doch plötzlich ließ der Schmerz nach, und er stürzte haltlos zu Boden. Keuchend richtete er sich auf, wobei er versuchte, die tobenden Schmerzen zu ignorieren, die nur langsam abebbten.

„Ihr Menschenwesen seid so schrecklich dumm", sagte das Graue Wesen bedauernd. „Ihr bildet euch sogar etwas auf eure Dummheit ein, denn ihr haltet sie für Tapferkeit. Dabei ist es so schrecklich sinnlos." Das Graue Wesen lachte leise. „Vor vielen Menschenleben hätte es mir sicher noch Vergnügen bereitet, dich zu quälen. Aber glaube mir, Menschenwesen, mit der Zeit erschöpft sich dieses Vergnügen, denn es ist Zeitverschwendung, und die Befriedigung währt nur kurz."

Nedeam stand wieder auf seinen Füßen und sah den Zauberer hasserfüllt an. Seine Hände öffneten und schlossen sich, während das Graue Wesen ihn betrachtete und dann freundlich lachte.

„Du würdest deine Hände nun gerne um meinen Hals legen, nicht wahr, Menschenwesen?" Das Lachen wurde lauter und nahm einen spöttischen Klang an. „Dir wird das nicht gelingen, aber ich zeige dir gerne, wie leicht es mir fällt, deine Kehle zu erreichen."

Erneut schnürte eine unsichtbare Gewalt Nedeams Hals zu. Der junge Pferdelord hörte das Blut in seinen Schläfen pochen und rang verzweifelt nach Atem, der ihm jedoch verwehrt wurde. Eher unterbewusst hörte er den Aufschrei und sah aus den Augenwinkeln, wie die Elfenfrau Llarana sich auf das Graue Wesen stürzte.

Der Zauberer war überrascht, denn mit dem Eingreifen der Elfin hatte er nicht gerechnet. Er und seinesgleichen hielten das Haus des Urbaums nun schon so lange in ihrer Gewalt, dass jeder Wille zum Widerstand gebrochen schien. Llaranas schlanke Gestalt warf sich gegen ihn, und ihr Ansturm brachte den Grauen ins Wanken. Überrumpelt ließ er den Stab zu Boden fallen und taumelte unter der Wucht des Aufpralls zurück.

Aber Llaranas Überraschungserfolg währte nur kurz, denn das Graue Wesen stieß ein heiseres Fauchen aus, drückte mit dem Arm gegen die Elfin und schleuderte sie von sich. Sie prallte neben der Tür gegen die Wand, mit einer solchen Wucht, dass sie einen Augenblick dort zu hängen schien, bevor sie zu Boden sackte.

Ihr Angriff hatte den Zorn des Grauen erweckt, der Nedeam nun völlig ignorierte und mit ein paar raschen Schritten zu der benommenen Elfin hinübereilte. „Du widersetzt dich mir?“, zischte der Zauberer. „Du wagst es?“

Er zerrte die Elfin vom Boden hoch. Die Hand um ihre Kehle gekrallt, hob er sie weiter an, bis ihre Füße in der Luft baumelten. „Du bist ein nutzloses Wesen, Elfin. Aber den Rundohren kannst du noch als Futter dienen. Sie sind immer begierig auf einen guten Bissen.“

Das Wesen hob Llarana am gestreckten Arm höher über den Boden und schritt durch die noch immer geöffnete Tür hindurch auf die Brüstung des Balkons zu. Nedeam, der die Absicht des Grauen erkannte, stürzte mit einem lauten Aufschrei hinterher.

Ein Mensch war im Wesentlichen auf die Sehkraft seiner Augen angewiesen, um sich orientieren zu können. Gleiches galt, sogar in besonderem Maße, für ein Graues Wesen. Nedeam wusste, dass der Stab eines Zauberers dessen Kräfte immens verstärkte, aber das Wesen musste das Ziel seines Angriffs im Blick haben.

Nedeam erreichte Llarana und die Bestie in jenem Moment, da der Zauberer die verzweifelt um sich schlagende Elfin rücklings über die Brüstung heben wollte. Das Graue Wesen zischte überrascht, als Nedeam die Kapuze der langen Robe von hinten anhob und sie ihm über den Kopf zerrte. Die magischen Fähigkeiten mochten dadurch eingeschränkt werden, aber das galt nicht für die körperlichen Kräfte. Mit einer Hand Llarana über die Brüstung schiebend, gelang es der Bestie mit der anderen Hand, Nedeams Arm zu ergreifen, worauf der junge Pferdelord schmerzerfüllt aufschrie, überwältigt von der brutalen Stärke des Grauen.

Nedeam konnte später nicht sagen, warum er ausgerechnet in diesem Augenblick an das Armdrücken zwischen Barus und Esyne denken musste. Aber ihm fielen plötzlich die Worte der Schumacherin ein, denen zufolge die Kraft eines Mannes nachließ, wenn er lachen musste. Nedeam schob seine Hand in die Achselhöhle des Wesens und versuchte es zu kitzeln. Diese unerwartete Wendung schien das Wesen derart zu verblüffen, dass es herumfuhr, wobei es Llarana auf den Balkon zurückschleuderte und den Griff um Nedeams Arm kurz lockerte. Instinktiv schlug Nedeam nun die geballte Faust in die Achselhöhle des Zauberers, der daraufhin ins Wanken geriet und sich am Geländer des Balkons abzustützen suchte, sodass der junge Pferdelord die Beine der Kreatur ergreifen und sie anheben konnte.

Das Graue Wesen stieß ein lang gezogenes Zischen aus, während es, noch immer durch die Kapuze in seiner Sicht behindert, halb über der Brüstung hing und nun seinerseits mit den Beinen strampelte. Seine Hände krallten sich automatisch in das hölzerne Geländer, und Nedeam versuchte verzweifelt, den Feind endgültig über die Brüstung hinweg in die Tiefe zu stürzen.

Genau in diesem Augenblick verspürte Nedeam eine Verbindung mit dem Wesen, die ihn erschreckte. Es war, als kämpften nicht nur ihre Körper gegeneinander, sondern auch ihre Geister. Der junge Pferdelord spürte ein brennendes Tasten in seinem Schädel, als versuche das Graue Wesen, die Kontrolle über sein Denken zu erlangen, und zugleich erkannte er ganz deutlich einige Gedanken des Feindes. Voller Entsetzen registrierte Nedeam eine zunehmende Lähmung seines Körpers und Geistes.

Llarana führte schließlich die Entscheidung herbei.

Als der Graue eines seiner Beine aus Nedeams Griff befreien konnte, musste sie zunächst noch einen schmerzhaften Tritt einstecken, bevor sie dann mit der geballten Faust zwischen die Schenkel des Wesens hieb. Das Fauchen ging in ein grelles Kreischen über, und die Hände lockerten ihren Griff. Mit Armen und Beinen fuchtelnd und strampelnd verlor das Graue Wesen endgültig den Halt und stürzte mit einem schrillen Schrei über das Geländer hinweg in die Tiefe.

46

Es war der Tag des Aufbruchs. Schon seit dem frühen Morgen sammelten sich die aufgerufenen Beritte auf dem großen Feld westlich der Burg von Eternas. Sonst wurden hier die Übungen abgehalten, doch dieser Aufmarsch hatte einen weitaus ernsthafteren Grund. Vier volle Beritte waren aus den Weilern und Gehöften zusammengekommen, und gerade trabten zwei Beritte der Schwertmänner aus dem Tor der Burg hervor, mit Garodem und seinem Banner an der Spitze.

Die Tatsache, dass die Pferdelords versammelt wurden, hatte in der Stadt Neugier, ja sogar Aufregung hervorgerufen, und nun rätselten die Menschen, was da vor sich ging. Erste Gerüchte machten die Runde.

Malvin, der Schankwirt, hatte seinen „Donnerhuf" bereits zu dieser frühen Stunde geöffnet, denn als er das Klappern so vieler Hufe auf dem Pflaster der Straße vernommen hatte, war ihm klar gewesen, dass es Neuigkeiten und durstige Kehlen geben würde.

„Ich sage Euch, Ihr guten Herren, das kann nichts Gutes bedeuten." Malvin polierte die Platte seines Tresens mit einem nicht mehr ganz sauberen Tuch und beugte sich vor, wobei er seine Stimme zu jenem verschwörerischen Tonfall senkte, der stets lange Ohren hervorrief und Neugier weckte. „Denkt nur an all die elfischen Krieger, die vor einiger Zeit in Eternas weilten. So viele elfische Bogen, sicher zogen sie in den Kampf."

„Und wenn schon." Einer der Gäste, der schon zu dieser frühen Stunde eine ordentliche Menge Blutwein genossen hatte, stieß vernehmlich auf und ließ sich nachschenken. „Was immer die Herren Elfen so treiben, es geht uns nichts an."

„Unsinn", meinte ein anderer. „Denkt an die Schar Pferdelords, die ihnen folgte. Die Herren Dorkemunt und Nedeam waren unter ihnen."

„Ah, gute Pferdelords, gewiss." Der Angetrunkene nippte an seinem Wein. „Aber nur eine kleine Schar. Das hat kaum Bedeutung."

„Ja, eine kleine Schar", bestätigte Malvin. „Aber bedenkt auch, dass der Hohe Herr Tasmund sie führte, der Erste Schwertmann unseres Pferdefürsten. Es muss also schon etwas dahinterstehen."

„Genau." Toslot artikulierte das Wort mit jener Konzentration, die Betrunkenen eigen ist, wenn sie etwas Bedeutungsvolles von sich geben oder wenigstens davon überzeugt sind.

Malvin sah den Bauern missmutig an. Toslot stand mal wieder kurz davor, seinen Schemel am Tresen zu räumen, um es sich auf dem Boden daneben gemütlich zu machen. Die mangelnde Standfestigkeit des Bauern war im „Donnerhuf" schon legendär. Er vertrug kaum mehr als zwei Gerstensaft am Abend, und der ohnehin geringe Umsatz wurde dadurch aufgezehrt, dass Malvin anschließend oft genug den Boden des Schankraums säubern musste. Aber Toslot war mit Barus, dem Nagerjäger, befreundet, und Barus wiederum hatte für manche interessante Geschichte gesorgt. Der Schankwirt stieß den Nagerjäger an, der nachdenklich neben Toslot auf seinem Schemel saß. „Barus, guter Herr, du warst doch in der Burg. Erzähle, was du dort gesehen hast. Es war bestimmt interessant."

„Ja, guter Herr Barus", rief ein anderer Gast. „Erzählt, was sich dort zugetragen hat."

Barus zögerte einen Moment, und Malvin schenkte ihm

rasch Gerstensaft nach, um ihm die Zunge ein wenig beweglicher zu machen. Schließlich räusperte sich der stämmige Mann. „Nun ja, Ihr Herren, ich war in der Burg, das stimmt. Die Hohe Dame Larwyn hatte mich rufen lassen." Er schlug leicht gegen die massive Holzkeule, die gewohnheitsmäßig an seinem Gurt hing. „Mich und meine gute Keule."

„Und?" Malvin schenkte rasch nach, als Barus seinen mit einem langen Zug geleerten Becher wieder vor sich auf den Tresen stellte. „Nun erzählt schon, guter Herr. Welche Neuigkeiten gibt es?"

„Ich glaube, sie kommen aus der Fluchthöhle", brummte Barus. Er bemerkte die verständnislosen Blicke der anderen. „Die Nager, Ihr guten Herren, die Nager meine ich."

„Ach, bei den Finsteren Abgründen", knurrte der angetrunkene Gast. „Wen interessieren die verfluchten Nager?"

„Mich", sagte Barus und stieß bekräftigend auf. „Ich bin der beste Nagerjäger von ganz Eternas." Er sah die anderen bedeutungsvoll an. „Die Hohe Dame macht sich wirklich Sorgen. Die kleinen Biester breiten sich im Vorratshaus aus, und ich sage Euch, man kann sie dort nur schwer erlegen." Er grinste stolz. „Wirklich, Ihr Herren, ein anderer Nagerjäger würde daran scheitern."

„Die Schwertmänner", drängte Malvin. „Was machten Garodems Wachen?"

„Die Schwertmänner?" Barus runzelte die Stirn. „Nun, was Schwertmänner halt so machen. Die Pferde versorgen, Rüstung und Waffen pflegen ..."

„Ich hörte, sie haben Vorräte für drei volle Zehntage gepackt", warf ein Gast ein. „Es wird ein weiter Ritt werden. Doch nicht alle Männer nehmen daran teil."

„Ja, ja, das wissen wir alle", knurrte Malvin missmutig. Eigentlich war Barus eine zuverlässige Nachrichtenquelle und, da die Arbeit ihn durstig machte, auch stets bereit, im „Donnerhuf“ eine gute Geschichte zum Besten zu geben. Aber heute war er wohl nicht geneigt, den Umsatz der Schänke zu steigern.

Malvin seufzte, als Toslot endgültig von seinem Schemel glitt. Immerhin blieb der Boden diesmal trocken. Der Schankwirt rieb erneut über den Tresen. „Es wird mit den Elfen und Tasmunds Schar zusammenhängen. Umsonst gibt der Pferdefürst nicht die Losung und ruft zu den Waffen.“

„Wir werden es rasch erfahren.“ Der angetrunkene Gast hielt seinen Becher zum Nachfüllen hin. „Die Beritte sind versammelt und werden bald aufbrechen. Dann werden wir auch erfahren, wohin es geht.“

„Ich sollte eigentlich mit ihnen reiten“, seufzte Barus plötzlich.

Malvin sah ihn überrascht an. „Was?“

„Auch ich bin ein Pferdelord“, brummte Barus. „Ich sollte mit ihnen reiten.“

„Nun ja, sicher, du bist ein Pferdelord.“ Malvin kratzte sich im Nacken. Jeder kannte die Geschichte von Barus, der sich heimlich unter die Männer Garodems gemischt hatte und mit ihnen ausgerückt war. Er hatte sich im Land des Sandvolkes tapfer geschlagen und war schließlich in die Reihen der Pferdelords aufgenommen worden. Ja, es war eine gute Geschichte gewesen. „Aber der Pferdefürst hat nicht alle einberufen, und vergiss nicht, du bist der beste Nagerjäger von Eternas. Wir brauchen dich hier.“

„Ah, die Orks sind auch nur Nager.“ Barus hob eine Hand und krümmte zwei seiner Finger. Bei den Kundschaftern war dies das Zeichen für die Fänge eines Orks. „Die Bestien haben ebensolche Fänge wie die Nager, nur größer, jawohl.“ Erneut klopfte er an seine Keule. „Und ich bin ein Nagerjäger."

Malvin nickte. „Und du weißt mit der Keule umzugehen. Ihr guten Herren, erzählte ich Euch schon die Geschichte von dem guten Herrn Barus, als er einst ein Rundohr erschlug? Hier, direkt in unserer Stadt?"

Einige der Gäste stöhnten vernehmlich auf, und Malvin seufzte enttäuscht. Nun konnte er nur noch darauf hoffen, dass es Neuigkeiten gab, wenn die Beritte dem Feind entgegentrabten, und das würden sie tun. Es gab keinen vernünftigen Grund, sie sonst zu sammeln, denn die Zeit der Übungen war vorbei.

Inzwischen hatten Garodem und seine Schwertmänner die Beritte der Weiler und Gehöfte erreicht. Der Pferdefürst trug seine volle Rüstung und den langen grünen Umhang der Pferdelords, der im Sattel bis über die Kruppe seines Hengstes reichte. Garodem trabte vor die in langen Reihen wartenden Beritte und erhob seine Stimme.

„Ihr Männer der Hochmark, ich, Garodem, Euer Pferdefürst, gab die Losung, und Ihr habt Euch nun hier zur Heerschau versammelt. Ihr fragt Euch, welche Gefahr der Hochmark drohen mag und warum ich nicht alle Pferdelords einberief." Er hörte zustimmendes Gemurmel, das rasch verstummte, als er die Hand hob. „Ihr habt das Recht, den Grund zu erfahren, denn kein Pferdefürst darf seine Reiter in den Kampf führen, wenn dem Pferdevolk keine unmittelbare Gefahr droht. Ich gestehe ein, Ihr Männer der Hochmark, dass keine direkte Gefahr zu drohen scheint, aber", er hob seine Stimme abermals, „ich spüre, dass sich Unheil im Osten zusammenbraut. Finsternis wölkt sich über den Grenzen der Ostmark, genau dort, wo sich Merdonan befindet."

„Wurde das Feuer Merdonans entzündet?", kam ein Ruf aus einem der Beritte.

Garodem schüttelte den Kopf. „Nein, kein Feuer kündet von Gefahr. Doch ich kann sie spüren. Und ich sage Euch, Ihr Männer der Hochmark, dieses Gefühl macht mich schaudern und lässt mir keine Ruhe. Dennoch, es ist nur ein Gefühl, und daher will ich Euch nicht leichtfertig aus der Mark hinausführen. Ihr habt das Recht, mir die Gefolgschaft zu verweigern, und niemandem werde ich es verübeln, wenn er zu seinem Haus zurückkehren will. Aber ich muss mich vergewissern, was dort im Osten vor sich geht. Es mag sein, dass wir umsonst reiten, aber es kann ebenso gut sein, dass wir einer tödlichen Gefahr begegnen und sie rechtzeitig abwenden."

Der Pferdefürst schwieg einen Moment, und auch in den Reihen der Beritte war es still. Der Wind spielte mit den grünen Umhängen der Männer, er blies in Mähnen und Schweife der Pferde und ließ die Wimpel leise knattern. Einige Pferde schnaubten, und das Knarren des Sattelzeugs war zu hören, als einige Männer sich unruhig bewegten.

„Wer meinem Banner folgen will", rief Garodem, „soll dies aus freien Stücken tun. Die anderen mögen in Frieden zurück zu ihrer Heimstatt reiten." Er zog sein Pferd herum und gab dem Hornbläser, der neben seinem Bannerträger verharrte, einen Wink.

Das metallene Horn der Hochmark erklang, und die Beritte der Schwertmänner folgten dem Banner Garodems in Richtung auf die Stadt. Nach einigen Hundertlängen hielt es den Pferdefürsten nicht mehr, und er warf einen kurzen Blick über die Schulter. Erleichtert seufzte er auf. Die Beritte hatten sich angeschlossen, und nur eine Handvoll Pferdelords verharrte noch auf dem freien Feld. Doch nach kurzem Zögern trieben auch sie ihre Pferde an und reihten sich in die Formationen ein.

47

Wahrscheinlich waren sich die Orks einfach zu sicher, obwohl sie doch wissen mussten, dass sich ein paar Menschen in der Nähe der Lichtung aufhielten. Aber die Rundohren unternahmen keinen ernsthaften Versuch, die Pferdelords aufzuspüren, sondern beschränkten sich darauf, die Treppe zu bewachen, die zum Haus des Urbaums hinaufführte.

Maredas und Malenan übernahmen es, die beiden Wachen am Fuß der Treppe auszuschalten. Zeitgleich schlugen ihre Pfeile in die Kehlen der Bestien, die lautlos zu Boden gingen. Wie Schemen huschten die Männer zur Treppe hinüber, während die beiden Bogenschützen sie wieder gegen mögliche Wachen auf der unteren Ebene des Hauses deckten. Sie hatten sich untereinander abgesprochen und hofften, möglichst weit vordringen zu können, bevor man sie bemerkte.

Die Gruppe verbarg sich unter dem Treppenaufgang. Malenan und Maredas kauerten weiterhin im Gras der Lichtung und spähten aufmerksam nach oben. Tasmund, Dorkemunt und Olruk betraten als Erste die Treppe. Sie hielten sich dicht am Stamm des gewaltigen Baumes und nahmen sich Zeit, die zahllosen Stufen zu ersteigen. Vorsichtig hielten sie Ausschau. Sie befürchteten, die hölzernen Stufen könnten verräterisch knarren, aber kaum ein Laut war zu hören, während sie, den Stamm des Urbaums umrundend, langsam höher gelangten.

Über ihnen war ein anschwellendes Stampfen zu hören, und Olruk, der an der Spitze lief, legte beschwörend einen Finger vor den gespitzen Mund. Der Zwerg hielt den Stiel seiner

Axt locker in der Hand, jederzeit bereit zu Schlag oder Wurf. Das Stampfen näherte sich, begleitet von einem metallischen Klirren, und es war klar, dass ihnen ein gerüstetes Rundohr entgegenkam.

Der Ork hielt den Blick auf die Stufen geheftet, wie es wohl die meisten Lebewesen taten, wenn sie eine Treppe hinabstiegen, und so war sein Kopf gesenkt. Er bemerkte Olruk erst, als dieser unmittelbar vor ihm stand. Da der Zwerg klein und stämmig war und das Rundohr sich über ihm auf den Stufen befand, führte der Zwerg seine Axt in einem Aufwärtsschlag.

Die Schneide glitt zwischen dem Kieferschutz des Helms hindurch und drang von unten in den Schädel des Rundohrs ein. Noch während sich die Augen der Bestie weiteten, durchschnitt der Hieb das Gehirn und traf von innen gegen das Schädeldach und den schweren Helm. Das Rundohr kam zu keinem Warnlaut mehr, aber sein Helm wurde ihm durch die Wucht des Schlages vom Kopf geschleudert, während es vornüberkippte und auf Olruk zu stürzen drohte.

Der Zwerg hätte keine Chance gehabt, den schweren Körper aufzufangen, und trat daher hastig zur Seite. Der hinter ihm stehende Tasmund drückte sich rasch an den Stamm. „Habt acht."

Der halblaute Warnruf des Ersten Schwertmanns wurde von dem vernehmlichen Poltern übertönt, mit dem die tote Bestie auf die Treppe schlug. Der Schwung ließ den Kadaver über die Stufen rutschen, wobei die schwere Rüstung vernehmlich klirrte und schepperte. Als sei dies nicht genug, prallte nun auch der Helm auf die Treppe und hüpfte unter lautem Getöse hinab.

Jedes weitere Geräusch ließ die Männer zusammenzucken, während Olruk eine entschuldigende Geste machte. „Tut mir leid, Ihr Herren, aber ich hielt seinen Schädel für widerstandsfähiger."

Bevor einer der anderen etwas entgegnen konnte, ertönte über ihnen ein Schrei, der rasch lauter wurde. Aus den Augenwinkeln sahen sie, wie ein Schemen mit rudernden Armen und Beinen und einer flatternden Robe rasend schnell vorüberstürzte. Ein dumpfes Klatschen beendete Schrei und Sturz.

„Ein Graues Wesen, wie mir scheint", murmelte der Erste Schwertmann, der sich über das Geländer beugte und hinuntersah.

„Oder dessen Überreste", sagte Dorkemunt zufrieden. „Ich denke nicht, dass es diesen Weg freiwillig nahm."

„Ja, da hat jemand nachgeholfen." Olruk umklammerte seine Axt, von deren einer Schneide dunkles Blut auf die Treppe tropfte. „Das könnte Herr Nedeam gewesen sein."

„In jedem Fall brauchen wir jetzt nicht mehr zu schleichen", sagte Tasmund und wies mit dem gezückten Schwert die Stufen hinauf. „Eile ist nun das Gebot, Ihr Männer. Lasst uns Orks schlachten."

„Und ein oder zwei Graue", fügte Dorkemunt grimmig hinzu.

48

Die soeben aufgegangene Sonne tauchte die Spitzen der Dächer Eodans in rötliches Licht. Meredem liebte diese Augenblicke, wenn die Stadt überraschend schnell aus der Dunkelheit der Nacht ins Licht des Tages hinüberglitt. Er genoss den Anblick, wenn sich der warme Schein über die Dächer der Stadt und die Wehrtürme legte und schließlich die Straßen und die Palisaden der Wehrmauer erhellte.

Die Schwertmänner der Wache hatten sich inzwischen daran gewöhnt, dass der Pferdefürst der Nordmark ein Frühaufsteher war. Die Nordmark und ihre Stadt Eodan waren einst von den Orks überrannt worden. Damals, in jenen Tagen, als die entscheidende Schlacht vor Alneris, der Stadt der Weißen Bäume, über das Schicksal der Menschen entschieden hatte. Kämpfe hatte es auch in den Marken des Pferdevolkes gegeben, und der damalige Pferdefürst sowie sein Erster Schwertmann waren zusammen mit vielen Männern ihrer Beritte gefallen. Auch die Stadt hatte in dieser Zeit schwer gelitten. Ihre Häuser und Wehranlagen waren aus dem reichlich vorhandenen Holz errichtet worden und hatten dem Ansturm nicht standhalten können. Brände hatten dann ein Übriges getan. Männer der Hochmark hatten die Überlebenden gerettet und in Sicherheit gebracht. Erst nachdem die Horden der Orks vernichtet waren, hatten sich die Marken wieder mit Menschen gefüllt, und auch Eodan war wieder aufgebaut worden und erhob sich nun größer als je zuvor auf dem sanft ansteigenden Hügel über die Ebene der Nordmark.

Der damalige Pferdefürst hatte keinen Nachfolger gehabt,

und so hatten sich die Pferdelords der Mark zur Versammlung getroffen und Meredem aus ihrer Mitte gewählt. Es hatte mehrere Kandidaten gegeben, und so waren lange Reden geführt worden, die das Für und Wider jedes Einzelnen von ihnen abgewogen hatten. Stimmen hatten sich gegen Meredem erhoben, denn er war noch jung an Jahren, aber die Minderheit hatte sich nach der Abstimmung ohne Murren der Mehrheit gefügt, wie es die Tradition des Pferdevolkes gebot. Die anschließende Zustimmung des Königs in Enderonas war nur noch Formsache gewesen.

Auch Gowrim, der Erste Schwertmann der Nordmark, war neu in seinem Amt, aber er war ein erfahrener alter Kämpfer und hatte einhellige Zustimmung bekommen. Seine große Erfahrung glich oft das Temperament des jungen Pferdefürsten aus, und so bildeten beide, nach Meinung aller Bewohner der Nordmark, ein gutes Gespann, um die Geschicke der Mark zu führen.

Auch Gowrim war an diesem Morgen früh auf den Beinen, obwohl es der alte Pferdelord inzwischen zu schätzen wusste, etwas länger ruhen zu können. Aber in dieser Zeit erfüllte ihn die gleiche Unruhe wie seinen Herrn Meredem. Es war also kein Wunder, dass sich die beiden Männer an diesem frühen Morgen auf der östlichen Palisade trafen.

Die Schwertmänner der Wache hatten höflich Platz gemacht und waren zurückgetreten, als sie den Pferdefürsten und seinen Ersten Schwertmann über die hölzernen Stufen auf den Wehrgang heraufkommen sahen.

„Alles ist ruhig, Ihr Hohen Herren“, berichtete der Wachführer. „Die Torwache meldete in der Nacht die Ankunft einiger Frauen und Kinder aus der Ostmark. Sie wurden im Versammlungshaus untergebracht.“

Meredems Stirn umwölkte sich. Er legte die Hände um die Spitzen zweier Palisadenpfähle und sah nach Osten. „Viele Frauen, Kinder und alte Männer der Ostmark sind nun schon in Eodan."

„Und noch immer keine Nachricht vom Pferdefürsten Bulldemut, kein Signalfeuer über Merdonan. Wir wissen, dass er die Pferdelords der Ostmark einberufen hat. Nur die wehrlosen Menschen der Gehöfte und Weiler kommen in unsere Nordmark, um sich unter unseren Schutz zu begeben. Aber kein Bote Bulldemuts trifft ein, und kein Signalfeuer ist zu erkennen."

Gowrim stand neben dem jüngeren Mann und strich sich durch den eisengrauen Bart. „Die Finsternis im Osten kündet von Gefahr, mein Hoher Lord, auch wenn Merdonan selbst nicht um Hilfe ruft."

„Ich weiß." Meredem legte unbewusst eine Hand um den Griff seines Schwertes. „Es kann nicht sein, dass Merdonan überrannt wurde, ohne dass man Zeit gehabt hätte, das Signalfeuer zu entzünden."

Gowrim schwieg und sah Meredem von der Seite an. „Ihr seid unentschlossen, mein Hoher Lord, ich kann es spüren."

„Ich bin mir eben nicht sicher."

„Was sagt Euch Euer Gefühl, mein Pferdefürst?"

„Mich in den Sattel zu schwingen und zu reiten." Meredem sah den alten Kämpfer zweifelnd an. „Aber kein Signal ruft die Pferdelords der Nordmark zu Hilfe. Wie kann ich da die Losung geben?"

Gowrim wusste um die Verantwortung, die der junge Pferdefürst trug. Gab er die Losung und sammelten sich die Reiter, blieben viele Arbeiten in Gehöften und Weilern liegen. Zudem befürchtete der junge Herr wohl auch die Kritik der älteren

Männer, wenn er die Losung ohne Not geben würde.

Der Wind bauschte ihre langen Umhänge mit dem dunkelroten Saum der Hochmark, und Gowrim schnaubte ärgerlich, als eine Strähne des roten Rosshaarschweifes von seinem Helm in sein Gesicht wehte und ihn kitzelte.

„Ihr habt das richtige Temperament und seid nicht ungestüm, mein Hoher Lord“, sagte der Erste Schwertmann leise. „Es ist richtig, dass solche Dinge gut überlegt sein wollen.“ Er schwieg einen Augenblick. Dann sprach er weiter, mit gedämpfter Stimme, damit die Wachen ihn nicht hören konnten. „Aber Ihr müsst Euch entscheiden, Meredem.“

Der junge Pferdefürst starrte nach Osten, und an seinem schweren Atem sah man, wie sehr er mit sich rang. „Wie ... wie würdet Ihr entscheiden, Gowrim?“

„Ich bin kein Pferdefürst, Hoher Lord.“

„Ihr weicht mir aus, Erster Schwertmann. Wenn ich nicht in Merdonan wäre, so müsstet Ihr bestimmen, was zu geschehen hat.“

Gowrim durfte Meredem die Entscheidung nicht abnehmen. Der Pferdefürst musste die Verantwortung selbst übernehmen und an seiner Entscheidung wachsen, wie immer sie auch ausfallen mochte. „Wenn Ihr nicht in Eodan wäret, mein Hoher Lord, würde ich mich längst entschieden haben.“

Meredem nickte. Der Hinweis war mehr als deutlich. „Ihr habt recht, Gowrim, ich selbst muss die Entscheidung treffen. Nun gut, so soll es geschehen.“ Er wandte sich um und legte eine Hand an den Mund, damit ihn der Signalbläser am nächsten Wehrturm hören konnte. „Gebt die Losung! Die Pferdelords der Nordmark reiten nach Merdonan!“

Das Horn ertönte, und ein weiteres nahm das Signal auf.

„So ist es entschieden“, seufzte Meredem. „Wir reiten.“

„Morgen gegen Abend dürften die Pferdelords versammelt sein." Gowrim legte seine Hand für einen flüchtigen Moment auf die Schulter des jungen Pferdefürsten. „Noch in der Nacht können wir reiten. Die Sterne werden uns Licht spenden."

Eodan begann zu erwachen. In das Gackern und Krähen der Kratzläufer mischten sich die Signalhörner und die Stimmen der Bewohner, die aus ihren Häusern traten. Noch während Meredem und Gowrim von der Palisade stiegen, sattelten Boten ihre Pferde. Der Pferdefürst der Nordmark hatte die Losung gegeben, und nun galt es, den Eid zu erfüllen.

49

Tasmund zog die von dunklem Blut befleckte Klinge zurück, die sich mit leisem Klirren aus dem Panzer des Rundohrs löste. Die Bestie starrte den Ersten Schwertmann mit gebleckten Fängen an, aber das Licht in ihren Augen erlosch, bevor sie haltlos hintenüberstürzte.

„Weiter", keuchte Tasmund. „Wir müssen höher hinauf und die Grauen finden. Die Rundohren machen mir keine Sorgen, aber der Bann der Magier schon."

Der Trupp der Orks war überrascht worden, denn ihr lärmendes Stampfen hatte die Angreifer gewarnt, die, derart vorbereitet, die Bestien in einem einzigen wilden Ansturm hatten töten können. Doch der unvermeidliche Kampflärm machte es nunmehr sinnlos, sich weiter verborgen zu halten.

„Rasch vorrücken und zuschlagen", brummte Dorkemunt. „Damit sie keine Gelegenheit finden, sich zu sammeln."

Sie hatten nicht die Zeit, das Haus des Urbaums nach jedem einzelnen Feind zu durchkämmen. Es war zu groß, und sie waren zu wenige. Sie mussten also darauf hoffen, dass die Bestien von sich aus auf sie eindrangen. Die Männer waren im Vorteil, denn sie gingen in zwei kompakten Gruppen vor, die gerade genug Abstand zueinander hielten, dass die eine der anderen beistehen konnte. Die Rundohren hingegen waren über die Ebenen des Hauses verteilt und im Kampf bislang zahlenmäßig unterlegen.

Die Männer hasteten eine der schmalen Treppen hinauf, die eine Ebene mit der anderen verband, und das Holz vibrierte unter ihren Tritten. Kein lebendes Wesen war zu sehen, bis sie die

Plattform der oberen Ebene fast erreicht hatten. Tasmund, der voraneilte, sah ein Rundohr in seinem Blickfeld auftauchen, dessen Schlagschwert soeben zum tödlichen Hieb herabzuckte. Der Erste Schwertmann konnte den Schlag gerade noch parieren, doch dessen Wucht ließ ihn taumeln und gegen den nachfolgenden Dorkemunt stürzen. Mit triumphierendem Gebrüll setzte das Rundohr nach, um Tasmund den Todesstoß zu versetzen, aber Olruk warf eine seiner Äxte mit tödlicher Genauigkeit. Die wirbelnde Doppelschneide grub sich durch den Helm hindurch in den Schädel der Bestie, die über Tasmund und Dorkemunt stürzte und sie mit dunklem Blut besudelte. Die beiden Pferdelords mühten sich ab, den schweren Leib von sich herunterzuwälzen, während oben an der Treppe weitere Orks erschienen.

Olruk sprang jetzt mit einem mächtigen Satz über die am Boden Liegenden hinweg, riss dabei seine Axt aus dem Schädel des Rundohrs und fing mit der zweiten den Schlag einer herbeigeeilten Bestie ab. Noch während diese versuchte, ihr Schlagschwert von der Klinge der Axt zu befreien, schwang Olruk seine andere seitlich in den Hals des Orks. Die Bestie kippte gegen das Geländer des Stegs, durchbrach das Holz und fiel haltlos in die Tiefe.

„Schlagt sie", brüllte der Zwergenmann kampfeslüstern und hastete weiter die Treppe hinauf.

Einige Männer halfen Dorkemunt und Tasmund auf die Beine und folgten dem Zwerg, der das Ende der Treppe fast erreicht hatte und nun drei weiteren Rundohren gegenüberstand. Ein Hieb fegte knapp über Olruks Helm hinweg, aber der Zwerg konterte, indem er dem Angreifer eine seiner Äxte von unten in den Leib rammte. Der Ork brüllte, und Geifer sprühte in Olruks Gesicht, während bereits ein anderes Rundohr seine Klinge vorstieß, um mit dem klassischen Eröffnungsschnitt den Unterleib des Zwerges aufzuschlitzen, sodass der Haken des Schlagschwertes Olruks Gedärme herausreißen konnte. Doch über Olruks Schulter hinweg stieß Tasmunds Klinge vor und traf den Arm des Angreifers, dessen Schlagschwert zur Seite abgelenkt wurde.

Gebrüll und Stampfen weiterer Rundohren waren zu hören. Allerdings näherten sich die Geräusche von hinten!

Die beiden Pferdelords am entgegengesetzten Ende der Treppe wandten sich dem neuen Feind zu. Nun wurde die Gruppe der Männer gleichzeitig von beiden Enden der Treppe aus attackiert. Einer der Pferdelords wurde gefällt, der andere erhielt einen Hieb, der ihm den Schwertarm vom Leib trennte, und während der Wehrlose aufschreiend vornübersackte, riss ihm der Haken eines anderen Schlagschwertes die Kehle auf und ließ seine Schreie verstummen.

Die schmale Treppe behinderte die Kämpfer gleichermaßen, die nun alle aufeinander zudrängten, während das Gewicht der vielen Körper und ihre hektischen Bewegungen die hölzerne Konstruktion immer mehr in Schwingungen versetzten. Das Material begann bedenklich zu knarren, ein weiteres Teil löste sich von dem beschädigten Geländer, und schließlich brach auch eine der Stufen nach unten weg.

Tasmund, Dorkemunt und Olruk stießen oberhalb der Bruchstelle gegen eine Gruppe Rundohren vor, die anderen Männer kämpften unterhalb davon auf dem schwankenden Aufgang gegen die nachrückenden Bestien. Ein Rundohr stürzte, dann ein Pferdelord, und eine weitere Stufe brach krachend ein. Es wurde offensichtlich, dass die elfische Konstruktion dieser Belastung nicht mehr lange würde standhalten können.

„Gebt nicht nach", brüllte der Erste Schwertmann, „drängt sie zurück!"

Schreie, Brüllen und Stöhnen mischte sich mit dem Klirren von Waffen und dem Knarren von Holz. Die Treppe drohte einzustürzen und alle mit sich zu reißen. Wenn die Gruppe nicht getrennt werden wollte, mussten sie nun mit aller Macht versuchen, die obere Ebene zu erreichen. Doch auch von hier drängten weitere Rundohren nach.

Die Situation für die Pferdelords und Olruk wurde immer bedrohlicher. Tasmund, Dorkemunt und der Zwerg waren in der wenig beneidenswerten Lage, gegen einen Gegner kämpfen zu müssen, der sich ein wenig oberhalb von ihnen befand und dessen Hiebe und Stöße sie von unten her parieren mussten. Dorkemunts und Olruks geringe Körpergröße war hierbei zusätzlich von Nachteil, und so verwunderte es nicht, dass die Rundohren die Angreifer langsam zurückdrängten.

Tasmund erkannte entsetzt, dass zwei Rundohren nun damit begannen, ihre Schlagschwerter in die oberen Verankerungen der Treppe zu treiben. Das dumpfe Pochen der Klingen mischte sich mit dem Splittern und Bersten von Holz. „Sie wollen die Treppe zum Einsturz bringen", brüllte der Erste Schwertmann. „Das darf ihnen nicht gelingen, sonst wird sie uns alle in die Tiefe reißen!"

Wenn die Verankerungen des Geländers und der Stufen nachgaben, würden sie alle in den sicheren Tod stürzen. Natürlich würden dabei auch einige Rundohren ihr Leben lassen, aber diesen Verlust konnten die Orks verschmerzen, wenn sie dadurch sämtliche Angreifer vernichteten.

Mit einem berstenden Knacken gab einer der Handläufe endgültig nach, und die Männer spürten, wie sich die Treppe ein wenig senkte. Die Furcht abzustürzen ließ sie umso verbissener gegen die Rundohren ankämpfen. Hinter Tasmund ertönte der Todesschrei eines Mannes, und der Erste Schwertmann erkannte, dass sie nicht mehr lange die Kraft haben würden, ihre Klingen mit der nötigen Entschlossenheit zu führen.

„Olruk", brüllte der Erste Schwertmann verzweifelt. „Erschlage die Bestien! Wir müssen auf den nächsten Absatz, oder es ist unser Ende!"

Olruks Körper und seine Bartzöpfe waren mit dem dunklen Blut der Bestien beschmiert, und seine Augen schimmerten ungewöhnlich hell im rot bespritzten Gesicht. Der Axtschläger der Zwergenstadt Nal't'rund machte aus der Not seiner kleinen Statur eine Tugend. Mit einer Axt den von oben kommenden Hieb eines Rundohrs parierend, wuchtete er die andere Axt in das Bein des direkt über ihm stehenden Orks. Die Rundohren trugen ein Zwischending aus Sandale und Stiefel, mit einer robusten Ledersohle und Metallbändern, die sich über den Fuß zogen und am Schienbein in einer breiten Metallplatte endeten. Olruks Hieb traf die Metallplatte, beulte sie ein und brach die Knochen, die von ihr geschützt werden sollten. Das Rundohr brüllte auf und knickte ein, sodass Dorkemunt seine Axt nun von der Seite in den unbedeckten Hals der Bestie treiben konnte.

Olruk wurde unsanft zur Seite geworfen, als der schwere schlaffe Körper an ihm vorbei auf die Treppe prallte und dabei eine weitere Stufe zerbrach. Instinktiv tauchte der Zwerg unter dem Schlag eines nachdrängenden Rundohrs weg, hieb seine Äxte gegen die Beine des Angreifers und brachte auch ihn zu Fall.

Der von unten erfolgende Angriff des Zwerges leitete die Wende ein. Dorkemunt fasste Fuß auf der Plattform der oberen Ebene, Tasmund folgte, und dann drängten sie gemeinsam zwei Orks zurück, worauf auch Olruk ihnen folgte und seine Äxte wirbeln ließ.

Unvermittelt endete der Kampf um das obere Ende des Aufgangs. Die leblosen Leiber der Bestien lagen in ihrem Blut, das den hölzernen Boden dunkel färbte und ihn schlüpfrig machte. Die Pferdelords am unteren Ende kämpften noch immer gegen eine Übermacht und wurden langsam auf der schwankenden Treppe höher getrieben. Zwei weitere Männer waren gefallen, und Tasmund erkannte, dass mittlerweile zwanzig Rundohren die Pferdelords bedrängten. Offenbar gelang es den Bestien nun doch, sich zum entschlossenen Widerstand zu sammeln.

„Die Treppe herauf, eilt Euch, Männer der Hochmark!“ Tasmund verfluchte die Tatsache, dass nun keine Bogenschützen verfügbar waren, denn sie hätten die Entscheidung schnell herbeigeführt.

Neben ihm hob Olruk indes die Schlagschwerter der toten Orks auf und schleuderte sie auf den Feind hinunter, aber der Effekt war gering. Lediglich eines der Rundohren wurde so glücklich getroffen, dass es den Halt verlor und die Stufen der Treppe hinabstürzte.

Erneut war das Splittern von Holz zu hören, und diesmal senkte sich das ramponierte Treppenstück deutlich. Die mittleren Stufen sackten eine halbe Länge nach unten, und es grenzte an ein Wunder, dass die Konstruktion nicht endgültig nachgab.

„Bei den Finsteren Abgründen“, murmelte Dorkemunt betroffen und hob seine Stimme. „Eilt, Ihr Männer, springt, oder Ihr stürzt in den Tod.“

Nur eine Handvoll Pferdelords kämpfte noch, und während zwei von ihnen versuchten, die vordringenden Rundohren aufzuhalten, bemühten sich die anderen verzweifelt, die Treppe hinaufzugelangen. Zwei, drei Männer überwanden die Lücke in den Stufen und erreichten mühsam den oberen Absatz, wo sie von Tasmund in Sicherheit gezogen wurden. Ein vierter Mann sprang und konnte eine der angebrochenen Stufen gerade noch packen, drohte jedoch abzurutschen.

Tasmund klammerte sich an dem brüchigen Geländer fest, dann beugte er sich weit vor, sodass er den Unglücklichen am Kragen seines Wamses zu fassen bekam und ihn nun eisern festhielt. „Zieht Euch hoch, und lasst nicht los."

Einer der beiden Männer, welche die Orks aufhielten, brach tödlich verwundet zusammen, und gerade, als die Bestien auch den anderen Pferdelord überwinden wollten, sackte die Treppe mit einem erneuten Knacken weiter ab. Tasmund wurde nach vorne geschleudert und drohte von dem an seinem Arm hängenden Pferdelord in die Tiefe gerissen zu werden. Doch Olruk packte mit festem Griff zu und grub seine Hand unter Tasmunds Schwertgurt.

„Nicht so hastig, guter Freund", ächzte der Zwerg. „Dieser Flug würde Euch nicht wohl bekommen."

Die Rundohren am unteren Ende der Treppe drangen weiter vor, ungeachtet der Gefahr, in der sie sich befanden. Der Blutrausch schien sie gepackt zu haben, denn auch der letzte Verteidiger der unteren Stufen fiel nun unter ihren Hieben.

Erneut ertönte ein Reißen und Splittern. Wieder spürte Tasmund einen schmerzhaften Ruck und hörte Olruk stöhnen, als die Konstruktion nun ganz abbrach. Der Pferdelord an Tasmunds Arm schrie angsterfüllt auf und krallte sich an die Reste des oberen Treppenteils, während unter ihm die Holzkonstruktion samt einer Gruppe brüllender Rundohren berstend und krachend in der Tiefe verschwand.

Etwas klatschte schmerzhaft auf Tasmunds Schulter, und er

bemerkte einen offenen Schwertgurt, der seinen Arm entlangglitt und dessen Schnalle schließlich knapp über dem baumelnden Pferdelord hing. „Greif den Riemen", rief Dorkemunt. „Greif ihn oder es geht hinab in die Tiefe."

Der Pferdelord sah Tasmund mit aufgerissenen Augen an. „Ich … ich schaffe es nicht. Lasst los, Tasmund. Es reicht, wenn einer zu Tode stürzt."

„Ihr werdet nicht loslassen", keuchte der Erste Schwertmann angestrengt, „und ich werde es auch nicht tun."

Tasmund spürte ein schweres Gewicht auf seinen Beinen und stöhnte schmerzerfüllt, als sich ein Körper über ihm hinwegschob. Die Klinge eines Schlagschwertes tauchte in seinem Blickfeld auf, dann sah er Olruks angestrengtes Gesicht. „Eines davon ist noch übrig", knurrte der Zwerg. „Vielleicht kann uns sein tückischer Haken nun auch mal einen guten Dienst erweisen."

Tasmund wusste nicht, was sich hinter ihm abspielte, aber er konnte sich vorstellen, dass alle Männer damit beschäftigt waren, ihn und den Zwerg festzuhalten, während dieser das Schlagschwert über den Rücken des baumelnden Pferdelords hinwegführte und versuchte, den Haken der Klinge im Schwertgurt des Mannes zu verankern. Tasmund hatte kaum noch Kraft, als es Olruk endlich gelang.

„Ich hoffe, Ihr verwendet gutes Leder in Euren Marken, Herr Pferdelord", keuchte der Zwerg angestrengt.

Irgendwie gelang es schließlich, den zugleich an Tasmunds Arm und an Olruks erbeutetem Schlagschwert hängenden Pferdelord zu retten. Langsam, Stück für Stück, wurde der ächzende Pferdelord höher gezogen, bis Olruk das Schlagschwert durch seine zupackende Hand ersetzte. Dann war es endlich geschafft, und die Männer sanken erleichtert und erschöpft auf die Plattform der oberen Ebene.

„Nehmt es mir nicht übel, Ihr Herren", keuchte Olruk, „aber ich schätze eine solide Säule oder Rampe oder die steinernen Treppen der Grünen Kristallstadt. Doch mein Vertrauen in die hölzernen Aufgänge der Elfen ist nun doch ein wenig erschüttert."

Tasmund nickte atemlos.

Um sie herum waren die Geräusche des Hauses zu hören, aber kein Feind schien sich ihnen zu nähern. So nutzten sie den Moment, um eine kurze Pause einzulegen, die sie bitter nötig hatten. Fast die Hälfte ihrer Gruppe war getötet worden, ein Verlust, über den auch die Zahl der erschlagenen Rundohren sie nicht hinwegtrösten konnte.

„Ich weiß nicht, wie viele der Bestien wir erschlagen haben", seufzte Mortwin. „Es waren nicht wenige. Aber unsere Gruppe ist nun sehr dezimiert. Wir haben gute Pferdelords verloren."

„Sie ritten in Ehren zu den Goldenen Wolken", stimmte Dorkemunt zu. „Aber wir können ihrer jetzt noch nicht gedenken. Wir müssen weiter. Es gibt kein Zurück. Was meint Ihr, Hoher Herr Tasmund, wie viele der Rundohren haben wir erwischt?"

„Fünfzig oder sechzig, wenn wir auch die mitzählen, die uns bereits zuvor begegnet sind", seufzte der Erste Schwertmann.

„Zehn der ihren auf einen von uns." Olruk nickte. „Kein schlechtes Verhältnis."

„Wir sind noch sechs", knurrte Tasmund grimmig. „Wenn hier tatsächlich eine volle Kohorte der Rundohren stationiert ist, dann müssen wir noch rund hundertvierzig von ihnen erschlagen."

Olruk nickte. „Mehr als zwanzig der ihren auf einen von

uns. Ein schlechtes Verhältnis.“

Von irgendwo drang leises Rufen zu ihnen und ließ sie lauschend die Köpfe heben.

„Was geht da vor sich?“

Tasmund richtete sich ächzend auf. „Ich weiß es nicht. Das scheinen keine Schreie der Bestien zu sein.“

Sie blickten sich um. Die seltsamen Rufe ertönten nun aus verschiedenen Richtungen und Ebenen des Hauses der Elfen.

„Das ist unheimlich“, murmelte Mortwin. „Was kann das sein?“

Nun erklang auch ein Brüllen, das ihnen durchaus bekannt vorkam. „Aber das waren jetzt Orks, ihre Warnschreie.“ Tasmund zog sein Schwert aus dem Boden, er hatte es griffbereit dort hineingerammt. „Diese Laute kenne ich. Sie werden angegriffen.“

„Von wem?“

„Das Haus der Elfen erhebt sich“, sagte Dorkemunt lakonisch. „Es kann nicht anders sein. Die Frauen der Elfen kämpfen gegen den Feind.“

„So mögen wir uns gegenseitig helfen.“ Tasmund nickte entschlossen. „Nun gut, Ihr Herren, lasst uns wieder Orks jagen.“

Sie hasteten über Stege und Treppen auf die Lärmquelle zu. Das Brüllen und Schreien kam von einem mächtigen Haus, das sich etwa in der Mitte der Baumkrone direkt in der Gabelung dreier riesiger Äste erhob. Da sie von einer der oberen Ebenen auf das trotz seiner Größe in einer zierlichen Bauweise errichtete Gebäude zueilten, konnten sie seine Form deutlich erkennen. Es ähnelte einem Teller, gleich jenen, aus denen das Pferdevolk seine Suppe löffelte, zumal das Dach nicht, wie üblich, nach oben gewölbt war, sondern sich zur Mitte hin muldenförmig senkte. In seinem Zentrum war es offen, sodass die

Männer bei ihrem rasanten Abstieg für einen Augenblick hölzerne Konstruktionen im Innern des Gebäudes erkennen konnten, bis das Dach den Blick wieder versperrte. Rings um das Gebäude führte ein breiter Balkon herum, auf den zahlreiche Stege mündeten. Tasmund vermutete, dass es sich um eine Art Versammlungsort der Elfen handelte, vergleichbar den Weilerplätzen des Pferdevolkes.

Sie stürmten gerade über einen der Stege auf den umlaufenden Balkon zu, als sie die breite Öffnung in der Wand des Hauses erkannten. Das Innere des Gebäudes war von warmem Licht erfüllt, das hier und da Bewegung sichtbar machte. Gerade als sie den Rundgang erreichten, kam ein Ork aus dem Gebäude gerannt, verfolgt von zwei elfischen Frauen, die sich, Klettpflanzen gleich, an seine Fersen geheftet hatten. Der Ork konnte den Hals einer der elfischen Frauen ergreifen und brach ihn mit einer ruckartigen Bewegung, bevor er das tote Wesen weit von sich schleuderte. Das Rundohr knurrte grimmig und grub dann seine Fänge in den Hals der anderen Verfolgerin, deren Leib für einen Moment zuckte, bevor er ebenfalls erschlaffte.

Doch die Bestie fand keine Zeit, ihren Sieg auszukosten, denn Tasmunds Schwert stieß durch ihren Nacken, während die anderen Männer bereits über den zusammenstürzenden Körper hinweg und in das Gebäude hineinstürmten. Sie fanden kaum Zeit, sich einen Überblick zu verschaffen, denn in dem riesigen Raum herrschte ein heilloser Wirrwarr durcheinanderwirbelnder Körper.

Der Saal maß sicherlich eine gute Hundertlänge im Durchmesser, und der Boden stieg zu den Seiten hin sanft an. Ringförmig zogen sich Reihen mit Bänken und Schemeln um die Mitte, in der sich eine große freie Fläche befand, die vom Licht aus der Dachöffnung beleuchtet war.

Zunächst schien überall Bewegung zu sein, hervorgerufen von elfischen Frauen, die mit Orks wie in einem tödlichen Reigen verbunden waren. Den Boden bedeckten leblose Körper, zumeist von elfischen Frauen, denn diese griffen die Rundohren waffenlos an, während jene rücksichtslos von ihren Schlagschwertern Gebrauch machten.

„Schlagt sie", brüllte Olruk und stürzte sich mit seinen beiden Äxten ins Getümmel. Dicht dahinter folgten der kleinwüchsige Dorkemunt, der ebenfalls die Schlagaxt schwang, und Tasmund mit den anderen Pferdelords.

Die Handvoll Männer und die Vielzahl Frauen hätten je für sich wohl nichts gegen die Rundohren ausrichten können, denn den Elfen fehlten die Waffen, während die Männer zu wenige waren, um es mit den Resten der Kohorte aufnehmen zu können. Viele der Frauen waren tot oder zu schwer verletzt, aber in dem Moment, als sich die Pferdelords und Olruk in den Kampf warfen, begann sich das Blatt zu wenden. Wahrscheinlich hätten die Bestien dennoch gesiegt, wenn sie es geschafft hätten, eine geschlossene Kampfformation einzunehmen. Aber die elfischen Frauen verhinderten dies unter rücksichtslosem Einsatz ihres Lebens.

Das helle Blut menschengleicher Wesen und der dunkle Saft der Bestien spritzten durch den Raum. Tasmund hatte sein Schwert gerade in den Leib eines Rundohrs gerammt, als er einen glühenden Stich in der Seite verspürte. Schmerzerfüllt aufstöhnend wirbelte er herum und erkannte mit Entsetzen eine jener furchtbar verwandelten Elfinnen, die nun erneut mit ihrem Messer zustieß. Die Klinge trat unterhalb des Harnischs in Tasmunds Leib, gerade als seine eigene Waffe das Herz der Verwandelten traf.

Der Erste Schwertmann fühlte, wie ihn die Kräfte verließen, dann stürzte er haltlos hintenüber. Klirrend fiel das Schwert aus seiner kraftlosen Hand zu Boden, wodurch ein Rundohr auf ihn aufmerksam wurde. Es stieß eine Elfenfrau zur Seite und hetzte heran, um den Pferdelord endgültig zu töten.

Im letzten Moment ergriff eine elfische Hand Tasmunds Schwert, parierte den Schlag und tötete die Bestie. Frauen eilten herbei und schützten das Menschenwesen mit ihren Leibern, bis Dorkemunt heran war.

Lärm und Blutgestank waren unbeschreiblich. Es war eher ein wildes Gemetzel als ein geordneter Kampf. Die Elfinnen, die Tasmund schützten, entschwanden mit einem Mal aus seinem Blickfeld, zur Seite geschmettert von einer übermächtigen Gewalt, und der schwer verletzte Pferdelord erkannte, dass nun auch ein Graues Wesen in den Kampf eingegriffen hatte. Das mochte die Entscheidung bringen. Es musste ein Wesen von großer Macht sein, denn Tasmund sah, wie der Leib einer Elfin von der Kraft zusammengequetscht wurde, bis er, Blut und Innereien versprühend, zerplatzte.

Ein seltsames Sirren und Zischen mischte sich nun in den Kampflärm, und Tasmund glaubte einen silbrigen Schatten zu erkennen, der vor seinen Augen vorbeihuschte. Aufstöhnend wälzte er sich herum und registrierte dabei, dass die Klinge der verwandelten Elfin noch immer in seinem Leib steckte. Halb auf der Seite liegend, tastete er nach seinem Schwert, das er einige Längen entfernt am Boden liegen sah. Aber er hatte nicht die Kraft, hinüberzukriechen und es an sich zu nehmen, und so konnte er dem Gemetzel nur noch zusehen.

Wieder war dieses Sirren und Zischen in der Luft, das er nun als das Geräusch schwirrender Pfeile erkannte. Die Orks hatten keine Spitzohren im Haus der Elfen postiert, also konnten die Geschosse nur von elfischen oder menschlichen Bogen gelöst worden sein. Waren Malenan und Maredas, die den Boden der Lichtung bewachten, heraufgekommen, um den Gefährten beizustehen?

Mit einem schmerzerfüllten Aufschrei drehte sich Tasmund auf die andere Seite. Über ihm, in einem der breiten Eingänge des Versammlungshauses, erkannte er einen Mann und eine Frau, die nebeneinanderstanden und Pfeil auf Pfeil von ihren Bogen lösten. Die Elfin kannte Tasmund nicht, aber der junge Mann war ihm wohl bekannt.

„Ne…deam", ächzte er, bevor er mit einem Gefühl der Erleichterung nach hinten sank und eine gnädige Ohnmacht ihm den Schmerz nahm.

Das Graue Wesen hatte seinen Wuchtzauber schonungslos eingesetzt und zahlreiche Frauen sowie zwei der Pferdelords getötet; der Sieg für die Bestien schien nahe. Doch die Pfeile von Nedeam und Llarana vernichteten diese Hoffnung. Zwei von ihnen schlugen gleichzeitig in den Rücken des Grauen Wesens, und noch während es sich der neuen Bedrohung zuwandte, trafen weitere Pfeile seinen Leib und warfen die entseelte Hülle zu Boden.

Nedeam und Llarana standen nebeneinander und machten einander auf Ziele aufmerksam. Ihre Pfeile pflückten die Rundohren aus dem Getümmel des Kampfes, und aus dem wilden Toben wurde ein gezieltes Schlachten der letzten Bestien, bis sich schließlich Ruhe über den Raum senkte, der jedoch schon bald wieder von den Lauten der Verwundeten angefüllt war.

Dorkemunt starrte seinen jungen Freund Nedeam an, als habe er die Goldenen Wolken vor Augen, und ein freudiges Lachen schüttelte das Gesicht des kleinwüchsigen Pferdelords, als er auf Nedeam zustürmte. Eher im Reflex hieb er während des

Laufens die Axt in den Körper eines Rundohrs, das sich noch schwach bewegte, und als er den jungen Pferdelord schließlich erreichte, brachte sein Ansturm Nedeam ins Wanken.

„Ah, verzeih, Nedeam, meine Augen mögen es noch gar nicht wahrhaben. Aber ich wusste, dass du noch lebst. Ah, ich habe es gewusst, Nedeam, mein Freund, mein Sohn." Dorkemunt umfing Nedeam mit den Armen und schnürte ihm fast die Luft ab, während Tränen dem kleinwüchsigen Pferdelord über die Wangen rannen.

Auch Nedeam war gerührt, aber das Grauen in dem Raum ließ nicht viel Platz für Gefühle. Zu viele der Wesen brauchten jetzt ihre Hilfe. Kaum einer der Pferdelords war ohne Blessuren geblieben, nur Olruk hatte wie durch ein Wunder alles ohne Schaden überstanden. Elfische Frauen eilten umher und suchten nach Verletzten, um sie zu versorgen, und Nedeam bemerkte nun entsetzt, dass Tasmund reglos am Boden lag.

Er eilte zu den elfischen Frauen hinüber, die sich bereits um den Ersten Schwertmann kümmerten.

„Er lebt", sagte eine von ihnen erschöpft. „Lass uns unser Werk verrichten, und er mag es überstehen."

Nedeam nickte betroffen und sah Llarana und Dorkemunt an, die gerade zu ihm traten. „So wenige von uns haben überlebt", flüsterte er. „So viele haben ihr Leben gegeben, und es ist noch nicht vorbei."

Unwillkürlich packte Dorkemunt den Stiel seiner Axt fester. „Verfluchte Brut. Wo sind die Bestien?"

„Nein, nein, Dorkemunt, mein Freund, das Haus der Elfen ist nun sicher, wenn der Preis auch hoch war, den seine Bewohner dafür zahlten."

„Euer Erscheinen gab uns die Kraft, uns endlich zu widersetzen", sagte nun Llarana.

Dorkemunt nickte. „Es hieß immer, die elfischen Frauen verstünden sich selbst nur als Heilerinnen. Doch Ihr habt hier mit aller Macht gekämpft."

Llarana stieß eines der toten Rundohren mit dem Fuß an. „Diese Wesen sind wie eine Krankheit, die unsere Welt überzieht. Sie zu vernichten, kann durchaus als Heilung gelten." Sie sah Nedeam an. „Doch müssen wir nun noch unsere Männer retten, damit das Haus Deshay bestehen kann."

Nedeam seufzte leise. „Wir müssen die Lichtung finden, Dorkemunt, mein Freund. Die Lichtung, auf der die erstarrten Männer des elfischen Hauses stehen. Wir müssen sie von ihrem Bann befreien, denn wir brauchen ihre Macht. Ihre und die unseres Freundes Lotaras und seiner Krieger."

„Erstarrt? Bann?" Olruk trat zu ihnen und betrachtete verdrossen seine von Blut getränkten Bartzöpfe. „Ihr sprecht von den versteinerten Elfenwesen?"

„Sie stehen lediglich unter einem besonderen Bann", erklärte Nedeam. „Über all die Menschenalter hinweg wachten zwei Graue Wesen in ihrer Nähe, um den Zauber aufrechtzuerhalten. Sie hielten sich vor uns verborgen, als wir die Lichtung betraten. Wir müssen diese Wesen finden und töten, dann werden die Elfenmänner erwachen."

„Bei den Feurigen Abgründen der Tiefe", ächzte Olruk.

„Wir werden die Lichtung kaum wiederfinden", knurrte Dorkemunt missmutig.

„Aber ich finde sie." Llarana sah die Männer entschlossen an. „Die anderen Frauen können sich um die Wunden kümmern, während ich euch den Weg zu unseren Kriegern zeigen werde."

„Dann lasst uns eilen." Nedeam fühlte sich unbehaglich ohne seinen grünen Umhang, den er bislang nicht hatte finden können. Auch Rüstung und Waffen fehlten ihm, und der überlange elfische Bogen in seinen Händen fühlte sich fremd an. Er war eine kürzere Form gewohnt, bei der man weniger Kraft brauchte, um die Sehne zu spannen. Nedeam staunte noch immer, mit welcher Leichtigkeit Llarana dies gelang, aber vielleicht verfügten die Elfen über eine besondere Technik, um sich ihrer Bogen zu bedienen. „Wenn die Grauen Wesen an der Lichtung bemerken, dass sich das Haus des Urbaums befreit hat, werden sie nicht zögern, die hilflosen elfischen Krieger mit ihren Flammsprüchen zu verbrennen."

Dorkemunt und Olruk nickten entschlossen.

Nach kurzer Beratung entschieden sie, dass Mortwin und der andere kampffähige Pferdelord zurückbleiben sollten, um den Frauen zu helfen und sich notfalls um letzte überlebende Rundohren zu kümmern. Nedeam, Dorkemunt und Olruk hingegen folgten wenig später der Elfin Llarana die Ebenen des Hauses hinunter und verschwanden schließlich in dem Gang, der sie durch die Wassermassen des Sees hindurch in den versteinerten Wald führen würde.

50

Fangschlag warf einen Blick auf die Stege und den Pfad, die durch die Weißen Sümpfe heranführten. Nachdenklich zupfte er sich eine Faser der letzten Mahlzeit aus den Zähnen und ließ die Zunge kurz über seine Fänge gleiten. Es war eine beachtliche Streitmacht, die der Schwarze Lord bei Merdonan versammelte. Zahlreich, gut gerüstet und, soweit Fangschlag dies überschauen konnte, auch gut ausgebildet. Keine unnützen Maden unter ihnen, auch wenn man das den Kämpfern nicht zu deutlich sagen durfte, sonst bildeten sich die Burschen noch etwas darauf ein. Aber sie waren gut, obwohl die meisten noch nie zuvor einem Menschen gegenübergestanden hatten.

Fangschlag war stolz auf die Rundohren seiner Legion, und mit einem gewissen Widerwillen gestand er ein, dass selbst die Spitzohren einen guten Eindruck machten. Natürlich würden sie nie den Mut finden, dem Angriff des Feindes in der ersten Reihe zu begegnen. Solche Ehre blieb den gepanzerten Rundohren vorbehalten. Aber es gab gute Bogenschützen unter seinen Spitzohren. Im Schutz der großen Rundohren würden sie ihren Dienst versehen, dafür würde Fangschlag sorgen.

Zwei weitere Legionen sollten sich noch bei Merdonan sammeln, bevor sie in das Land der Menschenwesen vorrückten. Zehn Legionen standen schon bereit, zwanzigtausend Orks, die den Tod über die Menschen bringen würden.

Fangschlag blickte zur Seite, als ein Rundohr mit dem Kamm eines Kohortenführers am Helm zu ihm trat. Es war einer seiner Unterführer, der, wie Fangschlag, schon erfahren in der Schlacht war.

„Die Kämpfer murren, weil es noch immer nicht losgeht", sagte der Kohortenführer. „Sie sind begierig, das Blut des Feindes zu saufen, aber immer heißt es nur: warten, warten, warten."

„Es sollen noch zwei weitere Legionen kommen." Fangschlag nahm seinen Helm ab und betrachtete dessen Innenseite. Der zweite Kamm, der ihn als Legionsführer auswies, war nicht besonders sorgfältig angenietet worden, und einer der Metallstifte ragte zu weit nach innen. Missmutig kratzte er mit dem Finger darüber. Es blieb ihm nichts anderes übrig, als nachher zu dem Schmied zu gehen, der ihre Legionen begleitete.

„Warum so viele?"

Fangschlag zuckte die Schultern. „Der Allerhöchste Lord will sicher sein, dass wir siegen. Wenn wir vorstoßen, muss es rasch geschehen. Solange das Feuer Merdonans nicht brennt, wissen die Menschen nicht, dass wir die Stadt längst genommen haben und uns vor ihren Toren sammeln. Die Streiftrupps haben keine Anzeichen dafür gefunden, dass sich die Pferdemenschen irgendwo zusammenziehen."

Er setzte den Helm wieder auf und spürte, wie der Stift in seine Kopfschwarte drückte. Eine stümperische Arbeit war das. Er würde sich den Schmied ein wenig zur Brust nehmen. Nicht allein wegen des Helms. Nein, die verfluchte Made war bei ihren anderen Arbeiten womöglich ähnlich nachlässig. Pfeilspitzen, die sich im Flug vom Schaft lösten, die Spitzen von Spießen, die unter der Last des Aufpralls brachen, Schlagschwerter, die einem Hieb nicht standhielten ... Nein, er würde dem Schmied seine Fänge zeigen und ihn an seine Pflicht erinnern.

Fangschlag sah den Kohortenführer kurz an, bevor er seinen Blick erneut über die Weißen Sümpfe gleiten ließ. „Ein Teil der Legionen wird sich nach Süden bewegen. Die Menschen sollen sich nicht vereinen können."

„Warum greifen wir dann nicht auch über die anderen Pässe an?" Der Kohortenführer nestelte unruhig am Griff seines Schlagschwertes. „Es gibt genug Legionen, um das Land der Menschen zu überschwemmen."

„Das wird auch geschehen. An den Pässen, die in das Reich der Menschen führen, stehen weitere Legionen bereit. Aber die Zugänge zum Reich der Weißen Bäume sind gut geschützt. In den mächtigen Festungen liegen starke Garnisonen. Sie sind auf einen Angriff vorbereitet. Anders als hier. Keiner hat geglaubt, die Macht des Allerhöchsten Lords könne sich über die Weißen Sümpfe hinweg ausbreiten. Wenn wir vorstoßen, wird das Furcht in die Herzen der Menschen senken." Fangschlag bleckte zufrieden seine Fänge. „Die Pferdemenschen werden um Hilfe schreien, und der König in Alneris wird seine Garde von den Festungen an den Pässen herbeirufen. Nicht alle natürlich, aber die Anlagen werden geschwächt sein, und dann werden die Legionen sie überrennen."

Fangschlag wies mit einer unbestimmten Geste hinter sich. „Wir werden den entscheidenden Schlag schon noch führen, Kohortenführer. Aber viele aus den Legionen sind gerade erst frisch aus den Brutbeuteln geschlüpft und ohne Kampferfahrung. Es braucht Zeit, sie auszubilden und ihnen Waffen und Rüstung zu geben." Er sah nach Merdonan hinüber, auf dessen Wehrmauer Rundohren patrouillierten. „Und es braucht Nahrung."

Der Kohortenführer folgte Fangschlags Blick und leckte sich über die Lippen. „Davon gibt es reichlich."

„Für den Augenblick.“ Fangschlag nickte. „Für den Augenblick, ja. Es ist ein weiter Weg, den wir zurückzulegen haben. Normalerweise marschieren wir mit leichtem Gepäck und ohne Wagen. Aber alle unsere Kämpfer kann das Land nicht versorgen. Hier in Merdonan sammeln wir die Vorräte, die wir brauchen.“

Der Kohortenführer nickte langsam. „Wir sollten die Menschen in Merdonan aber bald schlachten. Wir haben sie von ihren Vorräten abgeschnitten, und langsam fallen sie vom Fleisch.“

Fangschlag lachte brüllend auf und schlug vergnügt den Griff seines Schlagschwertes an den Harnisch. Die beiden Rundohren grinsten einander an. „Alles zu seiner Zeit“, sagte Fangschlag schließlich. „Einen guten Bissen muss man sich verdienen.“ Er deutete zu den Lagern der Legionen, die Merdonan ringförmig umgaben. „Ich denke, wir sollten die Kämpfer noch etwas üben lassen. Das vertreibt ihnen die Langeweile.“

Sie schritten nebeneinanderher an der Stadt vorbei. Inzwischen waren die Überreste der Kämpfe beseitigt worden. Die Legionen verschwendeten weder Fleisch noch Waffen oder Rüstung. Die Gefallenen hatten zur Stärkung der Lebenden beigetragen, und ihre Ausrüstung diente nun anderen Kriegern.

Fangschlag ließ die Legion Blutfangs antreten, und es sprach für die hohe Moral des Verbands, dass dessen Kämpfer bereitwillig und ohne Murren Aufstellung nahmen. Die zehn Kohorten standen in perfekter Formation in zwei Gliedern hintereinander, wobei in jeder Kohorte auf die vorderen drei Reihen Rundohren zwei Reihen der Spitzohren folgten. In der Mitte der vorderen Kohorte wehte das schwarze Banner im schwachen Wind.

Im kommenden Kampf würde seine Legion nicht gegen eine Stadt marschieren. Fangschlag war erfahren genug und wusste, dass die Pferdelords versuchen würden, die Orks in offener Feldschlacht zu stellen, wo sie die besondere Schlagkraft ihrer Pferde einsetzen konnten. Gelegentlich bedauerte Fangschlag, dass die Legionen nicht selbst über Reiterei verfügten. Sicher, es gab die Reitbestien, aber sie waren schwer zu kontrollieren und für den Freund gelegentlich bedrohlicher als für den Feind. Zudem waren ihre Einheiten nicht sehr zahlreich. Nein, die Legionen würden den Pferdemenschen auf die herkömmliche Weise begegnen, mit gestrecktem Spieß und erhobenem Schlagschwert.

„Die beiden vorderen Reihen die Spieße fällen", kommandierte Fangschlag, und ein Ruck ging durch die vorderen Kohorten. „Die Spitzen etwas höher, ihr Maden", brüllte er. „Der Feind wird vom Pferd aus kämpfen und sitzt über euch! Ja, so ist es besser."

Die Reiter würden so einem Wall aus Klingen begegnen, doch noch bevor sie ihn erreichten, würden die Spitzohren sie mit einem Hagel aus Pfeilen eindecken. Das würde die Reihen der Pferdelords kräftig lichten, bevor sie dann auf die Spieße treffen und darin stecken bleiben würden, sodass die Schlagschwerter der dritten Reihe den Angriffswillen der Menschen endgültig brechen könnten.

Fangschlag nickte zu seinen Gedanken. So hatte es schon oft geschehen sollen, und schon oft hatten sich die Legionen als zu schwach erwiesen, dem Ansturm der Reiter zu widerstehen. Er blickte zum Lager von Einohrs Legion hinüber. Das verfluchte Spitzohr taugte nichts. Die Kämpfer waren gut, aber nicht ihr Führer. Hoffentlich fand sich ein kluges Rundohr, das Einohr schlachtete, wenn sein Versagen offensichtlich wurde. Er, Fangschlag, würde nicht versagen. Auch nicht seine Legion. Die Legion Blutfangs würde standhalten, und sie würde den Sieg davontragen.

51

Rosshaarschweif und Umhang des Reiters waren im dunklen Rot der Nordmark gesäumt und wehten im scharfen Reitwind aus. Jaklim hatte vor Kurzem die Pferde gewechselt, damit sein eigentliches Reittier sich ein wenig erholen konnte. Sich selbst hatte Jaklim nicht geschont. Er hatte Brot und Trockenfleisch im Sattel sitzend gegessen und nur eine Pause eingelegt, um seine beiden Pferde zu versorgen. Zwei Weiler und drei Gehöfte lagen auf seinem Ritt. Den Bewohnern des letzten Gehöfts hatte er soeben die Losung des Pferdefürsten gegeben, und nun galt es, zurück nach Eodan zu reiten und sich wieder den Schwertmännern anzuschließen.

Sein Weg hatte ihn südwestlich durch die weitläufige Nordmark geführt, und er war erleichtert, sich nun wieder nach Eodan wenden zu können. Unterwegs war ihm eine Handelskarawane begegnet, die auf dem Weg in die Ostmark war, und er hatte die Männer davor gewarnt, weiterzureisen. Sie hatten nun vor der Wahl gestanden, sich zurück nach Enderonas zu begeben oder Eodan zum Ziel zu wählen. Jaklim hatte ihnen empfohlen, die Stadt des Königs aufzusuchen.

Natürlich hatte er sie nicht aufgefordert, König Reyodem von den Vorfällen zu berichten, denn dazu war er nicht befugt, aber er wusste, dass die Händler von den Ereignissen berichten würden, und so mochte der König das Weitere entscheiden. Insgeheim hoffte Jaklim darauf, dass auch er die Losung gab, denn was sich dort im Osten zusammenbraute, erfüllte den Schwertmann mit Unbehagen, ja sogar mit einer mühsam unterdrückten Furcht. Instinktiv sehnte er den Zusammenschluss mit den anderen Pferdelords herbei. Zum ersten Mal konnte er den Ritt, allein und ohne Begleiter durch die Mark, nicht genießen.

Ein Stück nordwestlich sah Jaklim Dunst hinter einer Hügelkette aufsteigen. Trotz seiner Eile wollte er sich vergewissern, was dort geschah. Es konnte nämlich sein, dass sich dieser Dunst verdichtete und dunkel wurde, was auf eines jener Grasfeuer hinweisen würde, die gelegentlich bei großer Hitze auf trockenem Boden entstanden. Diese Feuer konnten zu rasenden Feuerstürmen anwachsen, die alles Leben bedrohten und die wilden Herden von Hornvieh und Pferden in panische Flucht trieben. Vor vielen Jahreswenden hatte ein solches Feuer in der Nähe Eodans getobt, und die Stadt war nur mit Glück verschont geblieben.

Jaklim trieb sein Pferd auf die Hügelkette zu und erkannte nun, dass es sich um eine Staubwolke handelte, die sich rasch vorwärtszubewegen schien. Der Boden war trocken, und zwischen den Gräsern gab es genug freie Flächen, von denen ein Fuß oder Huf Staub emporwirbeln konnte. Das dort, hinter den Hügeln, mussten viele Füße oder Hufe sein. Der Schnelligkeit nach, mit der sich die Staubfahne bewegte, konnten es nur Hufe sein. Eine Herde Hornvieh oder Wildpferde oder aber Pferdelords.

Jaklim stieß einen leisen Schrei aus, um seine Reittiere anzutreiben, und galoppierte die Hügel hinauf. Er stieß einen lauten Jubelschrei aus, als er sah, was er erwartet und erhofft hatte.

Sechs volle Beritte Pferdelords strebten in der Ebene unter ihm nach Osten, dem fernen Merdonan entgegen. Die beiden vorderen Beritte hatten die enge Formation der Viererkolonne eingenommen, wie nur die Schwertmänner sie in dieser Perfektion beherrschten. Jaklim konnte auch die Wimpel mit der blauen Einfassung der Hochmark erkennen und vorneweg das rechteckige Banner des Pferdefürsten. Garodem und die Pferdelords der Hochmark waren auf dem Marsch.

Jaklim preschte auf der anderen Hügelseite hinunter, das rechteckige Banner des Pferdefürsten zum Ziel.

Die Reiter sahen ihn, aber da sie ihn sofort als Pferdelord erkannten, warfen sie ihm lediglich neugierige Blicke und grüßende Worte zu, als Jaklim an ihnen vorbei zur Spitze ritt.

„Schwertmann Jaklim aus Eodan", meldete er, noch während er sein Pferd neben Garodem lenkte. „Es tut gut, die Pferdelords der Hochmark auf dem Marsch zu sehen, Hoher Lord Garodem."

Der Pferdefürst sah Jaklim nachdenklich an. „Ich sehe, Ihr führt ein Handpferd mit Euch, guter Herr Jaklim. Ihr seid ein Bote des Pferdefürsten?"

„Er gab die Losung", bestätigte Jaklim.

Garodem nickte. „So gibt es Neuigkeiten aus Merdonan?"

„Nein, Hoher Lord. Flüchtlinge trafen aus der Ostmark ein, doch keine Kunde des Pferdefürsten. Wir wissen nur, dass Bulldemut die Losung für seine Mark gab."

„Nun, offensichtlich Anlass genug für Euren Herrn Meredem, dies ebenfalls zu tun. Inzwischen wünschte ich, ich hätte alle Beritte gesammelt. Je näher wir Merdonan kommen, desto deutlicher spüre ich die Bedrohung, die von dort ausgeht."

„Die Nordmark wird neun oder zehn Beritte aufbringen, wenn alle Pferdelords sich sammeln." Jaklim wandte sich im Sattel und musterte die lange Kolonne der Reiter.

„Also sechzehn Beritte." Garodem leckte sich nachdenklich über die Lippen. „Das sollte genügen, um einem Feind begegnen zu können. Ich vermute, dass Merdonan in Bedrängnis ist und belagert wird. Aber seine Mauer ist stark und hoch, und ich glaube, die Not ist noch nicht groß, sonst hätte Bulldemut das Feuer der Ostwache entzündet. Die Beritte werden reichen, die Gefahr zu bannen."

Jaklim nickte zu den Worten Garodems. Sechzehnhundert Pferdelords waren eine beachtliche Streitmacht und sollten in der Lage sein, dem belagerten Merdonan zu helfen.

52

Die Pferdelords und Olruk hätten sich hoffnungslos im Wald des Urbaums verirrt, aber die Elfin Llarana führte sie mit traumwandlerischer Sicherheit. Fast lautlos glitt die so jung erscheinende Frau zwischen den Bäumen hindurch, und die Männer hatten Mühe, ihr zu folgen.

„Eilt euch", forderte sie immer wieder und sah sich ungeduldig nach ihnen um. „Und macht nicht solchen Lärm."

Nedeam sah sie entschuldigend an. Er hielt den ungewohnten elfischen Bogen und den dazugehörigen Pfeilköcher in den Händen, und obschon er versuchte, den Pflanzen auszuweichen, verfing sich die Waffe immer wieder in dem üppig wuchernden Grün. Dorkemunt und Olruk hatten es noch weitaus schwieriger. Mit ihrer geringeren Körpergröße hatten sie entschieden weniger Überblick als Llarana oder Nedeam und stapften hastig in deren Spuren hinterher. Gelegentlich brachen Äste und Zweige unter ihren Tritten, und sie hofften, dass diese Geräusche im Raunen des Waldes untergingen.

„Sie werden uns hören", brummte Olruk. „Ich sage Euch, Freund Dorkemunt, die Bestien werden uns hören."

„Schnauft nicht so", ächzte Dorkemunt, „sonst macht Ihr es ihnen noch leichter."

„Ich schnaufe nicht." Olruk schlug einen widerspenstigen Ast mit der Axt zur Seite. „Ich atme etwas kräftig, aber das liegt an meinem muskelbepackten Leib. Hört Ihr lieber auf, diese merkwürdige Melodie zu pfeifen."

„Ich pfeife nicht." Dorkemunt hob die Hand und verharrte, nun selbst schwer atmend. „Ich bin … diese Eile … nicht gewöhnt, Freund ... Olruk. Lasst uns ... ein wenig verschnaufen. Nur einen ... einen kurzen ... Moment."

Der kleinwüchsige Pferdelord wollte Nedeam und Llarana ein Zeichen geben, dass sie eine Rast einlegen mussten, aber die beiden waren bereits im saftigen Grün des Unterholzes verschwunden. Dorkemunt lehnte sich keuchend an den Stamm eines Baumes, um wieder zu Atem zu kommen.

Der Zwerg trat neben ihn und keuchte ebenfalls. „Lasst die Jugend ein wenig vorauseilen", jappte er. „Sie ist ohnehin immer ein wenig ungestüm."

„Ganz recht, mein Freund, ganz recht." Dorkemunt stellte betrübt fest, dass seine besten Jahre offensichtlich vorbei waren. „Wir folgen ihnen in einigem Abstand. Das ist ohnehin", er schnaufte, „viel sicherer."

„Ja." Olruk spähte zwischen die Pflanzen. „Wir dürfen sie nur nicht aus den Augen verlieren. Für mich sieht sich all dieses grüne Zeug zum Verwechseln ähnlich."

Dorkemunt nickte. „Gut, eilen wir weiter." Er verspürte Seitenstiche und knurrte verdrießlich. „Gemessenen ... Schrittes, Freund Olruk. Gemessenen Schrittes."

Immerhin hatten sie an diesem Tag schon einige Anstrengungen hinter sich, wie Dorkemunt meinte. Zudem waren Olruks Beine ein wenig kurz, und er selbst war an Jahren nicht mehr der Jüngste. Aber das wurde durch seine Erfahrung ausgeglichen. Zumindest im Kampf, doch hier in diesem Dickicht ... Ja, sie durften die Spur der beiden anderen nicht verlieren.

Entweder bemerkten Llarana und Nedeam nicht, dass ihre Mitstreiter zurückfielen, oder die Sorge um die elfischen Männer trieb sie zu unbarmherziger Eile. Immerhin hinterließen sie genug Abdrücke im weichen Boden und geknickte Zweige oder abgerissene Blätter, sodass Dorkemunt und Olruk ihrer Spur folgen konnten.

„Ach, das Ungestüm der Jugend“, grummelte der Pferdelord. „Stets diese Hast und diese Eile.“

„Ja“, keuchte Olruk. „Kein Blick für die Schönheit der Landschaft.“

„Ich dachte, sie gefällt Euch nicht, mein Freund.“

„Oh, wenn ich nicht so hetzen müsste und mehr Muße fände, ihre Vielfalt zu bewundern …“

„Ich weiß, was Ihr meint, mein Freund“, schnaufte Dorkemunt. „Glaubt mir, ich weiß es.“

Er stellte betrübt fest, dass es ihm früher sehr viel leichter gefallen wäre, Nedeam zu folgen. Aber der anstrengende Marsch der letzten Tage und die Kämpfe im Haus der Elfen hatten an seinen Kräften gezehrt. Statt nun eine wohlverdiente Pause einzulegen, eilten sie erneut durch diesen verfluchten Wald. Er sehnte sich nach dem Rücken seines Pferdes. Er hätte noch genug Kraft gehabt, sich mit dem Feind zu schlagen, aber durch dieses Gestrüpp zu hetzen, zermürbte ihn. Selbst der Herr Olruk war da besser dran, obwohl auch der Zwerg nicht mehr jung an Jahren war.

„Ah, guter Herr Dorkemunt, wartet einen Moment.“ Der Pferdelord hielt bereitwillig und sah den Zwerg an, der zu ihm aufschloss und sich nervös über die Lippen leckte, als er neben ihm stand. „Sagt, mein menschlicher Freund, Nedeam sprach davon, dass zwei Graue Wesen die Krieger des Hauses Deshay in ihrem Bann halten, nicht wahr?“

„Ja, so ist es. Nedeam und das elfische Mädchen werden diese Bestien wohl vor uns finden.“

Olruk nickte betrübt. „Und er ist sich sicher, dass es nur zwei der Grauen Wesen sind?“

„Zumindest nannte er diese Zahl.“

„Nun, mir ist zwar schleierhaft, woher er das weiß, aber es mag ja sein." Olruk zupfte an einem seiner Bartzöpfe. „Wenn es jedoch zwei der Grauen Wesen brauchte, um die Elfen des Hauses Deshay in Bann zu halten ... Wer kümmerte sich dann um den Herrn Lotaras und seine Krieger?"

Dorkemunt erblasste und stieß dann einen langen Fluch aus. „Das habe ich gar nicht bedacht."

„Der gute Herr Nedeam und die Elfin wohl auch nicht."

„Dann müssen sich ein oder zwei weitere Graue im Wald verbergen, mit denen unsere beiden Freunde nicht rechnen." Dorkemunt ächzte. „Sie werden ihnen in die Falle gehen. Ich bin sicher, sie haben sie bereits gebannt."

Olruk lächelte schwach. „Immerhin sind wir ein gutes Stück hinter sie zurückgefallen. Sollten die Bestien sie überrascht haben, kann es also sein, dass sie mit unserem Erscheinen schon gar nicht mehr rechnen."

„Dann lasst uns jetzt eilen. Vielleicht werden unsere Äxte noch gebraucht."

Sie folgten weiter der Spur, die Nedeam und Llarana hinterlassen hatten, bereiteten sich jedoch darauf vor, schon bald den Grauen Wesen zu begegnen.

Zehnteltag um Zehnteltag zog sich dahin, bis Dorkemunt seine Hand hob und stoppte. „Dort vorne muss der Ort sein, an dem Lotaras und sein Trupp gebannt wurden."

„Seid Ihr Euch sicher, Freund Dorkemunt?"

Der Pferdelord zuckte die Achseln. „Wie soll man sich in diesem grünen Gestrüpp sicher sein?"

„Am besten, wir trennen uns." Olruk sah sich misstrauisch um und zupfte erneut an einem seiner Bartzöpfe. Wahrscheinlich hätte er gerne an beiden zugleich gezogen, wie die Zwerge es liebten, aber der kleine Mann hielt eine seiner Äxte kampfbereit. „Wir wissen, dass die Grauen Zauberer das, was sie bannen wollen, sehen müssen und es nicht aus den Augen verlieren dürfen, da der Bann sonst erlischt, nicht wahr?“

„Ja, so ist es wohl.“

„Also wird eines der Wesen sich so versteckt halten, dass es Lotaras, die Elfen und unsere beiden Freunde gleichermaßen im Blick halten kann. Vermutlich von einer erhöhten Warte aus. Bestimmt hockt es in einem Baum. Es kann den Blick aber nicht wenden und nach uns suchen, sonst würde sein Bann erlöschen. So bleibt nur eines der Wesen, das nach uns spähen kann, oder glaubt Ihr, dass es mehr sind?“

Dorkemunt seufzte. „Hoffentlich nicht.“ Er dachte einen Moment nach. „Wir müssen uns trennen. Wird einer von uns gebannt, bleibt der andere vielleicht noch handlungsfähig.“

So trennten sich die beiden kleinen Männer und schlichen in einigem Abstand parallel zueinander durch den Wald. Ihre Blicke huschten unruhig hin und her und spähten nach Gefahr, während ihre Ohren auf verdächtige Geräusche lauschten und ihre Hände die Stiele ihrer Äxte umkrampften. Sie bemühten sich, leise zu sein, aber immer wieder knackten Äste unter ihren Füßen und konnten einen Feind auf sie aufmerksam machen. Doch gerade das verräterische Knacken sollte ihnen das Leben retten.

Olruk, der gerade rechtzeitig seinen Fuß über einen weiteren brüchigen Ast hinwegführte, bemerkte mit einem Mal, dass die verräterischen Laute, die immer wieder aus Dorkemunts Richtung erklangen, verstummten. Erst glaubte er, der Pferdelord lege eine Rast ein, um selbst zu lauschen, aber dann wurde Olruk bewusst, dass die Stille einen anderen Grund haben musste. Als dem Zwergenmann klar wurde, dass es nun an ihm allein lag, den unheimlichen Feind zu bezwingen, erschauerte er kurz. Doch dann straffte sich seine stämmige Gestalt. Entschlossen prüfte er, ob die beiden Bartzöpfe richtig im Nacken verknotet waren, zog auch die zweite Axt aus dem Rückenfutteral und überlegte fieberhaft.

Die Grauen Wesen mussten den Feind also sehen können, wenn sie ihre Macht ausüben wollten. Dorkemunt aber war ein recht kleines Menschenwesen, und sie bewegten sich zudem durch hohes Gras und Gebüsch. Entweder war der Magier wie aus dem Nichts unmittelbar vor Dorkemunt aufgetaucht, sodass dieser keine Zeit gefunden hatte, seine Axt zu benutzen, oder er hatte den Pferdelord viel früher entdeckt. Hohe Büsche, hohes Gras ... hohe Bäume. Das unheimliche Wesen konnte sich tatsächlich nur in einem der Bäume verbergen.

Aufmerksam glitt sein Blick höher, wanderte die Bäume entlang und spähte nach verdächtigen Bewegungen zwischen Ästen und Blättern. Dennoch war es wohl eher Zufall, dass er das Graue Wesen schließlich entdeckte. Eigentlich war es nur ein Zipfel der grauen Robe, der sich vom Grün und Braun des Baumes abhob, in dem der Magier sein Versteck hatte.

Olruk musste sich vor dem Blick des Wesens verbergen und sich behutsam von der Seite her anschleichen, damit er seine Axt ins Ziel schleudern konnte. Dabei konnte er nur hoffen, nicht gleichzeitig einem anderen Zauberer ins Blickfeld zu geraten.

Nun achtete der Zwerg ganz besonders darauf, wohin er seinen Fuß setzte, um keinen einzigen verräterischen Laut hervorzurufen. Auch wenn ihn alles danach drängte, dem Zauber rasch ein Ende zu setzen, so zwang er sich doch zur Ruhe. Länge um Länge schob er sich voran und erstarrte förmlich, wann immer sich das Stück grauen Stoffs im Baum bewegte.

Für die Grauen Wesen musste dies ebenfalls eine unangenehme Situation sein. Wahrscheinlich waren sie zu zweit, damit sie sich beim Bannen ihrer Opfer abwechseln und sich zwischenzeitlich erholen konnten, denn auch diese Wesen mussten ihre Bedürfnisse befriedigen. Vielleicht waren sie jetzt in einer Zwangslage? Olruk grinste, bis ihm einfiel, dass sich diese Wesen rasch daraus befreien konnten, indem sie sich entschlossen, ihr Opfer zu töten. Der Gedanke trieb ihn zur Eile an. Ein Frösteln fuhr ihm über den Rücken, als er sich vorstellte, jederzeit erstarren zu können, sobald ein unerkannter Grauer ihn ins Blickfeld bekam. Spürte man es, wenn man gebannt wurde? Empfand man Schmerz?

Vielleicht konzentrierte Olruk sich zu sehr auf den grauen Zipfel und zu wenig auf den Boden.

Jedenfalls brach mit lautem Krachen ein trockener Ast unter seinem Fuß, worauf sich der graue Zipfel im Baum bewegte und größer wurde. Olruk fletschte nur die Zähne, als sich das Graue Wesen der Geräuschquelle zuwandte. Doch dann schnellte er nach vorne und schleuderte die erste Axt mit der Kraft der Verzweiflung in Richtung der Kapuze des Wesens. Obwohl es über diese Entfernung ein guter Wurf war, verfehlte die Axt den Gegner und wirbelte wirkungslos durch das Blattwerk.

Olruks Schicksal schien besiegelt, aber es war, wie die beiden Männer gehofft hatten. Das Wesen musste den Feind im Auge behalten, und in dem Moment, als es sich instinktiv dem Zwerg zuwandte, erlosch der Bann, der Dorkemunt lähmte. Der Pferdelord wusste jedoch noch nicht, wo sich der Feind befand, und so war es nun Olruk, der gelähmt wurde, während Dorkemunt verwirrt weiterschlich.

Aus Gründen der Bequemlichkeit hatte der Magier seinen Stab nicht mit hinauf in den Baum genommen, und das rächte sich nun. Es wäre ihm leichtgefallen, die Feinde aus dieser Entfernung mit der verstärkenden Macht des Stabes durch einen Flammspruch oder Wuchtstoß zu vernichten. Doch ohne den Stab waren seine Fähigkeiten begrenzt.

Nun bemerkte Dorkemunt den gebannten Zwerg und fuhr nervös herum, um nach dem Feind zu spähen, der noch unerkannt über ihm im Baum saß. Dort hatte der Magier seinerseits wahrgenommen, dass die Distanz jetzt kürzer war, und so entschloss er sich, den kleinwüchsigen Pferdelord rasch zu töten und sich dann endgültig den anderen Feind vorzunehmen. Der Zauberer wandte sein Gesicht und die erhobene Hand dem ahnungslosen Dorkemunt entgegen.

Fast gleichzeitig mit Erlöschen des Banns hatte Olruk die Situation erkannt und schleuderte nun seine verbliebene Axt in einer gleitenden Bewegung auf den Zauberer. Dieses Mal traf die Waffe ihr Ziel. Die Schneide grub sich bis zum Ansatz in die Flanke der Bestie, die einen keuchenden Laut ausstieß. Für einen Moment versuchte sich die Kreatur an den Ast zu klammern, doch dann stürzte sie haltlos nach unten. Mit dumpfem Laut prallte sie wenige Längen vor Dorkemunt auf den Waldboden, und die Axt des Pferdelords stellte sicher, dass die Bestie sich niemals wieder erheben würde.

Nun wussten die beiden Männer, wie sich ein Graues Wesen bezwingen ließ, wenn es seine Aufmerksamkeit in verschiedene Richtungen lenken musste. Die Suche nach Nedeam und Llarana sowie dem Wesen, das sie wie vermutet bannte, hatte schnell Erfolg, und auch diesmal war es Olruks Axt, die den Tod des Grauen Wesens herbeiführte.

Nedeam und Llarana hatten die Elfen um Lotaras gerade erreicht, als der Zauber sie traf. Völlig ahnungslos waren sie den Grauen Wesen in die Falle gegangen, und Nedeam fluchte inbrünstig, als ihm der Leichtsinn seines Vorgehens bewusst wurde. Aber die Freude, als die Elfen des Hauses Elodarion aus ihrem Bann erwachten, überwog alles andere.

Die Freunde setzten die Elfen rasch in Kenntnis über das, was sich ereignet hatte. Während die Krieger Elodarions kaum eine Miene verzogen, starrte Lotaras die junge Elfin fasziniert an. „So ist es also wahr“, murmelte er mit dem Ausdruck ungläubiger Erleichterung. „Das Haus des Urbaums lebt, und ihr Menschenwesen habt vollendet, was die Männer des Hauses Elodarion nicht zu vollbringen vermochten.“ Er sah die Pferdelords und Olruk ernst an. „Das Haus Elodarion, alle Elfenhäuser stehen tief in Eurer Schuld, Ihr Pferdelords.“ Sein Lächeln galt Olruk. „Und auch der Anteil dieses tapferen Axtschlägers der Zwerge soll nicht vergessen werden.“

Olruk zupfte erfreut an seinen Bartzöpfen, und die Anerkennung ließ ihn für einen Moment den schmerzlichen Verlust seiner einen Axt vergessen, die er nicht wiedergefunden hatte.

„So gilt es nun noch, die Krieger des Hauses Deshay zu befreien“, fügte Lotaras hinzu. „Erstaunlich, mir schien kein Leben in ihnen zu sein. Ich begreife einfach nicht, wie all dies möglich ist.“

„Die Grauen Wesen besaßen schon immer große Macht“, wandte Llarana ein. Sie stützte sich leicht auf ihren elfischen Langbogen. „Dennoch kann man sie besiegen.“

Lotaras lachte leise auf. „Offensichtlich. Und nun wissen wir auch, wie wir mit jenen fertig werden, welche die Macht des Hauses Deshay bannen.“ Er wandte sich seinen Leuten zu und gab rasch eine Reihe von Befehlen, worauf die Hälfte der Krieger im Wald verschwand. „Die Bogen des Hauses Elodarion werden dem Hause Deshay Schutz geben, bis die Krieger des Urbaums erweckt sind.“ Lotaras nickte entschlossen.

„Wir wissen nun, wie wir die Bestien bezwingen können, außerdem sind wir zahlreich genug, um ihre Aufmerksamkeit zu binden. So lasst uns gehen und keine Zeit verlieren."

Nedeam nickte. „Eile tut not, Ihr Freunde."

Llarana sah Nedeam auffordernd an. „Sag es ihnen. Sie müssen es erfahren."

„Was erfahren?" Dorkemunt blickte seinen Freund nachdenklich an. „Was gibt es noch?"

Nedeams Miene verfinsterte sich. „Als ich mit dem Grauen Wesen hoch oben im Haus des Urbaums kämpfte, da verschmolzen für einen kurzen Augenblick unsere Innenwelten. Die Kreatur wollte das sicher nicht, aber ich spürte … einige seiner Gedanken. Ich glaube, es ist Zeit, Euch von ihnen zu berichten."

Mit hastigen Worten gab Nedeam wieder, was die Graue Kreatur ihm unfreiwillig anvertraut hatte, und als er endete, sahen die anderen ihn mit blassen Gesichtern an. Nur die Elfin Llarana schob entschlossen den Pfeilköcher an ihrer Hüfte zurecht und lächelte kalt. „Nun habt Ihr es gehört, Ihr Herren. So lasst uns denn eilen."

So teilten sie sich wieder auf, und während einige von Lotaras' Kämpfern zum Haus des Urbaums eilten, hasteten Nedeam, Llarana und die anderen auf die Lichtung zu, auf der die Streitmacht des Hauses Deshay nach so vielen Menschenaltern zu neuem Leben erwachen sollte.

53

Das Aufwachen war grausam. Als die Grauen Bestien erschlagen waren und ihr Bann erlosch, durchlitten die erwachenden Krieger des Hauses Deshay seelische und körperliche Qualen von unvorstellbarem Ausmaß, denn die vergangenen Menschenalter forderten ihren Tribut.

Auch wenn der ungewöhnliche Bann die Körper und Seelen in wenigen Augenblicken hatte erstarren lassen und die Zeit spurlos an ihnen vorübergegangen war, auch wenn die Versteinerung die Leiber sogar vor jedem Schaden bewahrt hatte, so wurde nun doch jede Zelle einzeln zu neuem Leben erweckt. Und jede der Zellen schien ihren eigenen Schmerz auszustrahlen. So war denn das erste Anzeichen der Erweckung ein schrecklicher Wandel in den so lange erstarrten Gesichtszügen der Elfen. Sie begannen sich zu verzerren. Erst unmerklich, dann immer deutlicher zeigten sie den Ausdruck höchster Qual, und Münder, die so lange stumm gewesen waren, schienen sich nun zu einem lautlosen Schrei des Entsetzens aufzutun.

Schmutz hatte sich in den Körperöffnungen angesammelt. Er nahm den erwachenden Elfen die Sicht und das Gehör und oft genug auch den Atem. Kaltes Blut erwärmte sich jetzt, und erstarrte Herzen begannen zu schlagen, während die dicken Schmutzschichten aufbrachen, von Augäpfeln und Lidern herabbröckelten und die Konturen der Gesichter freigaben. Die stumpfen Augen, die längst hätten verdorrt sein müssen, wurden erneut von Flüssigkeit überspült und begannen wieder zu schimmern. Ächzen und Stöhnen schwoll hier und da zu lautem Schreien an, und die Qualen des Leibes dominierten die erwachenden Geister.

Körper verloren ihre Starre, doch verharrten viele in der Position, in welcher der Bann sie erreicht hatte, so als wollten sie um jeden Preis die Bewegung fortsetzen, die sie vor Äonen begonnen hatten. Andere Leiber sackten in sich zusammen oder wurden lediglich von Schmutz und Pflanzenwerk gehalten, die sich in all der Zeit um sie herum angesammelt hatten.

Röcheln und Husten, wo staubige Kehlen nach Atem rangen. Finger, die unkontrolliert zu zucken begannen, und Arme, die sich zögernd und ohne Ziel bewegten. Leder und Stoffe, die so lange nicht bewegt worden waren, gaben nun dem Verfall der Zeit nach, bröckelten und lösten sich. Lederne Scheiden zerbröselten und enthüllten blanken elfischen Stahl, der von der Zeit ebenso unberührt schien wie die Helme und Rüstungen, die unter dem Schmutz zum Vorschein kamen.

Llarana und die anderen waren entsetzt zurückgewichen und starrten nun auf die riesige Lichtung, auf der die Krieger des Hauses Deshay erwachten und litten. Dies war nicht mit dem Aufwachen aus einem gewöhnlichen Bann zu vergleichen, sie alle begriffen das und fragten sich, wie ein Wesen solche Zeiträume und derartige Qualen überstehen konnte.

Tatsächlich überstanden nicht alle sie. Hier und da sanken Körper für immer in sich zusammen, andere Elfen erwachten, nur um dem Wahnsinn zu verfallen. Keines geordneten Gedankens fähig, glichen sie wilden Tieren, die sich unkontrolliert unter den anderen Gestalten bewegten. Manche wurden von Trugbildern heimgesucht, die sie gewalttätig werden ließen, während doch die Männer des Hauses Deshay noch nicht in der Lage waren, dem zu begegnen.

Tränen flossen über Llaranas Wangen, als sie einige Pfeile

löste, um die bedauernswertesten Kreaturen von ihrem Leid zu erlösen. Die Männer neben ihr befürchteten gar, die stolzen Krieger vom Haus des Urbaums würden vollständig verrückt und könnten sich oder die Helfer zerfleischen.

Aber in all diesem Elend gab es auch die ersten Funken von Hoffnung. Anzeichen von Vernunft, Lichter der Erkenntnis, die in vielen Augen aufzublitzen begann. Erwachende Krieger betasteten ihre Leiber und griffen, während Gewänder sich lösten, instinktiv an ihre Waffen. Auch das wilde Schreien wurde leiser und machte leidvollem Stöhnen Raum, als das neue Leben die alten Geister erweckte.

Lotaras erkannte einen Krieger in prachtvoller Rüstung, der in den vorderen Reihen stand und ihn mit wach scheinenden Augen anblickte. „Wartet, meine Freunde", sagte Lotaras benommen zu den Gefährten. „Es sind Elfen des Ersten Bundes, die den Anblick von Menschenwesen an diesem Ort nicht gewohnt sind. Es ist besser, ein Elf nähert sich ihnen zuerst."

Lotaras löste seine Wasserflasche vom Gurt und ging zögernd auf die Elfen zu, während seine Freunde nervös ihre Waffen umklammerten.

„Seid vorsichtig, Lotaras, mein Freund", rief Nedeam. „Sie könnten dem Wahnsinn verfallen sein und Euch töten wollen."

Lotaras sah in die Augen des vor ihm stehenden Elfen und erkannte darin wache Intelligenz, die noch von den Schmerzen des auflebenden Leibes beherrscht wurde. „Senkt die Waffen, Freunde, wir werden sie an diesem Ort nicht mehr brauchen."

Das elfische Wesen vor Lotaras zitterte unmerklich bei dem Bestreben des Geistes, endlich die Führung über den Körper zu erlangen.

„Wartet", sagte Lotaras mitleidvoll, „Eure Kehle wird trocken sein. Ich werde Euch Wasser geben, nur ein paar Tropfen."

Der Mann vor Lotaras konnte nicht schlucken. So träufelte der Sohn Elodarions behutsam Wasser auf Lippen und Zunge des Kriegers, spülte Schmutz aus dessen Mund und spürte dabei, wie sich die Zunge des anderen mühsam bewegte. Er war überrascht, denn das Gewebe fühlte sich weich an und sah ganz normal aus. Eigentlich hatte er damit gerechnet, dass es ausgetrocknet und rissig war.

„Welcher Zauber hat das bewirken können", murmelte er betroffen und ließ erneut Flüssigkeit aus seiner Flasche sickern. „Langsam, Bogen des Hauses Deshay. Geduldet Euch. So viel Zeit ist vergangen, da braucht ihr Euch jetzt nicht zu eilen."

In der Reihe hinter dem Mann ächzte ein weiterer Elf. Wie die meisten der Krieger stand er bis fast zu den Knien in Erdreich und Pflanzenwuchs. Nun sackte er einfach nach hinten weg und stürzte auf den Rücken. Lotaras sah entsetzt, wie die Haut des Mannes zu schrumpfen schien, brüchig wurde und Risse bekam, bevor der Körper dann zu feinem Staub zerfiel. Nicht alle Männer des Hauses erhielten die Chance, ihr Leben fortzuführen. Lotaras ahnte, dass noch viele von ihnen sterben würden.

Der Mann jedoch, dem er noch immer tropfenweise Wasser einflößte, begann nun zunehmend zu reagieren. Lotaras erschrak für einen Augenblick, als sich eine Hand an seinen Körper legte, langsam und zögernd daran hinaufglitt und schließlich mit kaum merklichem Druck Lotaras' Hand mit der Wasserflasche umschloss.

„Nicht ... mehr ...", drangen kaum verständliche Laute aus dem Mund des Elfen. Er hustete unterdrückt, und das Gesicht verzog sich qualvoll, doch dann glätteten sich die Züge wieder.

„Gebt ihnen Wasser, aber behutsam", rief Lotaras den anderen zu. „Nur wenige Tropfen."

„Unsere Vorräte werden dafür nicht reichen", sagte Nedeam und nahm eine Flasche aus Dorkemunts Hand entgegen.

„Ein Stück weiter hinten auf der Lichtung ist eine Quelle", warf Llarana ein. „Dort können wir die Flaschen nachfüllen. Nehmt nicht das abgestandene Wasser aus den Vorräten der Elfen, es könnte verdorben sein."

„Ich bin Lotaras, aus dem Hause Elodarion von den Häusern des Waldes", rief Lotaras über die Lichtung. „Bewahrt die Ruhe, Ihr Männer des Hauses Deshay. Schreckliches geschah mit Euch, doch nun ist es vorbei, und wir sind hier, um Euch zu helfen. Ihr mögt Durst haben, doch wartet, bis wir Euch frisches Wasser reichen. Geduldet Euch, Ihr Männer des Urbaums."

„Ich ... ich kenne dein Wappen, Lota...ras", krächzte der Mann vor Lotaras, und seine Stimme gewann zögernd an Festigkeit. „Und ich kenne ... Elodarion." Der Atem des Mannes ging schwer, und seine Stimme klang rau, aber als er Lotaras' Flasche nahm und erneut daraus trank, schien sein Zustand sich weiter zu bessern. Der Elf versuchte sich zu bewegen und blickte bestürzt auf Lotaras, als er erkannte, dass er bis zu den Knien im Boden versunken war. Seine freie Hand strich über sein Gewand, und er sah, wie es unter der Berührung zerfiel und nur die Metallteile der Rüstung übrig blieben.

Der Mann ächzte, aber seine nächsten Worte bewiesen, dass sein Geist vollends erwacht war. „Lange Zeit muss vergangen sein, um solches zu bewirken." Er sah Lotaras forschend an. „Was ist geschehen, Lotaras aus dem Hause Elodarion?"

„Ihr sollt es erfahren", sagte dieser rasch. „Doch lasst uns zunächst den anderen Kriegern helfen. Könnt Ihr Eure Beine befreien?"

Lotaras musste dem Elfen behilflich sein, aber schließlich lockerten sich Schmutz und Pflanzen. Der Krieger starrte missmutig auf seine schmutzigen und bloßen Beine. Nur wenige Fetzen des Gewandes waren ihm geblieben, und so stand der Mann nahezu nackt auf der Lichtung, wenn man einmal von den Metallteilen der Rüstung absah. Sie blitzte, als sei sie gerade erst gefertigt worden, aber dort, wo Leder die Teile verbunden hatte, klafften sie nun auseinander.

Der Blick des Mannes nahm für einen Augenblick den Ausdruck von Verzweiflung an. „Was ist geschehen, Lotaras aus dem Hause Elodarion? Berichte mir, bevor ich wahnsinnig werde!"

Llarana trat heran und lächelte mitfühlend. „Ich will es dir erzählen, Krieger des Hauses Deshay. Derweil kann sich Lotaras um die anderen kümmern."

Der Mann sah Llarana an. „Du trägst das Zeichen unseres Hauses. Wer bist du, ich erkenne dich nicht, und mir ist jedes Glied unserer Gemeinschaft vertraut."

„Ich bin Llarana-olud-Deshay, Tochter des Jalan-olud-Deshay, des Ersten des Hauses Deshay", sagte Llarana leise.

Der Mann bäumte sich auf, und seine Hände verkrampften sich für einen Moment, bis er seine Ruhe wiederfand. „Und ich bin Jalan-olud-Deshay, Erster unseres Hauses."

Sie sahen einander an und begriffen nun, dass sie Vater und Tochter waren. Beide hatten sich niemals kennengelernt, doch nun fügte dieser kurze Augenblick zusammen, was der Bann so lange getrennt hatte.

Instinktiv legten sie einander die Hände auf die Schultern. „Wir entstammen dem gleichen Haus und sind vom gleichen Blut", sagte Jalan leise. „So lange Zeit konnte ich dir Herz und Schild nicht bieten."

„Nun wirst du es wieder können, Vater“, erwiderte Llarana leise.

Jalan räusperte sich. „Wie geht es Enaryn, deiner Mutter?“

„Sie verfiel den Bestien, die dich und deine Krieger bannten. Sie war kein elfisches Wesen mehr, Vater. Ich ... ich musste sie vor einer Tageswende töten.“

Jalan schloss die Augen. „Du musst mir alles genau berichten, aber sicherlich hast du nur getan, was zu tun war. Dennoch erfüllt es mich mit Trauer, Llarana. Doch wenn ich nun nicht mehr zwei Wesen mit meiner Liebe beschenken kann, so will ich sie dir doppelt geben. Ach, wäre ich doch nur früher aus dem Bann erwacht.“

Immer mehr Männer des Hauses Deshay fanden zu sich, und Nedeam und die anderen bemühten sich redlich, ihnen beizustehen. Bald waren die ersten Elfenkrieger in der Lage, nicht nur sich selbst, sondern auch ihren Kameraden Hilfe zu geben. Zögernd, doch mit zunehmender Kraft, entstand die Macht des Hauses Deshay aufs Neue.

Im hinteren Teil der Lichtung entsprang die von Llarana erwähnte Quelle. Sie speiste ein großes Wasserloch, aus dem ein munter plätschernder Bach in den Wald hineinfloss. Doch die kleine Quelle war dem Durst und dem Reinigungsbedürfnis der Elfen nicht gewachsen und verwandelte sich in kurzer Zeit in ein trübes Schlammloch. Aber das Gröbste schien nun geschafft, und in die Reihen der elfischen Männer kam zunehmend Ordnung. Es sprach für ihre Disziplin, dass sie ihre Retter nicht mit Fragen bestürmten, sondern darauf warteten, dass Lotaras das Wort ergriff. Sie schienen den jungen Elfen automatisch für den Anführer der Retter zu halten und begegneten den Menschen, die ihnen halfen, freundlich, aber reserviert.

Ganze Gruppen von Elfen hasteten in den Wald hinein, aus

dem bald das Brechen von Holz zu hören war, und bepackt mit Bündeln von Pflanzen und Holz kamen die Männer wieder auf die Lichtung zurück.

Als Nedeam im Gespräch mit einem von ihnen über den Grund dafür spekulierte, zog sein Gegenüber irritiert die Augenbrauen hoch. „Die Gewänder ausbessern? Wozu? Unsere Blöße hindert uns nicht am Kampf."

Nein, die Elfen sahen es pragmatischer. Sie waren zur Zeit des Ersten Bundes während einer Schlacht versteinert und nun zu einem Zeitpunkt wiedererweckt worden, in dem erneut ein Kampf drohte. Einst waren sie voll gewandet und gerüstet gewesen, nun jedoch waren Waffen und Rüstungen von den vergangenen Menschenaltern arg mitgenommen.

Also wurden Pflanzenfasern geflochten und zu Riemen verarbeitet, mit denen man Rüstungen ausbesserte und Waffengurte flickte. Einige Elfen hatten Bäume angeschlagen, um an das klebrige Harz zu gelangen, während andere Pfeile auf die Festigkeit von Schaft, Spitze und Befiederung prüften. Wenn etwas davon ihren Ansprüchen nicht genügte, lösten sie, was noch zu verwerten war, und fertigten neue Geschosse. Jede Waffe wurde so nach und nach in Augenschein genommen.

Theon-olud-Deshay, der Waffenmeister des Hauses Deshay, war neben seinen guten Freund Jalan getreten und zog eine erste Bilanz. „Wir werden knappe viertausend Mann stellen können. Die Harnische werden nicht viel abhalten, denn das tragende Leder und der Stoff haben zu sehr gelitten. Doch Helme und Schilde sind in Ordnung. Etliche Schwertgriffe müssen wir mit Pflanzenfasern umwickeln, damit die Hände guten Halt finden. Sorge bereiten mir die Pfeile. Die meisten taugen nichts mehr, und die neuen Schäfte sind noch frisch, ebenso wie die Bindungen der Spitzen. Die Befiederungen ersetzen wir durch Farnblätter." Theon rümpfte missbilligend die Nase. „Es wird ein Notbehelf, Jalan, nicht mehr."

Jalan nickte. „Werden wir kämpfen können? Das ist das Einzige, was mich interessiert."

Theon lächelte kalt. „Natürlich können wir kämpfen. Unsere Bogen werden allerdings nur einen Bruchteil ihrer Kraft entfalten können."

Jalan nickte. „So bleibt noch immer elfischer Stahl."

Die Elfen vermochten als einzige Wesen einen Stahl zu produzieren, welcher der Zeit und jeder Witterung widerstand. So zeigte sich nach all diesen Jahreswenden weder an Rüstungen noch an Klingen eine Spur von Verfall oder Rost. Nur die Teile aus organischem Material hatten gelitten, doch die Elfen arbeiteten fieberhaft daran, sie provisorisch zu ersetzen.

Nedeam, Dorkemunt und Olruk hatten sich unter einen Baum gesetzt und sahen dem Treiben zu. Llarana hielt sich in der Nähe ihres Vaters auf, was die Männer gut verstehen konnten.

„Es sind erstaunliche Wesen, diese Elfen", meinte Dorkemunt und wies mit unbestimmter Geste über die Lichtung. „Seht sie Euch an, Freunde. Kaum haben sie die Schrecknis der Versteinerung überwunden, bereiten sie sich auch schon auf den nächsten Kampf vor. Ich glaube, selbst unser Freund Lotaras ist überrascht."

„Diese Elfen des Ersten Bundes sind anders", stimmte Nedeam zu. „Sie reden anders als wir, und manchmal lassen sie die höfliche Form ein wenig vermissen. Auch ihr Aussehen ist ungewöhnlich. Ich sah bislang nur elfische Wesen mit weißblonden Haaren. Die hier jedoch haben dunkle, meist sogar schwarze. Als seien sie ein anderes Volk."

„Wer vermag das bei Elfen schon zu sagen?" Olruk seufzte

ergeben. Sein Magen knurrte, denn sie hatten bei ihrem eiligen Aufbruch keine Provianttaschen mitgenommen. Die Vorräte der elfischen Krieger waren zu Staub zerfallen, und so blieb dem Hungrigen nichts anderes übrig, als ein paar Pilze und Kräuter zu essen. Eigentlich mochte er Pilze, und er sehnte sich sogar ein wenig nach dem schmackhaften Pilzbrei zurück, den man bei ihm zu Hause mit einem kräftigen Schuss Blor hinunterspülte.

„Ich glaube, dieser Jalan würde nun gern von uns erfahren, was sich ereignet hat“, vermutete Nedeam und sah dem Führer der Elfen zu, der rasche Kommandos in der elfischen Sprache gab.

Auch wenn das Erscheinungsbild der Elfen aus dem Hause Deshay nicht ihrer gewohnten Eleganz entsprach, so konnte an ihrer Kampfkraft und Disziplin kein Zweifel sein. Die Männer formierten sich zu sauberen Reihen und richteten ihre Front nach den beiden Pferdelords und Olruk aus. Die elfischen Banner waren ebenso zerfallen wie die Gewänder, aber die Stangen mit den goldenen Spitzen, welche die Form des Symbols ihres Hauses hatten, reckten sich über den Köpfen der Elfen in den Himmel.

Jalan-olud-Deshay kam mit Llarana und Lotaras zu den Freunden herüber. „Nun sind wir bereit zu hören, was geschehen ist. Lotaras sagte mir, das Menschenwesen Nedeam solle das Wort führen.“ Jalan musterte Nedeam. „Ich will dir nicht verhehlen, Menschenwesen, dass ich Zweifel habe, mich auf Eure Seite zu stellen. Ihr seid ein unstetes Volk, von Neid und Missgunst und Mordgedanken erfüllt. Aber Lotaras versicherte mir, das Erste Bündnis habe sich einst bewährt, und ich muss seinen Worten glauben. So fordere ich dich nun auf, Menschenwesen Nedeam, uns zu berichten.“

Nedeam erhob sich und sah seine Freunde für einen Augenblick zweifelnd an, bevor er seine Schultern straffte und vor die Front der Elfen trat. Zögernd, aber mit klarer Stimme begann er, die Ereignisse zu schildern.

Nedeam berichtete in knappen Worten von der Zeit des Ersten Bundes und davon, wie die Macht des Schwarzen Lords einst gebrochen wurde. Er führte aus, welche Bedrohung nun erneut entstanden war und welches Schicksal das Haus Deshay ereilt hatte. Die Elfen hörten schweigend zu, und man spürte ihre Anspannung und den wachsenden Zorn, der sie erfüllte.

„Das Haus Deshay mag nun in Sicherheit sein“, schloss Nedeam seinen Bericht, „aber dennoch droht dem Land Gefahr. Ich sah es, als ich mit dem Grauen Wesen kämpfte. Erneut schickt der Schwarze Lord seine Legionen aus. Sie haben Merdonan angegriffen und es womöglich schon genommen.“

„Wo liegt Merdonan, Menschenwesen?“, fragte Jalan rasch. „Ich kenne keinen Ort dieses Namens.“

„Es ist eine Stadt meines Volkes. Sie liegt an der Grenze zu den Weißen Sümpfen.“

„Diese Gegend kenne ich“, bekannte Jalan. „Dort, wo sich die alte Wache erhebt?“

„Ja. Die alte Ostwache ist ein Teil der Stadt Merdonan.“

„Nun, diese Ostwache kennen wir gut.“ Jalan lächelte kalt. „Sie ist fast so alt wie das elfische Volk.“

„Wisst Ihr, wer sie erbaute?“, rief Dorkemunt interessiert.

„Ja, das tun wir“, bestätigte Jalan. Er schien es dabei belassen zu wollen, spürte aber das Interesse der Menschen. „Ein altes Volk, das nun schon lange zu neuen Ufern aufgebrochen ist.“

„Jenen Ufern, die Ihr erkundet habt, Hoher Herr Jalan?“,

fragte Lotaras. „Zu denen unser Volk aufbrechen wird?“

Jalan-olud-Deshay blickte eher unbewusst zum Himmel empor. „Nein, zu ganz anderen Ufern. Doch dabei wollen wir es belassen.“

„Wahrscheinlich sind sie zu Euren Goldenen Wolken gereist“, raunte Olruk Dorkemunt zu. „Er sah jedenfalls nach oben.“

Dorkemunt nickte. „Ja, ich denke, du hast recht.“

Nedeam hob erneut seine Stimme. „Es gibt einen neuen Bund zwischen den elfischen Wesen und uns Menschen, dem auch das Volk der Zwerge angehört. Die Stadt Merdonan wird angegriffen und ist vielleicht längst gefallen. Das Graue Wesen verriet mir auch, dass die Legionen der Orks von Merdonan aus in das Land einfallen werden.“ Seine Stimme klang beklommen. „Womöglich ist auch das schon längst geschehen.“

„Das Haus Deshay steht in deiner Schuld, Menschenwesen Nedeam, und in der deiner Freunde. Es hat seine Schuld stets beglichen.“ Jalan-olud-Deshay wandte sich den elfischen Kriegern zu. „So hat nun also die Dunkle Macht, nachdem sie schon einmal besiegt wurde, ihr Haupt erneut erhoben. Einst hat sie uns mit ihrem Bann belegt, doch der ist dank der Menschenwesen nun erloschen. Nun soll sich das Finstere daran erinnern, wie Elfenkrieger des Urbaums zu kämpfen vermögen.“

Jalan hob sein Schwert, und die gekrümmte Klinge wies in den Wald hinein. „Lasst uns nun eilen, um unsere Schuld zu begleichen.“

Olruk und Dorkemunt machten gleichermaßen betroffene Gesichter, denn sie mussten unwillkürlich daran denken, wie schnell die elfischen Wesen sich bewegten. „Ah, verzeiht, Ihr guten Herren Elfen“, brummte Dorkemunt, „doch ich und der gute Herr Olruk können Euch nicht so rasch folgen.“

„Ich verstehe." Jalan nickte lächelnd und gab einige Kommandos.

Unverzüglich machten sich Elfen daran, Trageschlingen zu fertigen. Und auch wenn es dem kleinwüchsigen Pferdelord und Olruk ein wenig peinlich war, mussten sie doch zugeben, dass sie sich so mit ansonsten kaum erreichbarer Geschwindigkeit durch den Wald bewegen würden.

Jalan sah indes seine Tochter freundlich an. „Dein Weg führt dich nun nach Hause."

„Nein, mein Weg führt mich nach Merdonan", erwiderte sie entschlossen. „An deiner Seite, mein Vater."

Jalan schüttelte den Kopf. „Dieser Kampf ist Sache der Krieger unseres Hauses."

Llarana sah ihn kühl an und schob den Langbogen auf ihre Schulter. „Die Frauen des Hauses trugen diese Last, als die Männer versteinert waren."

Jalan spürte ihre Entschlossenheit und lächelte sie an. „Die Tochter des Hauses Deshay."

Dann rief er ein Kommando, und zusammen mit zwei Menschen und einem Zwerg setzten sich viertausend elfische Kämpfer in Bewegung, um dem bedrängten Merdonan beizustehen.

54

Die beiden Grauen Wesen hielten die Turmplattform der alten Ostwache besetzt und gelangten nicht hinunter, während unter ihnen die Menschen waren und nicht hinaufgelangten. Was wie eine Pattsituation aussah, war ein klarer Vorteil für die Kräfte des Schwarzen Lords, denn es hinderte die Menschen daran, Hilfe herbeizurufen.

Die Lage für die Verteidiger Merdonans wurde zunehmend heikel. Sie warfen hilflose Blicke zum Turm empor und wurden dabei von den Orks beäugt, die sich kaum eine Hundertlänge von den Straßenmündungen des großen Platzes entfernt in den Häusern und auf den Straßen sammelten. Der Sturm auf die eingekesselten Verteidiger, den diese schon so lange erwartet hatten, schien nun unmittelbar bevorzustehen.

Wahrscheinlich war dies der Grund, warum schließlich einige Männer im Turm die Nerven verloren. Es war ein ebenso mutiger wie sinnloser Angriff, den die Pferdelords vortrugen. Die anderen unten im Turm hörten die Schreie, unter denen die kleine Schar die Stufen hinaufstürmte, die Waffen vorgereckt, als könne die Länge eines Armes über den Sieg entscheiden. In einem Kampf der Klingen mochte dies durchaus der Fall sein, aber der Stahl eines Schwertes war eine kümmerliche Waffe gegen den Zauber der Grauen Wesen.

Es ließ sich später nicht klären, was genau geschah und wie viele Männer überhaupt an dem Vorstoß beteiligt waren. Sie kamen wohl bis knapp unter die Klappe, die auf die Turmplattform führte. Vielleicht waren sie hier bereits erschöpft vom raschen Aufwärtshasten, vielleicht peitschte sie das Adrenalin auch einfach weiter. Die beiden Grauen Wesen mussten dann Wucht- und Flammzauber zugleich eingesetzt haben. Einige der Unglücklichen stürzten jedenfalls auffallend weit die Treppe hinab, während andere verkohlt und zu einem entsetzlich deformierten stinkenden Klumpen förmlich zusammengeschmolzen waren.

Der verzweifelte und undurchdachte Angriff der Männer führte jedoch auch zu einem Teilerfolg, was offenbar wurde, als ein wagemutiger Schwertmann vorsichtig in den Turm hinaufstieg, um zu sehen, was dort oben geschehen war. Als er zurückkam, war er kreidebleich und rang nach Atem.

Sie führten den Mann in Bulldemuts Arbeitszimmer, wo der Pferdefürst gemeinsam mit Mor, Marnalf und der Elfin Leoryn angespannt auf den Bericht wartete.

„Ein grauenvoller Anblick", ächzte der Schwertmann schließlich. „Die Leiber sind verdreht, auseinandergerissen und schrecklich verbrannt. Aber ich fand einen … abgeschlagenen Arm."

Mor nickte. „Immerhin, es war ein heftiger Kampf."

Marnalf schüttelte den Kopf. „Nein, nein, er will etwas anderes sagen. Erzählt, guter Herr, was war mit dem Arm?"

„Auch er war verkohlt, aber ich erkannte keine Reste einer Rüstung oder eines Armschutzes. Nicht einmal den ledernen Handschuh eines Schwertkämpfers. Vielleicht war es ein Bogenschütze, denn die Hand hielt noch ein Stück verkohltes Holz."

Marnalfs Augen verengten sich. „Was für ein Holz. Sprecht, verdammt."

Die anderen sahen den Grauen Magier verwirrt an, doch dieser heftete seine Augen beschwörend auf den Schwertmann. „Sagt es, Schwertmann. Was fiel Euch daran auf?"

„Um … um einen der Finger lag geschmolzenes Metall. Als habe der Mann einen Ring getragen."

Der gute Graue nickte zufrieden. „Na also, mehr wollte ich nicht wissen. Einen Ring, habt Ihr es gehört? Kein Kämpfer trägt einen Ring. Die Gefahr, damit irgendwo hängen zu bleiben, wäre zu groß." Marnalf lächelte. „Und unter den Stadtbewohnern ist es nicht Mode, Schmuck zu tragen. Im Königreich von Alnoa trägt man dergleichen, ja, doch nicht in Euren Marken, Pferdelords. Der Arm gehörte einem der beiden Grauen Wesen, und seine Hand hielt noch den Stab oder was von ihm übrig blieb."

„Seid Ihr Euch sicher, guter Herr Marnalf?" Bulldemut beugte sich vor.

„Natürlich nicht", gab Marnalf zu. „Doch was soll es sonst bedeuten? Kein vernünftiger Mensch trägt unnützen Tand. Vielleicht stürzte das Wesen beim Kampf durch die offene Luke, weil es den Halt verlor. Vielleicht wurde sein Arm von einem glücklichen Schwertstreich getroffen. Ich vermag es nicht zu sagen. Aber ich bin mir sicher, es ist der Arm eines Grauen."

„Also seid Ihr Euch doch sicher."

Marnalf schnaubte leise.

„Ihr Herren, ich sah noch etwas", meldete sich der Schwertmann wieder zu Wort. „Die Luke. Ihre Ränder waren angeschmolzen."

„Ha." Marnalf sprang mit einem triumphierenden Gesichtsausdruck auf die Beine. „Das ist es." Er sah die anderen lächelnd an. „Begreift doch, das ist der Beweis. Eines der Grauen Wesen ist tot, und das andere will verhindern, dass wir die Plattform nehmen. Es hat mit einem Flammzauber die Ränder der Luke mit dem Rahmen verschmolzen. So können wir es nicht überraschen." Er zuckte die Achseln. „Die Luke ließe sich nur noch mit übermenschlicher Kraft lösen."

„Ihr könntet es."

„Ja, ich könnte es." Marnalf lächelte schwach. „Doch so dumm werde ich nicht sein. Es würde meine Kräfte so sehr schwächen, dass der Graue mich leicht bezwingen könnte."

„Verdammt." Bulldemuts Faust krachte auf den Tisch. „Wir haben gute Männer verloren und einen Grauen getötet, und doch bringt uns das nicht weiter. Der Weg zum Signalfeuer Merdonans bleibt uns weiterhin versperrt."

„Der gewohnte Weg, ja." Marnalf ignorierte die Blicke der anderen und begann nachdenklich durch den Raum zu wandern.

Bulldemut nickte dem Schwertmann zu. „Habt Dank für Eure Mühe, guter Herr. Nun geht und erholt Euch ein wenig." Als der Mann gegangen war, sah der Pferdefürst Marnalf finster an. „Euer aufgescheuchtes Hin und Her macht mich unruhig, Herr Marnalf."

Der Magier verharrte und sah den Pferdefürsten ein wenig überrascht an. „Was?"

„Hört auf, wie ein aufgescheuchter Kratzläufer umherzuflattern", brummte Bulldemut.

Erneut nickte Marnalf und schritt dann weiter, ohne des anderen Worte zu beachten.

Der Pferdefürst stieß ein leises Knurren aus, setzte sich hinter seinen Schreibtisch und sah den Grauen Magier verärgert an. Schließlich schlug er abermals mit der Faust auf den Tisch. „Marnalf!"

„Ja, ja, schon gut." Marnalf blickte zur Decke des Raumes hinauf. „Der normale Zugang bleibt uns verschlossen. Wir könnten die Luke niemals rasch genug öffnen, um das Graue Wesen zu überraschen. Wir müssen einen anderen Weg wählen."

„Es gibt keinen."

„Doch, es gibt ihn", erwiderte Marnalf leise. „Allerdings ist er ebenso mühselig wie ungewöhnlich, und er erfordert besondere Fähigkeiten."

„Dann nennt mir den Weg, und ich werde Euch beweisen, dass es nichts gibt, was ein Pferdelord nicht bewältigen kann", knurrte Bulldemut.

Marnalf sah den Pferdefürsten kopfschüttelnd an. „Oh, ihr Menschenwesen und eure Arroganz. Nun, wir alle sind ein wenig gereizt, wie mir scheint." Er wies über sich. „Der Weg führt den Turm hinauf."

„Natürlich, was auch sonst."

„Aber nicht über die Treppe." Marnalf lächelte. „Sondern über die Außenwand."

Die anderen sahen Marnalf betroffen an. „Ihr seid wahnsinnig", ächzte Bulldemut schließlich. „Niemand kann eine solche Wand besteigen."

„Ich kann es", versicherte Marnalf. „Aber ich weiß nicht, ob ich das Wesen überraschen kann. Oh, ich kann mich verborgen halten, gewiss, doch sobald ich mich auf die Plattform schwinge, wird es mich bemerken, und während ich noch versuche, Halt zu finden, wird die Bestie mich schon hinabstoßen. Allerdings", Marnalf hob eine Hand, „wenn zugleich jemand Zweites von der anderen Seite her den Turm bezwingen würde ..."

„Wir haben keine Flügel, die uns dort hinauftragen", wandte der Erste Schwertmann ein.

„Aber es gibt Krallen, mit denen man es versuchen könnte", ertönte Leoryns leise Stimme.

Marnalf sah sie lächelnd an. „Genau daran dachte ich auch, Hohe Frau Leoryn."

„Bei den Finsteren Abgründen, wovon redet Ihr?“ Bulldemut erhob sich halb, und seine Gereiztheit war offensichtlich.

„Das elfische Volk versteht sich darauf, große Höhen zu ersteigen“, sagte Marnalf leise. „Ist es nicht so, Elfenfrau?“

Leoryn nickte verhalten. „Allerdings nicht derartig steile, Grauer Herr Marnalf. Dergleichen wurde noch nie zuvor versucht.“

„Aber es gibt immer ein erstes Mal, nicht wahr?“ Marnalf sah sie eindringlich an. „Würdet Ihr es versuchen, Leoryn?“

Die Elfin lehnte sich auf ihrem Schemel zurück und sah nachdenklich auf die Wand des Arbeitsraumes. „Ich habe keine Kletterhaken hier, Herr Marnalf. Aber sie ließen sich leicht fertigen. Ja, ich würde es versuchen.“

„Was habt Ihr vor?“ Bulldemut sah sie mit gerötetem Gesicht an. „Ich erwarte, dass Ihr mir erklärt, was Ihr beabsichtigt.“

„Wir Elfen benutzen besondere Haken, die uns im Felsen Halt verschaffen. So können wir auch steile Hänge überwinden. Es ist nicht einfach, aber mit etwas Übung …“

„Warum klettert Ihr über Felsen, Hohe Frau?“

„Zum Vergnügen.“

Mor lachte auf. „Ihr habt seltsame Vergnügungen, Ihr elfischen Wesen.“

Marnalf machte eine beschwichtigende Geste. „In diesem Fall könnte das Vergnügen der Elfen die Stadt der Menschen retten.“

„Merdonans Schicksal in die Hände einer Frau legen?“, fragte Bulldemut ungläubig. „Dies hier ist eine Sache der Pferde …“

„Seid nicht so ein verdammter Narr“, brüllte Marnalf auf. Bulldemut sah den Grauen Zauberer schockiert an, und Marnalf atmete einige Male tief durch, bevor er eine entschuldigende

Geste machte. „Hätte Euch eine Klinge getroffen, Bulldemut, Pferdefürst, so würdet Ihr Euer Leben bedenkenlos in Leoryns Hände legen."

Die beiden Männer starrten einander an, bis Bulldemut schließlich widerwillig nickte. „Ihr habt recht, Marnalf, das würde ich. Doch es macht einen Unterschied, ob man die Heilerkunst ausübt oder an einem Turm hinaufklettert. Leoryn, Ihr werdet Euch zu Tode stürzen."

Marnalfs Stimme klang leise. „Muss das Feuer Merdonans brennen?"

Bulldemut wich dem Blick Marnalfs aus. „Ja, das muss es."

„So ist es also beschlossen", sagte der gute Graue und klatschte erleichtert in die Hände. „Lasst uns überlegen, was die Hohe Frau Elfin für ihren Ausflug benötigt."

Vor den geistigen Augen der Anwesenden wuchs der gewaltige Turm empor. Das Wahrzeichen Merdonans maß an seiner Basis gut zwanzig Längen im Durchmesser und stieg über hundert Längen auf, bevor es sich an seiner obersten Spitze zu einer Plattform von kaum vier Längen Durchmesser verjüngte.

Ab der zweiten Turmebene zogen sich enge Schießscharten um seine fünf Seiten herum. Das einst fest verfügte Mauerwerk aus großen Quadern war inzwischen hier und da von Rissen durchzogen, und Pflanzen rankten sich über viele Längen an den Steinen empor. Doch würden diese Pflanzen einem Kletterer nicht genügend Halt bieten, zumal sie nicht bis zur Plattform hinaufreichten. So blieben nur die engen Schießscharten und die wenigen Fugen und winzigen Risse im Mauerwerk.

Als Leoryn den anderen berichtete, auf welche Weise die Elfen steile Felswände erklommen, glaubte keiner der Pferdelords, dass sie eine Chance hatte, die Spitze des Turms zu erreichen.

„Ob ich beim Sturz von der Ostwache sterbe oder unterm Schlagschwert eines Orks“, sagte sie scheinbar unbekümmert, „das Ergebnis ist dasselbe. Gebt mir, wonach ich verlange, und ich will es gemeinsam mit dem guten Herrn Marnalf versuchen.“

Die Elfen benutzten scharfe Krallen aus elfischem Stahl, die sich noch in kleinste Fugen haken ließen. Diese Krallen waren an ovalen Metallplatten fixiert, die man in der Handinnenfläche trug, sodass der Haken zwischen den Fingern hervorragte. Ein breiter Lederriemen über dem Handgelenk verband die Konstruktion fest mit dem Benutzer.

Mor seufzte bedauernd. „Wir können Euch nichts Gleichwertiges bieten, Hohe Frau Leoryn. Unser Stahl ist nicht so hart wie der des elfischen Volkes, und wir kommen nicht an die Schmieden heran, um die Eisen überhaupt fertigen zu können.“

„Dann muss es eben anders gehen“, sagte Leoryn leise. „Ich brauche zwei starke und scharfe Dolche aus bestem Stahl und ein paar gute Lederriemen, mit denen ich sie mir an die Hände binden kann.“

„Die sollt Ihr bekommen“, brummte Bulldemut und zog seinen eigenen Dolch aus dem Gurt.

Die Elfin prüfte die Waffe und nickte. Als auch Mor ihr seinen Dolch geben wollte, schüttelte sie lächelnd den Kopf. „Einen habe ich selber.“

„Leider sind die Schießscharten des Turms sehr schmal.“ Mor musterte Leoryn und schüttelte dann den Kopf. „Selbst Ihr könntet Euch nicht hindurchzwängen, geschweige denn der Hohe Herr Marnalf.“

Der gute Graue nickte. „Ich hätte der Elfenfrau gerne erspart, den Turm vom Boden aus zu besteigen, aber es gibt keinen anderen Weg. Eines müssen wir noch bedenken.“ Er sah die anderen bedeutungsvoll an. „Wir müssen in der Dunkelheit aufsteigen, wenn es selbst für die Augen der Bestien zu finster ist. Demnach können wir unseren Weg nur ertasten. Das heißt auch, dass wir ein wenig Glück brauchen, damit wir zum gleichen Zeitpunkt an der Plattform ankommen, und das wiederum ist Bedingung dafür, dass wir die Bestie überrumpeln können. Sie muss sich für eine Richtung entscheiden und kann dann von der anderen her angegriffen werden.“

Niemand brauchte zu erwähnen, was das bedeutete. Der, dem die Bestie sich zuwandte, würde wohl sterben, doch sein Tod würde dem anderen die Möglichkeit geben, das Graue Wesen zu erschlagen. Aber nur die Möglichkeit, denn nichts war gewiss.

Als der Abend dämmerte, verließen sie das Arbeitszimmer, und wenig später schauten sie vom Dach des Hauses über die Stadt und die lagernden Legionen.

„Auch wenn wir das Feuer entzünden“, knurrte Bulldemut grimmig, „müssten die Pferdelords aller Marken vereint vorrücken, um die Orks zu schlagen. Diese verfluchten Bestien sind zahlreich wie die Sterne der Nacht.“

„Es wird keine Sterne geben“, sagte Marnalf lakonisch. „Merdonan liegt im Bann der Finsternis. Aber das Feuer der Ostwache mag das vielleicht ändern.“

Sie warteten, bis Dunkelheit sich über Stadt und Land gesenkt hatte. In den Lagern der Legionen brannten die Lagerfeuer. Sie wirkten hell, aber ihr Feuerschein reichte nicht weit genug, um Hilfe für die Eingekesselten herbeirufen zu können.

Leoryn legte das Obergewand ab und trug jetzt nur noch ein dünnes Untergewand, in dem sie trotz der sommerlichen

Temperaturen fröstelte. Doch vielleicht war das nur die Aufregung, die sie empfand. Mit zwei Schnitten trennte sie das Gewand vorne und hinten bis zum Schritt auf, um genug Bewegungsfreiheit zu haben, und verknotete dann den Stoff um ihre schlanken Schenkel.

Sie schnürte die Lederriemen um die Griffe der Dolche und um ihre Handgelenke, wobei sie die Waffen so in die Hände nahm, als wolle sie sie von oben in einen Feind stoßen. Dann trat sie an eine Seite des aufragenden Turms und nickte den anderen zu.

Die Neigung der Wand war nur minimal. Leoryn würde also an einer annähernd senkrechten Mauer emporklettern müssen. Doch die Elfin zögerte nicht. Sie führte die erste Klinge tastend über die Steine, fand einen Spalt und drückte sie hinein. Vorsichtig vergewisserte sie sich, dass sie ausreichend Halt hatte, zog sich an der Wand hoch und tastete dann mit dem anderen Dolch nach einer höher liegenden Fuge.

„Sie wird es schaffen", murmelte Bulldemut.

Mor umklammerte nervös den Griff seines Schwertes. „Sie hängt mit ihrem ganzen Gewicht an einer einzigen Klinge. Wenn diese bricht oder abrutscht, ist es vorbei. Zudem bedarf es einer ungeheuren Kraft. Es geht fast hundert Längen hinauf, Bulldemut, und sie ist ein zierliches Wesen."

„Eine zierliche Elfin immerhin, und das geringe Gewicht macht es ihr leichter."

Neben ihnen stand Marnalf, und seine Augen vermochten Leoryns Bewegungen weitaus besser zu folgen. Er nickte anerkennend. „Ihre elfischen Augen und Reflexe werden ihr helfen, Ihr Herren. Ich werde noch etwas warten und dann auf der anderen Seite emporsteigen. Mir wird es leichter fallen."

Marnalf machte sich große Sorgen. Anders als für ihn

selbst, bedeutete es für die Elfin eine unglaubliche Anstrengung, die steile Wand zu erklimmen. Es konnte gut sein, dass die Kraft sie verließ und sie in den Tod stürzte oder später keuchend unter der Plattform hing, unfähig, sich noch hinaufzuziehen. Nein, Marnalf rechnete damit, dass es an ihm sein würde, das Graue Wesen zu bezwingen. Wäre es kein Magier gewesen, sondern ein Ork, hätte Marnalf ihn mit dem Bann lähmen können, doch ausgerechnet dieser Zauber versagte unter seinesgleichen.

In einer sternklaren Nacht wäre es Leoryn viel leichter gefallen, ihren Weg zu finden, aber seit jene Wolkenwand über dem Gebirge stand und die Gestirne verdeckte, war Merdonan nachts in eine schier undurchdringliche Finsternis getaucht. Natürlich konnte man sich orientieren, aber die Sicht war auf wenige Längen eingeschränkt, und die Fugen und Risse im Mauerwerk der alten Ostwache waren kaum zu erahnen. Die Elfin musste die Spitzen der Messer leise schabend über die Steine führen, um damit die Ansatzpunkte für ihren Aufstieg zu finden.

Die ersten Längen fielen ihr noch leicht, aber je höher sie aufstieg, desto stärker spürte sie die körperliche Anstrengung. Auch wenn sie eine schlanke Frau war, so hing sie doch mit dem ganzen Gewicht ihres Körpers an einer einzelnen Hand, denn die andere tastete nach dem nächsten Ansatz, und ihre Füße fanden keinen Halt. Mit den Kletterkrallen, welche die Elfen normalerweise benutzten, wäre es ihr leichter gefallen, und die Last wäre besser über den Arm verteilt gewesen. So aber begannen ihre Handgelenke zunehmend zu schmerzen.

Leoryn verdrängte den Schmerz und gönnte sich eine kurze Pause, indem sie die zwei Klingen gleichzeitig feststieß, sodass sie ihr Gewicht auf beide Arme verteilen konnte. Sie besann sich auf die Fähigkeiten ihres Volkes und zwang sich, an die traditionellen Formeln der Entspannung zu denken, welche einer Schröpfung vorangingen. Es war nicht ganz einfach, sich zu entkrampfen, wenn der Körper über einem tödlichen Abgrund hing. Aber langsam breitete sich Wärme in Leoryns Körper aus, und ihre Muskeln gewannen neue Kraft.

Die folgenden Längen fielen ihr wieder leichter.

Einhaken, prüfen, ob die Klinge hielt und Halt gab, dann das Gewicht auf die obere Klinge verlagern, hochziehen, ganz behutsam mit der anderen Hand nach dem nächsthöheren Ansatz suchen und die Klinge dort wieder ansetzen. Einhaken, prüfen, ob die Klinge hielt … Es war eine nicht enden wollende Folge von langsamen Bewegungen. Leoryn wagte weder nach unten noch nach oben zu sehen. Zwar war sie vollkommen schwindelfrei, doch wollte sie nicht wissen, wie weit der Weg noch war, denn sie fürchtete, ansonsten den Mut zu verlieren.

Dann kam der verhängnisvolle Moment.

Sie verlagerte gerade ihr Gewicht auf die eine Klinge und löste dann den anderen Dolch aus dem Haltepunkt, als das Mauerwerk, in dem die obere Klinge steckte, nachgab. Der Turm war seit vielen Menschenaltern der Witterung und dem Verfall der Zeit ausgesetzt, die nun beide ihren Tribut forderten, als Leoryn die Klinge belastete. Ein wenig von dem alten Stein knirschte und gab unmerklich nach. Nur einen Hauch, aber die Elfin spürte entsetzt, dass dieser Hauch für sie den Unterschied zwischen Leben und Tod ausmachen würde.

Sie konnte die Klinge nicht tiefer drücken, da ihr Körpergewicht bereits daran hing, und spürte die kaum wahrnehmbare Bewegung, mit der sich das Messer senkte. Verzweifelt konzentrierte sie sich darauf, den zweiten Dolch in eine andere Spalte zu führen, doch bevor ihr dies gelang, brach ein winziges Stück des Steins über ihr weg, und sie stürzte haltlos in die Tiefe.

In diesen wenigen Augenblicken, in denen sie dem Tod entgegenraste, zogen, Blitzen gleich, Erinnerungen ihres erst fünfhundertjährigen Lebens an ihrem geistigen Auge vorbei. Es war eine derart rasche Abfolge von Bildern und Eindrücken, dass die Elfin davon überflutet wurde.

Sie wusste, dass sie nun sterben würde, spürte den Sog der Luft, als sie fiel, aber sie schwieg. Der Aufprall ihres Leibes würde laut genug durch die Nacht tönen, und sie wollte die Bestie auf dem Turm nicht durch ihren Todesschrei auf Marnalf aufmerksam machen, der auf der anderen Seite des Turmes aufstieg.

„Tapferes kleines Elfenwesen."

Sie spürte die Worte eher, als dass sie sie hörte. Leoryn fühlte, wie etwas sie weich auffing und ihren Sturz verlangsamte, bis er zum Stillstand kam. Am ganzen Leib zitternd, erkannte sie den guten Grauen Marnalf, der auf der Wand des Turmes stand und sie mit einem Arm umfangen hielt.

Er stand aufrecht auf der Wand des Turmes! So als wäre es der Erdboden. Leoryn stieß ein leises Keuchen aus, und Marnalf sah sie gütig an, während er einen Finger der freien Hand vor seinen Mund legte und den Kopf schüttelte und ihr so zu schweigen gebot.

Leoryn wusste nicht, wie tief sie gestürzt war. Der Blick in Marnalfs sanfte Augen begann sie zu beruhigen, sodass sie die Kraft fand, ihm zuzunicken. Marnalfs Lächeln vertiefte sich, und er zog sie an die Wand des Turmes heran. Dann deutete er mit der freien Hand nach oben, und die Frage in seinem Blick war klar. Leoryn zögerte nicht und nickte erneut.

„Ich kann dir nicht helfen, tapferes Elflein", spürte sie

Marnalfs Gedanken. „Es fiele mir leicht, dich mit mir hinaufzunehmen, aber ich müsste mich enorm konzentrieren, wodurch mich das Graue Wesen deutlicher spüren würde. Wir müssen uns daher einzeln bewegen."

Marnalf half ihr, die ersten Ansätze zu finden, und sie spürte seine Anwesenheit, als sie erneut ihren mühsamen Aufstieg begann. Doch bald war seine Präsenz verschwunden, und sie wusste, dass er wieder zur anderen Seite des Turms hinübergegangen war.

Wie mühelos sich der Magier auf der fast senkrecht aufsteigenden Wand bewegen konnte. Er musste sich nicht mühsam daran emporhangeln, für ihn schien es ein Spaziergang zu sein.

Langsam quälte sie sich an der Außenwand der alten Ostwache empor. Zug um Zug, Viertellänge um Viertellänge. Leoryn verdrängte die Anstrengung und die Erinnerung an den unheilvollen Sturz und konzentrierte sich ganz auf ihre Sinne und die Bewegungen.

Die Zeit schien sich unendlich zu dehnen, und doch spürte sie, wie sie dem Ziel näher kam. Schließlich wendete sie den Blick nach oben und war überrascht, als sie feststellte, dass nur noch etwa fünf Längen bis zur Brüstung der Plattform zu überwinden waren. Der ewige Wind, der um den Turm strich, zerrte an ihrem Körper und an ihrem Gewand, aber er half ihr auch, denn er drückte sie gegen das Mauerwerk.

Mit neuer Kraft kletterte sie weiter. Doch wuchs auch ihre Furcht, denn nun war sie dem Grauen Wesen nahe, das den Turm beherrschte. Wo war Marnalf? Sie mussten gleichzeitig handeln, damit sie das Graue Wesen verwirrten. Leoryn dachte an Marnalfs Fähigkeiten. Er würde wissen, wo sie war, und sich ihr anpassen. Nein, sie brauchte sich keine Gedanken zu machen, Marnalf würde den richtigen Zeitpunkt wählen.

Die letzte Länge war qualvoll. Obwohl die Lücke zwischen zwei der Zinnen so nah war, brauchte sie nun alle Kraft. Sie wusste, dass sie sich erst ein wenig erholen musste, bevor sie sich endgültig auf die Plattform ziehen konnte. Augenblicke, in denen sie dem Grauen Wesen ausgeliefert war, wenn es sie entdeckte.

Sie klammerte sich an die Dolche und lauschte auf jedes Geräusch. Das Raunen und Pfeifen des Windes war zu hören, sogar schwacher Lärm, der aus dem Lager der Orks heraufdrang. Doch auf der Plattform schien alles still. Ein einziges Mal glaubte sie das leise Scharren eines Fußes zu vernehmen.

Sie musste handeln. Jedes Zögern vergrößerte die Gefahr, von dem Grauen Wesen entdeckt zu werden.

Leoryn führte einen der Dolche tastend nach oben, und als sie spürte, wie dessen Klinge über den Rand der Zinne glitt, ließ sie ihn an seinem Lederriemen fallen. Erschrocken presste sie die Lippen aufeinander, als das Metall leise klingend gegen den Stein stieß. Ihre Fingerspitzen fanden indes Halt, und Leoryn ächzte vor Anstrengung, als sie ihr Körpergewicht für einen kurzen Moment auf diesen unsicheren Halt verlagern musste.

Der andere Arm glitt nach oben, und die Hand schob sich über die Zinne und tastete nach vorne.

Dann packte etwas ihr Handgelenk.

Eine übermächtige Gewalt zog die aufschreiende Leoryn empor und schien sie über die Zinne hinweg auf die Plattform des Turms schleudern zu wollen. Aus den Augenwinkeln erkannte die entsetzte Elfin das Graue Wesen, das sie nun mit einer Hand über sich hinweghob und sie dabei mit glühenden Augen anstarrte. Sie konnte das Gesicht sehen, da der Graue die Kapuze seiner Robe zurückgeschlagen hatte, doch hätte sie nicht zu sagen vermocht, was für ein Gesicht das war. Männlich, weiblich oder das einer geschlechtlosen Bestie?

Leoryn wirbelte über das Wesen hinweg, das seinen Griff plötzlich löste, und sie erkannte verzweifelt, dass der Graue Zauberer sie einfach über den anderen Rand der Brüstung hinwegschleuderte, wobei sein Blick ihr triumphierend folgte.

So viele Dinge schienen sich nun gleichzeitig zu ereignen.

Marnalf erschien auf der Brüstung, eine Hand erfasste Leoryn und fing sie auf, ein Arm streckte sich nach vorne, und die Bestie stieß ein helles Maunzen aus, als sie nach hinten gewirbelt wurde. Leoryn glaubte noch das Bersten von Knochen zu hören, dann landete sie unsanft in einer Ecke der Plattform, während Marnalf auf den Boden sprang. Die Bestie rührte sich und hob abwehrend einen Arm gegen Marnalf, der sie fast erreicht hatte. Ein Knistern erfüllte die Luft, das Leoryns Haare auseinandertrieb, als schwämme sie im Wasser. Funken sprühten zwischen den Händen Marnalfs und seines Gegners.

Fieberhaft begann Leoryn den Lederriemen eines ihrer Dolche zu lösen. Sie wagte es nicht, einfach vorzuspringen und die Klinge in den Feind zu rammen, denn sie spürte instinktiv, dass in diesem Moment jede Berührung eines der Wesen ihren Tod bedeutet hätte.

Die Bestie versuchte sich aufzurichten, während Marnalf seine Anstrengungen verstärkte, sie am Boden zu halten. Irrlichternde Flammen zuckten über die Plattform des Turmes, und die Gesichter der beiden Kämpfenden waren vor Anstrengung verzerrt.

Endlich kam der Dolch frei, und mit einer fließenden Bewegung ließ Leoryn den blanken Stahl zu der Bestie hinüberwirbeln. Diese sah die Gefahr oder spürte sie, jedenfalls verzögerte sich der Flug der Klinge und wurde langsamer. Doch das Wesen musste seine Kraft nun zwischen Marnalf und dem Dolch aufteilen.

Ein leises Schmatzen war zu hören.

Der Leib der Bestie verformte sich unter einer unsichtbaren Gewalt; die Kraft des Wesens erlosch, und während sein Leib zu bersten schien, grub sich Leoryns Klinge in seinen Hals.

Es war vorbei.

Marnalf atmete schwer und lächelte Leoryn an. Selbst dieses mächtige Wesen schien erschöpft, sodass Leoryn ahnte, welch gewaltiger Kampf zwischen den beiden Magiern getobt hatte. Doch Marnalf erholte sich rasch und nickte der Elfin zu. „Es ist vollbracht, Elfenfrau. Gut gemacht."

Leoryn wusste zwar nicht, was sie zum glücklichen Ausgang des Kampfes beigesteuert hatte, aber letzlich war das auch egal. Sie hatte den gewaltigen Turm bestiegen, das Graue Wesen war besiegt, und sie beide waren noch am Leben. Es gelang ihr, Marnalfs Lächeln zu erwidern, auch wenn ihr zum Sprechen noch der Atem fehlte.

Gemeinsam blickten sie über die Brüstung hinab. Die Stadt lag im Dunkeln, und der Fuß des Turms war nicht zu sehen. Hier und da zeigte schwaches Glimmen auf, wo die Lagerfeuer der orkschen Legionen glosten.

Leoryn sah, wie Marnalf die graue Robe des getöteten Feindes an sich nahm. Der Leib der Kreatur darunter war nackt, aber seine Form ließ sich nicht mehr bestimmen. Zu groß war die Gewalt gewesen, die ihn zerschmettert hatte. Als Heilerin sah Leoryn jedoch sofort, dass das Gewebe menschenartig war. Das tröstete sie irgendwie, denn sie empfand plötzlich ein Unbehagen, dass Marnalf etwas anderes sein könnte als ein gütiger alter Mann.

„Die Bestien waren sich ihrer zu sicher", sagte Marnalf

leise. „Ich an ihrer Stelle hätte das Feuer vernichtet, damit man es nicht entzünden kann."

Er wies auf das Metallgestell, auf das die dicken Holzscheite für das Signalfeuer geschichtet waren. Darunter lag das Zündmaterial, und ein Fässchen mit Fett stand ebenfalls bereit. „Wir müssen bis zum Anbruch des Tages warten, bevor wir es entzünden. Jetzt ist die Düsternis des Schwarzen Lords zu stark, und sein Schein würde nicht weit genug reichen."

Marnalf zog einen kleinen Scheit aus dem Stapel und rollte darauf die Robe der Bestie auf. Als er Leoryns fragenden Blick bemerkte, vertiefte sich sein Lächeln.

„Unsere Freunde sollten wissen, dass wir den Turm genommen haben, und die Robe wird es ihnen verraten, junge Elfin. Sie wird ihnen zeigen, dass Merdonans Feuer nun bald brennen wird."

Die graue Robe der toten Bestie wirbelte in die Dunkelheit hinaus und fiel, durch den Holzscheit beschwert, dem Dach von Bulldemuts Haus entgegen.

Merdonans Feuer würde endlich brennen können.

55

Leoryn hatte keine Ruhe gefunden und bewunderte Marnalf, der sich auf den Boden der Plattform gesetzt hatte und offenbar friedlich schlief, obwohl der Körper der toten Bestie nur wenige Schritte neben ihm lag. Leoryn hätte die Überreste des Grauen lieber von der Plattform geworfen, aber sie scheute davor zurück, sie anzufassen, und zudem befürchtete sie, der Aufprall des Leibes könnte auch die Feinde auf sie aufmerksam machen. Nachdenklich betrachtete sie Marnalf unter halb geschlossenen Augenlidern. Vielleicht schlief er ja auch gar nicht, sondern wollte ihr nur ein wenig Zuversicht vermitteln, oder er erholte sich von dem Kampf mit der Bestie. Wer vermochte schon das Wesen eines Grauen zu ergründen? Leoryn hingegen wartete sehnsüchtig auf den Morgen, und sie war erleichtert, als ein sanftes Glühen am Horizont die Dämmerung ankündigte.

Das Gebirge im Osten und die Weißen Sümpfe lagen unter der schwarzen Wolkenbank und blieben im Schatten scheinbar ewiger Finsternis, aber Merdonan und das Land der Ostmark wurden nun von einem schwachen rötlichen Schein gestreift, der zunächst die Plattform des Turms und dann die Stadt selbst in warmes Licht tauchte.

Marnalf war mit dem ersten Lichtstrahl aufgewacht, oder zumindest hatte er sich erhoben. Er trat neben Leoryn und blickte nach Westen. „Es ist so weit, Elfenfrau Leoryn. Nun können wir das Feuer Merdonans entzünden."

Leoryn nickte. „Es wird das Zeichen unseres Todes sein, aber für andere kann es Leben bedeuten."

Marnalf lächelte. „Ich kenne Eure Gedanken, Leoryn. Dennoch besteht Hoffnung."

Die Elfin zuckte die Schultern. Sie fröstelte in dem Wind, der über die Plattform strich, denn sie trug nur das dünne Untergewand. Vielleicht waren es auch ihre Gedanken, die das Erschauern hervorriefen.

„Die Bestien werden sehen, wenn das Feuer brennt." Sie wies auf die Lager der Orks. „Sie werden alles daransetzen, den Turm zu nehmen und das Feuer zu löschen."

Was sollte sie mehr sagen? Die Bestien würden kommen und alles Leben in Merdonan ebenso auslöschen wie das Feuer des Turms.

Marnalf strich mit der Hand über die steinerne Brüstung. „So lange Zeit schon hat die Ostwache ihre Aufgabe erfüllt. Sie wird es auch dieses Mal tun. Ihr Licht wird die Marken der Pferdelords erreichen."

„Ja, sie werden sich sammeln und herbeikommen", seufzte Leoryn. „Doch sie werden zu spät vor Merdonan eintreffen. So mag dann das Feuer unseren Tod bedeuten und für die anderen das Leben."

Marnalf legte ihr in einer tröstenden Geste die Hand auf die Schulter. Dann wandte er sich dem geschichteten Holz zu, öffnete das Fässchen mit Fett und goss dessen Inhalt darüber. Zuletzt streckte er seinen Arm aus, und eine gleißende Flamme zuckte in den Stoß. Mit einem puffenden Laut flammte der Stapel in bläulichem Gleißen auf. Nach wenigen Augenblicken erlosch das Gleißen und wich einer kräftigen Flamme, die den gesamten Stapel erfasste.

Instinktiv blickten Marnalf und Leoryn in die Flammen und folgten mit ihren Augen dem aufsteigenden Rauch. Schließlich seufzte der Magier zufrieden, dann trat er an den Leichnam der toten Bestie heran und warf ihn kurzerhand auf der Seite der Weißen Sümpfe über die Brüstung. „Lasst uns nun hinuntergehen, Hohe Frau Leoryn. Unser Werk hier oben ist getan, jetzt gibt es unten blutiges Handwerk zu verrichten."

Er bemerkte Leoryns Zögern. Für einen Moment schien Marnalf verwirrt, aber dann huschte erneut ein Lächeln über sein Gesicht. Der gute Graue blickte zusammen mit Leoryn nach Norden. „So fügt sich alles, wie es das Schicksal bestimmt. Ich erwähnte es ja, Elfenfrau, es gibt immer einen Funken Hoffnung."

Dieser Funken bestand aus Tausenden von elfischen Kriegern, die soeben zwischen den Bäumen des versteinerten Waldes hervortraten und sich auf der Ebene zwischen Wald und Stadt formierten.

56

Eilt, Ihr Elfen des Urbaums“, befahl Jalan-olud-Deshay mit lauter Stimme, die das Stampfen der vielen Füße mühelos übertönte. „Geht in Formation, zehn Hundertschaften nebeneinander!“

Jalan war einer der Ersten gewesen, welche die Deckung des Waldes verlassen hatten, dann waren auch die anderen gefolgt. Einzeln oder in kleinen Gruppen schienen sie zwischen den Bäumen hervorzuquellen, um sich sogleich in Kampfformation aufzustellen.

Jalan musterte die Stadt Merdonan, die ihm unbekannt war. Aber die hoch aufragende Silhouette der alten Ostwache war ihm wohl vertraut. Der Erste des Hauses Deshay schätzte die Anzahl der Orks ab, die um die Stadt herum lagerten.

„Zehn Legionen“, sagte er zu dem neben ihn tretenden Theon-olud-Deshay.

Der Waffenmeister des Hauses beschattete die Augen gegen das blendende Licht des Sonnenaufgangs. „Eher zwölf. Aber es ist der altbekannte Feind, Jalan.“

„Und wir werden ihm auf die altbekannte Weise begegnen“, gab dieser zurück.

Elfische Kommandos ertönten, und die Krieger des Hauses Deshay formierten sich rasch zu einer lang gezogenen Front, die tausend Krieger breit und vier Krieger tief war.

„Warum wählen sie keine tief gestaffelte, massive Front?“, brummte Dorkemunt mürrisch, der von seinen Trägern am Waldrand abgesetzt wurde und nun hastig zu Nedeam und Olruk eilte. „Das ist eine bedenklich dünne Linie. Die Orks werden sie rasch durchbrechen."

Nedeam biss sich auf die Unterlippe. „Wenn die Bestien sich schnell genug dazu entschließen. Vermutlich wollen die Elfen verhindern, dass sie an den Flanken überflügelt werden. Schau, die Orks beginnen sich nun ebenfalls zu formieren."

Die Bestien waren durch das unvermutete Auftauchen der Elfen überrascht worden. Doch nach einem kurzen Moment der Starre begannen sie sich zur Schlacht aufzustellen.

Lotaras eilte nach vorne, wo Jalan und Theon vor der Front der Elfen standen. „Hoher Herr Jalan, ich bitte Euch, begebt Euch hinter die Linie."

„Warum sollte ich das tun?" Jalan sah Lotaras mit leisem Lächeln an. „Ich bin der Erste des Hauses Deshay, und so werde ich dem Feind auch als Erster begegnen."

„Ihr seid der Einzige, der dem Hohen Rat der elfischen Häuser von den Neuen Ufern berichten kann", drängte Lotaras. „So lange warten wir schon auf diesen Bericht, ich …"

Jalans lässige Bewegung ließ Lotaras verstummen. „Dann werden wir doch jetzt auch noch die Schlacht schlagen können. Kommt es denn auf eine Tageswende mehr oder weniger an?" Jalan lachte leise. „Ich danke dir für deine Fürsorge, Lotaras aus dem Hause Elodarion, aber es gibt Traditionen, die es zu bewahren gilt. Auch wenn es das Wissen um die Neuen Ufer kosten mag." Er lächelte verschmitzt. „Doch ich will mich gerne bemühen, dem Feind nicht das Vergnügen meines Todes zu bereiten."

Die Pferdelords der Hochmark hatten ebenso wie Olruk noch keine Schlacht erlebt, an der eine große Streitmacht der Elfen teilnahm. Von der Zahl her waren die elfischen Krieger deutlich unterlegen, und ihre Linien wirkten schrecklich dünn im Vergleich zu den sich formierenden Legionen der Orks. Am verwunderlichsten war aber sicherlich der Anblick halbnackter Elfen, die in ihren ausgebesserten, wenngleich in der Sonne blitzenden Rüstungen dem Feind entgegenstarrten.

Die ersten Legionen der Orks hatten sich nun ausgerichtet. Jede in der klassischen Formation, fünf Kohorten nebeneinander, fünf dahinter. In jeder Kohorte zwei Reihen Rundohren mit langen Spießen, dann eine Reihe mit Schlagschwertern und dahinter zwei Reihen Spitzohren mit ihren Bogen. Die schwarzen Banner wehten über den Köpfen der Kämpfer, und die Rundohren stellten ihre rechteckigen Schilde vor sich auf den Boden, um dann mit Schlagschwertern und Spießen rhythmisch dagegenzuschlagen. Langsames und gleichmäßiges Dröhnen erfüllte die Luft.

„Sie scheinen das zu lieben", stellte Jalan lächelnd fest. „Auch daran hat sich wohl in den vergangenen Zeitaltern nichts geändert."

Die Orks brachten sich in Stimmung und erinnerten darin durchaus an die menschlichen Kämpfer, die ebenfalls vor einer Schlacht die Waffen an die Schilde schlugen, um ihre Kampfbereitschaft zu demonstrieren und den Gegner einzuschüchtern.

Die Elfen machten allerdings nicht den Eindruck, als würden sie sich durch den Lärm oder die Stärke des Feindes beeindrucken lassen. Ihre Gesichter blickten ruhig unter den hoch aufragenden Helmen mit dem Symbol ihres Hauses an der Spitze hervor. Die rechten Hände ruhten entspannt an den Hüften, während die linken die ovalen Schilde aus der Zeit des Ersten Bundes scheinbar lässig neben der linken Hüfte hielten. Die Elfen hatten zwei Reihen Schwertkämpfer nach vorne gestellt, hinter denen sich die beiden Reihen ihrer Bogenschützen bereithielten. Von den Kämpfern des Hauses Deshay war kaum ein Laut zu hören, während das Dröhnen bei den Orks immer lauter wurde.

„Ihre Rüstungen erscheinen mir etwas schwerer.“ Theon-olud-Deshay betrachtete forschend die Rundohren der ihnen am nächsten stehenden Legion. „Sie sind besser geschützt.“

„Das höhere Gewicht der Rüstungen macht sie allerdings auch langsamer“, erwiderte Jalan. „Sie brauchen länger, um uns zu erreichen, und so können wir mehr Pfeile lösen. Aber die neuen Schilde der Bestien bereiten mir Sorge. Sie scheinen mir sehr massiv.“

Jalan wandte sich halb um. „Zielt auf Kehle und Augen der Bestien, dort sind sie ungeschützt.“

„Doch konzentriert Euch zunächst auf die Spitzohren“, ergänzte Theon. „Sie könnten zum Ärgernis werden, wenn wir mit den Rundohren die Klingen kreuzen.“

„Ja, die werden ihre Pfeile auf alles lösen, was sich bewegt, ungeachtet, ob Freund oder Feind.“

Nedeam konnte die Worte der beiden Anführer klar und deutlich verstehen, obwohl einige Entfernung zwischen ihnen lag. Eine menschliche Kehle hätte damit Probleme gehabt. Nedeam stieß Dorkemunt an. „Es scheint sich bei den Orks nicht viel geändert zu haben.“

„Ja, allein ihre Rüstungen sollen nun dicker sein.“ Dorkemunt musterte das Schlachtfeld mit Sorge. „Nur eine dünne Linie und keine Reserve, während die Bestien mit acht Legionen vortreten. Die anderen halten sie wohl in Bereitschaft. Es wird hart werden für die elfischen Herren.“

Nedeam nickte und sah nach Merdonan hinüber. Die Entfernung war relativ groß, und es ließen sich nicht viele Einzelheiten erkennen. „Das Signalfeuer brennt, aber es wird nicht um die Stadt gekämpft.“

Dorkemunt lächelte kalt. „So hat Bulldemut sie wohl gehalten."

Nedeam schüttelte besorgt den Kopf. „Nein, hat er nicht. Ich kann Rundohren auf der Wehrmauer erkennen."

„Verfluchte Brut." Dorkemunt erhob drohend seine Axt gegen den Feind. „Meinst du, sie haben den Hohen Lord und all die braven Menschen erschlagen?"

„Ich weiß es nicht." Nedeam leckte sich nervös über die Lippen. „Wären sie tot, würde die ganze Stadt brennen und nicht nur das Feuer."

Olruk schlug klatschend die flache Schneide seiner verbliebenen Axt in eine Handfläche. „Ihr sagtet, die Bestien würden die anderen Marken nicht warnen wollen. Dann dürften sie kein Feuer legen." Er wies mit der Axt nach Merdonan. „Aber das Signalfeuer brennt. Also müssen es die Menschen Eures Volkes entzündet haben."

Lotaras eilte von der Front der angetretenen Elfen heran. „Er wird an der Spitze bleiben", sagte er betrübt. „Der Tod kann ihn ereilen, und dann war alles umsonst."

„Der Tod kann uns alle ereilen", wandte Olruk ein. „Aber es wird eine vortreffliche Schlägerei werden." Er begann seine Bartzöpfe in den Nacken zu legen und sie dort zu verknoten. „Und was auch geschehen mag, Ihr guten Herren, es geschieht nicht ohne meine Axt."

Die anderen nickten zu seinen Worten. Lotaras gab den Elfen, die ihm von den Bogen des Hauses Elodarion verblieben haben, einen Wink. Im Vergleich zu den spärlich bekleideten Elfen des Hauses Deshay wirkten sie festlich gewandet. „Unsere Bogen und Schwerter müssen den Herrn Jalan-olud-Deshay schützen", befahl er seinen Kämpfern. „Was auch geschehen mag, seine Worte müssen den Hohen Rat erreichen."

Nedeam bemerkte Llarana, die kurz mit ihrem Vater gesprochen hatte und nun zu der Gruppe der Menschen und der Elfen des Hauses Elodarion trat. Ein sanft wirkendes Lächeln spielte um ihre Lippen, während sie Pfeile aus einem Köcher zog und diese griffbereit vor sich in den Boden steckte. Für einen Moment trafen sich Nedeams und Llaranas Blicke, und der junge Pferdelord fühlte eine heiße Welle durch seinen Körper jagen. Dann war dieser Augenblick vorbei, und die Elfin blickte zur Front, während sie einen zweiten Pfeilköcher auf ihrer Hüfte zurechtschob.

Das Schlagen der Orks gegen die Schilde wurde schneller, und sie begannen nun zusätzlich mit einem Fuß auf den Boden zu stampfen.

„Es geht bald los", brummte Dorkemunt.

„Einen Halbpfeil", rief Jalan in die Reihen seiner Elfen.

Einer von ihnen spannte den Bogen mit halber Kraft, der Pfeil löste sich, stieg auf und schlug weit vor den Orks in den Boden. Die Bestien kommentierten den Schuss mit höhnischem Geschrei.

Jalan nickte befriedigt. „Sie mögen glauben, ein nervöser Krieger habe voreilig gehandelt."

Theon lachte kalt. „Jedenfalls denken sie nun, dies sei die Reichweite unserer Bogen, und wiegen sich in Sicherheit, bis sie den Pfeil erreicht haben."

Die Entfernung zu den vorderen Legionen der Orks ließ sich schwer abschätzen. Nedeam vermutete, dass sie zwei Tausendlängen maß. Noch ein gutes Stück dahinter lag die Stadt Merdonan.

Ein einzelner Schrei erhob sich im Gebrüll der Orks, und das Dröhnen und Stampfen verstummte mit einem Schlag. Für ein paar Augenblicke lag Schweigen über dem Schlachtfeld, und die Stille wirkte weitaus bedrohlicher als der vorangegangene Lärm. Erneut ertönte ein einzelner Schrei, der nun von tausenden Kehlen aufgenommen wurde, dann griffen die Legionen an.

Fünf von ihnen nebeneinander, weitere fünf ein Stück dahinter, stampften im Gleichschritt über die grasbedeckte Ebene heran.

„Sie werden die Elfen überflügeln", seufzte Dorkemunt betrübt. „Werden über die Flanken kommen und durch die Mitte brechen und so das Haus Deshay umzingeln, um es schließlich niederzumetzeln."

„Unterschätze die Elfen nicht", murmelte Nedeam. „Sie haben die Erfahrungen unzähliger Lebenswenden und Schlachten auf ihrer Seite."

„Mag sein, Ihr guten Herren." Olruk beobachtete den vorrückenden Feind. „Doch das stärkt weder ihre Rüstung noch erhöht es ihre Zahl."

Noch immer schienen die elfischen Krieger völlig entspannt. Jalan schätzte die Entfernung zum Feind ab, dann erhob er seine Stimme. „Die rechte und die linke Flanke! Treibt sie in die Mitte!"

Die linken Hände der Elfen griffen in die Köcher an ihren rechten Hüften, legten die Pfeile auf die Sehnen der Langbögen, die sie mit ihren rechten Händen hielten, spannten sie und hoben sie zum Schuss. Die Bewegungen verrieten Übung und Präzision, denn die Pfeile lösten sich fast gleichzeitig, und noch während die erste Salve in der Luft war, spannten die Elfen die Waffen zum zweiten Schuss.

Mit einem menschlichen Bogen vermochte man auf rund zwei Hundertlängen sicher ins Ziel zu treffen, und ein geübter Schütze konnte zehn Pfeile in der Minute lösen. Nedeam kannte die Leistungen elfischer Bogen. Diese langen Waffen trugen mühelos drei Hundertlängen weit, und die Elfen konnten doppelt so viele Pfeile lösen wie ein Mensch, wobei sie zudem noch weitaus besser trafen. Im Augenblick betrug die Distanz jedoch knapp vier Hundertlängen, und doch löste sich von den elfischen Bögen Pfeilhagel um Pfeilhagel. Die Geschosse hoben sich hoch in die Luft, begannen sich langsam wieder zu senken und schlugen dann mit verheerender Wucht in die Reihen der vorrückenden Kohorten.

Die Bestien hatten auf diese Entfernung nicht mit Beschuss gerechnet, schon gar nicht mit einem derart wirkungsvollen. Die Wucht der Geschosse warf die Getroffenen nach hinten vor die Füße der nachfolgenden Orks. Zahlreiche Bestien starben oder blieben kampfunfähig zurück, doch die anderen rückten unbeirrt vor und schlossen die Lücken in ihren Reihen. Der Boden hinter ihnen wurde zunehmend von Pfeilen und getroffenen Bestien bedeckt.

Jalans Kommando hatte bewirkt, dass sich die Pfeilhagel der Elfen zu teilen schienen. Die eine Hälfte der Geschosse deckte den rechten Flügel des Feindes ab, die andere den linken. Während die mittleren Legionen unbehelligt schienen, forderten die elfischen Pfeile ihren Tribut an den Flanken, und je näher die nun Orks heranmarschierten, desto tödlicher und zielsicherer wurden die elfischen Geschosse.

Natürlich trafen nicht alle Pfeile. Viele hatten nur hastig hergerichtet werden können und waren ungenau, auch war es nicht leicht, die Lücken in den Rüstungen auf diese Distanz zu treffen. Einige der alten Langbögen hielten der Belastung zudem nicht mehr stand und brachen schließlich. Dennoch war der Hagel von Geschossen dicht genug, um Wirkung zu zeigen.

Die an den Flanken marschierenden Legionen der Orks versuchten, wenn auch vielleicht unbewusst, in die Mitte zu drängen, die von dem Angriff verschont blieb. Die Legionsführer erkannten besorgt, welche Verluste der Beschuss hervorrief, und sahen nur eine Möglichkeit, dem zu entgehen. Sie mussten den Abstand zu den Elfen möglichst rasch verkürzen, sodass man in den Nahkampf übergehen konnte, in dem die Bogen keine Rolle mehr spielten.

Befehle wurden gebrüllt, und die Legionen begannen im Laufschritt vorzugehen. Es war ein holpriger Lauf, bedingt durch die schweren Rüstungen, den unebenen Boden und die Körper der Gefallenen, über die die Nachfolgenden hinwegsteigen mussten, während die kürzer werdende Distanz zugleich eine bessere Zielsicherheit und Durchschlagskraft der elfischen Pfeile mit sich brachte.

Die Spitzen dieser Geschosse waren konisch geformt und liefen, anders als jene der Menschen oder Orks, die flach und breit waren, sehr spitz aus, sodass sie auf die verkürzte Distanz mühelos die dicken Rüstungen der Rundohren durchschlugen, wenn sie nur halbwegs im rechten Winkel auf die Panzer aufschlugen.

Lotaras befahl seine eigenen Krieger nach vorn. „Nehmt Euch die Mitte vor."

Die vorderen fünf Legionen der Orks schoben sich nun zusehends zusammen und begannen eine kompakte Front zu bilden, die sich rasch und drohend auf die Linie der Elfen zubewegte. Der Abstand war nun so gering, dass auch die orkschen Spitzohren ihre Geschosse lösen konnten. Hagel von schwarz gefiederten und mit Widerhaken versehenen Pfeilen zischten auf die Elfen zu.

„Schildwall", brüllte Jalan.

Bewegung kam in die beiden vorderen Reihen. Die Krieger der ersten gingen leicht in die Knie und deckten ihre Leiber mit den großen ovalen Schilden. In diesen befanden sich schmale Schlitze, die es den Kriegern erlaubten, den Feind zu beobachten und den richtigen Augenblick zum Sturm zu wählen. Die zweite Reihe hob ihre Schilde höher, sodass ein provisorischer Wall entstand, an dem die Pfeilhagel der Spitzohren abprallten. Hinter den beiden vorderen Reihen schossen die Langbogen der Elfen weiterhin ihre todbringende Fracht auf den Feind.

Dagegen fanden nur wenige Pfeile der Spitzohren ihr Ziel. Obwohl die Bogenschützen der Orks nicht schlecht waren, hatten sie zwei große Nachteile. Die oft mangelnde Qualität ihrer Pfeile, die sie nur durch massenhaften Einsatz ausgleichen konnten, und ihren ausgeprägten Selbsterhaltungstrieb, der sie instinktiv den Schutz der gepanzerten Rundohren suchen ließ. Da die Spitzohren, um beweglich zu bleiben, nur leichte lederne Rüstungen trugen, waren sie besonders anfällig gegen die Geschosse der Elfen.

Der Nachteil für die Elfen war nun allerdings, dass ihre Schützen nicht mehr gezielt feuern konnten. In der Deckung des Schildwalls stehend, mussten sie sich nach den Richtungs- und Höhenangaben der vorderen Reihe orientieren.

Theon-olud-Deshay war in die erste Reihe zurückgetreten. „Die zweiten und dritten Bogen! Ein Viertel tiefer und halb links!“

Noch immer stürzten weitaus mehr Orks als Elfen zu Boden, aber auch die Pfeile der Spitzohren fanden nun immer wieder eine Lücke.

Selbst Nedeam zischte ein Pfeil dicht am Kopf vorbei, den ein Spitzohr blindlings gelöst hatte. Er stieß ein verärgertes Knurren aus und wartete gemeinsam mit den anderen auf den richtigen Augenblick, um einzugreifen. Er konnte Llarana erkennen, die bei Lotaras' Kriegern stand und auf die mittlere Legion schoss.

Dorkemunt hüpfte immer wieder aufgeregt in die Höhe. Die hochgewachsenen Elfen und deren Schildwall verwehrten ihm zunehmend den Blick auf das Geschehen.

Olruk ließ indes seine Axt lässig in der Hand schwingen. „Beruhigt Euch ein wenig, Dorkemunt, mein Freund. Schon bald werden wir unsere Äxte in dunkles Blut senken können."

„Mit den ersten Legionen werden sie fertig", knurrte der kleinwüchsige Pferdelord. „Aber die nachfolgenden werden ihre Reihen öffnen, und dann beginnt das Gemetzel erst richtig." Er fluchte lautstark. „Wenn wir wenigstens unsere Pferde hätten. Ah, vom Rücken meines Pferdes aus …"

„Es würde Euch nur zu einem besseren Ziel machen, mein Freund", warf Olruk ein. „Ihr ragt dann hoch über die anderen empor, eine leichte Beute für die Pfeile des Feindes. Ich hingegen werde zwischen all diesen großen Wesen hindurcheilen, und die Bestien werden mich erst bemerken, wenn meine Axt in ihrem Körper steckt."

„Brecht die Lanzen", kam Jalans Kommando.

Die Legionen waren nun dicht herangekommen, und die Rundohren fällten ihre Spieße, um sie dem Feind entgegenzurecken. In zwei der Legionen hielten sie die Spieße am Körper und würden die Klingen zunächst kurz zum Stoß vorrecken, um sie dann rasch wieder zurückzunehmen. Dies waren offensichtlich erfahrene oder gut ausgebildete Kämpfer. Die anderen hielten die Spieße weit nach vorne gestreckt. Das mochte gegen angreifende Reiter helfen, war aber weniger gut geeignet, wenn der Feind den Reflex besaß, die Spieße zu ergreifen und zu sich heranzuziehen. Die Elfen des Ersten Bundes besaßen diesen Reflex.

Kurz bevor die Spitzen den Schildwall berührten, löste dieser sich auf. Elfische Schilde drängten die Klingen zur Seite, während gekrümmte Schwerter fast mühelos die Panzer von Rundohren durchschnitten, die gerade noch triumphierend aufgebrüllt hatten und kaum mehr begriffen, dass sie starben. Doch dann wurden Spieße aus den zweiten Reihen der Kohorten vorgerammt und trafen elfische Kämpfer.

Die beiden vorderen Reihen der Elfen konnten dem massiven Ansturm nicht standhalten. So viele Orks ihren Pfeilen auch zum Opfer gefallen waren, die Bestien waren in erdrückender Übermacht und nun so nahe, dass man die Bogen nicht mehr einsetzen konnte.

Die hinterste Reihe der Elfen rannte hastig einige Schritte zurück, um die nachfolgenden Legionen unter Beschuss zu nehmen, die anderen hingegen ließen die Bogen fallen und ergriffen ihre Schwerter.

Dorkemunt nickte Nedeam und Olruk zu. „Also dann, Freunde, lasst uns zum intimen Teil des Gemetzels übergehen. Schneller Ritt …“

„… und scharfer Tod“, erwiderte Nedeam die Losung, und die drei Männer stürzten sich in den Kampf.

Als sei Dorkemunts Losung ein geheimes Zeichen gewesen, erklang in ebendiesem Augenblick das Horn der Pferdelords, und die Hügel an der rechten Seite des Kampfplatzes begannen sich mit den Silhouetten von Reitern zu füllen, über denen die Wimpel der Beritte knatterten.

57

Siebzehn Beritte führten Garodem und der wesentlich jüngere Meredem nach Merdonan. Sie hatten nach Überschreiten der Grenze zur Ostmark sofort den Kriegsmarsch aufgenommen, bei dem sich die lange Kolonne mit Flankenreitern und Vorhut voranbewegte. Alle Zweifel, sofern es sie überhaupt noch gegeben hatte, verschwanden, als sie das Signalfeuer Merdonans erkannten. Das Licht war klar zu sehen, und darüber stieg eine dunkle Rauchsäule in den Himmel auf, die sich mit den finsteren Wolken zu vereinen schien, welche hinter Merdonan über dem Ostgebirge standen.

Niemand brauchte einen Befehl zu geben. Die Reiter strebten auf Merdonan zu, und Garodem gab ihrem Drängen nach, den Pferden dabei keine Rast zu gönnen. Es mochte ein Fehler sein, aber er spürte, wie wenig Zeit ihnen blieb. Nun lag nur noch eine Hügelkette zwischen der Stadt der Ostmark und den Beritten. Hinter den Hügeln war Lärm zu hören, und niemand brauchte den Männern zu sagen, dass dort eine Schlacht stattfand. Die kleine Schar der Vorhut hatte gerade die Kuppe der Erhebung erreicht.

Garodem sah, wie die Männer verharrten und dann von der Kuppe zurückwichen. Vier von ihnen trabten den Hang wieder so weit herunter, dass nur noch ihre Köpfe über den Hügel hinweg Richtung Merdonan spähten, damit der Feind sie nicht entdeckte. Der fünfte Reiter hingegen preschte in vollem Galopp auf die Pferdelords zu.

„Merdonan wird angegriffen“, brüllte der Mann lauthals. „Eine Schlacht ist im Gange!“

Meredem, der Pferdefürst der Nordmark, führte die Mehrzahl der Beritte an, und so lag es an ihm, die Befehle zu erteilen. Der junge Mann sah den neben ihm reitenden Garodem einen Moment lang fragend an, doch als der freundlich nickte, reckte Meredem sich im Sattel und wandte sich halb um.

„Die Beritte halt! Formiert Euch zur Schlacht, Ihr Pferdelords der Marken! Fünf Beritte in die Front, fünf dahinter!" Er sah Garodem an. „Ich möchte Euch bitten, Hoher Lord Garodem, Eure Beritte und einen der meinen als Reserve zu führen."

Garodem nickte und sah den Meldereiter der Vorhut an, der nun vor ihnen sein Pferd zügelte, während sich in ihrem Rücken die Beritte formierten.

„Orks belagern die Stadt, Ihr Hohen Lords", meldete der Mann erregt. „Es mögen sieben oder acht ihrer Legionen sein. Nördlich der Stadt, knapp unterhalb der Hügel, tobt die Schlacht."

„Hat Bulldemut einen Ausfall gemacht?"

„Nein, Hohe Lords. Dort stehen keine Pferdelords gegen die Bestien. Es ist eine Streitmacht, wie ich sie nie zuvor gesehen habe. Ich … ich denke, es sind Elfen, Ihr Herren, aber irgendwie muten sie seltsam an."

„Wer auch immer es ist", stieß Meredem hervor, „es ist ein Feind der Orks und somit unser Verbündeter."

„Was ist mit Merdonan? Wird die Stadt noch verteidigt?"

„Zwei Legionen der Bestien stehen vor ihren Mauern, aber es wird dort nicht gekämpft."

Meredem sah Garodem an. „Dann bitte ich Euch, die Reserve gegen Merdonan zu führen und der Stadt direkt beizustehen."

Garodem nickte. „Wie steht der Feind?" Garodem beugte

sich leicht vor und vergewisserte sich, dass sein Rundschild richtig am Sattel saß. Fest genug, dass er sich nicht von allein löste, aber griffbereit, wenn er ihn brauchte. „Ihr sagtet, die Schlacht findet nördlich von Merdonan statt. Wie steht der Feind dort zu uns?“

„Er zeigt uns die Flanke, Hoher Lord.“

„Ausgezeichnet“, sagte Garodem zufrieden. „Ausgezeichnet. Der Feind ahnt nicht, wie nahe wir ihm sind, und wendet uns seine ungeschützte Seite zu.“

„Dann lasst uns angreifen, ehe er uns bemerkt und sich uns zuwendet.“ Meredem zog mit gleitender Bewegung sein Schwert aus der Scheide. „Wir werden mit geballter Macht in seine Flanke brechen und ihn von dorther aufrollen.“

Garodem blickte hinter sich. Die siebzehn Beritte waren aufgestellt, bereit, gegen den Feind zu stürmen. Jeder von ihnen umfasste hundert Reiter, in zwei Reihen formiert. „Lasst uns in vollem Galopp über den Hügel gehen, Meredem. Das gibt dem Feind weniger Zeit, sich gegen uns wenden.“ Er hob seine Stimme. „Das dritte Treffen folgt meinem Banner nach Merdonan.“

Die beiden Pferdefürsten sahen einander kurz an und nickten sich dann zu. Meredem reckte die Klinge dem Hügel entgegen. „Schneller Ritt …“

„… und scharfer Tod“, nahmen die Reiter die Losung auf.

Hörner ertönten, die Pferde trabten an, und auf das zweite Hornsignal hin begannen sie zu galoppierten. In Windeseile ging es den Hügel hinauf. Rosshaar, Feldzeichen und grüne Umhänge flatterten im scharfen Reitwind, Schilde schlugen rhythmisch gegen die Schenkel der Reiter, die ihre Waffen griffbereit hielten und erregt zu schreien begannen. Bald bebte der Boden unter dem Donnern der zahlreichen Hufe. Das Dröhnen und Schreien schoss den Hügel hinauf, erreichte dessen Kuppe und schwappte darüber hinweg.

Vor den Reitern breitete sich die Ebene aus. Linkerhand befanden sich mehrere Legionen der Orks im Nahkampf mit den ungewöhnlichen Elfen, ein Stück dahinter marschierten weitere Legionen, um in die Schlacht einzugreifen. Rechterhand erhob sich die Stadt Merdonan, vor der zwei weitere Legionen standen. Die Linien der Orks waren nach Norden ausgerichtet und zeigten den heranstürmenden Pferdelords die ungeschützten Flanken.

Meredem stieß ekstatisch sein Schwert vor. „Tod den Bestien! Tod! Tod!"

Die Männer der Beritte nahmen den Ruf auf. Die Rosshaarschweife und grünen Umhänge wehten im scharfen Reitwind aus.

„Tod! Tod!"

58

Der Spießträger der Orks nutzte die winzige Lücke und rammte seine Waffe vor. Der elfische Krieger hatte keine Chance, ihr zu entgehen. Schreiend stürzte der Mann nach hinten, und das Rundohr setzte nach und drückte die Klinge noch tiefer in den Leib des Elfen, bis ein herbeispringender Krieger die Bestie tötete. Die Elfen versuchten sofort, die Lücke zu schließen, aber eine Gruppe triumphierend brüllender Rundohren brach schonungslos in sie ein und erweiterte sie, um den nachfolgenden Orks Raum zu schaffen.

„Schließt die Lücke!“, befahl Jalan-olud-Deshay. „Schließt sie! Gebt den Bestien keinen Raum!“

Elfische Krieger hasteten von der Seite heran und schwächten so einen anderen Bereich der dünnen Kampflinie. Doch Lotaras erkannte die Gefahr.

„Haltet auf die Lücke“, rief er den Bogen des Hauses Elodarion zu.

Pfeile zischten zu den vordrängenden Rundohren hinüber. Auf diese kurze Distanz wurden die Rüstungen und Leiber der Bestien glatt durchschlagen. Orks stürzten zu Boden, und die nächste Salve brachte auch den nachrückenden Rundohren den Tod, dann endlich waren Elfen des Hauses Deshay herangedrängt und schlossen die Lücke wieder.

Zwar waren die vorderen fünf Legionen der Orks stark geschwächt worden, doch auch die Elfen hatten Verluste hinnehmen müssen, und mittlerweile wurde ihre Lage zunehmend aussichtsloser. Immer weniger Bogenschützen hatten noch Pfeile verfügbar oder ein klares Ziel vor Augen, und so mussten immer mehr von ihnen ihre Schwerter ziehen, um die Kämpfer in der vordersten Schlachtlinie zu ersetzen. Der Geruch von Blut hing in der Luft, und das Klirren der Waffen mischte sich mit dem Schreien und Gebrüll der Kämpfenden und mit dem Stöhnen der Verletzten. Viele der notdürftig ausgebesserten elfischen Rüstungen hielten den Belastungen nicht stand, und die breiten Metallbänder, aus denen sie bestanden, begannen sich voneinander zu lösen. Manche Elfen zerrten hastig die nunmehr hinderlich gewordenen Rüstungen von sich und kämpften nur durch Helm und Schild gedeckt.

Erneut tat sich eine gefährliche Lücke auf, und Dorkemunt und Olruk stürzten Seite an Seite vor. Während der kleinwüchsige Pferdelord seine langstielige Axt mit weitem Schwung in den Gegner hieb, führte der stämmige Olruk seltsam hüpfende Bewegungen aus. Mitten im Sprung schlug er seine Axt zwischen Helm und Schulterschutz der Bestien in deren unbedeckten Hals. Mochten die Methoden der beiden Kämpfer auch völlig unterschiedlich sein, so erwiesen sie sich doch als gleichermaßen effizient.

Hinter ihnen fluchte Nedeam erbittert. Noch immer lagen seine Waffen und seine Rüstung samt dem geliebten grünen Umhang irgendwo im Haus der Elfen, und so musste er weiter auf den ungewohnten elfischen Langbogen setzen. Aber als er seinen letzten Pfeil verschossen hatte, warf er die Waffe von sich und stürzte zu einem gefallenen Elfen hinüber, um dessen geschwungenes Schwert an sich zu nehmen. Die Waffe lag ungewohnt in seiner Hand, doch er zögerte nicht und folgte seinen Freunden.

Die elfische Kampfformation wurde indes unter dem Ansturm des Feindes zusammengepresst und drohte nun zu zerfallen.

„Verkürzt die Reihen“, befahl Jalan besorgt. „Rückt zusammen!“

Die dünne Linie war zu anfällig für den massiven Andrang der Bestien, also mussten die Elfen sie verkürzen, damit sie erneut mehrere geschlossene Glieder bilden konnten. Doch alle wussten, dass dies der Anfang vom Ende war. Die Orks würden die Elfen überflügeln und dann umzingeln, sodass die Verteidiger nach allen Seiten würden kämpfen müssen. Für die heraneilenden fünf Legionen der Bestien wäre es dann ein Leichtes, an einer oder mehreren Stellen durchzubrechen und dem Kampf ein Ende zu bereiten.

Nedeam spürte es als Erster.

Dieses Vibrieren im Boden, das zu einem Beben wurde, begleitet von einem Rumoren, das zum Dröhnen anschwoll. Für einen Augenblick war er abgelenkt, und beinahe hätte ein Rundohr ihn gefällt.

Er konnte den Hieb des Schlagschwerts gerade noch mit der ungewohnten Elfenklinge aufhalten, doch spürte er, wie die brutale Kraft des Rundohrs die Oberhand gewann. Wie in Zeitlupe sah er den geifernden Rachen der Bestie näher rücken, starrte auf die gierig geöffneten Fänge, zwischen denen Speichel hervorsickerte. Die schwarz-gelben Schlitzpupillen in den rötlichen Augäpfeln waren verengt, als der gepanzerte Ork ein triumphierendes Knurren ausstieß. Doch dann wölbte sich die Stirnseite des Helms nach außen und brach auf. Die konische Spitze eines Elfenpfeils trat hervor, und die Pupillen der Bestie weiteten sich, während diese erschlaffend gegen Nedeam sackte. Der Leichnam riss den jungen Pferdelord mit sich zu Boden, und erst als Nedeams Rücken das Gras berührte, schien die Zeit wieder ihren normalen Fluss aufzunehmen. Als Nedeam den Körper von sich drückte, erblickte er Llarana, die ihn merkwürdig ansah, während sie einen weiteren Pfeil an die Sehne ihres Bogens legte. Für einen Lidschlag trafen sich ihre Blicke, und Nedeam spürte abermals diese unerklärliche Hitze durch seinen Körper rasen. Doch Llarana hatte sich schon wieder dem Feind zugewandt. Nedeam musste anerkennen, dass selbst in der Schlacht ihre anmutigen Bewegungen die Eleganz eines Raubtiers hatten. Er umklammerte das elfische Schwert fester. Dies war nicht die Zeit, die Schönheit eines anderen Wesens zu bewundern.

Durch den Lärm hindurch drang plötzlich der unverwechselbare Klang von Hörnern.

Der junge Pferdefürst Meredem führte seine zehn Beritte der Nordmark in die linke Flanke jener fünf Legionen, die sich gerade darauf vorbereiteten, auf die Elfen loszustürmen. Die Bestien erkannten augenblicklich die Gefahr und versuchten noch, darauf zu reagieren und sich umzugruppieren.

Doch es war zu spät.

Die vorderen Beritte prallten massiv in die Flanke der links außen vordrängenden Legion und überritten sie einfach, um dann die zweite Legion zu erreichen. Reiter stürzten, von Spießen, Pfeilen oder Schlagschwertern getroffen, aber es waren nicht viele. Die Lanzen der Pferdelords stießen zu und wurden gedreht und freigezogen, um sich dem nächsten Ziel entgegenzustrecken. Schwerter und Äxte fuhren herab, während das triumphierende Schreien der Reiter sich mit dem Dröhnen der Hufe mischte.

Die Formationen der Legionen brachen auseinander. Einige Gruppen versuchten sich neu zu formieren, andere flohen in Richtung der Weißen Sümpfe oder auf die Stadt zu. Wer blieb, war dem Tod geweiht, denn die Reiter mit den grünen Umhängen erwarteten keine Gnade und gewährten sie auch nicht. Das zweite Treffen der Beritte schwenkte ein und brach in die Reste der Legionen, die noch mit den Elfen im Kampf standen. Nun waren die Orks vom Feind umgeben und jede Ordnung zerfiel.

Die Schlacht wandelte sich immer mehr zu einem einseitigen Gemetzel.

59

Fangschlag sah, wie die Reiter über den Hügel hinwegquollen, und brüllte wütend auf. Er kannte diese Männer mit den grünen Umhängen, er hatte schon gegen sie gekämpft und immer nur mit Mühe überlebt. Doch an diesem Tag würde er es sein, der den Pferdemenschen eine Niederlage bereitete.

„Legion nach links schwenken und Front bilden!“, brüllte er, und Geifer sprühte zwischen seinen Fängen hervor. „Vorwärts, ihr nutzlosen Maden Blutfangs! Schwenkt ein! Die Spieße nach vorne, die Bogen nach hinten! Vorwärts!“

Die Legion reagierte unverzüglich. Offenbar zahlten sich die vielen Übungen, die Fangschlag in den letzten Tageswenden hatte durchführen lassen, nun aus. Die zehn in zwei Reihen gestaffelten Kohorten schwangen in vorbildlicher Ordnung um ihre Mittelachse herum und machten Front gegen die anstürmenden Reiter.

Indes eilten die Kohortenführer die Reihen entlang. „Die erste Reihe kniet, die zweite steht! Rammt die Enden der Spieße in den Boden, damit sie dem Aufprall standhalten. Und haltet sie schräg, ihr Maden, denn der Feind sitzt über euch!“

Fangschlag nickte zufrieden. Seine Legion würde der Feind nicht unvorbereitet antreffen. Er sah zur Nachbarlegion hinüber, die von Einohr befehligt wurde, und spuckte angewidert aus. Natürlich hatte das verfluchte Spitzohr seine Kämpfer nicht so hart herangenommen, und das rächte sich nun. Dort begannen die Kohorten erst jetzt auf die Bedrohung zu reagieren. Statt um eine Achse zu schwenken, rannten die Kohorten einzeln auf die neuen Positionen zu, die ihnen durch ihre Führer zugewiesen wurden. Alles ging viel zu langsam, und Fangschlag wusste, dass er recht behalten würde. Einohr würde versagen und seine Legion untergehen.

Wieder blickte Fangschlag zum Hügel hinüber. Die angreifenden Pferdelords waren nun schon sehr viel näher. Er kümmerte sich nicht um die Reiter, die weit rechts von ihm auf dem Schlachtfeld der Elfen eingriffen. Damit mussten die dortigen Legionen selber fertig werden. Er senkte den Kopf ein wenig, damit der Stirnschutz seines Helms die lichtempfindlichen Augen besser beschatten konnte. Fangschlag betrachtete die auswehenden blauen Rosshaarschweife der vorderen Reiter und das rechteckige Banner mit dem schmalen blauen Saum. Blau! Ja, diese Pferdemenschen kannte er. Gegen sie hatte er schon einmal gestanden. Die verfluchten Reiter der Hochmark!

Er schätzte die Entfernung ab.

In anderen Legionen hätten die Spitzohren schon längst begonnen, ihre Pfeile zu lösen. Viel zu früh, denn die Reiter waren noch zu weit entfernt. Nur wenige Geschosse würden treffen, was die furchterregenden Männer auf ihren Pferden eher anspornen als abschrecken würde. Aber seine Spitzohren waren gut gedrillt und warteten auf das Kommando. Fangschlag sah, wie die kleinen Maden langsam unruhig wurden und ängstlich zu ihm herüberblickten.

„Keiner löst den Pfeil", brüllte der Legionsführer, „oder er endet als Madenfutter!"

Die Waffen durfte man erst dann einsetzen, wenn sie ihre Wirkung voll entfalten konnten. Der Schock des Pfeilhagels zum Beispiel musste die Reiter treffen und ihre Formation erschüttern. Wenn die Linie der Angreifer erst auseinanderbrach, war es leicht, die einzelnen Pferdemenschen zu bezwingen, denn dann fehlte ihnen die Wucht, um die Legion zu überreiten.

Fangschlag atmete tief durch. Jetzt. Jetzt war der Moment gekommen. „Pfeile! Schießt sie aus dem Sattel!“

Es war der richtige Moment.

Die Spitzohren lösten ihre schwarz gefiederten Geschosse, die sich in den Himmel hoben, um sich dann den Pferdemenschen entgegenzusenken. Reiter und Pferde stürzten, aber die Reihen schlossen sich wieder, noch während die nächste Salve in der Luft war. Wieder entstanden Lücken, und wieder wurden sie gefüllt. Die massive Wand aus Pferdelords schob sich immer näher.

Fangschlag nickte anerkennend. Die Pferdemenschen hatten den Mut von Rundohren und deren Entschlossenheit, das musste er ihnen neidlos zugestehen. Aber eigentlich hatte er es auch nicht anders erwartet. Die Pfeile der Spitzohren fanden ihre Opfer, aber es waren zu wenige, um den Angriff aufzuhalten. Bald würde der Anprall erfolgen, und Fangschlag sah, wie der Pfeilbeschuss der Spitzohren an Wirkung verlor. Die Nähe der Reiter machte die nutzlosen Maden nervös. Sie zielten kaum mehr richtig und versuchten immer wieder, sich hinter den Rundohren zu verstecken oder gar zu fliehen.

„Schießt, ihr Maden“, brüllte Fangschlag grimmig, „oder ich lasse euch schlachten!“

Es half nicht viel, diese Spitzohren hatten nicht den Mut der Rundohren, das musste er wieder einmal feststellen. Warum konnten die Rundohren nicht auch mit Bogen umgehen? Dann sähe es anders aus. Er sah auf die Reihen der Pferdelords. Wenige Längen noch, und der Aufprall würde erfolgen. Er konnte die grimmigen Gesichter der Menschenwesen erkennen. Ihre aufgerissenen Augen und Münder, die gebleckten Zähne der Pferde. Und die Lanzen der Reiter senkten sich.

„Jetzt“, dachte Fangschlag.

Der Aufprall.

60

Der lange Ritt aus der Hochmark nach Merdonan hatte Garodem und die Männer angestrengt, denn es war ein langer und schneller Ritt gewesen, und sie hatten sich kaum geschont. Zwar hatten sie die erforderlichen Pausen eingelegt, in denen sie die Pferde am Zügel führten, damit die Tiere sich erholen konnten und für einen schnellen Ansturm frisch genug waren. Doch die Männer selbst ruhten währenddessen kaum. Nur wenige Zehnteltage in der Nacht hatten sie sich am Boden ausgestreckt, Wasser und Nahrung jedoch hatten sie im Sattel zu sich genommen. Wer sich erleichtern musste, blieb zurück und schloss dann eilig wieder zu seinem Beritt auf.

Garodem hielt es damit nicht anders als seine Männer, denn im Felde besaß ein Pferdefürst kein Vorrecht vor seinen Kämpfern. Garodem musste sich eingestehen, dass sich sein Alter zunehmend bemerkbar machte. Sein Haar war nun ergraut, und seine Knochen wurden müde. Schenkel und Gesäß schmerzten vom langen Ritt, und in den Zehnteltagen, in denen er wie die Männer auf dem Boden geruht hatte, nur geschützt durch seinen langen Umhang, da hatte er die Schmerzen in seinem Rücken gespürt. Nein, er musste sich eingestehen, dass die Zeit der Kriegsritte für ihn vorbei war. Aber dieses Mal musste er seine Männer noch führen, denn er hatte ihnen die Losung gegeben.

Als die von ihm geführten Beritte nun über die Kuppe des Hügels preschten und den Feind vor sich sahen, da spürte Garodem, wie seine Müdigkeit verflog. Adrenalin durchströmte seine Adern, und die Erregung des raschen Sturmritts peitschte ihn und die Männer voran. Er kannte die Wirkung dieses rauschartigen Zustandes.

Wenn Männer auf ihren Pferden gegen den Feind drängten und man das Gefühl verspürte, unbesiegbar zu sein. Dieser Rausch verlieh ungeahnte Kraft und war in doppeltem Sinne tückisch. Zum einen, weil er so stark werden konnte, dass er einen Mann seine Wunden vergessen ließ. Und zum anderen, weil er ihn überheblich machte. Männer, die sich für unbezwingbar hielten, wurden verletzlich, denn sie drangen auch in Situationen vor, die sie nicht meistern konnten.

Ja, Garodem kannte diesen Rausch, und er musste sich dazu zwingen, ihn zu kontrollieren. Er musste seine Männer führen und darauf achten, dass sie sich nicht verstiegen. Er durfte sich nicht der blinden Raserei hingeben, denn ein Pferdefürst musste kühlen Kopf bewahren, ebenso wie die Führer der Beritte. Dennoch spürte Garodem diese Kraft, die ihn durchströmte, und während sein Banner neben ihm flatterte, reckte er das Schwert nach vorne. Es war, als fliege er dem Feind entgegen.

Aber diese Legion war anders!

Garodem erkannte es im Augenblick des Aufpralls. Als seine vorderen Beritte in die Reihen der Bestien stießen und Menschen, Pferde und Orks zu Boden stürzten, fanden weitaus mehr Schwertmänner den Tod, als Garodem es kannte oder befürchtet hatte, aber dennoch öffneten sie mit ihrem Opfer die Reihen der Bestien. Zusammenbrechende Pferde und Reiter rissen die Glieder des Feindes auf, und die nachfolgenden Männer setzten über die leblosen Körper hinweg, stießen mit den Lanzen zu und schlugen die Wunden, an denen die Legion schließlich verbluten sollte.

Garodem ließ sein Schwert von oben in den Helm eines Rundohrs fahren, während er die dicht geschlossenen Kohorten der zweiten Reihe sah. Er erkannte die Gefahr. Diese Legion war vorbereitet. Sie hielt die Reserve der zweiten Reihe geschlossen, die in kompakter Formation warten würde, bis sie zum Gegenstoß ansetzen konnte. Dazu durfte es nicht kommen.

„Das zweite Treffen", brüllte er hastig. „Greift auch die Reserve an, brecht ihre Glieder."

Die Männer, die im Kampf mit der vorderen Reihe der Legion standen, vernahmen seinen Ruf und griffen an. Aber nun war ihre geschlossene Formation aufgelöst und in Gruppen und Einzelkämpfer zerfallen. Garodem sah schockiert, wie die Pfeile der Spitzohren seine Pferdelords von den Pferden schossen. Besorgt blickte er um sich. Die vorderen Kohorten der Legion kämpften um ihr Leben, und es war keine Frage, dass sie verlieren würden. Auch die benachbarte Legion zerfiel bereits und löste sich in Gruppen auf, die von Pferdelords verfolgt und niedergemacht wurden. Staub wirbelte auf und schränkte die Sicht ein, dennoch erkannte Garodem, dass diese Orks nach Merdonan flüchteten. Auch das durfte nicht geschehen. Sie durften den Schutz der Mauern nicht erreichen.

„Der erste und zweite Beritt an meinem Banner sammeln!", rief er besorgt. Seine Klinge stieß ein Rundohr zurück und traf dann ein Spitzohr, das ihn anspringen wollte.

Indes versuchte ein Spießträger Garodem aus dem Sattel zu stoßen, doch der Pferdefürst lehnte sich zurück, und die lange Klinge glitt an seinem Bauch vorbei. Instinktiv ließ er die Zügel fahren, ergriff die Lanze und zog den verblüfften Gegner näher, bis er ihm das Schwert in die Kehle rammen konnte.

Sein Bannerträger schob sich neben ihn, aber ein Pfeil traf den Mann, der lautlos nach vorne sank. Garodem fluchte, während er versuchte, Mann und Bannerlanze zu halten, doch weitere Rundohren drängten auf ihn ein. Endlich preschten Pferdelords heran und befreiten Garodem aus seiner misslichen Lage. Dann beugte sich einer von ihnen aus dem Sattel und richtete das Banner wieder auf.

Kormunds Wimpel wehte zwischen den Resten der vorderen Kohorten. Zwei andere Wimpel bewegten sich nahe der Legion, die bereits bezwungen war. Tote Bestien, Pferde und Männer bedeckten das Schlachtfeld. Zu viele Pferdelords waren tot, aber anderthalb Legionen waren nun bezwungen, und Männer mit grünen Umhängen machten sich daran, verwundeten Bestien den Todesstoß zu geben.

„Der erste und zweite Beritt an meinem Banner sammeln", rief Garodem erneut, und nun folgten die Reiter dem Befehl.

Noch immer zischten Pfeile aus den Reihen der verbliebenen fünf Kohorten, aber es wurden beständig weniger. Etliche Pferdelords hoben die Schilde von den Sattelknäufen und deckten sich gegen den Beschuss, während Reiter einzeln und in Gruppen herangaloppierten und sich bei Garodem neu formierten. Der blickte immer wieder zum Feind hinüber. Die Orks zogen sich nach Merdonan zurück, und die Beritte sammelten sich zu langsam, um sie daran hindern zu können. Die Distanz zu den fünf letzten Kohorten war zu gering, um einem Angriff Schwung zu verleihen, und der Pferdefürst seufzte enttäuscht.

Als er seinen Blick über die Reihen des Feindes schweifen ließ, bemerkte er ein Rundohr mit den beiden Kämmen eines Legionsführers, das seinen Blick erwiderte. Wie zu einem spöttischen Salut hob die Bestie ihr Schlagschwert. Garodem spuckte aus und zog sein Pferd herum. „Wir formieren uns am Fuß des Hügels, dann werden wir erneut angreifen."

61

Pferdefürst Meredem fiel es schwer, die seltsamen Krieger einzuordnen, denen seine Beritte zu Hilfe geeilt waren. Sie trugen elfisch anmutende Helme und hatten auch die spitzen Ohren dieses Volkes, aber sie waren dunkelhaarig und manche, abgesehen von ihren Waffen, nackt. Er konnte sich kein zivilisiertes Volk vorstellen, dass derart ungebührlich gewandet und unvollkommen geschützt in einen Kampf gehen würde. Immerhin musste man sie mit einer gewissen Höflichkeit behandeln, denn Feinde der Orks waren potenzielle Verbündete des Pferdevolkes. Meredem war erleichtert, als er eine Gruppe Männer sah, die unzweifelhaft elfischer Abstammung waren und zudem zivilisiert aussahen. Vielleicht hatten sie diese seltsamen Wilden in die Schlacht geführt. Er lenkte sein Pferd auf Lotaras' Gruppe zu, und sein Bannerträger folgte ihm.

Kleine Gruppen von Pferdelords und Elfen wanderten über das Schlachtfeld, um lebenden Bestien den Todesstoß zu versetzen und die eigenen Verwundeten zu versorgen. Ein verletztes Pferd schlegelte schrill wiehernd mit den Hufen und wurde von einer Klinge erlöst. Überall lagen Körper, die teilweise entsetzlich verstümmelt waren. Blut bedeckte die Lebenden wie die Toten und machte den Boden stellenweise schlüpfrig.

Dunkelhaarige Männer sahen Meredem und den Bannerträger neugierig an, als diese vorsichtig zwischen den Überresten der Schlacht hindurchtrabten. Einer dieser Männer hob die Hand und forderte den Pferdefürsten zum Halt auf. Meredem zügelte sein Pferd und bemühte sich um ein freundliches Gesicht. „Verzeiht meine Ungeduld, guter … Herr, doch ich muss zu jenen Elfen hinüber, um mit ihrem Anführer zu sprechen."

Der Mann musterte Meredem nachdenklich. Trotz Schmutz und relativer Nacktheit wirkte er stolz, ja, fast hochmütig, auf den Pferdefürsten. Seine Stimme klang sonor und ruhig, als er schließlich zu sprechen begann. „Hab Dank für deine Hilfe, Menschenwesen. Ich bin Jalan-olud-Deshay, der Erste des Hauses Deshay, und ich führe die Krieger meines Hauses. Jene Elfen dort stehen unter meinem Banner."

Meredem runzelte überrascht die Stirn. „Ich bin Meredem, Pferdefürst der Nordmark des Pferdevolkes. Ihr … habt den Befehl über diese Männer?"

„Das ist, was ich sagte, Pferdefürst Meredem." Jalan versuchte den Reiter einzuschätzen. Er erschien ihm jung an Jahren. Bislang hatte er keine hohe Meinung von den Menschen, aber er musste sich eingestehen, dass der Angriff der Pferdelords ihn beeindruckt hatte. „Ich und mein Haus stehen in deiner Schuld. Die Horden der Finsternis waren dabei, uns zu bezwingen, und euer Angriff kam gerade zur richtigen Zeit."

Meredem nickte. „Als wir das Signalfeuer Merdonans sahen, wussten wir, dass Eile geboten war. Ich war überrascht, die Orks im Kampf mit Euch zu sehen. Ihr habt Euch tapfer geschlagen. Ihr seid … elfische Wesen?"

Jalan-olud-Deshay lächelte sanft. „Die Elfen des Urbaums, Menschenwesen."

„Aha", erwiderte Meredem wenig geistreich.

Theon-olud-Deshay trat zu seinem Freund Jalan. Der Waffenmeister blutete aus mehreren kleineren Wunden und zog gerade einen Streifen mürben Stoff aus den Resten seines Gewandes, um ihn gegen einen Schnitt am Hals zu pressen. Er nickte den beiden Reitern kurz zu und sah dann Jalan ernst an.

„Wir haben schwere Verluste hinnehmen müssen. Sechs Hundertschaften sind gefallen und viele Krieger verletzt. Manche Wunden sind so schwer, dass die Männer es nicht bis zum Haus Deshay schaffen werden. Wir müssen sie hier versorgen und die Heilerinnen rufen. Wir brauchen ihre Kenntnisse, Verbandmaterial und Heilmittel."

„Und Kleidung", ergänzte Jalan ernst. „Sende Boten zum Haus, die all dies besorgen."

„Das werde ich tun." Theon erwiderte den Blick Meredems. „Jener Mensch dort scheint uns für Barbaren zu halten."

Meredems Röte verriet, dass Theon seine Gedanken richtig eingeschätzt hatte. Jalan lächelte den Pferdefürsten an, aber dieses Lächeln war ohne Wärme. „Ihr urteilt schnell, ihr Menschenwesen. Euch fehlt die Weisheit eines langen Lebens, und ihr blickt nicht in das Wesen der Dinge, sondern nur auf Äußerlichkeiten. Aber das war schon immer eure Art, nicht wahr? Deshalb zerfallen eure Reiche. Ihr strebt nach Reichtum und Macht, zerfleischt euch gegenseitig, und eure Worte haben keinen Bestand."

„Ihr tut ihm unrecht, Hoher Lord Jalan", ertönte Dorkemunts Stimme. Der kleinwüchsige Pferdelord kam mit Olruk und Nedeam heran, und sein Gesicht zeigte ein breites Lachen. „Er ist ein Pferdelord und steht, wie unser ganzes Volk, seinen Freunden bei."

Jalans Gesichtsausdruck wurde etwas freundlicher. „Du und deine Begleiter sind natürlich anders, das will ich gerne glauben."

„Ich war unhöflich, seht es mir nach, Hoher Lord", sagte Meredem entschuldigend. „Und Ihr habt recht, ich war vorschnell in meinem Urteil. Doch bin ich es nicht gewohnt, elfische Bogen so spärlich gewandet zu sehen." Er erwiderte

Dorkemunts Lächeln. „Ein Pferdelord Garodems?“

„Dorkemunt von Balwins Gehöft aus der Hochmark“, bestätigte der. „Und neben mir seht Ihr den guten Herrn Olruk, Axtschläger der Stadt Nal’t’rund, sowie Nedeam, ebenfalls ein Pferdelord von Balwins Gehöft.“

„Seid gegrüßt, Ihr guten Herren.“ Meredem hatte aus Überheblichkeit die Gefühle der Elfen verletzt, das war ihm klar, und so suchte er nach einer Möglichkeit, die Missstimmung auszuräumen. „Hoher Lord Jalan, es wäre mir und meinen Männern eine Ehre, Euch behilflich zu sein. Wir haben auf unseren Ersatzpferden einige Dinge dabei, die Euch vielleicht helfen können.“

Am liebsten hätte Jalan entgegnet, das Haus Deshay könne sich selber helfen, aber er erkannte, dass er dann dieselbe Arroganz gezeigt hätte, mit der Meredem seine Gefühle verletzt hatte. Zögernd nickte er. „Was du an Binden und Heilmittel entbehren kannst, ist uns willkommen.“

Meredem raunte seinem Bannerträger einige Befehle zu, worauf der Mann das Feldzeichen an seinen Pferdefürsten übergab und rasch davontrabte. Meredem stieß indes die Lanze in den Boden und saß ab. „Wir hatten Glück. Wir haben die Bestien überrascht und an der Flanke gepackt. Es hätte anders kommen können, wenn sie auf uns vorbereitet gewesen wären. Ihr habt den Legionen einen bewundernswerten Kampf geliefert, Hoher Lord Jalan. Nie zuvor sah ich einen solchen Ansturm und solche Tapferkeit.“

Der Erste des Hauses Deshay nickte. Offensichtlich hatte das Menschenwesen noch nicht oft elfische Krieger im Kampf erlebt. Immerhin war das Kompliment ernst gemeint, was Jalan ein wenig versöhnte.

Meredem blickte bedauernd nach Merdonan, wo Orks die

Mauern besetzten, und wandte sich dann wieder zu dem Elfen um. „Ich wollte, wir wären rechtzeitig gekommen, um auch die Stadt zu retten. Nun bleibt uns nur, Rache zu üben."

Jalan wies zur Stadt hinüber. „Einige ihrer Bewohner sind wohl noch am Leben. Auf der Ostwache weht ein menschliches Banner."

Meredem und die anderen fuhren herum und sahen verblüfft zur Stadt.

„Er hat recht. Auf der Plattform stehen Männer und schwenken das Banner Bulldemuts. Er muss noch am Leben sein."

„Und er ist nicht allein. Wenn sein Banner noch weht, so muss er noch wehrhaft sein."

Pferdefürst Meredem schwang sich hastig in den Sattel. „Dann müssen wir Merdonan stürmen, bevor es zu spät ist."

„Warte." Jalan-olud-Deshay schüttelte den Kopf. „Ich habe gesehen, was deine Reiter auf dem Schlachtfeld bewirken können, doch dort stehen die Orks geschützt hinter einer Mauer. Wenn du sie berennst, wirst du schwere Verluste erleiden, ohne etwas zu bewirken."

„Er hat recht", stimmte Nedeam zu. „Ein Wall kann nur mit Leitern genommen werden, und man braucht eine Ramme, um das Tor zu öffnen."

Meredem biss sich auf die Lippe. „All das zu beschaffen, braucht Zeit, Ihr Herren. Zeit, welche die Überlebenden in Merdonan nicht haben. Offensichtlich konnten sie standhalten, aber sie müssen sehr geschwächt sein, sonst hätte Bulldemut einen Ausfall gemacht, als die Beritte angriffen. Jetzt stecken die Orks in Merdonan fest und sind hinter seinen Mauern gefangen. Ihr kennt diese Bestien wohl besser als ich und wisst, wie sie sich die Zeit vertreiben. Sie werden Bulldemut und die seinen abschlachten und uns ein Leichenhaus überlassen."

„Ihr kämt nicht schnell genug auf die Mauer, um das zu verhindern.“ Olruk zuckte bedauernd die Schultern. „Ich sage es nicht gerne, Ihr guten Herren, aber die Menschen in der Stadt sind verloren, obwohl die Hilfe so nahe ist.“

„Nicht unbedingt.“ Jalan strich sich über das Kinn und schien zu überlegen. Schließlich sah er Meredem an. „Ich muss gestehen, dass ich mich gegen den Bund mit den Menschen aussprach, als der Hohe Rat der elfischen Häuser ihn beschloss. Es gibt nichts, was ein Vertrauen in menschliche Wesen rechtfertigt. Oder zumindest war das noch vor Kurzem so. Jetzt habe ich erleben können, wie Elfen und Menschen einander in fester Treue verbunden waren, als das Haus Elodarion und die Pferdelords Garodems dem Haus Deshay beistanden.“ Er lächelte flüchtig. „Selbst ein Axtschläger des Zwergenvolkes hat nicht gezögert, uns zu Hilfe zu eilen. Vielleicht habe ich mich getäuscht, und die Menschen sind es wert, an ihre Seite zu treten.“ Jalan seufzte leise. „Wie dem auch sei, ich und das Haus Deshay stehen in eurer Schuld, ihr Menschenwesen, und das Haus Deshay wird diese Schuld begleichen.“

Der Erste des Hauses Deshay wies zur Stadt hinüber. „Überlasst uns Elfen den Wall der Stadt, euch Pferdemenschen sollen dann die Straßen gehören.“

62

Das Tor der Stadt war geschlossen und der Wall besetzt. Doch dieses Mal nicht zum Schutz der Menschen. Garodem sah grimmig auf die Orks, die auf dem überdachten Wehrgang der Stadt zu sehen waren. Auch er hatte Bulldemuts Banner erkannt, und er war erfahren genug, um zu wissen, dass eine berittene Attacke gegen die Stadt sinnlose Opfer gekostet hätte.

Er hatte einen Reiter zu Meredem und dem einige Tausendlängen entfernten Kampfplatz entsandt, sobald er die veränderte Lage erkannt hatte. Jetzt mussten die Verwundeten versorgt, die Toten in Ehren bestattet und Sturmgeräte gebaut werden, damit man die Stadt nehmen konnte.

Zwei Beritte blieben in Formation, aber die Männer waren abgesessen und versorgten erst die Pferde, dann sich selbst, jederzeit bereit, einem möglichen Ausfall der Orks zu begegnen. Sie alle hofften darauf, die Bestien würden es versuchen, aber diese würden kaum dumm genug sein, sich auf freiem Feld von den grimmigen Pferdelords niederreiten zu lassen.

Garodem und die anderen hatten den Kampfplatz abgesucht und die Verwundeten und Toten auf die andere Seite des Hügels gebracht. Mehrere Gruppen trugen erschlagene Bestien zusammen und schichteten sie auf, damit sie später verbrannt werden konnten. Garodem war entsetzt über die Verluste, die seine Beritte erlitten hatten, aber er versuchte, sich das nicht anmerken zu lassen.

Vor ihm saß ein Pferdelord am Boden, dessen Schenkel von einem Schlagschwert aufgerissen war. Trotz der Schmerzen versuchte der Mann zu lächeln, was sein Gesicht in eine verbissene Grimasse verwandelte. „Hat mich fast erwischt, dieses verfluchte Rundohr“, ächzte er und zupfte Reste von Stoff aus der Wunde. „Aber der Bestie geht es jetzt schlechter als mir, mein Hoher Lord.“

Garodem legte ihm anerkennend die Hand auf die Schulter. „Ihr habt gut gestritten, Pferdelord. Achtet darauf, dass kein Schmutz in der Wunde bleibt, und vernäht sie gut. Ihr werdet bald wieder reiten können.“

Der Mann nickte. „Das Blut hat den meisten Dreck herausgespült. Nur noch ein paar Fetzen der Beinkleider, dann kann sie vernäht werden.“

Alle Pferdelords verstanden sich auf Wundversorgung. Wenn jemand auf den Gehöften oder in den Weilern verletzt wurde, war ein Heiler meist nicht bei der Hand, und so musste man sich selbst behelfen. Das Richten von Knochenbrüchen und das Nähen von Wunden beherrschten sie, wenn auch vielleicht nicht mit der Geschicktlichkeit eines Heilers. Die meisten Männer führten auch Eisenmoos in ihren Taschen mit sich, das eine entzündungshemmende Wirkung hatte.

Ein anderer Pferdelord trat heran und half dem Verletzten, die Wundränder zusammenzupressen, damit sie mit Nadel und Faden vernäht werden konnten. Der Verwundete schüttelte den Kopf, als der andere die Nadel ansetzen wollte. „Nehmt es mir nicht übel, mein Freund, doch das mache ich lieber selber. Dann weiß ich, dass die Naht hält.“

Garodem nickte den Männern nochmals zu, dann erblickte er seinen Scharführer Kormund, der bei einer anderen Gruppe stand. Der Wimpel Kormunds flatterte lustlos in der schwachen Brise, die über das Land strich und den Geruch von Blut mit sich führte.

„Mehr als einen vollen Beritt haben wir verloren, Garodem, mein Herr." Kormund spuckte aus. „Ein weiterer kommt nicht in den Sattel, weil die Wunden zu schwer sind."

„Teilt die Männer so ein, dass die Beritte gefüllt sind, egal aus welchem Weiler und von welchem Gehöft sie sind." Garodem nahm seinen Helm ab und wischte sich die verschwitzten Haare aus der Stirn. „Sie haben uns übel getroffen, die Bestien."

„Ja." Kormund spuckte erneut aus, und Garodem erkannte, dass Blut im Speichel war und die Lippen geschwollen und aufgeplatzt waren. Als der Scharführer seinen Blick bemerkte, zuckte er die Schultern. „Ein Mann neben mir zog den Arm zurück, um seine Klinge in ein Rundohr zu bohren. Ich war dem Ellbogen zu nahe."

„Die eine Legion haben wir leicht überrannt, aber die andere stand gut." Garodem schüttelte nachdenklich den Kopf. „Ich hätte nicht gedacht, dass eine Legion uns standhalten könnte. Als Einzelkämpfer waren die Rundohren schon immer gefährlich, aber im Verband einer Legion verließen sie sich immer zu sehr auf ihre Masse. Jetzt scheinen die verfluchten Bestien auch in der Formation kämpfen zu lernen."

„Wir haben fünf ihrer Kohorten vernichtet." Kormund spuckte abermals aus und betastete seinen Mund. Er verzog missmutig das Gesicht, als er einen lockeren Zahn spürte.

„Die anderen fünf nicht."

„Weil uns der Schwung fehlte." Kormund ließ die Zunge von innen an seinen Zähnen entlanggleiten. Wenn er ein wenig fester im Kiefer gesessen hätte, hätte der Zahn vielleicht wieder anwachsen können, aber er ließ sich zu leicht bewegen.

„Jetzt halten die verfluchten Orks die Mauern." Garodem bemerkte Kormunds Tasten. „Nehmt ihn besser ganz heraus,

Kormund, mein Freund, sonst verschluckt Ihr Euch an ihm."

Der Pferdefürst sah zu, wie sein Scharführer missmutig knurrte und dann den losen Zahn kurzerhand herausbrach. Blut floss über seine Lippen, und Kormund warf den Zahn wütend von sich.

„Ich habe eine Gruppe Männer für den Holzeinschlag ausgeschickt." Garodem setzte einen Helm wieder auf und blickte instinktiv nach Westen, wohin die Männer verschwunden waren. Das nächste Waldstück lag nicht weit entfernt, es würde also leicht sein, Holz zu beschaffen und Sturmleitern und Rammbock daraus zu bauen. „Wir werden bald gegen die Stadt vorrücken können."

Kormund sah den Herrn der Hochmark ernst an. „Wir werden zu Fuß vorgehen müssen. Ohne Pferde. Das macht uns langsam und anfällig."

„Ich weiß. Wir haben auch nicht genug Bogenschützen, um die Orks auf der Mauer in Bedrängnis zu bringen, bis wir heran sind. Ich hoffe, unter Meredems Beritten sind genug gute Schützen."

„Was für eine Truppe ist das eigentlich, der er zu Hilfe eilte?"

Garodem zuckte die Schultern. „Wir werden es wohl bald erfahren. Gib den Männern Bescheid, sie sollen sich erholen, so gut es geht. Ich will noch nach den anderen Verwundeten sehen."

Sie trennten sich wieder, und Garodem schritt von einem Verwundeten zum anderen. Manche lagen stumm auf ihren Umhängen, andere litten entsetzlich. Einige würden ihre heimatliche Mark wohl niemals wiedersehen. Garodem verspürte Trauer, als er versuchte, den Männern Mut und Zuversicht einzuflößen.

Beim Angriff seiner Beritte waren ihm auch Männer der Nordmark gefolgt, und nun kam er zu einer Gruppe dieser Männer, die sich um einen der ihren kümmerte. Der Mann war schwer verletzt, und es war klar, dass er die Wunde nicht überleben würde. Ein Schlagschwert oder der Haken eines Spießes hatte seinen Bauch aufgerissen, und die Schmerzen mussten unerträglich sein, denn der Mann krallte seine Finger in den Boden. Die Augen waren weit aufgerissen und verrieten seine Pein.

Einer der anderen Männer der Nordmark sah Garodem ernst an. „Er wird es nicht schaffen, Hoher Lord. Die Wunde ist zu schwer und sein Leiden sinnlos. Ich wollte ihm den Ritt zu den Goldenen Wolken erleichtern, aber es wäre ihm sicher eine Ehre, wenn Ihr ihm den Gnadenstoß erweisen würdet."

Garodem hatte die Männer geführt und war für sie verantwortlich. Sie mussten seinen Befehlen folgen und hatten ein Anrecht darauf, dass er sie so gut führte, wie er es vermochte. Sie waren ihm anvertraut, bis in den Tod und, in gewisser Weise, darüber hinaus, denn wenn sie starben und niemand mehr für ihre Familien sorgen konnte, lag es an Garodem, dies zu tun. Garodem oder dessen Nachfolger, denn auch der Pferdefürst konnte schließlich unter den Opfern sein.

Garodem zögerte nicht und nickte. „Es ist mir eine Ehre, Euren Beritt unter meinem Banner zu führen, und dieser Pferdelord hat ein Anrecht darauf, dass ich mich dieser Ehre würdig erweise." Er sah den Todgeweihten an, der seinen Blick schmerzerfüllt erwiderte und unmerklich nickte.

Die Worte des Mannes waren kaum zu verstehen. „Tut Eure … Eure Pflicht, Hoher … Lord."

Der Pferdefürst zog sein Schwert aus der Scheide und hielt es über die Kehle des Mannes. Dieser lächelte verzerrt. „Schneller … Ritt, mein … Herr …“

„… und scharfer Tod.“ Die Klinge senkte sich in den Hals und beendete allen Schmerz.

Der Körper zuckte noch einmal, dann streckte er sich. Garodem zog die Klinge zurück und stieß sie mehrmals in den Boden, um sie vom Blut zu säubern. Er fühlte sich leer und ausgezehrt und war von Trauer erfüllt. „Dieses Schwert sollte den Orks den Tod bringen und nicht einem braven Pferdelord.“

Aber die Tradition hatte bewahrt werden müssen.

„Gebt ihm seine Klinge in die Hand“, sagte Garodem, darum bemüht, seiner Stimme einen festen Klang zu geben. „Und hüllt ihn in seinen Umhang, bis wir ihn in Ehren bestatten können.“

Er blickte zum Hügel, hinter dessen Kuppe Merdonan lag. Nur der gewaltige Turm der Ostwache war von hier aus zu sehen, und auf dessen Spitze der winzige grüne Fleck eines Banners. Es würde noch so manchen Toten geben, bis die Stadt und ihre Menschen befreit waren und man den Gefallenen das letzte Geleit zu den Goldenen Wolken geben konnte.

Ein Ruf ertönte von der Hügelkuppe her, und Garodem sah einen Reiter, der mit der Lanze wedelte. Der Pferdefürst gab seinem Bannerträger einen Wink, worauf der mit seinem Pferd herantrabte. Dann schwang er sich in den Sattel. Gefolgt von seinem Feldzeichen ritt er zu dem Lanzenträger auf den Hügel hinauf.

„Dort, Hoher Lord. Eine Gruppe von Reitern nähert sich unter Meredems Banner.“

Zwei von ihnen waren unverwechselbar, und Garodem lächelte erleichtert, als er Dorkemunt und den Zwerg Olruk erkannte, und sein Lächeln wurde noch breiter, als ihm klar wurde, dass jener junge Mann ohne Rüstung Nedeam sein musste. Die Begrüßung war herzlich, aber kurz, denn Meredems Miene verriet, dass der Besuch nicht allein dem Wiedersehen diente.

„Wir müssen Merdonan stürmen, Hoher Lord Garodem." Meredem wies zur Stadt hinüber. „Noch weht Bulldemuts Banner, aber es steht zu befürchten, dass die Orks sich für ihre Niederlage an ihm rächen werden."

„Ich habe bereits Männer entsandt, die Holz einschlagen. Wir können bald mit dem Bau der Sturmleitern und des Rammbocks beginnen."

„Diese Zeit haben wir nicht." Meredem machte eine unbestimmte Geste hinter sich. „Die Elfen wollen die Stadt für uns nehmen."

Garodem runzelte überrascht die Stirn. „Auch die Elfen brauchen Sturmleitern und Rammbock."

„Ihr Führer, der Hohe Lord Jalan, behauptet, sie hätten einen schnelleren Weg. Er braucht jedoch die Hilfe der Bogenschützen. Und die Beritte sollen sich bereithalten, wenn die Elfen das Tor Merdonans öffnen."

Garodem schüttelte ungläubig den Kopf. „Ich traue den Herren Elfen eine Menge zu, doch Wunder können auch sie nicht vollbringen."

Meredem lächelte. „Nun, dieser Hohe Lord Jalan scheint das immerhin zu glauben."

63

Jalan und sein Freund und Waffenmeister Theon begutachteten die Mauer, die es zu bezwingen galt. „Vier Männerlängen hoch, bis der hölzerne Aufbau beginnt. Ich schätze, der Wehrgang bietet vier Kämpfern hintereinander Platz."

„Es muss sehr schnell gehen, damit die Bestien keine Zeit finden zu reagieren." Theon lächelte kalt. „Sie müssen glauben, uns leicht abwehren zu können."

Elfen eilten über den Kampfplatz, rafften Pfeile an sich und prüften, was von ihnen noch verwertbar war. Jalan zuckte bedauernd die Schultern. „Viel werden wir nicht mehr finden. Ich hoffe, die menschlichen Bogen taugen etwas."

„Nicht so viel wie die unseren, aber es muss reichen", seufzte der Waffenmeister.

In den Beritten der Nordmark waren einige Handvoll Reiter abgestiegen und gruppierten sich. Die Männer waren Pferdelords, die ihre Bogen mit sich führten. Diese Waffen, welche die Menschen bislang nicht zum Einsatz gebracht hatten, wurden nun gebraucht.

„Sie haben nicht unsere Reichweite", brummte Theon.

„Ich weiß." Jalan zuckte die Achseln. „Auch nicht unsere Treffsicherheit. Aber es wird reichen."

Einer der Bogenführer eilte zu ihnen herüber. „Nicht mehr als zwanzig Pfeile pro Bogen. Und nicht alle davon werden ihr Ziel finden."

„Es reicht, wenn die Bestien die Köpfe einziehen." Jalan lachte scheinbar unbekümmert. „Zu treffen brauchen wir die Spitzohren nicht. Es reicht, ihnen Angst einzujagen. In all den

Jahreswenden hat sich ihr Wesen nicht verändert."

„Es hat keinen Zweck, länger zu warten." Theon gab den Elfen einen Wink, und die kampffähigen Krieger des Hauses Deshay, noch rund zweieinhalbtausend Männer an der Zahl, begannen sich rasch aufzustellen.

„Formiert euch zum Baum", befahl der Waffenmeister und unterstrich den Befehl mit einigen Gesten. „Den Stamm zwischen die beiden mittleren Katapultplattformen vor uns ausrichten."

„Die Mauer besteht nicht aus gebrannter Erde", sagte Jalan leise. „Die Menschen haben sie aus sorgfältig behauenen Steinquadern errichtet."

„Nicht sorgfältig genug." Theon zuckte die Schultern. „Die Fugen sind breit. Es wird gehen."

„Die Bogen vor!" Jalan gab nun den abgesessenen Bogenschützen der Pferdelords einen Wink. „Ihr Menschenwesen, bildet das zweite und dritte Glied der Bogen und lasst die Pfeile fliegen!"

Menschen und Elfen hasteten zu ihren Positionen, vorbei an Überbleibseln und Toten des ersten Waffengangs. Sie rannten auf den nördlichen Abschnitt der Stadtmauer Merdonans zu.

Die Orks bemerkten ihr Vorgehen, und auf dem überdachten Wehrgang entstand Bewegung, als Rundohren und Spitzohren sich ebenfalls formierten. In den Reihen der Angreifer waren keine Sturmleitern oder andere Kletterhilfen zu erkennen, die es abzuwehren galt, und so traten die Rundohren nach hinten zurück, um den Bogenschützen Platz zu machen.

Die Bogen der Menschen besaßen eine etwas größere Reichweite als die der Spitzohren, wurden jedoch von denen der Elfen noch weit übertroffen. Die Angreifer rückten in einer breiten Linie vor, die vier Glieder tief war. Diese breite Linie verkörperte die Äste eines Baumes, während in der Mitte der Kampfformation der „Stamm“ gebildet wurde. Ein massiver, länglicher Block aus Elfen, der nach hinten aus der Linie herausragte. Diese Männer hatten die Bogen abgelegt und ihre Pfeile den anderen Schützen überlassen. Sie hielten stattdessen die hohen ovalen Schilde des Hauses Deshay vor ihre Leiber, sodass nur die hohen Helme mit dem Symbol ihres Hauses ein wenig darüber emporragten.

Gerade außerhalb der Reichweite der Spitzohren gab Jalan-olud-Deshay ein lautes Kommando, auf das hin die vorgehenden Angreifer auf der Stelle verharrten. Mit dem zweiten Kommando begannen die Elfen ihre Pfeile zu lösen, und auf der Mauer sanken die ersten Bestien getroffen zu Boden.

„Schildwall“, befahl Jalan, der den Angriff unbedingt persönlich leiten wollte.

Aus der Mitte der stehenden Formation brach der „Stamm“ des Baumes hervor und rückte im Laufschritt gegen die Mauer vor, gedeckt durch die hohen Schilde. Die Orks reagierten. Auch wenn die Elfen kein Sturmgerät mitführten, so mochte es durchaus sein, dass sie versuchen würden, sich aufeinanderzutürmen, um so die Mauer zu überwinden. Die Spitzohren begannen nun ihre Pfeile und Bolzen zu lösen.

„Krone“, brüllte Jalan, und während die außen laufenden Elfen ihre Schilde gerade vor ihre Körper hielten, hoben die anderen Krieger die ihren nun an, um sich und ihre Mitstreiter gegen die mittlerweile von oben herabzischenden Geschosse zu schützen. Dennoch gab es Verluste. Männer stürzten und rissen Lücken.

„Deckt sie ein!“ Theon rannte an den Linien der Schützen entlang. „Lasst ihnen Pfeile um die Ohren fliegen, damit sie die Köpfe einziehen. Schießt, ihr Männer, löst eure Pfeile!“

Es kam nicht so sehr darauf an, die Spitzohren tatsächlich zu treffen. Sie mussten nur daran gehindert werden, ihre eigenen Geschosse wirkungsvoll einzusetzen. Die Pfeile von Menschen und Elfen warfen Bestien zu Boden, und der Beschuss zeigte rasch Erfolg, denn viele Spitzohren auf dem Wehrgang versuchten instinktiv, vor dem tödlichen Hagel in Deckung zu gehen. Die hinter ihnen stehenden Rundohren trieben sie aber wieder nach vorne und zwangen sie in den Kampf zurück. Dennoch verlor der Beschuss der Spitzohren viel von seiner tödlichen Wirkung.

„Den Stamm vor", befahl Jalan und wies mit der Spitze seines leicht geschwungenen Schwertes auf die Mauer. „Rasch, ihr Männer des Hauses Deshay. Es muss schnell gehen! Bildet die Schildtreppe!"

Der Pfeilvorrat von Elfen und Menschen war sehr begrenzt, weshalb sie den intensiven Beschuss nicht lange würden aufrechterhalten können. Die Angreifer mussten die Mauerkrone nehmen, bevor der schützende Pfeilhagel zum Erliegen kam und die Spitzohren wieder ungehindert schießen konnten. Die Angreifer hatten den Mauerfuß fast erreicht. Unvermittelt schien nun die Formation des Stammes an der Wand auseinanderzugleiten.

Seltsam metallisch schlagende Laute erklangen.

Die Elfen rammten die spitzen Bodendorne an den Unterseiten der Schilde in die Fugen des Mauerwerks und begannen aus den Schilden die Stufen einer ungewöhnlichen Treppe zu bilden. Andere Elfen warfen ihre Schilde mit den Dornen voran gegen den Wall. Etliche trafen nicht richtig und lösten sich, andere wiederum fanden keinen festen Halt. Elfen sprangen nun auf die unteren Schilde, nahmen die der anderen Männer entgegen und rammten sie in die Fugen. Die improvisierte

Treppe wuchs rasend schnell.

Unverzüglich hatten die Orks auf der Mauer die Gefahr erkannt. Einige Bogenschützen beugten sich weit vor, um die Angreifer unten an der Mauer mit ihren Pfeilen und Bolzen zu treffen. Elfen stürzten, Spitzohren schrien getroffen auf, einige stürzten über die Brüstung auf die Angreifer hinunter. Rundohren traten brüllend vor, nahmen bereitgelegte Steine oder die Körper Gefallener und warfen sie auf die Angreifer hinunter.

„Schneller, schneller!", brüllte Jalan. „Eilt euch, ihr Elfen, nehmt die Mauer!"

Der schützende Pfeilbeschuss der Krieger begann zu erlahmen, immer mehr Männer hatten keine Pfeile mehr und warfen ihre Bogen zur Seite, um sich den Vorstürmenden anzuschließen. Die Schildtreppe wuchs, obwohl Elfen getroffen stürzten und Schilde aus den Fugen brachen. Es schien wie ein Wunder, dass die Dornen in den Mauerspalten genug Halt fanden, um das Gewicht eines Mannes zu tragen, aber in unerwartet kurzer Zeit tauchte der Kopf des ersten Elfen über der Brüstung auf. Der Mann wurde von einem Spieß zurückgeworfen, den Nachfolgenden tötete ein Schlagschwert. Der dritte Krieger jedoch spießte ein geiferndes Rundohr auf seine Klinge, bevor er von einem anderen Ork getötet wurde. Zwei weitere Elfen standen plötzlich auf der Mauerkrone, klammerten sich an den spitzen Pfählen der umgebenden Palisade fest, hieben um sich und wurden getötet. Andere schwangen sich über die Toten hinweg, erschlugen Rund- und Spitzohren und schufen sich den Platz, um auf den Wehrgang springen zu können.

Elfen und Orks kämpften erbittert auf engstem Raum um jeden Fußbreit der Mauer. Waren die Elfen zunächst noch in erschreckender Minderzahl, verschaffte doch jeder hinzukommende Angreifer den anderen zusätzlich Zeit, um nachzurücken. Immer mehr halbnackte elfische Krieger drängten auf die Mauer und immer mehr Elfen und Bestien starben, stumm oder unter qualvollen Schreien.

Die Toten stürzten nun nicht mehr vor die Mauer der Stadt, sondern auf den Wehrgang, von wo sie über die schrägen Dächer der Handwerksbetriebe herunterrollten und auf die Straße hinabfielen, welche innen an der Mauer entlangführte.

Spitzohren in den Straßen begannen hastig ihre Pfeile zu lösen, ohne darauf zu achten, wen sie mit ihren Geschossen trafen. Wütende Rundohren töteten einige von ihnen und ermahnten so die ängstlichen Schützen, besser zu zielen. Aber das Gewimmel auf der Mauer war zu dicht, und nun kämpfte sich ein starker Trupp Elfen auf dem Wehrgang entlang auf das Tor Merdonans zu.

Noch immer standen zwei volle Legionen der Orks in der Stadt, aber sie waren in keiner beneidenswerten Lage, denn die auf dem großen Platz zusammengedrängten Verteidiger bemerkten natürlich den anschwellenden Tumult.

„Männer der Ostmark", brüllte dort Pferdefürst Bulldemut, „jetzt gilt es! Schlagt die Bestien! Tötet sie! Tod! Tod!"

Leoryn und die elfischen Schützen aus dem Hause Elodarion verblieben auf dem Dach von Bulldemuts Haus, denn ihnen fiel es nun zu, Frauen und Kinder zu schützen. Ein Teil derjenigen Männer, die Pfeil und Bogen führten, blieben ebenfalls hinter den Barrikaden zurück, doch die anderen stürmten mit neu aufgeflammter Hoffnung vor.

„Zum Tor, Pferdelords der Ostmark!", brüllte der Erste Schwertmann Mor. „Wir müssen das Tor nehmen und es öffnen!"

Die Verteidiger der Stadt hatten Verluste hinnehmen müssen, sehr schmerzliche Verluste. Es wäre ihnen schwergefallen, den großen Platz für längere Zeit zu halten, und hätten die Orks ihn ernstlich stürmen wollen, hätte nichts sie aufhalten können. Aber die Bestien stürmten ihn nicht, und dieses Versäumnis rächte sich nun, denn jetzt hatten sie eine zweite Front in ihrem Rücken.

So geschwächt die Streitmacht Merdonans auch sein mochte, ging sie nun doch konzentriert über die breite Hauptstraße in Richtung auf das Stadttor vor, und da sie die anderen Straßen und Gassen links liegen ließen, konnten Bulldemuts Männer mit Macht auftreten.

Über der Stadt waren die Geräusche der Schlacht zu vernehmen. Das Schreien der Kämpfenden, das Zischen von Pfeilen und das Klirren von Klingen. Der Geruch von Kupfer hing in der Luft, und die Steine der Straßen und die Hauswände wurden zunehmend von dunklem und von rotem Blut bespritzt.

Bulldemuts Männer hatten keine Zeit, sich um jene Orks zu kümmern, die sich in die Häuser begaben. Immer wieder lösten Spitzohren Pfeile aus den Fenstern und warfen so Männer zu Boden. Die Verteidiger Merdonans kämpften sich dennoch in Richtung auf das Haupttor vor, während aus den seitlichen Straßen Orks herbeieilten, um sie daran zu hindern.

Die Elfen arbeiteten sich mittlerweile in beiden Richtungen auf dem Wehrgang vor, und so erbittert die Rundohren ihnen auch entgegentraten, wurde es doch offensichtlich, dass die Orks den Kampf verlieren würden. Am Haupttor ertönte Jubel, als Elfen die schweren Riegel lösten und die Sperrbalken zur Seite hoben. Die beiden Flügel des massigen Tores schwangen knarrend in den Angeln auf, und Reiter der Beritte preschten mit angelegter Lanze und gezücktem Schwert herein.

Eine Gruppe unter Scharführer Asgrim drängte ihre Pferde rücksichtslos eine der breiten Treppen hinauf und kämpfte vom Sattel aus jeden Widerstand nieder. Asgrims Männer stießen mit Lanzen und Schwertern, und ihre trainierten Pferde keilten um sich. Selbst die Elfen auf dem Wall wichen zurück, denn die Gewalt der Reiter machte auch vor den Verbündeten nicht halt. Länge um Länge stürmten die Berittenen auf dem Wehrgang voran.

Jegliche verbliebene Kampfordnung ging nun verloren. Menschen, Elfen und Orks hieben und stachen aufeinander ein, und unten auf der Straße preschten zwei Beritte gnadenlos durch das Gewühl und drangen zum großen Platz vor, um die dort verharrenden Bewohner zu schützen. Während die Rundohren weiter in den Straßen kämpften, verbargen sich die meisten der Spitzohren in den Häusern und verschossen von dort aus ihre Pfeile. Um jede Länge Pflaster musste blutig gerungen werden.

Aber der Ausgang des Kampfes war gewiss.

Die Überreste der Legionen begannen sich durch die Straßen Merdonans hindurch in östliche Richtung zurückzuziehen, bedrängt von den siegessicheren Verbündeten. Ein letztes Mal fanden die Bestien am östlichen Wall zu einer festen Formation, versammelt von einem mächtigen Rundohr. Aber der Ansturm der Elfen und Pferdelords warf sie über die Mauer zurück. Bestien sprangen vom Wehrgang auf den Boden vor der Stadt. Manche von ihnen blieben tot oder verletzt liegen, während der Rest in wilder Flucht zum Pfad und den Stegen hinüberfloh, die durch die Weißen Sümpfe führten. Noch immer ertönten Todesschreie in der Stadt, aber der eigentliche Kampf war beendet.

Merdonan, die Stadt der Ostmark, war befreit.

64

Reiter in den grünen Umhängen der Pferdelords trabten langsam über das Schlachtfeld. Gelegentlich stieß eine Lanze nach unten und beendete endgültig das Leben einer verwundeten Bestie. Zwei volle Beritte hatten an den Endpunkten der Stege Stellung bezogen und sahen nun zu, wie die hölzernen Konstruktionen verbrannten und verkohlt in sich zusammenfielen.

Noch immer waren Hunderte von Menschen damit beschäftigt, Ordnung in das Chaos zu bringen. Auf dem großen Platz, den man hastig geräumt hatte, kümmerten sich die Heiler und die elfische Frau Leoryn um die zahlreichen Verletzten, von denen viele so schwer verwundet waren, dass sie nicht überleben würden. Andere würden verstümmelt bleiben und die Narben der Schlacht bis an ihr Lebensende mit sich tragen müssen. Viele Männer waren gefallen, und es schien wie ein Wunder, dass die meisten der Frauen und Kinder unbeschadet überlebt hatten. Niemand konnte sich erklären, warum die Bestien die Menschen der Stadt verschont hatten, als diese in ihrer Hand war, aber alle dankten dem Schicksal, dass Bewohner und Verteidiger heil davongekommen waren.

In langen Reihen wurden die getöteten Menschen und Elfen aufgebahrt. Die Kadaver der Bestien warf man auf große Haufen, die man mit Holz und Öl versetzte, um sie zu verbrennen. Die Elfen des Hauses Deshay würden ihre Gefallenen mit sich nehmen, um sie ihrem Brauch gemäß im Wald zu bestatten. Am folgenden Tag würde man die gefallenen Menschen beisetzen. Es musste bald geschehen, damit keine Seuchen ausbrechen konnten, und so hatte man das große Massengrab bereits ausgehoben.

Reiter waren unterwegs, um den Marken die Botschaft zu bringen, dass Merdonan befreit war und keine Gefahr mehr drohte.

Die Stadt selbst hatte kaum gelitten. Von wenigen Gebäuden rings um die niedergebrannte Gaststätte abgesehen, waren die Häuser von den Flammen verschont geblieben. Natürlich hatten auch diese unter der Besatzung der Orks und den Kämpfen gelitten, aber Wände und Boden ließen sich reinigen, und Möbel konnte man neu zimmern. Schon bald würde Merdonan seinen Bewohnern wieder ein Heim bieten, und nur wenige Schäden würden dann noch an die Schlacht erinnern. Anders sah es mit den inneren Wunden aus, welche die Kämpfe bei den Menschen hinterlassen hatten.

Die drei Pferdefürsten und der Erste des Hauses Deshay standen gerade auf jenem Hügel, von dem aus der Entlastungsangriff der Pferdelords begonnen hatte. Die Banner flatterten im leichten Wind, der den Gestank verbrennender Bestien zu ihnen herübertrug.

„Merdonan hat großes Glück gehabt“, sagte Meredem leise.

Bulldemut saß zusammengesunken auf seinem Pferd. Er war erschöpft, wie alle Männer und Frauen, und machte sich noch immer Vorwürfe, dass er die Orks unterschätzt hatte. „Glück? Sagt das einmal jenen, die sich nicht mehr erheben können. Sagt es den toten und verstümmelten Menschen Merdonans. Ein jeder von ihnen hinterlässt eine Lücke. Ja, es ist wahr. Merdonan hat standgehalten, mit Eurer Hilfe. Aber seine Menschen haben einen hohen Blutzoll entrichtet. Dass die Stadt noch steht, ist kaum ein Trost für jene, die Mann, Weib oder Kind verloren haben. Seht Euch die Menschen Merdonans an, Ihr Herren. Sie sind erschöpft und sicher froh, am Leben zu sein. Aber wartet ab, bis ihnen bewusst wird, welchen Verlust sie wirklich erlitten haben. Kaum ein Haus, in dem nicht Trauer herrschen wird."

Garodem legte dem Pferdefürsten in einer tröstenden Geste die Hand an den Arm. „Ich kann nachempfinden, was Ihr fühlt, Pferdefürst Bulldemut. Ich kann mich noch gut entsinnen, wie es mir damals erging, nachdem die Bestien die Hochmark und Eternas berannt hatten. Auch wir verloren dabei so manches Leben."

„Aber Ihr wurdet von den neu erstarkten Bestien überrascht." Bulldemut seufzte leise. „Euch traf keine Schuld. Ich hingegen habe die Bestien einfach unterschätzt."

„Wir alle hätten sie wohl unterschätzt", sagte Meredem. „Niemand hätte damit gerechnet, dass sie auf die Idee kommen würden, diese Stege zu bauen, mit denen sie so rasch durch die Weißen Sümpfe gelangen konnten."

„Mag sein. Aber ich habe zu lange gezögert, das Feuer der Ostwache zu entzünden." Bulldemut straffte sich im Sattel und legte die Hände auf das Sattelhorn. „Diese Schuld kann mir niemand nehmen, ich werde mit ihr leben müssen."

„Nach jedem Kampf fragt man sich, was man hätte anders machen können. Ob eine andere Taktik größeren Erfolg gehabt hätte, ob man alles tat, um die Leben der Männer zu schonen, die dem Banner in die Schlacht folgten." Garodem nickte zu seinen Worten. „Manchmal erscheint es mir leichter, als einfacher Pferdelord im Beritt zu reiten, denn ihn zu führen."

„So manches Eurer Gehöfte wird nun verwaist sein." Der junge Pferdefürst wies mit einer Geste über das Umland. „Viele Frauen und Kinder sind nun ohne Mann, der sich um sie kümmert."

Bulldemut nickte. „Es wird viel Trauer geben. Aber die

Gehöfte müssen weiter bewirtschaftet werden. Die Ostmark braucht das Fleisch und Holz und alles, was sie sonst noch liefern. Ich muss mich darum kümmern, dass die Not der einzelnen Familien gelindert wird und dass neue Bewohner zu den verlassenen Gehöften ziehen. Vielleicht muss ich auch ein paar meiner Schwertmänner abstellen, die den Familien bei ihrer Arbeit helfen." Der Pferdefürst blickte auf das offene Massengrab. „Denn an Männern, welche die Mark im Falle eines Angriffs noch verteidigen könnten, fehlt es mir nun ohnehin. Ich habe meinen Ersten Schwertmann Mor nach Enderonas entsandt. Er wird den König in meinem Namen um Hilfe bitten."

„Der König wird Euch Männer schicken, Bulldemut, dessen seid gewiss." Garodem sah zu seinen Männern hinüber. „Ich selbst werde Euch einen Beritt hierlassen, bis die Schwertmänner des Königs eintreffen. Auch wir hatten Verluste, Bulldemut. Und bei allen Finsteren Mächten, auch ich unterschätzte die Bestien und glaubte, sie in einem einzigen Ansturm niederwerfen zu können."

„Ich kann euren Schmerz nachvollziehen, ihr Menschenwesen." Jalan-olud-Deshay hatte bislang schweigend zugehört. Er war überrascht, dass die Menschen sich derart über ihre Verluste grämten. Er hatte sie als Wesen in Erinnerung, die sich wie die Nager vermehrten und rücksichtslos mit dem Leben von ihresgleichen oder anderen Kreaturen umgingen. War es möglich, dass sie sich in den vergangenen Menschenaltern geändert hatten? Er konnte es nur hoffen, denn bald würde die Verantwortung des Kampfes allein auf ihren Schultern lasten. Dann nämlich, wenn die Häuser der Elfen die Neuen Ufer aufsuchten, um dort ihre Heimat zu finden. Jalan hatte sich eine ganze Weile mit dem guten Grauen Marnalf unterhalten, der offensichtlich viel von den Menschenwesen hielt. Jalan räusperte sich. „Auch das Haus Deshay hat viele Leben verloren, und ein Leben ist uns kostbar, wie ihr wisst. Aber das Haus hat überlebt, und es wird weiter bestehen."

Bulldemut nickte. „Ihr habt Eure Schuld mit Eurem Blut bezahlt."

Garodem schüttelte den Kopf. „Unter Freunden gibt es keine Schuld, die man begleichen müsste."

Jalan-olud-Deshay lächelte unmerklich. „Ich habe nie geglaubt, dass es Freundschaft zwischen elfischen Wesen und dem Menschenvolk geben könnte. Doch der Hohe Herr Lotaras und die Pferdelords der Hochmark, die ihn begleiteten, haben mich eines anderen belehrt."

Sie blickten gemeinsam über den Kampfplatz. Allmählich senkte sich Dunkelheit über das Land, doch jetzt war es der normale Wechsel des Tages und nicht die finstere Bedrohung, die mit den Resten der Legionen gewichen schien. Bulldemut sah den jungen Pferdelord Nedeam, der sich mit der Elfin Llarana unterhielt. Trotz der Gewalt, die noch vor Kurzem hier geherrscht hatte, konnten sie miteinander lachen. Aber vielleicht war das auch gut so. Sie durften sich nicht mit finsteren Sorgen plagen, sondern mussten den Blick in die Zukunft richten.

„Sie werden wiederkommen", murmelte Bulldemut, als habe er Garodems Gedanken erahnt.

„Das werden sie. Und wir werden uns auf sie vorbereiten, so gut wir es vermögen." Garodem zwang sich zu einem zuversichtlichen Lächeln. „Wir haben sie geschlagen und werden es wieder tun. Und eines Tages, Ihr Herren, werden wir der Finsternis das schwarze Haupt abschlagen."

Automatisch blickten sie nach Osten zu der mächtigen Silhouette des gewaltigen Gebirges hinüber und schwiegen.

65

Auf dem Marktplatz lagen die Trümmer von Ständen und verstreute Waren. Die Toten hatte man fortgeschafft, aber die Flecken dunklen und roten Blutes verrieten, dass hier erbittert gekämpft worden war. Jetzt, nachdem man die Überlebenden, so gut es eben ging, versorgt hatte, suchten die Bewohner Merdonans nach allem, was noch verwertbar war.

Verinya schob die Reste eines Standes auseinander und suchte zwischen Trümmern und Schmutz nach Essbarem.

„Lass es liegen“, seufzte ihr Mann Helemunt. „Das meiste ist ohnehin verdorben. Du siehst doch, dass hier eine der Bestien geschlachtet wurde. Ihr Blut hat alles verseucht.“

Verinya schüttelte den Kopf. „Die Vorratshäuser am Stadtrand sind geplündert, und die Vorräte im Haus des Pferdefürsten werden nicht lange reichen.“

„Sie werden Vorräte von den Gehöften und Weilern in die Stadt schaffen.“

„Natürlich werden sie das.“ Verinya warf verdorbenes Brot zur Seite, dann fand sie einen Krug mit Getreide, der jedoch zerbrochen war. Sie seufzte enttäuscht. „Aber wer weiß schon, wie es in der Mark aussieht? Was ist, wenn die Bestien auch dort alles geplündert und zerstört haben?“

„Hier haben sie nicht viel zerstört.“ Helemunt schob das zerrissene Stoffdach eines anderen Standes mit dem Fuß auseinander.

„Aber die Nahrungsmittel haben sie geplündert.“ Verinya stürzte zu ihm, drängte ihn zur Seite und beugte sich rasch hinunter. Hastig zerrte sie eine verschlossene Kiste hervor und öffnete sie. „Was für ein Glück. Hier ist Brot."

„Alt und hart", brummte Helemunt.

„Unsere Zähne sind noch in Ordnung. Jedenfalls ist es noch gut." Verinya sah zur Seite und erblickte eine Frau, die zwei kleine Kinder an der Hand hielt. Es war offensichtlich, dass sie Hunger empfanden. Niemand von ihnen war verhungert, aber sie hatten nur wenig zu essen gehabt, und obwohl die Truppen aus den Marken ihre Marschverpflegung bereitwillig teilten, reichte es nicht, um eine normale Ernährung zu gewährleisten. Verinya seufzte abermals und winkte die Frau heran. „Kommt, gute Frau, ich habe Brot gefunden. Es ist ein wenig hart, aber besser als nichts."

Frau und Kinder sahen Verinya dankbar an und stürzten sich auf die kleine Holzkiste, in der die vier trockenen Brotlaibe lagen. „Habt Dank, gute Frau und guter Herr."

Die Frau drückte ihren Kindern je ein Laib in die Hand, und Helemunt glaubte förmlich die Zähne splittern zu hören, als sich die beiden Kleinen daüber hermachten. Die Frau schob den ihren in die weite Tasche ihres verschmutzten Gewandes, und Helemunt vermutete, dass sie ihn ebenfalls für die Kinder aufhob. Der Blick der Mutter wirkte niedergeschlagen. Das vierte Brot beließ sie in der Kiste und lächelte schwach. „Drei reichen für uns, ihr guten Leute."

Verinya schloss die Kiste wieder. Sie war aus gutem Holz und unbeschädigt. Wenn sie andere Nahrungsmittel fanden, konnten sie diese darin aufbewahren. Viel würden sie sicher nicht mehr finden, denn die Orks hatten die Lager der Stadt rücksichtslos geplündert und nur wenige der Häuser, die zur Stadtmitte lagen, verschont. Doch diese hatten die überlebenden Bewohner bereits abgesucht.

„Seid Ihr allein, gute Frau?“, fragte Verinya zögernd.

Vielleicht war ihr Mann selbst dabei, Vorräte zu beschaffen, oder half bei den Aufräumarbeiten. Aber als sie die Tränen der Frau sah, schämte sich Verinya, überhaupt gefragt zu haben.

„Euer … Heim ist in Ordnung?“ Helemunt strich sich über das Kinn und musterte den Markplatz. Hier würde nichts Brauchbares mehr zu holen sein. „Wir könnten Euch helfen, es zu reparieren, falls es Schaden genommen hat.“

Die Frau schüttelte den Kopf. „Habt Dank für Euer Angebot, guter Herr. Ein paar der Bestien haben ihren Dung in den Räumen verteilt, aber das lässt sich säubern. Nein, unser Heim ist unversehrt.“

Verinya wies die Hauptstraße entlang. „Ihr solltet zum Tor gehen. Ich habe gehört, eine Gruppe Pferdelords bringt Wagen mit Getreide aus den umliegenden Weilern und auch Schafe und Hornvieh, die man schlachten kann.“

„Pferdefürst Meredem hat Boten nach Eodan entsandt. Die Flüchtlinge aus den Weilern und Gehöften sind sicher schon auf dem Weg zurück zu ihren Heimen, und der Hohe Lord lässt Vorräte heranschaffen.“

„Die Felder sind nicht niedergebrannt, und auf einigen steht noch Getreide.“ Verinya lächelte. „Es wird nur wenige Tageswenden dauern, bis wir wieder genug Nahrung für alle haben.“

„Wir hatten großes Glück“, bestätigte Helemunt.

Dann sah er die Augen der Frau und ihrer Kinder und fühlte sich unbehaglich. Den Kindern mochte der Verlust des Vaters noch nicht bewusst geworden sein, aber die Trauer der Mutter war zu offensichtlich. Nicht alle hatten Glück gehabt. Nein, nicht alle.

66

Einige Elfen des Hauses Deshay hatten Tasmund nach Merdonan transportiert und bei dieser Gelegenheit auch Nedeams Rüstung, die Waffen und seinen geliebten Umhang mitgebracht, die ihm dann von der jungen Elfin Llarana übergeben worden waren. Sie hatte dies wortlos getan, ihn aber sanft angelächelt und war dann verschwunden, bevor sich der junge Pferdelord auch nur bedanken konnte. Und als er der Elfin folgen wollte, hatten seine gut gelaunten Begleiter Lotaras, Dorkemunt und Olruk ihn mit sich gezogen, um auf ihr gemeinsames Überleben anzustoßen.

Nun durchkämmten starke Streiftrupps die Ostmark, auf der Suche nach Orks, die sich vielleicht noch irgendwo versteckt hielten. In einem Waldstück wurde ein kleiner Trupp von ihnen gestellt, angeführt von einem verstümmelten Spitzohr. Der Kampf war kurz, aber erbittert und wurde ohne Gnade geführt. Am Ende schichteten die Männer die Kadaver der Bestien übereinander und verbrannten sie ohne Umschweife. Sie mussten weiter, denn auch die abgelegenen Gehöfte sollten wieder eine sichere Heimstatt bieten, wenn ihre Bewohner zurückkehrten oder neue Familien die verwaisten Anwesen in Besitz nahmen. Gelegentlich erfüllten die Männer die traurige Pflicht, ermordete Familien zu den Goldenen Wolken zu geleiten. Insgesamt jedoch waren Weiler und Gehöfte glimpflich davongekommen. Keine der Ansiedlungen war niedergebrannt oder zerstört worden, vermutlich weil die Orks niemanden auf die Notlage der Ostmark aufmerksam machen wollten. Einige Brunnen waren durch verwesende Körper vergiftet worden.

Man barg die Toten und die Kadaver von Bestien oder Tieren, doch es würde einige Monde dauern, bis die Wasserstellen sich selbst gereinigt hatten und ihr Wasser wieder trinkbar war.

Einer der Streiftrupps wurde von Dorkemunt und Nedeam geführt, die erleichtert waren, als sie ihre zurückgelassenen Pferde unbehelligt fanden. Die Tiere grasten in der Nähe jener Stelle, an der die Männer sie freigelassen hatten. Olruks Reittier wies einige leichte Bisswunden auf; offensichtlich hatte Nedeams Hengst Stirnfleck das störrische Pferd nachdrücklich davon überzeugen können, bei der Gruppe zu bleiben.

Dorkemunt hatte Nedeam vergnügt auf die Schulter geschlagen. „Ich glaube, dein braver Stirnfleck hatte vor, eine eigene Herde zu gründen. Er wird wohl nicht ganz glücklich darüber sein, dass du ihm diese Möglichkeit nun nimmst."

Nedeam hatte gelacht und erleichtert die Nüstern seines Hengstes gestreichelt, der seinen Kopf am Arm des jungen Pferdelords rieb. „Nun, Freund Dorkemunt, deinem Wallach fehlt ja das Interesse an jungen Stuten."

Der kleinwüchsige Pferdelord tätschelte die Flanke seines Pferdes und prüfte sorgfältig, ob es eine Verletzung davongetragen hatte, bevor er es von Sattel und Gurtzeug befreite. Seufzend betrachtete er einige Druckstellen und kleine Entzündungen, die sichtbar wurden. „Wir waren zu lange fort", knurrte er verdrießlich. „Wir hätten sie absatteln müssen."

„Ja", stimmte Nedeam zu. „Wir haben unbedacht gehandelt, und unsere Pferde mussten darunter leiden."

Während sie die Tiere versorgten und Salbe auf die Verletzungen gaben, gestanden sie sich ein, dass es naiv gewesen war zu glauben, sie würden in wenigen Zehnteltagen zu ihnen zurückkehren können. Nur deshalb hatten sie Sättel und Gurtzeug an den Tieren belassen, wie es auf einem Kriegsmarsch oder einer Streife üblich war. Diese für einen Pferdelord unverzeihliche Leichtfertigkeit hatte die Tiere unnötig leiden lassen, und nun schämten sich die Männer dafür.

„Wie ist es mit dir?“, fragte Dorkemunt unvermittelt, als sie sich in die Sättel der geliehenen Pferde schwangen.

„Was meinst du?“ Nedeam fühlte seine Zuneigung zu Stirnfleck, als der brave Hengst ihm willig folgte und ihm nicht von der Seite wich.

Dorkemunt räusperte sich verlegen. „Nun, wie soll ich sagen …? Stirnfleck hat die Pferde zusammengehalten und vielleicht wirklich seine eigene kleine Herde gründen wollen.“ Er sah seinen neben ihm reitenden Freund nachdenklich an. „Mein guter Wallach hat damit ja nichts am Hut, du verstehst?“

„Nein, tue ich nicht“, bekannte Nedeam.

Dorkemunt kratzte sich an der Brust. „Ich meine damit, dass es nur natürlich ist. Ein guter Hengst braucht eine gute Stute.“

Nedeams Augen verengten sich, und Röte stieg ihm ins Gesicht, als er die Anspielung des Freundes verstand und einige der sie begleitenden Pferdelords ihn unverhohlen angrinsten. „Ich bin kein Hengst“, brummte er verlegen.

„Aber ein junger Pferdelord im besten Mannesalter.“ Dorkemunt kratzte sich erneut. „Verfluchte Brut.“

„Hm?“

„Ich glaube, ich habe mir ein paar Krabbler eingefangen“, seufzte Dorkemunt.

„Das haben viele von uns“, wandte einer der anderen Reiter ein. „Wir sollten im Lager unsere Kleidung räuchern, sonst fressen uns die Biester auf und vollenden, was die Orks nicht geschafft haben.“

„Ihr habt recht, guter Herr Schwertmann“, stimmte Dorkemunt zu. Er stieß Nedeam an. „Nun, was meinst du?"

„Ja, mich zwickt es auch."

„Das meine ich nicht." Dorkemunt lachte schallend auf. „Du verstehst schon, worauf ich hinauswill."

„Das hat noch Zeit." Nedeam war das Thema unangenehm. Auch wenn er den Anblick von Frauen als überaus angenehm empfand, war ihm bislang doch nie der Gedanke gekommen, sich zu verbinden. Besonders jetzt bereitete ihm diese Vorstellung Unbehagen, denn viel zu oft sah er ein wunderschönes Gesicht vor seinem geistigen Auge auftauchen. Ein Gesicht mit eindrucksvollen Augen, die verwirrende Gefühle in ihm hervorriefen.

Dorkemunt bemerkte den nachdenklichen Gesichtsausdruck seines Freundes und beschloss, das Thema im Augenblick nicht zu vertiefen.

Sie ritten mittlerweile auf die Ostwache zu, die sich, von allen Ereignissen unberührt, vor ihnen erhob, und erreichten bald die Stadt.

Die Pferdelords der Nordmark Meredems und der Hochmark Garodems hatten ihre Lager außerhalb Merdonans aufgeschlagen. Da es heiß war, hatten sie darauf verzichtet, aus Decken oder Planen die kleinen Zweimannzelte zu errichten. Denn Linderung hätten sie in deren Schatten kaum gefunden, wo doch die Sonne unbarmherzig vom Himmel brannte. Lediglich die Schwerverletzten hatte man in Häusern der Stadt untergebracht. Unter ihnen war auch Tasmund. Die Elfinnen des Hauses Deshay bemühten sich zusammen mit Leoryn um das Leben des Ersten Schwertmanns der Hochmark, und Lotaras hatte den Pferdelords versichert, es werde alles Elfenmögliche getan, damit er nach Eternas zurückkehren könne.

Kochstellen waren für die Gruppen der Beritte errichtet

worden, und nun lagerten die Männer um sie herum, während deren Pferde in der Nähe standen und grasten. Einige der Tiere wanderten auf der Suche nach frischen Halmen aus dem Lager heraus, doch ein Pfiff ihrer Besitzer würde sie schnell wieder zurückrufen. Auf dem Lagerplatz erhoben sich die Lanzen mit den Wimpeln der Beritte, sodass jeder Pferdelord rasch seine Gruppe fand. Viele der Männer waren unterwegs, um die verschiedensten Aufgaben zu erfüllen, während andere ruhten und ihre Blessuren behandelten. Auch eine Reihe von Pferden wurde sorgsam gepflegt. Einige hatten Verletzungen von Pfeilen, Spießen oder Schlagschwertern davongetragen, und so die Wunden nicht zu schwer waren, hoffte man, die Tiere durchbringen zu können. Doch ein gebrochenes Bein ließ sich weniger gut versorgen als eine offene Wunde, und so hatte man eine Reihe von im Kampf gestürzten Pferden von ihren Leiden erlösen müssen.

Dorkemunt grunzte leise, als er sah, dass einige der Männer nackt an den Feuerstellen standen. „Verfluchte Krabbler." Er kratzte sich erneut. „Ich sage dir, Nedeam, mein Freund, ich brauche nun ein schönes, ordentlich rauchendes Feuer."

„Und ein heißes Eisen für die Nähte", stimmte Nedeam zu.

Es ließ sich nie vermeiden, dass einem der Biss eines Flugstechers oder die winzigen Krabbler zusetzten, die unter die Kleidung krochen und den Besitzer plagten. Sie zu suchen und einzeln zu entfernen, war eine mühselige und wenig Erfolg versprechende Tätigkeit. Zudem legten die Plagegeister ihre Eier gerne in den Nähten der Bekleidung ab.

Gleich nachdem sie abgesessen waren, zogen auch Nedeam und Dorkemunt sich aus und nahmen einige Stöcke auf, um ihre Kleidungsstücke in den Rauch eines Feuers zu halten. Wenn der Qualm die lästigen Plagegeister erst vertrieben hatte, würden sie mit einem erhitzten Eisen an den Nähten entlangfahren, damit auch die Brut zerstört wurde. Wenigstens gab es genug Wasser, um sich sorgfältig reinigen zu können. Auch die Bekleidung würden sie danach ordentlich wässern, um den Geruch des Rauches aus ihr herauszuwaschen. Unglücklicherweise erwiesen sich die winzigen Plagegeister als unempfindlich gegen Wasser. Nur jene schwarzgraue Paste, mit der die Frauen und Männer die Wäsche wuschen, vertrieb sie endgültig, doch diese Paste war im Augenblick ausgesprochen rar.

„Wir bekommen Besuch." Dorkemunt stieß Nedeam in einer freundschaftlichen Geste an. „Dort, aus der Richtung des elfischen Lagers."

Elfen aus dem Hause des Urbaums hatten Verpflegung, Heilmittel und Kleidung für die eigenen Bogenschützen gebracht, und so waren aus den halbnackten Kämpfern wieder Elfen in edlen, fein gearbeiteten Gewändern und schimmernden Rüstungen geworden.

Nedeam blickte in die angegebene Richtung, und sein Gesicht rötete sich vor Verlegenheit, als er Jalan-olud-Deshay und dessen Tochter Llarana erkannte. Auch Llarana trug ein frisches Kleid, dessen fließender Stoff sich weich um ihren schlanken Körper schmiegte.

Nedeam kam sich den Elfen gegenüber schmutzig und abgerissen vor. Es gab keinen Grund, sich dafür zu schämen, aber der Anblick der Elfin machte ihn erneut unsicher.

Dorkemunt störte sich nicht an seiner Nacktheit. Er sah den Elfen neugierig entgegen und stellte interessiert fest, dass deren Haut einen unmerklichen Kupferton aufwies. Anders als die der Menschen, die dort, wo sie nicht durch Kleidung und Rüstung vor der Sonne geschützt wurde, braun gebrannt, am übrigen Körper jedoch blass war. Ein harter Kontrast, der nun vor allem Nedeam unangenehm war.

Ein verstehendes Lächeln glitt über Dorkemunts Gesicht, als er das Mienenspiel seines jungen Freundes beobachtete. „Ich sehe mal nach den Pferden“, brummte er und nickte den Elfen zu. „Ich denke, die beiden elfischen Wesen wollen zu dir.“

Nedeam wäre es lieber gewesen, sein Freund hätte an seiner Seite gestanden, denn als Jalan und Llarana tatsächlich zu ihm traten, fühlte er sich, inmitten all der lagernden Pferdelords, seltsam allein. Neugierige Augen und Ohren folgten den Elfen.

„Die Bogen des Hauses Deshay werden nun heimkehren“, begann Jalan mit leiser Stimme. „Was hier zu verrichten war, ist getan, und unsere Verwundeten sind nun so weit versorgt, dass sie transportiert werden können.“ Der Erste des Hauses sah Nedeam ernst an. „Das Haus des Urbaums wird nicht vergessen, was die Pferdemenschen geleistet haben. Du und die deinen werden uns stets willkommen sein.“

Bevor Nedeam etwas erwidern konnte, löste Jalan Scheide und Schwert von seiner Rüstung und streckte sie dem jungen Pferdelord entgegen. „Kein Elf gibt seine Klinge aus der Hand, Nedeam vom Volk der Pferdelords. Aber diese Elfenklinge soll dir beistehen, so wie du dem Hause Deshay beigestanden hast.“

Verwirrt nahm Nedeam die leicht geschwungene Klinge entgegen und stammelte unbeholfen seinen Dank.

Jalan antwortete lächelnd. „Vielleicht führt uns das Schicksal eines Tages erneut zusammen. Mögen Sonne und Mond deinen Weg noch lange beleuchten.“

Jalan nickte Nedeam zu und wandte sich ohne ein weiteres Wort um. Während der Elf zwischen den Pferdelords hindurch zurück zum Lager seines Volkes schritt, starrte Nedeam verwirrt abwechselnd auf die Waffe und auf die junge Elfin, die keine Anstalten machte, ihrem Vater zu folgen.

„Auch ich will dir danken, für das, was du für uns und mich getan hast“, sagte sie mit sanfter Stimme. „Ich verdanke dir mein Leben, Nedeam von den Menschenwesen.“

„Ich … nun …“ Er räusperte sich verlegen. „Auch ich verdanke Euch … verdanke dir mein Leben“, erwiderte er unbeholfen. „Hättest du nicht eingegriffen, als der Graue …“

Er verstummte verwirrt, als Llarana die Hand hob und einen Finger auf Nedeams Lippen legte. „Mein Vater, Jalanolud-Deshay, der Erste des Hauses des Urbaums, sagt, wir Elfen begleichen immer unsere Schuld.“ Sie schwieg einige Augenblicke und lächelte Nedeam dabei sanft an. Der junge Pferdelord glaubte zu spüren, wie der Finger an seinen Lippen eine seltsame Magie verströmte, als fließe Leben von der Fingerspitze in Nedeams Seele. „Und er sagt auch, unter Freunden gibt es keine Schuld zu begleichen.“

Llarana tat einen Schritt zurück, und Nedeam erwiderte ihren Blick.

„Mögen Sonne und Mond deinen Weg noch lange beleuchten.“ Die junge Elfin lächelte. „Ich denke, Nedeam von den Menschenwesen, wir werden uns erneut begegnen.“

Als auch Llarana sich unvermittelt abwandte und mit raschen Schritten ihrem Vater folgte, blieb ein vollkommen ratloser Nedeam zurück. Er nahm kaum wahr, wie Dorkemunt zu ihm trat.

„Ein merkwürdiger Anblick“, sagte der kleinwüchsige Pferdelord leise. „Da steht ein völlig nackter Mann mit einem Elfenschwert in den Händen, und sein Blick haftet auf einer elfischen Frau.“

„Was?“ Nedeam schien aus einem Traum zu erwachen.

Dorkemunt grinste breit. „Nedeam, mein junger Freund, mein Sohn, du bist nun schon ein erfahrener Krieger. Wahrhaftig, das bist du. Aber glaube mir, es gibt Dinge zwischen Himmel und Erde, die es für den Mann Nedeam noch zu entdecken gilt."

Der kleinwüchsige Pferdelord sah seinen verwirrten Freund an und schlug ihm brüderlich auf die Schultern. „Doch das ist ein Gespräch, das wir abseits dieser vielen neugierigen Ohren hier führen sollten." Er musterte die geschwungene Klinge Jalans, die nun Nedeams Eigentum war. „Eine elfische Klinge ... Komm, Nedeam, mein Freund, du solltest dich jetzt erst einmal bedecken, und dann werden wir uns deine neue Klinge näher ansehen."

„Ja, sicherlich", stammelte Nedeam.

Seine Lippen brannten an der Stelle, an der die Elfin sie so sanft berührt hatte.

Aber das lag sicherlich nur an der heißen Sonne.

67

Fangschlag war am Leben, und er wusste, dass er dies allein dem Zufall verdankte. Er hatte beim Sturm der Verbündeten auf die Stadt zwei seiner Kohorten um sich gruppieren können und sie gegen den Feind geführt, aber die Übermacht der Menschen und Elfen war zu groß gewesen. Er hatte daraufhin versucht, die fliehenden Kämpfer der anderen Legion unter seinem Banner zu sammeln, aber die Angreifer waren auch dafür zu schnell und zu massiv vorgerückt. Fangschlag und seine Gruppe waren nach Osten abgedrängt worden und hatten sich schließlich auf die Mauer zurückgezogen.

Er hatte das Terrain eine Weile halten können, und viele Rundohren und Spitzohren verdankten ihm und seinen Kämpfern das Leben, denn sie verschafften ihnen die Zeit zur Flucht. Doch viele von Fangschlags Kämpfern starben, und auch er selbst wäre beinahe unter dem Axthieb eines Pferdelords gefallen.

Fangschlag konnte sich noch gut an jene Augenblicke erinnern.

Seine Gruppe kämpfte gegen elfische Krieger und wurde bereits langsam zurückgedrängt, als plötzlich auch noch eine Schar Berittener heranpreschte. Unter ihnen hatte sich ein seltsamer Pferdelord von ungewöhnlich kleinem Wuchs befunden. Fangschlag hatte ihn erst für eine jener Zwergenkreaturen gehalten, die in den unterirdischen Städten hausten, aber das Wesen hatte keine Bartzöpfe gehabt und zudem den grünen Umhang der Pferdemenschen getragen. Es war vom Pferderücken aus direkt auf das niedrige Dach der Schmiede gesprungen, die sich an der Wehrmauer befand, und hatte eine abnorm große Axt geschwungen.

Fangschlag hatte den Hieb mit seinem Schlagschwert pariert, und für einen kurzen Moment hatten sie beide sich grimmig fixiert. Da war etwas in den Augen des Menschenwesens gewesen, das Fangschlag irritiert hatte. Eher mechanisch hatte er einen weiteren Hieb seines Gegners abgefangen und dann erwidert, wobei er erstaunt gewesen war, welche Kraft der alte Pferdemensch entwickelte.

Dennoch hätte Fangschlag das kleine Wesen wohl bezwungen, wenn nicht just im Augenblick des entscheidenden Hiebes das Dach unter seinen Füßen nachgegeben hätte. Fangschlag war mit einem Teil der Konstruktion nach unten gestürzt, gemeinsam mit dem kleinen Mann, der ebenfalls den Halt verlor und zusammen mit ihm in den Raum der Schmiede hinabfiel.

Der kleine Pferdemensch war an den Amboss geschlagen und hatte seine Streitaxt verloren. Für Fangschlag wäre es ein Leichtes gewesen, dem Kampf ein Ende zu setzen, doch er hatte gezögert. Nie zuvor hatte er gezaudert, einen Feind abzuschlachten. Er sah den kleinwüchsigen Mann an, der sich mühsam erhob und einen Blick auf die Axt warf, die zu Fangschlags Füßen am Boden lag. Ein einziger Hieb mit dem Schlagschwert hätte den Pferdemenschen gefällt, aber Fangschlag hatte es nicht getan.

Den Feind im Auge behaltend, hatte er sich gebückt, die Streitaxt des Menschenwesens aufgehoben und sie ihm vor die Füße geworfen. Dann, als sein Gegner sie aufnahm, hatte Fangschlag genickt, und sie waren erneut in Kampfposition gegangen. Aber mit einem Mal war eine Gruppe miteinander ringender Rundohren und Menschen eingedrungen und zwischen ihre Fronten geraten, und in dem sich entfaltenden, wilden Kampf hatte Fangschlag den kleinen Mann schließlich aus den Augen verloren.

Er hatte sich als einer der Letzten über die Mauer geschwungen und war den anderen Orks gefolgt, wütend über die Niederlage und bereit, sich erneut auf den Feind zu werfen, aber es gelang ihm nicht mehr, eine Truppe um sich zu sammeln, und so musste er zusammen mit den anderen durch die Weißen Sümpfe fliehen.

Die Flucht hinterließ in Fangschlag einen schalen Beigeschmack.

Vor allem, als er erkannte, dass auch Einohr unter den Überlebenden war. Aber eigentlich hätte ihn das nicht verwundern dürfen. Diese miese kleine Made hatte sich bestimmt schon zu Beginn des Kampfes in Sicherheit gebracht.

Die überlebenden Orks der Legionen begannen sich am Hang des Gebirges zu sammeln, jenseits der Weißen Sümpfe und des ewigen Nebels, der Merdonan vor ihren Blicken verbarg. Wie zum Hohn ragte der gewaltige Turm der Ostwache über den Dunst empor und erschien ihm nun als Symbol für die Niederlage, welche die Legionen erlitten hatten.

Fangschlag war ein Stück den steilen Hang hinaufgestiegen, um sich einen besseren Überblick zu verschaffen, und beobachtete missmutig, wie Einohr ihm zögernd folgte.

Einohrs Blicke wirkten unstet, und er machte keineswegs den selbstherrlichen Eindruck, den er noch vor einigen Tageswenden vermittelt hatte. „Sie haben uns überrascht, diese verfluchten Pferdemenschen.“ Das Spitzohr sah nervös in Richtung Merdonan. „Sonst hätten wir sie vernichtet.“

„Schwachsinn.“ Fangschlag war nun selbst Legionsführer und brauchte nicht mehr vor Einohrs Rang zurückzuschrecken. „Wir hatten genug Legionen und auch noch eine befestigte Stadt als Stellung. Wir hätten sie halten müssen. Der Brutmeister wird nicht besonders zufrieden mit der Leistung einiger Legionen sein“, sagte er spöttisch und sah Einohr an. „Auch nicht mit der Leistung einiger Legionsführer.“

„Was willst du damit sagen?“, zischte das Spitzohr. „Ich habe so gut gekämpft wie jeder andere.“

„Wie jedes andere Spitzohr vielleicht.“ Fangschlag bleckte seine Fänge. „Ihr feigen Maden verkriecht euch doch sofort, wenn die ersten Pfeile fliegen. Ihr habt bei Weitem nicht den Mut eines Rundohrs, sonst wäre die Schlacht anders ausgegangen.“ Er blickte auf seine starken Fingerkrallen. „Vielleicht sollten wir den Brutmeister dazu befragen, was meinst du?“

„Der Brutmeister ist tot“, zischte Einohr. „Selbst wenn er deiner Meinung wäre, was ich sehr bezweifle, er kann sich nicht mehr dazu äußern.“

Fangschlag musterte Einohr verächtlich. „Er ist also tot. Sicher bedauerst du das sehr, wie? Ich könnte wetten, der Brutmeister wurde durch einen schwarz gefiederten Pfeil getötet. Von hinten.“

Einohrs verbliebenes Ohr zuckte nervös, und er bleckte ebenfalls die Fänge. Aber er wagte nicht, das viel größere und stärkere Rundohr anzugreifen. „Du bist selbst geflohen.“

„Ja, das bin ich“, knurrte Fangschlag grimmig. „Als einer der Letzten. Aber ich werde zurückkommen und erneut kämpfen.“

„Natürlich wirst du das.“ Einohr leckte sich über die dunklen Lippen. Er wies den Hang hinunter. „Aber es wird eine Weile dauern, bis die Legionen neu formiert sind.“

Fangschlag nickte. „Viele sind nicht übrig.“ Er warf dem Spitzohr erneut einen missmutigen Blick zu. „Und es sind nicht immer die Besten, die überleben.“

„Man muss wissen, wann man sich zurückzieht, damit man erneut kämpfen kann.“ Einohr trat einige Schritte zurück und tat so, als könne er von dort aus besser auf die Kohorten hinunterblicken. Doch Fangschlag glaubte eher, dass die Made sich vor ihm fürchtete und mehr Abstand suchte.

Zwei der schwarzen Legionsbanner waren gerettet worden, doch ihr Tuch war zerfetzt. Unter diesen zerschlissenen Feldzeichen sammelten sich nun die Kohorten, doch waren es erschreckend wenige Krieger, die in die Reihen traten. Einige der Kohortenführer trieben zögernde Rundohren und Spitzohren in die Glieder und brüllten die Kämpfer an, um so Ordnung zu schaffen.

Fangschlag war entsetzt über die Verluste.

Keine sechs Kohorten zählten die Reste der Armee. Einige Krieger mochten noch durch die Sümpfe irren, andere waren vielleicht schon weitergeeilt, aus Furcht, die Pferdemenschen könnten ihnen folgen. Es war ein Debakel. Dabei waren sie mit einer so großen Streitmacht angetreten. Fast fünfzehn Legionen hatten sich versammelt, hundertfünfzig Kohorten waren dem Feind entgegengerückt. Eine Armee, welche das Land der Menschen hätte überschwemmen müssen. Wie war diese Niederlage nur zustande gekommen?

Fangschlag wusste, dass die Legionen kämpfen konnten. Seine Legion hatte es bewiesen, als sie den Pferdelords mit den blauen Rosshaarschweifen so arg zugesetzt hatte. Wären andere Legionen ebenso standhaft geblieben, dann hätten sie die Menschen geschlagen, trotz der Elfen.

„Es waren zu viele Pferdemenschen“, sagte Einohr gedehnt. „Und dazu noch die verfluchten Elfen. Wer konnte schon ahnen, dass sie über uns herfallen würden?“

So viele Kämpfer waren abgeschlachtet worden. Sicher, die Bruthöhlen würden mit ihren Würfen für schnellen Ersatz sorgen können, doch musste der auch ausgebildet und ausgerüstet werden. All die Waffen und Rüstungen, die mit den verrottenden Kadavern auf dem Schlachtfeld geblieben waren … Ja, es würde Zeit brauchen, die Reihen wieder aufzufüllen.

Waren die anderen Legionen, an den unteren Pässen, gegen das Reich der Menschenwesen vorgerückt? Fangschlag glaubte es nicht. Der Sieg bei Merdonan hatte ja dafür sorgen sollen, dass die Truppen der Menschenwesen von den Grenzfestungen im Süden abgezogen wurden, doch das war nicht geschehen. Nein, der Sturm auf die Menschenreiche hatte wohl nicht stattgefunden. Und dies allein deshalb, weil die Legionen bei Merdonan versagt hatten. Der Schwarze Lord würde unzufrieden sein. Mehr als unzufrieden.

„Auch die Menschen und Elfen haben schwere Verluste erlitten", schob Einohr hastig hinterher. „Das musst du zugeben."

„Nicht genug Verluste." Fangschlag nestelte am Griff seines Schlagschwertes und stieß einen Stein mit dem Fuß über den Boden. „Nicht genug. Wir hätten sie schlagen müssen. Wir hatten die Streitmacht dazu."

„Die Grauen Wesen hätten uns besser beistehen müssen", zischte Einohr. „Wie sollen die Legionen standhalten, wenn die Grauen Wesen uns im Stich lassen?"

Fangschlag spuckte aus. Einohr hatte nicht ganz unrecht. Die mächtigen Grauen Wesen hatten versagt, und nun waren sie tot, ebenso wie der Brutmeister und die Legionen. Der Schwarze Lord würde toben, wenn er davon erfuhr. Falls er es nicht ohnehin längst wusste.

„Du hattest Glück", sagte Einohr unvermittelt.

Fangschlag sah das Spitzohr verwirrt an. „Was meinst du damit?"

„Ich konnte sehen, wie ein Mensch den Bogen auf dich richtete. Aber ein Zwerg stieß ihn versehentlich an, und der Pfeil ging fehl."

Fangschlag dachte an einen ungewöhnlich kleinen Pferdemenschen. „Trug er eine Axt?"

„Der Zwerg? Sicher. Zwerge tragen immer Äxte. Die war nur ungewöhnlich lang."

Nein, das war kein Zwerg gewesen. Fangschlag war verwirrt. Hatte der kleine Pferdelord sein Leben schonen wollen? Kein Pferdemensch verschonte das Leben eines Orks, ebenso wenig wie umgekehrt. Fangschlag nickte bedächtig. Natürlich. Die Ehre eines Kriegers, das muss es gewesen sein. Der kleine Mann hätte seine Axt bei ihrem nächsten Zusammentreffen sicherlich erneut an Fangschlags Klinge gewetzt, aber er wollte offenbar nicht zulassen, dass sein Gegner aus der Distanz gefällt wurde. Das war ein Ehrverständnis, das eines Rundohrs würdig war. Vielleicht würden sie sich tatsächlich erneut begegnen und die Klingen wieder gegeneinander richten.

„Wir sollten aufbrechen", knurrte Einohr verdrießlich. „Die Kohorten sind versammelt, zumindest, was von ihnen übrig blieb, und ich glaube nicht, dass noch Nachzügler kommen werden." Das Spitzohr sah Fangschlag von der Seite her an. „Deine Legion hat gut gekämpft. Du solltest die … Führung übernehmen."

Das mächtige Rundohr grunzte überrascht. Einohr wollte freiwillig die Führung abgeben? Nun, es waren ja auch nicht mehr viele Spitzohren übrig, die ihm den Rücken decken konnten. Fangschlag nickte. „Gut, ich werde es tun."

„Schön." Einohr wirkte erleichtert. „Dann kannst du auch

dem Schwarzen Lord berichten."

Fangschlag knurrte leise. Er hätte sich denken können, dass die feige Made eine Absicht verfolgte. Natürlich machte das verfluchte Spitzohr sich die Beinkleider nass, bei der Vorstellung, dem Allerhöchsten Lord die Nachricht überbringen zu müssen, dass die Legionen versagt hatten.

Das Rundohr warf einen letzten Blick auf die Weißen Sümpfe, bevor es sich mit Einohr an den Abstieg machte, um die letzten Kohorten ins Reich des Schwarzen Lords zurückzuführen.

Fangschlag hoffte von ganzem Herzen, dem kleinen Pferdemenschen erneut zu begegnen und nochmals die Klingen mit ihm kreuzen zu können. Und er hatte das unbestimmte Gefühl, dass dies schon sehr bald geschehen würde.

68

Sie waren heimgekehrt. Wenigstens die meisten von ihnen. In dieser Nacht würden sie, der Tradition der Pferdelords gemäß, die Becher erheben. Die Versammlungshalle der Festung Eternas würde kaum all jenen Raum bieten, die mit Garodem aus der Ostmark zurückgekommen waren, und dies trotz der Verluste, die sie erlitten hatten.

Die Beritte kehrten unter ihren Wimpeln und Garodems Banner heim, und als sie sich der Stadt Eternas näherten, ließ Garodem das Horn der Hochmark blasen, obwohl die Menschen bereits entlang der Hauptstraße zusammenliefen. Die Männer waren sattelwund, müde und erschöpft, aber sie strafften ihre Haltung und richteten sich auf, denn sie waren keine geschlagenen Männer, sondern hatten einen beachtlichen Sieg errungen.

Die Beritte wirkten machtvoll, als sie die Straße entlangtrabten, doch in dem Jubel ertönte auch das Schluchzen jener, die erkannten, dass Mann oder Sohn, Bruder oder Freund niemals mehr zurückkehren würden. Zu viele Sättel waren mit Verwundeten bedeckt, und manche waren leer, da nur das Pferd heimkehrte. Zwischen einigen der Reittiere hingen Tragen mit den Verletzten, die nicht reiten konnten, darunter auch der Erste Schwertmann Tasmund.

Ja, sie würden in dieser Nacht ihre Becher erheben. Im Gedenken an jene, die auf dem Schlachtfeld geblieben waren und nun zwischen den Goldenen Wolken einherritten, und aus Freude darüber, dass sie selbst überlebt hatten.

Die Heimkehrer wurden von den Bewohnern der Stadt mit

Fragen bestürmt, aber die Männer gaben nur einsilbige Antworten. In den nächsten Tagen würde genug Zeit sein, die Erlebnisse zu schildern. Erlebnisse, die man zu Geschichten und Liedern formen konnte und die so Einzug in die Legenden des Pferdevolkes halten würden. Denn sie hatten gesiegt. Aber sie hatten auch teuer dafür bezahlt, schließlich waren anderthalb Beritte der Hochmark im Kampf gefallen.

Auf dem Wehrgang über dem Haupttor der Burg erwiderte ein anderes Horn das Signal, und als die Beritte auf das Tor zuritten, begann sich der Wall mit Männern und Frauen zu füllen. Die Hufe pochten über das Pflaster, und das Echo schallte hohl unter dem Torbogen wider, als Garodem seine geliebte Larwyn aus dem Haupthaus treten sah.

Männer, Frauen und Kinder stürmten aus den Gebäuden und sahen den Ankömmlingen gleichermaßen erleichtert und beklommen entgegen. Manche Augen begannen zu leuchten, wenn sie einzelne Reiter erkannten, andere schlossen sich in tiefer Pein.

Garodem ließ die Beritte einschwenken, bis sie in sauberen Reihen im vorderen Burghof standen. Die Sonne begann zu sinken und warf rötliche Reflexe über das Land, welche die goldenen Spitzen der Wimpellanzen in blutrotes Licht tauchten und sie zu einem Sinnbild für die Erlebnisse der Reiter werden ließ.

Auch Garodem war erschöpft, aber er bemühte sich um eine aufrechte Haltung, als er sein Pferd wendete und Front zu den Beritten machte.

„Pferdelords der Hochmark, ich bin stolz, Euch geführt zu haben. Als wir ausritten, um uns dem Feind zu stellen, wussten wir nicht, mit welcher Macht er uns begegnen würde. Ein jeder von Euch hat dem grünen Umhang der Pferdelords Ehre gemacht, und dies gilt auch für jene Männer, die ihren Ritt zu den Goldenen Wolken angetreten haben." Garodem musste schlucken und atmete tief durch. „An diesem Abend werden wir uns in der Halle von Eternas versammeln und ihrer gedenken, wie die Tradition es gebietet. An diesem Abend bin ich nicht Euer Pferdefürst, sondern Gleicher unter Gleichen. Morgen werdet Ihr dann in Ehren zu Euren Weilern und Gehöften und zu Euren Familien zurückkehren. Tut es voller Stolz auf das, was Ihr geleistet habt."

Hochrufe brandeten auf und mischten sich mit den Rufen der Burgbesatzung. Garodem lächelte müde. „Versorgt nun die Verwundeten und Eure Pferde. Danach versorgt Euch selbst, wie es die Tradition verlangt."

Er schwang sich aus dem Sattel, während die Scharführer die Beritte absitzen ließen. Für einen Moment musste Garodem sich an sein Pferd lehnen. Die Ereignisse und der lange Ritt hatten ihn mehr Kraft gekostet, als er sich eingestehen wollte. Auch die anderen Männer spürten sicherlich ihre Knochen, zumal diejenigen, die wie Garodem nicht mehr zu den Jüngsten gehörten. Aber der Pferdefürst musste sich schmerzlich eingestehen, dass sein Alter es ihm nicht mehr lange erlauben würde, die Männer in die Schlacht zu führen. Vielleicht war das auch gut so, und es war an der Zeit, dass ein jüngerer Mann das Banner der Hochmark führte. Doch Garwin war noch zu jung, und Tasmund, der treue Freund und Erste Schwertmann, war schwer verletzt. Er würde überleben, das hatte die elfische Heilerin Leoryn versichert, aber es würde lange dauern, bis er sich wieder in einen Sattel schwingen konnte.

Garodem bemerkte eine Bewegung neben sich und sah Larwyn und den Sohn, die in seine Arme glitten. Er spürte die Anspannung, die sich unter Larwyns Lächeln verbarg. „Es ist gut, geliebtes Weib", murmelte er und strich ihr über das lange Haar. „Ich bin wieder daheim."

Über Larwyns Schulter hinweg sah er die blonde Heilerin Meowyn, die ihren Sohn Nedeam unter den Männern erkannte und mit einem freudigen Strahlen zu ihm hinüberlief. Während die beiden einander umarmten, grinsten Dorkemunt und Olruk breit. Der kleinwüchsige Pferdelord stieß den Axtschläger freundschaftlich an.

Olruk seufzte leise. „Es rührt mein Herz, die Schwertschläger des Pferdevolkes derart von Freude erfüllt zu sehen. Wahrlich, Dorkemunt, mein Freund, Ihr alle habt Euch wacker geschlagen … Aber dieser Anblick erinnert mich nun an meinen treuen Begleiter Beramuk, und ich frage mich, wie es ihm wohl in der Zwischenzeit ergangen ist. Er muss sich furchtbar gelangweilt haben, der brave Axtschläger."

„Ich verstehe", brummte Dorkemunt mitfühlend. „Während wir ruhmreiche Taten vollbrachten, musste er sich die Zeit anderweitig vertreiben."

„Nach all der Mühsal, in diesem schrecklichen Wald mit den vielen Gewächsen …" Olruk nickte bedächtig. „Es stünde uns wohl zu, mit Beramuk darauf anzustoßen, nicht wahr?"

Dorkemunt musterte das hektische Treiben im Innenhof der Burg. „Es ist noch etwas Zeit, bis wir uns in der Großen Halle versammeln, um ebenso große Becher zu heben. Ich finde, Beramuk sollte dabei sein. Auch wenn er nicht mit uns kämpfen konnte, so ist er doch ein Freund. Ja, er sollte in dieser Nacht an unserer Seite sitzen, wenn wir die alten Lieder singen und der Toten und Lebenden gedenken."

Scharführer Kormund hatte die Worte des kleinwüchsigen Pferdelords gehört und schob sich zwischen einigen Männern und Frauen hindurch zu ihnen hinüber. „Wohlan, Ihr guten

Herren, auch ich nahm an der Schlacht um Merdonan nicht teil, da meine Lanze und mein Schild die Hochmark schützten. Dennoch werde ich in der Halle mit Euch feiern, als Pferdelord unter Pferdelords." Der Scharführer sah Olruk mit ernstem Blick an. „Und als Freund unter Freunden. Ich denke, der gute Herr Beramuk wird sich in Malvins ‚Donnerhuf' aufhalten. Ich werde nach ihm schicken."

„Nein, Kormund, alter Freund, das ist unser Gang." Dorkemunt sah erneut zu Nedeam und Meowyn hinüber. Die blonde Heilerin hatte ihm freudig zugenickt, erleichtert darüber, auch ihn unter den Lebenden zu sehen, aber ihr Herz weilte bei jemand anderem. Der alte Pferdelord musste es hinnehmen, auch wenn es ihn ein wenig schmerzte. Er schüttelte unbewusst den Kopf. „Nein, guter Freund Kormund, der brave Olruk und ich werden nach Beramuk sehen, und dann soll die Nacht jeden trüben Gedanken vertreiben und unsere Seelen mit Freude erfüllen."

„So soll es sein."

Die beiden kleinen Männer, so verschieden und doch einander so gleich, verließen die Burg, um Malvins Schänke aufzusuchen. Sie würden später zu Nedeam und den Pferdelords stoßen, sofern Malvin nicht die Gelegenheit fand, sie zur Preisgabe einiger Geschichten zu ermuntern. Aber das würde dem Schankwirt schwerfallen, denn diese Nacht gehörte den Heimkehrern in der Burg.

Nedeam löste sich aus den Armen seiner Mutter, als vier Männer eine Trage mit dem verletzten Ersten Schwertmann vorbeitrugen. Als Meowyn Tasmund erkannte, stieß sie ein leises Ächzen aus und presste erschrocken eine Hand vor ihren Mund. Besorgt sah sie die elfische Heilerin an, die neben der Trage einherschritt. Seit sie und ihr Bruder Lotaras vor vielen

Jahreswenden erstmals in die Hochmark gekommen waren, verband eine tiefe Freundschaft die beiden Heilerinnen.

„Das Haus Deshay hat für ihn getan, was es konnte“, sagte Leoryn leise. „Nun muss eine andere Macht über Leben und Tod des Hohen Herrn Tasmund entscheiden.“

Durch Meowyns Körper ging ein unmerklicher Schauder, der auf ihre Hand übergriff und deren Finger erzittern ließ, als sie über die eingefallene Wange des Ersten Schwertmanns strichen. Ihr Blick glitt über die halb geöffneten Augen des Mannes, und die Heilerin von Eternas erkannte, wie sich Tasmunds Gesicht verzerrte, als er zu lächeln versuchte.

„Keine ... Furcht“, flüsterte er kaum verständlich. „Ich habe Euch ... Nedeam ... zurückgebracht.“

Meowyn sah ihn an und lächelte schwach. „Ja, Ihr seid ein Mann von großer Ehre, Hoher Herr Tasmund. An Eurem Wort kann es keinen Zweifel geben.“

„So könnt Ihr wieder ... wieder ohne Sorge ... sein.“ Tasmunds Worte waren nur noch gehaucht, und er verzog schmerzhaft das Gesicht.

Für einen Augenblick wurde Meowyns Gesicht nachdenklich, dann schüttelte sie den Kopf. „Es war nicht allein mein Sohn Nedeam, um den ich mich sorgte.“

Tasmund versuchte erfolglos, sich auf der Trage aufzurichten, und sackte dann stöhnend zurück. „Ihr sorgtet Euch um ... um mich?“ Erneut berührten ihre Finger sanft seine Wange. Der Erste Schwertmann seufzte leise. „Dann ist es ... ist es gut.“

„Wenn Ihr erlaubt, Hohe Frau?“ Einer der vier Träger wies mit dem Kopf zum Durchgang, der zum inneren Burghof mit der Heilerstube führte.

„Ja, sicher, verzeiht“, murmelte Meowyn und trat zur Seite.

Nochmals wurde Nedeam liebevoll von seiner Mutter umarmt, bevor sie sich hastig von ihm löste, um den Männern mit Tasmunds Trage zu folgen. Der junge Pferdelord bemerkte, mit welch sorgenvoller Miene Meowyn dabei den Ersten Schwertmann ansah. Es war nicht nur der Blick einer besorgten Heilerin, sondern der einer liebenden Frau. Nedeam wusste ihn nun zu deuten. Zu oft hatte er ihn bei den Menschen des Pferdevolkes gesehen. Das Gerücht, dass seine Mutter Tasmund liebte, hatte er schon des Öfteren vernommen, aber Meowyn hatte es immer von sich gewiesen. Jetzt, an der Seite des Schwerverletzten, gestand seine Mutter sich endlich ihre Gefühle ein. Ja, der Blick in ihr Gesicht bewies es ihm.

Eher unbewusst folgte er der Gruppe hinüber zur Heilerstube. Dann verharrte er unschlüssig vor den wenigen Stufen, die zu ihr hinaufführten. Eigentlich hatte Nedeam beabsichtigt, für einen Moment bei seiner Mutter zu verweilen, doch als er nun einen Blick in den Behandlungsraum warf, sah er sie an Tasmunds Trage stehen, zusammen mit ihren Helfern, die den Verletzten auf den Behandlungstisch gehoben hatten. Während zwei Frauen die Bekleidung und den Verband des Ersten Schwertmanns lösten, hielt Meowyn seine Hand. Und Nedeam spürte, dass er in diesem Augenblick nur stören würde.

Neben Meowyn stand auch die Elfin, und als sie den jungen Pferdelord am Eingang der Heilerstube sah, erwiderte sie seinen Blick und flüsterte seiner Mutter ein paar Worte zu. Dann verließ sie den Raum und trat zu Nedeam.

„Sie hat den alten Schmerz um deinen Vater Balwin überwunden, auch wenn auf ihrem neuen Glück noch ein Schatten liegt.“ Leoryn legte ihre Hand an Nedeams Arm. „Aber der Hohe Herr Tasmund wird überleben. Macht Euch keine Sorgen, guter Herr Nedeam. Euer Erster Schwertmann wird genesen. Die Elfinnen des Hauses Deshay haben ihn vortrefflich versorgt. Er hat die Reise unbeschadet überstanden und ist nun in guten Händen. Den besten, womöglich.“

„Ich glaube, die beiden werden glücklich sein.“ Nedeam blickte nochmals in die Heilerstube, bevor er wieder hinaus in den Burghof trat. „Es ist gut so, Hohe Frau Leoryn. Tasmund ist ein ausgezeichneter Pferdelord.“

Leoryn lachte auf. „Mehr als das, Nedeam, mein junger Krieger. Er ist nicht nur ein hervorragender Kämpfer, sondern auch ein Mann, der Meowyn endlich wieder glücklich machen wird.“

Die Erscheinung der elfischen Frau erinnerte Nedeam unvermittelt an Llarana. Dieselbe schlanke und doch so frauliche Gestalt, dasselbe sanfte Antlitz, das von weichen Haaren umflossen wurde. Die Elfenfrau bemerkte Nedeams träumerische Miene, und ihr Lächeln vertiefte sich.

„Nedeam, wollt Ihr mich ein Stück begleiten? Ich möchte mir den Sonnenuntergang ansehen und würde Eure Begleitung sehr schätzen.“

Er nickte mechanisch und schritt an ihrer Seite über den Hof zum Haupthaus hinüber. Die Sonne war fast untergegangen. Die wenigen Wolken über der Hochmark wurden nun von unten angestrahlt und färbten sich in intensiven goldenen und roten Farbtönen. Die anfängliche Hektik auf dem Burghof begann einer erwartungsvollen Freude zu weichen. Die Pferde waren versorgt und in die Stallungen oder auf die Weide vor der Burg gebracht worden, und die Pferdelords der Beritte richteten sich nun so festlich wie möglich für den Abend her. Die meisten von ihnen hätten sich jetzt wohl gerne ein paar Zehnteltage Schlaf gegönnt, doch zuvor galt es, den Toten und Lebenden gleichermaßen die Ehre zu erweisen.

Frauen und Männer der Burgbesatzung schleppten Eimer

mit Wasser zu den Männern, die sich auf die Innenhöfe der Festung verteilt hatten, wo sie sich säuberten und ihre Ausrüstung reinigten. Umhänge wurden gebürstet und geflickt, Rost vom Stahl gekratzt und Leder mit Speichel poliert. Der Abend würde den Pferdelords der Beritte und ihren Taten gelten, danach gehörten sie wieder ihren Familien.

Leoryn führte Nedeam an der Halle vorüber, die bereits geschmückt worden war und in der man nun betriebsam Speisen und Getränke auftrug. Sie gingen die Treppe hinauf ins Obergeschoss, durchquerten den Privattrakt Garodems und betraten schließlich die kleine Plattform mit dem Signalfeuer von Eternas. Der Schwertmann der Wache lächelte freundlich und nickte ihnen zu, bevor er taktvoll seinen Posten verließ. Er spürte, dass hier zwei Wesen für sich sein wollten und dass die Hochmark wohl ein paar Augenblicke ohne sein wachsames Auge würde auskommen können.

„Ein wunderschöner Sonnenuntergang, nicht wahr, junger Pferdelord Nedeam?“

Nedeam folgte ihrem Blick und nickte mechanisch. Das Lichtspiel war wirklich atemberaubend, aber sicherlich kein seltener Anblick. Die Elfenfrau hatte ihm etwas zu sagen, das spürte der junge Pferdelord, und er war neugierig, warum sie dazu die Abgeschiedenheit der Plattform suchte. Er trat neben die Elfin und räusperte sich verlegen. „Verzeiht, Hohe Frau Leoryn, aber …“

Sie hob leicht die Hand und lächelte ihn an. „So wie der Tag nun scheidet und der Nacht Raum gibt, so steht auch Ihr an einem Scheidepunkt, junger Pferdelord Nedeam.“ Ihr Lächeln vertiefte sich. „Das Haus des Urbaums ist gefunden. Und viele Dinge werden sich nun wandeln.“

„Dann verlasst Ihr Elfen also bald das Land, um zu Euren

Neuen Ufern aufzubrechen?“

„Eines Tages wird das geschehen.“ Leoryn blickte nach Nordwesten, wo sich die Häuser der Elfen des Waldes befanden. „Einige möchten es so bald wie möglich, andere wollen noch warten und Euch beistehen.“

„Euch?“

„Euch Menschenwesen.“

„Wir haben die Bestien geschlagen.“

Leoryn lachte leise auf. „Seid kein Narr, Nedeam. Sie wurden schon oft geschlagen, und ebenso oft kehrten sie zurück.“

„Ja, das ist wahr. Garodem meint, wir müssen stets vorbereitet sein.“

„Vorbereitet zu sein, wird nicht mehr genügen.“ Leoryns Gesicht wurde ernst. „Solange Ihr Menschenwesen immer nur abwartet, bis der Schwarze Lord seine Kräfte gesammelt hat und Euch erneut angreift, so lange werdet Ihr keinen Sieg erringen, da der Feind immer wieder erstarken kann.“ Die Elfin deutete nach Osten. „Eines Tages werdet Ihr Menschen die Entscheidung im Land der Bestien suchen müssen, und dann, erst dann wird sich erweisen, ob Ihr den Sieg davontragen könnt.“

Nedeam spürte einen leisen Schauder. „In das Reich des Schwarzen Lords ziehen?“

„So ist es Euch Menschenwesen bestimmt.“

Der junge Pferdelord zuckte verlegen die Schultern. „Das … das sind Dinge, über die ich nicht entscheiden kann. Solches vermag nur der Pferdefürst oder der König. Ich dagegen …“

„Ich sprach mit Llarana“, unterbrach Leoryn ihn. „Sie sah … Dinge … als sie mit dem Grauen Wesen im Haus des Urbaums kämpfte, und sie weiß, dass Ihr diese Dinge ebenfalls gesehen habt, Nedeam. Doch was Ihr gesehen und … empfunden habt, müsst Ihr erst verstehen lernen. Es wird Zeit brauchen, viel Zeit. Vielleicht sogar mehrere Jahreswenden." Sie sah ihn mitfühlend an. „Ihr versteht nichts von der elfischen Schröpfung, Ihr Menschenwesen. Und doch habt Ihr, Nedeam, mein Freund, einen Teil einer solchen Gedankenleerung erlebt. Langsam werden die Erinnerungen des toten Grauen Wesens in Euren Geist sickern. Ihr werdet Dinge erlernen und Fähigkeiten, von denen Ihr noch nichts ahnt."

„Ich … ich bin kein besonderer Mensch, Hohe Frau Leoryn. Ich bin ein einfacher Pferdelord."

„Und doch seid Ihr auch etwas anderes, Nedeam. Nicht von Geburt an, aber seit jenem Augenblick, da das Graue Wesen Euren Geist berührte. Nur wenige wissen davon. Genauer gesagt die Elfenfrau Llarana und ich."

Sie bemerkte Nedeams Blick und lächelte. „Der Name bringt Eure Seele zum Schwingen, nicht wahr?"

Nedeam errötete verlegen.

Doch die Elfin ergriff seine Hand in einer vertraulichen Geste. „Wir elfischen Wesen spüren viele Dinge, die Euch Menschenwesen verborgen bleiben. Es ist ein guter Bund zwischen unserem Blut, Nedeam, Pferdelord."

Nedeam sah sie fragend an. „Wie meint Ihr das, Hohe Frau Leoryn?"

„Das muss Euch Euer Herz sagen." Leoryns Hand glitt sanft über die seine, als sie sich von Nedeam löste und einen Schritt zurücktrat. „Alle Weisheit eines elfischen Lebens vermag nicht in das Herzen eines Wesens zu sehen."

Der junge Pferdelord sah die Elfin verwirrt an, die sich ohne ein weiteres Wort abwandte. Nur der Lärm aus der Burg war zu hören, als Leoryn die Plattform verließ.

Nedeam war nun allein.

Die Sonne war untergegangen und von einer sternklaren

Nacht abgelöst worden. Das Funkeln der Gestirne erhellte das Tal von Eternas, und aus der großen Halle drang erstes Lachen und Singen zu Nedeam herauf.

Die Worte der elfischen Frau verunsicherten ihn. Was hatte das elfische Wesen damit gemeint? Dachte sie an den Bund zwischen Menschen und Elfen? Sie hatte ihre Worte auf eine Art und Weise gesagt, die Nedeam spüren ließ, dass noch weitaus mehr dahintersteckte.

Der junge Pferdelord blickte nach Osten, in Richtung der versteinerten Wälder, die nun wieder frei waren und in denen sich das Haus des Urbaums befand. Das Haus des Urbaums und ein elfisches Wesen namens Llarana. Und ein Stück weiter ragte das gewaltige Gebirge empor, hinter dem sich das Reich des Schwarzen Lords und seiner Orks erstreckte.

Eher unbewusst legte sich seine Hand um den Griff des elfischen Schwertes, das er an seinem Waffengurt trug. Nedeam dachte an den Schwarzen Lord, dieses unheimliche Wesen, das niemand kannte. Aber immer wieder schob sich das sanfte Antlitz Llaranas vor sein geistiges Auge. Er spürte, dass sein Weg ihn zu beiden hinführen würde.

– ENDE –

Michael H. Schenk
Die Pferdelords und
der Sturm der Orks

Band 1: Nr. 65001
8,95 € (D)
ISBN-10: 3-89941-356-3
ISBN-13: 978-3-89941-356-4
672 Seiten

Michael H. Schenk
Die Pferdelords und
die Kristallstadt der Zwerge

Band 2: Nr. 65002
8,95 € (D)
ISBN: 978-3-89941-357-1
624 Seiten

Michael H. Schenk
Die Pferdelords und
die Barbaren des Dünenlandes

Band 3: Nr. 65003
8,95 € (D)
ISBN: 978-3-89941-358-8
640 Seiten

Leseprobe zu Band 5 →

Freuen Sie sich schon jetzt auf den
5. Band der Pferdelords:
„Die Pferdelords und die Korsaren von Um'briel"

LESEPROBE

Gendaneris begann hinter ihnen zurückzufallen und die See wurde bewegter. Die Shanvaar begann leicht zu stampfen und die Schaufelräder unter der Brücke am Heck hoben sich gelegentlich für einige Augenblicke aus dem Wasser, drehten leer, bevor sie erneut ins Wasser klatschten und ihr Druck das Schiff vorantrieb. Dennoch war das Dampfkanonenschiff schneller als der beschädigte Korsarensegler. Allmählich holte man zum Feind auf. Helblar warf nachdenklich einen Blick in den Himmel hinauf. „Es wird bald Dunkeln, ta Mergon, mein Freund. Die Nacht beginnt über die See zu fallen."

„Wir holen auf", erwiderte sein Freund. „Zudem werden wir klaren Himmel haben und der Bastard vor uns hat weißes Tuch gesetzt. Wir werden ihn nicht verlieren, mein Freund."

Mit überraschender Schnelligkeit brach die Nacht herein. Keiner der Seeleute Alnoas hatte einen Blick für die Schönheit des Sonnenuntergangs auf dem offenen Meer. Das Jagdfieber hatte die Männer gepackt. Während das kleine Jagdschiff der Korsaren am Horizont in der hereinbrechenden Dunkelheit verschwand, kam der beschädigte Kampfsegler immer näher. Seine ungewohnt weißen Segel leuchteten durch die Nacht und es fiel nicht schwer, seinem Anblick zu folgen.

Die Kampfstationen der Shanvaar und ihres Schwesterschiffes Aivaar waren längst besetzt. Im Kanonenturm hatte die Bedienung eines der schweren Geschosse mit seinem Ladepfropfen in die Mündung des Laufes gesteckt und mit einem Rammstock nach hinten gedrückt. Das Geschoss lag nun vor der Druckkammer und es fehlte nur noch das Umlegen des Ventilhebels, um die Maschinenkraft vom Antrieb in das Geschütz zu leiten. Die Kanonenturmbesatzung achtete akribisch darauf, den Feind im Ziel zu behalten und dass die Dampfleitung bei den erforderlichen Bewegungen nicht beschädigt wurde.

Die beiden seitlichen Katapulte, rechts und links des Hauptmastes in Gefechtsbuchten außen am Rumpf aufgestellt, waren bemannt. Gelegentlich sprühte die Gischt einer Welle über die Männer an den Waffen und durchnässte sie. Entlang der Reling hatten sich die Seesoldaten der Shanvaar formiert.

Während die Matrosen nur einen metallenen Brustpanzer trugen, hatten die Soldaten die volle Rüstung angelegt. Bein- und Armschienen, dazu Panzer und Helm. Im Gegensatz zu den Landtruppen des Königreiches Alnoa wiesen die Helme der Seesoldaten jedoch keine verzierenden Federn auf. Die zweischneidigen, geraden Schwerter, Bogen und Spieße wurden noch in Ruhestellung gehalten. Zum Schutz gegen die See waren die Klingen von gut gefetteten Lederhüllen umgeben, denn das Wasser setzte dem Stahl rasch zu.

Bald würde dieser Schutz entfernt werden, um die Klingen in das Blut der Schwarmmänner zu senken.

Das Rauschen des Wassers mischte sich mit dem Stampfen der Maschine und dem Klatschen des Schaufelrades und übertönte die üblichen Geräusche, die ein Schiff erfüllten. Das leichte Knarren von Takelage und Holz, das Flappen der Segel, das Tappen nackter Matrosenfüße auf den Planken und die geflüsterten Worte der Männer.

Die Aivaar fuhr nun nahezu auf gleicher Höhe mit dem Flaggschiff und als Helblar kurz nach hinten sah, nickte er zufrieden. „Die Netluaar holt endlich auf. Der Wind der See hat ihr endlich Schnelligkeit verliehen."

„Sie sind zu spät." Ta Mergon lachte leise. „Aber die Männer des Seglers werden einen guten Platz haben, um zuzusehen, wie wir den Korsaren versenken."

Halblar nickte. „Sie sind jetzt in Reichweite der Kanone, ta Mergon, mein Freund."

Der Großkapitän lächelte. „Gerade so. Nun, dann lass uns die Bestien einmal aufscheuchen." Er beugte sich ein wenig zur Seite. „Nehmt die Bestien unter Dampf! Geschütz frei!"

Michael H. Schenk

Die Pferdelords
und die Korsaren
von Um'briel

Band-Nr. 65014
8,95 € (D)
ISBN: 978-3-89941-471-4
Erscheinungstermin:
Mai 2008

James A. Sullivan
Der letzte Steinmagier
Band-Nr. 65012
8,95 € (D)
ISBN: 978-3-89941-428-8
352 Seiten

Hildegard Burri-Bayer
Das Vermächtnis des Rabens

Band-Nr. 65010
8,95 € (D)
ISBN: 978-3-89941-399-1
352 Seiten

Robin D. Owens
Die Hüterin von Lladrana

Band-Nr. 65006
7,95 € (D)
ISBN: 978-3-89941-361-8
512 Seiten